# 白話聊齋

蒲松齡　原著
周　遊　譯注

# 前　言

傳說《聊齋》一書，為蒲松齡在路邊設一茶攤，過路之人給他講一個故事即可免費喝茶，而他將路人所講的故事整理成冊而成。

《聊齋》一書四百多篇短篇小說中，有刺貪刺虐的，有描寫窮苦書生和鬼、妖、仙女等的愛情故事的，這些故事像是作者自主創作以藉此來表達對社會的不滿和對愛情的嚮往，然而也有一些故事僅僅是厄情節怪異而已，其情節單一，甚至只有短短十餘字，這些故事不像是作者創作而像百姓之間的傳說。

《聊齋》多寫人與花妖狐魅的戀愛故事，如「青鳳」、「蓮香」、「小謝」、「香玉」、「嬰寧」和「丫頭」等。《聊齋誌異》也批評科舉制度的腐敗，如「考弊司」、「王子安」、「司文郎」、「三生」等；並揭露政治和社會的黑暗，如「席方平」、「促織」、「紅玉」、「竇氏」、「續黃粱」等。

《聊齋》尚有其他題材，如「勞山道士」寫好逸惡勞，「畫皮」寫惡鬼害人的伎倆；「黃九郎」寫斷袖之癖；「嬌娜」寫朋友之義；「張誠」寫兄弟之愛；「阿繡」寫男女互戀之愛；「堪輿」寫風水迷信；「仇大娘」寫仗義行為；「田七郎」寫獵人俠義；「促織」寫鬥蟋蟀的悲喜劇；「羅剎海市」寫海上奇遇記；「偷桃」「口技」寫民間藝人的絕技。「公孫九娘」寫清初鎮壓起義軍的慘烈，「于七一案，連坐被誅者，棲霞、萊陽兩縣最多。一日俘數百人，盡戮於演武場中，碧血滿地，白骨撐天。上官慈悲，捐給棺木，濟城工肆，材木一空。以故伏刑東鬼，多葬南郊。」堪為史筆。

蒲松齡（1640年－1715年，明崇禎十三年－清康熙五十四年）是中國清代志怪小說作家，字留仙，一字劍臣，別號柳泉居士，山東淄川縣（今淄博市淄川區）人，世稱「聊齋先生」。蒲松齡平時喜好收集怪異的民間故事，死後以短篇故事集《聊齋志異》聞名於世，塑造了諸如聶小倩、青鳳、嬰寧和蓮香等不少有代表性的狐仙和女鬼藝術形象。蒲松齡熱衷於求取功名，但科舉成績並不如意，創作《聊齋志異》除了滿足獵奇趣味，也成為他寄託個人思想的方式。

王士禎十分推重蒲松齡，以為奇才，對《聊齋誌異》甚為喜愛，為之題詩：「姑妄言之姑聽之，豆棚瓜架雨如絲。料應厭作人間語，愛聽秋墳鬼唱詩。」王曾欲以五百兩黃金購《聊齋誌異》手稿而不可得。蒲松齡還為此立下家規：「余生平惡筆，一切遺稿，不許閱諸他人」，手稿由長子世代傳存，八世孫蒲英灝遺失下半部，今存上半部，收藏於遼寧圖書館，是中國古典小說唯一存世的手稿。

# 目　錄

# 考城隍

　　我姐夫的祖父，名叫宋燾，是本縣的廩生（亦稱秀才）。

　　有一天，他生病臥床，看到有個小吏拿著帖子，牽著一匹額上有白毛的馬前來，對他說：「請你去參加考試。」宋公說：「考官還沒來，為什麼馬上就考試？」來者也不解釋，只是催他趕快上路。宋公沒辦法，只好勉強騎上馬跟他走了。

　　這一路過去環境都很陌生，不久，來到了一座城池前，望去好像是國都一般。轉眼間他就跟那人進入了王府，只見宮殿十分輝煌。大殿內坐著十幾位官員，都不認得是什麼人，唯認識關帝。殿外屋簷下襬著兩張桌子、兩個坐墩，已經有一個秀才坐在那裡，宋公便與這人並肩坐下。桌上分別放著筆和紙。

　　很快試題發下來，一看上面有八個字：「一人二人，有心無心。」一會兒，兩人的文章就寫成了，呈交殿上。宋公文章中有這樣的句子：「有心為善，雖善不賞；無心為惡，雖惡不罰。」諸位神仙輪流傳看，稱讚不已。

　　宋公被召上殿，只聽得說：「河南缺一個城隍，你可以勝任。」宋公聽到這話，才恍然大悟，隨即叩頭在地，哭著說：「承蒙大神錯愛，讓我去當城隍，本不敢推辭。只是我家有老母親，七十多歲了，無人奉養，請求大神準我侍候母親去世後，再去上任。」上面坐著一位像天帝的神明，讓人取宋公母親的壽命簿來查看。一個留著長鬍子的官吏捧過簿子來翻看一遍，稟告說：「還有陽壽九年。」諸神都猶豫了，一時拿不定主意，關帝說道：「不妨先叫張生代理九年吧！」天帝便對宋公說：「本該讓你馬上上任的，念你有孝心，給你九年假期，到時再叫你來。」接著關帝勉勵了秀才幾句話，兩位考生便叩頭下殿。

　　秀才握著宋公的手將其送至郊外，自己介紹說是長山縣人，姓張，還給宋公作送別詩一首。宋公忘了原文，只記得有這樣的句子：「有花有酒春常在，無燭無燈夜自明。」隨後宋公便上馬作別而回。

　　宋公回到了家，像是做了一個夢醒來，那時他已死了三天了。他母親聽見棺材中有呻吟聲，打開棺材，見他醒了過來，忙把他扶了出來，

過了半天才會說話。後來到長山縣打聽，果然有個姓張的秀才在這一天死去了。

　　九年後，宋公的母親果然去世，宋公料理完了喪事，洗了個澡，穿上新衣服，進屋就死了。他的岳父家住在城裡的西門裡。一天，忽然見宋公騎著紅纓大馬，帶著許多車馬，到他家拜別。一家人都非常驚疑，不知道他已成了神人。急忙跑到宋公家一問，才知道宋公已死了。

　　宋公自己記有小傳，可惜兵慌馬亂中沒有存下來。這裡記載的只是個大概罷了。

## 【原文】

　　予姊丈之祖，宋公諱燾，邑廩生。一日，病臥，見吏人持牒，牽白顛馬來，云：「請赴試。」公言：「文宗未臨，何遽得考？」吏不言，但敦促之。公力疾乘馬從去，路甚生疏。至一城郭，如王者都。

　　移時入府廨，宮室壯麗。上坐十餘官，都不知何人，惟關壯繆可識。簷下設幾、墩各二，先有一秀才坐其末，公便與連肩。幾上各有筆札。俄題紙飛下，視之有八字，云：「一人二人，有心無心。」二公文成，呈殿上。公文中有云：「有心為善，雖善不賞；無心為惡，雖惡不罰。」諸神傳贊不已。召公上，諭曰：「河南缺一城隍，君稱其職。」公方悟，頓首泣曰：「辱膺寵命，何敢多辭！但老母七旬，奉養無人，請得終其天年，惟聽錄用。」上一帝王像者，即命稽母壽籍。有長鬚吏，捧冊翻閱一過，白：「有陽算九年。」共籌躊間，關帝曰：「不妨令張生攝篆九年，瓜代可也。」乃謂公：「應即赴任，今推仁孝之心，給假九年，及期當復相召。」又勉勵秀才數語。

　　二公稽首並下。秀才握手，送諸郊野，自言長山張某。以詩贈別，都忘其詞，中有「有花有酒春常在，無燭無燈夜自明」之句。公既騎，乃別而去。

　　及抵里，豁若夢寤。時卒已三日，母聞棺中呻吟，扶出，半日始能語。問之長山，果有張生，於是日死矣。後九年，母果卒。營葬既畢，浣濯入室而殁。其岳家居城中西門內，忽見公鏤膺朱幩，輿馬甚眾，登其堂，一拜而行。相共驚疑，不知其為神。奔訊鄉中，則已殁矣。

　　公有自記小傳，惜亂後無存，此其略耳。

# 新　郎

　　江南有個名叫梅耦長的孝廉，他說有個人稱孫公的同鄉，在德州當官的時候，曾審理了一樁奇案。

　　那時，有個村民為兒子娶媳婦。新媳婦剛進門，鄉親們都來賀喜。喜酒喝到一更天之後，新郎出房，看到新娘子穿著華麗的衣服走向屋後。新郎好生奇怪，就尾隨其後看個究竟。屋子後面有一條長長的小河，河上架有一座小橋。他看見新娘子過了橋一直走，越發懷疑，就在後面喊她。但新娘沒有答話，只是遠遠招手讓他過去。新郎急忙趕過去，相距也就一尺的距離，手卻怎麼也抓不到她。

　　兩人走了幾里路，進了一個村子。新娘站住了，對新郎說：「你家太冷清寂寞，我住不慣，請郎君暫住我家幾天，咱們再一起回去。」說罷，她從頭上拔出簪子敲門，門吱呀一下就開了，便有個女僕出來迎接。新娘先進去，新郎不得已也跟著進去。一進門，就看到岳父岳母都在堂上坐著。他們對女婿說：「我女兒從小嬌生慣養，從沒離開過我們，一旦離開了家，心裡總是會難過的。現在你們一起回來，我們很是安慰，住上幾天後就送你們回去。」於是，讓丫鬟打掃屋子，鋪好被縟，兩人就住下了。

　　新郎家中的客人，見新郎出去多時不回來，就到處找。這時新房裡只有新娘子在等待，新郎卻不知到哪裡去了。大家就四處查找，卻一點消息也沒有。公公、婆婆都哭得很傷心，以為新郎死了。

　　過了半年，媳婦娘家擔心女兒寡居清苦，就與男方父母商量，想讓女兒另找婆家。男方父親越發悲傷，說：「屍骨衣物都還沒有找到，怎麼知道我兒一定死了呢？就算死了，過一年再另嫁也不晚，為什麼這麼急呢？」女方父親心生怨恨，於是告到了官府。

　　孫公受理這個案子，也覺得十分棘手，一點頭緒都沒有，於是暫判女子等待三年再說。案卷存檔，讓他們先各自回家。

　　再說那新郎住在另一個新娘家，全家人對他都很好。他時常與媳婦商量著要回家，媳婦雖然滿口答應，卻遲遲不動身。半年多之後，新郎心裡不踏實了，整天焦慮不安。他想自己單獨回家，媳婦又堅決不讓。

一天，他們全家惶惶不安，似乎有大難臨頭。新娘父母急匆匆地對女婿說：「本來打算三兩日內就讓你們夫婦回家的，沒想到行李用具還沒有準備齊全，忽然碰到點麻煩事。不得已，就先送你一人回去吧。」說完就把新郎送出門去，自己急忙轉身回去了。雖然說了幾句告別的話，但十分倉促。新郎剛想尋找來時的道路，回頭一看，房屋院子都沒有了，只見一個高大的墳墓。他非常震驚，急急忙忙找路回家。

他回到家裡，將自己的經歷原原本本告訴給家人，並在家人陪同下去官府向孫公說明情況。孫公傳新娘的父親到案，令他送女兒回婆家，二人這才正式合婚。

## 【原文】

江南梅孝廉耦長，言其鄉孫公，為德州宰，鞫一奇案。

初，村人有為子娶婦者，新人入門，戚里畢賀。飲至更餘，新郎出，見新婦炫裝，趨轉舍後。疑而尾之。宅後有長溪，小橋通之。見新婦渡橋逕去，益疑。呼之不應。遙以手招婿，婿急趁之，相去盈尺，而卒不可及。行數里，入村落，婦止，謂婿曰：「君家寂寞，我不慣住。請與郎暫居妾家數日，便同歸省。」言已，抽簪叩扉，軋然有女童出應門。婦先入，不得已，從之。既入，則岳父母俱在堂上，謂婿曰：「我女少嬌慣，未嘗一刻離膝下，一旦去故里，心輒慼慼。今同郎來，甚慰繫念。居數日，當送兩人歸。」乃為除室，床褥備具，遂居之。

家中客見新郎久不至，共索之。室中惟新婦在，不知婿之何往。由是遐邇訪問，並無耗息。翁媼零涕，謂其必死。將半載，婦家悼女無偶，遂請於村人父，欲別醮女。村人父益悲，曰：「骸骨衣裳無所驗證，何知吾兒遂為異物！縱其奄喪，週歲而嫁，當亦未晚，胡為如是急耶！」婦父益銜之，訟於庭。孫公怪疑，無所措力，斷令待以三年，存案遣去。

村人子居女家，家人亦大相忻待。每與婦議歸，婦亦諾之，而因循不即行。積半年餘，中心徘徊，萬慮不安。欲獨歸，而婦固留之。一日，合家遑遽，似有急難。倉卒謂婿曰：「本擬三二日遣夫婦偕歸，不意儀裝未備，忽遭閔凶。不得已，即先送郎還。」於是送出門，旋踵即返，周旋言動，頗甚草草。方欲覓途行，回視院宇無存，但見高冢。大

驚，尋路急歸。至家，歷述端末，因與投官陳訴。孫公拘婦父諭之，送女于歸，始合巹焉。

# 屍　變

陽信縣有一個老漢，是蔡店村人。村子離縣城約有五六里地。蔡老漢與兒子兩人在大路邊開了一家旅店，供南來北往的生意人住宿。有幾個車伕，在這一帶來做買賣，就經常住在他們家。

一天傍晚，四個車伕前來投宿，不巧客店已住滿了人。四人無處可去，再三請老漢給個容身之處。老漢沉吟了一會兒，想到一個地方，但又怕客人不滿意。車伕們說：「只求有一個容身的地方，不敢挑三揀四。」原來老漢的兒媳婦剛剛去世，屍體就放在屋裡，兒子外出購買棺材還沒回來。老漢是想讓他們到停屍房中將就一晚上，客人們滿口答應。

那個地方比較偏遠，老漢親自領著客人穿過大街前去。進入房中，只見桌上有盞昏黃的燈，桌後面是一道帷帳，帷帳後就是靈床，隱約可以看到靈床上躺著一具屍體，上面蓋著紙被。環顧這間屋子，裡屋有一張大通鋪。

四位客人奔波勞累，早已疲憊不堪，剛睡下就響起鼾聲，但有一人還朦朦朧朧沒有入睡。就在這時，他忽然聽到靈床方向傳來窸窸窣窣的聲音，急忙睜眼望去，藉著靈前的燈火看得清清楚楚：只見那具女屍已經揭去了蓋著的紙被坐了起來，走下靈床，隨後走入客人們睡的臥室。那具女屍的臉是淡黃色的，額頭上繫著一縷絲巾。女屍慢慢走近床前，俯下身子，依次往已經熟睡的三個客人的臉上吹氣。見此情景，那個醒著的客人非常害怕，擔心也會吹到自己，連忙將被子矇住頭，屏住呼吸，忍住吞唾沫，悄悄地聽女屍的動靜。

不一會兒，女屍果然走過來，也像剛才那樣朝著他的臉上吹了口氣。隨後，他覺得女屍已走出房門，又聽見紙被窸窸窣窣的聲音。客人偷偷地探出頭瞧了瞧，見女屍仍然像之前那樣僵臥著。那人非常害怕，不敢出聲，只是暗中用腳踢了踢其他人，但他們卻一點反應都沒有。他沒有別的辦法，於是想穿上衣服逃跑。他悄悄地坐了起來，剛把衣服

披到身上，就聽到靈床上又發出了聲響。他驚慌失措，急忙又躺回去，把腦袋縮到被子裡。他感覺到女屍又走了進來，連續吹了好幾次才離開。不一會兒又聽見靈床上紙的聲響，知道女屍又躺下了。

他從被子裡悄悄伸出手，摸到褲子，連忙穿上；來不及穿鞋，光著腳從屋子裡跑出來。那具女屍也坐起來，像是要追趕他。但等到女屍從帷帳後出來時，那人已經打開門跑了出去。女屍緊追不捨。

那人邊跑邊大叫救命，但深更半夜，村裡人都沒聽到。他想去叫客店主人的門，又怕被女屍追上，只好往縣城的方向狂奔。他一直跑到東郊，聽見寺廟裡傳出敲打木魚的聲音，急忙跑到寺門口，用力敲門。寺裡的和尚不知什麼事，有點害怕，不敢開門讓他進來。此時女屍已經趕了上來，離那人不足一尺的距離。那人又急又怕，見寺門口有一棵白楊樹，足有四五尺粗，就躲到了樹後面。女屍從右邊來就往左邊躲，從左邊來就往右躲。女屍更憤怒了，但此時雙方都十分疲倦了，女屍站著不動，那人也大汗淋漓，喘著粗氣，藏在樹後。一會兒，女屍猛然跳了起來，伸出兩臂，隔著樹去抓客人。那人一驚，跌倒在地上。女屍沒有抓著，抱著樹僵立在那兒。

寺裡的和尚偷聽了很久，直到沒了動靜，才開門出來，只見一人倒在地上。他拿燈來照了照，發現那人已經昏死過去了，但還有一口氣，便將他背進寺裡。到了第二天凌晨，那人才甦醒過來。和尚拿來熱水讓他喝，問是怎麼回事。客人詳細地講述了事情的經過。這時寺裡的晨鐘已經敲過，天漸漸亮了。和尚出門到白楊樹前，果然看見一具僵立著的屍體。和尚大驚，急忙報告縣令。縣令親自到場察看，讓人把女屍的手從樹幹上掰下來，結果紋絲不動。仔細一看，原來女屍的左右四指並在一起，彎曲如鉤，深深地插進樹幹裡，連指甲都看不見了。縣令又讓幾個人使勁掰，終於把女屍從樹上弄下來。只見手指挖的洞就像鑿子鑿出來的一樣。

縣令派衙役到旅店察看，那裡正因為女屍丟失、房客暴死的事情，議論紛紛。衙役說明了事情的原委，旅店的老漢忙跟著去把屍體抬回了家。客人哭著向縣令訴說：「我們四人一塊出來，現在卻只有一人回去，這怎麼能讓鄉里人相信呢？」縣令便給他出具了一份證明文書，又送上一些路費，打發他回家了。

**【原文】**

陽信某翁者，邑之蔡店人。村去城五六里，父子設臨路店，宿行商。有車伕數人，往來負販，輒寓其家。

一日昏暮，四人偕來，望門投止，則翁家客宿邸滿。四人計無復之，堅請容納。翁沉吟思得一所，似恐不當客意。客言：「但求一席廈宇，更不敢有所擇。」時翁有子婦新死，停屍室中，子出購材木未歸。翁以靈所室寂，遂穿衢導客往。入其廬，燈昏案上。案後有搭帳衣，紙衾覆逝者。又觀寢所，則復室中有連榻。

四客奔波頗困，甫就枕，鼻息漸粗。唯一客尚朦朧，忽聞靈床上察察有聲。急開目，則靈前燈火，照視甚了：女屍已揭衾起，俄而下，漸入臥室。面淡金色，生絹抹額。俯近榻前，遍吹臥客者三。客大懼，恐將及己，潛引被覆首，閉息忍咽以聽之。未幾，女果來，吹之如諸客。覺出房去，即聞紙衾聲。出首微窺，見僵臥猶初矣。客懼甚，不敢作聲，陰以足踏諸客；而諸客絕無少動。顧念無計，不如著衣以竄。才起振衣，而察察之聲又作。客懼，復伏，縮首衾中。覺女復來，連續吹數數始去。少間，聞靈床作響，知其復臥。乃從被底漸漸出手得褲，遽就著之，白足奔出。屍亦起，似將逐客。比其離幃，而客已拔關出矣。屍馳從之。

客且奔且號，村中人無有警者。欲扣主人之門，又恐遲為所及。遂望邑城路，極力竄去。至東郊，瞥見蘭若，聞木魚聲，乃急撾山門。道人訝其非常，又不即納。旋踵，屍已至，去身盈尺。客窘益甚。門外有白楊，圍四五尺許，因以樹自障。彼右則左之，彼左則右之。屍益怒。然各寖倦矣。屍頓立。客汗促氣逆，庇樹間。屍暴起，伸兩臂隔樹探撲之。客驚僕。屍捉之不得，抱樹而僵。

道人竊聽良久，無聲，始漸出，見客臥地上。燭之死，然心下絲絲有動氣。負入，終夜始蘇。飲以湯水而問之，客具以狀對。時晨鐘已盡，曉色迷濛。道人覘樹上，果見僵女。大駭，報邑宰。宰親詣質驗。使人拔女手，牢不可開。審諦之，則左右四指並「捲」如鉤，入木沒甲。又數人力拔，乃得下。視指穴如鑿孔然。遣役探翁家，則以屍亡客斃，紛紛正嘩。役告之故。翁乃從往，舁屍歸。客泣告宰曰：「身四人出，今一人歸，此情何以信鄉里？」宰與之牒，齎送以歸。

# 勞山道士

淄川縣有個姓王的讀書人，排行第七，是官宦人家的後代。他從小就喜愛學習道術，聽人說勞山有許多仙人，他就背著書箱前往遊歷。有一天，他登上一座山頂，看見一座道觀非常幽靜。有一個道長坐在蒲團上，雖白髮垂肩，卻神態自若，氣度不凡。王七便上前行禮，並與這位道長攀談起來。

道長談論的道術十分精深玄妙。王七心悅誠服，便請求拜他為師。道士說：「你嬌生慣養的，恐怕吃不了這個苦。」王七信誓旦旦地說：「請相信我，我一定能行。」這位道長的徒弟很多，傍晚都到齊了，王七向他們一一行過見面禮之後，便留在觀中學道了。第二天凌晨，道長讓人把王七喚來，交給他一把斧子，叫他隨其他徒弟一道進山砍柴。王七恭恭敬敬地聽從師父吩咐，就隨大家進山砍柴去了。就這樣持續了一個多月，王七的手腳都磨出了厚厚的繭子。他實在忍受不住了，便暗暗產生了回家的念頭。

有一天晚上，王七回到觀中，看見道長正陪著兩位客人在飲酒。這時天色昏暗，屋裡還沒點燈。王七看到師父用紙剪成一面圓鏡，黏貼在牆壁上。不一會兒，就如同明月照進來一樣，屋子裡頓時亮了起來，擺著的物件都能看得清清楚楚。眾徒弟都環立一旁侍候，不時跑進跑出，忙個不停。

這時，有一位客人說：「今天這樣的良宵美景，大家怎能不共享快樂？」於是從桌上拿起一壺酒，賞給弟子們，讓他們開懷暢飲，一醉方休。王七覺得奇怪：弟子有七八個，一壺酒哪夠喝，還說什麼開懷暢飲，一醉方休？這時，那些個弟子紛紛找來杯子，搶先倒酒，唯恐輪到自己時酒壺空了。然而就這樣一遍遍不斷斟酒，壺中的酒卻一點也不見減少。王七心中暗自稱奇。

過了一會兒，另一位客人說：「多謝主人請出明月照耀，不過，像這樣光是飲酒，也未免太乏味了，為何不把嫦娥從月宮中請來助興呢？」眾人聽了都拍手叫好。於是，那客人將手中的筷子向月宮中拋去。不一會兒，便見一位美人從月亮中走出。開始時還不滿一尺，到了

地上就與常人一般高了。她腰肢纖細，面容秀美，步履翩翩地跳起了霓裳羽衣舞。跳了一會兒，她又歌唱道：「神仙啊神仙，你們還回來嗎？為什麼把我幽禁在廣寒宮中啊！」那歌聲清脆悠揚，如同洞簫中吹出的音響。歌唱完了，她輕盈旋轉而上，一躍登上了桌子。大家正驚奇地注視著，那仙女已變回一根筷子。師父和客人大笑起來。一位客人又說：「今晚真盡興，可我喝醉了，你們到月宮為我餞行好嗎？」於是三人移動酒席，漸漸進入月中。眾徒弟看三人坐在月光中飲酒，連胡鬚眉毛都看得清清楚楚。如同鏡中的人影一樣。又過了一會兒，月色漸暗。有一個門徒點上蠟燭進來，卻只見道士一個人獨坐桌旁，客人不見蹤影，桌上殘羹剩菜還在。回頭再看牆上的月亮，只是一張如同鏡子大小的圓紙而已。道士問眾徒弟：「喝夠了嗎？」眾人齊聲回答：「夠了。」道士說：「既然喝夠了，就該早早睡覺，不要誤了明天砍柴割草。」眾徒弟連連答應退了出來。王七心中暗暗羨慕師父的高深道術，便打消了回家的念頭。

就這樣又過了一個月，王七實在吃不了這個苦，而道士卻還是不傳授給他一點點法術。他再也不願等待了，便向師父辭別，他說：「弟子走了好幾百里路，來找仙師求教，縱然不能求得長生不老之術，就是傳給我一點小小的法術，也可安慰我這顆求教的心。現在已過去兩三個月，但每天卻不過是上山砍柴，早出晚歸。弟子在家時，還真的沒有吃過這種苦。」道士笑著說：「我早就說你吃不得這個苦，今天果然應證了。明天早上就打發你動身回家吧。」王七說：「弟子在這裡也勞動幾個月了，請師父傳授點小技給我，也不負此行了。」道士問：「你想學點什麼法術？」王七說：「我常見師父行走時，堅硬的牆壁也不能阻隔你，只要學到這一法術我就滿足了。」道士笑著答應了他的要求。就把穿牆的口訣傳授給他，叫他自己唸咒語，唸完，喊了聲「過去」。王七面對牆壁不敢進去。道士又說：「你試著往裡去。」王七便不慌不忙地往牆裡走去。等他走到牆根邊卻止步不進。道士說：「你要低著頭猛然朝裡進，不要猶豫！」王七按照師父的話做，果然在離牆幾步時，猛地向牆壁衝去。到了牆邊，就像什麼東西也沒有似的。待他回頭一看，自己已站在牆外了。他心中大喜，進去謝過師父。道士說：「回去以後，應去掉私心雜念，否則法術就不靈驗。」於是送給他路費讓他回去了。

王七回到家中，逢人便自吹遇上了神仙，學到了法術，就是堅硬的牆壁也不能阻擋他。他的妻子不信，王七便模仿在勞山的作法，在離牆幾尺遠處，猛地一下往裡衝。結果一頭撞到牆壁上，一下子跌倒在地。妻子把他扶起一看，額頭上鼓起一個大包，像個大雞蛋似的。妻子不由得笑話他。王七又愧又恨，便一個勁地罵老道士沒安好心。

## 【原文】

邑有王生，行七，故家子。少慕道，聞勞山多仙人，負笈往游。登一頂，有觀宇，甚幽。一道士坐蒲團上，素髮垂領，而神觀爽邁。叩而與語，理甚玄妙。請師之。道士曰：「恐嬌惰不能作苦。」答言：「能之。」其門人甚眾，薄暮畢集。王俱與稽首，遂留觀中。凌晨，道士呼王去，授一斧，使隨眾採樵。王謹受教。過月餘，手足重繭，不堪其苦，陰有歸志。

一夕歸，見二人與師共酌，日已暮，尚無燈燭。師乃剪紙如鏡，粘壁間，俄頃，月明輝室，光鑑毫芒。諸門人環聽奔走。一客曰：「良宵勝樂，不可不同。」乃於案上取壺酒，分賚諸徒，且囑盡醉。王自思：七八人，壺酒何能遍給？遂各覓盎盂，競飲先釂，惟恐樽盡；而往復挹注，竟不少減。心奇之。俄一客曰：「蒙賜月明之照，乃爾寂飲，何不呼嫦娥來？」乃以箸擲月中。見一美人自光中出，初不盈尺；至地，遂與人等。纖腰秀項，翩翩作「霓裳舞」。已而歌曰：「仙仙乎，而還乎，而幽我於廣寒乎！」其聲清越，烈如簫管。歌畢，盤旋而起，躍登幾上，驚顧之間，已復為箸。三人大笑。又一客曰：「今宵最樂，然不勝酒力矣。其餞我於月宮可乎？」三人移席，漸入月中。眾視三人，坐月中飲，鬚眉畢見，如影之在鏡中。移時，月漸暗。門人燃燭來，則道士獨坐而客杳矣。幾上，肴核尚存；壁上月，紙圓如鏡而已。道士問眾：「飲足乎？」曰：「足矣。」「足宜早寢，勿誤樵蘇。」眾諾而退。王竊欣慕，歸念遂息。

又一月，苦不可忍，而道士並不傳教一術。心不能待，辭曰：「弟子數百里受業仙師，縱不能得長生術，或小有傳習，亦可慰求教之心。今閱兩三月，不過早樵而暮歸。弟子在家，未諳此苦。」道士笑曰：「吾固謂不能作苦，今果然。明早當遣汝行。」王曰：「弟子操作多日，師略

授小技，此來為不負也。」道士問：「何術之求？」王曰：「每見師行處，牆壁所不能隔，但得此法足矣。」道士笑而允之。乃傳以訣，令自咒畢，呼曰：「入之！」王面牆不敢入。又曰：「試入之。」王果從容入，及牆而阻。道士曰：「俯首驟入，勿逡巡！」王果去牆數步，奔而入，及牆，虛若無物；回視，果在牆外矣。大喜，入謝。道士曰：「歸宜潔持，否則不驗。」遂助資斧遣之歸。

　　抵家，自詡遇仙，堅壁所不能阻。妻不信。王效其作為，去牆數尺，奔而入；頭觸硬壁，驀然而踣。妻扶視之，額上墳起，如巨卵焉。妻挪揄之。王慚忿，罵老道士之無良而已。

# 狐嫁女

　　吏部殷尚書是山東歷城人，早年家境貧寒，但他膽子很大。當地有一處官宦人家的住宅，面積有幾十畝之大，裡面有無數的亭台樓閣。因為宅中時常會出現怪異現象，主人早就搬走了，房屋廢棄已久，長滿了蓬蒿雜草，到後來連大白天都沒人敢去了。

　　有一天，殷公與幾個讀書人一起喝酒。酒席上，有個人開玩笑說：「誰敢去那裡住上一夜，我們大家就請他喝酒。」聽了這話，殷公跳了起來，說：「這有何難，我去！」於是，他起身前去。眾人送他到廢宅門口，戲弄他說：「我們就在這裡等著，如果你發現了什麼鬼怪，就大聲喊叫，我們一起來救你。」殷公笑著說：「如有鬼狐，我就捉住它作為證物。」

　　他說完就走進去了，只見裡面長滿了野草，連路都遮住了。幸虧當時正值月初，還有月光，大約還能分辨出門房。他摸索著走過了幾重院落，來到了後樓。登上月台，他發現這裡光潔照人，於是就停下來。抬頭望去，只見月亮西沉，將皎潔的光輝灑滿大地。他在月台上坐了好一會兒，並未發現什麼怪異現象，心中暗笑那些聾人聽聞的傳說的荒謬。於是，他乾脆就地躺下，仰望天上的牛郎織女星。

　　一更過後，他正昏昏欲睡，忽然聽到樓下有腳步聲，好像有人沿著台階走上來了。他假裝睡熟了，卻眯著眼睛偷看，只見一個青衣丫頭，

手拿蓮花燈上樓來了。她一看到殷公，嚇得直往後退，對後面的人說：「這裡有個陌生人呢！」後面的人問：「是什麼人？」丫頭說：「不認識的。」不一會兒，上來一個老頭。他走到殷公旁邊，仔細打量了一番，說：「這是殷尚書！好在他睡熟了，我們只管辦自己的事。他為人豪放不羈，也許不會責怪我們。」

於是，老翁帶領大家上了樓，把樓門全部打開。一會兒，許多人走進走出，樓上燈火通明。殷公稍稍翻了個身，打了個噴嚏。那老翁聽見殷公醒了，連忙出來，跪著說：「小人有個女兒，正好今夜要出嫁。不料觸犯了貴人，請多包涵。」殷公連忙起身，扶起了老翁，說：「我不知道你今夜辦喜事，慚愧得很，沒帶什麼禮物表示恭賀。」老翁說：「貴人光臨，能壓邪驅凶，太讓我們榮幸了。煩請您賞光入席，那將是我們莫大的榮耀。」殷公也很樂意，便答應了。他隨著老翁進樓，只見裡面擺設很華麗。一位四十來歲的婦人上前拜見，老翁介紹道：「這是我妻子。」殷公還了一禮。這時，一陣喜慶的樂聲響了起來，有人跑上樓來說：「來了！」老翁連忙出門迎接，殷公則站在那裡等候。

在一串燈籠的引導下，新郎官進來了。他年約十七八歲，英俊瀟灑。老翁讓他先向貴客行禮。新郎官看了一眼殷公，以為他是女方的重要人物，趕緊行了個大禮，而殷公也允作儐相，以半個主人的身分答禮。然後新郎官再拜見岳丈大人。行完禮後，眾人入席。不一會兒，又來了許多漂亮的女孩子。桌上的美酒佳餚熱氣騰騰，香氣撲鼻，餐具也都鮮亮豪華。酒過幾巡以後，老翁叫丫頭去請小姐出來。丫頭應聲而去，但過了好久還未見小姐出來。老翁只得自己起身，掀開簾子催促。在幾個丫頭與老婆婆的簇擁下，新娘子終於出來了。她珮環戴玉，香氣四溢。老翁先讓新娘拜見殷公。行過禮後，新娘便挨著母親坐下。

殷公稍微打量了一下新娘，只見她頭戴翠鳳，耳墜明璫，光彩照人，果然是絕色佳人。老翁興奮異常，又換上大金盃與殷公飲酒。殷公沒有忘記他此行的目的，於是趁老翁不注意，悄悄把金盃藏進袖中，想回去以此作證。

他假裝喝醉酒了，便一頭靠在桌上像是睡了過去。旁人都說：「相公醉了。」就都沒打擾他。沒多久，聽見新郎告辭，這時，樂聲又響起來了，許多人下樓送行。

筵席散後，主人收拾餐具，發現少了一隻金盃，怎麼找也找不到。有人小聲說，是那個睡著的客人拿走了。老翁急忙制止議論，唯恐讓殷公聽到了。

又過了一陣子，樓內外都靜了下來，殷公這才起身。這時屋裡一片漆黑，但還能聞到滿室的脂粉香和酒氣。待到東方破曉，殷公從容地走出後樓。他用手往衣袖中一摸，金盃還在。他走到大門口，只見幾個讀書人都等在那裡。他們不相信他真的在裡面過了夜，以為他晚上溜了出來一大早又進去的。殷公從袖中取出金盃給他們看，並將昨夜的際遇說了一遍。大家這才相信，因為一個窮書生是不可能有這麼名貴的金盃的。

幾年之後，殷公中了進士，被派到肥丘任職。當地一位姓朱的老爺請他赴宴。酒宴上，朱老爺讓家僕取大金盃待客。家僕去了很久也沒拿出來。有個年輕的家僕用衣袖掩著嘴悄悄對朱老爺說了什麼，只見朱老爺的臉色都變了，好像很生氣。過了一會兒，朱老爺親自捧出了金盃讓殷公飲酒。殷公仔細看了看，發現金盃的款式與花紋，與自己當年拿的那隻一模一樣。殷公覺得奇怪，問這金盃是哪裡來的。朱老爺說：「這是先父當京官時請當時最出色的金匠打製的，一共八隻，是咱朱家的傳家寶，珍藏已久。承蒙您屈尊光臨寒舍，我特意讓人開箱取出來，誰知竟少了一隻，一定是被偷走了。只是十多年來塵封未動，並無打開過的痕跡，真叫人百思不得其解啊！」

殷公笑了起來，說：「這金盃大概成了仙物吧！不過，既然是家傳的寶物，千萬不可丟失。我也有一隻，與你的非常相似，就奉獻給你吧。」酒席散後，殷公回到衙門，派人把金盃送到朱老爺家。朱老爺仔細看了以後，不由大吃一驚。他親自去向殷公道謝，並打聽這金盃的由來。殷公便將數年前的事原原本本講了一遍。他們這才知道，千里之外的東西，鬼狐能隨時取用，但它們終究不敢據為己有。

## 【原文】

歷城殷天官，少貧，有膽略。邑有故家之第，廣數十畝，樓宇連亙。常見怪異，以故廢無居人。久之，蓬蒿漸滿，白晝亦無敢入者。會公與諸生飲，或戲云：「有能寄此一宿者，共醵為筵。」公躍起曰：「是

亦何難！」攜一席往。眾送諸門，戲曰：「吾等暫候之，如有所見，當急號。」公笑云：「有鬼狐，當捉證耳。」

　　遂入，見長莎蔽徑，蒿艾如麻。時值上弦，幸月色昏黃，門戶可辨。摩挲數進，始抵後樓。登月台，光潔可愛，遂止焉。西望月明，惟衡山一線耳。坐良久，更無少異，竊笑傳言之訛。席地枕石，臥看牛女。

　　一更向盡，恍惚欲寐。樓下有履聲，籍籍而上。假寐睨之，見一青衣人，挑蓮燈，猝見公，驚而卻退。語後人曰：「有生人在。」下問：「誰也？」答云：「不識。」俄一老翁上，就公諦視，曰：「此殷尚書，其睡已酣。但辦吾事，相公倜儻，或不叱怪。」乃相率入樓，樓門盡辟。移時，往來者益眾。樓上燈輝如晝。公稍稍轉側作，嚏咳。翁聞公醒，乃出，跪而言曰：「小人有箕帚女，今夜于歸。不意有觸貴人，望勿深罪。」公起，曳之曰：「不知今夕嘉禮，慚無以賀。」翁曰：「貴人光臨，壓除凶煞，幸矣。即煩陪坐，倍益光寵。」公喜，應之。入視樓中，陳設綺麗。遂有婦人出拜，年可四十餘。翁曰：「此拙荊。」公揖之。

　　俄聞笙樂聒耳，有奔而上者，曰：「至矣！」翁趨迎，公亦立俟。少間，籠紗一簇，導新郎入。年可十七八，丰采韶秀。翁命先與貴客為禮。少年目公。公若為儐，執半主禮。次翁婿交拜，已，乃即席。少間，粉黛雲從，酒胾霧霈，玉碗金甌，光映几案。酒數行，翁喚女奴請小姐來。女奴諾而入，良久不出。翁自起，搴幃促之。俄婢媼數輩擁新人出，環珮璆然，麝蘭散馥。翁命向上拜。起，即坐母側。微目之，翠鳳明，容華絕世。

　　既而酌以金爵，大容數斗。公思此物可以持驗同人，陰內袖中。偽醉隱幾，頹然而寢。皆曰：「相公醉矣。」居無何，聞新郎告行，笙樂暴作，紛紛下樓而去。已而主人斂酒具，少一爵，冥搜不得。或竊議臥客。翁急戒勿語，惟恐公聞。

　　移時，內外俱寂，公始起。暗無燈火，惟脂香酒氣，充溢四堵。視東方既白，乃從容出。探袖中，金爵猶在。及門，則諸生先俟，疑其夜出而早入者。公出爵示之。眾駭問，公以狀告。其思此物非寒士所有，乃信之。

　　後公舉進士，任於肥丘。有世家朱姓宴公，命取巨觥，久之不至。

有細奴掩口與主人語，主人有怒色。俄奉金爵勸客飲。諦視之，款式雕文，與狐物更無殊別。大疑，問所從製。答云：「爵凡八隻，大人為京卿時，覓良工監製。此世傳物，什襲已久。緣明府辱臨，適取諸箱簏，僅存其七，疑家人所竊取，而十年塵封如故，殊不可解。」公笑曰：「金盃羽化矣。然世守之珍不可失。僕有一具，頗近似之，當以奉贈。」終筵歸署，揀爵馳送之。主人審視，駭絕。親詣謝公，詰所自來。公乃歷陳顛末。始知千里之物，狐能攝致，而不敢終留也。

# 嬌　娜

　　從前有一個叫孔雪笠的讀書人，據說還是孔夫子的後裔。他很有修養和學問，能寫一手好詩。孔雪笠有個好朋友在天台縣當縣太爺，來信邀他過去。沒想到孔雪笠興沖沖趕到時，朋友已經去世了。在天台，孔雪笠人生地不熟，無依無靠，窮困潦倒，只得寄住在普陀寺，以幫助和尚抄寫經文維持生計。

　　離寺院不遠處有一座單姓人家的宅院。單家原先也是有身分的大戶，後來一場官司打輸了，家道沒落。單家在天台住不下去，就搬走了，留下這座空蕩蕩的大宅院。

　　一天下起鵝毛大雪，路上行人稀少。孔雪笠偶然從單家門口經過，只見門打開了，走出一名少年。他長得很精神，還很有禮貌地向孔雪笠問好，並請他進去做客。孔雪笠對他頗有好感，就答應了。

　　穿過庭院，進入廳堂，孔雪笠見到四周佈置得十分雅緻，牆上掛有名人字畫。桌上放著一本書，書名為《瑯嬛瑣記》，孔雪笠拿起隨手翻翻，裡面寫的都是些稀奇古怪的事情。孔雪笠讀過的書雖不少，但這書他還是第一次見到。

　　孔雪笠以為這少年住在單府，一定是單家的人，所以也沒問他姓名。倒是那少年仔細詢問了孔雪笠的身世。當聽到孔雪笠朋友去世，流落他鄉時，深表同情，說：「你的學問這麼好，為什麼不收學生教書呢？」孔雪笠嘆了口氣，說：「我流浪在外，誰會信得過我？」那少年說：「你要是不嫌我愚笨的話，我想拜你做老師。」孔雪笠大喜，不敢

當少年的老師，請他以朋友相待。兩人談得很投機，孔雪笠問：「你家的房子為什麼關了那麼久？」那少年說：「這是單家的宅子。他們搬走了。我姓皇甫，原先住得很遠，自家的房子被火燒了，只好臨時借住在這裡。」當晚孔雪笠就在他屋裡住下了，兩人睡在一張床上，一直聊到很晚。

　　第二天清晨，天剛濛濛亮，就有僕童進來點燃炭火。皇甫公子先起床出去，孔雪笠還坐在被窩裡。僕童又進來說：「老太爺來看你了。」孔雪笠慌忙起身穿衣。一個白鬍子的老人走了進來。孔雪笠剛要行禮，老人說：「該我好好謝你才對。我那兒子剛開始讀書，不知天高地厚，你可要對他嚴格些。」說完便贈上嶄新的衣帽，讓孔雪笠換了，又在廳堂中擺下豐盛的酒宴。

　　老太爺敬完酒先離去了，孔雪笠用完餐開始上課。皇甫公子先呈上自己以前寫的詩文請老師指教。孔雪笠一看都是些古體的文章，沒有當時流行的八股文。孔雪笠覺得奇怪，皇甫公子說：「我讀書是自己的興趣愛好，並不想通過讀書去謀求一官半職。」

　　老師教得專心，學生學得用心，時間過得飛快。已經是天黑點燈的時候了，皇甫公子說：「今日第一天上課，該輕鬆一下了。」他招手讓僕童靠近，說：「去看太公睡了沒有，如果已經安寢，可悄悄喚香奴到這兒來。」僕童出去一會兒，抱了一把琵琶進來，過了一會兒，還來了個穿紅衣服的女子。皇甫公子說：「這是香奴，琵琶彈得可好呢。」香奴先彈一曲《湘妃》，時而激越，時而悠揚，與孔雪笠原先聽到過的不大一樣。孔雪笠覺得今天的所見所聞都是那麼新奇，感覺真好！

　　第二天清晨，兩人就起來讀書了。皇甫公子真的是聰明絕頂，不管什麼東西，看過一遍，就能背下來。經過老師的細緻點撥，兩三個月後就出手不凡，能寫出很有新意的漂亮詩文。

　　他們每隔五天，晚上都要喝一次酒，每次喝酒都讓香奴來彈曲子唱歌。有一回，孔雪笠正陶醉在美妙的旋律中，皇甫公子說：「大哥單身一人，也該成個家了。我已經考慮了很長時間，一定要幫大哥找個出色的女子。」孔雪笠說：「如果真有這樣的好事，一定要像香奴這樣的才好。」皇甫公子笑了起來：「你真是沒見過漂亮的女子，如果香奴就能讓你滿足，那你的願望不難達成。」

在皇甫家一住就是半年，眼下已是夏天。那天，孔雪笠突然想到郊外去散散步。走到大門口，卻發現大門從外面反鎖著。孔雪笠覺得奇怪，回來問皇甫公子。皇甫公子說：「我父親怕我老想出去遊玩，耽誤了學習，所以讓人把門鎖上了。」孔雪笠一想也有道理，就打消了郊遊的念頭。

天越來越熱了，他們乾脆把教室搬到了園中。有一天，孔雪笠覺得胸口疼痛，一看原來是長了個瘡。到了晚上，瘡腫得差不多有小碗那麼大，痛得他翻來覆去沒能闔眼。老師生病，這可急壞了皇甫公子。他一連幾天守候在床前，都忘了吃飯睡覺。那瘡痛得越來越厲害，孔雪笠連飯都嚥不下去了。老太公也被驚動，拄著柺杖趕來探視，看了之後連連搖頭嘆息。皇甫公子對父親說：「我想老師的病只有嬌娜妹妹能治。昨天已派人去外婆家請她了，不知為什麼到現在還沒趕到。」

話聲剛落，僕童進來說：「娜姑娘到了，大姨和松姑娘陪她一起來的。」皇甫公子喜出望外，忙帶妹妹來見孔雪笠。嬌娜十三四歲，嬌小玲瓏，是個清純活潑的女孩子。孔雪笠望了一眼，精神為之一振，疼痛減輕了不少。皇甫公子對嬌娜說：「這是我最好的朋友，就跟同胞兄弟一樣親。你不必見外，一定要把他治好！」聽哥哥這麼一說，嬌娜拋開了女孩子的羞澀，捲起袖子就在床邊坐下看診。孔雪笠隨即聞到一陣少女的清香撲鼻而來。

嬌娜仔細把完脈，笑著說：「先生內心煩躁，也是該得這病，但我有辦法治好。不過病情已經很嚴重了，必須割皮削肉才行。」她說著從手腕上摘下一隻金手鐲，擱在紅腫處，輕輕按下去，將膿腫都圈在手鐲中。然後取出一把鋒利的小刀，小心翼翼地割下去，紫色的瘀血就流了出來。

孔雪笠從來沒有與漂亮的女孩子靠得這麼近，動手術時竟一點也不覺得疼，只恨時間過得太快。就一會兒工夫，毒瘡被割去了。嬌娜清洗了傷口，從嘴裡吐出一個紅丸，按在傷口處。轉了第一圈，孔雪笠只覺得火辣辣的；再轉一圈，隱隱有些發癢；轉到第三圈時，孔雪笠渾身清爽。嬌娜把紅丸放回嘴裡，吞了下去，說：「你已經沒事了。」然後起身快步離去。孔雪笠從床上跳起來謝她，身體就像從來沒生過病一樣。

從那之後，孔雪笠的腦海中常常浮現嬌娜可愛的身影。食不下嚥，

睡不安穩，拿了本書卻一點都看不進去，常常坐在那裡發呆。皇甫公子看在眼裡，說：「大哥，我已經物色到未來的大嫂了。」孔雪笠盯著他看了很長時間，然後搖了搖頭說：「不必了，我已有了自己的意中人，恐怕沒人能替代她。」皇甫公子當然知道他指的是誰，說：「你可不能這樣想。我父親敬重你的學問和人品，就希望你和我家結親。嬌娜妹妹年紀太小，但我表姐松姑娘也十分出色呀。她明天會到園中遊玩，你看一眼就明白了。」

　　第二天，孔雪笠待在前廂房中，看到嬌娜與松姑娘來園中遊玩。松姑娘不像嬌娜那般活潑俏麗，但多了幾分穩重優雅，要說誰更漂亮，還真是分不出上下。孔雪笠被打動了，請皇甫公子為他做媒。皇甫公子很快就把事情辦妥了，於是忙著佈置新房，籌辦婚禮。成婚那天，吹吹打打，可熱鬧了。孔雪笠娶了個漂亮的妻子，心裡別提有多高興。

　　過了些日子，皇甫公子悶悶不樂地說：「你教了我那麼多東西，我是永遠不會忘記的。只是單家要回來了，正催著我們離去。你我這次分手，恐怕再沒有見面的機會了，所以心裡難受。」孔雪笠說：「那有什麼好為難的，我和你們一起走就行了。」皇甫公子說：「我們這一走會很遠。你出來時間不短了，也該回家去看看了。」

　　孔雪笠家有老母，也經常思念，但路途遙遠，自己又沒錢，怎麼回去呢？皇甫公子說：「這些你別操心，我有辦法送你回去。」正說著，老太爺領著松娘過來，送給孔雪笠一百兩黃金。皇甫公子伸出雙手分別握住孔雪笠夫婦，叮囑他們閉上眼睛，千萬別睜開。

　　孔雪笠閉上眼睛，只覺得飄飄然像是飛了起來，耳邊還有呼呼的風聲。不知過了多長時間，皇甫公子說：「好了，可以睜開眼睛了。」孔雪笠驚喜地發現自己已經站在了家門口！這時他才知道皇甫公子不是凡人。孔雪笠興奮地敲響了門，開門的正是老母親。老母親看到兒子和漂亮的媳婦，樂得合不攏嘴。孔雪笠回頭招呼皇甫公子，這才發現他早已悄悄離去了。

　　松娘漂亮又賢惠、孝順，不久生下了兒子小宦，一家人和和美美，生活幸福。後來孔雪笠考中進士，去延安當官。他帶上松娘和小宦走馬上任，因為路途遙遠，老母選擇留在家中。但孔雪笠只是個耿直的讀書人，對官場那套一點都沒入門，結果沒多久就得罪了上司，被撤了職，

留在當地聽候處分。

　　那天他閒著沒事，跑到郊外去打獵，遇到一個騎著黑馬的英俊少年。那人老是朝他張望，像是很面熟。孔雪笠仔細一看，原來是皇甫公子。老朋友久別重逢，真的好開心！皇甫公子邀他去家中做客。孔雪笠滿口答應，隨著他來到一個村莊，只見村頭古木參天，景色宜人。皇甫家的大門上佈滿了金色的圓釘，是座非常氣派的大宅院。兩人說起分別後發生的事，有談不完的話。孔雪笠當晚就住在皇甫家，第二天乾脆把松娘和小宦都接了過來。

　　嬌娜已嫁到吳家，知道孔雪笠來了，特意趕過來看他。嬌娜抱起小宦逗著玩，還調皮地取笑松娘說：「姐姐可亂了我家的種了。」孔雪笠再次感謝當年的救命之恩，嬌娜笑道：「姐夫真是有心人，傷口好了那麼久，還對那事念念不忘。」

　　幾天之後，皇甫公子發愁了，對孔雪笠說：「我們家要遭大難了，你能救我們嗎？」孔雪笠說：「你的事情就是我的事情，那還用問嗎？」皇甫公子把全家老小一起召來，齊刷刷地朝孔雪笠跪下。孔雪笠大吃一驚，說：「有話好好講，為什麼要這樣？」皇甫公子說：「可能你早就知道了，我們都不是人，而是狐狸。今天會打雷，對我們來說是一場大劫難。如果你能捨身相救，我們全家都有可能保全。如果你害怕的話，那就請趕快帶著兒子離去，不要連累了你。」孔雪笠把大家扶起，說：「我們都是一家人，生生死死都在一起。」

　　皇甫公子讓孔雪笠手持寶劍站在大門口，並說：「不管雷打得多厲害，你都要站著別動。」孔雪笠記住了。

　　沒過多久，突然烏雲密佈，天黑得像一隻大鍋底。孔雪笠回頭望去，富麗堂皇的宅院不見了，取而代之的是陰森森的墳墓和一個深不可測的大洞。正當孔雪笠吃驚的時候，當頭霹靂一聲巨響，就像山崩地裂一般；狂風夾著大雨劈頭蓋腦而來，大樹都被連根拔起。孔雪笠被響雷震得頭昏腦脹，但仍像釘子釘在那裡一樣，紋絲不動。突然之間，一隻長著長長的尖嘴和鋒利的爪子的怪物，駕著一縷青煙從天而降。它從洞穴中抓出一個人，就要飛走。孔雪笠看那人的衣著打扮像是嬌娜，便奮不顧身地跳起來，用劍朝那怪物狠狠刺去。受了傷的怪物扔下嬌娜，慌忙逃走了。就在那一刻，又一個巨雷響起，孔雪笠被擊倒在地，昏死過

去。

　　轉眼之間，烏雲散去，天又變得晴朗了。嬌娜慢慢醒過來，發現昏死在一旁的孔雪笠，傷心地大哭道：「先生是為救我而死的，那我活著還有什麼意思？」松娘也趕出來，和嬌娜一齊把丈夫抬回屋內。嬌娜讓松娘扶著孔雪笠的頭，讓哥哥用金簪撬開他的牙齒，自己捏著他的下巴，嘴對嘴地用舌頭把那顆紅丸送進孔雪笠的嘴裡。然後輕輕地呵氣，使紅丸容易滑進喉去。時間一分一秒地過去了，孔雪笠終於醒了過來。孔雪笠看到大家都圍著他，眼睛中流露出關切的神態，覺得挺奇怪。大家說起剛才的情形，對他勇敢的行為讚歎不已。孔雪笠則覺得像做了一場夢似的。

　　一場災禍是過去了，但孔雪笠認為這地方不能久留，建議皇甫一家搬到他的老家去住。大家都覺得這個主意不錯，唯獨嬌娜悶悶不樂，因為她已經嫁到吳家，公公婆婆恐怕不捨得他們小倆口遠去。正當猶豫不決的時候，吳家的一個僕人氣喘吁吁地跑來，說是吳家那天也遭滅門之災，一家老小都被雷電擊死了。嬌娜哭得好傷心，但人死不能復生，大家都勸她多保重。不過，現在也沒有後顧之憂了，嬌娜同意和大家一起搬家。孔雪笠進城把自己的事情了結了，皇甫一家簡單地準備了一下行裝，就跟著孔雪笠匆匆離開了這個令人傷心的地方。回到故鄉後，孔雪笠把一處空置的宅院讓給皇甫一家住。宅院的門平時都關著，只有孔雪笠和松娘來的時候才打開。孔雪笠常與皇甫公子、嬌娜談詩論畫，下棋飲酒，相處得像一家人那樣親切。小宦漸漸長大了，長得格外英俊，但總有一些狐狸的習性。他到外面去玩，別人也都知道他是狐狸生的。

## 【原文】

　　孔生雪笠，聖裔也。為人蘊藉，工詩。有執友令天台，寄函招之。生往，令適卒。落拓不得歸，寓菩陀寺，傭為寺僧抄錄。

　　寺西百餘步，有單先生第。先生故公子，以大訟蕭條，眷口寡，移而鄉居，宅遂曠焉。

　　一日，大雪崩騰，寂無行旅。偶過其門，一少年出，丰采甚都。見生，趨與為禮，略致慰問，即屈降臨。生愛悅之，慨然從入。屋宇都不甚廣，處處悉懸錦幕，壁上多古人書畫。案頭書一冊，簽云《瑯嬛瑣

記》。翻閱一過，俱目所未睹。生以居單第，意為第主，即亦不審官閥。少年細詰行蹤，意憐之，勸設帳授徒。生嘆曰：「羈旅之人，誰作曹丘者？」少年曰：「倘不以駑駘見斥，願拜門牆。」生喜，不敢當師，請為友。便問：「宅何久錮？」答曰：「此為單府，曩以公子鄉居，是以久曠。僕皇甫氏，祖居陝。以家宅焚於野火，暫借安頓。」生始知非單。當晚，談笑甚歡，即留共榻。

昧爽，即有童子熾炭火於室。少年先起入內，生尚擁被坐。童入，白：「太公來。」生驚起。一叟入，鬢髮皤然，向生殷謝曰：「先生不棄頑兒，遂肯賜教。小子初學塗鴉，勿以友故，行輩視之也。」已，乃進錦衣一襲，貂帽、襪、履各一事。視生盥櫛已，乃呼酒薦饌。幾、榻、裙、衣，不知何名，光彩射目。酒數行，叟興辭，曳杖而去。餐訖，公子呈課業，類皆古文詞，並無時藝。問之，笑云：「僕不求進取也。」抵暮，更酌曰：「今夕盡歡，明日便不許矣。」呼童曰：「視太公寢未？已寢，可暗喚香奴來。」童去，先以繡囊將琵琶至。少頃，一婢入，紅妝豔絕。公子命彈《湘妃》，婢以牙撥勾動，激揚哀烈，節拍不類凡閨。又命以巨觴行酒，三更始罷。次日，早起共讀。公子最慧，過目成詠，二三月後，命筆警絕。相約五日一飲，每飲必招香奴。一夕，酒酣氣熱，目注之。公子已會其意，曰：「此婢乃為老父所豢養。兄曠邈無家，我夙夜代籌久矣，行當為君謀一佳偶。」生曰：「如果惠好，必如香奴者。」公子笑曰：「君誠『少所見而多所怪』者矣。以此為佳，君願亦易足也。」居半載，生欲翱翔郊郭，至門，則雙扉外局。問之，公子曰：「家君恐交遊紛意念，故謝客耳。」生亦安之。

時盛暑溽熱，移齋園亭。生胸間腫起如桃，一夜如碗，痛楚呻吟。公子朝夕省視，眠食俱廢。又數日，創劇，益絕食飲。太公亦至，相對太息。公子曰：「兒前夜思先生清恙，嬌娜妹子能療之，遣人於外祖母處呼令歸。何久不至？」俄童入白：「娜姑至，姨與松姑同來。」父子疾趨入內。少間，引妹來視生。年約十三四，嬌波流慧，細柳生姿。生望見顏色，呻頓忘，精神為之一爽。公子便言：「此兄良友，不啻同胞也，妹子好醫之。」女乃斂羞容，揄長袖，就榻診視。把握之間，覺芳氣勝蘭。女笑曰：「宜有是疾，心脈動矣。然症雖危，可治；但膚塊已凝，非伐皮削肉不可。」乃脫臂上金釧安患處，徐徐按下之。創突起寸許，

高出釧外，而根際余腫，盡束在內，不似前如碗闊矣。乃一手啟羅衿，解佩刀，刃薄於紙，把釧握刃，輕輕附根而割。紫血流溢，沾染床蓆。而貪近嬌姿，不惟不覺其苦，且恐速竣割事，偎傍不久。未幾，割斷腐肉，團團然如樹上削下之癭。又呼水來，為洗割處。口吐紅丸，如彈大，著肉上，按令旋轉。才一週，覺熱火蒸騰；再一週，習習作癢；三週已，遍體清涼，沁入骨髓。女收丸入咽，曰：「愈矣！」趨步出。

生躍起走謝，沉痼若失。而懸想容輝，苦不自已。自是廢卷痴坐，無復聊賴。公子已窺之，曰：「弟為兄物色，得一佳偶。」問：「何人？」曰：「亦弟眷屬。」生凝思良久，但云：「勿須！」面壁吟曰：「曾經滄海難為水，除卻巫山不是雲。」公子會其旨，曰：「家君仰慕鴻才，常欲附為婚姻。但止一少妹，齒太稚。有姨女阿松，年十八矣，頗不粗陋。如不見信，松姊日涉園亭，伺前廂，可望見之。」生如其教。果見嬌娜偕麗人來，畫黛彎蛾，蓮鉤蹴鳳，與嬌娜相伯仲也。生大悅，請公子作伐。公子翼日自內出，賀曰：「諧矣。」乃除別院，為生成禮。是夕，鼓吹闐咽，塵落漫飛，以望中仙人，忽同衾幬，遂疑廣寒宮殿，未必在雲霄矣。合巹之後，甚愜心懷。

一夕，公子謂生曰：「切磋之惠，無日可以忘之。近單公子解訟歸，索宅甚急，意將棄此而西。勢難復聚，因而離緒縈懷。」生願從之而去。公子勸還鄉閭，生難之。公子曰：「勿慮，可即送君行。」無何，太公引松娘至，以黃金百兩贈生。公子以左右手與生夫婦相把握，囑閉目勿視。飄然履空，但覺耳際風鳴。久之曰：「至矣。」啟目，果見故里。始知公子非人。喜叩家門。母出非望，又睹美婦，方共欣慰。及回顧，則公子逝矣。松娘事姑孝，豔色賢名，聲聞遐邇。

後生舉進士，授延安司李，攜家之任。母以道遠不行。松娘生一男，名小宦。生以忤直指罷官，罣礙不得歸。偶獵郊野，逢一美少年，跨驪駒，頻頻瞻視。細看則皇甫公子也。攬轡停驂，悲喜交至。邀生去，至一村，樹木濃昏，蔭翳天日。入其家，則金漚浮釘，宛然世家。問妹子則嫁，岳母已亡，深相感悼。經宿別去，偕妻同返。嬌娜亦至，抱生子掇提而弄曰：「姐姐亂吾種矣。」生拜謝曩德。笑曰：「姊夫貴矣。創口已合，未忘痛耶？」妹夫吳郎亦來謁拜。信宿乃去。

一日，公子有憂色，謂生曰：「天降凶殃，能相救否？」生不知何

事，但銳自任。公子趨出，招一家具入，羅拜堂上。生大駭，亟問。公子曰：「余非人類，狐也。今有雷霆之劫。君肯以身赴難，一門可望生全；不然，請抱子而行，無相累。」生矢共生死。乃使仗劍於門，囑曰：「雷霆轟擊，勿動也！」生如所教。果見陰云晝暝，昏黑如磐。回視舊居，無復閈閎，惟見高冢巋然，巨穴無底。方錯愕間，霹靂一聲，擺簸山岳；急雨狂風，老樹為拔。生目眩耳聾，屹不少動。忽於繁煙黑絮之中，見一鬼物，利喙長爪，自穴攫一人出，隨煙直上。瞥睹衣履，念似嬌娜。乃急躍離地，以劍擊之，隨手墮落。忽而崩雷暴裂，生僕，遂斃。

少間，晴霽，嬌娜已能自蘇。見生死於旁，大哭曰：「孔郎為我而死，我何生矣！」松娘亦出，共舁生歸。嬌娜使松娘捧其首，兄以金簪撥其齒，自乃撮其頤，以舌度紅丸入，又接吻而呵之。紅丸隨氣入喉，格格作響，移時，醒然而蘇。見眷口滿前，恍如夢寤。於是一門團，驚定而喜。

生以幽壙不可久居，議同旋裡。滿堂交贊，惟嬌娜不樂。生請與吳郎俱，又慮翁媼不肯離幼子，終日議不果。忽吳家一小奴，汗流氣促而至。驚致研詰，則吳郎家亦同日遭劫，一門俱沒。嬌娜頓足悲傷，涕不可止。共慰勸之，而同歸之計遂決。

生入城勾當數日，遂連夜趣裝。既歸，以閒園寓公子，恆反關之；生及松娘至，始發局。生與公子兄妹，棋酒談宴，若一家然。小宦長成，貌韶秀，有狐意。出遊都市，共知為狐兒也。

# 葉　生

淮陽有個姓葉的書生，現在已經不知道他的名字了，但當時他的文章詞賦在當地是首屈一指。只可惜命運不濟，他始終未能在科考中取得好成績。

恰巧關東的丁乘鶴來擔任淮陽縣令。他見到葉生的文章，覺得不同尋常，便將葉生召來談話，結果果然讓他非常高興。於是，丁乘鶴讓葉生在官府讀書，資助他學習費用，還時常拿錢糧接濟他家。到了科試的

時候，丁公在學使面前稱讚葉生，使他得了第一名。丁公對葉生寄予極大的希望，鄉試後便要葉生的文稿來閱讀，看到妙處便不由得拍案叫好。但是命運捉弄人，文章雖好命卻不好，發榜時葉生仍舊名落孫山。葉生垂頭喪氣地回家，感到辜負了丁公的期望，很慚愧。結果他一天天消瘦下去，呆如木偶。丁公聽說，將他召來勸慰了一番，葉生淚落不止。丁公很同情他，約好等自己三年任滿入京，就帶他一起北上。葉生非常感激。辭別丁公回家，從此閉門不出。

沒過多久，葉生病倒在床。丁公經常送東西來慰問他。葉生服用了許多藥，卻毫不見效。正在這時，丁公因冒犯上司被免去官職，將要離任回鄉。他給葉生寫了封信，大致意思說：「我歸家的日期已經定了，遲遲不走的原因，是為了等你。如果你早晨來到，我晚上就可以上路。」信送到了病床上，葉生拿著信哭得非常傷心。他讓送信人捎話給丁公：「我的病很重，恐怕一時難以痊癒，請大人先動身吧。」送信人如實轉達了，丁公仍不忍心獨自離去，繼續耐心地等著他。

過了幾天，看門的人忽然通報說葉生來了。丁公大喜過望，忙迎上去問候他。葉生說：「因為小人的病，有勞您久等了，真是過意不去。幸好現在可以跟隨在您身邊了。」於是，丁公整理行裝，等到天明就上路了。

丁公回到家，讓兒子拜葉生為師，早晚都跟隨著他。丁公子名叫再昌，當時十六歲，還不能寫文章。但他非常聰明，文章看上兩三遍，就不會忘記。過了一年，公子便能落筆成文。加上父親的關係，他考取了秀才。葉生把自己平生所練習的考舉人用的應試文章全部抄下來，讓公子誦讀。結果鄉試出的七個題目，都在準備的習作中，無一脫漏，公子考了第二名。

有一天，丁公對葉生說：「您拿出自己剩餘的一點學問，就使我的兒子成了名，而您這賢才卻長期被埋沒，這可怎麼辦呢？」葉生說：「這恐怕是命中注定的吧。不過能借您的福氣使文章發揮作用，讓天下人知道我半生的淪落，不是因為文章低劣，我也就滿足了。況且讀書之人能得一知己，也沒什麼遺憾了。何必非要穿上官服，拋掉讀書人的衣裳，才能說是發跡走運呢？」丁公覺得葉生長期客居外省，會令他耽誤了參加歲試，便勸他回家。葉生聽了愁眉苦臉。丁公不忍心強行讓他

走，就叮囑公子到京城參加會試時，要為葉生納個監生。

丁公子考中了進士，被授部中主政。他上任時帶著葉生，並送他進太學國子監讀書，仍與他早晚在一起。過了一年，葉生參加順天府鄉試，終於考中了舉人。正巧丁公子奉命主管南河公務，他對葉生說：「此去離您的家鄉不遠。先生已經功成名就，衣錦還鄉該是何等令人高興。」葉生也很開心。他們擇定吉日上路。到了淮陽縣界，丁公子派僕人用馬車護送葉生回家。

葉生到家下車，看見自己的門戶衰敗冷清，心裡非常難過。他慢慢地走進院子，妻子正好拿著簸箕從屋裡出來。她猛然看到葉生，嚇得扔了簸箕就逃走。葉生悽慘地說：「我現在已經中了舉人，變得顯貴了。才三四年不見，你怎麼就不認識我了？」妻子站在遠處對他說：「你死了已經很久了，怎麼又說顯貴了呢？之所以一直沒將你的棺木安葬，是因為家裡實在太窮而兒子又太小。如今兒子阿大已經成人，正要選擇墓地安葬你呢。請不要作怪來驚嚇活人。」葉生聽了這話，顯得非常傷心失落。他慢慢走進屋中，見自己的棺材還停放在那裡，便突然倒地，沒了蹤影。妻子驚恐地過去一瞧，只見葉生的衣帽鞋襪脫落在地上。她悲痛極了，抱起地上的衣服傷心地大哭起來。兒子從學堂中回來，看見門前拴著馬車。他詢問了趕車人，嚇得急忙跑去告訴母親。母親流著眼淚把剛才的情景告訴了兒子，又仔細詢問了護送葉生的僕人，才得知事情的始末。

僕人返回，如實報告了主人。丁公子聽說，淚水濕透了胸前的衣襟。他立即乘著馬車趕來，在葉生的靈堂上哭著祭拜。他出錢修墓辦理喪事，用舉人的葬禮安葬了葉生，還送了很多錢財給葉生的兒子，為他請了老師就讀。後來丁公子向學使推薦，使葉生的兒子第二年入縣學成了秀才。

## 【原文】

淮陽葉生者，失其名字。文章詞賦，冠絕當時；而所如不偶，困於名場。會關東丁乘鶴來令是邑，見其文，奇之。召與語，大悅。使即官署，受燈火；時賜錢谷，恤其家。值科試，公游揚於學使，遂領冠軍。公期望慇切，闈後，索文讀之，擊節稱嘆。不意時數限人，文章憎命，

榜既放，依然鎩羽。生嗒喪而歸，愧負知己，形銷骨立，痴若木偶。公聞，召之來而慰之；生零涕不已。公憐之，相期考滿入都，攜與俱北。生甚感佩，辭而歸，杜門不出。

　　無何，寢疾。公遺問不絕。而服藥百裹，殊罔所效。公適以忤上官免，將解任去。函致生，其略云：「僕東歸有日，所以遲遲者，待足下耳。足下朝至，則僕夕發矣。」傳之臥榻。生持書啜泣，寄語來使：「疾革難遽瘥，請先發。」使人返白。公不忍去，徐待之。

　　逾數日，門者忽通葉生至。公喜，逆而問之。生曰：「以犬馬病，勞夫子久待，萬慮不寧。今幸可從杖履。」公乃束裝戒旦。抵裡，命子師事生，夙夜與俱。公子名再昌，時年十六，尚不能文。然絕慧，凡文藝三兩過，輒無遺忘。居之期歲，便能落筆成文。益之公力，遂入邑庠。生以生平所擬舉子業，悉錄授讀，闈中七題，並無脫漏，中亞魁。

　　公一日謂生曰：「君出餘緒，遂使孺子成名。然黃鐘長棄奈何！」生曰：「是殆有命！借福澤為文章吐氣，使天下人知半生淪落，非戰之罪也，願亦足矣。且士得一人知己，可無憾，何必拋卻白 ，乃謂之利市哉！」公以其久客，恐誤歲試，勸令歸省。生慘然不樂。公不忍強，囑公子至都，為之納粟。

　　公子又捷南宮，授部中主政。攜生赴監，與共晨夕。逾歲，生入北闈，竟領鄉薦。會公子差南河典務，因謂生曰：「此去離貴鄉不遠。先生奮跡雲霄，錦還為快。」生亦喜。擇吉就道，抵淮陽界，命僕馬送生歸。

　　歸見門戶蕭條，意甚悲惻。逡巡至庭中，妻攜簸具以出，見生，擲具駭走。生淒然曰：「今我貴矣。三四年不覿，何遂頓不相識？」妻遙謂曰：「君死已久，何復言貴？所以久淹君柩者，以家貧子幼耳。今阿大亦已成立，行將卜窀穸，勿作怪異嚇生人。」生聞之，憮然惆悵。逡巡入室，見靈柩儼然，撲地而滅。妻驚視之，衣冠履舄如蛻委焉。大慟，抱衣悲哭。子自塾中歸，見結駟於門，審所自來，駭奔告母。母揮涕告訴。又細詢從者，始得顛末。

　　從者返，公子聞之，涕墮垂膺。即命駕哭諸其室；出橐營喪，葬以孝廉禮。又厚遺其子，為延師教讀；言於學使，踰年游泮。

# 王　成

　　平原地方有個叫王成的人，本是大戶人家出身；但他好吃懶做，把家業都敗光了，最後僅剩下幾間破屋，連張床都沒有了，只能睡在亂麻上。他老婆嫌他懶，兩人經常吵架。

　　村外有個周家的廢園，裡面房屋都倒塌了，只剩下一個亭子。有一年夏天，天氣非常炎熱，村裡很多人都到那裡納涼，晚上就睡在這亭子裡，王成也在其中。有一回天亮時，別的人都回去了，王成卻一直到太陽升得老高時才起身。他正打算回去時，忽然發現草叢裡有支金釵。揀起來一看，見上面刻有「儀賓府造」幾個小字。王成的祖父曾是衡王府的女婿，被稱之為「儀賓」，家中收藏的舊物，多半是這個款式。因此，他拿著金釵猶豫不決。正在這時，一個老婆婆來找金釵。王成雖然很窮了，但為人正直，馬上把金釵還給她。老婆婆很高興，滿口稱讚王成品行好，說：「金釵本身值不了幾個錢，但它是我丈夫王柬之留下的，所以不能丟。」王柬之不就是自己的祖父？王成吃驚地問：「我祖父已經過世很久了，你怎麼認識的他？」

　　老婆婆聽了這話，也有幾分驚詫，仔細地打量著王成，說：「這麼說，你就是王柬之的孫子囉？我本是一個狐仙，百年前與你祖父成親。你祖父死後，我就隱居了。不料路過這裡時把金釵丟了，碰巧被你拾了去，真是天意啊！」王成也曾經聽說過祖父有個狐妻，於是相信了她的話，並請她一同回家。老婆婆答應了。

　　來到家門口，王成喊妻子出來相見。老婆婆見到王成的妻子穿著破舊，面黃肌瘦，不禁嘆息道：「唉，想不到王柬之的孫子，竟窮到這種地步！」她見爐灶冰冷，不生煙火，又問：「家裡什麼都沒有，你們是怎麼過日子的啊？」王成的妻子說起家中的困境，鼻子一酸，眼淚就一串串地掉下來。老婆婆聽了，留下一支金釵，讓王成的妻子到市上換些米來，並約好三天後再見面。王成想要挽留，她說：「你連自己的妻子都難養活，我再留下來，不是只能望著空房子發愁嗎？」老婆婆走了以後，王成向妻子講明情況。妻子聽了很害怕，王成卻對老婆婆讚不絕口，要妻子像待婆母一般好好侍奉她。妻子答應了。

三天後，老婆婆果然來了。她帶了些錢，買回了不少的糧食。晚上，她與王成的妻子同睡一張床。王成的妻子起初有些害怕，但看她很慈祥，也就放心了。

第二天，老婆婆對王成說：「你也不能再懶惰下去了，應該做點小生意，坐吃山空怎麼能行呢？」王成說自己沒有本錢。老婆婆說：「你祖父在世時，錢銀隨我拿。我因為是個世外人，錢沒什麼用，所以從未多要。只留下這四十兩花粉錢，保存至今。你拿去買些葛布，進京城去賣，多少可以賺點錢。」

於是，王成買了五十匹葛布回來。老婆婆叫他立即動身，並說六七天就可以到京城。她一再囑咐：「你一定要勤快些，千萬不能偷懶；行動要快，不可拖拖拉拉；要是多耽擱一天，就會後悔莫及。」王成聽了滿口答應。

王成上路了，不料途中遇到下雨，淋成一個落湯雞。他這輩子從來沒吃過這種苦，哪裡能受得了，便找了家旅店住下。可是，第二天雨下得更大了，心裡更是叫苦不迭。到了中午，天好像要轉晴了，可不一會兒，又陰雲密佈，大雨滂沱。王成不得已又住了一宿。

快到京城時，聽說葛布價錢很貴，他還心中暗自高興。但進京後才知道，他已經來晚了一步。原來，開始的時候南邊戰亂剛平息，道路方通，進京的貨物很少，貝勒府急需用布，葛布的價錢漲了三倍。前一天，王府已經買足了布，布價也就跌了下來。聽這麼一說，王成很不開心。又過了一天，葛布更多了，價錢越發走低。王成一看無利可賺，便不肯賣。可十多天下來，食宿費花去不少，布還是沒賣出去，王成更加鬱悶了。旅店老闆勸他低價將葛布出手，換做其他生意，或許能夠挽回一些。王成無奈，只能按他說的，把帶來的葛布全賣了出去，結果虧了十幾兩銀子。第二天早晨，王成收拾行李打算回家，一摸錢袋，發現空空如也，錢都不翼而飛了。他趕忙叫來店老闆詢問，店老闆說你肯定是讓賊給盯上了，也沒有辦法。有人鼓動他告到官府去，讓店老闆賠償。王成卻說：「是我自己命不好，怨不得別人。」店老闆聽了很是感激，送給他五兩銀子做路費。

王成覺得沒臉回去見祖母，正走投無路，卻看到有人在鬥鵪鶉。當時京城中盛行鬥鵪鶉，輸贏就是幾千錢，所以鵪鶉的身價飛漲，一隻要

百把銅錢。他想自己這五兩銀子，可以買鵪鶉呀！他馬上與店老闆商量。店老闆竭力慫恿他幹，並表示不收他的食宿費。王成很高興，很快去外地買了一擔鵪鶉回到京城。店老闆也很高興，希望他儘快把鵪鶉賣了。

這天晚上，一場傾盆大雨，街道上積水成河。王成只好坐等天晴，可是雨連著下了好幾天，籠子裡的鵪鶉接二連三死去，令他焦慮萬分，又束手無策。再過了一天，鵪鶉死得更多，剩下沒幾隻，王成便把它們關在一隻籠子裡養著。到了第二天，就剩下一隻活的了。王成傷心欲絕，錢花光了，家回不去了，只剩死路一條了。店老闆也為他難過，極力勸他，安慰他。他倆看著那隻僅存的鵪鶉，店老闆突然說：「這隻鵪鶉非同尋常，其他那些鵪鶉很可能就是被它鬥死的。你反正閒著沒事，不如帶它撞撞運氣，如果它真的是善鬥，你還能靠它謀生呢。」

到了這個地步，王成也只能死馬當作活馬醫，認真地馴養鵪鶉，然後帶著它上街了。起初，王成只是與街頭的小混混賭些酒食，結果是連戰連捷。店老闆也很為他高興，給他準備了些賭本，讓他去跟有錢人鬥鵪鶉。結果，王成的鵪鶉又是三戰三勝。這樣半年多下來，王成已經積攢了二十多兩銀子。此時，王成的心裡覺得寬慰多了，把鵪鶉看得與性命一樣貴重。

有個大親王非常喜歡鬥鵪鶉，每逢上元節，都會在王府前擺下擂台，讓民間的鵪鶉與他養的鵪鶉一決高下。轉眼上元節快到了，店老闆對王成說：「你發大財的機會來了，只是不知你的運氣怎麼樣。」店老闆將親王擺擂台鬥鵪鶉之事說給王成聽，極力慫恿他去試試，並再三說：「鬥敗了，你自認倒楣，也沒有什麼損失；萬一贏了，親王必定要高價收買。你千萬記住，別輕易答應，即使他強迫你，也別鬆口，要看我的眼色行事，我點頭後你才能答應。」王成記住了。

他們到了親王府，只見台階下已經站滿了人。一會兒，親王出來了。他的隨從大聲招呼：「願意鬥鵪鶉的上來。」馬上有個人提著鵪鶉上前了，但幾下子就敗下陣來。王爺見了樂得開懷大笑。此後又有好幾個人想試試，都是一樣的結局。這時，店老闆對王成說：「該我們上了。」於是，兩人一同上前。王爺仔細打量著王成的鵪鶉，對手下的人說：「這隻鵪鶉眼中充滿殺氣，是個厲害的角色，不可輕敵。」他讓下

人放出「鐵嘴」鵪鶉來鬥。只幾個回合,「鐵嘴」就落荒而逃。再換幾隻鵪鶉上場,同樣敗下陣來。親王急紅了眼,忙讓手下取來宮中的「頭號殺手」玉鵪鶉。

　　那玉鵪鶉果然不同凡響,一身如雪的羽毛,就像白鷺一般,趾高氣揚。相比之下,王成的鵪鶉就像是站在天鵝旁的醜小鴨。王成嚇壞了,跪下來求饒,說:「大王的鵪鶉,是天上下來的神物,我的鵪鶉肯定不是對手。可我還指望它混口飯吃呢。」親王哈哈大笑,說:「你怕什麼?如果你的鵪鶉鬥死了,我也會重賞你的。」王成不得已,只好讓他的鵪鶉上場。

　　玉鵪鶉見有對手出籠,立即奔了過去。這時,王成的鵪鶉像怒雞一樣伏著,虎視眈眈。玉鵪鶉猛啄過來,王成的鵪鶉像鶴一樣騰空而起,然後俯衝下來,奮力反擊。兩鵪鶉纏在一起,或進或退,混戰一場,相持近一個時辰也分不出勝負。後來,玉鵪鶉不再囂張了,漸漸有些洩氣,而王成的鵪鶉卻如有神助,越鬥越勇。不一會兒,玉鵪鶉身上的毛像雪花般掉落,奔拉著翅膀逃走了。

　　上千圍觀的人都齊聲喝采,又非常羨慕王成。親王讓人將王成的鵪鶉送上前來,從嘴到爪細細察看了一番,然後問道:「這鵪鶉賣不賣?」王成說:「我沒有其他的財產,就指望它了,萬萬不能賣的。」親王又說:「我可以出大價錢,讓你從此吃香的喝辣的,難道你還不樂意嗎?」王成低頭想了一會兒,才說:「我本不願賣,但王爺這麼喜歡,又能使小人從此不愁衣食,我只能聽命了。」王爺要他自己出個價,王成獅子大開口,說要一千兩銀子。王爺笑著說:「你大概是想錢想瘋了,就這麼隻破鳥,竟開價千金?」王成說:「大王看不上它,可在我眼裡它卻是比金山銀山還強啊!」王爺讓他說來聽聽,王成便說:「我每天帶它上街去走一趟,就能贏些柴米錢,一家十幾口人就不會挨餓受凍了,什麼寶物能和它比?」王爺聽了也有些道理,便說:「我也不讓你吃虧,這樣吧,我用二百兩銀子買下。」王成搖了搖頭。王爺加了一百兩,又加了一百……王成偷偷望了一眼店老闆,見他還是不動聲色,就說:「既然王爺誠心想要,我也退一步吧,九百兩。」王爺有些不開心了,說:「你以為我是冤大頭啊,會花這麼多錢買一隻鵪鶉?」聽他這麼一說,王成抱起鵪鶉轉身要走。親王急了,大喊道:「你回

來，你回來！我出六百兩，一口價！」王成又偷偷看了眼店老闆，見他仍沒有反應。但王成自己已經很滿足了，生怕煮熟的鴨子又飛了，就說：「您真讓我為難啊，實在是虧大了，但又不能得罪王爺您！唉，就按您說的成交吧。」王爺笑逐顏開地讓人取來銀兩交給王成。

王成暗地裡樂壞了，可回去路上店老闆還埋怨他說：「你怎麼忘了我的話？只要再堅持一下，少說能拿到八百兩。」回到店裡，為了答謝店老闆，王成把所有銀子放在桌上，讓他自己拿。店老闆起初不肯要，經王成再三堅持，最後收了他的食宿費。

王成回到家後，對家人說了自己在京城的際遇，大家都很高興。祖母叫他買了三百畝良田，修築房屋，添置家具，儼然又變成一個有錢人家了。

祖母擔心王成舊病復發，每天清晨早起，督促王成夫妻耕作紡織。見到他倆稍有懈怠，一定會嚴辭訓斥。夫婦二人對祖母非常尊敬，沒有半句怨言。這樣過了三年，王家真的變得富足起來，祖母便要告辭。王成夫婦苦苦挽留，她總算答應不走了。可是，第二天凌晨，她就消失不見了。

## 【原文】

王成，平原故家子。性最懶，生涯日落，惟剩破屋數間，與妻臥牛衣中，交讁不堪。

時盛夏燠熱，村外故有周氏園，牆宇盡傾，惟存一亭；村人多寄宿其中，王亦在焉。既曉，睡者盡去。紅日三竿，王始起，逡巡欲歸。見草際金釵一股，拾視之，鐫有細字云：「儀賓府造。」王祖為衡府儀賓，家中故物，多此款式，因把釵躊躇。欻一嫗來尋釵。王雖故貧，然性介，遽出授之。嫗喜，極讚盛德，曰：「釵值幾何，先夫之遺澤也。」問：「夫君伊誰？」答云：「故儀賓王柬之也。」王驚曰：「吾祖也，何以相遇？」

嫗亦驚曰：「汝即王柬之之孫耶？我乃狐仙。百年前，與君祖繾綣。君祖歿，老身遂隱。過此遺釵，適入子手，非天數耶！」王亦曾聞祖有狐妻，信其言，便邀臨顧。嫗從之。

王呼妻出見，負敗絮，菜色黯焉。嫗嘆曰：「嘻！王柬之孫子，乃

一貧至此哉！」又顧敗灶無煙。曰：「家計若此，何以聊生？」妻因細述貧狀，嗚咽飲泣。嫗以釵授婦，使姑質錢市米，三日外請復相見。王挽留之。嫗曰：「汝一妻猶不能自存活，我在，仰屋而居，復何裨益？」遂徑去。王為妻言其故，妻大怖。王誦其義，使姑事之，妻諾。

逾三日，果至。出數金，糴粟麥各石。夜與婦共短榻。婦初懼之，然察其意殊拳拳，遂不之疑。

翌日，謂王曰：「孫勿惰，宜操小生業，坐食烏可長也！」王告以無資。曰：「汝祖在時，金帛憑所取；我以世外人，無需是物，故未嘗多取。積花粉之金四十兩，至今猶存。久貯亦無所用，可將去悉以市葛，刻日赴都，可得微息。」

王從之，購五十餘端以歸。嫗命趣裝，計六七日可達燕都。囑曰：「宜勤勿懶，宜急勿緩；遲之一日，悔之已晚！」

王敬諾，囊貨就路，中途遇雨，衣履浸濕。王生平未歷風霜，委頓不堪，因暫休旅舍。不意淙淙徹暮，簷雨如繩。過宿，潦益甚。見往來行人，踐淖沒脛，心畏苦之。待至亭午，始漸燥，而陰云復合，雨又大作。信宿乃行。

將近京，傳聞葛價翔貴，心竊喜。入都，解裝客店，主人深惜其晚。先是，南道初通，葛至絕少。貝勒府購致甚急，價頓昂，較常可三倍。前一日方購足，後來者並皆失望。主人以故告王。王鬱鬱不得志。越日，葛至愈多，價益下，王以無利不肯售。遲十餘日，計食耗煩多，倍益憂悶。主人勸令賤賣，改而他圖。從之，虧資十餘兩，悉脫去。早起，將作歸計，啟視囊中，則金亡矣。驚告主人。主人無所為計。或勸鳴官，責主人償。王嘆曰：「此我數也，於主人何尤？」主人聞而德之，贈金五兩，慰之使歸。

自念無以見祖母，踟躇內外，進退維谷。適見鬥鶉者，一賭輒數千；每市一鶉，恆百錢不止。意忽動，計囊中資，僅足販鶉，以商主人。主人亟慫慂之。且約假寓飲食，不取其直。王喜，遂行。購鶉盈儋，復入都。主人喜，賀其速售。至夜，大雨徹曙。天明，衢水如河，淋零猶未休也。居以待晴。連綿數日，更無休止。起視籠中，鶉漸死。王大懼，不知計之所出。越日，死愈多，僅餘數頭，並一籠飼之；經宿往窺，則一鶉僅存。因告主人，不覺涕墮，主人亦為扼腕。王自度金盡

罔歸，但欲覓死。主人勸慰之，共往視鶉，審諦之，曰：「此似英物。諸鶉之死，未必非此之鬥殺之也。君暇亦無所事，請把之；如其良也，賭亦可以謀生。」王如其教。

既馴，主人令持向街頭，賭酒食。鶉健甚，輒贏。主人喜，以金授王，使復與子弟決賭；三戰三勝。半年許，積二十金，心益慰，視鶉如命。

先是，大親王好鶉，每值上元，輒放民間把鶉者入邸相角。主人謂王曰：「今大富宜可立致；所不可知者，在子之命矣。」因告以故，導與俱往。囑曰：「脫敗，則喪氣出耳。倘有萬分一，鶉鬥勝，王必欲市之，君勿應；如固強之，惟予首是瞻，待首肯而後應之。」王曰：「諾。」至邸，則鶉人肩摩於墀下。頃之，王出御殿。左右宣言：「有願鬥者上。」即有一人把鶉，趨而進。王命放鶉，客亦放；略一騰踔，客鶉已敗。王大笑。俄頃，登而敗者數人。主人曰：「可矣。」相將俱登。王相之，曰：「睛有怒脈，此健羽也，不可輕敵。」命取鐵喙者當之。一再騰躍，而王鶉鎩羽。更選其良，再易再敗。王急命取宮中玉鶉。片時把出，素羽如鷺，神駿不凡。王成意餒，跪而求罷，曰：「大王之鶉，神物也，恐傷吾禽，喪吾業矣。」王笑曰：「縱之。脫鬥而死，當厚爾償。」成乃縱之。玉鶉直奔之。而玉鶉方來，則伏如怒雞以待之；玉鶉健啄，則起如翔鶴以擊之。進退頡頏，相持約一伏時。玉鶉漸懈，而其怒益烈，其鬥益急。未幾，雪毛摧落，垂翅而逃。觀者千人，罔不歎羨。王乃索取而親把之，自喙至爪，審週一過。問成曰：「鶉可貨否？」答云：「小人無恆產，與相依為命，不願售也。」王曰：「賜爾重直，中人之產可致。頗願之乎？」成俯思良久，曰：「本不樂置；顧大王既愛好之，苟使小人得衣食業，又何求？」王清直，答以千金。王笑曰：「痴男子！此何珍寶而千金直也？」成曰：「大王不以為寶，臣以為連城之璧不過也。」王曰：「如何？」曰：「小人把向市廛，日得數金，易升斗粟，一家十餘食指，無凍餒憂，是何寶如之？」王言：「予不相虧，便與二百金。」成搖首。又增百數。成目視主人，主人色不動。乃曰：「承大王命，請減百價。」王曰：「休矣！誰肯以九百易一鶉者！」成囊鶉欲行。王呼曰：「鶉人來，鶉人來！實給六百，肯則售，否則已耳。」成又目主人，主人仍自若。成心願盈溢，惟恐失時，曰：「以此數售，心實怏怏；但交而

不成，則獲戾滋大。無已，即如王命。」王喜，即秤付之。成囊金，拜賜而出。

主人懟曰：「我言如何，子乃急自鬻也？再少靳之，八百金在掌中矣。」成歸，擲金案上，請主人自取之，主人不受。又固讓之，乃盤計飯直而受之。

王治裝歸，至家，歷述所為，出金相慶。嫗命置良田三百畝，起屋作器，居然世家。嫗早起，使成督耕，婦督織。稍惰，輒呵之。夫婦相安，不敢有怨詞。過三年，家益富。嫗辭欲去。夫婦共挽之，至泣下。嫗亦遂止。旭旦候之，已杳矣。

# 青　鳳

太原有一戶姓耿的人家，祖上很有權勢，造起了氣派寬敞的大宅院。幾代之後，耿家慢慢衰落，好多房子沒人住，老空關著，由此出現許多稀奇古怪的事情。譬如說，房門常常無緣無故地自己打開又關上，半夜裡經常會聽到一些嚇人的聲音。耿老爺害怕了，帶著家人搬到別處去住，只留下一個看門的老頭。自打那以後，耿宅就更加衰敗破落了，怪事情也越來越多，夜深人靜的時候，經常傳出歡歌笑語，可熱鬧呢！

耿老爺有個侄子叫耿去病。他性格豪放，天不怕地不怕的。他囑咐看門的老頭，聽到老宅中有什麼動靜，就來告訴他。有一天晚上，老頭發現老宅樓上有一閃一閃的燈光，就趕緊跑去對耿去病說。耿公子趕來一看，還真有這回事，便不顧老頭的勸阻，執意要進去看個究竟。

院子中已經長滿了野草，好在耿公子熟門熟路，七拐八轉終於摸到樓前。在樓下，耿公子沒發現什麼異常的地方。悄悄上樓後，聽到有輕聲說話的聲音。偷偷地湊近去張望，只見兩支大蠟燭把屋內照得通明。圍坐在桌邊的像是一家四口，正座上是戴著儒生頭巾的男子，坐對面的婦人應該是他妻子，大約二十歲的兒子和十六七歲的女兒坐在兩旁。桌上擺滿了美味佳餚，一家人說說笑笑，其樂融融。耿去病不管三七二十一闖了進去，笑著說：「來了一個不速之客，你們歡迎嗎？」屋內的人沒料到會有人來，嚇得東躲西藏，只有那男子站出來指責道：「你是什

麼人，怎麼敢私闖人家的內室？」耿公子說：「這是我家的內室，你占去了，獨自在這裡享受美酒佳餚，也不邀請一下主人，這不是太吝嗇了嗎？」

那男子仔細打量著耿去病，說：「別騙我了，你不是耿家的人。」耿去病說：「我是狂生耿去病，是耿老爺的侄子。」那男子馬上顯得很客氣了，說：「我姓胡，早就聽說你才華橫溢，能認識你真的很高興。」邊說邊讓僕人重新準備酒菜，邀耿去病入席。耿公子也不客氣，大大咧咧地坐下，說：「別太麻煩了，這些酒菜就挺好。我們都不是外人，不必迴避，讓你家人一同來飲酒吧！」胡老爺連聲說「對」，把兒子孝兒喚出來作陪。

耿公子向來豪放，說起話來滔滔不絕；孝兒也豪爽灑脫，兩人都覺得十分投緣。耿去病二十一歲，比孝兒大兩歲，就認他做了弟弟。胡老爺說：「聽說你祖父寫過一本《涂山外傳》，你知道這事嗎？」耿公子當然知道。胡老爺說：「我們就是涂山氏的後代，唐以後的事情族譜中都記載得很清楚，再往前的就記不住了。能請公子指教嗎？」

一聽問這些，耿公子又來勁了，將涂山的女兒女嬌嫁給大禹，幫助大禹治水，並生下兒子啟的功績一路說來，繪聲繪色。胡老爺得知祖上曾這麼風光，喜出望外，對孝兒說：「耿公子知識淵博，真是不簡單。他不是外人，你去把你母親和妹妹叫出來，讓她們一同聽聽，知道一下我們的祖先是多麼了不起！」

孝兒走入內室，帶了他母親和妹妹出來。耿公子看了那女孩一眼，差點兒驚呆了。女孩十分嬌俏，眼中流露出聰慧的神色，人間再也找不出比她更漂亮的女子了。胡老爺指著那婦人說：「這是我妻子。」又介紹那女孩：「她叫青鳳，是我侄女，也很聰明，聽到或看到過的東西，都不會忘記，所以也讓她聽聽。」

有漂亮的女孩子在一旁，耿公子說得更加眉飛色舞，一口氣把他所知的東西添油加醋都倒了出來。說完之後飲了口酒，朝青鳳看去，只見青鳳正目不轉睛地望著自己。青鳳發現耿公子注意到她了，不好意思地低下頭，那略含羞澀的神態越發楚楚動人。耿公子情不自禁地用腳踩了踩她的腳，青鳳連忙縮了回去，但並沒有生氣。耿公子酒喝多了，說話更沒有分寸，竟拍著桌子說：「要是討個能像青鳳姑娘一樣的老婆，哪

怕拿皇帝的寶座來換，我也不幹！」胡妻看到耿公子醉得這麼厲害，趕緊帶著青鳳回內室去了。耿公子好失望，悶悶不樂地告別了胡老爺。

　　耿公子回家後，對青鳳念念不忘。第二天晚上，他又來到耿家老宅。屋內依然瀰漫著異樣的香味，但空無一人，耿公子一直等到天亮，不見一點動靜。耿公子乾脆獨自一人搬回老宅，希望再見上青鳳一面。天黑時，耿公子在樓下讀書，一個披頭散髮的鬼闖了進來，一雙恐怖的眼睛直勾勾地瞪著耿公子。耿公子輕蔑地一笑，用手抓起硯台中的墨往臉上抹去，瞪著一雙大眼睛與鬼對視，樣子更加猙獰可怕。那鬼敗下陣來，嚇得逃走了。

　　第二天晚上，夜更深的時候，耿公子剛準備熄燈睡覺，聽到樓上有開門的聲音。耿公子悄悄走上樓去，只見半開的門後有一道燭光，輕微的腳步聲正朝這邊過來。竟然是青鳳！耿公子高興地跳了起來。耿公子的突然出現，嚇了青鳳一大跳。她連忙退回去，把門緊緊關上。耿公子「撲通」一聲跪在地上，說：「我冒著這麼大的風險來這裡，全都是為了你。現在就我們兩個，你為什麼還不願意見我？」青鳳說：「我也知道公子的一片深情，但我叔叔管得嚴，他是絕對不允許我與陌生男子交往的。」耿公子苦苦哀求道：「你可不能這麼狠心，至少也要讓我看你一眼。」青鳳被說動了，猶猶豫豫地打開門。耿公子一個箭步上前，緊緊握住青鳳的手，把她拖了出來。青鳳依偎在耿公子懷中，兩人都覺得十分幸福。

　　青鳳嘆著氣說：「也許命中注定我們今晚相聚，要是到了明天，再是思念也沒用了。」耿公子忙問為什麼，青鳳說：「你天不怕地不怕，做事一點顧忌都沒有。我叔叔扮著鬼來嚇你，都沒把你嚇跑，我們只好搬家了。今天家裡其他人都搬東西過去了，就我一人留守，明天馬上就走。」青鳳說完就要離去，怕叔叔回來被發現，耿公子當然捨不得她走。正當兩人爭執不下時，胡老爺突然闖進來，衝著青鳳破口大罵：「你這個賤丫頭，敗壞我家門戶，把我們胡家的臉面都丟盡了。還站在這裡丟人現眼幹什麼？遲一步，鞭子就要打下來了！」青鳳嚇得一聲不吭，低著頭匆匆走了。胡老爺看都沒看耿公子一眼，跟著離去了，嘴裡還用更狠毒的話罵個不停。耿公子跟在後面，聽到青鳳強忍著的抽泣聲，心如刀絞，大聲說：「千錯萬錯，都是我造成的，與青鳳一點關係

都沒有。只要你放過青鳳，不管用什麼方式懲罰我，我都不會皺一下眉頭。」可是責罵聲與哭泣聲都消失了，四週一片寂靜。

從那天之後，耿家老宅就安靜下來了，再也沒出現這種事情。耿老爺聽說耿公子的奇特經歷，害怕發生災禍，將老宅便宜賣給他住。耿公子就帶著家人搬了進去。

一年過去了，生活平淡而安逸，但耿公子始終沒能忘記青鳳。清明節那天，耿公子去掃墓，回來的時候看到一隻惡狗在追兩隻小狐狸。一隻小狐狸竄進荒草叢中逃遠了，另一隻像是嚇懵了，在大路上狂奔。它看到耿公子，發出嗚嗚的哀鳴聲，奔拉著腦袋害怕極了，像是乞求他的保護。耿公子看它可憐，就將它抱了起來，帶回家去。

耿公子把狐狸放在床上，不料它變成了楚楚動人的姑娘，原來是青鳳！耿公子簡直不敢相信眼前的一切。青鳳睜著一雙淚盈盈的眼睛，說：「剛才我帶著丫鬟出來玩，不料遇到凶險，要不是你出手相救，早就被狗吃了，請你不要因為我是狐狸而嫌棄我。」耿公子說：「怎麼會呢？我朝思暮想，就盼著與你相見。」青鳳說：「這也是命中注定的，不經歷大難，我們無法重逢。丫鬟回去一定說我已死了，我們可以安心在一起了。」耿公子高興極了，另外找了處房子，把青鳳安頓好。

時間一過又是兩年多。一天晚上，耿公子正在燈下看書，孝兒突然敲門進來。耿公子驚訝地問他來幹什麼，孝兒跪在地上傷心地說：「我父親將要遭受飛來橫禍，只有你能救他。他本想親自來向你求助的，擔心遭到拒絕，所以讓我先來。「耿公子問：「到底發生了什麼事？」孝兒說：「你認識一個叫莫三郎的人嗎？」耿公子說：「認識呀，他是我一位同窗的兒子，問他幹什麼？」孝兒說：「那就行了。明天他打獵回來，從這裡經過，要是帶著一隻狐狸，請一定向他要來。」耿公子說：「原來是這樣。當年我受的屈辱還沒忘呢，為什麼要管這閒事？如果一定要我出力，那也該青鳳來說才行。」孝兒流著淚說：「青鳳妹妹三年前就死了。」耿公子氣憤地拍了一下桌子，說：「既然這樣，我就更恨你們了。」說完拿起書高聲朗讀，再也不看孝兒一眼。孝兒失聲痛哭，搗著臉飛一般地跑了。

耿公子回頭把這事告訴了青鳳，青鳳著急地問：「你真的不願相救？」耿公子慢條斯理地說：「救是會救的，剛才故意這麼說，也算是

對你叔叔當初蠻橫無理的回報。」青鳳轉憂為喜，說：「我從小沒了父親，是叔叔把我養大的。他雖然得罪過你，那也是家規定好的，並不是特意與你過不去。」耿公子說：「話雖這麼講，但這口氣總嚥不下去。如果你真的死了，我一定不會相救。」青鳳笑著說：「你真的好狠心。」

第二天，莫三郎果然帶著隨從打獵歸來，耿公子在門口迎接。莫三郎打到的獵物還真不少，其中一隻黑狐還流著血。耿公子藉口自己的裘皮大衣破了，向莫三郎要下了這隻黑狐狸，走進裡屋，交給了青鳳，然後回來陪莫三郎喝酒。送走莫三郎後，耿公子再去看青鳳，只見她將黑狐抱在懷裡，正用自己的身體溫暖它。

就這樣三天三夜，黑狐終於醒了過來。它像是伸了個懶腰，變成了胡老爺。胡老爺看到青鳳，以為是在陰間地府見到鬼了，嚇得臉色蒼白。青鳳忙安慰他，並將自己的遭遇說了一遍。胡老爺高興地說：「我當初就不相信你會死，果然讓我猜到。」胡老爺朝耿公子跪下，感謝救命之恩，並請求他原諒自己當年的過錯。耿公子將他扶起，算是把往事一筆勾銷。青鳳對耿公子說：「你要是真的喜歡我，就讓叔叔搬來同住，我好有一個報答養育之恩的機會。」耿公子爽快地答應了。

胡老爺不好意思地紅著臉，千恩萬謝後離去了。到了晚上，果然把全家都搬了進來。從那之後，大家和睦相處，就像一家人似的。孝兒常來書房與耿公子談天說地，非常投機。耿公子的兒子認孝兒為老師，跟著他讀書。孝兒循循善誘，教學生很有一套。

## 【原文】

太原耿氏，故大家，第宅弘闊。後凌夷，樓舍連亙，半曠廢之。因生怪異，堂門輒自開掩，家人恆中夜駭譁。耿患之，移居別墅，留老翁門焉。由此荒落益甚。或聞笑語歌吹聲。

耿有從子去病，狂放不羈。囑翁有所聞見，奔告之。至夜，見樓上燈光明滅，走報生。生欲入覘其異。止之，不聽。門戶素所習識，竟撥蒿蓬，曲折而入。登樓，殊無少異。穿樓而過，聞人語切切。潛窺之，見巨燭雙燒，其明如晝。一叟儒冠南面坐，一媼相對，俱年四十餘。東向一少年，可二十許；右一女郎，才及笄耳。酒炙滿案，團坐笑語。生

突入，笑呼曰：「有不速之客一人來！」群驚奔匿。獨叟出，叱問：「誰何入人閨闥？」生曰：「此我家閨闥，君占之。旨酒自飲，不一邀主人，毋乃太吝？」叟審睇之，曰：「非主人也。」生曰：「我狂生耿去病，主人之從子耳。」叟致敬曰：「久仰山斗！」乃揖生入，便呼家人易饌。生止之。叟乃酌客。生曰：「吾輩通家，座客無庸見避，還祈招飲。」叟呼：「孝兒！」俄少年自外入。叟曰：「此豚兒也。」揖而坐，略審門閥。叟自言：「義君姓胡。」生素豪，談儀風生，孝兒亦倜儻；傾吐間，雅相愛悅。生二十一，長孝兒二歲，因弟之。叟曰：「聞君祖纂《涂山外傳》，知之乎？」答曰：「知之。」叟曰：「我涂山氏之苗裔也。唐以後，譜系猶能憶之；五代而上無傳焉。幸公子一垂教也。」生略述涂山女佐禹之功，粉飾多詞，妙緒泉湧。叟大喜，謂子曰：「今幸得聞所未聞。公子亦非他人，可請阿母及青鳳來，共聽之，亦令知我祖德也。」孝兒入幃中。少時，媼偕女郎出。審顧之，弱態生嬌，秋波流慧，人間無其麗也。叟指婦曰：「此為老荊。」又指女郎：「此青鳳，鄙人之猶女也。頗慧，所聞見，輒記不忘，故喚令聽之。」生談竟而飲，瞻顧女郎，停睇不轉。女覺之，輒俯其首。生隱躡蓮鉤，女急斂足，亦無慍怒。生神志飛揚，不能自主，拍案曰：「得婦如此，南面王不易也！」媼見生漸醉，益狂，與女俱起，遽搴幃去。生失望，乃辭叟出，而心縈縈，不能忘情於青鳳也。

至夜，復往，則蘭麝猶芳，而凝待終宵，寂無聲咳。歸與妻謀，欲攜家而居之，冀得一遇。妻不從，生乃自往，讀於樓下。夜方憑幾，一鬼披髮入，面黑如漆，張目視生。生笑，染指研墨自涂，灼灼然相與對視，鬼慚而去。次夜，更既深，滅燭欲寢，聞樓後發扃，辟之閴然。生急起窺覘，則扉半啟。俄聞履聲細碎，有燭光自房中出。視之，則青鳳也。驟見生，駭而卻退，遽闔雙扉。生長跽而致詞曰：「小生不避險惡，實以卿故。幸無他人，得一握手為笑，死不憾耳。」女遙語曰：「惓惓深情，妾豈不知？但叔閨訓嚴，不敢奉命。」生固哀之，云：「亦不敢望肌膚之親，但一見顏色足矣。」女似肯可，啟關出。捉之臂而曳之。生狂喜，相將入樓下，擁而加諸膝。女曰：「幸有夙分；過此一夕，即相思無用矣。」問：「何故？」曰：「阿叔畏君狂，故化厲鬼以相嚇，而君不動也。今已卜居他所，一家皆移什物赴新居，而妾留守，明日即發。」

言已,欲去,云:「恐叔歸。」生強止之,欲與為歡。方持論間,叟掩入。女羞懼無以自容,俯首倚床,拈帶不語。叟怒曰:「賤輩辱吾門戶!不速去,鞭撻且從其後!」女低頭急去,叟亦出。尾而聽之,呵詬萬端。聞青鳳嚶嚶啜泣,生心意如割,大聲曰:「罪在小生,於青鳳何與?倘宥鳳也,刀鋸鈇,小生願身受之!」良久寂然,歸寢。自此第內絕不復聲息矣。

生叔聞而奇之,願售以居,不較直。生喜,攜家口而遷焉。居踰年,甚適,而未嘗須臾忘鳳也。

會清明上墓歸,見小狐二,為犬逼逐。其一投荒竄去,一則皇急道上。望見生,依依哀啼,耳輯首,似乞其援。生憐之,啟裳袂,提抱以歸。閉門,置床上,則青鳳也。大喜,慰問。女曰:「適與婢子戲,遭此大厄。脫非郎君,必葬犬腹。望無以非類見憎。」生曰:「日切懷思,縈於魂夢。見卿如獲異寶,何憎之云!」女曰:「此天數也,不因顛覆,何得相從?然幸矣,婢子必以妾為已死,可與君堅永約耳。」生喜,另舍舍之。

積二年餘,生方夜讀,孝兒忽入。生輟讀,訝詰所來。孝兒伏地,愴然曰:「家君有橫難,非君莫拯。將自詣懇,恐不見納,故以某來。」問:「何事?」曰:「公子識莫三郎否?」曰:「此吾年家子也。」孝兒曰:「明日將過,倘攜有獵狐,望君之留之也。」生曰:「樓下之羞,耿耿在念,他事不敢預聞。必欲僕效綿薄,非青鳳來不可!」孝兒零涕曰:「鳳妹已野死三年矣。」生拂衣曰:「既爾,則恨滋深耳!」執卷高吟,殊不顧瞻。孝兒起,哭失聲,掩面而去。生如青鳳所,告以故。女失色曰:「果救之否?」曰:「救則救之;適不之諾者,亦聊以報前橫耳。」女乃喜曰:「妾少孤,依叔成立。昔雖獲罪,乃家范應爾。」生曰:「誠然,但使人不能無介介耳。卿果死,定不相援。」女笑曰:「忍哉!」

次日,莫三郎果至,鏤膺虎,僕從甚赫。生門逆之。見獲禽甚多,中一黑狐,血殷毛革;撫之,皮肉猶溫。便托裘敝,乞得綴補。莫慨然解贈,生即付青鳳,乃與客飲。客既去,女抱狐於懷,三日而蘇,展轉復化為叟。舉目見鳳,疑非人間。女歷言其情。叟乃下拜,慚謝前愆。喜顧女曰:「我固謂汝不死,今果然矣。」女謂生曰:「君如念妾,還乞以樓宅相假,使妾得以申返哺之私。」生諾之。叟赧然謝別而去。入

夜，果舉家來。由此如家人父子，無復猜忌矣。生齋居，孝兒時共談宴。生嫡出子漸長，遂使傅之；蓋循循善教，有師範焉。

# 畫　皮

　　太原地方有個姓王的讀書人，有天一早出門，遇到一個女孩子，正抱著一個大包袱，獨自吃力地趕著路。王生走上前去，發現姑娘才十五六歲，長得還挺漂亮，不禁有了些好感，開口問道：「這麼大清早的，你怎麼一個人孤伶伶地趕路？」女孩說：「我們不過是萍水相逢，你又幫不了我什麼，何必多問？」

　　王生說：「你到底有什麼為難的事，說出來聽聽。只要我幫得上忙的，我決不會袖手旁觀。」女孩看他說得這麼誠懇，臉上露出憂傷的神情，說：「父母貪圖錢財，將我賣給一個大戶人家作妾。那家的大老婆嫉妒我，從早到晚不是打就是罵，我無法忍受下去，於是逃了出來。」王生問她想去哪裡，女孩說：「逃難的人無家可歸，也不知道可以去什麼地方。」

　　王生心中一喜，便說：「我家離這裡不遠，請到我家去吧。」女孩笑著答應了。於是，王生接過她的包袱，帶著她一同走了。他們來到一個院子，推門進去，女孩見屋內沒有別人，便問：「怎麼沒看到你夫人啊？」王生說：「這是我讀書的地方，她不會過來的。」女孩鬆了一口氣，說：「這真是個好地方。要是你可憐我，想讓我活下去，就一定要為我保守祕密，千萬不要對外人講。」王生答應了，將她藏在書房裡，與她同居。過了好幾天，任何人都沒有察覺。可是有一天，王生悄悄地把這件事告訴了妻子。妻子陳氏覺得從大戶人家逃出來的婢妾不知做過什麼事，勸丈夫趕緊將她打發走，免得招災惹禍，王生卻不同意。

　　有一天，王生上街時遇到一位道士。那道士盯著王生看了許久，神態十分驚訝。他問王生：「你最近發生了什麼事？」王生說：「什麼事都沒發生。」「不對，」道士肯定地說，「你身上有一股邪氣纏繞，怎麼可能沒發生什麼事呢？」王生不肯承認，竭力為自己辯解。道士見他不說真話，就管自己走了，嘆息道：「真是奇怪啊，這世上還有死到臨

頭也不醒悟的人！」王生知道這道士話裡有話，也懷疑起那個藏在家中的女孩，但轉念一想：這麼漂亮的女孩子，怎麼可能是妖怪呢？一定是那個道士想藉口除妖，混口飯吃吧。

王生回到自家書房門前，見門戶緊閉，突然起了疑心，便翻牆進去，見書房的門也緊關著。他悄悄走到窗邊往裡張望，就見一個青面獠牙的惡鬼，正把一張人皮往床上鋪，然後拿著彩筆在人皮上描畫。畫完之後便將筆扔掉，把人皮舉起來，像抖衣服那樣抖了抖，然後披在身上，就變成了一個美女。

看到這般情景，王生嚇得魂飛魄散，連滾帶爬地跑出院子，去找剛才那個道士。但道士早已不知去向了，王生還是四處尋找，最後在很遠的地方找到了。王生跪倒在地，向道士求救。道士說：「我幫你趕走它就是了。其實那東西也很可憐，一直沒能找到替身，所以我也不忍心傷害它的性命。」

於是，道士就給了王生一柄拂塵，讓他將它掛在臥室的門上，並約定下次在青帝廟會面。王生回到家後，不敢再去書房，就睡在臥室裡，把道士給的拂塵掛在門口。晚上一更時分，他聽到門外有窸窣聲，嚇得頭都鑽進被窩裡，不敢伸出來，讓妻子陳氏去看看動靜。陳氏看到那個惡鬼正在門外，望見拂塵後不敢進屋，站在那裡咬牙切齒，待了好久才走開。過了一會兒它又來了，還一個勁地咒罵道士：「該死的道士，想嚇唬我，難道到口的食物還要吐出來不成？」只見那惡鬼扯下拂塵撕得粉碎，然後破門而入，直奔王生睡的床，將他一把揪住，當胸撕開，掏出他的心就逃走了。陳氏又驚又怕，號啕大哭，丫頭趕緊舉著蠟燭進來一看，王生已斷了氣，胸腔裡血肉模糊，慘不忍睹。陳氏嚇得都不敢哭出聲來。

第二天一早，陳氏讓弟弟將事情告訴道士。道士聽說後非常生氣，說：「我是可憐你，才給你留條活路，誰知你這個小鬼竟如此喪心病狂！」他馬上來到王家，那惡鬼已經不見了，道士四處找了一遍，說：「還好，它還沒有逃遠。」他問陳氏的弟弟：「南面是誰家？」王生的弟弟說：「是我的家。」道士說：「那鬼正在你家中。」王生的弟弟驚得目瞪口呆，小聲嘀咕道：「鬼怎麼會在我家呢？」道士又問：「你家中有沒有來過一個你不認識的人？」王生的弟弟說：「我一大早就去青

帝廟找你了，不知道後來家中是不是來過什麼人，我這就回去問一下。」

他去後很快就回來了，對道士說：「我家還真的來了個人，但那是個老太婆，一大早跑到我家，說是想給我家當傭人，我妻子沒答應。她現在還賴著沒離開呢。」道士說：「就是那惡鬼了。」於是，道士來到了王生的弟弟家，手持木劍，站在院子中央，大聲呵斥：「惡鬼，賠我拂塵！」那老太婆正在屋裡，聽到喝聲驚慌萬分，又無計可施，硬著頭皮衝出門來想逃。道士一個箭步追上去，揮手一劍刺過去，老太婆慘叫一聲，倒在地上，人皮脫落，現出了惡鬼原形，像豬一樣號叫著。道士用木劍砍下她的腦袋，那惡鬼便化為一股濃煙，一小撮盤旋在低處。道士拿出一個葫蘆，拔掉塞子後放在煙中，那葫蘆像吸氣一樣馬上把煙都吸進去了。道士立即塞住葫蘆口，將它裝進口袋裡。

在場的人都在看那張丟棄的人皮，只見五官四肢俱全。道士像卷畫軸那樣捲起人皮，把它也裝進袋。道士正打算離去，陳氏跪拜在門口，哭著請他設法讓她丈夫起死回生。道士推辭說自己不行，陳氏哭得更傷心了，跪在地上不肯起來。道士想了想，說：「我沒有起死回生的本事，但可以給你介紹一個人，或許他能行，你去求求他吧。」

陳氏問那人是誰，道士說：「街市上有個瘋乞丐，經常睡在糞土中。你去求他吧。但要記住，無論他如何侮辱你，你都要忍住。」王生的弟弟曾聽說過這個人，於是就謝別了道士，陪同嫂子去找那個瘋人。

他們來到街上，果然看到那個瘋瘋顛顛的人一路唱著歌走來。他流出的鼻涕足有幾尺長，渾身骯髒不堪，看著就讓人噁心。陳氏跪著，用膝蓋一步一步挪著向前，那人見了嘻皮笑臉地說：「美人喜歡上我了嗎？」陳氏把丈夫被惡鬼殺死的事原原本本地說了一遍，請他出手相救。

那乞丐聽了哈哈大笑，說：「死了就死了，哪個人不能做你的丈夫啊，為什麼要去救活他？」陳氏再三哀求，乞丐說：「真是怪事！人死了來求我救活他，難道我是閻王爺嗎？」說完，他竟憤怒地用木杖打陳氏，陳氏忍痛讓他打。

圍觀的人越來越多，裡三層外三層的。那乞丐忽然吐出一口濃痰，遞到陳氏嘴邊，說：「你把它吃下去！」陳氏頓時面紅耳赤，十分為

難，但想起道士說過的話，還是強忍著吞下去了。陳氏覺得那口痰像團棉花似的，艱難地順著咽喉往下，最後停留在胸中。那瘋乞丐又大笑起來，說：「美人確實喜歡上我了啊！」說完，頭也不回地走了。

陳氏和王生的弟弟緊跟在他後面，但他走到廟裡後，便不見蹤影了。陳氏在廟前廟後四處查找，不見絲毫蹤影，只得又慚愧又氣憤地回家了。

陳氏既為丈夫慘死而傷心，又為被迫吞下乞丐的痰的羞辱而悔恨，哭得死去活來，只想一死了之。她正要給亡夫擦血裝屍，家人都遠遠站著不敢過來相助。陳氏一個人抱屍收腸，邊料理邊哭，嗓子已完全嘶啞。忽然她感到噁心想吐，胸腹中好像有塊什麼東西直往上衝，不等她回過頭，那塊東西已落入丈夫的胸腔裡。她驚奇地發現，吐出來的竟然是顆人心。它已在丈夫的胸腔中突突地跳著，還散發出蒸蒸熱氣。陳氏覺得十分奇怪，趕忙用手把丈夫的胸腔合攏。她稍一鬆勁，就有熱氣從傷縫中往外冒。於是，她連忙撕了塊絲帛把傷口包紮起來。她用手觸摸丈夫的屍體，發覺已有體溫，又忙蓋好被子。到半夜時，丈夫已有微弱的呼吸。到了黎明時，丈夫竟然活過來了。她聽見丈夫說：「我好像是做了個夢，只是一直覺得肚子痛得厲害。」陳氏看看丈夫的傷口，發現只有一個銅錢大小的傷疤，不久，就完全癒合了。

## 【原文】

太原王生，早行，遇一女郎，抱袱獨奔，甚艱於步。急走趁之，乃二八姝麗。心相愛樂，問：「何夙夜踽踽獨行？」女曰：「行道之人，不能解愁憂，何勞相問。」生曰：「卿何愁憂？或可效力，不辭也。」女黯然曰：「父母貪賂，鬻妾朱門。嫡妒甚，朝詈而夕楚辱之，所弗堪也，將遠遁耳。」問：「何之？」曰：「在亡之人，烏有定所。」生言：「敝廬不遠，即煩枉顧。」女喜，從之。生代攜袱物，導與同歸。女顧室無人，問：「君何無家口？」答云：「齋耳。」女曰：「此所良佳。如憐妾而活之，須祕密，勿洩。」生諾之。乃與寢合。使匿密室，過數日而人不知也。生微告妻。妻陳，疑為大家媵妾，勸遣之。生不聽。

偶適市，遇一道士，顧生而愕。問：「何所遇？」答言：「無之。」道士曰：「君身邪氣縈繞，何言無？」生又力白。道士乃去，曰：「惑

哉！世固有死將臨而不悟者！」生以其言異，頗疑女。轉思明明麗人，何至為妖，意道士借魘禳以獵食者。無何，至齋門，門內杜，不得入。心疑所作，乃逾垝垣。則室門亦閉。躡跡而窗窺之，見一獰鬼，面翠色，齒巉巉如鋸。鋪人皮於榻上，執彩筆而繪之；已而擲筆，舉皮如振衣狀，披於身，遂化為女子。睹此狀，大懼，獸伏而出。急追道士，不知所往。遍跡之，遇於野，長跪求救。道士曰：「請遣除之。此物亦良苦，甫能覓代者，予亦不忍傷其生。」乃以蠅拂授生，令掛寢門。臨別，約會於青帝廟。

生歸，不敢入齋，乃寢內室，懸拂焉。一更許，聞門外戢戢有聲，自不敢窺也，使妻窺之。但見女子來，望拂子不敢進；立而切齒，良久乃去。少時，復來，罵曰：「道士嚇我。終不然，寧入口而吐之耶！」取拂碎之，壞寢門而入。徑登生床，裂生腹，掬生心而去。妻號。婢入燭之，生已死，腔血狼藉。陳駭涕不敢聲。

明日，使弟二郎奔告道士。道士怒曰：「我固憐之，鬼子乃敢爾！」即從生弟來。女子已失所在。既而仰首四望，曰：「幸遁未遠。」問：「南院誰家？」二郎曰：「小生所舍也。」道士曰：「現在君所。」二郎愕然，以為未有。道士問曰：「曾否有不識者一人來？」答曰：「僕早赴青帝廟，良不知，當歸問之。」去，少頃而返，曰：「果有之。晨間一嫗來，欲傭為僕家操作，室人止之，尚在也。」道士曰：「即是物矣。」遂與俱往。仗木劍，立庭心，呼曰：「孽魅！償我拂子來！」嫗在室，惶遽無色，出門欲遁。道士逐擊之。嫗僕，人皮劃然而脫；化為厲鬼，臥嗥如豬。道士以木劍梟其首；身變作濃煙，匝地作堆。道士出一葫蘆，拔其塞，置煙中，颼颼然如口吸氣，瞬息煙盡。道士塞口入囊。共視人皮，眉目手足，無不備具。道士卷之，如卷畫軸聲，亦囊之，乃別欲去。

陳氏拜迎於門，哭求回生之法。道士謝不能。陳益悲，伏地不起。道士沉思曰：「我術淺，誠不能起死。我指一人，或能之，往求必會有效。」問：「何人？」曰：「市上有瘋者，時臥糞土中。試叩而哀之。倘狂辱夫人，夫人勿怒也。」二郎亦習知之。乃別道士，與嫂俱往。

見乞人顛歌道上，鼻涕三尺，穢不可近。陳膝行而前。乞人笑曰：「佳人愛我乎？」陳告之故。又大笑曰：「人盡夫也，活之何為？」陳固哀之。乃曰：「異哉！人死而乞活於我。我閻摩耶？」怒以杖擊陳。陳

忍痛受之。市人漸集如堵。乞人咯痰唾盈把,舉向陳吻曰:「食之!」陳紅漲於面,有難色;既思道士之囑,遂強唵焉。覺入喉中,硬如團絮,格格而下,停結胸間。乞人大笑曰:「佳人愛我哉!」遂起,行已不顧。尾之,入於廟中。追而求之,不知所在;前後冥搜,殊無端兆,慚恨而歸。既悼夫亡之慘,又悔食唾之羞,俯仰哀啼,但願即死。方欲展血斂屍,家人佇望,無敢近者。陳抱屍收腸,且理且哭。哭極聲嘶,頓欲嘔,覺膈中結物,突奔而出,不及回首,已落腔中。驚而視之,乃人心也。在腔中突突猶躍,熱氣騰蒸如煙然。大異之。急以兩手合腔,極力抱擠,少懈,則氣氤氳自縫中出,乃裂繒帛急束之。以手撫屍,漸溫。覆以衾裯。中夜啟視,有鼻息矣。天明,竟活。為言:「恍惚若夢,但覺腹隱痛耳。」視破處,痂結如錢,尋愈。

# 嬰　寧

　　王子服是山東莒縣人。他早年喪父,由母親一手拉扯大。他很聰明,十四歲時考中了秀才。母親十分疼愛他,平時很少讓他外出遊玩。王子服先是聘了蕭家的女兒為妻,但蕭女未過門就死了,所以他也還未娶親。

　　那年上元節,表兄吳生約他郊遊。剛走出不遠,吳生就被僕人叫回家去了。那天陽光明媚,姑娘們成群結隊地出來遊玩。可熱鬧了。王子服在家裡憋得都快發霉了,怎麼肯放過這樣的機會。他興致勃勃地朝前走著,看到一位手裡捏了枝梅花的小姐。她那容貌比花更迷人,尤其笑起來的樣子,可愛極了!王子服出神地盯著這位小姐,好像整個世界都消失了。小姐走過去幾步,回頭對陪伴她的丫鬟說:「這人眼睛直勾勾的,不是好東西。」說著把花丟在地上,留下一串銀鈴般的笑聲,遠去了。

　　王子服拾起地上的花,失魂落魄地走回家中,把花藏在枕頭底下,倒頭就睡。他不言不語,不吃不喝,像是中了什麼邪。王母急得六神無主,求神驅鬼不見效,吃藥更不管用,幾天下來人就瘦得不像樣子。王母可擔心了,但不管怎麼問,他就是一聲不吭。

　　有天吳生過來,王母讓他與王子服好好談談,也許能查清病因。吳

生來到病床前，王子服看到他不禁熱淚盈眶。他倆原本就無話不說，這事又是吳生引起的，還有什麼可隱瞞的呢？王子服把事情的經過原原本本說了出來，抓住吳生的手說：「這事只有你能幫我了，可不能見死不救啊！」吳生哈哈一笑，說：「原來你得的是相思病，真是夠傻的！這事有什麼難的？我幫你找到那姑娘就是了。她就帶了一個丫鬟出來閒逛，一定不是豪門世家的千金小姐，如果還沒訂婚，事情就很簡單；即使許配給人家了，大不了多花幾個錢，也是能搞定的。你就安心養好病，一切就包在我身上吧。」

聽這麼一說，王子服覺得有希望了，笑了起來，當天就能吃點東西，精神慢慢恢復。話說吳生也真夠賣力的，幾天工夫就把附近的村莊、集鎮都跑遍了，但根本沒見到王子服所說的那個姑娘。他知道自己好誇海口，這回惹上麻煩了。王子服那裡總得有個交代，吳生又來到王家，隨口瞎編道：「我當是誰呢，原來是我姑姑家的女兒，跟你也沾點親呢。我一說，這事就成了。」王子服笑逐顏開，問：「她家住在哪裡？」吳生說：「西南方的山坳裡，離這兒也就三十里光景。」王子服急切地說：「那你快幫我去把這事定下來，可不能有差錯！」吳生滿口答應。

從那以後，王子服的身體康復很快。枕下那枝梅花雖然枯萎了，但沒有凋落，王子服常拿著凝思，姑娘的音容笑貌就浮現在眼前。時間一天天過去了，卻不見吳生回來。王子服寫信去催，他又找理由推三阻四。王子服可生氣了，情緒又受到很大的打擊。王母害怕他舊病復發，忙著給他介紹對象，可他連聽都不願聽，一心等著吳生的消息。

又過了幾天，吳生還是一點音訊都沒有，王子服對這個表兄徹底失望了，做人怎麼能這樣不講信用？他轉念一想，三十里也不是什麼大老遠的地方，幹嗎要低聲下氣地求人？他趁母親不注意，獨自跑了出來，朝西南方向找去。

走了三十里光景，只見群峰疊嶂，滿目蒼翠，四周不見人影，只有一條彎彎曲曲的小路。朝山谷望去，隱隱約約可以看到一個村落。王子服一陣興奮，加快了步伐。村子不大，都是些茅屋，但收拾得乾乾淨淨。朝北的一戶人家，門前種了一排柳樹，院子裡桃花、杏花盛開，襯著青翠的竹子，小鳥嘰嘰喳喳叫個不停，一派明媚的春光。王子服不敢

貿然闖進去，回頭看到對面人家的門口有一塊光滑的大石頭，就坐下來休息一下。

沒過多久，院內有人拉長了嗓音喊「小榮」，聲音嬌柔動聽。一個女孩從東邊一路小跑過來，手中拿著枝杏花，正要往頭上戴。猛一抬頭，她看到王子服，花也不戴了，笑著閃進門去。那女孩正是上回見到的丫鬟，王子服一陣喜歡，看來是找對了。按照吳生的說法，這應該是姨家，但從來沒走動過，誰知道是真是假？附近連個問的人都沒有，王子服不知如何是好。他就走來走去，從早上一直到太陽落山，也沒想出個辦法來。

剛才看到的女孩幾次從牆上探出腦袋，好像對他為什麼還沒離開感到奇怪。好不容易院門打開了，出來的是一位拄著柺杖的老婆婆。老婆婆衝著王子服大聲說：「你這後生是從哪裡來的？聽說在這裡待了一整天，有什麼事嗎？」王子服連忙行禮，說：「我是來走親戚的。」老婆婆耳朵不方便，王子服又大聲重複了一遍。老婆婆點點頭，又問：「你親戚姓什麼？」王子服答不上來。老婆婆笑了，說：「真是怪事，連名字都不知道，走什麼親戚呀？我看你是讀書讀傻了吧！跟我進來吧，先粗茶淡飯解解飢，住上一晚，明天回去問清楚了再來。」終於有機會進院子了，王子服這才覺得肚子餓得咕咕叫。

王子服跟在老婆婆後面進門，只見園中路兩旁種滿了鮮花，紅色的花瓣落在白石鋪就的地上，就像是一張美麗的地毯。再過一道門，走進一處小些的庭院，這裡綠盈盈的，滿是豆棚花架。老婆婆把王子服請進客堂，雪白的牆像鏡子一樣光潔，桌椅一塵不染，幾枝海棠從窗口探進來，使得屋內生機盎然。剛入座，門外有人探頭探腦的，老婆婆喊道：「小榮，快去做飯。」女孩答應著跑開了。

王子服坐下後對老婆婆說起自己的家庭情況，老婆婆聽著，突然問：「你外公是姓吳嗎？」王子服說：「對呀。」老婆婆驚呼道：「啊呀，你母親是我妹子，你是我外甥。都長這麼大了，自家人還不認識。」王子服說：「我就是來找姨媽的，出來太匆忙，把您的姓都忘了，真不好意思。」姨媽說：「我夫家姓秦，自己沒生過孩子，身邊就一個養女，整天嘻嘻哈哈的，不像個女孩子，待會兒讓她來見你。」

吃完飯後，姨媽讓小榮去把寧姑娘叫來。過了好長時間，一陣笑聲

由遠而近，姨媽喊道：「嬰寧，快來，你表哥在這裡。」門外的笑聲仍沒停止，小榮把嬰寧推進門時，她還用手摀著嘴，笑個不停。姨媽瞪了她一眼，說：「有客人在，還瘋瘋癲癲的，一點規矩都沒有。」嬰寧總算強忍住笑。姨媽說：「這是你表哥，你王姨媽的兒子。」王子服起身行禮，問：「妹子今年幾歲了？」姨媽沒聽清楚，王子服又重複了一遍，嬰寧就笑彎了腰。姨媽搖搖頭，說：「我說這孩子沒教養，看到了吧？她今年十六了，可還像沒長大的娃娃似的。」王子服說：「妹妹比我小一歲。」姨媽說：「你十七歲，該是屬馬的，娶了媳婦吧？」王子服搖搖頭。姨媽說：「嬰寧也還沒婆家，你倆郎才女貌，倒是挺般配的。」王子服目不轉睛地盯著嬰寧。小榮在一旁小聲對嬰寧說：「他還是眼睛直勾勾的，賊腔沒改。」嬰寧聽了又大笑起來，對小榮說：「我們去看看碧桃有沒有開。」說完用袖子遮住嘴巴，轉身就跑。剛出門，笑聲就像瀑布奔瀉直下。

姨媽對王子服說：「你來一趟不容易，就安心多住幾天。這園中都能玩，要讀書也有。」這正是他求之不得的，當然是再好不過了。

第二天，王子服來到後院，只見綠草如茵，楊花鋪地，又是一番新的景緻。院中間還有三間茅草屋，四周花木環繞。王子服在小路上散步，聽到樹上傳來聲響。抬頭一看，竟然是嬰寧爬在樹上。嬰寧看到王子服，笑得搖搖欲墜。王子服差點嚇出一身冷汗，大喊：「別這樣，快下來！」嬰寧一邊往下爬，一邊笑個不停。快著地的時候，失手掉了下來，王子服趕忙上前扶住。王子服趁機捏了一下她的手腕，嬰寧又笑了起來，靠在樹上，路都走不動了。

王子服等她笑夠了，從袖中取出那枝乾枯的梅花，遞過去。嬰寧奇怪地問：「都已經乾枯了，還留著幹嗎？」王子服說：「這是妹妹上元節時留下的梅花，所以我一直珍藏著。」嬰寧問：「你留著是什麼意思？」王子服說：「表示相愛呀！自從那回見到你，我就再也忘不了了。每天都拿著它發呆，結果生了一場大病，差點就沒命了。」嬰寧說：「就這麼點事情，親戚之間有什麼捨不得的？這園中花有的是，你要是喜歡，走的時候我讓人折一大捆，你背著回去好了。」

王子服著急了，說：「妹妹是真的痴嗎？」嬰寧不解地問：「你怎麼說我痴呢？」王子服說：「我愛的不是花，而是拿著花的人！」嬰寧

白話聊齋

說：「我們有親戚關係，這愛還用說嗎？」王子服耐心地解釋道：「我說的愛不是親人之愛，而是男女之愛。」嬰寧還是不明白，問：「這有什麼區別？」王子服鼓起勇氣說：「男女之愛是終身相伴，同床共寢。」嬰寧歪著腦袋想了一下，說：「但我不習慣與陌生人睡覺。」話音剛落，小榮從那邊過來了，王子服急得跺了一腳，悄悄溜了。

吃飯前大家來到姨媽房裡，姨媽問嬰寧：「你們剛才去哪兒啦？」嬰寧說：「與表哥在後院說話呢。」姨媽說：「飯都燒好這麼長時間了，哪有這麼多閒話好說的，真會囉唆！」嬰寧說：「表哥說要和我睡覺。」王子服羞得面紅耳赤，急忙瞪著眼睛制止她。好在姨媽沒聽清楚，追問說的是什麼。王子服隨後編了幾句，搪塞過去。

事後，王子服小聲責備嬰寧。嬰寧不解地說：「睡覺又不是什麼大不了的事，為什麼不能說？」王子服說：「這是兩個人的悄悄話，不能告訴別人。」嬰寧不服氣，說：「母親可不是什麼外人呀！」看來嬰寧真的是什麼都不懂，王子服拿她沒辦法了。

剛吃完飯，王家的家丁牽著兩頭驢子來找王子服。原來王子服失蹤後，王母四處尋找，不見蹤影，於是跑去問吳生。吳生想起自己那天說的話，讓他們朝西南面去找找看。家丁一路尋來，果真找到了。

王子服告訴姨媽，怕母親著急，要回去看看，並希望帶著表妹一同走。姨媽高興地說：「我早有這個想法了，只是自己年紀太大，不能出遠門。你帶上表妹去看望她阿姨，真是再好不過了。」她當即喚來嬰寧，嬰寧還是笑個不停。姨媽瞪著眼睛說：「哪來這麼多高興的事情，讓你笑個不停？要不是這麼瘋笑，你也算得上是十全十美了。表哥要帶你去阿姨家，你快去準備一下吧！」

臨上路前，姨媽又對嬰寧再三叮囑：「阿姨家很有錢，給你一碗飯吃是沒問題的，你去了後就別回來了。在姨媽家要好好學點規矩，將來讓她給你找個好婆家。」王子服與嬰寧告別了姨媽，一步三回頭，走出好遠了，還依稀看到姨媽靠在門口張望的身影。

回到家，王母看到兒子帶了個漂亮的表妹回來，十分驚訝，說：「我沒有姐姐，哪來的外甥女？當初吳生對你說的全是瞎編的。」問嬰寧，嬰寧說：「我不是這個母親生的。我父親姓秦，在我很小的時候就去世了，其他我也記不清楚。」王母說：「很早的時候，我確實有個姐

姐嫁到了秦家，但她過門不久就死了，怎麼可能活到現在？」她拉過嬰寧仔細詢問那女子的長相，與死去的姐姐還真是十分相像。這究竟是怎麼回事？

正疑惑不解的時候，吳生來了。嬰寧急忙躲進內室。吳生聽完事情的經過，問：「這姑娘是叫嬰寧嗎？」王子服點點頭。吳生連呼「怪事」，說：「秦家姑姑去世後，姑父一人獨居，被一隻狐狸迷惑，後來得重病死了。那狐狸生下一個女嬰，取名嬰寧，當時就放在床上，好多人看到過。姑父死後，狐狸還來過，後來請了道士驅趕，狐狸才帶上女嬰離去了。難道真的是她？」這邊正說著話，裡屋又傳來嬰寧的笑聲。王母搖頭說：「這女孩太會傻笑了。」吳生想親眼看看，王母進裡屋去叫嬰寧出來，可她還是笑個不停。嬰寧面朝牆壁好不容易忍住不笑，跟著王母出來，匆匆朝大家行了個禮，又跑回裡屋，放聲大笑，將外面一屋子的人都逗樂了。

吳生為了弄清真相，去西南山中查看。尋到嬰寧家的地方，不見一間房屋，只有樹木花草。吳生記得姑姑就葬在附近，但也找不到具體的方位。

王母懷疑嬰寧是鬼，把她的身世告訴了她，但她不顯得驚訝恐懼。王母又可憐她孤苦伶仃，而她也不顯得悲傷，只是一味地笑個不停，讓人摸不著頭腦。

嬰寧在王家住下，一大清早就來給王母請安，禮節極其周到。要說做針線活，那雙手更是巧得沒人可比。就是太喜歡笑了，不論用什麼辦法也不能讓她停下來。不過，嬰寧雖然笑得瘋狂，但不失嫵媚，很討人喜歡，鄰居的姑娘、少婦都愛與她結交。

傳說鬼在陽光下是沒有影子的，王母特意仔細觀察過，嬰寧倒沒什麼異樣，於是就讓她與兒子成婚。結婚那天，嬰寧穿上漂亮的新娘裝，要拜天地高堂。她覺得太好玩，笑得前仰後合，根本無法行禮，也就只好算了。王子服怕她不懂事，把新房中隱私的事情都說出去，還好嬰寧這事倒沒亂說。

嬰寧成了家裡的開心果。王母碰到煩心的事情，只要嬰寧來一笑，就什麼事都沒了。丫鬟若有什麼過錯，都會請嬰寧向老太太求情。只要嬰寧一開口，也就大事化小，小事化無了。嬰寧愛花成癖，誰家有好花

她都一清二楚。她還拿出家裡的首飾去典當，買來名貴的花木。幾個月下來，王家屋裡屋外都種滿了花。

王家的後院有一個花棚，嬰寧常常爬上去採花。王母看到了總要制止，但嬰寧不聽。有一天，嬰寧在花棚上採花，被鄰居家的兒子看到了。那人是個浪蕩子，看到嬰寧長得漂亮，就動起了歪腦筋。嬰寧是自己喜歡笑，那人卻以為嬰寧對他有意思。嬰寧手指指牆角邊，自己卻下來走了。

那人以為嬰寧要他晚上來這約會，天剛黑就趕來了，隱隱約約看到嬰寧站在牆角邊，一陣狂喜，上前摟抱。不料疼痛刺骨，仔細一看，哪裡有什麼嬰寧，抱著的是一段枯木。他父親聽到連聲慘叫，不知道發生了什麼事，帶著眾人趕來。點上燈一看，只見枯木上有個洞，裡面躲了一隻巨大的毒蠍。到了半夜，那人就因毒性發作而死。

鄰居家以王子服娶了個妖孽，害死他兒子為由告到了衙門。好在縣老爺向來敬佩王子服的才學，知道他是品行篤厚的讀書人，駁回了原告。事後王母對嬰寧說：「你也太痴傻輕狂了，要知道樂極生悲，這樣早晚會惹禍。這次幸虧碰到位好官，沒把事情弄大。如果是個昏官，一定會把你弄到公堂上去對質，那我兒子就沒臉見人了。」嬰寧聽著，神態異常嚴肅。她發誓再也不笑了。王母說：「人哪能不笑？但要有點分寸。」然而，嬰寧說到做到，從此再也沒有笑容，無論怎樣逗她都沒用。不過她也從不愁眉苦臉。

有天晚上，嬰寧突然哭了起來，王子服覺得奇怪，忙好言勸慰。嬰寧抽泣著說：「我們相識的時間不長，開始我怕說出來嚇著你，現在看到你和你母親都這樣真心疼我，我也不該再瞞了。我原本是狐狸生的，她把我託付給鬼母。我與鬼母相依為命十多年，才有我的今天。我沒有兄弟，所能依靠的只有你。如今母親在荒山中孤苦伶仃，沒人幫她合葬，九泉之下也不能瞑目，我只能求你幫我卻這個心願。」王子服說：「這是當然的事。我是怕荒草叢生，找不到墳墓的確切位置。」嬰寧說：「這你不用操心。」

選好日子，小倆口用車運上棺材進山。嬰寧在樹木荒草中找到墳墓，掘開一看果然是秦家姨媽的屍體。嬰寧痛痛快快哭了一場，把屍體裝進棺材抬了回來，讓她與丈夫合葬。當天夜裡，王子服夢見姨媽向他

道謝，醒來後告訴了嬰寧。嬰寧說：「我剛才就見到她了。她讓我別驚動你。」王子服責怪嬰寧沒把姨媽留下來，嬰寧說：「她是鬼，生人多的地方沒法待。」王子服又問起小榮，嬰寧說：「她是狐狸，最精明了，是狐狸媽媽留下照顧我的。她常給我找吃的，我一直忘不了她。昨天問母親，才知道她也出嫁了。」

從那之後，每年寒食節，王子服和嬰寧都會去秦家墓地掃墓，從沒間斷。一年後嬰寧生下一個兒子。那也是個非常可愛的孩子，抱在懷裡從不怕陌生人，而且總是笑個不停，跟他母親一模一樣。

## 【原文】

王子服，莒之羅店人。早孤。絕慧，十四入泮。母最愛之，尋常不令游郊野。聘蕭氏，未嫁而夭，故求凰未就也。

會上元，有舅氏子吳生，邀同眺矚。方至村外，舅家有僕來，招吳去。生見游女如雲，乘興獨遊。有女郎攜婢，捻梅花一枝，容華絕代，笑容可掬。生注目不移，竟忘顧忌。女過去數武，顧婢曰：「個兒郎目灼灼似賊！」遺花地上，笑語自去。生拾花悵然，神魂喪失，怏怏遂返。

至家，藏花枕底，垂頭而睡，不語亦不食。母憂之。醮禳益劇，肌革銳減。醫師診視，投劑發表，忽忽若迷。母撫問所由，默然不答。適吳生來，囑密詰之。吳至榻前，生見之淚下。吳就榻慰解，漸致研詰。生具吐其實，且求謀畫。吳笑曰：「君意亦復痴！此願有何難遂？當代訪之。徒步於野，必非世家。如其未字，事固諧矣；不然，拚以重賂，計必允遂。但得痊瘳，成事在我。」生聞之，不覺解頤。吳出告母，物色女子居里，而探訪既窮，並無蹤緒。母大憂，無所為計。然自吳去後，顏頓開，食亦略進。數日，吳復來。生問所謀。吳詒之曰：「已得之矣。我以為誰何人，乃我姑氏女，即君姨妹行，今尚待聘。雖內戚有婚姻之嫌，實告之，無不諧者。」生喜溢眉宇，問：「居何裡？」吳詭曰：「西南山中，去此可三十餘裡。」生又付囑再四，吳銳身自任而去。

生由此飲食漸加，日就平復。探視枕底，花雖枯，未便彫落。凝思把玩，如見其人。怪吳不至，折柬招之。吳支托不肯赴召。生恚怒，悒悒不歡。母慮其復病，急為議姻；略與商榷，輒搖首不願，惟日盼吳。

吳迄無耗，益怨恨之。轉思三十里非遙，何必仰息他人？懷梅袖中，負氣自往，而家人不知也。

伶仃獨步，無可問程，但望南山行去。約三十餘里，亂山合沓，空翠爽肌，寂無人行，止有鳥道。遙望谷底，叢花亂樹中，隱隱有小裡落。下山入村，見舍宇無多，皆茅屋，而意甚修雅。北向一家，門前皆絲柳，牆內桃杏尤繁，間以修竹，野鳥格磔其中。意其園亭，不敢遽入。回顧對戶，有巨石滑潔，因據坐少憩。俄聞牆內有女子，長呼「小榮」，其聲嬌細。方佇聽間，一女郎由東而西，執杏花一朵，俯首自簪。舉頭見生，遂不復簪，含笑撚花而入。審視之，即上元途中所遇也。心驟喜，但念無以階進；欲呼姨氏，顧從無還往，懼有訛誤。門內無人可問，坐臥徘徊，自朝至於日昃，盈盈望斷，並忘飢渴。時見女子露半面來窺，似訝其不去者。忽一老媼扶杖出，顧生曰：「何處郎君，聞自辰刻便來，以致於今。意將何為？得勿飢也？」生急起揖之，答云：「將以盼親。」媼聾聵不聞。又大言之。乃問：「貴戚何姓？」生不能答。媼笑曰：「奇哉！姓名尚自不知，何親可探？我視郎君亦書痴耳。不如從我來，啖以粗糲；家有短榻可臥。待明朝歸，詢知姓氏，再來探訪，不晚也。」生方腹餒思啖，又從此漸近麗人，大喜。從媼入，見門內白石砌路，夾道紅花，片片墮階上；曲折而西，又啟一關，豆棚花架滿庭中。蕭客入舍，粉壁光如明鏡；窗外海棠枝朵，探入室中；裀藉幾榻，罔不潔澤。甫坐，即有人自窗外隱約相窺。媼喚：「小榮！可速作黍。」外有婢子嗷聲而應。坐次，具展宗閥。媼曰：「郎君外祖，莫姓吳否？」曰：「然。」媼驚曰：「是吾甥也！尊堂，我妹子。年來以家屢貧，又無三尺男，遂至音問梗塞。甥長成如許，尚不相識。」生曰：「此來即為姨也，匆遽遂忘姓氏。」媼曰：「老身秦姓，並無誕育；弱息僅存，亦為庶產。渠母改醮，遺我鞠養。頗亦不鈍，但少教訓，嬉不知愁。少頃，使來拜識。」未幾，婢子具飯，雛尾盈握。媼勸餐已，婢來斂具。媼曰：「喚寧姑來。」婢應去。

良久，聞戶外隱有笑聲。媼又喚曰：「嬰寧，汝姨兄在此。」戶外嗤嗤笑不已。婢推之以入，猶掩其口，笑不可遏。媼瞋目曰：「有客在，咤咤叱叱，是何景象！」女忍笑而立。生揖之。媼曰：「此王郎，汝姨子。一家尚不相識，可笑人也。」生問：「妹子年幾何矣？」媼未能解。

生又言之。女復笑，不可仰視。媼謂生曰：「我言少教誨，此可見矣。年已十六，呆痴如嬰兒。」生曰：「小於甥一歲。」曰：「阿甥已十七矣，得非庚午屬馬者耶？」生首應之。又問：「甥婦阿誰？」答去：「無之。」曰：「如甥才貌，何十七歲猶未聘？嬰寧亦無姑家，極相匹敵，惜有內親之嫌。」生無語，目注嬰寧，不遑他瞬。婢向女小語云：「目灼灼，賊腔未改！」女又大笑，顧婢曰：「視碧桃開未？」遽起，以袖掩口，細碎連步而出。至門外，笑聲始縱。媼亦起，喚婢襆被，為生安置。曰：「阿甥來不易，宜留三五日，遲遲送汝歸。如嫌幽悶，舍後有小園，可供消遣，有書可讀。」

次日，至舍後，果有園半畝，細草鋪氈，楊花糝徑。有草舍三楹，花木四合其所。穿花小步，聞樹頭蘇蘇有聲，仰視，則嬰寧在上。見生來，狂笑欲墮。生曰：「勿爾，墮矣！」女且下且笑，不能自止。方將及地，失手而墮，笑乃止。生扶之，陰捘其腕。女笑又作，倚樹不能行，良久乃罷。生俟其笑歇，乃出袖中花示之。女接之曰：「枯矣。何留之？」曰：「此上元妹子所遺，故存之。」問：「存之何意？」曰：「以示相愛不忘也。自上元相遇，凝思成疾，自分化為異物；不圖得見顏色，幸垂憐憫。」女曰：「此大細事。至戚何所靳惜？待郎行時，園中花，當喚老奴來，折一巨捆負送之。」生曰：「妹子痴耶？」女曰：「何便是痴？」生曰：「我非愛花，愛撚花之人耳。」女曰：「葭莩之情，愛何待言。」生曰：「我所為愛，非瓜葛之愛，乃夫妻之愛。」女曰：「有以異乎？」曰：「夜共枕席耳。」女俯首思良久，曰：「我不慣與生人睡。」語未已，婢潛至，生惶恐遁去。少時，會母所，母問：「何往？」女答以園中共話。媼曰：「飯熟已久，有何長言，周遮乃爾。」女曰：「大哥欲我共寢。」言未已，生大窘，急目瞪之，女微笑而止。幸媼不聞，猶絮絮究詰。生急以他詞掩之。因小語責女。女曰：「適此語不應說耶？」生曰：「此背人語。」女曰：「背他人，豈得背老母。且寢處亦常事，何諱之？」生恨其痴，無術以可悟之。

食方竟，家中人捉雙衛來尋生。先是，母待生久不歸，始疑；村中搜覓幾遍，竟無蹤兆。因往詢吳。吳憶曩言，因教於西南山村行覓。凡歷數村，始至於此。生出門，適相值，便入告媼，且請偕女同歸。媼喜曰：「我有志，匪伊朝夕。但殘軀不能遠涉；得甥攜妹子去，識認阿姨，

大好！」呼嬰寧，寧笑至。媼曰：「有何喜！笑輒不輟？若不笑，當為全人。」因怒之以目。乃曰：「大哥欲同汝去，可便裝束。」又餉家人酒食，始送之出曰：「姨家田產豐裕，能養冗人。到彼且勿歸，小學詩禮，亦好事翁姑。即煩阿姨，為汝擇一良匹。」二人遂發。至山坳，回顧，猶依稀見媼倚門北望也。

抵家，母睹姝麗，驚問為誰。生以姨女對。母曰：「前吳郎與兒言者，詐也。我未有姊，何以得甥？」問女，女曰：「我非母出。父為秦氏，沒時，兒在襁中，不能記憶。」母曰：「我一姊適秦氏，良確；然殂謝已久，那得復存？」因審詰面龐、志贅，一一符合。又疑曰：「是矣。然亡已多年，何得復存？」疑慮間，吳生至，女避入室。吳詢得故，惘然久之，忽曰：「此女名嬰寧耶？」生然之。吳極稱怪事。問所自知，吳曰：「秦家姑去世後，姑丈鰥居，祟於狐，病瘵死。狐生女名嬰寧，繃臥床上，家人皆見之。姑丈歿，狐猶時來；後求天師符粘壁間，狐遂攜女去。將勿此耶？」彼此疑參，但聞室中吃吃，皆嬰寧笑聲。母曰：「此女亦太憨生。」吳生請面之。母入室，女猶濃笑不顧。母促令出，始極力忍笑，又面壁移時，方出。才一展拜，翻然遽入，放聲大笑。滿室婦女，為之粲然。

吳請往覘其異，就便執柯。尋至村所，廬舍全無，山花零落而已。吳憶姑葬處，彷彿不遠；然墳壠湮沒，莫可辨識，詫嘆而返。母疑其為鬼。入告吳言，女略無駭意；又吊其無家，亦殊無悲意，孜孜憨笑而已。眾莫之測。母令與少女同寢止。昧爽即來省問，操女紅精巧絕倫。但善笑，禁之亦不可止；然笑處嫣然，狂而不損其媚，人皆樂之。鄰女少婦，爭承迎之。母擇吉為之合巹，而終恐為鬼物。竊於日中窺之，形影殊無少異。

至日，使華裝行新婦禮，女笑極不能俯仰，遂罷。生以憨痴，恐漏洩房中隱事，而女殊密秘，不肯道一語。每值母憂怒，女至，一笑即解。奴婢小過，恐遭鞭楚，輒求詣母共話；罪婢投見，恆得免。而愛花成癖，物色遍戚黨；竊典金釵，購佳種，數月，階砌藩溷，無非花者。庭後有木香一架，故鄰西家。女每攀登其上，摘供簪玩。母時遇見，輒訶之，女卒不改。一日，西人子見之，凝注傾倒。女不避而笑。西人子謂女意已屬，心益蕩。女指牆底笑而下，西人子謂示約處，大悅。及昏

而往，女果在焉。就而淫之，則陰如錐刺，痛徹於心，大號而踣。細視，非女，則一枯木臥牆邊，所接乃水淋竅也。鄰父聞聲，急奔研問，呻而不言。妻來，始以實告。爇火燭竅，見中有巨蠍，如小蟹然，翁碎木捉殺之。負子至家，半夜尋卒。鄰人訟生，訐發嬰寧妖異。邑宰素仰生才，稔知其篤行士，謂鄰翁訟誣，將杖責之。生為乞免，逐釋而出。母謂女曰：「憨狂爾爾，早知過喜而伏憂也。邑令神明，幸不牽累；設鶻突官宰，必逮婦女質公堂，我兒何顏見戚裡？」女正色，矢不復笑。母曰：「人罔不笑，但須有時。」而女由是竟不復笑，雖故逗，亦終不笑；然竟日未嘗有戚容。

　　一夕，對生零涕。異之。女哽咽曰：「曩以相從日淺，言之恐致駭怪。今日察姑及郎，皆過愛無有異心，直告或無妨乎？妾本狐產。母臨去，以妾托鬼母，相依十餘年，始有今日。妾又無兄弟，所恃者惟君。老母岑寂山阿，無人憐而合厝之，九泉輒為悼恨。君倘不惜煩費，使地下人消此怨恫，庶養女者不忍溺棄。」生諾之，然慮墳冢迷於荒草。女但言無慮。刻日，夫妻輿櫬而往。女於荒煙錯楚中，指示墓處，果得媼屍，膚革猶存。女撫哭哀痛。舁歸，尋秦氏墓合葬焉。是夜，生夢媼來稱謝，寤而述之。女曰：「妾夜見之，囑勿驚郎君耳。」生恨不邀留。女曰：「彼鬼也。生人多，陽氣勝，何能久居？」生問小榮，曰：「是亦狐，最黠。狐母留以視妾，每攝餌相哺，故德之常不去心。昨問母，云已嫁之。」由是歲值寒食，夫婦登秦墓，拜掃無缺。女踰年，生一子。在懷抱中，不畏生人，見人輒笑，亦大有母風云。

# 聶小倩

　　寧采臣是浙江人。他為人慷慨豪爽，又注重品行，常常對人說：「我這個人愛情專一，不會見異思遷。」

　　有一次，寧采臣去金華。走到城北郊外後，見到一座寺廟，雖然廟裡寶殿十分宏偉，但四周卻雜草叢生，那蓬蒿甚至比人還高，顯然，已經很久沒有人來了。他再往裡走，東西兩邊僧人住的房舍門都虛掩著，只有南面一間小屋的門上掛著鎖，好像還是新的。大殿的東面是一片竹

林，台階下有個大水池，裡邊的野藕已經開花。寧采臣很喜歡這個幽靜的地方，況且，眼下金華正要舉行考試，應考的學生來了許多，使得城裡房價飛漲，所以寧采臣決定暫時借住在這寺廟裡。

他想等這寺中的和尚回來時向他們提出請求，便獨自一人在寺中漫步。傍晚時，來了個讀書人，打開那南面小屋的門。他忙上前行禮，並提出了請求。那個讀書人說：「這裡沒有房主，我也是在這裡借宿的。你不怕冷清就住下吧，我正好可以多向你請教呢。」寧采臣很高興，於是鋪了些蒿草當床，又架起木板當桌子，準備在這裡住些日子。

這天夜晚，月色很好，寧采臣和那位書生在大殿的長廊裡促膝長談。書生說自己姓燕，字赤霞。寧采臣以為他是來應考的秀才，但聽口音，卻不像浙江人。一問才知道，他是陝西人，說話樸實誠懇。兩人說了半天話，才各自回床就寢。

因為剛到一個陌生的地方，寧采臣很久難以入睡。夜深時，他朦朧欲睡之際，卻聽到北邊房裡有人竊竊私語。他覺得奇怪，就悄悄起身，趴在北牆石窗下張望，只見短牆外一個小院落裡，有一位四十多歲的婦女正與一個衣著華麗、頭上插著銀梳子的老婆婆在說話。那婦人說：「小倩好長時間沒來了吧？」老婆婆說：「大概就要到了。」婦人說：「她是不是向姥姥發牢騷了？」老婆婆回答：「沒聽她發什麼牢騷，但看她樣子好像有點不高興。」婦人又說了一句：「對這個小丫頭不能太好了！」

正說著話，有個十七八歲的女孩進來了，朦朧的月光下，看上去非常漂亮。老婆婆笑著說：「背後不議論人，我們兩個正說你呢，沒想到你這個小機靈鬼就悄悄進來了，幸虧我們沒說你什麼壞話。」老太婆接著說：「你也是越長越水靈了，我要是個男人，也會被你勾走魂魄的。」女孩說：「姥姥不誇我，還有誰會說我好啊？」她們又說了些什麼，寧采臣沒有聽清。他以為她們是鄰居的家眷，不再聽她們說話，管自己回去睡覺了。

過了一會兒，四周都安靜下來，寧采臣剛要進入夢鄉，只覺得好像有人進了他的臥室。他急忙起身看去，原來就是剛才那個叫小倩的女孩。他不由得吃了一驚，問她來幹什麼。小倩說：「月夜裡無法獨自入睡，想與你相好。」寧采臣嚴肅地說：「一個女孩子，可別讓人說三道

四，我也怕別人說閒話呢。一時失足，就會成為道德淪喪的無恥之徒。」

小倩說：「這深更半夜的，有誰會知道啊？」寧采臣生氣了，大聲斥責道：「快走開！要不然，我就要喊南邊小屋裡的人了。」那女孩這才害怕了，只好走開了。剛走出門又轉身回來，把一錠金子放在床上。寧采臣一把抓起扔了出去，說：「不義之財，別髒了我的口袋。」女孩滿臉羞色，撿起金子走了，嘴裡說道：「這男人真是鐵石心腸。」

第二天早上，來了個前來應考的蘭溪書生，住在寺廟的東廂房裡。不料，書生竟在當天夜裡暴斃了，腳底上有個小孔，像是被錐子刺的，還有血在滲出來。大家看了，都不知道是怎麼回事。過了一個晚上，書生帶來的僕人也死了，症狀和書生一模一樣。晚上，燕生回來了。寧采臣問他知不知道死因，燕生認為是被鬼迷上了。寧采臣為人耿直坦蕩，根本沒把鬼的事放在心上。

到了半夜裡，那女孩子又來了。她對寧采臣說：「我見過的人多了，但沒見像你這樣剛直的人。你有聖賢的品德，我不敢欺騙你。我叫聶小倩，十八歲時就病死了，埋在這座寺院旁，不幸遭受妖物的脅迫，幹了不少傷天害理的勾當。我用色相去迷惑人，這本來並不是我所願意做的。現在這寺中沒有人可殺了，鬼夜叉很可能要來殺你。」

寧采臣聽到她這一番話，也開始害怕了，請求小倩幫他想想辦法。聶小倩說：「你跟燕赤霞住在一起，便能免除凶災。」寧采臣問：「為何不去迷惑燕赤霞？」小倩回答說：「他是個奇人，鬼妖都不敢接近他。」寧采臣又問：「你是怎樣去迷惑人的？」聶小倩說：「那人和我親熱時，我就悄悄用錐子刺他的腳心，他很快就昏迷過去了，我便吸出他的血給惡鬼喝。有時候，我也用金子去勾引。其實那不是金子，而是惡鬼的骨頭。這東西留在誰那裡，就能把誰的心肝掏去。這兩種方法，都是迎合世人好色貪財的心理。」

寧采臣問她惡鬼什麼時候來，她說明天晚上。臨別時，小倩哭著說：「我深陷苦海，找不到岸。你是仗義君子，一定能救苦救難。如果你能把我的朽骨帶到一個清淨的地方安葬，我將感激不盡。」寧采臣爽快地答應，並問她的墳在哪裡。她說：「請記住，白楊樹上有烏鴉巢穴的地方便是。」說完便消失了。

第二天，寧采臣擔心燕赤霞一早就出去，便提前來到他房裡，請他一起喝酒。在酒席上，寧采臣留意觀察燕赤霞，並說要與他睡在一個屋。燕赤霞說自己喜歡清淨，不習慣與人同居一室，寧采臣不管三七二十一，天快黑時將被褥搬了過來。燕赤霞也沒辦法，只得讓他住下，但還是有話在先：「我知道你是個大丈夫，對你也很欽佩，所以讓你住下。不過，我有些私事，不便明說。請你不要動我的東西，尤其不可翻看我的那隻箱子。否則，對你我都沒好處。」

寧采臣很認真地答應了，兩人便各自就寢。燕赤霞臨睡前把小箱子放在窗櫺上，不一會兒就鼾聲如雷。寧采臣好久不能入睡，大約一更時，隱約看到窗外有人影，正慢慢靠過來，朝屋內張望，眼睛閃閃放光。寧采臣嚇出一身冷汗，正要喊燕赤霞，忽然見有個東西從小箱子中飛出，就像一條耀眼的白綢緞，撞破了窗戶上的石櫺，一擊後又迅速返回，像閃電一樣熄滅了。這時，燕赤霞醒來，寧采臣忙假裝睡著了，在暗中觀察。只見他打開箱子看了看，從裡面取出一個東西，湊在月光下嗅了嗅。那東西亮閃閃的，大約有兩寸長，一片韭菜葉子那麼寬。燕赤霞看過之後就仔細地將其包好，放回箱子裡，自言自語道：「什麼老鬼怪，竟敢闖到這裡，害得我箱子都弄破了。」

燕赤霞又躺下睡了。寧采臣覺得太神奇了，便起身詢問。燕赤霞知道他都看到了，就說：「既然我們是好朋友了，我也就不必再隱瞞了。我是個劍客。剛才要不是那個石櫺阻擋，妖怪當場就沒命了。雖說這回它僥倖沒死，但也已受了重傷。」寧采臣又問他剛才藏起來的東西，燕赤霞說是劍，並取了出來。寧采臣一看，果真是一柄亮閃閃的小劍，於是對燕赤霞更敬重了。

第二天一早，寧采臣到窗外查看，地上還有血跡。寧采臣不忘小倩的囑託，走出寺院，在北邊看見一片亂墳堆。果真找到了一棵白楊樹，樹上有個烏鴉巢。

寧采臣辦完事，打算儘快回家。臨行前，燕赤霞設宴準備了酒菜，為他送行，席間取出了一隻破皮囊，送給寧采臣，說：「這是劍袋。你好好收藏，可以用來驅邪避妖。」

寧采臣原打算跟他學劍術，燕赤霞說：「像你這樣剛直講信義的人，原本是可以學的，但你畢竟是富貴中人，幹不了我這一行。」寧采

臣編了個謊言，說有個妹妹葬在寺院附近，打算要遷墓。於是，燕赤霞幫他挖出聶小倩的屍骨，仔細包好，租了條船回家了。

寧采臣的書房靠近郊野。他回家後就將小倩的墳建在那附近。安葬好之後，他對著新墳說：「可憐你孤零零的，現在總算有了安身之處。我就住在附近，從今往後，你的悲歡我都能知道，而且，再也不會有惡鬼來欺凌你了！」他敬上一杯酒，然後準備回家，忽然聽到有人喊道：「請等等我！」他回頭一看，竟是小倩。

聶小倩笑盈盈地向他行了個禮，說：「你真是個講信義的君子，你的大恩大德我永遠也報答不盡。就請讓我隨同你回去，拜見婆婆，就是做個丫頭小妾，我都心甘情願。」

寧采臣細細打量一番，只見她肌膚細嫩，身材嬌小，嫵媚動人，也很喜歡，便帶她回家。寧采臣先進去向母親稟報。他母親聽說後很是吃驚。當時，寧采臣的妻子已病了很長時間，母親叫他不要聲張，免得刺激了病人。母子倆正說著話，小倩已悄悄進屋，跪倒在地，說：「我孤身一人，遠離父母兄弟。承蒙公子關照，使我脫離苦海。因此，我願意侍奉他，以報答他的恩德。」寧母起先非常害怕，當看清她長得乖巧可愛，才稍稍安下心來，說：「姑娘肯照顧我兒子，我這個老太婆當然高興。可我就這麼個兒子，指望他傳宗接代，不敢讓他娶個鬼妻啊。」

小倩說：「我真的只是要報答他，沒有其他的想法。既然母親大人不放心，那就讓我把公子當兄長對待，由我來侍候您老人家，行嗎？」

寧母覺得小倩的話說得很真誠，就答應了下來。小倩還想拜見嫂夫人，寧母推說她患病在床，多有不便。小倩便立即到廚房，給母親做飯。她在寧采臣家進進出出，熟門熟路，一點都不陌生。

寧母還是有些害怕，天黑下來時讓她先去睡覺，卻沒給她準備床鋪。小倩意識到寧母不願讓她留下，就走了。經過寧采臣的書房時，她想進去打個招呼，又不敢進，在門外徘徊。寧采臣聽到動靜，讓她進屋，她說：「你房裡有劍氣，讓我害怕。」寧采臣頓時想到燕赤霞送給他的劍袋，忙取下來掛到別的房間去了。小倩這才進來，在燭燈邊坐下，好半天也沒說一句話。後來，她開口問道：「你晚上都讀些什麼書？我小時候唸過《楞嚴經》，現在多半忘了。請你幫我找一本，夜晚空閒時就請大哥教教我。」寧采臣答應了。兩個人又無話可講，到了二

更時，寧采臣催她回去休息，小倩傷心地說：「我是外地來的孤魂，特別害怕去荒墓中。」寧采臣說：「這裡沒有多餘的床，再說兄妹之間也是應該避嫌的。」小倩只好站起身，滿臉愁容，都要哭出來了，雙腿好像灌了鉛似的，好不容易挪出書房，下了台階就不見了。寧采臣很可憐她，也想留她住在家裡，又擔心母親會責怪。

此後每天一早，小倩就來向母親請安，然後端水給她洗漱，裡裡外外忙個不停，而且，樣樣都合寧母的心意。黃昏時她會來寧采臣的書房，坐在燭光下唸經，直到寧采臣想要睡覺時，才依依不捨地離去。

自從寧妻病倒之後，一直是寧母在操持家務，這讓她疲勞不堪。自從小倩來了後，寧母就清閒多了。日子久了，寧母和小倩有了感情，越來越疼她了，到了後來甚至忘了小倩是個鬼，晚上不讓她走，留下來跟自己一起睡。

小倩剛來寧家時，什麼都不吃，半年後才開始吃點稀飯。

因為喜愛小倩，寧采臣母子都從來不說她是鬼，而她跟人也確實沒有絲毫區別。不久，寧妻病逝了。寧母想讓小倩做兒媳，又擔心會對兒子不利，非常猶豫。小倩看出了她的心事，找了個機會對她說：「我跟隨你兒子，真的沒有別的想法，只是因為你兒子光明磊落、堂堂正正，令人敬佩。這幾年我要幫他博取功名，以光宗耀祖。這樣我自己在陰間也可以揚眉吐氣。」寧母知道她心腸好，又怕她不能生兒育女。小倩便說：「你兒子好福氣，會有三個有出息的兒子的，寧家不會因為娶了鬼妻而沒有後代。」

於是，寧母放心了。不久，寧家大辦酒席，將親戚朋友都請來了。婚禮那天，人們要求看新娘子。小倩穿著華麗的服裝，大大方方地出來。大家都看呆了，根本沒人懷疑她是鬼，都以為是仙女下凡呢。女眷們都送上了見面禮，爭相與她認識。小倩擅長畫蘭花、梅花，就送上自己的畫答謝。收到畫的人都很喜歡，仔細收藏好，感到很榮耀。

有一天，小倩突然心神不寧，問寧采臣：「你那個劍袋放哪裡了？」寧采臣說：「你不是害怕嗎？我把它藏好了。」小倩說自己長期與人一起生活，已經不怕它了。她讓丈夫將劍袋取出來，重新掛在房門上，並說：「這幾天我心慌慌的，怕是在金華被燕赤霞擊傷的惡鬼要找上門來了，得小心提防。」寧采臣便按她說的做了。

到了晚上，小倩靜坐在燈下，讓丈夫也別睡。突然，她的神情顯得很不安，劍袋也鼓了起來。這時，有一個東西像鳥一樣飛過來，小倩嚇得躲到了幕帳後面。寧采臣望去，來的是像夜叉似的怪物，張開血盆大口，眼中凶光畢露。它在門口止步，伸出爪子想抓門上的劍袋。那劍袋突然一聲巨響，變得筐一樣大，好像有個什麼東西探出半個身子，一把揪住惡鬼，將其拖入袋中。劍袋又縮成原先那般大小了。寧采臣也嚇得不輕，這時小倩已經笑盈盈地走出來，說：「現在平安無事了。」他們將劍袋打開，裡面只有些清水。

幾年後，寧采臣果然考中進士，小倩也生下一個男孩。納妾後，又各生得一個男孩。三個孩子後來都做了官，而且官聲很好。

## 【原文】

寧采臣，浙人。性慷爽，廉隅自重。每對人言：「生平無二色。」適赴金華，至北郭，解裝蘭若。寺中殿塔壯麗；然蓬蒿沒人，似絕行蹤。東西僧舍，雙扉虛掩；惟南一小舍，扃鍵如新。又顧殿東隅，修竹拱把；階下有巨池，野藕已花。意甚樂其幽杳。會學使案臨，城舍價昂，思便留止，遂散步以待僧歸。日暮，有士人來，啟南扉。寧趨為禮，且告以意。士人曰：「此間無房主，僕亦僑居。能甘荒落，且暮惠教，幸甚。」寧喜，藉藁代床，支板作几，為久客計。是夜，月明高潔，清光似水，二人促膝殿廊，各展姓字。士人自言：「燕姓，字赤霞。」寧疑為赴試諸生，而聽其音聲，殊不類浙。詰之，自言：「秦人。」語甚樸誠。既而相對詞竭，遂拱別歸寢。

寧以新居，久不成寐。聞舍北喁喁，如有家口。起伏北壁石窗下，微窺之。見短牆外一小院落，有婦可四十餘；又一媼衣褐緋，插蓬沓，鮐背龍鍾，偶語月下。婦曰：「小倩何久不來？」媼曰：「殆好至矣。」婦曰：「將無向姥姥有怨言否？」曰：「不聞，但意似蹙蹙。」婦曰：「婢子不宜好相識。」言未已，有一十七八女子來，彷彿豔絕。媼笑曰：「背地不言人，我兩個正談道，小妖婢悄來無跡響，幸不訾著短處。」又曰：「小娘子端好是畫中人，遮莫老身是男子，也被攝魂去。」女曰：「姥姥不相譽，更阿誰道好？」婦人、女子又不知何言。寧意其鄰人眷口，寢不復聽。又許時，始寂無聲。

方將睡去，覺有人至寢所。急起審顧，則北院女子也。驚問之。女笑曰：「月夜不寐，願修燕好。」寧正容曰：「卿防物議，我畏人言！略一失足，廉恥道喪。」女云：「夜無知者。」寧又咄之。女逡巡若復有詞。寧叱：「速去！不然，當呼南舍生知。」女懼，乃退。至戶外復返，以黃金一錠置褥上。寧掇擲庭墀，曰：「非義之物，污吾囊橐！」女慚，出，拾金自言曰：「此漢當是鐵石。」

詰旦，有蘭溪生攜一僕來候試，寓於東廂，至夜暴亡。足心有小孔，如錐刺者，細細有血出。俱莫知故。經宿，僕亦死，症亦如之。向晚，燕生歸，寧質之，燕以為魅。寧素抗直，頗不在意。宵分，女子復至，謂寧曰：「妾閱人多矣，未有剛腸如君者。君誠聖賢，妾不敢欺。小倩，姓聶氏，十八夭殂，葬寺側。輒被妖物威脅，歷役賤務；觍顏向人，實非所樂。今寺中無可殺者，恐當以夜叉來。」寧駭求計。女曰：「與燕生同室可免。」問：「何不惑燕生？」曰：「彼奇人也，不敢近。」問：「迷人若何？」曰：「狎暱我者，隱以錐刺其足，彼即茫若迷，因攝血以供妖飲；又惑以金，非金也，乃羅剎鬼骨，留之能截取人心肝。二者，凡以投時好耳。」寧感謝。問戒備之期，答以明宵。臨別泣曰：「妾墮玄海，求岸不得。郎君義氣干雲，必能拔生救苦。倘肯囊妾朽骨，歸葬安宅，不啻再造。」寧毅然諾之。因問葬處，曰：「但記取白楊之上，有烏巢者是也。」言已出門，紛然而滅。

明日，恐燕他出，早詣邀致。辰後具酒饌，留意察燕。既約同宿，辭以性癖耽寂。寧不聽，強攜臥具來。燕不得已，移榻從之，囑曰：「僕知足下丈夫，傾風良切。要有微衷，難以遽白。幸勿翻窺篋袱，違之兩俱不利。」寧謹受教。既而各寢，燕以箱篋置窗上，就枕移時，鼾如雷吼。寧不能寐。近一更許，窗外隱隱有人影。俄而近窗來窺，目光睒閃。寧懼，方欲呼燕，忽有物裂篋而出，耀若匹練，觸折窗上石櫺，欻然一射，即遽斂入，宛如電滅。燕覺而起，寧偽睡以覘之。燕捧篋檢征，取一物，對月嗅視，白光晶瑩，長可二寸，徑韭葉許。已而數重包固，仍置破篋中。自語曰：「何物老魅，直爾大膽，致壞篋子。」遂復臥。寧大奇之，因起問之，以所見且告。燕曰：「既相知愛，何敢深隱。我，劍客也。若非石櫺，妖當立斃；雖然，亦傷。」問：「所緘何物？」曰：「劍也。適嗅之，有妖氣。」寧欲觀之。慨出相示，熒熒然一小劍

也。於是益厚重燕。

　　明日，視窗外有血跡。遂出寺北，見荒墳纍纍，果有白楊，烏巢其顛。迨營謀既就，趣裝欲歸。燕生設祖帳，情義殷渥。以破革囊贈寧，曰：「此劍袋也。寶藏可遠魑魅。」寧欲從授其術。曰：「如君信義剛直，可以為此。然君猶富貴中人，非此道中人也。」寧乃托有妹葬此，發掘女骨，斂以衣衾，賃舟而歸。

　　寧齋臨野，因營墳葬諸齋外，祭而祝曰：「憐卿孤魂，葬近蝸居，歌哭相聞，庶不見陵於雄鬼。一甌漿水飲，殊不清旨，幸不為嫌！」祝畢而返。後有人呼曰：「緩待同行！」回顧，則小倩也。歡喜謝曰：「君信義，十死不足以報。請從歸，拜識姑嫜，媵御無悔。」審諦之，肌映流霞，足翹細筍，白晝端相，嬌豔尤絕。遂與俱至齋中。囑坐少待，先入白母。母愕然。時寧妻久病，母戒勿言，恐所駭驚。言次，女已翩然入，拜伏地下。寧曰：「此小倩也。」母驚顧不遑。女謂母曰：「兒飄然一身，遠父母兄弟。蒙公子露覆，澤被髮膚，願執箕帚，以報高義。」母見其綽約可愛，始敢與言，曰：「小娘子惠顧吾兒，老身喜不可已。但生平止此兒，用承祧緒，不敢令有鬼偶。」女曰：「兒實無二心。泉下人，既不見信於老母，請以兄事，依高堂，奉晨昏，如何？」母憐其誠，允之。即欲拜嫂。母辭以疾，乃止。女即入廚下，代母尸饔。入房穿榻，似熟居者。

　　日暮，母畏懼之，辭使歸寢，不為設床褥。女窺知母意，即竟去。過齋欲入，卻退，徘徊戶外，似有所懼。生呼之。女曰：「室有劍氣畏人。向道途中不奉見者，良以此故。」寧悟為革囊，取懸他室。女乃入，就燭下坐。移時，殊不一語。久之，問：「夜讀否？妾少誦《楞嚴經》，今強半遺忘。浼求一卷，夜暇，就兄正之。」寧諾。又坐，默然，二更向盡，不言去。寧促之。愀然曰：「異域孤魂，殊怯荒墓。」寧曰：「齋中別無床寢，且兄妹亦宜遠嫌。」女起，眉顰蹙而欲啼，足儴儴而懶步，從容出門，涉階而沒。寧竊憐之，欲留宿別榻，又懼母嗔。女朝旦朝母，捧匜沃盥，下堂操作，無不曲承母志。黃昏告退，輒過齋頭，就燭誦經。覺寧將寢，始慘然去。

　　先是，寧妻病廢，母劬不可堪；自得女，逸甚，心德之。日漸稔，親愛如己出，竟忘其為鬼；不忍晚令去，留與同臥起。女初來未嘗飲

食，半年漸啜稀酏。母子皆溺愛之，諱言其鬼，人亦不之辨也。無何，寧妻亡。母陰有納女意，然恐於子不利。女微窺之，乘間告母曰：「居年餘，當知兒肝膈。為不欲禍行人，故從郎君來。區區無他意，止以公子光明磊落，為天人所欽矚，實欲依贊三數年，借博封誥，以光泉壤。」母亦知無惡意，但懼不能延宗嗣。女曰：「子女惟天所授。郎君注福籍，有亢宗子三，不以鬼妻而遂奪也。」母信之，與子議。寧喜，因列筵告戚黨。或請覿新婦，女慨然華妝出，一堂盡眙，反不疑其鬼，疑為仙。由是五黨諸內眷，咸執贄以賀，爭拜識之。女善畫蘭梅，輒以尺幅酬答，得者藏之什襲，以為榮。

　　一日，俯頸窗前，怊悵若失。忽問：「革囊何在？」曰：「以卿畏之，故緘置他所。」曰：「妾受生氣已久，當不復畏，宜取掛床頭。」寧詰其意，曰：「三日來，心怔忡無停息，意金華妖物，恨妾遠遁，恐旦晚尋及也。」寧果攜革囊來。女反覆審視，曰：「此劍仙將盛人頭者也。敝敗至此，不知殺人幾何許！妾今日視之，肌猶粟粟。」乃懸之。次日，又命移懸戶上。夜對燭坐，約寧勿寢。欻有一物，如飛鳥墮。女驚匿夾幕間。寧視之，物如夜叉狀，電目血舌，睒閃攫拏而前，至門卻步；逡巡久之，漸近革囊，以爪摘取，似將抓裂。囊忽格然一響，大可合簣；恍惚有鬼物，突出半身，揪夜叉入，聲遂寂然，囊亦頓索如故。寧駭詫。女亦出，大喜曰：「無恙矣！」共視囊中，清水數斗而已。

　　後數年，寧果登進士。女舉一男。納妾後，又各生一男，皆仕進有聲。

# 俠　女

　　金陵有個姓顧的讀書人，飽讀詩書，又多才多藝，家境卻很貧寒。因為家中老母親年事已高，他不忍心拋下老母外出闖世界，只能留在家中，每天靠幫人寫書作畫，換幾個錢勉強度日。他已經二十五歲了，還沒成家。他家的對面有一所空宅，後來有個老太太和一個少女，租下來住了進去。因為她們家沒有男人，所以顧生與她們也沒有交往。

　　有一天，顧生從外面回來，看到那姑娘從他家裡走出來，年紀大約

十八九歲，身材苗條，長得清純美麗。她見了顧生並沒有扭捏地迴避，但冷冷的目光又讓人不敢靠近。顧生進屋詢問母親。母親說：「她就住在對門，是來找我借剪刀和尺子的。剛才她還對我說了，她家也只有一個老母親。這個姑娘不像是貧苦人家出身。我問她為什麼還沒嫁人，她說是離不開母親。明天我就去看看她的母親，試探一下口風，如果沒有什麼特別的要求，也許能夠為你找到一個好媳婦。」

第二天，顧母到了她家。她的母親耳朵聾了，家裡十分貧寒，吃了上頓沒下頓的。顧母問她們靠什麼為生，聾老太說全憑女兒一雙手了。顧母婉轉地提出兩家結親的事，老太太好像還是挺有興趣的，便轉身和女兒商量，但她女兒低著頭就是不吭聲，顯然是不樂意。顧母也沒辦法，只好告辭回家。

她把經過對兒子說了，還是覺得很奇怪，說：「那姑娘是不是嫌我們窮啊？她長得那麼漂亮，神態卻冷若冰霜，一句話都不說，連個笑臉都沒有，真是個怪人！」

過了幾日，顧生正坐在書房裡，有個少年來請他作畫。那人相貌英俊，為人卻很輕佻。他自稱就住在鄰村，一來二去與顧生混熟了，關係也很曖昧。有一天他倆正在一起玩，恰好那姑娘來找顧母，被那少年看到了。少年直愣愣地目送她消失，回頭問顧生說這姑娘是誰。當知道是顧生家的鄰居之女時，那少年說：「相貌如此豔麗，神情為什麼讓人感到害怕呀？」

過了一會兒，顧生進到裡屋，母親告訴他說：「剛才那姑娘是來借米的，她家已經一天沒開鍋了。這孩子真是孝順，窮得太可憐了，我們應該盡力幫她一把。」顧生聽從母親的吩咐，背上一斗米，送到姑娘家中，並轉告了母親的話。姑娘將米收下了，卻連一個謝字都沒說。

從那之後，她的態度有了些變化，經常會到顧生家來，要是見到顧母正在縫衣服做鞋子，就一定會幫忙。在顧家進進出出，幹起活來十分麻利，就像是顧家媳婦一般。顧生越發敬重她了，每次別人送來什麼好吃的，他一定會留出一份轉贈給她的母親。姑娘心意雖然都知道，可是嘴裡卻沒什麼表示。

顧母生了一個惡瘡，疼得她日夜哭喊。姑娘就過來看望她，替她清瘡敷藥，每天三四次。顧母看到那麼髒的膿血，心裡很是不安，姑娘卻

毫不在意。顧母拉著她的手說：「唉！怎樣才能找到一個像你這樣的媳婦，能一直陪伴我！」一邊說一邊又哭了起來。姑娘安慰她說：「您兒子這麼孝順，比我們寡母孤女強多了。」顧母說：「他是很孝順，但床頭侍候這類事，也不是男人所能做的。再說我已經風燭殘年了，什麼時候眼睛一閉就去了，可顧家還沒傳宗接代。」

正說著，顧生進來了。母親流著眼淚說：「我們多虧了這位姑娘，你可不要忘了報答恩情。」顧生當即伏身向她拜謝。姑娘說：「你對我的母親那麼好，我都沒拜謝，你怎麼反倒謝我了呢？」顧生內心更喜歡這個姑娘了，可是她的表情還是冷冰冰的，讓人不敢親近。

有一天，姑娘從外面來，顧生盯著她出了神。她像是意識到了，一反常態，回過頭來衝著他笑了。顧生喜出望外，趕緊追上去，跟著她進了家門。顧生緊緊地摟住她，與她親熱，她也沒有拒絕。事後，她對顧生說：「這種事一次就夠了，以後不能再有了。」顧生根本不相信，第二天又去找她。可她又冷若冰霜，都沒正眼瞧他一下就扭頭走了。從那之後，她雖然還常來顧家，但始終沒有笑臉。

有一次，身旁沒別人，她突然問顧生：「常來你家的那個少年是個什麼人？」顧生告訴了她。她說：「那人不尊重我，多次想對我動手動腳，我知道你們關係不一般，所以沒和他計較。但你去告訴他，如果再是那個樣子，就別想活啦！」

當天晚上，顧生就把這話轉告那個少年，並且說：「你是得小心，千萬別招惹她。」少年說：「你惹得，我為什麼惹不得？」顧生極力辯解，少年氣急敗壞地說：「你們說了那麼多肉麻的話還當我不知道呢？你去對她說，不要裝模作樣假正經了，不然的話，我要把她的醜事都抖露出去。」這下顧生也很生氣，結果兩人不歡而散。

又是一天晚上，顧生獨自坐在書房裡，姑娘忽然出現，笑著對顧生說：「我和你還有一段情緣，這可是天意。」顧生一聽，欣喜若狂，一把將她摟在懷裡。就在這時，傳來一陣腳步聲，兩人驚慌地起身，卻見那少年闖了進來。顧生結結巴巴地問：「你來幹什麼？」少年嬉皮笑臉地說：「我是來看看她究竟有多貞潔！」又瞅著姑娘說：「今晚怪不得我了吧？」姑娘氣得雙眉倒豎，滿臉通紅，一句話也沒說，突然從上衣裡的皮囊中抽出一把尺來長的匕首。少年看見了，嚇得扭頭就跑。姑娘

追到門外，少年已經逃得無影無蹤了。她把匕首往空中一拋，只聽「嘎」的一聲，一道耀眼的光閃過，緊接著又是「噗」的一聲，從空中掉下一個東西。顧生急忙拿燈來照，卻是一隻白狐狸，腦袋已經搬家了。顧生非常吃驚。姑娘收起匕首，淡淡地說：「剛才被這東西敗了興致，只能等明天晚上了。」說完，就出門走了。

　　第二天晚上，她果然來了，兩人親密無間。顧生問她是用什麼辦法斬殺了狐妖，她說：「這不是你需要知道的事。你一定要保守祕密，洩露出去會對你不利的。」顧生又向她求婚，她說：「和你同床共枕，為你料理家務，不已經是你妻子了嗎，何必還談嫁娶呢？」顧生說：「你是不是嫌我家窮啊？」她嚴肅地說：「你確實是窮，難道我就富裕了？不是你的貧窮，哪來我們的緣分？」

　　臨別的時候，她又對顧生說：「不正當的行為，不能一而再，再而三的。可以來的時候，我自然會來，不該來的時候，你強求也沒有用。」以後，顧生幾次想與她約會，她總是避開。但操持家務這些事，她做起來與明媒正娶的妻子沒有兩樣。

　　沒過多久，姑娘的母親去世了，顧生儘力幫她料理了後事。她從此就孤單單的一個人住。顧生想偷偷過去約會，就翻牆進去，在窗外喊她，可屋裡一點動靜都沒有，再仔細一看，門是鎖著的，屋里根本沒人。顧生懷疑她跟別人約會去了，第二天晚上再去看，結果還是一樣。顧生很傷心，解下一塊佩玉，擱在窗櫺上後走了。

　　過了一天，她來看他母親，顧生見了扭頭就走，姑娘追了出來，對他說：「你是懷疑我另有所愛？每個人都會有些事無法告訴別人，我現在也無法讓你相信我。但眼下有一件十萬火急的事要請你幫忙。」顧生問她什麼事。姑娘說：「我懷了你的孩子，已經八個月了，馬上就要臨產。我沒有名分，只能給你生，不能替你養。所以請告訴你母親，儘快找一個奶媽，就說是要來的孩子，不能提起我。」顧生答應了，回家告訴了母親。母親喜出望外，說：「這姑娘真奇怪！不願意嫁過來，卻願意為我顧家生兒子。」於是，忙不迭地按她所說，準備好了奶媽，只等她分娩。

　　又過了一個多月，她好幾天沒來了。顧母放心不下，到她家裡去看望，只見大門緊閉，裡面一點聲音都沒有。敲了半天門，才見她出來開

門，只見她蓬頭垢面，十分憔悴。她隨手關上門，將顧母帶進裡屋。顧母一眼望見床上的嬰兒，吃驚地問道：「什麼時候生的？」她回答說：「三天了。」顧母抱起來一看，是個男孩，臉蛋胖嘟嘟的，額頭很寬闊，非常可愛。顧母高興地說：「孩子，你給我顧家生了孫子，可你孤苦伶仃一個人，將來靠誰呢？」姑娘說：「我有自己的苦衷，不能說出來。等到夜裡沒人的時候，你把孩子抱走。」顧母回家對兒子一說，都猜不透姑娘的心思。到了深夜時，就去把孩子抱來了。

又過了一段日子，一天夜裡，她忽然敲門進來，手裡提著一個皮口袋，笑著說：「我已經大功告成，特來告別。」顧生急忙問怎麼回事，她說：「你奉養我母親的恩德，我時時刻刻不能忘懷。因為你窮得不能娶妻，所以我給你留下一個後代。現在，你的恩德已經報答，我的心願也已經完成，沒有遺憾了。」

顧生問她皮袋裡裝的是什麼東西。她說是仇人的腦袋。顧生扒開一看，果然是一團血肉模糊的東西。顧生驚得目瞪口呆，一定要問她究竟怎麼回事。她說：「以前沒有告訴你，是因為事關重大，要是洩露出去就壞了。現在大功告成，不妨告訴你。我本是浙江人，我的父親官居司馬，被仇人陷害，還被滿門抄斬。我背著老母親僥倖逃出來，隱姓埋名整整三年。當初之所以沒有馬上報仇，是因為老母親還在世，後來又因為懷了你的孩子。那些天夜裡出去，沒有別的事情，就是去熟悉通往仇家的道路。現在你都明白了吧？」

說完她就要走，顧生再三挽留，她還是搖頭，只是叮囑道：「我生的兒子，你要好好撫養。你的福分淺，不能長壽，但這個孩子可以光宗耀祖。夜深了，不要驚動了你母親，我這就告辭！」顧生很傷心，但攔不住她，也來不及問她去哪，她已經像閃電劃過，消失得無影無蹤了。顧生連連嘆息，呆呆地站在門外，像丟了魂似的。第二天，他將此事告訴了母親，娘倆也只有驚嘆而已。

三年以後，顧生果然生病去世了。他的兒子十八歲就中了進士，奉養祖母安度晚年。

## 【原文】

顧生，金陵人。博於材藝，而家綦貧。又以母老，不忍離膝下，惟

日為人書畫，受贄以自給。行年二十有五，伉儷猶虛。對戶舊有空第，一老嫗及少女，稅居其中。以其家無男子，故未問其誰何。

一日，偶自外入，見女郎自母房中出，年約十八九，秀曼都雅，世罕其匹，見生不甚避，而意凜如也。生入問母，母曰：「是對戶女郎，就吾乞刀尺。適言其家亦止一母。此女不似貧家產。問其何為不字，則以母老為辭。明日當往拜其母，便風以意；倘所望不奢，兒可代養其母。」明日造其室，其母一聾嫗耳。視其室，並無隔宿糧。問所業，則仰女十指。徐以同食之謀試之，嫗意似納，而轉商其女。女默然，意殊不樂。母乃歸。詳其狀而疑之曰：「女子得非嫌吾貧乎？為人不言亦不笑，豔如桃李，而冷如霜雪，奇人也！」母子猜嘆而罷。

一日，生坐齋頭。有少年來求畫，姿容甚美，而意頗儇佻。詰所自，以「鄰村」對。嗣後三兩日輒一至。稍稍稔熟，漸以嘲謔；生狎抱之，亦不甚拒，遂私焉。由此往來暱甚。會女郎過，少年目送之，問為誰。對以「鄰女」。少年曰：「豔麗如此，神情何可畏？」少間，生入內，母曰：「適女子來乞米，云不舉火者經日矣。此女至孝，貧極可憫，宜少周恤之。」生從母言，負斗米款門而達母意。女受之，亦不申謝。

日嘗至生家，見母作衣履，便代縫紉；出入堂中，操作如婦。生益德之。每獲饋餌，必分給其母，女亦略不置齒頰。母適疽生隱處，宵旦號咷。女時就榻省視，為之洗創敷藥，日三四作。母意甚不自安，而女不厭其穢。母曰：「唉！安得新婦如兒，而奉老身以死也！」言訖，悲哽，女慰之曰：「郎子大孝，勝我寡母孤女什百矣。」母曰：「床頭蹀躞之役，豈孝子所能為者？且身已向暮，旦夕犯霧露，深以祧續為憂耳。」言間，生入。母泣曰：「虧娘子良多！汝無忘報德。」生伏拜之。女曰：「君敬我母，我勿謝也；君何謝為？」於是益敬愛之。然其舉止生硬，毫不可干。

一日，女出門，生目注之。女忽回首，嫣然而笑。生喜出意外，趨而從諸其家，挑之，亦不拒，欣然交歡。已，戒生曰：「事可一而不可再！」生不應而歸。明日，又約之。女屬色不顧而去。日頻來，時相遇，並不假以詞色。少遊戲之，則冷語冰人。忽於空處問生：「日來少年誰也？」生告之。女曰：「彼舉止態狀，無禮於妾頻矣。以君之狎暱，故置之。請更寄語：再復爾，是不欲生也已！」生至夕，以告少年，且

曰：「子必慎之，是不可犯！」少年曰：「既不可犯，君何私犯之？」生白其無。曰：「如其無，則猥褻之語，何以達君聽哉？」生不能答。少年曰：「亦煩寄告：假惺惺勿作態；不然，我將遍播揚。」生甚怒之，情見於色，少年乃去。一夕，方獨坐，女忽至，笑曰：「我與君情緣未斷，寧非天數！」生狂喜而抱於懷，欻聞履聲籍籍，兩人驚起，則少年推扉入矣。生驚問：「子胡為者？」笑曰：「我來觀貞潔人耳。」顧女曰：「今日不怪人耶？」女眉豎頰紅，默不一語。急翻上衣，露一革囊，應手而出，而尺許晶瑩匕首也。少年見之，駭而卻走。追出戶外，四顧渺然。女以匕首望空拋擲，戞然有聲，燦若長虹。俄一物墮地作響，生急燭之，則一白狐，身首異處矣。大駭。女曰：「此君之孌童也。我固恕之，奈渠定不欲生何！」收刃入囊。生曳令入，曰：「適妖物敗意，請俟來宵。」出門徑去。次夕，女果至，遂共綢繆。詰其術，女曰：「此非君所知。宜須慎秘，洩恐不為君福。」又訂以嫁娶，曰：「枕席焉，提汲焉，非婦伊何也？業夫婦矣，何必復言嫁娶乎？」生曰：「將勿憎吾貧耶？」曰：「君固貧，妾富耶？今宵之聚，正以憐君貧耳。」臨別囑曰：「苟且之行，不可以屢。當來，我自來；不當來，相強無益。」後相值，每欲引與私語，女輒走避。然衣綻炊薪，悉為紀理，不啻婦也。

　　積數月，其母死，生竭力營葬之。女由是獨居。生意孤寢可亂，逾垣入，隔窗頻呼，迄不應。視其門，則空室扃焉。竊疑女有他約。夜復往，亦如之。遂留佩玉於窗間而去之。越日，相遇於母所。既出，而女尾其後曰：「君疑妾耶？人各有心，不可以告人。今欲使君無疑，烏得可？然一事煩急為謀。」問之，曰：「妾體孕已八月矣，恐旦晚臨盆。『妾身未分明』，能為君生之，不能為君育之。可密告母，覓乳媼，偽為討螟蛉者，勿言妾也。」生諾，以告母。母笑曰：「異哉此女！聘之不可，而顧私於我兒。」喜從其謀以待之。又月餘，女數日不至。母疑之，往探其門，蕭蕭閉寂。叩良久，女始蓬頭垢面自內出。啟而入之，則復扃之。入其室，則呱呱者在床上矣。母驚問：「誕幾時矣？」答云：「三日。」捉襁席而視之，則男也，且豐頤而廣額。喜曰：「兒已為老身育孫子，伶仃一身，將焉所托？」女曰：「區區隱衷，不敢掬示老母。俟夜無人，可即抱兒去。」母歸與子言，竊共異之。夜往抱子歸。

　　更數夕，夜將半，女忽款門入，手提革囊，笑曰：「我大事已了，

請從此別。」急詢其故，曰：「養母之德，刻刻不去諸懷。向云『可一而不可再』者，以相報不在床第也。為君貧不能婚，將為君延一線之續。本期一索而得，不意信水復來，遂至破戒而再。今君德既酬，妾志亦遂，無憾矣。」問：「囊中何物？」曰：「仇人頭耳。」檢而窺之，鬚髮交而血模糊。駭絕，復致研詰。曰：「向不與君言者，以機事不密，懼有宣洩。今事已成，不妨相告：妾浙人。父官司馬，陷於仇，彼籍吾家。妾負老母出，隱姓名，埋頭項，已三年矣。所以不即報者，徒以有母在；母去，又一塊肉累腹中，因而遲之又久。曩夜出非他，道路門戶未稔，恐有訛誤耳。」言已，出門。又囑曰：「所生兒，善視之。君福薄無壽，此兒可光門閭。夜深不得驚老母，我去矣！」方淒然欲詢所之，女一閃如電，瞥爾間遂不復見。生嘆惋木立，若喪魂魄。明以告母，相為嘆異而已。後三年，生果卒。子十八舉進士，猶奉祖母以終老云。

# 口　技

　　有一天，村子裡來了一位女子，年紀大約二十四五歲。她隨身帶著一隻藥箱，走街串巷賣藥治病。人們得知來了位大夫，便來請她診治。可這位女子說，僅憑自己開不了藥方，要等夜裡向神靈請教後才行。

　　於是，人們騰出一間乾淨的小房，讓她一人關在裡面。到了晚上，人們聚在屋外，停止了喧鬧，側耳傾聽。

　　開始時，房內外都靜悄悄，沒有任何聲響。當夜深自之後，人們忽然聽見屋裡有掀簾子的聲音。那位女子在裡邊問：「是九姑來了嗎？」只聽另一個女子回答說：「是我！」那女子又問：「臘梅也跟著九姑一起來了嗎？」一個像丫鬟一樣的聲音在說：「我也來了。」然後，便是這三個女人嘰嘰喳喳的說話聲。她們正說個沒完，外面的人又聽見屋內有簾鉤子的撞擊聲，那位女子又問了：「是六姑來了嗎？」旁邊有幾個聲音一起在說：「喲，春梅抱著小寶寶也來了。」

　　另一個女子在說：「這個犟脾氣的小寶寶，怎麼哄也不肯睡，非要跟著娘來。他沉得像是有千把斤重，這一路上可把我累壞了！」接著，就聽到那位女子的讓座聲，九姑和六姑的問候聲，兩個丫鬟的互道辛苦

聲，還有小孩的嬉笑聲，七嘴八舌，亂作一團。

那位女子帶著笑說：「小寶寶也太貪玩了，這麼大老遠的，還抱了隻貓來。」這時，裡面的說話聲漸漸變小了。接著，簾子又被掀動，屋裡又是一片喧嘩。有人在問：「今天四姑怎麼來得這麼遲？」又一個女孩子細聲細語地說：「有一千多里路呢，還下雨泥濘不堪，阿姑走得太慢，我和她走了好長時間才到。」於是，相互之間又是一番問候寒暄，忙著移動座位的聲音，有吩咐添凳加椅的聲音，各種聲音混雜在一起，滿屋子的熱鬧，足有一頓飯的工夫，才逐漸安靜下來。

這時，屋外的人才聽到那位女子開始向神仙請教治病的藥方。九姑率先開口，說這個病應該用人參；六姑不同意，認為應該用黃著；四姑也有自己的看法，說是應該用白朮。她們議論了好一陣子，又聽得九姑叫人拿筆墨來。很快，屋內傳來了鋪開紙的聲音，接著是拔筆，將筆套丟到桌上的聲音，然後又是磨墨之聲，都十分清晰。

不一會兒，大概是藥方寫好了，九姑把筆扔回桌子上，又忙著包藥，包藥的紙發出窸窣之聲。很快，那女子拉開門，讓病人將藥和藥方拿走，又轉身回到房裡。接著，就聽到她與三位仙姑告別，又與三個丫鬟道別，還夾雜著小孩咿咿呀呀的喊聲，小貓喵喵的叫聲，各種聲音混雜在一起，各自都有特點，九姑的聲音清脆響亮，六姑的聲音和緩老成，四姑的聲音嬌柔婉轉；那三個丫鬟的聲音也很有特色，外面的人都可以清楚地分辨出來。

屋外的人真的以為是聽到了神仙的聚會，以為真的來了那麼多神仙，而驚訝不已。然而，患者服用了那女子從神仙那裡求得的藥，病卻未見好轉。後來大家才明白，其實並沒有什麼神仙，而是那女子在表演口技。她只不過是藉助口技來推銷草藥而已。

## 【原文】

村中來一女子，年二十有四五，攜一藥囊，售其醫。有問病者，女不能自為方，俟暮夜問諸神。晚潔斗室，閉置其中。眾繞門窗，傾耳寂聽，但竊竊語，莫敢咳，內外動息俱冥。

至夜許，忽聞簾聲。女在內曰：「九姑來耶？」一女子答云：「來矣。」又曰：「臘梅從九姑耶？」似一婢答云：「來矣。」三人絮語間雜，

刺刺不休。俄聞簾鉤復動，女曰：「六姑至矣。」亂言曰：「春梅亦抱小郎子來耶？」一女曰：「拗哥子！嗚嗚不睡，定要從娘子來。身如百鈞重，負累煞人！」旋聞女子殷勤聲，九姑問訊聲，六姑寒暄聲，二婢慰勞聲，小兒喜笑聲，一齊嘈雜。即聞女子笑曰：「小郎君亦大好耍，遠迢迢抱貓兒來。」既而聲漸疏，簾又響，滿室俱嘩，曰：「四姑來何遲也？」有一小女子細聲答曰：「路有千里且溢，與阿姑走爾許時始至。阿姑行且緩。」遂各各道溫涼聲，並移坐聲，喚添坐聲，參差並作，喧繁滿室，食頃始定。即聞女子問病。九姑以為宜得參，六姑以為宜得芪，四姑以為宜得術。參酌移時，即聞九姑喚筆硯。無何，摺紙戢戢然，拔筆擲帽丁丁然，磨墨隆隆然；既而投筆觸幾，震筆作響，便聞撮藥包裹蘇蘇然。頃之，女子推簾，呼病者授藥並方。反身入室，即聞三姑作別，三婢作別，小兒啞啞，貓兒唔唔，又一時並起。九姑之聲清以越，六姑之聲緩以蒼，四姑之聲嬌以婉，以及三婢之聲，各有態響，聽之了了可辨。

群訝以為真神。而試其方，亦不甚效。此即所謂口技，特借之以售其術耳。然亦奇矣！

# 紅　玉

廣平府有個馮老翁，家中有個叫相如的兒子。馮家父子都是本分的讀書人，日子過得比較清貧。馮老翁快六十歲了，為人耿直，前些年老伴與兒媳相繼去世，家中裡裡外外都靠兩個大男人自己操持。

有天晚上，馮相如在月光下乘涼，看到東邊的牆上露出一個腦袋，一問才知是鄰居家的女孩紅玉。倆人相互看著，就心生愛慕了。紅玉甜甜地一笑，就把相如迷得神魂顛倒。相如再三請她過來，紅玉忸怩了半天終於答應了。相如與紅玉一見鍾情，希望能永遠在一起。自打那之後，紅玉每晚都過來看相如，一直持續了半年時間。

有一天馮老翁半夜起來，聽到兒子屋裡有女孩的說話聲，覺得奇怪。湊過去一望，看到了紅玉。馮老翁可生氣了，對著兒子罵道：「你怎麼能幹出這畜生般的勾當？現在已經這麼潦倒了，你還不發憤讀書，

以後怎麼做人？」回頭又罵紅玉：「你這孩子怎麼能這樣不自重？這事要是傳出去，不僅我們家臉上無光，你們家的臉也被丟盡了。」馮老翁罵完後，氣呼呼地回自己屋裡去了。紅玉傷心極了，說：「你父親的責備你都聽到了，咱倆的緣分到頭了。」

相如實在捨不得紅玉，但又不能與父親對抗，真不知道怎麼辦才好。紅玉含著淚對他說：「我是真心喜歡你，但我們沒有父母之命、媒妁之言，怎麼可能白頭到老呢？我知道吳村的衛家有個女孩，跟你很合適，你把她娶回來吧，也算是我對你的一片心意。」相如苦著臉說：「我家這麼窮，誰看得上我？」紅玉想了一下，說：「這別擔心，我明天再來給你想想辦法。」

第二天晚上，紅玉果然又來了，還帶來了四十兩銀子。

徵得父親同意後，相如去衛家提親。那天他特意借來了僕人和馬匹，穿戴得整整齊齊。衛家是戶莊戶人家，而馮家則是當地有聲望的讀書人。衛老漢看到相如一表人才，就有幾分喜歡，只是擔心馮家沒有錢。相如會意，便拿出四十兩銀子往桌上一擱，打消了衛老漢的顧慮，親事就這樣順順噹噹地定下來了。相如回家把經過告訴了父親，只是隱瞞了紅玉贈他四十兩銀子作聘禮的事。騙他說衛家不嫌咱家窮，沒有要聘禮。

衛姑娘雖說是小戶人家的孩子，但長得可水靈了，又善於持家。她嫁過來後，小倆口和和美美地過日子，兩年後還生了個胖兒子，取名福兒，馮老翁也整天樂得合不上嘴。

那年清明節，衛姑娘抱著兒子福兒去掃墓，碰上鄉里一個姓宋的惡霸。這個宋老爺早先在朝廷中做官，因為貪污行賄被撤了職，回到鄉里仍然橫行霸道，欺壓百姓，什麼壞事都做得出來。那天他看到衛姑娘長得漂亮，一打聽才知是個窮秀才的老婆，就動起了歪腦筋，派家丁到馮家傳話，說是願意多出些錢，要馮家把衛姑娘讓出來。馮老翁本來就是個火爆性子，氣得他破口大罵，嚇得那些家丁抱頭鼠竄。

宋老爺很生氣，當即派出七八個如狼似虎的打手，殺氣騰騰地趕到馮家，將馮家父子打了個半死。衛姑娘一看不好，把兒子放在床上，披頭散髮地跑出門去喊救命，被宋家的打手逮個正著。他們七手八腳把她架起來，強行帶走了。馮老翁眼睜睜看著兒媳婦被搶走，實在是嚥不下

這口氣，氣得不吃不喝，沒過多久便吐血而亡。

妻子被搶走了，父親被打死了，突然之間家破人亡，悲憤難忍的相如領著兒子去衙門告狀。狀紙一次次遞上去，一直告到總督、巡撫那裡。但在黑暗的官場中，誰會替一個窮秀才做主？後來又聽說妻子在宋家寧死不屈，被折磨死了，相如更是痛不欲生，想尋找機會把宋老爺殺了，以報仇雪恨。無奈宋老爺身邊總有如狼似虎的打手護衛著，而福兒年紀又小，自己再有什麼三長兩短，他就更慘了。

正當相如走投無路之際，一個長滿絡腮鬍子的陌生人上門來看他。那人對他現在的處境深表同情，大罵姓宋的畜生喪盡天良。相如猜不透這人的來歷，擔心是宋老爺派來陷害他的，所以不敢輕易搭腔，只是一個勁地長嘆短吁。絡腮鬍子耐不住了，說：「你與那個姓宋的有殺父之仇、奪妻之恨，難道說就這樣算了？」相如又嘆了口氣，說：「我是個窮書生，手無縛雞之力，你說我能怎麼樣？」絡腮鬍猛地一拍桌子，眼睛瞪得快爆裂似的，大聲說：「我原以為你是個堂堂男子漢，沒想到是這麼個軟骨頭！」

相如看出這人沒有歹意，便跪倒在地，說：「壯士請別生氣，我是擔心姓宋的派人來試探我，以便找機會進一步害我。其實這些天來，我無時無刻不想要報仇，只是放心不下年幼的兒子。我想把孩子託付給您，請您把他帶大，為馮家留下一條根，我這就去和姓宋的拚個魚死網破。」

絡腮鬍說：「帶孩子是女人幹的活，我並不擅長。我會武功，還是由我幫你去報仇吧！」相如連呼「恩公」，磕頭不止，絡腮鬍不再說什麼，轉身出門。相如追出門去，說：「恩公請留下姓名，我馮相如日後一定會報答的。」絡腮鬍頭也不回地說：「不必了。這事不成功，你不要埋怨我；如果成功了，你也不必感激我。」話音剛落，人已經不見蹤跡了。相如知道這回肯定要出大事，簡單地收拾了一下，帶上福兒出門躲避去了。

當晚夜深人靜的時候，絡腮鬍翻牆進入宋宅，殺死了作惡多端的宋家父子三人和一個媳婦、一個婢女。

第二天宋家上縣衙告狀，一口咬定是馮相如行凶殺人。竟然有人敢殺宋老爺，這不是要造反嗎？縣令大發雷霆，當即派巡捕去抓相如。巡

捕趕到馮家，結果撲了個空。縣令更確認相如是畏罪潛逃的兇手，讓宋家的家丁和縣衙的巡捕一起四處追捕。

相如帶著福兒行動不便，走到南山時天黑了下來。福兒又飢又渴，哭了起來。追捕的兵卒聽到哭聲趕過來，捉住了相如父子。不容相如申辯，將他五花大綁。福兒受到驚嚇，更是哭個不停，狠心的兵卒竟將他丟棄在荒山草叢之中，揚長而去。相如被強行推走，他聽到兒子的哭聲越來越弱，心像是被撕裂了一般。

相如被帶到縣衙，縣令當即升堂，喝問他為什麼殺人，相如連呼冤枉，說：「姓宋的是夜裡才被殺的，我則一早就離開了，還抱了個常會啼哭的孩子，怎麼可能翻過高牆去殺人？」

縣令喝道：「大膽刁民，還敢狡辯，你要是沒有殺人，為什麼要逃？」相如有口難辯，悲哀地說：「你一定要置我於死地，我也沒話說，但兩歲的娃娃犯了什麼罪，為什麼非要他死？」縣令一臉蠻橫地說：「你不是殺了宋老爺兩個兒子嗎，用你一個兒子抵命就捨不得了？」於是相如被革去了秀才身分，遭受百般拷打，然後被打入大牢。

當天晚上，縣令剛剛入睡，猛然覺得床震動了一下，全家人都被驚醒。點亮燈一看，只見一把鋒利的匕首牢牢插在床檔上，拔都拔不下來。失魂落魄的縣令大叫「有刺客」，喚來家丁搜索，哪裡還有人影？縣令知道刺客一定是為相如來的，想想宋老爺人也死了，犯不著為他冒這風險。幾天後趁有人為相如說話，就送個順水人情，把相如放了。

相如回到家中，家已經破落得不像樣子了，連一點吃的東西都沒有。鄰居看他可憐，送了些糧食過來。父親死了，妻子死了，兒子也死了，好端端一個家就這麼毀了。自己清貧了半輩子，馮家眼看著在自己手上斷了根，怎麼對得起列祖列宗？想到這些，相如在夜深人靜時一次次痛哭流涕，真是沒有勇氣活下去了。

一天晚上，傳來輕輕的敲門聲。相如仔細傾聽，聽見門外有人在與小孩輕聲說話。相如把門打開，一個女子笑盈盈地對他說：「大仇已經報了，你近來過得還好嗎？」相如覺得聲音很熟悉，但一時想不起是誰。舉起蠟燭仔細望去，哦，原來是紅玉。相如壓在心頭的委屈突然湧了上來，抱住紅玉失聲痛哭。

紅玉也很傷心，但她先擦乾眼淚，拉過躲在她身後的小孩，說：「快

來，不認識你爸爸了嗎？」相如這才發現紅玉還帶了個小孩。低頭看去，只見他一手拉著紅玉的衣角，一雙怯生生的眼睛睜得老大。這不是福兒嗎？相如又驚又喜，緊緊把他摟在懷裡，淚水又一次泉水般湧了出來。

等他們哭夠了，紅玉說：「好了，好了！父子重逢，應該高興才對！」一句話提醒了相如，他趕緊把紅玉和福兒請進屋裡，問：「福兒怎麼和你在一起？」紅玉說：「實不相瞞，我當初說是鄰居家的女兒，那是騙你的。我是狐狸變的。說來也巧，那天晚上我在山谷中行走，聽到小孩的哭聲。過去一看，原來是福兒被扔在草叢中，就把他帶走了。這些天聽說過去那樁案子已經不提了，就帶他來讓你們父子相見。」相如千恩萬謝，感激不盡。在他們說話時，小福兒始終依偎在紅玉懷裡，像母子一般親近，對相如反而顯得陌生。

時間過得真快，一轉眼天就快亮了，紅玉站起來說：「我的事都做完了，該走了。」相如急傻了眼，光著身子「撲通」一聲跪倒床頭，說：「你怎麼能走呢？你怎麼忍心拋下我父子二人？」紅玉笑了起來，說：「看你急的，我是和你開玩笑。現在我們要重新把這個家撐起來，可沒有時間睡懶覺。」相如一顆懸著的心總算踏實了。

從那以後，馮家裡裡外外都由紅玉一個人操持。相如擔心家裡太窮，養不活一家人。紅玉拿出自己的積蓄，置辦農具，租了數十畝田，請人來耕作。鄉親們看到紅玉這麼賢惠能幹，都願意幫助馮家。相如怕紅玉勞累過度，總想幫她一把。紅玉說：「你是讀書人，這些活不是你幹的，你還是安安心心讀書吧。」紅玉不辭辛勞，起早貪黑，什麼髒活累活都幹，只用了半年時間就把這個家整治得像模像樣了。

有一天，相如對紅玉說：「我家遇到這麼大的劫難，全靠你讓它起死回生。但是，我的秀才身分已被取消了，讀書還有什麼用呢？」紅玉笑著說：「你到現在才想到啊，我早就替你辦妥了手續，你只管好好攻讀，準備參加下回的考試吧！」相如見紅玉考慮得如此周到，更是佩服得五體投地。

從那之後，馮家漸漸發達起來。柔弱的紅玉始終辛勤勞作，比一般的農夫還辛苦得多，但她皮膚白嫩，體態輕盈，根本不像是做體力活的。雖然她自稱有二十八歲了，看上去卻最多二十出頭，還是那麼年輕漂亮。

## 【原文】

廣平馮翁有一子，字相如。父子俱諸生。翁年近六旬，性方鯁，而家屢空。數年間，媼與子婦又相繼逝，井臼自操之。

一夜，相如坐月下，忽見東鄰女自牆上來窺。視之，美；近之，微笑。招以手，不來亦不去。固請之，乃梯而過，遂共寢處。問其姓名，曰：「妾鄰女紅玉也。」生大愛悅，與訂永好，女諾之。夜夜往來，約半年許。

翁夜起，聞女子含笑語，窺之，見女。怒，喚生出，罵曰：「畜產所為何事！如此落寞，尚不刻苦，乃學浮蕩耶？人知之，喪汝德；人不知，亦促汝壽！」生跪自投，泣言知悔。翁叱女曰：「女子不守閨戒，既自玷，而又以玷人。倘事一發，當不僅貽寒舍羞！」罵已，憤然歸寢。女流涕曰：「親庭罪責，良足愧辱！我二人緣分盡矣！」生曰：「父在不得自專。卿如有情，尚當含垢為好。」女言辭決絕，生乃灑涕。女止之曰：「妾與君無媒妁之言，父母之命，逾牆鑽隙，何能白首？此處有一佳偶，可聘也。」告以貧。女曰：「來宵相俟，妾為君謀之。」次夜，女果至，出白金四十兩贈生。曰：「去此六十里，有吳村衛氏，年十八矣，高其價，故未售也。君重啖之，必合諧允。」言已，別去。

生乘間語父，欲往相之。而隱饋金不敢告。翁自度無資，以是故，止之。生又婉言：「試可乃已。」翁頷之。生遂假僕馬，詣衛氏。衛故田舍翁，生呼出，引與閒語。衛知生望族，又見儀采軒豁，心許之，而慮其慳於資。生聽其詞意吞吐，會其旨，傾囊陳幾上。衛乃喜，浼鄰生居間，書紅箋而盟焉，生入拜媼。居室逼側，女依母自幛。微睨之。雖荊布之飾，而神情光豔，心竊喜。衛借舍款婿，便言：「公子無須親迎。待少作衣妝，即合昇送去。」生與訂期而歸。詭告翁，言衛愛清門，不責資。翁亦喜。至日，衛果送女至。女勤儉，有順德，琴瑟甚篤。逾二年，舉一男，名福兒。

會清明，抱子登墓，遇邑紳宋氏。宋官御史，坐行賕免，居林下，大煽威虐。是日亦上墓歸，見女，豔之。問村人，知為生配。料馮貧士，誘以重賂，冀可搖，使家人風示之。生驟聞，怒形於色；既思勢不敵，斂怒為笑，歸告翁。翁大怒，奔出，對其家人指天畫地，詬罵萬端。家人鼠竄而去。宋氏亦怒，竟遣數人入生家，毆翁及子，洶若沸

鼎。女聞之,棄兒於床,披髮號救。群簒舁之,哄然便去。父子傷殘,吟呻在地,兒呱呱啼室中。鄰人共憐之,扶之榻上。經日,生杖而能起。翁忿不食,嘔血尋斃。生大哭,抱子興詞,上至督撫,訟幾遍,卒不得直。後聞婦不屈死,益悲。冤塞胸吭,無路可伸。每思要路刺殺宋,而慮其扈從繁,兒又罔托。日夜哀思,雙睫為之不交。

　　忽一丈夫吊諸其室,虯髯闊頷,曾與無素。挽坐,欲問邦族。客遽曰:「君有殺父之仇,奪妻之恨,而忘報乎?」生疑為宋人之偵,姑偽應之。客怒眥欲裂,遽出曰:「僕以君人也,今乃知不足齒之傖!」生察其異,跪而挽之,曰:「誠恐宋人我。今實布腹心:僕之臥薪嘗膽者,固有日矣。但憐此褓中物,恐墜宗祧。君義士,能為我杵臼否?」客曰:「此婦人女子之事,非所能。君所欲托諸人者,請自任之;所欲自任者,願得而代庖焉。」生聞,崩角在地。客不顧而出。生追問姓字,曰:「不濟,不任受怨;濟,亦不任受德。」遂去。生懼禍及,抱子亡去。

　　至夜,宋家一門俱寢,有人越重垣入,殺御史父子三人,及一媳一婢。宋家具狀告官。官大駭。宋執謂相如,於是遣役捕生,生遁不知所之,於是情益真。宋僕同官役諸處冥搜,夜至南山,聞兒啼,蹤得之,系縲而行。兒啼愈嗔,群奪兒拋棄之,生冤憤欲絕。見邑令,問:「何殺人?」生曰:「冤哉!某以夜死,我以晝出,且抱呱呱者,何能逾垣殺人?」令曰:「不殺人,何逃乎?」生詞窮,不能置辯。乃收諸獄。生泣曰:「我死無足惜,孤兒何罪?」令曰:「汝殺人子多矣!殺汝子,何怨?」生既褫革,屢受梏慘,卒無詞。

　　令是夜方臥,聞有物擊床,震震有聲,大懼而號。舉家驚起,集而燭之,一短刀,利如霜,剁床入木者寸餘,牢不可拔。令睹之,魂魄喪失。荷戈遍索,竟無蹤跡,心竊餒。又以宋人死,無可畏懼,乃詳諸憲,代生解免,竟釋生。

　　生歸,甕無升斗,孤影對四壁。幸鄰人憐饋食飲,苟且自度。念大仇已報,則輾然喜;思慘酷之禍,幾於滅門,則淚潸潸墮;及思半生貧徹骨,宗支不續,則於無人處大哭失聲,不復能自禁。如此半年,捕禁益懈。乃哀邑令,求判還衛氏之骨。及葬而歸,悲怛欲死,輾轉空床,竟無生路。

忽有款門者，凝神寂聽，聞一人在門外，噥噥與小兒語。生急起窺覘，似一女子。扉初啟，便問：「大冤昭雪，可幸無恙！」其聲稔熟，而倉卒不能追憶。燭之，則紅玉也。挽一小兒，嬉笑膝下。生不暇問，抱女嗚哭。女亦慘然。既而推兒曰：「汝忘爾父耶？」兒牽女衣，目灼灼視生。細審之，福兒也。大驚，泣問：「兒那得來？」女曰：「實告君：昔言鄰女者，妄也。妾實狐。適宵行，見兒啼谷口，抱養於秦。聞大難既息，故攜來與君團聚耳。」生揮涕拜謝，兒在女懷，如依其母，竟不復能識父矣。

天未明，女即遽起。問之，答曰：「奴欲去。」生裸跪床頭，涕不能仰。女笑曰：「妾誆君耳。今家道新創，非夙興夜寐不可。」乃剪莽擁彗，類男子操作。生憂貧乏，不自給。女曰：「但請下帷讀，勿問盈歉，或當不殍餓死。」遂出金治織具，租田數十畝，僱傭耕作。荷鑱誅茅，牽蘿補屋，日以為常。裡黨聞婦賢，益樂資助之。約半年，人煙騰茂，類素封家。生曰：「灰燼之餘，卿白手再造矣。然一事未就安妥，如何？」詰之，答曰：「試期已迫，巾服尚未復也。」女笑曰：「妾前以四金寄廣文，已復名在案。若待君言，誤之已久。」生益神之。是科遂領鄉薦，時年三十六，腴田連阡，夏屋渠渠矣。女裊娜如隨風欲飄去，而操作過農家婦；雖嚴冬自苦，而手膩如脂。自言二十八歲，人視之，常若二十許人。

# 老　饕

邢德是澤州人，是一位綠林豪傑。他善拉強弓，能夠連射數箭，因此被稱為一時絕技。但邢德一生潦倒失意，不會經營謀利，出門做買賣總是虧本。但兩京的大商人總是喜歡和他結伴而行，因為路上有了他就不用擔驚受怕了。那年初冬時節，有兩三個商人借給邢德一點錢，邀他一同去販運貨物。邢德也拿出自己所有的積蓄，有心做一回大買賣。他有一個朋友很會算卦，邢德事先去請他算凶吉。那人算了一卦，說：「這一卦為『悔』，你這次的生意，不僅賺不了錢，還要虧本。」邢德聽了很受打擊，就打算不幹了，可那幾個商人強拉著他匆匆上了路。到

了京都，果然像卦裡算的那樣賠了老本。臘月中旬，他單人匹馬出了都城，想想已是新年了，自己卻一貧如洗，心情更加憂悶。

當時晨霧迷濛，邢德來到路旁一家酒店，解下行裝想弄點酒喝。只見一白髮老翁和兩個年輕人坐在北窗下同桌喝酒，一個蓬鬆著滿頭黃髮的小僕在旁邊侍候。邢德在南邊坐下，與白髮老翁對面。那小僕給主人斟酒時不小心弄翻了菜盤，將老翁的衣服弄髒了。一個年輕人很生氣，一把揪住了小僕的耳朵，又拿起佩巾給老翁擦拭。這時，邢德看見小僕的拇指上套著鐵箭環，足有半寸來厚，每個環大約有二兩多重。吃過飯後，老翁讓年輕人從皮口袋中拿出銀子，堆放在桌上，稱重計算，約有喝數杯酒的工夫，才將銀子重新包好。年輕人從牲口棚裡牽出一頭瘸腿的黑騾，扶老翁騎上；小僕也騎上一匹瘦馬，跟著出了門。兩年輕人各自腰佩弓箭，牽著馬離去了。

邢德看到老翁有那麼多銀子，眼饞得像要冒出火來。他酒也不喝了，急忙尾隨而去。他看到老翁與小僕正在前面慢慢地走著，就抄小路插到他們前面，氣勢洶洶地對著老翁張弓欲射。老翁並不慌張，俯身脫掉左腳的靴子，微笑道：「你不認識我老饕嗎？」邢德不管三七二十一，拉滿弓一箭射去。老翁隨之仰臥在馬鞍上，伸出腳來，張開兩個腳趾，像鉗子一樣夾住了飛箭。他笑著說：「你就這麼點本事，還用得著我用手來對付嗎？」邢德怒了，使出他的絕招，前箭剛發，後箭隨之又到。老翁用手接住了前箭，似乎沒有防備他的連珠箭，後一支箭徑直射進他的嘴裡。老翁從馬上跌落下來，嘴裡含著箭直挺挺躺在那兒，小僕也跳下馬來。邢德很高興，以為老翁已經死了，剛走到近前，老翁便吐出箭跳了起來，拍著巴掌說：「初次見面，怎麼就把玩笑開大了？」邢德大驚失色，騎著馬一路狂奔。他知道這老翁是個奇人，不敢再靠近了。

邢德走了三四十里路，看到地方官吏的僕人帶著財物赴京，便攔路搶劫了錢財，大約得了千金。邢德這才又得意起來。他正在策馬疾馳，忽然聽到後面傳來一陣馬蹄聲。回頭一看，原來是那個小僕換乘了老翁的瘸騾飛馳而來。小僕大喊道：「前面的漢子別走！你搶奪的東西，多少應該分一點給我。」邢德說：「難道你不認識『連珠箭邢某』嗎？」小僕說：「剛才已經領教過了。」邢德見小僕相貌平平，不像習武之

人，又無弓箭，以為容易對付，便一連發了三箭，連續不斷如同群鷹飛沖。只見小僕不慌不忙，手接住兩支，嘴銜住一支，笑著說：「這樣的技藝還來顯擺，真是羞死人了！你小爺我來得匆忙，沒空帶上弓，這箭也無用處，就還給你吧！」說著從大拇指上脫下鐵環，將箭穿了進去，用手使勁一扔，只聽嗚嗚風響。邢德急忙用弓去撥箭，弓弦碰到鐵環上，砰的一聲斷了，弓也震裂了。邢德嚇呆了，來不及躲避，箭已穿過耳際，不覺翻身落馬。小僕跳下馬來，便要搜尋銀子。邢德躺在地上，用弓向小僕打去。小僕奪過弓，一折兩段，又一折成了四段，扔在了一邊。然後，他用一隻手握著邢德的雙臂，一隻腳踩著邢德的兩腿。邢德覺得兩隻胳膊好像被捆住了，兩條腿好像被壓住了，用盡力氣也不能動彈。邢德腰中繫著兩層三指寬的腰帶，那小僕用手一捏，腰帶隨即化為灰燼。小僕搜取了銀子，跳上癩騾子，把手一舉，說了聲：「得罪了。」疾速而去。

邢德回到家裡，改過自新，成了一個安分守己的人。他常常給人講過去的這些事，毫不隱諱。這和劉東山的故事大致相似。

## 【原文】

邢德，澤州人，綠林之傑也。能挽強弩，發連矢，稱一時絕技。而生平落拓，不利營謀，出門輒虧其資。兩京大賈，往往喜與邢俱，途中恃以無恐。

會冬初，有二三估客，薄假以資，邀同販鬻；邢復自罄其囊，將並居貨。有友善卜，因詣之。友占曰：「此爻為『悔』，所操之業，即不母而子亦有損焉。」邢不樂，欲中止，而諸客強速之行。至都，果符所占。

臘將半，匹馬出都門。自念新歲無資，倍益快悶。時晨霧濛濛，暫趨臨路店，解裝覓飲。見一頒白叟，共兩少年，酌北牖下。一童侍，黃髮蓬蓬然。邢於南座，對叟休止。童行觸，誤翻柈具，污叟衣。少年怒，立摘其耳。捧巾持帨，代叟揩拭。既見童手拇俱有鐵箭環，厚半寸；每一環約重二兩餘。食已，叟命少年，於革囊中探出鏹物，堆累幾上，稱秤握算，可飲數杯時，始緘裹完好。少年於櫃中牽一黑跛騾來，扶叟乘之；童亦跨羸馬相從，出門去。兩少年各腰弓矢，捉馬俱出。

邢窺多金，窮睛旁睨，饞焰若炙。輟飲，急尾之。視叟與童猶款段

於前，乃下道斜馳出叟前，緊銜關弓，怒相向。叟俯脫左足靴，微笑云：「而不識得老饕也？」邢滿引一矢去。叟仰臥鞍上，伸其足，開兩指如鉗，夾矢住。笑曰：「技但止此，何須而翁手敵？」邢怒，出其絕技，一矢剛發，後矢繼至。叟手掇一，似未防其連珠；後矢直貫其口，踣然而墮，銜矢僵眠。童亦下。邢喜，謂其已斃，近臨之。叟吐矢躍起，鼓掌曰：「初會面，何便作此惡劇？」邢大驚，馬亦駭逸。以此知叟異，不敢復返。

　　走三四十里，值方面綱紀，囊物赴都；要取之，略可千金，意氣始得揚揚。方疾鶩間，聞後有蹄聲；回首，則童易跛驟來，駛若飛。叱曰：「男子勿行！獵取之貨，宜少瓜分。」邢曰：「汝識『連珠箭邢某』否？」童云：「適已承教矣。」邢以童貌不揚，又無弓矢，易之。一發三矢，連數不斷，如群隼飛翔。童殊不忙迫，手接二，口銜一，笑曰：「如此技藝，辱寞煞人！乃翁徜遽，未暇尋得弓來；此物亦無用處，請即擲還。」遂於指上脫鐵環，穿矢其中，以手力擲，嗚嗚風鳴。邢急撥以弓，弦適觸鐵環，鏗然斷絕，弓亦綻裂。邢驚絕。未及覷避，矢過貫耳，不覺翻墜。童下騎，便將搜括。邢以弓臥撻之，童奪弓去，拗折為兩，又折為四，拋置之。已，乃一手握邢兩臂，一足踏邢兩股；臂若縛，股若壓，極力不能少動。腰中束帶雙疊，可駢三指許；童以一手捏之，隨手斷如灰燼。取金已，乃超乘，作一舉手，致聲「孟浪」，霍然徑去。

　　邢歸，卒為善士。每向人述往事不諱。此與劉東山事蓋彷彿焉。

# 商三官

　　諸葛城有一個叫商士禹的讀書人，因酒醉後開玩笑，觸犯了當地一個富豪。富豪指使家奴將其毒打了一頓，抬回家中就死了。商士禹有兩個兒子，大兒子叫商臣，二兒子叫商禮，還有一個女兒叫商三官。商三官十六歲，本來馬上就要出嫁了，因為父親突然去世，婚事給耽擱下來了。她的兩個哥哥去告狀打官司，但一年還沒有結果。三官的婆家派人來拜見她母親，商量著變通一下，儘快將婚事辦了。商母想答應下來，但三官知道後就去見母親說：「哪有父親屍骨未寒就辦喜事的道理？難

道他家就沒有父母嗎?」婆家人聽了這話很是慚愧,就打消了原來的念頭。

不久,三官的兩個哥哥沒打贏官司,含冤負屈地回家了,全家人都很悲憤。商臣、商禮還打算保留住父親的屍體,作為日後再告狀的證據。三官勸道:「人被殺死了,官府卻不受理,可知這是什麼世道了!難道老天會專門為你二人生出一個閻羅包公嗎?讓父親的屍骨長久暴露,於心何忍呢?」兩個哥哥覺得妹妹的話有理,於是將父親安葬了。

喪事辦完,三官突然在一天夜裡失蹤了,誰也不知道她去了哪裡。商母又著急又害怕,擔心被她婆家知道了,因此不敢告訴親戚鄰居,只是囑咐兩個兒子暗中查訪她的蹤跡。但找了將近半年,也不見三官的蹤影。

恰好有一日,打死商士禹的那個富豪過生日,召來一個戲班子唱戲慶賀。戲班子領頭的叫孫淳,帶著兩個徒弟。一個叫王成,姿色平平,但唱得清脆動聽,大家紛紛叫好。另一個叫李玉,相貌清秀,像個漂亮的女子。有客人讓他唱歌,他推辭說不會;客人硬要他唱,他便唱了些鄉下的小曲,引得客人們哄堂大笑,胡亂拍手起鬨。孫淳非常羞慚,稟告主人說:「這個弟子跟我學藝不久,還不會唱,只能為客人斟酒,請不要見怪!」他便命李玉斟酒。李玉往來供奉敬酒,很會察言觀色,按照主人的意思給客人斟酒。富豪大為高興,酒宴結束客人散去後,便留住李玉,要和他同床共枕。李玉替富豪整理好床鋪,又替他脫了鞋子,殷勤侍奉。富豪已經醉了,不斷說些調戲挑逗的話,他也只是微微地笑著。富豪更是神魂顛倒,把僕人們全部趕走,只留下李玉。李玉見僕人們都走了,便關上門,插上門閂。僕人們都到別的屋子裡喝酒去了。

不一會兒,富豪臥室內傳出一陣奇怪的格格聲,有個僕人忙湊過去偷偷朝裡張望,但屋內漆黑一片,沒有一點聲息。他以為沒事,剛要轉身離開,忽聽屋裡一聲巨響,像是什麼懸掛著的重東西斷了繩子掉在了地上。僕人急忙大聲詢問,裡面靜靜的,沒人回答。僕人急忙叫來眾人撞開門閂進去,舉著蠟燭一看,主人的腦袋已和身子分家了。李玉也上吊死了。因為繩子斷了,所以掉到了地上,房樑上還有一截斷繩掛著。眾人大驚失色,急忙通報富豪家人。大家聚到一起,誰也不知道是怎麼一回事。他們把李玉的屍體搬到院子裡,一抬起來卻發現鞋襪內空空

的，像沒有腳一樣。脫下鞋一看，卻是一對穿著白鞋的小腳，原來這李玉是個女子！大家更加驚駭，叫過孫淳來仔細盤問。孫淳已被嚇得魂飛魄散，不知說什麼才好，只是說：「李玉是一個月前拜我為師的，這次是她自願跟來給主人慶壽，我實在不知她是從哪來的！」眾人見李玉身穿喪服，懷疑她是商家派來的刺客，便命兩個人暫且看守屍體。

女子雖然死了，面貌仍然栩栩如生，肢體也還有溫度。那兩個看守的人動了邪念，商量著要姦屍。其中一人抱起屍體，正想翻過來解開她的衣服，忽然腦後像被什麼東西猛砸了一下。他嘴一張噴出一口鮮血，便一命嗚呼了！另一人大驚失色，急忙告訴了眾人。眾人聽了又驚又懼，對李玉的屍體敬若神明。富豪家告到了郡裡，郡守便傳訊商臣、商禮。二人極力申辯，說：「我們不知道這事。妹妹失蹤已有半年，至今下落不明！」郡守便帶了他們二人去驗屍，發現死者果然是商三官！郡守非常驚訝，便判決商臣、商禮將妹妹的屍體領回安葬，並下令富豪家此後不得跟商家為仇。

## 【原文】

故諸葛城，有商士禹者，士人也。以醉謔忤邑豪，豪嗾家奴亂捶之。昇歸而死。禹二子，長曰臣，次曰禮；一女，曰三官。三官年十六，出閣有期，以父故不果。兩兄出訟，終歲不得結。婿家遣人參母，請從權畢姻事。母將許之。女進曰：「焉有父屍未寒而行吉禮者？彼獨無父母乎？」婿家聞之，慚而止。無何，兩兄訟不得直，負屈歸。舉家悲憤。兄弟謀留父屍，張再訟之本。三官曰：「人被殺而不理，時事可知矣。天將為汝兄弟專生一閻羅包老耶？骨骸暴露，於心何忍矣。」二兄服其言，乃葬父。葬已，三官夜遁，不知所往。母慚怍，惟恐婿家知，不敢告族黨，但囑二子冥冥偵察之。幾半年，杳不可尋。

會豪誕辰，招優為戲。優人孫淳，攜二弟子往執役。其一王成，姿容平等，而音詞清澈，群讚賞焉。其一李玉，貌韶秀如好女。呼令歌，辭以不稔；強之，所度曲半雜兒女俚謠，合座為之鼓掌。孫大慚，白主人：「此子從學未久，只解行觴耳。幸勿罪責。」即命行酒。玉往來給奉，善覷主人意向。豪悅之。酒闌人散，留與同寢。玉代豪拂榻解履，殷勤周至。醉語狎之，但有展笑。豪惑益甚，盡遣諸僕去，獨留玉。玉

伺諸僕去，闔扉下楗焉。諸僕就別室飲。

移時，聞廳事中格格有聲。一僕往覘之，見室內冥黑，寂不聞聲。行將旋踵，忽有響聲甚厲，如懸重物而斷其索。亟問之，並無應者。呼眾排闥入，則主人身首兩斷；玉自經死，繩絕墮地上，梁間頸際，殘縲儼然。眾大駭，傳告內閣，群集莫解。眾移玉屍於庭，覺其襪履，虛若無足；解之，則素舄如鈎，蓋女子也。益駭。呼孫淳詰之。淳駭極，不知所對，但云：「玉月前投作弟子，願從壽主人，實不知從來。」以其服凶，疑是商家刺客。暫以二人邏守之。女貌如生，撫之，肢體溫軟。二人竊謀淫之。一人抱屍轉側，方將緩其結束，忽腦如物擊，口血暴注，頃刻已死。其一大驚，告眾。眾敬若神明焉，且以告郡。郡官問臣及禮，並言：「不知。但妹亡去，已半載矣。」俾往驗視，果三官。官奇之，判二兄領葬，敕豪家勿仇。

# 庚　娘

金大用是河南人，出身官宦世家。他娶了尤太守的女兒庚娘為妻，庚娘不但長得漂亮，又很賢惠，兩人日子過得挺和美的。

不幸的是當時正逢亂世，北方經常打仗。金大用就帶著一家老小南下逃難，路上遇到一位年輕男子，也帶著妻子逃難。那人自稱王十八，是揚州人，對這一帶很熟悉，正好帶路。金大用很高興與他認識，兩家人便結伴同行。

那天來到河邊，庚娘悄悄對丈夫說：「別與那個王十八一同走了，那人老是用賊溜溜的眼光看我，表情很古怪，怕是沒安什麼好心。」金大用隨口答應了。那個王十八正忙著租船，跑來跑去很是勤快，還幫著金家將行李搬上船去。金大用覺得不能辜負了他這般熱情，無法拒絕他，又想到他也帶著家眷，應該不會有什麼大問題。於是，兩家人一同上船，王十八的老婆也很熱情，與庚娘挺談得來的，王十八則跑到船頭，與船老大有說有笑，如同老相識一般。

不一會兒太陽就下山了，船行在一處寬闊的水域，也分不清東南西北。金大用四周望望，偏僻荒涼，突然有一種不祥的預感襲來。又行了

一程，一輪明月升起，船進入了蘆葦叢中。王十八讓船停了下來，走進船艙請金大用父子出艙透透氣。金大用剛走上船頭，就被王十八推下河去。金大用的父親大吃一驚，正要呼喊，又被船老大用船篙擊入水中。金母聽到動靜，跑出來看看究竟發生了什麼事，結果也被打落水裡。這時，王十八才裝模作樣地大聲呼救。其實當時庚娘就跟在婆婆後面，已經將這一幕看得一清二楚。但她隨機應變，裝出傷心害怕的樣子，哭著說：「丈夫掉進河裡，公公婆婆也落水了，剩下我一個人孤苦伶仃，該怎麼辦呢？」王十八擺出一副很仗義的樣子，說：「娘子不必擔心，有我呢！我在金陵有房有田，日子過得還算滋潤，你跟著我回金陵，包你衣食無憂。」庚娘止住了眼淚，說：「如果真是這樣，我就心滿意足了。」王十八以為自己的陰謀得逞，樂得屁顛屁顛的，忙前忙後，將庚娘侍候得十分周到。

天黑了下來，王十八想要與庚娘同宿。庚娘推說身體不適，要他回自己房中。到了半夜時，庚娘聽到一陣激烈的爭吵聲。王十八的老婆氣憤地說：「你貪圖他人的錢財美色，竟然害人性命，一定會遭五雷轟頂的！」緊接著是一陣暴打聲。王十八的老婆又喊道：「你儘管打吧，即使被打死了，也強過做殺人犯的老婆！」王十八壓低了嗓子在斥罵，好像在把他老婆拖出船艙，接著傳來「撲通」一聲，然後就有人喊「有人落水了」。

這一切都沒逃過庚娘的眼睛，但她不動聲色。幾天之後，船到了金陵，王十八帶著庚娘和他奪來的金家財產去拜見母親。王母見了庚娘，很是奇怪，問兒子道：「我記得你媳婦長得不是這般模樣的，這是怎麼回事啊？」王十八說：「原先那個掉進水裡死了，這位是新娶的。」

庚娘在王家住下了，王十八又忙不迭地要與庚娘親熱。庚娘笑著閃開了，說：「你也是三十多歲的人了，怎麼一點道理都不懂？即使是普通百姓成親，也要擺個酒宴，告知親戚朋友；你也是個大戶人家，我不指望八抬大轎，至少也要辦桌酒才對。」王十八一聽可高興了，當即讓人準備了一桌酒席，與庚娘對飲。庚娘變得風情萬種，左一杯右一杯殷勤相勸，不多會兒就將王十八灌得醉醺醺的。這時，庚娘又取出大碗，說是今日高興，一定要一醉方休。王十八被迷得神魂顛倒，終於爛醉如泥。庚娘將王十八扶上床睡下，將燈滅了，藉口解手，悄悄出門找來一

把刀，黑暗中摸索著王十八的脖子。王十八醉夢中抓住了庚娘的手臂，還想要親熱，庚娘手起刀落，奮力砍了下去。王十八大喊一聲挺直了身子，庚娘又一陣亂砍，了結了他的性命。

王母好像聽到什麼動靜，就過來詢問，庚娘把她也殺了。王十八有個弟弟，聽到動靜後趕了過來。庚娘知道已經被發覺，便舉刀自殺。但那把刀已經卷刃了，砍不進去。庚娘便將刀一扔，開門奪路而逃。王十八的弟弟緊追不捨，眼看就要追上了。庚娘看到前面有一水池，縱身跳了進去。

這一陣子的大呼小叫把左鄰右舍都驚醒了，人們將庚娘撈上來，但已經沒氣了。庚娘的面色紅潤安詳，與活著時沒有區別。人家檢驗王十八的屍體，在窗邊看到庚娘留下的一封信，裡面詳細記載了事情的前因後果。大家看了都很感動，認為庚娘是了不起的貞烈女子，紛紛說要為她辦個隆重的喪禮。到了天亮時，已經聚集了上千人，人們慷慨解囊，募集了上百兩銀子，置辦了上好的棺材和首飾，將其葬在南郊。

其實那天金大用被推入水中並沒有淹死。他抓到一塊木板保住了性命，天快亮時被一條小船救起。那條小船是一位姓尹的富翁專門為搭救落水者而設置的。金大用甦醒過來後，按照船伕的指點，去向恩人致謝。尹財主見金大用很有學問，就留他在府上住下，教他的兒子讀書。金大用惦記著親人，心神不寧，每天去河邊尋找。幾日後聽說從河裡撈起一對老年人的屍體，懷疑是自己的父母，跑去一看，果然如此。他萬分悲傷，尹財主也同情他的遭遇，表示願意出錢幫他安葬父母。這時又有人說救起了一個女子，自稱是金大用的妻子。他喜出望外，正要去看看，卻見一個渾身濕透的女子自己走來了，卻是王十八的妻子。那女子姓唐，見了金大用便失聲痛哭，說出了事情的經過，並表示今後要跟著金大用了。金大用說：「我剛經歷了這麼多傷心的事情，哪有心情娶妻啊！」那唐氏哭得更傷心了，尹財主得知了這一切，覺得這女子也是個不幸的好人，勸金大用收留她。金大用認為自己服喪期間，不能娶親，再說大仇未報，也不能有拖累。尹財主覺得他說的也對，就代將唐氏收留了，等金大用將事情辦妥後再作定奪。金大用父母出殯那天，那唐氏也披麻戴孝，像對待公婆一樣哭得非常傷心。

辦完喪事後，金大用便帶上一把刀，要去揚州找王十八報仇。唐氏

說：「我是金陵人，與那個惡人是同鄉。他說什麼自己是揚州人，那是騙你的。再說這江湖上的水寇，多半是他的同夥，你這樣冒冒失失前去，非但報不了仇，還會丟了性命。」金大用一想也對，但一時想不出更好的辦法。

正在這時，一個奇聞被傳得沸沸揚揚，說是一個弱女子，為了報仇，親手殺了惡人。事情的經過非常詳細，就連姓名都絲毫不差。金大用得知大仇已報，精神為之一振，但庚娘投水而亡，又讓他悲痛欲絕。就辭謝唐氏說：「幸虧我沒做有辱你的事。我家有此烈女子，怎忍心負她再娶？」唐氏則以他們先前已有夫妻之約，不肯中途離開，願做小妾，從此跟隨。

這時，尹財主的一位好朋友袁將軍路過此地，見到金大用後對他很賞識，請他做了自己的幕僚。不久袁將軍平定叛亂，立下大功，金大用也因此被任命為游擊將軍。袁將軍出面做媒，讓金大用與唐氏成親。

過了些日子，金大用帶著唐氏去金陵，打算為庚娘掃墓。船經過鎮江時，他想去金山遊覽一番。這時，他看到迎面駛來一條船，船上坐著一老一少兩位女子。兩船相交之時，其中年輕的那位正從船窗口望向金大用。金大用大吃一驚，此人怎麼長得和庚娘一模一樣？金大用急中生智，大喊一聲：「看，那群鴨子要飛上天去了！」那位女子脫口說道：「饞狗兒想吃貓食嗎？」這本是他們當初私下裡說的悄悄話。金大用忙讓船伕調轉船頭回去，向那艘船靠攏。船上不是庚娘又會是誰呢？夫妻倆想不到今生還能重逢，抱頭哭成一團，船上其他人也紛紛落淚。唐氏也來拜見庚娘，金大用向她解釋了一番，庚娘拉起了唐氏的手，說：「你幫著我安葬了公婆，我真得好好謝謝你！以後我們就是一家人，不必多禮。」因為唐氏小庚娘一歲，於是她倆就以姐妹相稱。

庚娘怎麼會死而復生？原來她在墓中不知道躺了多久，突然聽到有人喊：「庚娘，你丈夫還活著，你們還會團圓！」她驚醒過來，發現自己已經葬在墓中，正不知道如何是好，墓穴卻被打開了，探進來兩個盜墓賊的腦袋。這兩人知道庚娘墓有不少陪葬物，就想發上一筆不義之財，不料卻發現庚娘還活著，嚇得魂飛魄散。庚娘也擔心他們會加害自己，忙說：「幸虧你們救了我，這些財寶你們都取走吧，還可以把我賣到寺院中去當尼姑，我也不會將此事說出去。」兩個盜墓賊連連叩拜

道：「娘子如此貞烈，無論神仙還是凡人都很敬佩，我們怎麼能將你賣去當尼姑？我們做下這等見不得人的事，娘子沒有責怪已經讓我們很羞愧了，不敢再造孽了。我們聽說鎮江的耿夫人沒有子女，家境十分富裕，你不如去投奔她吧。」

庚娘謝過了他們，把身上的珠寶都取下來給他倆。那兩人不敢收，幾經推辭才收下。他們找來了一條船，將庚娘送到鎮江，只說是在江中遇難，家人都死光了。耿夫人很喜歡庚娘，將她當成自己的女兒。這天她們是一同去金山寺進香回來。金大用感謝耿夫人的恩情。耿夫人聽了他們的傳奇故事，也感慨萬千。她將金大用當作自己的女婿，請到家中住了幾天，此後兩家人經常往來，親如一家。

## 【原文】

金大用，中州舊家子也。聘尤太守女，字庚娘，麗而賢，逑好甚敦。以流寇之亂，家人離逖。金攜家南竄。途遇少年，亦偕妻以逃者，自言廣陵王十八，願為前驅。金喜，行止與俱。至河上，女隱告金曰：「勿與少年同舟。彼屢顧我，目動而色變，中叵測也。」金諾之。王殷勤覓巨舟，代金運裝，劬勞臻至。金不忍卻，又念其攜有少婦，應亦無他。婦與庚娘同居，意度亦頗溫婉。王坐舡頭上，與櫓人傾語，似甚熟識戚好。

未幾，日落，水程迢遞，漫漫不辨南北。金四顧幽險，頗涉疑怪。頃之，皎月初升，見彌望皆蘆葦。既泊，王邀金父子出戶一豁，乃乘間擠金入水。金有老父，見之欲號。舟人以篙築之，亦溺。生母聞聲出窺，又築溺之。王始喊救。母出時，庚娘在後，已微窺之。既聞一家盡溺，即亦不驚，但哭曰：「翁姑俱沒，我安適歸！」王入勸：「娘子勿憂，請從我至金陵。家中田廬，頗足贍給，保無虞也。」女收涕曰：「得如此，願亦足矣。」王大悅，給奉良殷。既暮，曳女求歡，女托體胖，王乃就婦宿。

初更既盡，夫婦喧競，不知何由。但聞婦曰：「若所為，雷霆恐碎汝顱矣！」王乃搥婦。婦呼云：「便死休！誠不願為殺人賊婦！」王吼怒，捽婦出。便聞骨董一聲，遂嘩言婦溺矣。

未幾，抵金陵，導庚娘至家，登堂見媼。媼訝非故婦。王言：「婦

墮水死,新娶此耳。」歸房,又欲犯。庚娘笑曰:「三十許男子,尚未經人道耶?市兒初合卺,亦須一杯薄漿酒;汝家沃饒,當即不難。清醒相對,是何體段?」王喜,具酒對酌。庚娘執爵,勸酬殷懇。王漸醉,辭不飲。庚娘引巨碗,強媚勸之。王不忍拒,又飲之。於是酣醉,裸脫促寢。庚娘撤器滅燭,託言溲溺;出房,以刀入,暗中以手索王項,王猶捉臂作囈聲。庚娘力切之,不死,號而起;又揮之,始斃。媼彷彿有聞,趨問之,女亦殺之。王弟十九覺焉。庚娘知不免,急自刎,刀鈍缺不可入,啟戶而奔。十九逐之,已投池中矣!呼告居人,救之已死,色麗如生。共驗王屍,見窗上一函,開視,則女備述其冤狀。群以為烈,謀斂資作殯。天明,集視者數千人;見其容,皆朝拜之。終日間,得金百,於是葬諸南郊。好事者為之珠冠袍服,瘞藏豐滿焉。

　　初,金生之溺也,浮片板上,得不死。將曉,至淮上,為小舟所救。舟蓋富民尹翁專設以拯溺者。金既蘇,詣翁申謝。翁優厚之,留教其子。金以不知親耗,將往探訪,故不決。俄白:「撈得死叟及媼。」金疑是父母,奔驗果然。翁代營棺木。生方哀慟,又白:「拯一溺婦,自言金生其夫。」生揮涕驚出,女子已至,殊非庚娘,乃十八婦也。向金大哭,請勿相棄。金曰:「我方寸已亂,何暇謀人?」婦益悲。尹審其故,喜為天報,勸金納婦。金以居喪為辭,且將復仇,懼細弱作累。婦曰:「如君言,脫庚娘猶在,將以報仇居喪去之耶?」翁以其言善,請暫代收養,金乃許之。卜葬翁媼,婦縗絰哭泣,如喪翁姑。

　　既葬,金懷刃托缽,將赴廣陵。婦止之曰:「妾唐氏,祖居金陵,與豺子同鄉,前言廣陵者,詐也。且江湖水寇,半伊同黨,仇不能復,只取禍耳。」金徘徊不知所謀。忽傳女子誅仇事,洋溢河渠,姓名甚悉。金聞之一快,然益悲,辭婦曰:「幸不污辱。家有烈婦如此,何忍負心再娶?」婦以業有成說,不肯中離,願自居於媵妾。

　　會有副將軍袁公,與尹有舊,適將西發,過尹,見生,大相知愛,請為記室。無何,流寇犯順,袁有大勳;金以參機務,敘勞,授游擊以歸。夫婦始成合卺之禮。

　　居數日,攜婦詣金陵,將以展庚娘之墓。暫過鎮江,欲登金山。漾舟中流,欻一艇過,中有一媼及少婦,怪少婦頗類庚娘。舟疾過,婦自窗中窺金,神情益肖。驚疑不敢追問,急呼曰:「看群鴨兒飛上天耶!」

少婦聞之，亦呼云：「饞兒欲吃貓子腥耶！」蓋當年閨中之隱謔也。金大驚，反棹近之，真庚娘。青衣扶過舟，相抱哀哭，傷感行旅。唐氏以嫡禮見庚娘。庚娘驚問，金始備述其由。庚娘執手曰：「同舟一話，心常不忘，不圖吳越一家矣。蒙代葬翁姑，所當首謝，何以此禮相向？」乃以齒序，唐少庚娘一歲，妹之。

　　先是，庚娘既葬，自不知歷幾春秋。忽一人呼曰：「庚娘，汝夫不死，尚當重圓。」遂如夢醒。捫之，四面皆壁，始悟身死已葬。只覺悶悶，亦無所苦。有惡少窺其葬具豐美，發冢破棺，方將搜括，見庚娘猶活，相共駭懼。庚娘恐其害己，哀之曰：「幸汝輩來，使我得睹天日。頭上簪珥，悉將去，願鬻我為尼，更可少得直。我亦不洩也。」盜稽首曰：「娘子貞烈，神人共欽。小人輩不過貧乏無計，作此不仁。但無漏言，幸矣，何敢鬻作尼！」庚娘曰：「此我自樂之。」又一盜曰：「鎮江耿夫人，寡而無子，若見娘子，必大喜。」庚娘謝之。自拔珠飾，悉付盜。盜不敢受；固與之，乃共拜受。遂載去，至耿夫人家，託言舡風所迷。耿夫人，巨家，寡媼自度。見庚娘大喜，以為己出。適母子自金山歸也。庚娘緬述其故，金乃登舟拜母，母款之若婿。邀至家，留數日始歸。後往來不絕焉。

# 翩　翩

　　羅子浮是邠州人，從小父母雙亡，由叔叔羅大業撫養成人。羅大業任國子監祭酒，家庭富裕，卻沒有兒女，所以對羅子浮十分疼愛，把他當成親生兒子一般。羅子浮十四歲那年，受了壞人的引誘，出入煙花柳巷，迷戀上一個金陵來的妓女，竟然跟著她私奔了。他在金陵的妓院中住了半年，將所有的錢都花完了，還惹了一身的髒病，結果被妓院老闆掃地出門。

　　他滿身惡臭，只能沿街乞討，人們見了都像遇到瘟神一般，紛紛躲避。羅子浮擔心自己會死在異地，就一邊乞討一邊往西邊走，一天也能走上三四十里地，漸漸靠近了邠州地界。他回想起自己這半年來做下的荒唐事，覺得無臉去見叔叔一家。再加上如今衣衫襤褸、渾身膿瘡，叔

叔他們見了恐怕都認不出來。於是，他在臨近邠州之地徘徊猶豫，不敢再向前。

一天傍晚，羅子浮想去一座小寺院中暫借一宿，途中遇見一位姑娘。她貌如天仙，還關切地問羅子浮：「你這是要去哪裡？」羅子浮覺得這個姑娘特別親切，就將自己的遭遇告訴了她。姑娘說：「我是個出家人，住在山洞之中，你要是不嫌棄，可以先去我那裡將身體養好。」羅子浮一聽，喜出望外，就跟著姑娘走了。他們進入深山，來到姑娘住的山洞，只見洞口一條清溪流過，溪上架有石橋。走過石橋，便是兩間石屋，裡面不像一般的洞穴那樣陰暗，而是非常明亮，都不需要點燈。

姑娘讓羅子浮將破爛的髒衣服都脫了，在溪水中將身體洗乾淨，並說洗過之後，膿瘡就會痊癒。羅子浮按她說的做了，姑娘又為他鋪好了床，服侍他睡下，說：「你先睡吧，我為你做套新衣服。」姑娘取出芭蕉葉一般的大樹葉，為羅子浮做衣服。羅子浮躺在被窩裡好奇地看著她剪剪縫縫。一會兒工夫，姑娘就將衣服做好了，疊起來放在羅子浮的床頭，告訴他明天一早就能穿了。洗過澡之後，羅子浮的身上就不覺得癢了，終於睡了個安穩覺。醒來時一摸，膿瘡都結痂了。他高興極了，但還懷疑樹葉做成的衣服怎麼能穿。伸手取來一看，卻是一件綠色的綢緞袍子，柔軟光滑。

他起床時姑娘已經把早飯準備好了。她從籃子裡取出些樹葉，說是麵餅，羅子浮咬了一口，果然與麵餅一樣的味道。她又用葉子剪成雞和魚的樣子，放在鍋裡燒，吃起來跟真的雞和魚的味道一模一樣。山洞的角落裡還有一罈美酒，姑娘舀了些與羅子浮對飲。喝過之後姑娘往罈中兌入清水，又變成了美酒。

幾天後，羅子浮身上的痂都掉了，整個人煥然一新。他想讓姑娘和他住在一起。姑娘不好意思地說：「你剛好了點就得寸進尺了。」羅子浮懇切地說：「我是真的喜歡你，要報答你的大恩大德。」於是姑娘接受了他，他倆做了夫妻。

有一天，一個少婦風風火火地闖進來，嘴裡還說道：「翩翩你這個死丫頭，偷偷一個人獨樂，找到意中人了都不告訴姐姐一聲。」翩翩迎出來說：「花城娘子呀，真是稀客，今天西南風颳得緊，原來是把你給吹來了。生個兒子？」少婦答道：「哪能啊，又是個丫頭。」翩翩拍

手笑道：「生女弄瓦，你怕是要開瓦窯了！怎麼不帶來呢？」花城娘子說：「我好不容易將她哄睡，才有點空閒。」說話間翩翩已經擺下了酒菜，三人坐下飲開了。花城娘子打量著羅子浮，說：「能將翩翩娶到手，你前世燒了什麼高香啊？」羅子浮也看了一眼花城娘子，她二十三四歲光景，長得也非常漂亮，心裡就喜歡上了。羅子浮正剝著果子吃，不小心將果子掉了。他假裝彎下腰去撿果子，偷偷用手捏了一下花城娘子的腳。花城娘子管自己又說又笑，好像根本沒有察覺。羅子浮神不守舍，突然覺得身上的衣服都不保暖了，低頭一看，衣服都變成了樹葉，嚇了一大跳。他連忙正襟危坐，目不斜視，衣服馬上又變了回來。羅子浮以為神不知鬼不覺，誰都沒有注意，又趁著相互敬酒的機會，用手指去搔花城娘子的手心。花城娘子仍然是坦蕩地說笑著，沒有任何異常反應。突然間，羅子浮的衣服又變成了樹葉，而且好長時間後才變回來。他知道了這是自己的行為引起的，也很羞愧，就不再胡思亂想了。

花城娘子告別時笑著對翩翩說：「你的意中人太花心了，要不是你管得緊，不知道他會做出什麼事情來。」翩翩笑著說：「他要是薄情寡義，就讓他凍死算了。」兩姐妹哈哈大笑起來，把羅子浮羞得無地自容。花城娘子走後，羅子浮以為翩翩會找自己算賬，不料翩翩好像早將此事忘了，對羅子浮還是那麼好。

轉眼已是深秋季節，北風一刮，樹木凋零。翩翩每天忙著收拾落葉，貯藏起來作為食物和衣料。她看到羅子浮冷了，就用洞口飄過的白雲為他做了一件厚棉襖，羅子浮穿在身上又暖和又舒服。

一年之後，他們有了個兒子，取名保兒，又聰明又可愛。羅子浮天天在洞裡逗著兒子玩，時間一久，開始思念故鄉了。他想讓翩翩和他一起回家去看看，翩翩卻說：「我不能同你回去。要不你自己回去吧。」羅子浮又捨不得妻子和兒子，便將此事擱了下來。又過了兩三年，兒子長大了許多，還與花城娘子的女兒訂了娃娃親。羅子浮更惦記叔叔了，又提起了回家的事。翩翩說：「叔叔確實年紀大了，好在身子骨還硬朗。你放心好了，等到保兒長大，娶了媳婦，你想回去就回去吧。」

翩翩常在洞中用葉子寫字教保兒念，保兒記憶力很好，看過的都能記住。翩翩很高興，說：「保兒有福相，將來肯定能有大出息！」到了保兒十四歲那年，花城娘子將女兒江城送了過來，與保兒完婚。羅家喜

氣洋洋，都很高興。江城進了羅家之門，也很孝順，與婆婆格外親，就像是親女兒一樣。一家子生活和和美美。

羅子浮終究不能忘記叔叔，又提起這事。翩翩猶豫了很久，對他說：「你畢竟是凡夫俗子，不能過神仙的生活。兒子也會有很好的前程，我也不想耽擱了他，你就帶他一起走吧。」江城聽說要離開山裡，擔心這一去再也見不到自己的母親。她剛這一想，母親花城娘子就已經在眼前了。江城淚流滿面，翩翩與花城娘子安慰她說：「你暫且跟他們去吧，以後還可以回來。」說話間翩翩已經用葉子剪了頭驢子，變成了真驢，讓羅子浮他們三人騎了回家。

羅大業已經告老回鄉了。侄子失蹤這麼多年，想必早就不在人世了，沒料到這一天會帶著兒子兒媳一同回來。他大喜過望，忙將三人讓進屋中。再看他們三人身上穿的，都是芭蕉葉，破爛不堪，又忙著讓他們換上新的衣服。

羅子浮又過上了正常人的生活，但仍然忘不了翩翩，有一天帶上兒子前去探訪。他們前前後後都找遍了，也不見一點蹤跡。羅子浮知道再也見不到翩翩了，痛哭一場後就帶著兒子回家了。

## 【原文】

羅子浮，邠人。父母俱早世。八九歲，依叔大業。業為國子左廂，富有金繒而無子，愛子浮若己出。十四歲，為匪人誘去作狹邪遊。會有金陵娼，僑寓郡中，生悅而惑之。娼返金陵，生竊從遁去。居娼家半年，床頭金盡，大為姊妹行齒冷。然猶未遽絕之。無何，廣瘡潰臭，沾染床蓆，遂逐而出。丐於市，市人見輒遙避。自恐死異域，乞食西行，日三四十里，漸至邠界。又念敗絮膿穢，無顏入裡門，尚趑趄近邑間。

日就暮，欲趨山寺宿。遇一女子，容貌若仙。近問：「何適？」生以實告。女曰：「我出家人，居有山洞，可以下榻，頗不畏虎狼。」生喜，從去。入深山中，見一洞府。入則門橫溪水，石樑駕之。又數武，有石室二，光明徹照，無須燈燭。命生解懸鶉，浴於溪流，曰：「濯之，瘡當愈。」又開幮拂褥，促寢，曰：「請即眠，當為郎作褲。」乃取大葉類芭蕉，剪綴作衣。生臥視之。制無幾時，摺疊床頭，曰：「曉取著之。」乃與對榻寢。生浴後，覺瘡瘍無苦。既醒，摸之，則痂厚結矣。

詰旦,將興,心疑蕉葉不可著。取而審視,則綠錦滑絕。少間,具餐。女取山葉呼作餅,食之,果餅;又剪作雞、魚烹之,皆如真者。室隅一罌,貯佳醞,輒復取飲;少減,則以溪水灌益之。數日,瘡痂盡脫,就女求宿。女曰:「輕薄兒!甫能安身,便生妄想!」生云:「聊以報德。」遂同臥處,大相歡愛。

一日,有少婦笑入,曰:「翩翩小鬼頭快活死!薛姑子好夢,幾時做得?」女迎笑曰:「花城娘子,貴趾久弗涉,今日西南風緊,吹送來也!小哥子抱得未?」曰:「又一小婢子。」女笑曰:「花娘子瓦窖哉!那弗將來?」曰:「方嗚之,睡矣。」於是坐以款飲。又顧生曰:「小郎君焚好香也。」生視之,年廿有三四,綽有餘妍。心好之。剝果誤落案下,俯假拾果,陰捻翹鳳。花城他顧而笑,若不知者。生方恍然神奪,頓覺袍褲無溫;自顧所服,悉成秋葉,幾駭絕。危坐移時,漸變如故。竊幸二女之弗見也。少頃,酬酢間,又以指搔纖掌。城坦然笑謔,殊不覺知。突突怔忡間,衣已化葉,移時始復變。由是慚顏息慮,不敢妄想。城笑曰:「而家小郎子,大不端好!若弗是醋葫蘆娘子,恐跳跡入雲霄去。」女亦哂曰:「薄倖兒,便值得寒凍殺!」相與鼓掌。花城離席曰:「小婢醒,恐啼腸斷矣。」女亦起曰:「貪引他家男兒,不憶得小江城啼絕矣。」花城既去,生懼貽誚責;女卒晤對如平時。

居無何,秋老風寒,霜零木脫,女乃收落葉,蓄旨御冬。顧生蕭縮,乃持幞掇拾洞口白雲,為絮復衣;著之,溫暖如襦,且輕鬆常如新綿。

踰年,生一子,極惠美。日在洞中弄兒為樂。然每念故里,乞與同歸。女曰:「妾不能從!不然,君自去。」因循二三年,兒漸長,遂與花城訂為姻好。生每以叔老為念。女曰:「阿叔臘故大高,幸復強健,無勞懸耿。待保兒婚後,去住由君。」女在洞中,輒取葉寫書教兒讀,兒過目即了。女曰:「此兒福相,放教入塵寰,無憂至台閣。」未幾,兒年十四。花城親詣送女。女華妝至,容光照人。夫妻大悅,舉家宴集。翩翩扣釵而歌曰:「我有佳兒,不羨貴官。我有佳婦,不羨綺紈。今夕聚首,皆當喜歡。為君行酒,勸君加餐。」既而花城去。與兒夫婦對室居。新婦孝,依依膝下,宛如所生。生又言歸,女曰:「子有俗骨,終非仙品。兒亦富貴中人,可攜去,我不誤兒生平。」新婦思別其母,花

城已至。兒女戀戀，涕各滿眶。兩母慰之曰：「暫去，可復來。」翩翩乃剪葉為驢，令三人跨之以歸。

大業已歸老林下，意姪已死，忽攜佳孫美婦歸，喜如獲寶。入門，各視所衣，悉蕉葉；破之，絮蒸蒸騰去。乃並易之。後生思翩翩，偕兒往探之，則黃葉滿徑，洞口路迷，零涕而返。

# 郭　生

郭生，是淄川東山人。從小就喜歡讀書，但山村中沒有可以求教指正的人，二十多歲了，寫的字筆畫錯訛還很多。原先，家中曾經鬧過狐狸。衣服、食品和其他器物，總是丟失，深受其害。

一天夜晚，郭生讀書，將書放在書桌上，被狐狸塗抹得一塌糊塗；厲害的地方，亂七八糟的連行數都看不清楚了。他只好選擇那些稍微乾淨點的來讀，只有六七十首詩。郭生心裡非常惱怒憤恨，但又無可奈何。郭生又把平日練習寫作的文章收集了二十多篇，準備讓有學問的人指正。第二天早晨起來後，看見文章都翻開攤在桌子上，幾乎全被濃的淡的墨汁塗抹盡了。郭生恨得要命。正好一位姓王的書生，因事來到山村中。王生平常跟郭生關係很好，順便登門拜訪。看到了被塗污的書，就問郭生是怎麼回事。郭生把自己遇到的苦惱事情詳細地告訴了王生，並且拿出殘留的稿子給王生看。王生反覆審看，發現沒有塗抹留下的文章，好像還有些好的語句。又看那些被塗抹掉的文字，都是冗雜繁瑣可以刪掉的。王生驚訝地說：「狐狸好像是有意這樣做的，你不但不能以此為患，還應趕快拜它為師呀。」過了幾個月，郭生回過頭來看自己原來寫的文章，頓時覺得塗改得很正確。於是改寫了兩篇文章，放在書桌上，以觀察它們的變化。等到天亮，又被塗改了。過了一年多，狐狸不再塗改了，只用濃墨汁灑大黑點，淋漓滿紙。郭生感到很奇怪，拿著去告訴王生。王生看了以後說：「狐狸真是你的老師，文章寫得很好，可以去參加考試了。」這一年，郭生果然考中了秀才。郭生因此很感激狐狸，總是準備下雞和米飯，供狐狸吃喝。每次買八股文的選本，都不自己選擇，而是由狐狸來決斷。因此兩次府道考試，都名列前茅，考中副

榜貢生。

當時葉、繆等先生的文章，風雅豔麗，家喻戶曉。郭生有一手抄本，愛惜備至。忽然有一天，被狐狸倒了一碗濃墨汁在上面，玷汙濕洇得幾乎無一個字留下。郭生便又擬題，構思創作，自己覺得很愜意，誰知又全部被狐狸塗抹了。於是，郭生漸漸不信服狐狸了。沒多久，葉公因糾正文體而被收押入獄，郭生又稍稍服氣狐狸的先見之明。然而以後郭生每做一篇文章，都煞費苦心，卻總被狐狸塗污了。郭生自以為前幾次考試都名列前茅，心中不免有些自負，就更加懷疑狐狸是妄改了。於是就謄錄以前被狐狸灑了許多墨點的文章來試驗它，狐狸又全塗抹了。郭生便笑著說：「你真是荒唐，為什麼以前說好的，現在又說不好？」於是就不給狐狸設飯菜了，還把所讀的書本，都鎖到箱櫃之中。早晨起來，看見箱子封得很嚴實，絲毫未動。但打開一看，只見封皮上塗了四道墨汁，比手指還要粗。在第一章上畫了五道，第二章上也畫了五道，再往後就沒有了。從此以後，狐狸竟銷聲匿跡了。後來郭生考試，考了一次四等，二次五等，這才知道，其先兆已經寓於狐狸畫的道道中了。

## 【原文】

郭生，邑之東山人。少嗜讀，但山村無所就正，年二十餘，字畫多訛。先是，家中患狐，服食器用，輒多亡失，深患苦之。一夜讀，卷置案頭，被狐塗鴉；甚者，狼藉不辨行墨。因擇其稍潔者輯讀之，僅得六七十首，心甚恚憤，而無如何。又積窗課廿餘篇，待質名流。晨起，見翻攤案上，墨汁濃泚殆盡。恨甚。

會王生者，以故至山，素與郭善，登門造訪。見污本，問之。郭具言所苦，且出殘課示王。王諦玩之，其所塗留，似有春秋；又復視浣卷，類冗雜可刪。訝曰：「狐似有意。不惟勿患，當即以為師。」過數月，回視舊作，頓覺所塗良確。於是改作兩題，置案上，以覘其異。比曉，又塗之。積年餘，不復塗，但以濃墨灑作巨點，淋漓滿紙。郭異之，持以白王。王閱之曰：「狐真爾師也，佳幅可售矣。」

是歲，果入邑庠。郭以是德狐，恆置雞黍，備狐啖飲。每市房書名稿，不自選擇，但決於狐。由是兩試俱列前名，入闈中副車。

時葉、繆諸公稿，風雅豔麗，家傳而戶誦之。郭有抄本，愛惜臻至，忽被傾濃墨碗許於上，污蔭幾無餘字；又擬題構作，自覺快意，悉浪塗之，於是漸不信狐。無何，葉公以正文體被收，又稍稍服其先見。然每作一文，經營慘澹，輒被塗污。

自以屢拔前茅，心氣頗高，以是益疑狐妄。乃錄向之灑點煩多者試之，狐又盡泚之。乃笑曰：「是真妄矣！何前是而今非也？」遂不為狐設饌，取讀本鎖箱簏中。且見封錮儼然。啟視，則卷面塗四畫，粗於指；第一章畫五，二章亦畫五，後即無有矣。自是狐竟寂然。後郭一次四等，兩次五等，始知其兆已寓意於畫也。

# 羅剎海市

馬驥，字龍媒，是個商人的兒子。他相貌英俊，長得一表人才，從小就瀟脫豪放，喜歡唱歌跳舞。經常跟著戲班子演出。他用錦帕纏著頭，就像是漂亮的女孩子，因此被稱為「俊人」。他十四歲考中秀才，小有名氣。後來他父親年老體衰，放棄了經商，回家閒居，便對馬驥說：「幾卷書，餓了不能煮著吃，冷了不能當衣穿，你還是應該繼承我的事業，去經商吧。」於是馬驥就開始慢慢學著做起買賣來。

有一次，馬驥跟別人出海去做生意，結果船被颶風颳走了。漂了幾天幾夜之後，來到一個都市。那裡的人長相都非常醜陋，他們看見馬驥來，以為是遇到妖怪了，都驚叫著逃走了。馬驥剛見到這情景時，還很害怕；等知道那些人是懼怕自己後，膽子大了，就反過來去欺負他們。遇到他們在吃飯時，則跑過去，把人都嚇跑了，他自己就可以享用剩下的食物。就這樣過了很久，他進入一個山村。那裡的人相貌跟正常人差不多，但都穿得破破爛爛，像是乞丐。馬驥在樹下休息，村裡人都不敢靠近，只是遠遠地望著他。時間長了，他們覺出馬驥不像是吃人的妖怪，才開始慢慢接近他。馬驥笑著與他們聊天，雖然彼此的語言不同，但大半還能明白意思。馬驥告訴他們自己的來歷。村裡人很高興，遍告鄉鄰：來客不是吃人者。但是那些長得醜陋的，依然看到他就跑，始終不敢到跟前來。那些來的人，五官的位置大致與中國人相同。他們擺上

酒菜一起招待馬驥。馬驥問起他們怕他的原因，回答說：「曾經聽祖父說過，往西走二萬六千里有一個中國，那裡的人形象都很詭奇。但這些都是耳聞而已，現在才眼見為實。」馬驥問他們為什麼這樣窮。村人回答說：「我們國家所看重的不是學問才能，而在相貌。長得最漂亮的做大官，稍差一點的做小官，再差一點的也能受到貴人的寵愛，得到賞賜的食物，過上富裕的生活。像我們這樣的，剛出生時父母就以為不吉利，常常都被拋棄了。即使父母不忍心丟棄，也只是為了傳宗接代罷了。」馬驥問：「這叫什麼國？」回答說：「叫大羅剎國，從這裡往北三十里，便是都城。」馬驥請他們領著他去都城看看。於是，第二天雞一叫村人就起身，領著馬驥上路。

天亮時，他們到達了都城。這裡的城牆是用黑石頭壘起來的，顏色就像墨一樣。樓閣高達百尺，但很少用瓦，都是蓋著紅色的石頭。撿一塊小石子在指甲上擦擦，留下的顏色和紅色的硃砂沒有兩樣。這時正好退朝，朝中有一頂大轎子出來，村人指著說：「這是宰相。」馬驥望過去，只見那人兩隻耳朵朝後長著，鼻子有三個孔，睫毛像簾子一樣蓋住了眼睛。又出來幾個騎馬的，村人說：「這是大夫。」挨著指出各人的官職，大多是披頭散髮、面目猙獰。而官職越低的，醜陋的程度則低一些。過後，馬驥回去了。街上的人看到他，都嚇得大聲叫喚，跌跌撞撞地逃散了，就像碰上了怪物。村人再三說明，街上的人才敢遠遠地站著看。

回來之後，羅剎國上上下下都知道山村來了一個奇怪的人。於是大小官員都想一睹為快，就讓村裡的人把馬驥送去。可是每到一家，看門人總是把門關死，男女老少都是悄悄地從門縫裡往外張望，議論不休。整整走了一天，沒有一戶人家敢開門讓馬驥進去。村人說：「這裡有一個執戟郎，曾為先王出使外國，見多識廣，應該不會害怕你。」於是就領著馬驥去登門拜訪。那位執戟郎見了馬驥果然很高興，把他奉為上賓。馬驥看他的相貌，像有八九十歲，眼睛突出，鬍鬚捲曲得像刺蝟。執戟郎說：「我年輕時曾奉國王的命令，出使過許多國家，唯獨沒有去過中國。如今我一百二十多歲了，能有幸看到上國的人物，這可不能不報告天子。但我已經退休了，十多年不曾去朝廷。明天早上，我要破例為你去走一趟。」於是備下酒菜，招待馬驥。酒過數巡，出來十多名女

伎，輪流歌舞。她們長得像夜叉一般，全用白錦纏著頭，紅色的衣裙一直拖到地上。不知她們扮的是什麼角色，唱的什麼歌詞，只覺得腔調節奏都很奇怪。主人觀賞得很開心，問道：「中國也有這樣美妙的歌舞嗎？」馬驥說：「有啊。」主人請馬驥試著來幾句。馬驥就用手敲桌打著節拍，唱了一曲。主人聽了高興地說：「真是妙啊！你的歌聲就像鳳鳴龍嘯，我從沒聽到過。」

第二天，執戟郎上朝，向國王推薦馬驥。國王很高興，就要下詔召見馬驥。有兩三個大夫說，馬驥樣子怪異，恐怕會驚了聖上，國王一想也對，便改了主意。執戟郎出來將此事告訴了馬驥，深表惋惜。馬驥和他一同居住了好多天，同主人一起飲酒，喝醉了，拔劍起舞，用煤粉塗在臉上扮作張飛。主人覺得這樣很美，說：「你要是扮成張飛去見宰相，宰相一定樂意用你，高官厚祿不難到手。」馬驥說：「唉，鬧著玩玩還行，怎麼能用假面目去謀取榮華富貴呢？」但主人再三強求，馬驥只得答應了。

主人馬上備下了豐盛的酒筵，請那些達官貴人前來喝酒，讓馬驥化妝好了等著。不久客人都來了，主人喊馬驥出來見客。客人驚訝地說：「真是奇怪！怎麼前幾天那樣醜陋，今天又這樣漂亮！」於是就同馬驥一起喝酒，非常開心。馬驥跳著舞，唱了一首市井百姓喜歡的「弋陽曲」，結果贏得滿堂喝采。

第二天，這些大官們紛紛上奏國王，推薦馬驥。國王高興，派使者持旌節隆重地召見了他。見面後，國王向馬驥詢問中國治國安邦的辦法，馬驥原原本本地陳述了一番。國王大加讚賞，在別宮賜宴款待。喝到特別儘興的時候，國王說：「聽說你善唱優雅的樂曲，能不能讓寡人欣賞一番？」馬驥便起身舞起來，做做羅剎舞女的樣子用白錦纏頭，唱些靡靡之音。國王高興極了，當日就封他為下大夫。此後經常請馬驥參加宴會，特別恩寵。時間久了，那些大小官員知道馬驥的面目是假的。他無論走到哪裡，總是看見人們竊竊私語，不願意與他親密接近。馬驥感到很孤單，心裡很是不安，就上疏國王請求辭職，但國王不准。他又要求休假，國王便給了他三個月的假期。於是馬驥坐上官府的車子，帶著金銀財寶又回到了山村。

村裡人跪在路上迎接他。馬驥把金錢分給那些過去就與他結交的朋

友，於是歡聲雷動。村人說：「我們這些山野草民受到大夫的恩賜，明天去海市，尋求些珍貴玩物，來報答大夫。」馬驥問：「海市在什麼地方？」村人說：「海市是四海蛟人聚集在一起賣珠寶的地方。到時四方十二國的人都去做買賣。集市中還有許多神仙來遊玩。那時雲霞遮天，波濤洶湧。那些貴人們都珍惜自己，不敢去冒險，所以會把錢交給我們，讓我們替他們去購買奇珍異寶。現在離海市開張的日子不遠了。」馬驥詢問他們是怎麼知道日期的，村人說：「如果看到海上有紅色的鳥飛來飛去，七天後海市就開張了。」馬驥又詢問了動身的日期，想跟他們一起去看看。村人勸他自己保重。馬驥說：「我本來就是在海上生活的人，還怕什麼狂風駭浪！」

　　數日後，果然有人登門送錢托村人去買東西，於是村人帶著錢上船了，馬驥也一起去了。那條船能容幾十個人，船底是平的，欄杆高高的，用十個人搖櫓，船像飛箭一樣行進。走了三天，遠遠望見水雲蕩漾之中，樓閣層層疊疊，各地來做買賣的船像螞蟻一樣聚集在一起。不久，船來到城下，見牆上的磚，都和人一樣高，城樓更是高得接天。他們繫好纜繩進城，只見集市上擺滿了奇珍異寶，光彩奪目，都是人世間所沒有的。這時有位年輕人騎著駿馬過來，集市上的人急忙躲開，說是「東洋三世子」來了。世子來到近處，看到馬驥，說：「這不是從蠻邦異域來的人。」有個在馬前開道的人過來詢問馬驥的籍貫，馬驥站在路旁行了禮，詳細講了自己的籍貫和姓氏。世子很高興，說：「你既然能屈尊來到這裡，說明我們的緣分不淺。」於是就給他一匹馬，請他連轡而行。

　　二人出了西城，剛走到海岸邊，馬兒嘶叫著躍進水中，嚇得馬驥失聲喊叫。卻見海水從中間分開，兩邊的水像牆壁一樣屹立著。馬兒一路前行，不久便看到一座宮殿，玳瑁裝飾的梁，魚鱗片做的瓦，四壁如水晶般晶瑩剔透，奪目耀眼。馬驥下馬，世子拱手將他請入，抬頭看見龍王坐在殿上。世子啟奏道：「臣遊覽海市，遇見這位中華賢士，特引他來參見大王。」馬驥上前跪拜行禮。龍王說：「先生既然是位有文才的學士，才情一定勝過屈原、宋玉。我想煩勞你揮動如椽巨筆，寫一篇描繪海市的文章，希望你不要吝惜你的絕妙好詞。」馬驥叩頭答應了。

　　龍王讓人給他一方水晶硯台，一支龍鬚筆，雪一般白的紙張，香氣

如蘭的墨。馬驥一揮而就，寫出一篇千餘言的文章，呈獻給龍王。龍王看著擊節讚賞道：「先生真是才高八斗，給水國增添了光彩！」於是召集龍族，在采霞宮舉行盛宴。酒過數巡，龍王舉杯對馬驥說：「寡人有個愛女，還沒有許配人家，願意將她嫁給先生，不知意下如何？」馬驥連忙起身離席，慚愧地表示感激，連連答應。龍王便對左右說了。不一會兒，有幾個宮女扶著一位龍女出來，只聽環珮叮咚，鼓樂齊奏。拜完天地之後，馬驥偷偷看了一眼，真的美得不一般，著實是位天仙。龍女拜完天地後暫且離去。不多會兒，宴席散了，兩個丫鬟挑著宮燈，將馬驥領進了旁宮。龍女正盛裝打扮地坐等著。珊瑚做的床上，裝飾著各式珠寶；帳外的流蘇，綴著斗大的明珠；床上的被褥又香又軟。次日天剛亮，便有年輕漂亮的丫鬟前來侍候，把屋子都擠滿了。馬驥起床後，上朝拜謝。龍王封他為駙馬都尉，並把他寫的《海市賦》傳送四海龍宮。四海龍王都派專員前來祝賀，並送來請柬爭著請駙馬赴宴。馬驥身穿華麗的服飾，乘坐著青龍拉的車子，前呼後擁地前去赴宴。儀仗隊由幾十名騎馬的武士組成，身佩雕弓，肩扛白色的棍杖，威風凜凜。還有騎馬的彈箏，坐車的奏樂，一連三天，遊遍各海。從此「龍媒」的名字，傳遍四海。

龍宮裡有一棵玉樹，一人合抱，樹幹晶瑩剔透，像白琉璃一般；中間有一淡黃色的心，比胳膊稍細一點；葉子類似碧玉，有銅錢那麼厚；樹蔭細碎濃密。馬驥常與龍女在樹下吟詩唱歌。樹上開滿了花，形狀類似梔子花，花瓣落在地上，卻有金石之聲。拾起來看看，就像用紅色瑪瑙雕成的，光明可愛。常有一種奇異的鳥兒飛來啼叫，金綠色的羽毛，尾巴比身體還長，叫聲像玉笛奏出的哀婉樂曲，使人憂傷。馬驥每次聽到這鳥的叫聲，就會思念家鄉，於是對龍女說：「我漂泊在外已經三年了，與父母分離，每當想起他們，便不勝傷心流淚。你能跟我回家鄉嗎？」龍女說：「仙境與塵世是隔絕的，我無法跟隨你去。我也不忍心以夫妻之愛奪走了你的父子之情。容我慢慢想個辦法。」馬驥聽了，又忍不住傷心淚下。龍女也嘆息道：「這確實難以兩全齊美啊！」

第二天，馬驥從外邊回來，龍王對他說：「聽說駙馬思念故鄉了，那明天早晨收拾行裝送你上路，可以嗎？」馬驥連忙拜謝道：「我一個孤身客居異鄉的臣子，受到大王過分的優待寵愛，感恩圖報之情，刻骨

銘心。請容許我暫且回去探視父母，以後還會回來團聚的。」到了晚上，龍女設宴與丈夫話別。馬驥與她約定以後見面的日期，龍女卻說：「我們的情緣已經到頭了。」馬驥聽了非常悲傷。龍女對他說：「你回家奉養雙親，可見你有孝心。人生聚散，百年如同旦夕，何必像多情兒女般哭哭啼啼？今後我一定會為你堅守貞節，你也要為我不再另娶，兩地同心，就是美滿夫妻。何必一定要早晚廝守在一起，才叫白頭偕老呢？如果違背了這個盟誓，再婚嫁也不會吉利的。如果顧慮無人操持家務，你可以收一個婢女為妾。還有一件事要告訴你，成親後，我就好像懷孕了，請你給孩子取個名。」馬驥說：「如果是女的就叫龍宮，男的就叫福海。」龍女要一件東西作憑證，馬驥便將在羅剎國得到的一對赤玉蓮花拿出來給了她。龍女說：「三年後的四月八日，你要乘船去南島，那時我會送還你的孩子。」龍女用魚皮做了個口袋，裝滿了珠寶，送給馬驥，說：「你好好珍藏，幾輩子也吃不完用不盡的。」天剛亮時，龍王設宴餞別，又贈送給馬驥許多禮物。馬驥拜別出了龍宮，龍女乘白羊車送他到海邊。馬驥上岸下了馬，龍女說了聲「珍重」，便調轉車頭回去了。轉眼間就走遠了。海水重新合到一起，再也看不見了。馬驥便往回走去。

　　自從馬驥被海水沖走，人們都以為他已經死了。他一到家，家裡人無不驚詫。幸虧父母都還健在，只有妻子已經改嫁了。馬驥這才明白龍女的「守義」之言，原來她早就知道自己的妻子已經改嫁了。父親想為馬驥再娶一個妻子，但馬驥不答應，只收了一個婢女做妾。他牢記龍女約定的三年期限。到了那天便乘船來到島中，果然看到有兩個小孩浮在水面上，拍打著海水嬉戲，卻不會下沉。馬驥上前用手一拉，一個小孩笑著抓住馬驥的手臂，跳入他懷裡；另一個大聲哭起來，好像是怪馬驥不拉自己。馬驥馬上也將他拉了上來。仔細一看，兩個孩子一男一女，長得都很漂亮。頭上戴著的花帽子各點綴著一塊玉，正是那赤玉蓮花。背上有個錦囊，拆開一看，裡邊有一封書信，上寫：「公婆應該都安康吧？轉眼三年過去，紅塵永隔，盈盈一帶之水，書信難通。朝思暮想，只有夢中才能相見；殷切地盼望，連脖子都盼酸了。面對茫茫大海，有恨又有什麼辦法呢？想起奔月的嫦娥，尚且獨守月宮；投梭的織女，也在天河一邊惆悵。我算是什麼人，能夠永遠和愛人相聚？每每想到這

裡，便又破涕為笑。我們分別兩個月後，竟然生下一對兒女。如今已經在懷抱中咿呀學語，能懂笑語了，摸棗抓梨，沒有母親也可以活下去了。現在把他們送還給你。你所贈送的赤玉蓮花，裝飾在孩子們的帽上，作為憑證。你把孩子抱在膝頭時，就像我在你身邊一樣。知道你履行了過去的盟誓，心裡很是寬慰。我這一生不會有二心，至死也不會另嫁他人。梳妝匣裡不再放蘭膏；對鏡梳妝，久已不塗抹脂粉。你就好比出遠門的遊子，我便是遊子之婦，雖然遠隔兩地，但我們仍是恩愛夫妻。只是想到公婆雖然已能抱上孫兒，卻從沒見過兒媳，按情理說，也是個遺憾。一年後婆婆安葬時，我一定親臨墓穴，盡兒媳的孝道。從此以後，則『龍宮』平安，還有見面之期；『福海』長壽，或許還能來往。希望你多多珍重，想要說的話是說不完的。」

馬驥反覆讀著這封信，淚流滿面。兩個孩子抱著他的脖子，說：「回家去吧！」馬驥更加傷心了，撫摸著他們說：「孩子，你們知道家在什麼地方嗎？」孩子哭鬧起來，咿咿呀呀地嚷著要回家。馬驥望著茫茫大海，無邊無際，根本不見龍女的影子；煙波浩渺，沒有去龍宮的道路。他只好抱著孩子調轉船頭，滿腹惆悵地回去了。

馬驥知道母親的壽命不長了，把衣服棺木都準備好了，還在墓地上種植了一百多棵松樹。過了一年，母親果然去世了。靈車來到墓地時，有一個披麻戴孝的女子走近墓穴哭吊。眾人正吃驚地看她時，忽然電閃雷鳴，傾盆大雨從天而降，轉眼間那女子就消失了。那些新種的松柏原本大多枯萎了，這時又全活了。

福海稍長大一點，常常思念母親，有一天忽然投入大海之中，幾天後才回來。龍宮因為是女孩，不能去到海裡，因此常常關上門獨自哭泣。有一天突然天昏地暗，龍女走進房內，勸女兒說：「孩子，你自己能長大成家，為什麼哭泣？」說著給她一株八尺高的珊瑚樹、一帖龍腦香、一百顆明珠和一對八寶嵌金盒子，作為嫁妝。馬驥聽說龍女來了，急忙跑進來，拉著她的手就哭。頃刻間，一聲疾雷震破屋頂，龍女已經消失了。

【原文】

馬驥，字龍媒，賈人子。美丰姿。少倜儻，喜歌舞。輒從梨園子

弟,以錦帕纏頭,美如好女,因復有「俊人」之號。十四歲入郡庠,即知名。父衰老,罷賈而歸,謂生曰:「數卷書,飢不可煮,寒不可衣,吾兒可仍繼父賈。」馬由是稍稍權子母。

從人浮海,為颶風引去,數晝夜,至一都會。其人皆奇醜;見馬至,以為妖,群嘩而走。馬初見其狀,大懼;迨知國人之駭己也,遂反以此欺國人。遇飲食者,則奔而往;人驚遁,則啜其餘。久之,入山村。其間形貌亦有似人者,然襤褸如丐。馬息樹下,村人不敢前,但遙望之。久之,覺馬非噬人者,始稍稍近就之。馬笑與語。其言雖異,亦半可解。馬遂自陳所自。村人喜,遍告鄰里,客非能搏噬者。然奇醜者望望即去,終不敢前。其來者,口鼻位置,尚皆與中國同。共羅漿酒奉馬,馬問其相駭之故,答曰:「嘗聞祖父言:西去二萬六千里,有中國,其人民形象率詭異。但耳食之,今始信。」問其何貧,曰:「我國所重,不在文章,而在形貌。其美之極者,為上卿;次任民社;下焉者,亦邀貴人寵,故得鼎烹以養妻子。若我輩初生時,父母皆以為不祥,往往置棄之,其不忍遽棄者,皆為宗嗣耳。」問:「此名何國?」曰:「大羅剎國。都城在北去三十里。」馬請導往一觀。於是雞鳴而興,引與俱去。

天明,始達都。都以黑石為牆,色如墨。樓閣近百尺,然少瓦,皆覆以紅石;拾其殘塊磨甲上,無異丹砂。時值朝退,朝中有冠蓋出。村人指曰:「此相國也。」視之,雙耳皆背生,鼻三孔,睫毛覆目如簾。又數騎出,曰:「此大夫也。」以次各指其官職,率猙獰怪異;然位漸卑,醜亦漸殺。無何,馬歸,街衢人望見之,噪奔跌躓,如逢怪物。村人百口解說,市人始敢遙立。既歸,國中無大小,咸知村有異人,於是搢紳大夫,爭欲一廣見聞,遂令村人要馬。然每至一家,閽人輒闔戶,丈夫女子竊竊自門隙中窺語;終一日,無敢延見者。村人曰:「此間一執戟郎,曾為先王出使異國,所閱人多,或不以子為懼。」造郎門。郎果喜,揖為上客。視其貌,如八九十歲人。目睛突出,須卷如蝟。曰:「僕少奉王命,出使最多;獨未嘗至中華。今一百二十餘歲,又得睹上國人物,此不可不上聞於天子。然臣臥林下,十餘年不踐朝階,早旦,為君一行。」乃具飲饌,修主客禮。酒數行,出女樂十餘人,更番歌舞。貌類夜叉,皆以白錦纏頭,拖朱衣及地。扮唱不知何詞,腔拍恢詭。主人顧而樂之,問:「中國亦有此樂乎?」曰:「有。」主人請擬其聲,遂擊

桌為度一曲。主人喜曰：「異哉！聲如鳳鳴龍嘯，得未曾聞。」

翼日，趨朝，薦諸國王。王欣然下詔，有二三大夫臣，言其怪狀，恐驚聖體。王乃止。郎出告馬，深為扼腕。

居久之，與主人飲而醉，把劍起舞，以煤塗面作張飛。主人以為美，曰：「請君以張飛見宰相，宰相必樂用之，厚祿不難致。」馬曰：「嘻！遊戲猶可，何能易面目圖榮顯？」主人固強之，馬乃諾。

主人設筵，邀當路者飲，令馬繪面以待。未幾，客至，呼馬出見客。客訝曰：「異哉！何前媸而今妍也！」遂與共飲，甚歡。馬婆娑歌「弋陽曲」，一座無不傾倒。明日，交章薦馬。王喜，召以旌節。既見，問中國治安之道，馬委曲上陳，大蒙嘉嘆，賜宴離宮。酒酣，王曰：「聞卿善雅樂，可使寡人得而聞之乎？」馬即起舞，亦效白錦纏頭，作靡靡之音。王大悅，即日拜下大夫。時與私宴，恩寵殊異。久而官僚百執事，頗覺其面目之假；所至，輒見人耳語，不甚與款洽。馬至是孤立，然不自安。遂上疏乞休致，不許；又告休沐，乃給三月假。

於是乘傳載金寶，復歸山村。村人膝行以迎。馬以金資分給舊所與交好者，歡聲雷動。村人曰：「吾儕小人受大夫賜，明日赴海市，當求珍玩，以報大夫。」問：「海市何地？」曰：「海中市，四海鮫人，集貨珠寶；四方十二國，均來貿易。中多神人遊戲。雲霞障天，波濤間作。貴人自重，不敢犯險阻，皆以金帛付我輩，代購異珍。今其期不遠矣。」問所自知，曰：「每見海上朱鳥往來，七日，即市。」馬問行期，欲同遊矚，村人勸使自貴。馬曰：「我顧滄海客，何畏風濤？」

未幾，果有踵門寄資者，遂與裝資入船。船容數十人，平底高欄，十人搖櫓，激水如箭。凡三日，遙見水雲幌漾之中，樓閣層疊；貿遷之舟，紛集如蟻。少時，抵城下，視牆上磚，皆長與人等。敵樓高接雲漢。維舟而入，見市上所陳，奇珍異寶，光明射目，多人世所無。

一少年乘駿馬來，市人盡奔避，云是「東洋三世子」。世子過，目生曰：「此非異域人？」即有前馬者來詰鄉籍。生揖道左，具展邦族。世子喜曰：「既蒙辱臨，緣分不淺！」於是授生騎，請與連轡，乃出西城。方至島岸，所騎嘶躍入水。生大駭失聲。則見海水中分，屹如壁立。俄睹宮殿，玳瑁為梁，魴鱗作瓦；四壁晶明，鑑影炫目。下馬揖入。仰視龍君在上，世子啟奏：「臣遊市廛，得中華賢士，引見大王。」

生前拜舞。龍君乃言：「先生文學士，必能衙官屈、宋。欲煩椽筆賦『海市』，幸無吝珠玉。」生稽首受命。授以水精之硯，龍鬣之毫，紙光似雪，墨氣如蘭。生立成千餘言，獻殿上。龍君擊節曰：「先生雄才，有光水國矣！」

遂集諸龍族，宴集采霞宮。酒炙數行，龍君執爵向客曰：「寡人所憐女，未有良匹，願累先生。先生倘有意乎？」生離席愧荷，唯唯而已。龍君顧左右語。無何，宮女數輩扶女郎出。珮環聲動，鼓吹暴作。拜竟，睨之，實仙人也。女拜已而去。少時，酒罷，雙鬟挑畫燈，導生入副宮。女濃妝坐伺。珊瑚之床，飾以八寶；帳外流蘇，綴明珠如斗大；衾褥皆香軟。

天方曙，則雛女妖鬟，奔入滿側。生起，趨出朝謝。拜為駙馬都尉。以其賦馳傳諸海。諸海龍君，皆專員來賀；爭折簡招駙馬飲。生衣繡裳，駕青虯，呵殿而出。武士數十騎，背雕弧，荷白棓，晃耀填擁。馬上彈箏，車中奏玉。三日間，遍歷諸海。由是「龍媒」之名，噪於四海。

宮中有玉樹一株，圍可合抱；本瑩澈，如白琉璃，中有心，淡黃色，稍細於臂；葉類碧玉，厚一錢許，細碎有濃陰。常與女嘯詠其下。花開滿樹，狀類蒼蔔。每一瓣落，鏘然作響。拾視之，如赤瑙雕鏤，光明可愛。時有異鳥來鳴，毛金碧色，尾長於身，聲等哀玉，惻人肺腑。生聞之，輒念鄉土，因謂女曰：「亡出三年，恩慈間阻，每一念及，涕膺汗背。卿能從我歸乎？」女曰：「仙塵路隔，不能相依。妾亦不忍以魚水之愛，奪膝下之歡。容徐謀之。」生聞之，泣不自禁。女亦嘆曰：「此勢之不能兩全者也！」

明日，生自外歸。龍王曰：「聞都尉有故土之思，詰旦趣裝，可乎？」生謝曰：「逆旅孤臣，過蒙優寵，銜報之誠，結於肺肝。容暫歸省，當圖復聚耳。」入暮，女置酒話別。生訂後會。女曰：「情緣盡矣。」生大悲，女曰：「歸養雙親，見君之孝。人生聚散，百年猶旦暮耳，何用作兒女哀泣？此後妾為君貞，君為妾義，兩地同心，即伉儷也。何必旦夕相守，乃謂之偕老乎？若渝此盟，婚姻不吉。倘慮中饋乏人，納婢可耳。更有一事相囑：自奉衣裳，似有佳朕，煩君命名。」生曰：「其女耶，可名龍宮；男耶，可名福海。」女乞一物為信。生在羅剎國所得赤

玉蓮花一對，出以授女。女曰：「三年後四月八日，君當泛舟南島，還君體胤。」女以魚革為囊，實以珠寶，授生曰：「珍藏之，數世吃著不盡也。」天微明，王設祖帳，餽遺甚豐。生拜別出宮。女乘白羊車，送諸海涘。生上岸下馬。女致聲珍重，回車便去，少頃便遠。海水復合，不可復見。生乃歸。

自浮海去，或謂其已死；及至家，家人無不詫異。幸翁媼無恙，獨妻已去他適。乃悟龍女「守義」之言，蓋已先知也。父欲為生再婚；生不可，納婢焉。

謹志三年之期，泛舟島中。見兩兒坐浮水面，拍流嬉笑，不動亦不沉。近引之。兒啞然捉生臂，躍入懷中。其一大啼，似嗔生之不援己者。亦引上之。細審之，一男一女，貌皆婉秀。額上花冠綴玉，則赤蓮在焉。背有錦囊，拆視，得書云：「翁姑計各無恙。忽忽三年，紅塵永隔；盈盈一水，青鳥難通。結想為夢，引領成勞，茫茫藍蔚，有恨如何也！顧念奔月姮娥，且虛桂府；投梭織女，猶悵銀河。我何人斯，而能永好？興思及此，輒復破涕為笑。別後兩月，竟得孿生。今已咿啾懷抱，頗解笑言；覓棗抓梨，不母可活。敬以還君。所貽赤玉蓮花，飾冠作信。膝頭抱兒時，猶妾在左右也。聞君克踐舊盟，意願斯慰。妾此生不二，之死靡他。奩中珍物，不蓄蘭膏；鏡裡新妝，久辭粉黛。君似徵人，妾作蕩婦，即置而不御，亦何得謂非琴瑟哉？獨計翁姑亦既抱孫，曾未一覿新婦，揆之情理，亦屬缺然。歲後阿姑窀穸，當往臨穴，一盡婦職。過此以往，則『龍宮』無恙，不少把握之期；『福海』長生，或有往還之路。伏惟珍重，不盡欲言。」生反覆省書攬涕。兩兒抱頸曰：「歸休乎！」生益慟，撫之，曰：「兒知家在何許？」兒亟啼，嘔啞言歸。生望海水茫茫，極天無際；霧鬟人渺，煙波路窮。抱兒返棹，悵然遂歸。

生知母壽不永，周身物悉為預具，墓中植松檟百餘。逾歲，媼果亡。靈輿至殯宮，有女子縗絰臨穴。眾方驚顧，忽而風激雷轟，繼以急雨，轉瞬間已失所在。松柏新植多枯，至是皆活。

福海稍長，輒思其母，忽自投入海，數日始還。龍宮以女子不得往，時掩戶泣。一日，晝瞑，龍女急入，止之曰：「兒自成家，哭泣何為？」乃賜八尺珊瑚一樹，龍腦香一帖，明珠百顆，八寶嵌金合一雙，

為作嫁資。生聞之，突入，執手嗚泣。俄頃，疾雷破屋，女已無矣。

# 促 織

　　明朝宣德年間，皇宮中盛行鬥蟋蟀的遊戲。為此，朝廷每年都要向
民間徵收蟋蟀。這蟋蟀原本不是產於陝西，可有個華陰縣令，為巴結上
司，送上了一隻蟋蟀，不料試著鬥了一下，這隻蟋蟀戰績還不錯，於是
上司責令華陰縣令常年上貢蟋蟀。縣令便責令鄉官去辦。

　　於是蟋蟀身價百倍，街上一些遊手好閒的人，得到一隻上好的蟋
蟀，就用籠子養著，作為奇貨，要價很高。各級官吏也借此斂財，層層
攤派。結果百姓為上繳一頭蟋蟀，竟然使幾戶人家傾家蕩產。

　　華陰縣裡有個叫成名的讀書人，考過幾年秀才，卻一直沒考上。此
人比較迂腐遲鈍，於是被強行攤派為鄉官。他怎麼也推辭不了，結果乾
了不到一年，就將自家一點微薄的家產幾乎都賠光了。這次遇到徵繳蟋
蟀這樣棘手的事，成名不敢按戶攤派，自己又沒錢貼進去，左思右想，
愁得都想要一死了之了。他妻子說：「尋死有什麼用？不如自己去找，
說不定能抓到一隻呢！」

　　成名也只能死馬當作活馬醫，於是早出晚歸，天天提著竹筒和銅絲
籠子，在斷牆荒草之中扒石頭，探土洞，什麼法子都用盡了，只求能捉
到一隻蟋蟀。幾天下來，他雖說捉到過兩三頭，但都是瘦弱不堪，根本
不管用。縣老爺可不管這些，只是一個勁地催促限期交納。十多天下
來，成名挨了上百下板子，兩腿都被打得鮮血淋漓，根本無法再下床去
捉蟋蟀了。成名躺在床上翻來覆去，又動了尋死的念頭。

　　這時村裡正好來了個駝背巫婆，據說能借神的指示預卜吉凶。成名
的妻子帶了些錢去占卜，來到巫婆的門口，只見裡面已經被少女老婦擠
滿了。那巫婆滿頭白髮，臉色白白的卻像是年輕的姑娘。她坐在垂掛著
簾子的密室之中，簾外擺著香幾。問卜的人上香跪拜，巫婆望著上空為
其禱告，嘴唇一張一合，不知念些什麼，人人都恭敬地站著聽。一會
兒，從簾子後面拋出一張紙，上面寫的正是問卜人心中的事，絲毫不
差。成名的妻子也把錢放在桌上，也一樣焚香跪拜。大約過了一頓飯的

工夫，簾子一動，一張紙片飛了出來。她忙拾起來一看，上面沒有一個字，而是畫了一幅畫。畫面上有一座大殿，像是寺廟，殿後小山下怪石亂臥，荊棘叢生，伏著一頭叫「青麻頭」的蟋蟀，旁邊有一隻癩蛤蟆，像是要跳舞的樣子。

　　成妻反覆捉摸還是不太明白，但畫面有蟋蟀，正是自己心中所想，就將畫仔細折起來收好，連忙趕回家去讓丈夫看看。成名反覆端詳，自言自語道：「莫不是指示我捉蟋蟀的地方？」他再細看紙上畫的景物，與村東大佛閣非常相像。於是，掙扎著起床，拄著柺杖，拿著畫來到大佛閣後面。那裡有座高高的古墓，順著古墓再往前走，只見怪石亂臥，正是畫面上的情景。他在荒草叢中慢慢走著，側著耳朵聽，像找一根針、一粒芥菜種一樣。但是，心、眼、耳、力都用盡了，還是連蟋蟀的影子也沒見到。成名沒有死心，繼續搜尋，突然一隻癩蛤蟆跳了出來。成名見了，更加驚奇，急忙追趕，蛤蟆跳進草叢之中，成名小心翼翼地撥開雜草仔細尋找，果然看到一隻蟋蟀伏在荊棘根下。他激動地猛撲上去，蟋蟀卻機靈地跳開了，鑽進石洞裡。成名將尖細的小草伸進洞中探挑，蟋蟀就是不出來；他又用水筒往洞裡灌水，蟋蟀憋不住了，這才鑽出來。這回看清楚了，這頭蟋蟀格外健壯。他更興奮了，再奮力一撲，終於將蟋蟀逮住。

　　成名又仔細一看，蟋蟀身子寬大，細長的尾巴，青色的頸項，金色的翅膀，真是難得一遇的佳品！成名興奮至極，連忙用籠子裝回，帶回家去。家人見他如願以償地回來，也高興得不得了，一同歡慶，就好像得到了一塊價值連城的寶玉。

　　成名把蟋蟀養在盆裡，用白螃蟹肉、黃栗子粉精心餵養，準備期限一到，就送縣上交差。不料這個時候又出了意外。原來成名有個九歲的兒子，看到大家對這隻蟋蟀如此看重，非常好奇，趁父親不在時，偷偷打開了籠子。蟋蟀一下子就跳了出來，小孩嚇壞了，連忙撲了上去。蟋蟀一邊跑，他在後面追，後來蟋蟀是抓到手了，但腿也斷了，身子也爛了，不一會兒就死了。孩子知道闖了大禍，害怕地哭著告訴母親。母親聽說後，嚇得臉色煞白，大罵道：「你這個孽障，這回死定了！看你爸爸回來怎麼跟你算賬！」孩子更害怕了，哭著逃走了。不多會兒，成名回來了，聽妻子說了這事，像是被當頭一棒，人都快瘋了，怒氣衝衝

地找孩子算賬。可夫妻倆裡裡外外都找遍了，就是不見孩子的蹤影。最後，他們在井裡找到了孩子的屍體。

夫妻二人的憤怒變成了悲慟，呼天喊地，痛不欲生。夫妻二人對著牆角呆呆地坐著，不吃不喝，默默相對，都不想再活下去了。

太陽快落山的時候，成名夫妻想用草蓆捲起孩子的屍體去埋葬，正萬分不捨地撫摸孩子的身體，發現好像還有點氣息，連忙喜出望外地將孩子放到床上。到半夜時，孩子甦醒過來，夫妻倆這才稍稍安心，但孩子神情呆呆的，昏昏欲睡。成名回頭看到空空的蟋蟀籠子，又滿腹憂愁，顧不上再想孩子的事了。一直到天亮，成名都沒合過眼。

太陽出來了，成名還在發愁，忽然聽見門外有蟋蟀的鳴叫聲。他一躍而起，跑出去一看，竟然正是自己的「青麻頭」。成名見那蟋蟀還活著，欣喜異常，連忙上前去抓，但那蟋蟀叫了一聲便跳開了，速度非常快。成名再用手掌去蓋，覺得應該被蓋住了，但手掌中又像什麼都沒有，剛輕輕將手張開，蟋蟀又突然跳了出來。成名繼續追上去，轉過牆角，它便不知去向了。成名來來回回仔細找尋，終於發現蟋蟀伏在牆上，再定睛一看，它身子短小，是黑紅色的，並非原先那隻。成名頓時失望了，以為是劣種，便四處張望，另行尋找。這時，牆上那隻蟋蟀跳到了他的衣袖上。成名再看一眼，只見這隻蟋蟀形狀似土狗，梅花翅，方頭長腿，也像是佳品。於是，他高興地把它收進籠子裡。

將要獻上縣衙時，心裡還是有些不踏實，就想先試著鬥鬥。村裡有個遊手好閒的少年，養了一隻蟋蟀，取名為「蟹殼青」，每天拿著跟別人的鬥，總是能取勝。這少年想指望它賺大錢，但一直沒有人來向他買。這回，他聽說成名得了一隻蟋蟀，就自己找上門來。一看之後，少年竟搗著嘴笑了起來。他得意揚揚地取出自己的蟋蟀，放進籠子裡。成名一看，果然是個龐然大物，長得又長又壯，就不敢比鬥了，怕丟人現眼。少年不依不饒，堅持要鬥。成名轉念一想，呈上一隻不成器的，反正也沒用，不如讓它下場子去鬥一鬥，讓大家樂一下，於是也將自己的蟋蟀放進鬥盆裡。

那隻小蟋蟀趴著一動不動，呆若木雞，少年見了哈哈大笑。成名試著用豬鬃去撩撥蟋蟀的觸鬚，可它還是不動，少年笑得都喘不過氣來了。這時，小蟋蟀好像被觸怒了，突然向「蟹殼青」衝去。兩隻蟋蟀相

互跳躍扭鬥，振翅發出鳴叫聲。這時，小蟋蟀又一躍而起，張開尾巴，伸長觸鬚，直咬對方的脖頸。少年大吃一驚，急忙把它們分開。小蟋蟀仰頭鳴叫，像是在向主人報功，慶祝自己的勝利。

　　成名喜出望外，正準備把蟋蟀放回籠中，突然一隻雞跑了過來，伸長脖子要啄小蟋蟀。幸好蟋蟀蹦出一尺多遠，雞沒啄著。雞緊追不捨，又衝了上去，蟋蟀已在雞爪之下了。成名驚出一身冷汗，倉促之間不知該怎樣伸出援手，急得直跺腳，臉色變得煞白。這時，戲劇性的一幕出現了，那隻雞又是伸脖子，又是晃腦袋，好像急於擺脫什麼。成名上前一看，原來蟋蟀停在了雞冠上，並用力咬住不放。成名更加驚喜了，忙將蟋蟀捉住，放進籠子裡。

　　第二天，成名把這隻蟋蟀獻到縣令那裡。縣令見它其貌不揚，憤怒地斥責成名。成名不慌不忙，細說這只蟋蟀的傳奇經歷。縣令不相信，便讓它同別的蟋蟀鬥，結果屢屢獲勝。又用雞來試，果然像成名說的那樣。於是他重重獎賞了成名，並將蟋蟀獻給了巡撫大人。巡撫大人非常高興，用金絲籠子裝著獻給皇上，並寫了一篇奏摺，詳細地述說了它的本領。

　　小蟋蟀進皇宮後，皇宮裡的人便把天下所貢的「蝴蝶」、「螳螂」、「油利撻」、「青絲額」等等最厲害的蟋蟀拿出來與它鬥，結果沒有一隻能贏它。更絕的是，這隻蟋蟀每當聽到音樂之聲，就能隨著節拍跳舞，讓皇上驚嘆不已。皇上龍顏大悅，下詔賜給巡撫名馬和綢緞。這個巡撫倒還沒忘記是誰獻上的。不久，華陰縣令以治理地方成績卓著而聞名。縣令一高興，免去了成名的徭役，又囑咐學官，讓成名入了縣學，成了秀才。

　　過了一年多，成名的兒子身體康復了，他便自稱：「我變為敏捷善鬥的蟋蟀，所以現在才甦醒。」巡撫重賞了成名，沒幾年成名就擁有一百多頃的田地和許多高樓，還有成百上千的牛羊，每次身穿輕裘出門，騎上駿馬，比當官的世家還闊氣。

## 【原文】

　　宣德間，宮中尚促織之戲，歲征民間。此物故非西產；有華陰令欲媚上官，以一頭進，試使鬥而才，因責常供。令以責之裡正。

市中遊俠兒，得佳者籠養之，昂其直，居為奇貨。裡胥猾黠，假此科斂丁口，每責一頭，輒傾數家之產。

邑有成名者，操童子業，久不售。為人迂訥，遂為猾胥報充裡正役，百計營謀不能脫。不終歲，薄產累盡。會征促織，成不敢斂戶口，而又無所賠償，憂悶欲死。妻曰：「死何裨益？不如自行搜覓，冀有萬一之得。」成然之。早出暮歸，提竹筒銅絲籠，於敗堵叢草處，探石發穴，靡計不施，迄無濟；即捕三兩頭，又劣弱不中於款。宰嚴限追比，旬餘，杖至百，兩股間膿血流離，並蟲亦不能行捉矣。轉側床頭，惟思自盡。

時村中來一駝背巫，能以神卜。成妻具資詣問，見紅女白婆，填塞門戶。入其室，則密室垂簾，簾外設香几。問者爇香於鼎，再拜。巫從旁望空代祝，唇吻翕闢，不知何詞。各各竦立以聽。少間，簾內擲一紙出，即道人意中事，無毫髮爽。成妻納錢案上，焚拜如前人。食頃，簾動，片紙拋落。拾視之，非字而畫：中繪殿閣，類蘭若；後小山下，怪石亂臥，針針叢棘，青麻頭伏焉；旁一蟆，若將跳舞。展玩不可曉。然睹促織，隱中胸懷。折藏之，歸以示成。

成反覆自念：得無教我獵蟲所耶？細矚景狀，與村東大佛閣真逼似。乃強起扶杖，執圖詣寺後。有古陵蔚起；循陵而走，見蹲石鱗鱗，儼然類畫。遂於蒿萊中，側聽徐行，似尋針芥；而心目耳力俱窮，絕無蹤響。冥搜未已，一癩頭蟆猝然躍去。成益愕，急逐趁之。蟆入草間。躡跡披求，見有蟲伏棘根；遽撲之，入石穴中。掭以尖草，不出；以筒水灌之，始出。狀極俊健，逐而得之。審視，巨身修尾，青項金翅。大喜，籠歸。舉家慶賀，雖連城拱璧不啻也。土於盆而養之，蟹白栗黃，備極護愛，留待限期，以塞官責。

成有子九歲，窺父不在，竊發盆，蟲躍擲徑出，迅不可捉，及撲入手，已股落腹裂，斯須就斃。兒懼，啼告母。母聞之，面色灰死，大罵曰：「業根，死期至矣！而翁歸，自與汝復算耳！」兒涕而出。未幾成歸，聞妻言，如被冰雪。怒索兒，兒渺然不知所往。既得其屍於井，因而化怒為悲，搶呼欲絕。夫妻向隅，茅舍無煙，相對默然，不復聊賴。

日將暮，取兒藁葬。近撫之，氣息惙然。喜置榻上，半夜復甦。夫妻心稍慰。但蟋蟀籠虛，顧之則氣斷聲吞，亦不敢復究兒。自昏達曙，

目不交睫。

　　東曦既駕，僵臥長愁。忽聞門外蟲鳴，驚起覘視，蟲宛然尚在。喜而捕之。一鳴輒躍去，行且速。覆之以掌，虛若無物；手才舉，則又超忽而躍。急趁之。折過牆隅，迷其所往。徘徊四顧，見蟲伏壁上。審諦之，短小，黑赤色，頓非前物。成以其小，劣之。惟徬徨瞻顧，尋所逐者。壁上小蟲，忽躍落襟袖間，視之，形若土狗，梅花翅，方首長脛，意似良。喜而收之。將獻公堂，惴惴恐不當意，思試之斗以覘之。

　　村中少年好事者，馴養一蟲，自名「蟹殼青」，日與子弟角，無不勝。欲居之以為利，而高其直，亦無售者。徑造廬訪成。視成所蓄，掩口胡盧而笑。因出己蟲，納比籠中。成視之，龐然修偉，自增慚怍，不敢與較。少年固強之。顧念蓄劣物終無所用，不如拼博一笑，因合納鬥盆。小蟲伏不動，蠢若木雞。少年又大笑。試以豬鬣毛，撩撥蟲鬚，仍不動。少年又笑。屢撩之，蟲暴怒，直奔，遂相騰擊，振奮作聲。俄見小蟲躍起，張尾伸鬚，直 敵領。少年大駭，解令休止。蟲翹然矜鳴，似報主知。成大喜。

　　方共瞻玩，一雞瞥來，徑進以啄。成駭立愕呼。幸啄不中，蟲躍去尺有咫。雞健進，逐逼之，蟲已在爪下矣。成倉猝莫知所救，頓足失色。旋見雞伸頸擺撲；臨視，則蟲集冠上，力叮不釋。成益驚喜，掇置籠中。

　　翌日進宰。宰見其小，怒呵成。成述其異，宰不信。試與他蟲鬥，蟲盡靡；又試之雞，果如成言。乃賞成，獻諸撫軍。撫軍大悅，以金籠進上，細疏其能。既入宮中，舉天下所貢蝴蝶、螳螂、油利撻、青絲額……一切異狀，遍試之，無出其右者。每聞琴瑟之聲，則應節而舞。益奇之。上大嘉悅，詔賜撫臣名馬衣緞。撫軍不忘所自，無何，宰以「卓異」聞。宰悅，免成役，又囑學使，俾入邑庠。後歲餘，成子精神復舊。自言身化促織，輕捷善鬥，今始蘇耳。撫軍亦厚賚成。由此以養蟲名，屢得撫軍殊寵。不數歲，田百頃，樓閣萬椽，牛羊蹄躈各千計。一出門，裘馬過世家焉。

# 雨　錢

　　濱州有個秀才，有一天在書齋裡讀書。他聽見有人敲門，開門一看，卻是個白髮老翁，相貌很古樸。秀才把他迎進屋來，請教姓氏。老翁說：「鄙人姓胡，名養真，不瞞你說我是狐仙，因仰慕你的高雅，希望能和你交個朋友，常常來往。」

　　秀才生性曠達，也不以此為怪，便同這位老翁談古論今。老翁知識淵博，談論起經書的含義，頭頭是道，見解十分深刻。秀才打心眼裡佩服，留他談了很久。

　　有一天，秀才悄悄對老翁說：「你這麼喜歡我，見我如此窮困，何不稍稍幫助我一下呢？我知道您修行很深，金錢財寶一類的東西對您來講是舉手之勞。」

　　老翁沉默了許久，像是有些為難，但過了一會兒，還是笑著說：「這確實不難做到，但要十幾個小錢做引子。」

　　秀才立即拿出十幾個錢來。於是，老翁和秀才走進屋內，將門關緊，踱著方步，嘴裡唸唸有詞。一會兒工夫，數不清的銅錢從屋頂上劈里啪啦地掉下來，如同暴雨一般。轉眼之間就淹沒了膝蓋，拔出腳來又立刻淹沒了腳踝，一丈多寬的屋子，大約堆積有三四尺深。

　　老翁回頭問秀才：「這些能讓你滿意了嗎？」秀才眉開眼笑，連聲說「足夠了」。老翁手一揮，錢雨一下子就停了。兩人一同出門，並將門鎖上。秀才送走了老翁，欣喜若狂，以為自己發了大財。

　　秀才返身回到屋裡想要取錢，卻發現滿屋的錢都不翼而飛了，只剩下那十幾個做引子的錢還在。秀才大失所望，找到了老翁，氣憤地責怪他騙人。老翁也生氣了，說：「我本來是想和你作清雅的文字之交，不是要和你一起做賊！你要想稱心如意，應該去找梁上君子交朋友才對。老夫不能遵命！」說完便拂袖而去，再也沒出現了。

## 【原文】

　　濱州一秀才，讀書齋中。有款門者，啟視，則皤然一老翁，形貌甚古。延之入，請問姓氏。翁自言：「養真，姓胡，實乃狐仙。慕君高雅，

願共晨夕。」秀才故曠達，亦不為怪。遂與評駁今古。翁殊博洽，鏤花彫繢，粲於牙齒；時抽經義，則名理湛深，尤覺非意所及。秀才驚服，留之甚久。

　　一日，密祈翁曰：「君愛我良厚。顧我貧若此，君但一舉手，金錢宜可立致，何不小周給？」翁默然，似不以為可。少間，笑曰：「此大易事。但須得十數錢作母。」秀才如其請。翁乃與共入密室中，禹步作咒。俄頃，錢有數十百萬，從梁間鏘鏘而下，勢如驟雨，轉瞬沒膝；拔足而立，又沒踝。廣丈之舍，約深三四尺已來。乃顧語秀才曰：「頗厭君意否？」曰：「足矣。」翁一揮，錢即畫然而止，乃相與局戶出。秀才竊喜，自謂暴富。頃之，入室取用，則滿室阿堵物皆為烏有，惟母錢十餘枚尚在。秀才失望，盛氣向翁，頗懟其誑。翁怒曰：「我本與君文字交，不謀與君作賊！便如秀才意，只合尋樑上君交好得，老夫不能承命！」遂拂衣去。

## 姊妹易嫁

　　掖縣有個當上宰相的毛公，早年卻是門第低微，生活貧寒。他的父親時常給別人放牛。當時，縣城有個世代為官的張姓大戶，在東山南面有塊新墳地。張家有人從旁邊經過時，就會聽到墓中有怒罵聲：「你們趕快閃開，不要總在這裡玷污貴人的宅地。」張老爺聽說這事，不太相信，但隨後不斷在夢中得到警告，說什麼「你家的新墳地，本是毛公的墓地，你為什麼長久占據」云云。從那之後，張家時常有不吉利的事發生。別人勸他還是把墳遷走為好，張老爺聽從了勸告，把墳遷走了。

　　有一天，毛公的父親出去放牛，走到張家原先的墳地，突然遭受大雨，就跑到廢棄的墓穴裡避雨。結果雨越下越大，氾濫的雨水衝了進來，將墓穴都灌滿了，毛公的父親就這樣被淹死在裡面。當時毛公還是個小娃娃，母親獨自去見張老爺，乞求給一小塊地方掩埋毛公的父親。張老爺得知死者姓毛，十分驚異，就來到毛父淹死的地方察看，只見毛父正好死在該放棺材的地方。張老爺更加驚異了，就讓毛父葬在這個墓穴裡了，還讓毛母帶著兒子來一趟。

辦完喪事後，毛母同兒子前去張家致謝。張老爺見了毛家孩子，非常喜歡，就把他留在家裡，教他讀書，把他當作自家的孩子看待。後來，他又提出要把大女兒許給他做妻子。毛母大驚，不敢答應。張太太說：「老爺既然說了，肯定是出於誠心，不會中途變卦的。」毛母只好答應了。

但是，張家大小姐對毛家極為看不起，言行舉止常常流露出怨恨、羞辱的情緒，誰要是提及這個婚約，她總是捂緊耳朵，還常對人說：「我就是死了也不會嫁給放牛人的兒子。」到了迎親的那天，新郎坐入酒席，花轎停在門外，張小姐還捂著臉對牆壁哭泣。催她梳妝，她不肯，也不肯聽勸。不多時，新郎起身請行，鼓樂齊奏，她還是蓬頭散髮地哭個不停。張老爺讓女婿稍等，自己親自去勸女兒，張小姐視而不見、聽而不聞，依然哭著。張老爺生氣了，逼她快快上轎，不料張小姐哭得更厲害了。張老爺也束手無策了，這時僕人又來傳話：「新郎要起身了！」張老爺急忙出來說：「新娘還沒打扮好，請新郎再等等。」隨後又急忙跑進屋去看女兒，這樣來回折騰，又拖延了一會兒。時間更加急迫了，張大小姐終究不肯回心轉意。張老爺沒有辦法，急得要尋死。

二小姐覺得姐姐這樣做很不妥當，就在一旁極力勸說。姐姐生氣了，說：「小丫頭，你也學著多嘴多舌，那你為什麼不嫁給他？」妹妹說：「父親大人當初並沒有把我許給毛郎；若把我許配毛郎，根本不需要姐姐你來勸！」張老爺聽到二女兒說話爽快，就與她母親暗地商量，用二女兒代替大女兒。母親就問二女兒：「那個不孝順的丫頭不聽話。現在想讓你代替姐姐出嫁，你願意嗎？」二女兒痛快地說：「既然父母大人讓女兒嫁給毛郎，女兒這就嫁過去，日後哪怕逃荒要飯也在所不惜。況且，怎麼知道毛郎就會一直窮到餓死呢？」父母聽了她的話十分高興，就用姐姐的喜妝給妹妹裝扮起來，匆匆忙忙地打發她上轎走了。

二小姐嫁過去後，小兩口和睦融洽，感情很好。只是二小姐頭髮比較少，毛公曾經有點不大滿意，但後來漸漸聽說了姐妹易嫁的事，對她十分感激敬重，將她看作是知己。

不久，毛公中了秀才，隨後去參加鄉試，路上經過王舍人店。店主人在前一天夜裡做了個夢，夢見神仙對他說：「明天有個毛解元來，日後你遇到危難就是他來解救的。」於是店主人從早晨起來，就特別留心

察看東邊來的客人。等見到毛公，店主人大喜，備了一桌豐盛的酒菜，也不要錢，還特意把夢裡的吉兆告之。毛公聽了也很得意，暗中想道：妻子的頭髮稀少，恐怕被貴人譏笑，中舉富貴之後應當換個妻子。

然而，錄取榜文公佈出來，毛公卻名落孫山。他備受打擊，步履沉重，十分氣餒。他心中羞愧，覺得沒臉再見店主人，只好繞道回家。

三年以後，毛公又去赴試，那店主人依然像上次那樣熱情招待他。毛公說：「你的話那次沒應驗，實在對不起你的款待。」店主人說：「這事要怪你自己。秀才你暗中想要換妻子，結果被陰間除名導致落榜，並不是我的夢不靈驗。」毛公大為吃驚，問他怎麼會知道自己暗中想的事情。店主告訴他，那次分別後，又做了一個夢，所以知道。毛公聽了，又吃驚又後悔，呆若木雞。店主人說：「秀才應當懂得自愛，終究會做解元的。」不久，毛公果然考中第一名舉人。而這時，妻子的頭髮也長多了，烏黑油亮的髮髻，更加美麗動人。

張大小姐嫁給了同村的一個富戶，因此她非常得意。可是，她丈夫是個好吃懶做的浪蕩公子，家產被他揮霍一空，家境漸漸衰敗，窮得連飯都吃不上。聽說妹妹成了舉人的夫人，她更加慚愧。有時和妹妹在路上相遇，就趕緊躲開。又過了些日子，張大小姐的丈夫死了，家裡更加破落。不久，毛公又考中進士。張大小姐得知後，刻骨般恨自己，氣惱地削髮當了尼姑。

等毛公以宰相身分衣錦還鄉時，她強行讓一個小尼姑到毛府去拜訪，盼望著能得到點什麼。小尼姑到毛府，毛夫人贈給她許多綾羅綢緞，還將銀子裹在裡面。小尼姑並不知道，拿回去交給了師父。師父大失所望，生氣地說：「給我點金錢，還可買點柴米，這些東西給我有什麼用？」於是又讓小尼姑送了回去。毛公和夫人覺得很奇怪，打開一看銀子還在裡面，才明白退回來的意思。毛公拿出銀子笑著說：「你師父連一百兩銀子都承受不起，哪有福份嫁給我這個老尚書啊！」隨即拿了五十兩銀子給小尼姑，對她說：「把這個拿去吧，給你師父當生活費。多了，怕她福份薄，承受不起。」小尼姑回去後，如實匯報。師父沉默良久，不停地嘆息。想想自己的一生作為，顛三倒四，美的好的丟之若履，醜的惡的如影相隨，完全不是自己的心意！

後來，那家店主人果真因人命案子被捕入獄，正是毛公的極力開

脫，使他免罪釋放。

## 【原文】

　　掖縣相國毛公，家素微。其父常為人牧牛。時邑世族張姓者，有新阡在東山之陽。或經其側，聞墓中叱咤聲曰：「若等速避去，勿久混貴人宅！」張聞，亦未深信。既又頻得夢，警曰：「汝家墓地，本是毛公佳城，何得久假此？」由是家數不利。客勸徙葬吉，張聽之，徙焉。

　　一日，相國父牧，出張家故墓，猝遇雨，匿身廢壙中。已而雨益傾盆，潦水奔穴，崩溜灌注，遂溺以死。相國時尚孩童。母自詣張，願丐咫尺地，掩兒父。張徵知其姓氏，大異之。行視溺死所，儼當置棺處，又益駭；乃使就故壙窆焉。且令攜若兒來。葬已，母偕兒詣張謝。張一見，輒喜，即留其家，教之讀，以齒子弟行。又請以長女妻兒。母駭不敢應。張妻云：「既已有言，奈何中改。」卒許之。

　　然此女甚薄毛家，怨懟之意，形於言色。有人或道及，輒掩其耳。每向人曰：「我死不從牧牛兒！」及親迎，新郎入宴，彩輿在門；女方掩袂向隅而哭。催之妝，不妝；勸之，亦不解。俄而，新郎告行，鼓樂大作，女猶眼零雨而首飛蓬也。父止婿，自入勸女，女涕若罔聞。怒而逼之，益哭失聲。父無奈之。又有家人傳白「新郎欲行」。父急出，曰：「衣妝未竟，乞郎少停待。」即又奔入視女。往來者無停履，遷延少時，事逾急，女終無回意。父無計，周張欲自死。其次女在側，頗非其姊，苦逼勸之。姊怒曰：「小妮子，亦學人喋聒！爾何不從他去？」妹曰：「阿爺原不曾以妹子屬毛郎；若以妹子屬毛郎，何煩姐姐勸駕耶？」父聽其言慷爽，因與伊母竊議，以次易長。母即向女曰：「忤逆婢不遵父母命，今欲以兒代若姊，兒肯行否？」女慨然曰：「父母之命，即乞丐不敢辭；且何以見毛家郎便終身餓莩死乎？」父母聞其言，大喜，即以姊妝妝女，倉猝登車而去。

　　入門，夫婦雅敦逑好。然女素病赤，稍稍介公意。久之，浸知易嫁之說，由是益以知己德女。

　　居無何，公補博士弟子，應秋闈試。道經王舍人店，店主人先一夕夢神曰：「旦夕有毛解元來，後且脫汝於厄。」以故晨起，專伺察東來客。及得公，甚喜。供具殊豐善，不索直；特以夢兆厚自托。公亦頗自

負,私以細君髮氉氉,慮為顯者笑,富貴後念當易之。已而曉榜既接,竟落孫山,咨嗟蹇步,懊惋喪志。心赧舊主人,不敢復由王舍,以他道歸。

後三年,再赴試,店主人延候如前。公曰:「爾言初不驗,殊慚祇奉。」主人曰:「秀才以陰欲易妻,故被冥司黜落,豈妖夢不足以踐耶?」公愕而問故。蓋別後復夢而云公聞之,而惕然悔懼,木立若偶。主人謂:「秀才宜自愛,終當作解首。」未幾,果舉賢書第一人。夫人發亦尋長,雲鬢委綠,轉更增媚。

姊適裡中富室兒,意氣頗自高。夫蕩惰,家漸陵夷,空舍無煙火。聞妹為孝廉婦,彌增愧怍,姊妹輒避路而行。又無何,良人卒,家落。頃之,毛公又擢進士。女聞,刻骨自恨,遂忿然廢身為尼。及公以宰相歸。強遣女行者詣府謁問,冀有所貽。比至,夫人饋以綺縠羅絹若干匹,以金納其中,而行者不知也。攜歸見師。師失所望,恚曰:「與我金錢,尚可作薪米費;此等儀物,我何須爾!」遽令將回。公與夫人疑之。啟視而金具在,方悟見卻之意。發金笑曰:「汝師百金尚不能任,焉有福澤從我老尚書也。」遂以五十金付尼去,曰:「將去作爾師用度。多恐福薄人難承荷耳。」行者歸,具以告。師默然自嘆,念生平所為,輒自顛倒,美惡避就,繫豈由人耶?後店主人以人命逮繫囹圄,公為力解釋罪。

# 續 黃 粱

福建有個姓曾的舉人,考中了進士,與幾個同榜進士一同到郊外遊玩。偶然聽說毗盧佛寺中新來了一個算命先生,占卜很準,便去找他算個命。

算命先生見他們春風得意的樣子,便隨口奉承了幾句。曾某聽了很開心,搖著扇子微笑道:「那你看我是否有穿蟒袍、繫玉帶的福分?」算命先生起身賀道:「你命中大福大貴,會當二十年的太平宰相。」曾某聽了更高興,得意忘形。

這時,天下起了雨,曾某便與同伴到和尚的禪房中避雨。禪房中有

位老和尚，凹眼睛、高鼻子，正坐在蒲團上打坐，並不搭理他們。他們也不在意，管自己上了榻，說說笑笑，大家開著玩笑，祝賀曾某將來當宰相。曾某還當自己真的馬上會坐上相位，指著同伴說：「我當上宰相後，就推薦張老當南京巡撫，家中表兄弟至少也是參將、游擊，就連我的老僕也要弄個千總來幹幹，這樣才稱我的心。」大家聽了，一陣哄堂大笑。

外面的雨越下越大，他們幾個鬧過後都累了，曾某伏在榻上打起盹來。忽然他看到兩個太監手捧皇帝的詔書匆匆趕來，聲稱是請曾太師去商量國事。曾某受寵若驚，興奮地跟著太監進宮。皇上見了他很是客氣，還特地將座位往前挪了挪，和顏悅色地聽他說了很久。最後，皇上將朝政都託付給了他，並說三品以下官員，任免升降都由他做主，不必上奏。臨別時，皇上還賞賜了蟒袍一套、玉帶一條、名馬兩匹。曾某穿上蟒袍，繫好玉帶，向皇上叩拜行禮，然後出殿。

回到家中，他發現原先的舊房子已經不見了，取而代之的是雕樑畫棟的豪宅，極為氣派。他自己都不認識了，摸著鬍鬚輕輕一喊，成群的僕人齊聲答應，上前聽候差遣。不一會兒，滿朝文武帶著奇珍異寶，競相上門慶賀，一個個都畢恭畢敬。對六部尚書，曾某會出門熱情迎接；侍郎之類的，就在堂上施個禮；至於再低級別的，就點個頭算了。這時，山西巡撫送來了十名歌女，個個如花似玉，其中最漂亮的要數裊裊和仙仙。這兩人最得曾某寵愛，從此他整日沉醉於歌舞之中。

有一天，曾某想起當初落魄時曾得到鄉紳王子良的接濟，如今自己已青雲直上，而王子良的仕途並不得志，就有心拉他一把。於是第二天早朝時向皇帝上奏，舉薦王子良為諫議大夫。皇上立即恩准，王子良很快就走馬上任。曾某又想到郭太僕曾看不起自己，就示意諫官上奏彈劾他。皇上接到奏章，第二天就撤了郭太僕的職。有恩於自己的得到陞遷，得罪自己的受到懲治，曾某覺得痛快極了。

有一回，他在郊遊之時，一個醉漢撞了他的儀仗，他怒不可遏，讓人將醉漢捆到衙門問罪，結果那個倒楣的醉漢被活活打死。曾某權傾一時，那些房屋田地與曾家相連的人家，都把良田房產獻出來，於是曾某已經可以說是富可敵國了。

但曾某也有不稱心的事，那就是最寵愛的裊裊和仙仙相繼病死。他

在思念之餘，想起當初有個鄰居家的女兒非常漂亮，自己曾經想買來做小老婆，因為沒錢而不能如願。如今是實現自己願望的時候了！於是他派些老練的僕人，送了些銀子過去，然後用轎子強行將她抬回曾府。一會兒工夫，那女子就送到了，曾某一看，比往日顯得更為嬌豔。他心花怒放，覺得自己所有的願望都實現了。

曾某享受了一年的榮華富貴，朝中不少官員對他不滿，私下議論紛紛。但這些人都有自己私下的小算盤，根本不成氣候，曾某也沒把他們放在眼裡。

這時龍圖閣學士包拯向皇帝奏上一本，這樣說道：「曾某原先不過是一個飲酒賭博的市井無賴，只因幾句話迎合皇上而得到恩寵，青雲直上，雞犬升天。可他並不盡心儘力以報答皇上的恩典，反而肆意妄為，作威作福，其罪行罄竹難書。比如說，朝廷的官爵，被他視為牟利的奇貨，按照官職的高下，定出不同的價格，從而使得文武百官都奔走於他的門下。買官賣官，簡直像集市商販一樣。而那些正直的官員，因為不肯阿諛奉承，輕則降為閒散之職，重則削職為民。他一手遮天，滿朝文武都感到寒心，皇上也因此孤立。此外，他還肆意侵占百姓的良田，霸占良家女子，冤氣邪氣充塞四方，暗無天日。就連他的奴僕也權勢熏天，郡守、縣令這樣的朝廷命官竟然要奉承巴結那些小人。他寫封信，司法、監察都得照辦，不惜徇情枉法。他荼毒百姓，奴役官府。護衛人員所到之處，大肆騷擾，連野外青草也踩得一乾二淨。曾某如今不可一世，仗著皇上寵愛，毫無收斂之心。他晝夜荒淫，根本不考慮國計民生。世上難道有這樣的宰相嗎？如今朝野動盪，人心不安，如果不趕緊將此等奸臣誅殺，一定會釀成曹操、王莽那樣的災禍。因此，我日夜憂懼，不敢安居，冒著死罪，列出他的罪惡，希望皇上有所瞭解。我請求斬奸臣之首，沒收他貪贓枉法所得之財。這樣做，上可消除天怒，下可使民心大快。如果我說的有半句不實，刀鋸火烹也心甘情願。」奏摺送了上去，曾某嚇得心驚膽顫。幸好皇上寬容，扣在宮中不發。

但曾某得罪的人太多了，沒過多久，其他的官員也紛紛上奏彈劾，即使是他的親信，稱他為義父的人，看到皇上不再像以往那麼信任他了，也紛紛落井下石。結果皇上終於龍顏大怒，下令將其革職抄家，充軍雲南。

接到聖旨，曾某嚇得魂飛魄散。這時，幾十名武士手持兵器闖進來，剝去他的官服，將他和他的妻子一起捆了起來。從他家抄出的金銀有好幾百萬，奇珍異寶有幾百斛，綾羅綢緞有幾千件，至於小孩衣物、女人鞋襪，撒落一地，更是不計其數。過了一會兒，他的小妾也被拖出來了，披頭散髮，嚇得瑟瑟發抖，曾某很是傷心，但也無可奈何。又過了一會兒，所有的房門都被貼上封條。士兵們推推搡搡，將曾某他們捆成一串，押上充軍之路。曾氏夫妻忍氣吞聲，要求給一輛破車代步，卻引來了一陣譏笑。走了十幾里，他妻子一雙小腳，已經站不穩了，曾某隻好挽著她走。又走了十多里，他也累壞了。卻見前面一座高山，直插雲霄。曾某擔心自己翻不過去了，與妻子相對哭泣。押送的人惡狠狠地趕過來，催促他們快走。這時太陽已經西斜，前不著村後不著店的，只好掙扎著往山上走。

走到山腰時，他的妻子已精疲力竭，一屁股坐在路旁，號啕大哭，曾某也坐了下來，任憑押送的人如何責罵，就是不走了。這時，突然響起一陣喧嘩聲，只見一夥手拿利器的強盜衝了過來。押送的人大吃一驚，都逃跑了。曾某跪下求饒，聲稱自己是流放之人，沒有一點值錢的東西。強盜頭子瞪大眼睛說：「你這個奸賊，我們都是被陷害的冤民，其他什麼都不要，只要你的腦袋。」說著舉起大斧砍來，一道寒光閃過，曾某聽到自己的頭落地的聲音。

曾某的魂魄正在驚疑之際，兩個鬼上前將他雙手反捆了起來，趕著他往前走。轉眼之間，來到一座殿堂前，相貌醜陋的閻王正在審案。他打開了曾某的卷宗，才看幾行就勃然大怒，說道：「這是欺君誤國之罪，應當放在油鍋裡炸。」這時，眾小鬼齊聲吶喊，猶如驚雷。隨即有個惡鬼把他甩到階下，只見一隻七尺多高的巨鼎，已經被木炭燒得通紅，鼎中是沸騰的油。曾某嚇得只知道哀哭，欲逃無路，被惡鬼用左手抓住頭髮，右手握住腳踝，一把拋進鼎裡。曾某隨著油波上下翻滾，皮肉都炸焦了，痛得鑽心，滾燙的油湧進嘴裡，連五臟六腑也在煎炸。曾某只求快點死，可偏偏就是死不了。大約過了一頓飯的工夫，惡鬼用一個大叉子將曾某從鼎中叉出來，又帶到堂下跪著。閻王再翻看卷宗，又生氣地說：「你生前仗勢欺人，應該上刀山。」惡鬼又把他抓了過去。只見一座山，懸崖峭壁，到處是利刃，像密密麻麻的竹筍一般。前面已

有幾個人，被刺破了肚子，切斷了腸子，慘叫聲十分恐怖。惡鬼催曾某快上刀山，曾某嚇得連連退縮。惡鬼就用毒錐刺他的後腦，曾某忍著痛苦苦哀求。惡鬼發火了，一把抓起曾某，用力扔出去。曾某隻覺自己飛上雲霄，又暈乎乎地墜落下來，無數把尖刀刺進了胸膛。那種痛苦根本無法用語言來描述。惡鬼又把他趕去見閻王。閻王讓手下清算曾某一生賣官鬻爵、貪贓枉法、霸人財產，一共得了多少銀子。小鬼很快算好了，說：「一共三百二十一萬。」閻王說：「他既然聚積了那麼多，就叫他都喝下去。」

說話間，無數金銀像山一樣堆在台階上，投進鐵鍋裡用烈火熔化。幾個鬼將曾某架起來，輪流用勺子舀起金水銀水往曾某口裡灌。液體流到曾某的臉上，皮膚立刻燙裂；灌進喉嚨裡，五臟六腑立刻沸騰。曾某生前只覺金銀財富搜刮得少了，這時才覺得太多了。

最後，閻王命令把曾某押往甘州，轉生為女人。小鬼用鞭子抽打，將他推上巨大的五彩轉生輪。他眼睛一閉跳了上去，輪子就隨著腳步轉起來，好像一會兒就會掉下來，嚇得他一身冷汗。睜開眼睛一看，自己已經成為女嬰。父母穿得破破爛爛，住在土坯房中，一旁放著瓢和木棍。她知道自己成了乞丐的孩子。後來她穿著破衣，跟著乞丐父母，頂著寒風，托著碗討飯，經常餓得頭昏眼花。十四歲那年，她被賣給顧秀才做小老婆。雖然衣食不用發愁了，但秀才的大老婆十分凶悍，每天用棍子打她，還動不動就用燒紅的鐵烙她。總算丈夫還比較疼她，多少也算是個安慰。鄰居家有個壞小子，垂涎於她的美色，竟然膽大包天，晚上翻牆過來，要與她私通。她想自己前生作惡多端，在陰間受了那麼多的酷刑，不敢再做壞事了，就大聲叫喊，這才把那個壞小子嚇跑了。又有一天晚上，秀才與她睡在一起，她正說著自己的種種委屈，突然一聲巨響，房門被踢開了，闖入兩個拿著利刃的強盜。他們二話不說，一刀砍下了秀才的腦袋，然後將屋裡的財物洗劫一空，揚長而去。她嚇得躲在被子裡不敢作聲，等強盜走遠了才跑去告訴秀才的大老婆。大老婆大驚失色，和她一起哭著來驗看屍體，竟懷疑是她勾引姦夫殺死丈夫，於是一紙訴狀，將她告到衙門那裡。

刺史一上來就嚴刑拷打使她屈打成招，按律當凌遲處死。她將要押赴刑場，這讓她忍無可忍大聲喊冤，覺得十八層地府也沒有這樣黑暗！

就在他又哭又喊之際，聽到有人在大聲叫喊：「你做惡夢了嗎？」曾某睜眼一看，那老和尚還在蒲團上打坐。同伴們都埋怨道：「天都快黑了，我們都肚子餓得咕咕叫，你卻管自己睡大覺！」曾某這才沮喪地坐了起來。那老和尚微笑著說：「二十年太平宰相的占卜應驗了嗎？」

曾某驚異莫名，忙下拜請教，和尚說：「修德行善，陷入火坑之中也有解脫之日，我這山中和尚能知道什麼呢？」曾某趾高氣揚而來，灰心喪氣而歸，從此打消了做宰相的念頭。

## 【原文】

福建曾孝廉，高捷南宮時，與二三新貴遨遊郊郭。偶聞毗盧禪院寓一星者，因並騎往詣問卜。入，揖而坐。星者見其意氣，稍佞諛之。曾搖箑微笑，便問：「有蟒玉分否？」星者正容，許二十年太平宰相。曾大悅，氣益高。 值小雨，乃與游侶避雨僧舍。舍中一老僧，深目高鼻，坐蒲團上，偃蹇不為禮。眾一舉手，登榻自話，群以宰相相賀。曾心氣殊高，指同遊曰：「某為宰相時，推張年丈作南撫，家中表為參、游，我家老蒼頭亦得小千把，於願足矣。」一座大笑。

俄聞門外雨益傾注，曾倦伏榻間。忽見有二中使，齎天子手詔，召曾太師決國計。曾得意，疾趨入朝。天子前席，溫語良久。命三品以下，聽其黜陟。賜蟒玉名馬。曾被服稽拜以出。入家，則非舊所居第，繪棟雕榱，窮極壯麗。自亦不解，何以遽至於此。然捻髯微呼，則應諾雷動。俄而公卿贈海物，傴僂足恭者，疊出其門。六卿來，倒屣而迎；侍郎輩，揖與語；下此者，頷之而已。晉撫饋女樂十人，皆是好女子。其尤者，為裊裊，為仙仙，二人尤蒙寵顧。科頭休沐，日事聲歌。一日，念微時嘗得邑紳王子良賙濟，我今置身青雲，渠尚蹉跎仕路，何不一引手？早旦一疏，薦為諫議，即奉諭旨，立行擢用。又念郭太僕曾睚眥我，即傳呂給諫及侍御陳昌等，授以意旨；越日，彈章交至，奉旨削職以去。恩怨了了，頗快心意。偶出郊衢，醉人適觸鹵簿，即遣人縛付京尹，立斃杖下。接第連阡者，皆畏勢獻沃產。自此，富可埒國。無何而裊裊、仙仙，以次殂謝，朝夕遐想。忽憶曩年見東家女絕美，每思購充媵御，輒以綿薄違宿願，今日幸可適志。乃使幹僕數輩，強納資於其家。俄頃，藤輿舁至，則較昔之望見時，尤豔絕也。自顧生平，於願斯足。

又踰年，朝士竊竊，似有腹非之者，然各為立仗馬。曾亦高情盛氣，不以置懷。有龍圖學士包上疏，其略曰：「竊以曾某，原一飲賭無賴，市井小人。一言之合，榮膺聖眷，父紫兒朱，恩寵為極。不思捐軀摩頂，以報萬一；反恣胸臆，擅作威福。可死之罪，擢髮難數！朝廷名器，居為奇貨，量缺肥瘠，為價重輕。因而公卿將士，盡奔走於門下，估計貲緣，儼如負販，仰息望塵，不可算數。或有傑士賢臣，不肯阿附，輕則置之閒散，重則褫以編氓。甚且一臂不袒，輒迕鹿馬之奸；片語方干，遠竄豺狼之地。朝士為之寒心，朝廷因而孤立。又且平民膏腴，任肆蠶食；良家女子，強委禽妝。沴氣冤氛，暗無天日！奴僕一到，則守、令承顏；書函一投，則司、院枉法。或有廝養之兒、瓜葛之親，出則乘傳，風行雷動。地方之供給稍遲，馬上之鞭撻立至。荼毒人民，奴隸官府，扈從所臨，野無青草。而某方炎炎赫赫，怙寵無悔。召對方承於闕下，姜菲輒進於君前；委蛇才退於自公，聲歌已起於後苑。聲色狗馬，晝夜荒淫；國計民生，罔存念慮。世上寧有此宰相乎！內外駭訛，人情洶洶。若不急加斧鑕之誅，勢必釀成操、莽之禍。臣夙夜祗懼，不敢寧處，冒死列款，仰達宸聽。伏祈斷奸佞之頭，籍貪冒之產，上回天怒，下快輿情。如果臣言虛謬，刀鋸鼎鑊，即加臣身。」云云。

疏上，曾聞之，氣魄悚駭，如飲冰水。幸而皇上優容，留中不發。又繼而科、道、九卿，文章劾奏；即昔之拜門牆、稱假父者，亦反顏相向。奉旨籍家，充雲南軍。子任平陽太守，已差員前往提問。

曾方聞旨驚怛，旋有武士數十人，帶劍操戈，直抵內寢，褫其衣冠，與妻並繫。俄見數夫運貲於庭，金銀錢鈔以數百萬，珠翠瑙玉數百斛，幄幕簾榻之屬，又數千事，以至兒襁女舄，遺墜庭階。曾一一視之，酸心刺目。又俄而一人掠美妾出，披髮嬌啼，玉容無主。悲火燒心，含憤不敢言。俄樓閣倉庫，並已封志。立叱曾出。監者牽羅曳而出，夫妻吞聲就道，求一下駑劣車，少作代步，亦不可得。十里外，妻足弱，欲傾跌，曾時以一手相攀引。又十餘里，己亦困憊。歘見高山，直插霄漢，自憂不能登越，時挽妻相對泣。而監者獰目來窺，不容稍停駐。又顧斜日已墜，無可投止，不得已，參差䠥躃而行。比至山腰，妻力已盡，泣坐路隅。曾亦憩止，任監者叱罵。

忽聞百聲齊噪，有群盜各操利刃，跳樑而前。監者大駭，逸去。曾

長跪，言：「孤身遠謫，囊中無長物。」哀求宥免。群盜裂眥宣言：「我輩皆被害冤民，只乞得佞賊頭，他無索取。」曾怒叱曰：「我雖待罪，乃朝廷命官，賊子何敢爾！」賊亦怒，以巨斧揮曾項，覺頭墮地作聲。魂方駭疑，即有二鬼來，反接其手，驅之行。行逾數刻，入一都會。頃之，睹宮殿；殿上一醜形王者，憑幾決罪福。曾前，匐伏請命。王者閱卷，才數行，即震怒曰：「此欺君誤國之罪，宜置油鼎！」萬鬼群和，聲如雷霆。即有巨鬼捽至墀下。見鼎高七尺已來，四圍熾炭，鼎足皆赤。曾觳觫哀啼，竄跡無路。鬼以左手抓髮，右手握踝，拋置鼎中。覺塊然一身，隨油波而上下；皮肉焦灼，痛徹於心；沸油入口，煎烹肺腑。念欲速死，而萬計不能得死。約食時，鬼方以巨叉取曾出，復伏堂下。王又檢冊籍，怒曰：「倚勢凌人，合受刀山獄！」鬼復捽去。見一山，不甚廣闊；而峻削壁立，利刃縱橫，亂如密筍。先有數人冒腸刺腹於其上，呼號之聲，慘絕心目。鬼促曾上，曾大哭退縮。鬼以毒錐刺腦，曾負痛乞憐。鬼怒，捉曾起，望空力擲。覺身在雲霄之上，暈然一落，刃交於胸，痛苦不可言狀。又移時，身軀重贅，刀孔漸闊；忽焉脫落，四支蠖屈。鬼又逐以見王。王命會計生平賣爵鬻名，枉法霸產，所得金錢幾何。即有鬚人持籌握算，曰：「三百二十一萬。」王曰：「彼既積來，還令飲去！」少間，取金錢堆階上，如丘陵。漸入鐵釜，鎔以烈火。鬼使數輩，更以杓灌其口，流頤則皮膚臭裂，入喉則臟腑騰沸。生時患此物之少，是時患此物之多也。半日方盡。

　　王者令押去甘州為女。行數步，見架上鐵梁，圍可數尺，綰一火輪，其大不知幾百由旬，焰生五彩，光耿雲霄。鬼撻使登輪。方闔眼躍登，則輪隨足轉，似覺傾墜，遍體生涼。

　　開目自顧，身已嬰兒，而又女也。視其父母，則懸鶉敗絮焉。土室之中，瓢杖猶存。心知為乞人子。日隨乞兒托缽，腹轆轆然常不得一飽。著敗衣，風常刺骨。十四歲，鬻與顧秀才備媵妾，衣食粗足自給。而冢室悍甚，日以鞭棰從事，輒以赤鐵烙胸乳。幸良人頗憐愛，稍自寬慰。東鄰惡少年，忽逾牆來逼與私，乃自念前身惡孽，已被鬼責，今那得復爾，於是大聲疾呼。良人與嫡婦盡起，惡少年始竄去。居無何，秀才宿諸其室，枕上喋喋，方自訴冤苦。忽震厲一聲，室門大辟，有兩賊持刀入，竟決秀才首，囊括衣物。團伏被底，不敢復作聲。既而賊去，

乃喊奔嫡室。嫡大驚，相與泣驗。遂疑妾以姦夫殺良人，因以狀白刺史。刺史嚴鞫，竟以酷刑誣服，依律凌遲處死，縶赴刑所。胸中冤氣阨塞，距踴聲屈，覺九幽十八獄，無此黑黯也。

正悲號間，聞遊者呼曰：「兄夢魘耶？」豁然而寤，見老僧猶跏趺座上。同侶競相謂曰：「日暮腹枵，何久酣睡？」曾乃慘澹而起。僧微笑曰：「宰相之占驗否？」曾益驚異，拜而請教。僧曰：「修德行仁，火坑中有青蓮也。山僧何知焉。」曾勝氣而來，不覺喪氣而返。台閣之想，由此淡焉。入山不知所終。

# 辛十四娘

明代正德年間，河北廣平府有個姓馮的書生。他放蕩不羈，特別喜歡喝酒，經常會喝得酩酊大醉。有天清晨，他出門時看到一個穿著紅色披風的漂亮女孩。她帶著個丫鬟，正匆匆趕路，鞋上沾滿了露水。傍晚時，馮生又喝得醉醺醺回來，路過一座廢棄的古廟，正好有人從裡面出來。定睛一看，正是早上見到的漂亮女孩。女孩見到馮生則一愣，忙退了回去。這麼漂亮的女孩到廟裡來幹什麼？馮生覺得好奇，把毛驢拴在門口，進去看個究竟。

廟內斷牆殘壁、雜草叢生，正當馮生不知往哪邊走時，出來一個頭髮花白的老人。老人穿戴整潔，問：「客人從哪裡來？」馮生說：「偶然路過，進來看看。老人家怎麼在這裡？」老人說：「我四處流浪，暫時借住在這裡。既然我們有緣相識，就請進來坐坐。」馮生跟隨老人來到後殿。這裡被打掃得乾乾淨淨，屋內掛有帷幔，空氣中瀰漫著好聞的清香。

兩人自我介紹一番，馮生知道了老人姓辛。馮生喝過酒膽子格外大，直截了當地說：「聽說你有個女兒還沒有出嫁，我想毛遂自薦來當女婿，你看行嗎？」辛老爺笑著說：「這事我得跟夫人商量。」馮生要來紙筆，當即寫了首詩，表明自己的心意。辛老爺看過後讓下人遞進內室去。沒過多久，一名丫鬟出來，對辛老爺說了幾句悄悄話。辛老爺讓馮生稍坐，自己起身入內，簡單說了幾句，又出來了。

馮生以為事情談妥了，不料辛老爺坐下後談笑風生，卻隻字不提求婚的事。馮生忍不住追問，辛老爺說：「我知道你才華出眾，很有性格。我雖有十九個女兒，嫁出去的還不多，但這事都由夫人做主，我不便插手。」馮生說：「我只要清早出門的那個姑娘。」辛老爺不說話，兩人默默相持了好長時間。

這時帷幔後面傳來女孩輕輕的說話聲，馮生趁著酒意，撩起帷幔闖進去說：「既然當不成夫妻，讓我看看總行吧。」馮生一眼望去，穿紅披風的女孩正亭亭玉立地站在窗口，屋裡則是一片驚呼。辛老爺發怒了，吩咐下人把馮生趕出去。幾個壯實的家丁上前架起馮生，就將他轟出門去。一陣酒勁上來，馮生就倒在荊棘叢中睡了過去。

不知過了多久，馮生聽到耳邊驢子的吃草聲，掙扎著起來，騎上驢子走了。這時夜色昏暗，驢子也不認路，誤入一個山谷，四周野狼的嚎聲讓人毛骨悚然。馮生發現迷了路，酒也醒了大半，東張西望一番，看到林子後面像有燈光，估計是有人家，於是就騎著毛驢顛了過去。

走到一處挺氣派的大門前，馮生用鞭子敲敲門，裡面有人問道：「你是誰呀？半夜三更來這裡幹什麼？」馮生說是迷路了，想借個地方休息一下。裡面的人說要去稟報主人，讓馮生等著。馮生等了好久，才有人出來開門，把他請進客堂。

客堂上燈火通明，先是一位婦人出來，問清了馮生的姓名和家庭出身，又進去通報。馮生打量著四周富麗堂皇的擺設，顯然不是尋常人家。這時只聽到一聲「老太君到」，幾個丫鬟扶著一位老太太出來。馮生剛要跪拜，老太太把他攔住，說：「你真是馮雲子的孫子嗎？」馮生說：「對呀。」老太太說：「你父親是我的外甥呀。我老了，走不動了，自家親戚都疏遠了。」馮生說：「我很小的時候父親就去世了，所以祖父輩的親戚很少認識，還請您多對我說說。」老太太說：「這些你自會知道的。」聽這麼一說，馮生也不好意思多問了，坐在那裡苦思冥想。

老太太坐下後問：「這麼晚了，你怎麼跑到這裡來了？」馮生也不隱瞞，把剛才經歷的事情原原本本說了一遍。老太太笑著說：「這是大好事，甥兒有才有貌，辛家憑什麼擺架子？別擔心，這事我給你辦。」馮生連忙致謝。老太太問身邊的丫鬟：「辛家的丫頭果真這麼出色

嗎？」丫鬟說：「辛家有十九個女兒，個個如花似玉，不知公子看中的是哪位？」馮生說：「大約十五六歲。」丫鬟說：「那一定是十四娘了。三月裡她跟著她母親來給您拜過壽呢，老太君忘了嗎？」老太太笑著說：「是她呀，我記得。那丫頭聰明伶俐，甥兒的眼光不錯。」說完就讓丫鬟去把辛十四娘召來。

　　就一會兒工夫，辛十四娘趕來了。馮生一看，正是那個穿紅披風的姑娘。十四娘對著老太太剛要下拜，老太太一把拉住她，說：「你就要做我的甥兒媳婦了，不要再行下人的禮節了。」十四娘乖巧地站著，有些不好意思。老太太撫摸著她的臉龐，問：「你近來在家裡都做些什麼？」十四娘輕聲說：「有空的時候就繡繡花。」她看到馮生正望著自己，羞紅了臉。老太太說：「這是我的甥兒，他有心與你家結親，你們卻把他趕出來，害得他深更半夜在荒郊野嶺迷了路。」十四娘低著頭，更難為情了。

　　老太太又說：「我把你叫來，沒有其他事情，就是為我甥兒做媒。我讓人準備一下，今晚就把婚事辦了。」十四娘紅著臉說：「我得回去請示一下父母。」老太太不高興了，說：「我做的媒還會有錯嗎？」十四娘說：「您老人家的意思，我父母是不會反對的，但要這樣草率了事，我是寧死不從的。」老太太笑了起來，說：「小丫頭還真有點志氣，不愧是我的甥兒媳婦。」說著從十四娘頭上拔下一支金簪，作為定情之物，讓馮生收好。然後叫十四娘回去稟報過父母，選好良辰吉日，再辦喜事。

　　一切交代妥當後，遠處已傳來雞鳴聲，老太太讓人牽來毛驢送馮生上路。馮生走出沒幾步，回頭看去，剛才的房屋都不見了，陰森森的樹林中有幾個長滿蓬草的墳堆。好半天馮生才想起來，這裡是薛尚書的墳。薛尚書是馮生祖母的弟弟，所以老太太稱馮生甥兒，馮生知道自己遇到鬼了，但不知道辛十四娘是什麼。

　　馮生查閱曆書，選好吉利的日子，又擔心鬼約定的事情不一定靠得住，又跑到那座古廟中查看。只見一片荒涼，根本沒有住過人的痕跡。向住在附近的人打聽，都說廟裡沒人住，常鬧狐狸。馮生暗自想：要是能得到十四娘，哪怕是狐狸又怎麼樣呢？

　　到了選定的好日子，馮生早早把家裡佈置一新，讓僕人到路口等

候。但一直到半夜都沒動靜。馮生以為沒希望了。正在這時，門外一陣喧嘩。馮生匆忙趕出來張望，只見一頂花轎已停在院中，轎中坐的正是十四娘。嫁妝不多，就一個老大的空儲錢瓦罐。馮生喜出望外，並不嫌棄十四娘是狐狸，歡歡喜喜地與她成了親。

事後，馮生好奇地問新娘：「那老太太不過是個死鬼，你家為什麼對她那麼順從？」十四娘說：「薛尚書如今是五都巡環使，方圓數百里的狐狸鬼怪都歸他管，可威風了。他常常在外面巡視，家裡好多事都由老太太說了算。」

馮生不忘謝謝大媒人，第二天就到薛家墳上祭掃，回來時遇見兩個丫鬟送來錦帛賀喜。馮生把這事告訴十四娘，十四娘取來一看，說：「這是老太太送的。」

有個楚通政使的兒子是馮生的同學，兩人混得挺熟。他聽說馮生娶了媳婦，送上一份禮，來討杯喜酒喝。過了沒幾天，他又託人帶信，約馮生去喝酒。十四娘說：「上回楚公子來時，我偷偷看了一眼。他長相陰險，還是不要與他交往為好，你就別去了吧！」馮生答應了。第二天兩人相遇，楚公子指責馮生忘了朋友，還拿新寫的詩文，希望馮生說幾句好話。馮生可不是愛說奉承話的人，將那些詩文貶得一錢不值，結果鬧得挺沒趣的。回家後馮生把此事當作笑話說給妻子聽，十四娘憂慮地說：「楚公子不是善良之輩，你不聽我勸，今後要吃苦頭的。」馮生看她說得這麼認真，連忙道歉：「我聽你的就是了。」

恰逢考試，楚公子得了第一，馮生得第二。楚公子得意非凡，讓人邀馮生去喝酒。馮生拒絕了多次，終究沒能推掉。不得已到了楚家，馮生才知道楚公子為慶賀考第一，正大辦宴席，招待賓客。楚公子拿出自己的考卷來炫耀，一幫溜鬚拍馬的小人乘機大肆吹捧。幾杯酒下肚，楚公子得意洋洋地對馮生說：「人們都說考試靠運氣，其實這話不對。我這回考第一，全在於開篇比你老兄高明些。」話音剛落，引來眾賓客的附和聲。馮生也有了幾分醉意，冷冷地說：「你還真的以為自己的文章有什麼了不起？」楚公子受到搶白，一臉豬肝色，眾賓客也十分尷尬，宴會不歡而散。

回家後酒醒，馮生馬上後悔了，將事情告訴了妻子。十四娘生氣地說：「你真是只會玩些小聰明，沒有半點見識！用輕薄的態度對待君

子，那是自己沒品位；要是對待小人，則會惹禍上身。你要有大麻煩了！我不忍心看到你落得悲慘的下場，還是讓我走吧！」馮生這才知道事情的嚴重，痛哭流涕地懇求妻子別拋棄他。十四娘說：「你真的要我留下，必須照我的話做：今後閉門不出，別再酗酒惹事。」馮生滿口答應。

十四娘勤儉持家，做事利落，每日紡紗織布做刺繡，換些錢來維持家用。有盈餘時，都扔進陪嫁帶來的儲錢瓦罐中。馮生老實多了，每天閉門讀書。十四娘吩咐管門的家丁，有客人上門，一律推辭。這樣一段時間，日子過得倒也安逸。

有一天，馮生去一個親戚家弔喪，正好撞到楚公子。楚公子異常客氣，連拖帶拉，強行把他邀到楚府。一進家門，楚公子就吩咐擺開酒席。馮生再三推辭，楚公子根本不讓他說話，還讓家伎奏樂，歌舞助興。馮生長時間悶在家中，偶爾有機會輕鬆一下，被楚公子一勸再勸，不禁又喝得酩酊大醉。

這次可就真闖大禍了！原來楚公子的妻子阮氏是個母老虎，凶悍異常。前一天有個丫鬟進入楚公子的書房，阮氏醋性大發，竟將她活活打死。楚公子一直因馮生瞧他不起而懷恨在心，於是定了個嫁禍於人的毒計。趁他爛醉如泥之際，將他和丫鬟的屍體扔在同一張床上。第二天凌晨，馮生懵懵懂懂醒來，正口渴想喝水，一摸發覺身邊躺著個人，推推卻是僵硬的，嚇得哇哇大叫。楚家上下都驚動了，點上燈一看，床上躺了具屍體，便將馮生一把揪住，以強姦殺人的罪名送到了官府。

馮生根本無法辯說，一上公堂就受了大刑，幾天下來被打得皮開肉綻。十四娘去牢中探望，馮生傷心得話都說不出來。十四娘知道這是楚公子有意陷害，偏偏丈夫硬是要往圈套裡鑽。事到如今，只有屈打成招了，免得再多吃苦頭。馮生也沒有更好的辦法，含著淚點頭答應。十四娘時常去牢裡送些東西，進進出出，旁人都無法看到。

十四娘回家後喚來貼身丫鬟，吩咐一番後送她上路。幾天後又托媒婆買來一名叫祿兒的女孩，對她格外親熱。看門的老奴探聽到馮生已經屈招，被判了死刑，到秋天行刑。他痛苦地把消息告訴十四娘，十四娘好像並不十分在意。所有這一切都讓人摸不著頭腦。

行刑的日子日益臨近，十四娘這才顯得焦慮起來，整天走來走去，

不時往門外張望。獨自一人時，常常唉聲嘆氣，以至吃不好睡不香。終於有一天，貼身丫鬟趕回來了。悄悄對她說了幾句話，十四娘馬上開心地笑了，又開始像往常那樣料理家務。

第二天，家丁去探監，馮生讓他轉告妻子，就此永別。家丁哭著把這些說給十四娘聽，但十四娘只淡淡地說了聲「知道了」，一點悲傷的表情都沒有。奴婢都在背後議論紛紛：沒料到女主人這樣狠心。就在這時，傳來消息，楚通政使被撤職了。皇上派平陽觀察使重新審理馮生的案子。結果楚公子被抓了起來，案情真相大白，馮生被無罪釋放。

夫妻重逢，百感交集，馮生不明白自己的案子怎麼會驚動皇上的。十四娘指著貼身丫鬟說：「這都是她的功勞。」原來她也是狐狸變的。十四娘知道楚通政使一手遮天，在當地這場官司肯定打不贏，就讓她上京城告御狀。丫鬟到了京城，發現皇宮有天神護衛著，狐狸根本無法進入。她在宮門處徘徊了幾個月，心急如焚。正在為難之際，得知皇上要去大同巡視。丫鬟立馬趕到大同，扮作一名歌妓。皇上看了演出，被她的美貌和高雅的氣質所深深吸引，看出她不是一般的歌妓，便召來問她為何流落街頭賣唱？她乘機道出了馮生的冤情。皇帝也被這段悽慘的故事深深打動，以後的事情就不必細說了。馮生滿含熱淚向丫鬟跪拜。

幾天之後，十四娘對丈夫說：「不是因為我們這段情緣，我哪會有這麼多煩惱。你關在大牢裡時，我向親戚朋友求助，沒有一個人肯幫我的，那時的傷心感覺真是無法用語言表達。我覺得活在這個世界上做人，實在是沒有意思。我已經為你物色好了一個妻子，我們就此分別吧。」馮生傻了眼，哭著苦苦哀求。十四娘不忍讓他太傷心，就沒再堅持。到了晚上，十四娘讓祿兒去伺候馮生，卻被馮生趕了出來。

第二天早上，十四娘憔悴了許多；一個月後就變得衰老不堪；半年下來，幾乎與鄉村的老婆婆沒什麼區別了。十四娘說：「你也真傻，我都成醜八怪了，為什麼還對我這麼好？」馮生依舊哭著懇求愛妻不要拋棄他。十四娘無奈地搖搖頭，沒過多久竟得了暴病，臥床不起。馮生心急如焚，求醫問藥，時刻守護在病床旁，但終究沒能挽救回十四娘的生命。

馮生悲傷地埋葬了愛妻，不久，十四娘的貼身丫鬟也悄悄離去了。

後來，孤苦伶仃的馮生娶了祿兒，還生下一個兒子。那年正逢饑

荒，家裡都快揭不開鍋了，夫妻倆相對長吁短嘆，束手無策。這時，馮生忽然想起十四娘陪嫁帶來的大儲錢瓦罐。他們在一個堆滿雜物的角落裡找到瓦罐，用棒子往裡探探，像是塞得滿滿的，砸破一看，裡面全是金子、銀子。原來十四娘早就知道馮生會受窮，真是有遠見啊！看門的家丁後來還見過十四娘一次。那是在華山，十四娘騎著騾子，貼身丫鬟騎著毛驢。十四娘詢問了馮生的近況，並說：「回去轉告你家主人，我已經是神仙了，讓他不要牽掛。」說完便消失了。

## 【原文】

　　廣平馮生，正德間人。少輕脫，縱酒。昧爽偶行，遇一少女，著紅帔，容色娟好。從小奚奴，躡露奔波，履襪沾濡。心竊好之。

　　薄暮醉歸，道側故有蘭若，久蕪廢，有女子自內出，則向麗人也。忽見生來，即轉身入。陰念：麗者何得在禪院中？縶驢於門，往覘其異。入則斷垣零落，階上細草如毯。徬徨間，一斑白叟出，衣帽整潔，問：「客何來？」生曰：「偶過古剎，欲一瞻仰。翁何至此？」叟曰：「老夫流寓無所，暫借此安頓細小。既承寵降，有山茶可以當酒。」乃肅賓入。見殿後一院，石路光明，無復榛莽。入其室，則簾幌床幕，香霧噴人。坐展姓字，云：「矇叟姓辛。」生乘醉遽問曰：「聞有女公子，未遭良匹。竊不自揣，願以鏡台自獻。」辛笑曰：「容謀之荊人。」生即索筆為詩曰：「千金覓玉杵，殷勤手自將。雲英如有意，親為搗玄霜。」主人笑付左右。少間，有婢與辛耳語。辛起，慰客耐坐，牽幕入。隱約數語，即趨出。生意必有佳報；而辛乃坐與嘔噱，不復有他言。生不能忍，問曰：「未審意旨，幸釋疑抱。」辛曰：「君卓犖士，傾風已久。但有私衷，所不敢言耳。」生固請之。辛曰：「弱息十九人，嫁者十有二。醮命任之荊人，老夫不與焉。」生曰：「小生只要得今朝領小奚奴帶露行者。」辛不應，相對默然。聞房內嚶嚶膩語，生乘醉搴簾曰：「伉儷既不可得，當一見顏色，以消吾憾。」內聞鉤動，群立愕顧。果有紅衣人，振袖傾鬟，亭亭拈帶。望見生入，遍室張皇。辛怒，命數人捽生出。酒愈湧上，倒榛蕪中。瓦石亂落如雨，幸不著體。

　　臥移時，聽驢子猶　草路側，乃起跨驢，踉蹌而行。夜色迷悶，誤入澗谷，狼奔鴟叫，豎毛寒心。踟躕四顧，並不知其何所。遙望蒼林

中，燈火明滅，疑必村落，竟馳投之。仰見高閎，以策撾門。內有問者曰：「何處郎君，半夜來此？」生以失路告，問者曰：「待達主人。」生累足鵠俟。忽聞振管闢扉，一健僕出，代客捉驢。生入，見室甚華好，堂上張燈火。少坐。有婦人出，問客姓氏。生以告。逾刻，青衣數人，扶一老嫗出，曰：「郡君至。」生起立，肅身欲拜。嫗止之，坐謂生曰：「爾非馮雲子之孫耶？」曰：「然。」嫗曰：「子當是我彌甥。老身鐘漏並歇，殘年向盡，骨肉之間，殊所乖闊。」生曰：「兒少失怙，與我祖父處者，十不識一焉。素未拜省，乞便指示。」嫗曰：「子自知之。」生不敢復問，坐對懸想。

嫗曰：「甥深夜何得來此？」生以膽力自矜詡，遂一一歷陳所遇。嫗笑曰：「此大好事。況甥名士，殊不玷於姻婭，野狐精何得強自高？甥勿慮，我能為若致之。」生稱謝唯唯。嫗顧左右曰：「我不知辛家女兒，遂如此端好。」青衣人曰：「渠有十九女，都翩翩有風格，不知官人所聘行幾？」生曰：「年約十五餘矣。」青衣曰：「此是十四娘。三月間，曾從阿母壽郡君，何忘卻？」嫗笑曰：「是非刻蓮瓣為高履，實以香屑，蒙紗而步者乎？」青衣曰：「是也。」嫗曰：「此婢大會作意，弄媚巧。然果窈窕，阿甥賞鑑不謬。」即謂青衣曰：「可遣小狸奴喚之來。」青衣應諾去。

移時，入白：「呼得辛家十四娘至矣。」旋見紅衣女子，望嫗俯拜。嫗曳之曰：「後為我家甥婦，勿得修婢子禮。」女子起，娉娉而立，紅袖低垂。嫗理其鬢髮，捻其耳環，曰：「十四娘近在閨中作麼生？」女低應曰：「閒來只挑繡。」回首見生，羞縮不安。嫗曰：「此吾甥也。盛意與兒作姻好，何便教迷途，終夜竄溪谷？」女俯首無語。嫗曰：「我喚汝，非他，欲為吾甥作伐耳。」女默默而已。嫗命掃榻展裀褥，即為合巹。女腆然曰：「還以告之父母。」嫗曰：「我為汝作冰，有何舛謬？」女曰：「郡君之命，父母當不敢違。然如此草草，婢子即死，不敢奉命！」嫗笑曰：「小女子志不可奪，真吾甥婦也！」乃拔女頭上金花一朵，付生收之。命歸家檢歷，以良辰為定。乃使青衣送女去。

聽遠雞已唱，遣人持驢送生出。數步外，欻一回顧，則村舍已失；但見松楸濃黑，蓬顆蔽冢而已。定想移時，乃悟其處為薛尚書墓。

薛故生祖母弟，故相呼以甥。心知遇鬼，然亦不知十四娘何人。咨

嗟而歸，漫檢歷以待之，而心恐鬼約難恃。再往蘭若，則殿宇荒涼。問之居人，則寺中往往見狐狸云。陰念：若得麗人，狐亦自佳。

至日，除舍掃途，更僕眺望，夜半猶寂。生已無望。頃之，門外嘩然，屣出窺，則繡幰已駐於庭，雙鬟扶女坐青廬中。妝奩亦無長物，惟兩長鬣奴扛一撲滿，大如甕，息肩置堂隅。生喜得佳麗偶，並不疑其異類。問女曰：「一死鬼，卿家何帖服之甚？」女曰：「薛尚書，今作五都巡環使，數百里鬼狐皆備扈從，故歸墓時常少。」生不忘蹇修，翼日，往祭其墓。歸見二青衣，持貝錦為賀，竟委几上而去。生以告女，女視之曰：「此郡君物也。」

邑有楚銀台之公子，少與生共筆硯，相狎。聞生得狐婦，饋遺為，即登堂稱觴。越數日，又折簡來招飲。女聞，謂生曰：「曩公子來，我穴壁窺之，其人猿睛而鷹准，不可與久居也。宜勿往。」生諾之。翼日，公子造門，問負約之罪，且獻新什。生評涉嘲笑，公子大慚，不歡而散。生歸，笑述於房。女慘然曰：「公子豺狼，不可狎也！子不聽吾言，將及於難！」生笑謝之。後與公子輒相詼謔，前隙漸釋。

會提學試，公子第一，生第二。公子沾沾自喜，走伻來邀生飲。生辭，頻招乃往。至則知為公子初度，客從滿堂，列筵甚盛。公子出試卷示生。親友疊肩歎賞。酒數行，樂奏於堂，鼓吹偪仄，賓主甚樂。公子忽謂生曰：「諺云：『場中莫論文。』此言今知其謬。小生所以忝出君上者，以起處數語，略高一籌耳。」公子言已，一座盡贊。生醉不能忍，大笑曰：「君到於今，尚以為文章至是耶！」生言已，一座失色。公子慚忿氣結。客漸去，生亦遁。

醒而悔之，因以告女。女不樂曰：「君誠鄉曲之儇子也！輕薄之態，施之君子，則喪吾德；施之小人，則殺吾身。君禍不遠矣！我不忍見君流落，請從此辭。」生懼而涕，且告之悔。女曰：「如欲我留，與君約：從今閉戶絕交遊，勿浪飲。」生謹受教。十四娘為人勤儉灑脫，日以紝織為事。時自歸寧，未嘗逾夜。又時出金帛作生計。日有贏餘，輒投撲滿。日杜門戶，有造訪者輒囑蒼頭謝去。

一日，楚公子馳函來，女焚蓺不以聞。翼日，出弔於城，遇公子於喪者之家，捉臂苦邀。生辭以故。公子使圉人挽轡，擁之以行。至家，立命洗腆。繼辭夙退。公子要遮無已，出家姬彈箏為樂。生素不羈，向

閉置庭中，頗覺悶損；忽逢劇飲，興頓豪，無復縈念。因而酣醉，頹臥席間。公子妻阮氏，最悍妒，婢妾不敢施脂澤。日前，婢入齋中，為阮掩執，以杖擊首，腦裂立斃。公子以生嘲慢故銜生，日思所報，遂謀醉以酒而誣之。乘生醉寐，扛屍床間，合扉徑去。生五更醒解，始覺身臥幾上，起尋枕楊，則有物膩然，絏絆步履；摸之，人也：意主人遣童伴睡。又蹴之，不動而僵。大駭，出門怪呼。廝役盡起，爇之，見屍，執生怒鬧。公子出驗之，誣生逼姦殺婢，執送廣平。

隔日，十四娘始知，潸然曰：「早知今日矣！」因按日以金錢遺生。生見府尹，無理可伸，朝夕搒掠，皮肉盡脫。女自詣問。生見之，悲氣塞心，不能言說。女知陷阱已深，勸令誣服，以免刑憲。生泣聽命。

女還往之間，人咫尺不相窺。歸家咨悵，遽遣婢子去。獨居數日，又托媒媼購良家女，名祿兒，年及笄，容華頗麗；與同寢食，撫愛異於群小。

生認誤殺，擬絞。蒼頭得信歸，慟述不成聲。女聞，坦然若不介意。既而秋決有日，女始皇皇躁動，晝去夕來，無停履。每於寂所，於邑悲哀，至損眠食。一日，日晡，狐婢忽來。女頓起，相引屏語。出則笑色滿容，料理門戶如平時。翌日，蒼頭至獄，生寄語娘子一往永訣。蒼頭覆命，女漫應之，亦不愴惻，殊落落置之。家人竊議其忍。忽道路沸傳：楚銀台革職，平陽觀察奉特旨治馮生案。蒼頭聞之，喜告主母。女亦喜，即遣入府探視，則生已出獄，相見悲喜。俄捕公子至，一鞫，盡得其情。

生立釋寧家。歸見閨中人，泫然流涕。女亦相對愴楚，悲已而喜，然終不知何以得達上聽。女笑指婢曰：「此君之功臣也。」生愕問故。

先是，女遣婢赴燕都，欲達宮闈，為生陳冤。婢至，則宮中有神守護，徘徊御溝間，數月不得入。婢懼誤事，方欲歸謀，忽聞今上將幸大同，婢乃預往，偽作流妓。上至勾欄，極蒙寵眷。疑婢不似風塵人，婢乃垂泣。上問：「有何冤苦？」婢對曰：「妾原籍直隸廣平，生員馮某之女。父以冤獄將死，遂鬻妾勾欄中。」上慘然，賜金百兩。臨行，細問顛末，以紙筆記姓名。且言欲與共富貴。婢言：「但得父子團聚，不願華也。」上頷之，乃去。婢以此情告生。生急起拜，淚皆雙熒。居無幾

何，女忽謂生曰：「妾不為情緣，何處得煩惱？君被逮時，妾奔走戚眷間，並無一人代一謀者。爾時酸衷，誠不可以告訴。今視塵俗益厭苦。我已為君蓄良偶，可從此別。」生聞，泣伏不起，女乃止。夜遣祿兒侍生寢，生拒不納。朝視十四娘，容光頓減；又月餘，漸以衰老；半載，黯黑如村嫗；生敬之，終不替。女忽復言別，且曰：「君自有佳侶，安用此鳩盤為？」生哀泣如前日。又逾月，女暴疾，絕飲食，羸臥閨闥。生侍湯藥，如奉父母。巫醫無靈，竟以溘逝。生悲悼欲絕。即以婢賜金，為營齋葬。數日，婢亦去，遂以祿兒為室。

踰年，舉一子。然比歲不登，家益落。夫妻無計，對影長愁。忽憶堂阪撲滿，常見十四娘投錢於中，不知尚在否。近臨之，則豉具鹽盎，羅列殆滿。頭頭置去，箸探其中，堅不可入。撲而碎之，金錢溢出。由此頓大充裕。後蒼頭至太華，遇十四娘，乘青騾，婢子跨蹇以從，問：「馮郎安否？」且言：「致意主人，我已名列仙籍矣。」言訖，不見。

# 胡四相公

山東的萊蕪地方有個叫張虛一的讀書人，性格豪放，就喜歡刺激的事，膽子可大了。他聽說當地有處老宅子裡住著狐狸，就興沖沖地前去看個究竟。

他把自己的名帖從門縫中塞過去，門竟然自己打開了，把他的僕人嚇得扭頭就跑。

張生毫不在意，整了整自己的衣帽，跨進屋中。環顧四周，屋裡的擺設井井有條，但不見一個人影。張虛一行了個禮，說：「我是非常虔誠地來拜訪的，大仙既然開門讓我進來，為什麼又不出來相見呢？」空屋裡傳出說話聲：「你大駕光臨，真是稀客，請坐吧。」

只見兩張椅子自己移過來，面對面擺好。張虛一就近坐下。又有一個精緻的茶盤從半空中飄過來，上面擺著兩杯香茶。張虛一取過一杯，另一杯也像被人端起來似的，還能聽到有喝茶的聲音，但看不見人影。

喝過茶又擺開了酒席，張虛一也不謙讓，暢懷痛飲，一邊向對方請教姓名。那人自稱姓胡，家中排行第四，人們管他叫胡四相公。一打開

話匣子，兩人發現彼此意氣相投，有許多共同的語言。那天的菜餚非常名貴，做得也很可口，無形中好像還有不少僕人忙碌著斟酒上菜。喝了酒覺得口渴，茶立刻送到了手邊，凡是張虛一腦海中想到的，馬上會有人幫他辦到。真是太神奇了！張虛一就喜歡喝酒，但還從來沒有喝得這樣暢快過。

從那之後，張虛一最多隔上三天，總要上門來拜訪一次，胡四相公也常會到張家回訪。有一天，張虛一問胡四相公：「城南有一個巫婆，自稱有狐仙附身，包治百病，據說賺了不少錢。她所仰仗的狐仙，你認識嗎？」胡四相公不屑地說：「她那裡哪來的狐仙？她是瞎說的。」

過了會兒，張虛一去上廁所，聽到有人小聲對他說：「剛才你講的那城南的巫婆狐仙附身，我想跟著你去看個究竟。請你對我主人說一聲，帶上我，好嗎？」張虛一知道是胡四相公身邊的小狐，便爽快地答應下來，回去對胡四相公說：「我想請你的隨從帶我去城南走一趟。」胡四相公覺得沒必要去看那種無聊的人，但張再三懇求，也就答應了。

說走就走，張虛一這就來到門口，只見一匹馬像是被人牽著過來。張虛一知道是為他準備的，就翻身上馬。一路上小狐不停地在耳邊與他聊天，說：「以後你走在路上，要是覺得有細沙落在衣服上，那就是我們在陪伴著你。」

轉眼工夫就到了巫婆家。巫婆以為有生意來了，滿臉堆笑地迎出來，問：「公子怎麼有空上我這兒來？」張虛一說：「聽說你家的狐狸很靈驗，真有這事嗎？」巫婆馬上臉色一變，故弄玄虛地說：「公子這樣斯文的讀書人，怎麼能隨便稱狐狸，得罪了我家大仙，你可要吃苦頭的。」她話還沒有說完，半空中飛來半截磚頭，正砸在她手臂上。巫婆一不留神，差點兒跌倒。她吃驚地對張虛一說：「公子，你為什麼用磚頭砸我？」張虛一笑著說：「老巫婆，你也真是瞎眼了，哪裡有自己被砸了一下，就怪罪身邊連手都沒動一下的人？」

巫婆還沒弄清是怎麼回事，又有磚塊飛過來，砸得她一屁股坐在地上。這時又有爛泥巴劈頭蓋腦飛來，把她的臉塗得像鬼一樣。巫婆嚇壞了，連聲喊救命，苦苦求饒。張虛一這才讓小狐住手。巫婆一骨碌起來，逃進屋中，把門死死頂住。張虛一問：「你的狐仙與我的狐仙比，怎麼樣？」巫婆承認自己是騙人的，趕緊求饒。張虛一教訓她今後不准

再裝神弄鬼，騙人錢財。巫婆連聲說「不敢」。

　　從那之後，張虛一獨自走在路上，覺得有細沙落下的時候，只要招呼一聲，就有狐狸與他說話，所以不再擔心外出時遇到野獸或歹徒。

　　就這樣過了一年多，張虛一與胡四相公成了志趣相投的好朋友。有一次，張虛一問胡四相公有多大年紀。胡四相公說：「實在記不清楚了，我只覺得黃巢造反的事情，好像就發生在昨天。」

　　另外一天晚上，兩人正在說話，聽到牆頭上傳來一陣走動的聲音，還好像有什麼在叫。胡四相公說：「不必理他，那一定是我的哥哥。」張虛一說：「那為什麼不邀來一同說說話？」胡四相公說：「他的修行太淺，只會做些偷雞的勾當。」張虛一感慨地說：「能成為這樣知心的朋友，確實是沒什麼遺憾的了，只可惜我還不知道你長得怎麼樣呢。」胡四相公說：「只要知心，見不見面又有什麼關係呢？」

　　有一天，胡四相公擺了一席酒，請張虛一赴宴，說：「我要回老家一趟，今天是向你告別的。你不是一直對未能看到我的模樣遺憾嗎？我這就讓你看一看結交多年的朋友長什麼樣。也許今後有機會重逢，還能認得出來。」張虛一四周望望，什麼也沒看到。胡四相公說：「你打開我的房門，我就在裡面。」張虛一前去把門推開，裡面果然有一位非常英俊的年輕人，正衝著他微笑。張虛一剛想上前一步，那人卻消失了。張虛一依依不捨，轉身出來，後面有腳步聲跟著他，勸道：「人生有聚有散，都是命中注定的，不必太在意。」於是他們換上大杯，暢懷痛飲，一直喝到半夜。張虛一已有八分醉意了，才由一盞燈籠引著送回家。第二天，張虛一再趕過去，屋子中已冷冷清清的，胡四相公真的離開了。

　　張虛一的弟弟張道一在四川當大官。張虛一自己還是很落魄，於是想去四川求得弟弟的接濟。沒料到弟弟眼中根本沒有他這個窮哥哥，草草把他打發走了。張虛一騎著馬垂頭喪氣地走在路上，只見一位神采翩翩的年輕人騎著匹高頭大馬趕了上來。幾句交談下來，張虛一發現這年輕人很有才情。年輕人則看出張虛一悶悶不樂，便問是什麼原因。張虛一說出在弟弟那裡不愉快的遭遇，並感嘆人情淡薄。年輕人勸他想開些。

　　同行了一里多路，前方到了叉路口。年輕人說：「我們這就分手

了。你有位以前的老朋友託人將一件東西交給你，就在前方等著，你一定要接受。」張虛一不知道他說的是什麼，剛想再問清楚，年輕人就管自己走了。

　　又走了三四里地，果然路邊站了位老漢。他看到張虛一，遞上一個小簏筐，說：「胡四相公吩咐將這送給你。」張虛一恍然大悟：剛才的年輕人正是胡四相公，難怪有些面熟！他忙將筐打開，只見裡面裝滿了銀子。再抬頭時，發現老漢也無影無蹤了。

## 【原文】

　　萊蕪張虛一者，學使張道一之仲兄也，性豪放自縱。聞邑中某氏宅，為狐狸所居，敬懷刺往謁，冀一見之。投刺隙中，移時，扉自辟，僕大愕，卻退。張肅衣敬入，見堂中幾榻宛然，而闃寂無人。遂揖而祝曰：「小生齋宿而來，仙人既不以門外見斥，何不竟賜光霽？」忽聞虛室中有人言曰：「勞君枉駕，可謂跫然足音矣。請坐賜教。」即見兩座自移相向。甫坐，即有鏤漆朱盤，貯雙茗盞，懸目前。各取對飲，吸瀝有聲，而終不見其人。茶已，繼之以酒。細審官閥，曰：「弟姓胡氏，於行為四；曰相公，從人所呼也。」於是酬酢議論，意氣頗洽。鱉羞鹿脯，雜以蔬蓼。進酒行炙者，似小輩甚伙。酒後頗思茶，意才少動，香茗已置幾上。凡有所思，無不應念而至。張大悅，盡醉始歸。自是三數日必一訪胡，胡亦時至張家，並如主客往來禮。

　　一日，張問胡曰：「南城中巫媼，日托狐神，漁病家利。不知其家狐，君識之否？」曰：「彼妄耳，實無狐。」少間，張起溲溺，聞小語曰：「適所言南城狐巫，未知何如人。小人欲從先生往觀之，煩一言請於主人。」張知為小狐，乃應曰：「諾。」即席請於胡曰：「我欲得足下服役者一二輩，往探狐巫，敬請君命。」狐固言不必。張言之再三，乃許之。既而張出，馬自至，如有控者。既騎而行，狐相語於途，謂張曰：「後先生於道途間，覺有細沙散落衣襟上，便是吾輩從也。」語次進城，至巫家。

　　巫見張至，笑逆曰：「貴人何忽得臨？」張曰：「聞爾家狐子大靈應，果否？」巫正容曰：「若個蹀躞語，不宜貴人出得！何便言狐子？恐吾家花姊不歡！」言未已，空中發半磚來，中巫臂，踉蹌欲跌。驚謂

張曰：「官人何得拋擊老身也？」張笑曰：「婆子盲也！幾曾見自己額顱破，冤誣袖手者？」巫錯愕不知所出。正回惑間，又一石子落，中巫，顛蹶；穢泥亂墜，塗巫面如鬼。惟哀號乞命。張請恕之，乃止。巫急起奔，遁房中，闔戶不敢出。張呼與語曰：「爾狐如我狐否？」巫惟謝過。張仰首望空中，戒勿復傷巫，巫始惕惕而出。張笑諭之，乃還。

由是每獨行於途，覺塵沙淅淅然，則呼狐語，輒應不訛。虎狼暴客，恃以無恐。如是年餘，愈與胡莫逆。嘗問其甲子，殊不自記憶，但言：「見黃巢反，猶如昨日。」一夕共話，忽牆頭蘇然作響，其聲甚厲。張異之，胡曰：「此必家兄。」張言：「何不邀來共坐？」曰：「伊道頗淺，只好攫雞啖，便了足耳。」張謂狐曰：「交情之好，如吾兩人，可云無憾；終未一見顏色，殊屬恨事。」胡曰：「但得交好足矣，見面何為？」一日，置酒邀張，且告別。問：「將何往？」曰：「弟陝中產，將歸去矣。君每以對面不覿為憾，今請一識數歲之友，他日可相認耳。」張四顧都無所見。胡曰：「君試開寢室門，則弟在焉。」張即推扉一覷，則內有美少年，相視而笑。衣裳楚楚，眉目如畫，轉瞬之間，不復睹矣。張反身而行，即有履聲藉藉隨其後，曰：「今日釋君憾矣。」張依戀不忍別。狐曰：「離合自有數，何容介介。」乃以巨觥勸酒。飲至中夜，始以紗燭導張歸。及明往探，則空屋冷落而已。

後道一先生為西川學使，張清貧猶昔。因往視弟，願望頗奢。月餘而歸，甚違初意，咨嗟馬上，嗒喪若偶。忽一少年騎青駒，躡其後。張回顧，見裘馬甚麗，意亦騷雅，遂與語間。少年察張不豫，詰之。張因欷歔而告以故。少年亦為慰藉。同行里許，至歧路中，少年拱手而別，且曰：「前途有一人，寄君故人一物，乞笑納也。」復欲詢之，馳馬徑去。張莫解所由。又二三里許，見一蒼頭，持小簏子，獻於馬前，曰：「胡四相公敬致先生。」張豁然頓悟。受而開視，則白鏹滿中。及顧蒼頭，已不知所之矣。

# 鴉　頭

秀才王文是東昌府人，從小就很誠實。有一年，他去楚地遊歷，過

了六河，住在一家旅舍裡。那天他在街上閒逛，遇見同鄉趙東樓。趙東樓是個大商人，長年在外經商，已經多年沒回家了。兩人一見面，握手言歡，十分親熱，趙東樓還邀王文到他的住處敘談。

王文一進門，見室內坐著一個美貌女子，吃了一驚，想退出來。趙東樓一把拉住他，隔著窗子喊了一聲：「妮子去吧！」然後拉著王文進來。趙擺上酒菜，噓寒問暖地與王文扯起了家常。王文便問：「這是什麼地方？」趙東樓也不避諱，告訴他說：「這是一座小妓院。我久客他鄉，暫時寄宿於此。」

談話間，名叫妮子的女孩不時出出進進。王文侷促不安，便起身告辭。趙東樓又強拉他坐下。一會兒，王文見到一個女孩子從門外走過。那女孩子也見到王文了，秋波頻傳，含情脈脈，神情相貌都很美，彷彿是仙女下凡。王文是個嚴謹端正的人，但此時卻有些把持不住，問趙東樓說：「這漂亮女孩是誰？」趙東樓說：「她是妓院鴇母的二女兒，名叫鴉頭，十四歲了。想送纏頭禮的客人多次以重金打動鴇母，可鴉頭本人執意不從，惹得鴇母常鞭打她。她以自己年歲太小為由苦苦哀求，總算免了。所以到現在還在待聘中呢！」

王文聽了，低頭沉默，呆呆地坐著，答非所問。趙東樓看出他的心思，笑道：「你如果有意，我來替你做媒！」王文長嘆一聲說：「我哪裡敢有這個念頭！」說話間太陽已經西下，王文卻坐著不動，絲毫沒有告辭的意思。趙東樓又提起剛才那話，王文說：「您的好意我很感激，可我囊中羞澀，有什麼辦法呢？」趙東樓知道鴉頭性情剛烈，這事必定不答應，便故意答應拿十兩銀子幫他。王文感激，再三道謝，急忙回到旅館。他將自己的銀子全取出來，又湊了五兩，跑回來請趙東樓送給鴇母。鴇母果然嫌少。不料鴉頭卻對鴇母說：「媽媽不是每天罵我不肯當搖錢樹嗎？這回我想讓媽媽稱心了。女兒剛剛開始，以後報答媽媽的日子有的是，怎能因為一時銀子少點便把財神放跑呢？」鴇母以為鴉頭一向執拗，肯定不會答應，沒料到這一回她卻同意了，自然很高興，便吩咐婢女去請王郎。趙東樓不能反悔，只好將答應的十兩銀子也送給了鴇母。

王文與鴉頭非常恩愛。當天晚上，鴉頭對王文說：「我是個風塵中的煙花女子，配不上您的。如今承蒙您錯愛，可見這份情義之重。可是

您將所有的銀子換得這一夜之歡，明天怎麼辦呢？」王文聽到這話，難過得直流淚。鴉頭說：「您不必發愁。我淪落風塵，並不是自願的，只是一直沒碰見一個像您這樣的誠實人可以託付終身罷了。您如果有意，我們就趁夜逃走吧！」王文聽了喜出望外，急忙起身，鴉頭也隨之起來，此時聽到譙樓上正敲三更鼓。鴉頭趕緊女扮男裝，二人匆匆走出妓院，敲開了王文寄宿的旅館之門。王文帶有兩匹驢，藉口有急事，讓僕人立即動身。鴉頭將兩張符繫在僕人背後和驢耳朵上，就放開韁頭讓驢子奔馳起來。一時間風馳電掣，速度快得讓人睜不開眼，只聽見身後風聲呼呼。

天亮時候，他們已經到了漢口，租了一間房屋住下。王文對昨晚的經歷十分驚異。鴉頭對他說：「實話告訴你，你不會害怕吧？我不是人，而是狐狸。我母親貪婪淫蕩，我天天挨打受罵，我真恨死她了。如今總算脫離了苦海。百里以外的地方，她便找不到了，咱們可以安心地過日子。」王文完全相信了鴉頭的話，對狐狸的身分也毫不介意，只是發愁說：「面對你這樣如花似玉的美人，我卻家徒四壁，實在於心不安，恐怕你最終還是會離我而去。」鴉頭說：「你不必多慮，我們可以先在集市上做個小買賣，養活幾口人並不難，粗茶淡飯就可以的。你將驢子賣了做本錢吧。」

王文按鴉頭說的，賣了毛驢做本錢，沿街開了個小店，賣酒賣茶，由王文和僕人兩個打點店裡的生意；鴉頭則在家中縫披肩，繡荷包，每天也能賺些錢，一家人吃喝不愁了。一年之後，他們雇了老媽子和婢女，王文不用親自幹活，只要看管著夥計們經營就可以了。

有一天，鴉頭忽然十分傷心，對王文說：「今夜要有災難了，怎麼辦啊？」王文忙問她是怎麼回事，鴉頭說：「母親已經打聽到我的消息了。她必定要來逼我回去的。若是派妮子姐姐來，我還有辦法應付，如果她親自過來，我就不知道怎麼辦了！」到了深夜時，鴉頭慶幸地說：「不要緊了，來的是姐姐。」過不了多久，果然看到妮子推門進來。鴉頭笑著迎了上去。妮子罵道：「丫頭也不害羞，跟男人私奔！老母叫我來抓你。」說著掏出繩子就往鴉頭脖子上套。鴉頭生氣地說：「我跟一個男人從良，有什麼罪？」妮子聽了，更加生氣，揪住鴉頭撕打，把鴉頭的衣襟都扯破了。家中婢女老媽子們聽見吵鬧，都圍了上來。妮子害

怕了，跑了出去。

鴉頭對王文說：「妮子姐姐回去，媽媽必定親自上門來，那就大禍臨頭了！趕緊想辦法逃吧！」於是他們急忙收拾行裝，準備搬到更遠的地方去。正在忙亂之際，母親已經闖進來，怒氣衝天，喊道：「我早就知道你這丫頭無禮，非得我親自來一趟不可！」鴉頭趕緊迎上去，跪下哀告求饒，老婆子也不與她理論，揪住她的頭髮就提走了。

王文急得團團轉，顧不上吃飯睡覺，急忙趕到六河，打算把鴉頭贖回來。不料到了那裡，那座妓院倒是照舊開著，人卻全換了。向院中人打聽，都說不知她們到哪裡去了。王文痛哭一場回來，打發僕人們散去，自己收拾財物，返回東昌老家。

幾年過去了，有一回王文偶然因事來到燕都。經過育嬰堂時，僕人看見一個小孩，七八歲的樣子，長得很像王文。僕人感到驚奇，不住地打量起來。王文問僕人：「你盯著人家小孩幹什麼？」僕人笑著說這孩子與王文長得太像了。王文一看，也笑了。再仔細看看，小孩長得很英俊；想自己還沒兒子，這小孩很像自己，因此十分喜愛，就把他贖了出來。王文問他的姓名，小孩說叫王孜。王文覺得奇怪，又問：「你那麼小就被爹娘丟棄了，怎麼知道自己的姓名？」王孜說：「是這裡的保姆告訴我的。拾到我時，我胸前有字，寫著『山東王文之子』。」王文大吃一驚，說：「我就是王文。我哪裡有兒子？」又一想，也許是個同名同姓的人吧。但他心裡挺高興的，很疼愛王孜。將他帶回東昌老家後，見到的人都覺得是王文的親生兒子。

王孜漸漸長大了，身材高大健壯，力氣又大。他喜歡打獵，還好打架，不願意幹活，王文也管不住他。他說自己能見鬼狐，別人都不相信。恰好村裡有一戶人家狐精作祟，便請他去看看。他去了便指出狐精隱藏之處，叫幾個壯漢和他指處猛砸。只聽見傳來狐狸的哀鳴聲，隨之有毛血落下來。從此這戶人家就平安無事了，人們也因此更佩服他了。

有一天，王文在集市上閒逛，忽然遇到趙東樓，只見他衣冠不整，面色黯然。王文驚訝地問他怎麼會落到這個地步，趙東樓愁眉苦臉地請求到僻靜處談。於是王文便邀他到家裡來，還讓僕人擺上酒菜。趙東樓開口說道：「那老婆子把鴉頭抓回去後，打得好慘。後來她們一家搬到燕都去了，逼她另嫁別人。鴉頭堅決不從，老婆子就把她關起來。後來

鴉頭生了一個男孩，剛生下來就被她們扔到胡同裡去。聽說讓育嬰堂拾去了，想必已經長大成人。這是您的親骨肉。」王文聽到這裡，淚流滿面，說：「蒼天保佑，這不幸的孩子已經讓我找回來了！」於是把事情的經過說了一遍。王文又問趙東樓：「您是怎麼落到這個地步的？」趙長嘆一聲，說：「今天才知道與青樓人相好，不可過分認真了。還有什麼好說的呢？」

原來鴉母遷往燕都的時候，趙東樓也把生意移了過去。那些難以搬運的貨物，就在當地賤價處理了，加上一路上的吃住開銷，弄得他虧損很多。妮子又貪戀錢財，揮霍無度，幾年時間就將他的萬貫家產耗盡了。鴉母見他沒了錢，翻臉不認人，每天給他臉色看。妮子也常到富貴家去陪宿，經常一連幾夜不回來。趙東樓氣憤難忍，但又無可奈何。有一天，正巧鴉母外出，鴉頭隔著窗子對他說：「妓院裡哪有什麼真情？她們所愛的，不過是金錢罷了。你再戀戀不捨，就要遭禍啦！」趙東樓害怕起來，這才如夢初醒。臨行前，他偷偷去和鴉頭告別。鴉頭拿出一封信交給他，托他轉交給王文。趙東樓就這樣回了家。

說到這裡，趙東樓掏出一封信交給了王文。王文打開一看，只見信上寫道：「聽說孜兒已經回到您的身邊了。我所受的苦難，東樓君自會向您詳細說明。前世作孽，也不必多言了！如今我身陷幽室之中，暗無天日，終日遭受鞭打，皮開肉綻，疼痛難忍，飢餓又如同油煎一般，挨過一天，似經一年。您如不忘在漢口時雪夜夫妻擁抱取暖的情景，希望能和孜兒商量，讓他救我脫離苦海。老母、姐姐雖然殘忍，總是骨肉之親，囑咐孜兒不要傷害她們的性命。這是我的願望。」

王文讀著信，失聲痛哭。他拿出些銀子贈給趙東樓，讓他回家。

這時王孜已經十八歲了，王文把事情的經過都告訴了他，又給他看了母親的信。王孜頓時氣得兩目圓睜，當天就趕往燕都。他一到那裡，就打聽到吳家鴉母的所在，趕過去只見門前車水馬龍，十分熱鬧。王孜直接闖了進去，只見妮子正陪著一個湖廣商人在飲酒。她抬頭望見王孜，立刻嚇得變了臉色。王孜搶上一步，揮刀將她殺了。裡面的客人都嚇壞了，以為來了強盜；一看妮子的屍首，已經變成了一隻狐狸。王孜提刀繼續往裡闖，吳老婆子正在廚房裡監督婢女作羹湯。王孜剛到門口，老婆子就突然不見了。王孜四處一望，立即拉弓搭箭往屋樑上射

去，只見一隻老狐被射穿心窩，掉了下來。王孜砍下它的腦袋。然後他找到自己母親被關的地方，拾起一塊大石頭砸破門鎖。母子二人相見，抱頭失聲痛哭。鴉頭問起老娘和姐姐，王孜說：「都已經被我殺了！」鴉頭埋怨道：「你這孩子怎麼不聽娘的話！」於是立即命他到郊外把她們給埋了。王孜口頭上答應著，卻偷偷把狐狸精的皮剝下收藏起來。又到吳老鴇屋裡翻箱倒櫃查了一遍，把金銀珠寶都收起來，然後便陪母親返回了東昌老家。

　　王文與鴉頭夫妻重逢，悲喜交集。王文又問起鴉頭的老母和姐姐，王孜說：「在我的袋子裡！」王文吃驚地追問，王孜取出兩張狐皮獻給父親。鴉頭一見，氣得大罵：「這個忤逆不孝的孩子！怎麼能這麼幹啊！」她哭著用手打自己的臉，尋死覓活。王文極力勸解，斥令王孜快把狐皮埋葬了。王孜生氣地說：「剛剛脫離苦海，怎麼把先前受的苦都忘啦！」鴉頭更加生氣，痛哭不止。直到王孜去埋葬了狐皮，回來當面稟報，鴉頭才稍稍平靜下來。

　　自從鴉頭回來之後，王家更加興旺。王文很感激趙東樓，送給他許多銀子作為報答。趙東樓這才知道妓院母女都是狐狸精。王孜很孝順父母，但脾氣暴躁，偶爾觸犯了他，他就惡聲吼叫。鴉頭對王文說：「這孩子長著拗筋，如若不給他拔掉，以後會暴躁殺人，導致傾家蕩產。」於是在某天夜裡，趁王孜睡熟之際，把他手足捆起來。王孜驚醒過來，說：「我沒過錯，為什麼捆我？」鴉頭說：「媽是要給你治拗病，你別怕痛！」王孜大聲呼喊，但無法掙脫繩子。鴉頭用一枚大針刺他的踝骨旁邊，扎到三四分深處，把拗筋挑出來，用刀砰的一聲割斷；又把他的胳膊肘和腦袋上的拗筋照樣割斷，然後放開他，輕輕拍了幾下，讓他安心睡覺。

　　第二天早晨，王孜跑到父母跟前問安，哭著說：「孩兒昨天夜裡回想以前的所作所為，簡直不像是人幹的！」父母聽了都高興極了。從此，王孜就像溫順的女孩兒，村中人都紛紛誇獎他。

## 【原文】

　　諸生王文，東昌人。少誠篤。薄遊於楚，過六河，休於旅舍，閒步門外。遇裡戚趙東樓，大賈也，常數年不歸。見王，相執甚歡，便邀臨

存。至其所，有美人坐室中，愕怪卻步。趙曳之，又隔窗呼妮子去，王乃入。趙具酒饌，話溫涼。王問：「此何處所？」答云：「此是小勾欄。余因久客，暫假床寢。」話間，妮子頻來出入。王偮促不安，離席告別。趙強捉令坐。

俄見一少女，經門外過，望見王，秋波頻顧，眉目含情，儀容嫻婉，實神仙也。王素方直，至此惘然若失，便問：「麗者何人？」趙曰：「此媼次女，小字鴉頭，年十四矣。纏頭者屢以重金啗媼，女執不願，致母鞭楚，女以齒稚哀免。今尚待聘耳。」王聞言，俯首默然痴坐，酬應悉乖。趙戲之曰：「君倘垂意，當作冰斧。」王憮然曰：「此念所不敢存。」然日向夕，絕不言去。趙又戲請之，王曰：「雅意極所感佩，囊澀奈何！」趙知女性激烈，必當不允，故許以十金為助。王拜謝趨出，罄資而至，得五數，強趙致媼。媼果少之。鴉頭言於母曰：「母日責我不作錢樹子，今請得如母所願。我初學作人，報母有日，勿以區區放卻財神去。」媼以女性拗執，但得允從，即甚歡喜。遂諾之，使婢邀王郎。趙難中悔，加金付媼。

王與女歡愛甚至。既，謂王曰：「妾煙花下流，不堪匹敵；既蒙繾綣，義即至重。君傾囊博此一宵歡，明日如何？」王泫然悲哽。女曰：「勿悲。妾委風塵，實非所願。顧未有惇篤如君可托者。請以宵遁。」王喜，遽起；女亦起。聽譙鼓已三下矣。女急易男裝，草草偕出，叩主人扉。王故從雙衛，托以急務，命僕便發。女以符繫僕股並驢耳上，縱轡極馳，目不容啟，耳後但聞風鳴。

平明至漢口，稅屋而止。王驚其異。女曰：「言之，得無懼乎？妾非人，狐耳。母貪淫，日遭虐遇，心所積懣。今幸脫苦海。百里外，即非所知，可幸無恙。」王略無疑貳，從容曰：「室對芙蓉，家徒四壁，實難自慰，恐終見棄置。」女曰：「何必此慮。今市貨皆可居，三數口，淡薄亦可自給。可鬻驢子作資本。」王如言，即於門前設小肆，王與僕人躬同操作，賣酒販漿其中。女作披肩，刺荷囊，日獲贏餘，顧瞻甚優。積年餘，漸能蓄婢媼。王自是不著犢鼻，但課督而已。

女一日悄然忽悲，曰：「今夜合有難作，奈何！」王問之，女曰：「母已知妾消息，必見凌逼。若遣姊來，吾無憂，恐母自至耳。」夜已央，自慶曰：「不妨，阿姊來矣。」居無何，妮子排闥入。女笑逆之。妮

子罵曰：「婢子不羞，隨人逃匿！老母令我縛去。」即出索子繫女頸。女怒曰：「從一者得何罪？」妮子益忿，捽女斷衿。家中婢媼皆集，妮子懼，奔出。女曰：「姊歸，母必自至。大禍不遠，可速作計。」乃急辦裝，將更播遷。媼忽掩入，怒容可掬，曰：「我固知婢子無禮，須自來也！」女迎跪哀啼。媼不言，揪發提去。

　　王徘徊愴惻，眠食都廢。急詣六河，翼得賄贖。至則門庭如故，人物已非。問之居人，俱不知其所徙。悼喪而返。於是俵散客旅，囊資東歸。後數年，偶入燕都，過育嬰堂，見一兒，七八歲。僕人怪似其主，反覆凝注之。王問：「看兒何說？」僕笑以對，王亦笑。細視兒，風度磊落。自念乏嗣，因其肖己，愛而贖之。詰其名，自稱王孜。王曰：「子棄之襁褓，何知姓氏？」曰：「本師嘗言，得我時，胸前有字，書山東王文之子。」王大駭曰：「我即王文，烏得有子？」念必同己姓名者，心竊喜，甚愛惜之。及歸，見者不問而知為王生子。孜漸長，孔武有力，喜田獵，不務生產，樂鬥好殺；王亦不能箝制之。又自言能見鬼狐，悉不之信。會里中有患狐者，請孜往覘之。至則指狐隱處，令數人隨指處擊之，即聞狐鳴，毛血交落，自是遂安。由是人益異之。

　　王一日遊市廛，忽遇趙東樓，巾袍不整，形色枯黯。驚問所來，趙慘然請間。王乃偕歸，命酒。趙曰：「媼得鴉頭，橫施楚掠。既北徙，又欲奪其志。女矢死不二，因囚置之。生一男，棄諸曲巷；聞在育嬰堂，想已長成。此君遺體也。」王出涕曰：「天幸孽兒已歸。」因述本末。問：「君何落拓至此？」嘆曰：「今而知青樓之好，不可過認真也。夫何言！」先是，媼北徙，趙以負販從之。貨重難遷者，悉以賤售。途中腳直供億，煩費不貲，因大虧損，妮子索取尤奢。數年，萬金蕩然。媼見床頭金盡，旦夕加白眼。妮子漸寄貴家宿，恆數夕不歸。趙憤激不可耐，然亦無可奈之。適媼他出，鴉頭自窗中呼趙曰：「勾欄中原無情好，所綢繆者，錢耳。君依戀不去，將掇奇禍。」趙懼，如夢初醒。臨行，竊往視女，女授書使達王，趙乃歸。因以此情為王述之。即出鴉頭書，書云：「知孜兒已在膝下矣。妾之厄難，東樓君自能縷悉。前世之孽，夫何可言！妾幽室之中，暗無天日，鞭創裂膚，飢火煎心，易一晨昏，如歷年歲。君如不忘漢上雪夜單衾，迭互暖抱時，當與兒謀，必能脫妾於厄。母姊雖忍，要是骨肉，但囑勿致傷殘，是所願耳。」王讀之，泣

不自禁，以金帛贈趙而去。

時孜年十八矣，王為述前後，因示母書。孜怒眥欲裂，即日赴都，詢吳媼居，則車馬方盈。孜直入，妮子方與湖客飲，望見孜，愕立變色。孜驟進殺之，賓客大駭，以為寇。及視女屍，已化為狐。孜持刃徑入，見媼督婢作羹。孜奔近室門，媼忽不見。孜四顧，急抽矢，望屋樑射之；一狐貫心而墮，遂決其首。尋得母所，投石破局，母子各失聲。母問媼，曰：「已誅之。」母怨曰：「兒何不聽吾言！」命持葬郊野。孜偽諾之，剝其皮而藏之。檢媼箱篋，盡卷金資，奉母而歸。

夫婦重諧，悲喜交至。既問吳媼，孜言：「在吾囊中。」驚問之，出兩革以獻。母怒，罵曰：「忤逆兒！何得此為！」號慟自撾，轉側欲死。王極力撫慰，叱兒瘞革。孜忿曰：「今得安樂所，頓忘撻楚耶？」母益怒，啼不止。孜葬皮反報，始稍釋。

王自女歸，家益盛。心德趙，報以巨金，趙始知母子皆狐也。孜承奉甚孝；然誤觸之，則惡聲暴吼。女謂王曰：「兒有拗筋，不刺去之，終當殺身傾產。」夜伺孜睡，潛縶其手足。孜醒曰：「我無罪。」母曰：「將醫爾虐，其勿苦。」孜大叫，轉側不可開。女以巨針刺踝骨側，三四分許，用刀掘斷，崩然有聲；又於肘間腦際並如之。已，乃釋縛，拍令安臥。天明，奔候父母，涕泣曰：「兒早夜憶昔所行，都非人類！」父母大喜，從此溫和如處女，鄉里賢之。

# 封三娘

范十一娘出身於書香門第，父親是國子監祭酒。她不僅長得漂亮迷人，而且聰明伶俐，精通琴棋書畫。父母把她當作掌上明珠，有人上門來求婚，都會徵求她本人的意見，但范小姐沒一個看得上的。

那年正月十五上元節，水月庵中的尼姑舉行為死者祈福的盂蘭盆會，姑娘少婦都喜歡去湊熱鬧，范小姐自然也不例外。那天她在庵中一路遊玩，發現有個人老跟著她，緊盯著她看，還有好幾次想打招呼。范小姐仔細一看，原來那人也是個十分漂亮的女孩子，不由得有了幾分好感。兩人對視了一會兒，那女孩問：「姐姐莫非就是范十一娘？」范小

姐說：「對呀，你是誰？」女孩由衷地說：「我早就聽說你才貌出眾，今天相見，果然名不虛傳。我姓封，排行第三，就住在附近村裡。」說著上前挽住范小姐的手，親熱地說說笑笑。女孩子本來就熟得快，轉眼工夫兩人就成了無話不說的好朋友了。

范小姐問：「你怎麼就一個人，沒人陪你嗎？」封姑娘遲疑了一下，說：「我父母已經不在了，家中就一個老婦人管門，所以不能陪我出來。」范小姐見觸到她傷心處了，也很難受，說：「咱們是姐妹了，以後可以常來常往。」封姑娘說：「你家是豪門大族，我家是貧寒百姓，我們經常往來，會被別人譏笑的。」范小姐說：「你怎麼這樣說？我們情投意合，關別人什麼事？」封姑娘見她一片誠意，答應以後去看她。范小姐脫下一支金釵送給封姑娘，封姑娘也摘下一支綠簪回贈，兩人依依不捨地告別了。

范小姐回家後常想著封姑娘，整天拿著那支綠簪翻來覆去地看。那支綠簪既不是金的，也不是玉的，家人看了誰都不認識，都覺得很奇怪。而封姑娘一點音訊也沒有，范小姐整天悶悶不樂，竟病倒在床上。范老爺得知病因，派人去附近村中尋訪。但角角落落全跑遍了，也沒聽說有家姓封的。

九九重陽那天，范小姐在床上實在悶得慌，讓丫鬟扶著到花園中坐坐。這時圍牆外露出個女子的腦袋，正是封姑娘！封姑娘衝著范小姐喊：「快來幫我一把。」范小姐忙讓丫鬟去接她下來。

范小姐又驚又喜，竟站了起來，一把拉過封姑娘，責問她為何說話不算數，這麼長時間不來看她。封姑娘說：「我家其實住得很遠，有時會到舅舅家來玩。上次說的住在附近，指的是舅舅家。那次分別後，我也很想念你，但我們兩家相差太懸殊，所以一直下不了決心。剛才從外面經過，聽到裡面有說話聲，希望是小姐，一看果真是你。」

范小姐說起這些日子受的苦，越說越委屈，惹得封姑娘也淚流滿面。封姑娘說：「我以後可以經常來看你，但這事不能讓人知道，否則會招惹是非，讓人受不了。」范小姐滿口答應，拉著封姑娘去她閨房。兩人坐在床上，恨不得把兩個月積壓在心頭的話語統統倒出來。

范小姐的病很快就好了。范小姐與封姑娘結成姐妹，她倆的衣服、鞋子也常換著穿。封姑娘總是悄悄來到范家，在范小姐的閨房中陪她

玩。要是有人來，封姑娘就躲到帷幕後面去。就這樣持續了五六個月，范老爺和太太聽到了些風聲。一天，范太太悄悄走進女兒的房間，看到女兒正與一個挺可愛的女孩在下棋，驚喜地說：「真不愧是我女兒的好伴侶。」

范太太責備女兒說：「你交了這麼好的朋友，為什麼不告訴我們？也好讓我們高興一下呀。」范小姐說，這是封姑娘的意思。范太太又對封姑娘說：「你來陪伴我女兒，這是好事，為什麼要瞞著？」封姑娘羞得滿臉通紅，低頭捏著自己的衣帶，一句話也說不出來。范太太走後，封姑娘說以後不能再來了。范小姐死活不肯，硬逼著封姑娘把這句話收回去。

一天晚上，封姑娘慌慌張張跑進來，哭著說：「我說不能再來了，如今果真受到羞辱。」范小姐忙問怎麼回事，封姑娘說：「我剛才去上廁所，冷不防被一個年輕人攔住了。幸虧我逃得快，要不就沒臉見人了。」范小姐問那人長得怎樣，封姑娘仔細描述一番。范小姐滿臉歉意地說：「真對不起，那是我的傻哥哥。我這就去告訴媽媽，狠狠打他一頓。」封姑娘說：「沒必要了，我這就走。」范小姐說：「你一定要走，也得等到天亮呀。」封姑娘堅決地說：「沒關係的，舅舅家離這裡很近，你只要幫我要一架梯子，我翻牆出去。」

范小姐知道無法再挽留，就讓兩個丫鬟搬來梯子，送封姑娘走。自己趴在床上，哭得很傷心，像是失去了最親密的愛人。

幾個月後，范小姐的丫鬟有事去東村，傍晚回來時正巧碰上封姑娘。丫鬟拉著封姑娘的手說：「姑娘請和我一起回去吧，我家小姐想你想得都快沒命了。」封姑娘也顯得很難過，說：「我也很想她。你回去告訴她，悄悄把園門打開，我馬上就來。這事可別讓人知道了。」丫鬟匆忙回去把這消息告訴了范小姐。范小姐都樂瘋了，打開園門等著。

封姑娘如約而來，兩人久別重逢，感情又加深了一分，心裡有說不完的話。夜深的時候，丫鬟都睡著了，范小姐和封姑娘擠在一張床上，還在說貼心話。封姑娘說：「我知道妹妹還沒定親。你才貌雙全，又是名門閨秀，要找個門當戶對的太容易了。但那些有錢人家的公子哥兒靠不住，終究要找個人品才學俱佳的才行。」范小姐說：「姐姐講得對，我也是這樣想的。」封姑娘又說：「水月庵明天又有佛事活動，我們再

去看看。我會看相，很準的，在那裡我幫你找個稱心如意的丈夫。」

兩人約好第二天在水月庵見面。沒等天亮，封姑娘就先走了。范小姐趕到那裡時，封姑娘已經早到一步。封姑娘領著她走了一圈，悄悄指著一個年輕的讀書人，說：「這人將來會有大出息，能進翰林院。」范小姐偷偷看了一眼，那小夥子確實英姿勃勃，穿著卻很平常。封姑娘說：「你先回去吧，我等會兒再來。」

到了傍晚，封姑娘果然又來了，對范小姐說：「我已經瞭解清楚了，那人叫孟安仁。」范小姐知道他家很窮，覺得不太適合。封姑娘急了，說：「你怎麼也這麼世俗？他要是一直貧賤沒出息，我就把自己的眼珠子挖出來，以後再不給人看相了。」范小姐說：「那我該做些什麼？」封姑娘說：「你拿出一件心愛的東西，我幫你去訂婚。」范小姐吃驚地說：「終身大事，怎麼能這樣草率？要是父母不同意，怎麼辦？」封姑娘說：「我正是擔心你父母不同意，所以才想出這個辦法。只要你自己認準了，誰也拿你沒辦法。」見范小姐還猶豫不定，封姑娘又說：「你這段姻緣已經開始了，只是還有些障礙要掃除。我這就去找他，就說是你派我去的，將你給我的金釵作為定情之物送給他。」范小姐沒能攔住，封姑娘飛快地跑了。

孟安仁是個很有才氣的窮書生。那天在水月庵，看到兩位漂亮的姑娘對自己指指點點，回家後不禁浮想聯翩。晚上，他聽到有人敲門，打開一看，正是白天見過的一位姑娘，喜出望外。他以為這姑娘看上自己了，就要上去抱她，不料她卻說：「我是范小姐的女伴，是為她做媒來的。」孟安仁像是在做夢，不敢相信范家大小姐會看上自己。封姑娘掏出那支金釵給他看，孟安仁樂得語無倫次，結結巴巴地發誓道：「真是太感謝你了，要是娶不到范小姐，我寧願這輩子打光棍。」封姑娘讓他把金釵收好，就告辭了。

第二天，孟安仁托鄰居大媽上范府提親。范太太見這麼窮的人家找上門來，根本就不考慮，草草打發走了，都沒告訴范小姐一聲。范小姐非常失望，心裡埋怨封姑娘把自己害苦了。如今金釵又要不回來，只能以死來維護這婚約了。

幾天後，有家財主為兒子求親，擔心遭到拒絕，特意請了當地的縣太爺做媒。這個媒人很有權勢，范老爺不敢得罪，希望女兒能答應。對

著父親，范小姐一個勁地流淚，什麼話也不說。范小姐託人悄悄地告訴母親：這輩子，除了孟安仁，誰都不嫁。

范老爺得知此事，大發雷霆，當即把女兒許配給那家財主。她懷疑女兒已經與孟安仁有私情了，催著對方趕緊辦婚事。范小姐氣得飯也不吃了，整天躺在床上不起來。

到了出嫁前的那天晚上，范小姐突然起身，對著鏡子梳妝打扮。太太聽說後，以為她回心轉意了。不料丫鬟驚慌失措地跑來，說：「小姐自殺了！」范家老爺太太這才覺得自己做得過分，但後悔已來不及了。范家的喜事變成了喪事，三天後將女兒埋了。

自從求婚被拒絕後，孟安仁可傷心了，經常打聽消息，希望有機會挽回。後來聽說范家答應了別人的求婚，氣得差點吐血，覺得做人都沒意思了。再後來聽說小姐自殺了，又像是五雷轟頂，深感小姐對自己一片深情，恨不得隨她而去。

那天晚上他悄悄出門，想趁著天黑，到范小姐墓上痛哭一場。這時見有一人走來，原來是封姑娘。只見她樂滋滋地說：「你的婚姻終於成功了。」孟安仁哭喪著臉說：「范小姐已經死了，難道你不知道嗎？」封姑娘說：「正是她死了，你才有機會。我有能起死回生的藥，你快把她挖出來吧。」

孟安仁沒想到還能峰迴路轉，使勁把墳刨開，撬開棺材，將范小姐的屍體抱出來，又將墳墓恢復原狀。他們把范小姐背回家，封姑娘取出藥丸塞進她嘴裡。過了很長時間，她真的有氣息了。范小姐睜開眼睛，看到封姑娘，問道：「這是什麼地方？」封姑娘說：「這就是孟安仁，這兒就是他的家。」封姑娘把這些天發生的事都說了一遍，范小姐這才像是大夢初醒。

在孟家容易走漏消息。封姑娘陪他們躲避到一個偏僻的小山村，為他倆操辦了喜事，然後就要告別離去。小倆口都捨不得她走，封姑娘只好說出實情：「你們聽了別見怪，我是一隻正在修行的狐狸，馬上就能夠得道成仙。只因看到范小姐才貌出眾，非常喜愛，希望能為你做些事情。但這些時候交往下來，我也動了情魔，如果再待下去，會前功盡棄。你們前程似錦，請好好珍惜。」說完就消失了。小倆口十分驚訝。

過了一年，孟安仁鄉試、會試果然都考中了，在翰林院做官。他

拿了自己的名帖去拜見范十一娘的父親。范老爺既羞愧又悔恨，不肯見他。孟安仁再三請求，才見了面。孟安仁進來，以女婿的禮節，恭恭敬敬地拜見。范老爺很惱怒，懷疑孟安仁故意輕薄羞辱自己。孟安仁便請他到沒人的地方，把事情的經過講了一遍。范老爺還是不太相信，派人去他家查看後，這才大為驚喜。又暗裡告訴孟安仁不要宣揚，怕有禍秧。又過了二年，那紳士因行賄被查處，父子二人都被充軍到遼海衛，十一娘才回到娘家。

## 【原文】

范十一娘，城祭酒之女。少豔美，騷雅尤絕。父母鍾愛之，求聘者輒令自擇，女恆少可。

會上元日，水月寺中諸尼，作「盂蘭盆會」。是日，遊女如雲，女亦詣之。方隨喜間，一女子步趨相從，屢望顏色，似欲有言。審視之，二八絕代姝也。悅而好之，轉用盼注。女子微笑曰：「姊非范十一娘乎？」答曰：「然。」女子曰：「久聞芳名，人言果不虛謬。」十一娘亦審裡居，女笑言：「妾封氏，第三，近在鄰村。」把臂歡笑，詞致溫婉，於是大相愛悅，依戀不捨。十一娘問：「何無伴侶？」曰：「父母早世，家中止一老嫗，留守門戶，故不得來。」十一娘將歸，封凝眸欲涕，十一娘亦惘然，遂邀過從。封曰：「娘子朱門繡戶，妾素無葭莩親，慮致譏嫌。」十一娘固邀之。答：「俟異日。」十一娘乃脫金釵一股贈之，封亦摘髻上綠簪為報。十一娘既歸，傾想殊切。出所贈簪，非金非玉，家人都不之識，甚異之。日望其來，悵然遂病。父母訊得故，使人於近村諮訪，並無知者。

時值重九，十一娘羸頓無聊，倩侍兒強扶窺園，設褥東籬下。忽一女子攀垣來窺，覘之，則封女也。呼曰：「接我以力！」侍兒從之，驀然遂下。十一娘驚喜，頓起，曳坐褥間，責其負約，且問所來。答云：「妾家去此尚遠，時來舅家作耍。前言近村者，緣舅家耳。別後懸思頗苦；然貧賤者與貴人交，足未登門，先懷慚怍，恐為婢僕下眼覷，是以不果來。適經牆外過，聞女子語，便一攀望，冀是小姐，今果如願。」十一娘因述病源。封泣下如雨，因曰：「妾來當須祕密。造言生事者，飛短流長，所不堪受。」十一娘諾。偕歸同榻，快與傾懷。病尋愈。訂

為姊妹，衣服履舄，輒互易著。見人來，則隱匿夾幕間。

　　積五六月，公及夫人頗聞之。一日，兩人方對弈，夫人掩入。諦視，驚曰：「真吾兒友也！」因謂十一娘：「閨中有良友，我兩人所歡，胡不早白？」十一娘因達封意。夫人顧謂三娘曰：「伴吾兒，極所欣慰，何昧之？」封羞暈滿頰，默然拈帶而已。夫人去，封乃告別，十一娘苦留之，乃止。一夕，自門外匆皇奔入，泣曰：「我固謂不可留，今果遭此大辱！」驚問之。曰：「適出更衣，一少年丈夫，橫來相干，幸而得逃。如此，復何面目！」十一娘細詰形貌，謝曰：「勿須怪，此妾痴兄。會告夫人，杖責之。」封堅辭欲去。十一娘請待天曙。封曰：「舅家咫尺，但須一梯度我過牆耳。」十一娘知不可留，使兩婢逾垣送之。行半裡許，辭謝自去。婢返，十一娘伏床悲惋，如失伉儷。

　　後數月，婢以故至東村，暮歸，遇封女從老嫗來。婢喜，拜問。封亦惻惻，訊十一娘興居。婢捉袂曰：「三姑過我。我家姑姑盼欲死！」封曰：「我亦思之，但不樂使家人知。歸啟園門，我自至。」婢歸，告十一娘。十一娘喜，從其言，則封已在園中矣。相見，各道間闊，綿綿不寐。視婢子眠熟，乃起，移與十一娘同枕，私語曰：「妾固知娘子未字。以才色門第，何患無貴介婿；然綺袴兒，敖不足數。如欲得佳偶，請無以貧富論。」十一娘然之。封又曰：「舊年邂逅處，今復作道場，明日再煩一往，當令見一如意郎君。妾少讀相人書，頗不參差。」昧爽，封即去，約俟蘭若。

　　十一娘果往，封已先在。眺覽一週，十一娘便邀同車。攜手出門，見一秀才，年可十七八，布袍不飾，而容儀俊偉。封潛指曰：「此翰苑才也。」十一娘略睨之，封別曰：「娘子先歸，我即繼至。」入暮，果至，曰：「我適物色甚詳，其人即同裡孟安仁也。」十一娘知其貧，不以為可。封曰：「娘子何墮世情哉！此人苟長貧賤者，予當抉眸子，不復相天下士矣。」十一娘曰：「且為奈何？」曰：「願得一物，持與訂盟。」十一娘曰：「姊何草草？父母在，不遂如何？」封曰：「妾此為，正恐其不遂耳。志若堅，生死何可奪也？」十一娘必不可。封曰：「娘子姻緣已動，而魔劫未消。所以故，來報前好耳。請即別，即以所贈金鳳釵，矯命贈之。」十一娘方謀更商，封已出門去。

　　時孟生貧而多才，意將擇偶，故十八猶未聘也。是日，忽睹兩豔，

歸涉冥想。一更向盡，封三娘款門入。燭之，識為日中所見，喜致詰問。曰：「妾封氏，范十一娘之女伴也。」生大悅，不暇細審，遽前擁抱。封拒曰：「妾非毛遂，乃曹丘生。十一娘願締永好，請倩冰也。」生愕然不信。封乃以釵示生。生喜不自已，矢曰：「勞眷注如此，僕不得十一娘，寧終鰥耳。」封遂去。生詰旦，浼鄰媼詣范夫人。夫人貧之，竟不商女，立便卻去。十一娘知之，心失所望，深恨封之誤己也；而金釵難返，只須以死矢之。

又數日，有某紳為子求婚，恐不諧，浼邑宰作伐。時某方居權要，范公心畏之。以問十一娘，十一娘不樂，母詰之，默默不言，但有涕淚。使人潛告夫人：非孟生不嫁。公聞，益怒，竟許某紳家。且疑十一娘有私意於生，遂涓吉速成禮。十一娘忿不食，日惟耽臥。至親迎之前夕，忽起，攬鏡自妝。夫人竊喜。俄侍女奔白：「小姐自盡！」舉家驚涕，痛悔無所復及。三日遂葬。

孟生自鄰媼反命，憤恨欲絕。然遙遙探訪，妄冀復挽。察知佳人有主，忿火中燒，萬慮俱斷矣。未幾，聞玉葬香埋，慘然悲喪，恨不從麗人俱死。向晚出門，意將乘昏夜一哭十一娘之墓。歘有一人來，近之，則封三娘。向生曰：「喜姻好可就矣。」生泫然曰：「卿不知十一娘亡耶？」封曰：「我所謂就者，正以其亡。可急喚家人發冢，我有異藥，能令蘇。」生從之，發墓破棺，復掩其穴。生自負屍，與三娘俱歸，置榻上；投以藥，逾時而蘇。顧見三娘，問：「此何所？」封指生曰：「此孟安仁也。」因告以故，始如夢醒。封懼漏洩，相將去五十里，避匿山村。

封欲辭去，十一娘泣留作伴，使別院居。因貨殉葬之飾，用為資度，亦稱小有。封每遇生來，輒走避。十一娘從容曰：「吾姊妹骨肉不啻也，然終無百年聚。計不如效英、皇。」封曰：「妾少得異訣，吐納可以長生，故不願嫁耳。」十一娘笑曰：「世傳養生術，汗牛充棟，行而效者誰也？」封曰：「妾所得非人世所知。世所傳並非真訣，惟華佗五禽圖差為不妄。凡修練家，無非欲血氣流通耳，若得厄逆症，作虎形立止，非其驗耶？」十一娘陰與生謀，使偽為遠出者。入夜，強勸以酒；既醉，生潛入污之。三娘醒曰：「妹子害我矣！倘色戒不破，道成當升第一天。今墮奸謀，命耳！」乃起告辭。十一娘告以誠意而哀謝之。封

曰：「實相告：我乃狐也。緣瞻麗容，忽生愛慕，如繭自纏，遂有今日。此乃情魔之劫，非關人力。再留，則魔更生，無底止矣。娘子福澤正遠，珍重自愛。」言已而逝。夫妻驚嘆久之。

踰年，生鄉、會果捷，官翰林。投刺謁范公，公愧悔不見。固請之，乃見。生入，執子婿禮，伏拜甚恭。公大怒，疑生儇薄。生請間，具道情事。公不深信，使人探諸其家，方大驚喜。陰戒勿宣，懼有禍變。又二年，某紳以關節發覺，父子充遼海軍。十一娘始歸寧焉。

# 花姑子

安幼興是陝西的貢生。他為人仗義疏財，喜歡放生。他看到獵人捕獲了鳥獸，時常不惜重金買下，然後放生。

有一次，他舅舅家辦喪事，他去幫忙。回去時已經傍晚了，他途經華山時在山谷裡迷了路，到處亂竄，心裡非常害怕。忽然，他看到一箭以外的地方有燈火，就快步跑過去。剛跑出幾步，卻見一個駝背老頭拄著栯杖，在山間小道上快步行走。安幼興停下腳步，正想問路，老漢卻先問他是誰。安幼興把自己迷路的事告訴了他，並說那有燈火的地方一定是山村，準備到那裡借宿。老漢說：「那不是安樂的地方。幸虧我來了，你可以跟著我走，我家的茅屋雖然簡陋，但可以住宿。」安幼興聽了十分高興，跟著他走了一里多路，看到有個小山村。老漢敲打一扇柴門，一位老婆婆出來開門。她問道：「郎子來了嗎？」老漢說：「來了。」安幼興隨之進屋，只見屋內十分簡陋狹小。老漢把燈挑亮，請他快坐下，隨後讓家人準備飯菜。他又對老婆婆說：「這不是別人，是我的恩人！你行走不便，還是喊花姑子來斟酒吧。」

一會兒，一位姑娘端著飯菜進來，站在老頭身旁，悄悄地用眼睛打量著安幼興。安幼興見她年輕貌美，像下凡的仙女一般。老漢回頭叫姑娘燙酒。西邊的屋裡有一個煤爐，姑娘就去那裡生火了。安幼興問老漢：「這姑娘是您什麼人？」老漢答道：「我姓章，七十歲了，只有這個女兒。種田人家裡沒有奴僕婢女，因為你不是別人，所以才敢讓妻子女兒出來見你，希望你不要見笑。」安幼興問道：「女婿家在哪裡？」

老漢說：「尚未許配人家呢。」安幼輿一個勁地誇獎他女兒的賢惠漂亮，老漢正要謙虛客氣幾句，忽然聽到女兒的驚叫聲，老漢連忙跑進去，只見酒煮沸了溢了出來，火苗騰得老高。老漢忙將火滅了，責備女兒道：「老大不小了，還冒冒失失的，酒沸騰得溢出來了都不知道嗎？」回頭一看，爐子旁邊有用高粱桿心扎製的廁神紫姑還沒完成。老漢又責備道：「看你頭髮都這麼長這麼多了，還像個嬰兒一般。」

他拿著紫姑對安幼輿說：「她只知道貪玩這個東西，讓酒煮沸了都不知道，可你還誇獎她呢，真是羞死人了。」安幼輿仔細地打量著紫姑，只見她的眉毛、眼睛和衣服都製作得非常精細，便稱讚道：「這雖然類似於兒戲，但也可以看出她心靈手巧。」二人喝了好一會兒酒，花姑子不斷前來斟酒。她笑嘻嘻地，一點也沒有羞澀的表情。安幼輿注視著他，已經動心了。恰巧這時候老婆婆在廚房裡招呼，老漢應聲進去了。安幼輿見再無旁人，趁機對花姑子說：「一見到姑娘仙女般的面容，我的魂兒都丟了。我想托媒人來你家提親，又擔心不能如願，真不知道該怎麼好呢！」花姑子端著酒壺去西屋爐上溫酒，像是沒聽見。安幼輿又問了幾次，她仍然不開口。安幼輿悄悄地走入西屋，花姑子急忙站起身來，嚴厲地說：「大膽狂生，你闖進來想幹什麼？」安幼輿跪下苦苦哀求，花姑子想奪門而出，安幼輿突然起身一把將她緊緊抱住，要吻她的嘴。花姑子嚇得連聲尖叫，嗓音都顫了。

老漢聞訊急忙趕來問怎麼回事。安幼輿趕緊鬆開手退出來，又驚慌又羞愧。花姑子卻很鎮定，從容地對父親說：「剛才酒又沸了，要不是安郎來得及時，只怕酒壺都燒化了！」安幼輿聽了內心如釋重負，對她很是感謝，同時也更加迷戀，丟棄了剛才輕佻的念頭。安幼輿裝作喝多了離開酒席，花姑子也就去了。老漢給他鋪好被褥，也關門離開。

這一夜安幼輿自然沒睡踏實，天沒亮便起身告辭。他回家後，立即托一位好友前去提親。到了傍晚，那位好友回來了，卻說根本沒找到那戶人家。安幼輿不相信，又讓僕人備馬，親自前去尋找。他到了那裡一看，只見高山峻嶺，根本不見那個村莊。又到周圍打聽，很少聽說有姓章的人家。他失望而歸，從此朝思暮想，吃不下飯，睡不著覺，不久便神志不清了，只得臥病在床。家裡人餵他一些粥湯，他也嚥不下去，都吐了出來。在昏迷之中，他總是呼喚花姑子。家人們也不知道是什麼

人，只能日夜守護著，但病情還是一天天加重。有天夜裡，護理的人實在睏倦，睡著了。安幼輿迷迷糊糊中覺得有人輕輕推他拍他。他掙扎著微微睜開眼看，卻見花姑子站在床邊。他立即清醒過來，注視著她不禁熱淚盈眶。花姑子低下頭湊近他笑道：「你這個痴情的人，怎麼會這樣啊！」她上床坐在安幼輿的腿上，用兩手替他揉搓太陽穴。安幼輿覺得一股麝香氣吹進腦袋中，穿過鼻樑，一直浸潤到全身骨髓裡去。揉搓了一會兒，額頭上已經大汗淋漓了，漸漸地四肢也都冒汗了。花姑子小聲對他說：「你屋裡人多，我不方便住下，但三天後我一定會再來看你的。」她從衣袖裡掏出幾個小圓蒸餅放在床頭，悄悄離去了。

到了半夜，安幼輿汗已消去，想吃東西。他摸到蒸餅，塞進嘴裡一吃，不知包的什麼餡，只覺得非常可口，便一連吃了三個。他用衣服將剩下的蒸餅蓋好，然後就管自己酣睡了。一直睡到次日上午八九點，他才醒，只覺得渾身輕鬆。三天之後，蒸餅吃完，精神倍爽。到了晚上，安幼輿將家人都打發走了，又擔心花姑子來了打不開門不能進來，悄悄去院子裡把門閂都拔了。沒過多久，花姑子果然來了，笑盈盈地對他說：「痴郎！也不謝謝大夫啊！」安幼輿樂不可支，將她緊緊地抱住。這一夜他們同床共枕，恩愛至極。

花姑子說：「我冒著被人閒言碎語的風險來的，之所以這樣，完全是為了報答你的大恩。但咱倆這輩子不能永遠當夫妻，你還是要早點另作打算。」安幼輿默默想了好久，問道：「你我素昧平生，什麼地方和你家有過來往，我實在想不起來。」花姑子也不回答，只是說：「你自己再想想吧。」安幼輿又求花姑子嫁給他。花姑子說：「天天夜裡偷偷摸摸幽會，固然不行；而明媒正娶結為夫妻，也辦不到。」安幼輿一聽，十分悲傷。花姑子見此情景，於心不忍，便說：「你若一定要與我結為夫婦，那就明天晚上到我家來吧。」安幼輿立即轉悲為喜，又問道：「你家那麼遙遠，你一雙三寸金蓮，怎麼能說來就來呢？」花姑子說：「我其實並沒回家。村東頭的聾婆婆是我姨，我就住在她家。為了你我一直在這裡，說不定家裡已經起疑心了。」安幼輿與花姑子同床，只覺得她的肌膚和呼吸，無處不是香氣襲人，便問道：「你熏的是什麼香料，怎麼像是從骨肉中散發出來的？」花姑子說：「我天生就這樣的，從來不薰香料。」安幼輿更驚奇了。

第二天一早花姑子就起身告別。安幼輿擔心找不到路，花姑子便約定在路口等他。到了傍晚天黑下來時，安幼輿便騎馬趕過去，花姑子果然已經在路口迎接了。兩人一同走進章家院子，章老漢夫婦也高興地迎接他。酒席已經準備好了，雖然不是什麼名貴佳餚，但農家土菜也很豐盛。晚飯後老漢安排安幼輿就寢，花姑子卻沒過來看看，讓他覺得奇怪。一直到夜深之時，花姑子才來了，說：「爹媽嘮叨個沒完，讓你久等了。」這一夜二人分外親熱，但花姑子對安生說：「今夜盡情相歡，但此後便是百年之別。」安幼輿吃驚地問為什麼。花姑子說：「我父親因為這小村荒涼寂寞，準備搬到遠處去了。所以我和你的恩愛，僅此一夜了。」安幼輿不願意分手，悲傷嘆息不止。在兩人正依依難捨之際，天已經亮了。章老漢忽然闖進來，罵道：「臭丫頭，咱們清白的門庭，全被你玷污了！羞愧得讓人要死了！」花姑子大驚失色，慌忙逃了出去。老漢也退出去，邊走邊不停地罵。安幼輿又羞愧又害怕，無地自容，趕緊偷偷溜走了。

安幼輿回家後，一連數日坐立不安。他想夜裡再去，這樣可以越牆進去，見機行事。既然章家說自己對他們有恩，即使被發現了，應該也不會太難為自己。於是，他又乘著夜色尋過去，結果在大山中徘徊多時，又迷路了。他這才害怕了，正想尋找歸路，卻發現山谷裡隱隱有所宅院，便高興地朝那裡走去。走近一看，是一座高門大院，像是大戶人家，大門還沒有關上。安幼輿敲門想打聽章家的位置。一個丫鬟走出來問：「深更半夜的，誰在打聽章家呀？」安幼輿說：「我和章家是親戚，找來時迷路了。」丫鬟說：「你不用打聽章家啦！這裡是她舅舅家，花姑正在這裡呢，容我去稟報一聲！」她進去不大一會工夫，就又出來邀請安幼輿進院。安幼輿剛隨著她登上廊下台階，花姑子已經快步出來迎接。她先對丫鬟說：「安郎奔波了大半夜，一定累壞了，快侍候床鋪讓他歇息吧！」不一會兒就安排好了，兩人攜手進入羅帳。安幼輿問：「舅舅家怎麼沒有別人呢？」花姑子說：「舅母出去了，留下我替她看家，可好你就來了，也許就是命中注定的緣分吧！」可是安幼輿一親近她，一股羶腥味襲來，讓他覺得好奇怪。就在安幼輿猶豫之際，她一把摟住他的脖頸，突然伸出舌尖舔他的鼻孔。安幼輿頓時覺得像錐子扎進腦袋一樣疼痛。他嚇得魂飛魄散，想掙脫逃跑，但身子已經像被粗

繩捆住一般。很快他便昏迷過去，失去了知覺。

安幼輿沒回家，家裡人把所有地方都找遍了。有人說黃昏時曾在山路上遇到過他，於是家人又找到山裡，只見他赤身裸體死在懸崖下面。家人十分訝異，又不知道他怎麼會到這裡的，只好把他抬回來。正當全家人圍著他傷心哀哭時，一個年輕女子突然進來弔喪，一路號啕大哭。她拍打著安幼輿的屍體，哭得死去活來：「天啊，天啊！你怎麼會糊塗到這個地步啊！」她哭得嗓音嘶啞，才慢慢停下來，向家人們說：「不要急於收殮，停放七天再說。」大家都不知道她是誰，正要開口問，她卻沒有任何表示，含淚而去。家人招呼挽留她，她頭也不回繼續走。家人緊跟著追出去，她已經無影無蹤了。大家疑心她是下凡的仙女，就趕緊按她的吩咐辦理。

第二天夜裡，她又來痛哭了一場。就這樣一直到了第七夜，安幼輿忽然甦醒過來。他翻了個身發出呻吟，把大家都嚇了一大跳。這時，那女子又來了。安幼輿一看是花姑子，百感交集，二人相對嗚嗚痛哭起來。安幼輿揮揮手，讓眾人退出去。花姑子拿出一把青草，煎了一升藥湯，在床頭讓安幼輿喝下去。一會兒，他就能說話了。他長嘆一聲道：「殺我的是你，救活我的也是你！」於是，把那天晚上的遭遇述說了一遍。花姑子說：「這是蛇精冒充我。你前一次迷路時看見的燈光，便是這東西。」安幼輿問：「你怎麼竟能讓人起死回生的呢？莫非真的是神仙？」花姑子說：「其實我早就想告訴你了，只是怕嚇著你而遲遲不敢開口。五年前你是不是曾在華山路上從獵人手中買下一隻獐子放生了？」安幼輿想了想說：「是有這回事。」花姑子說：「那就是我的父親。上次他說的大恩，就是指這件事。你那天晚上其實已經轉生到西村王主事家了。我和父親趕到閻王面前告狀，起初閻王還不受理。是我父親提出情願毀了自己多年修練的道業替你去死，哀求了七天，才得到恩准。今天你我還能見面，實在是萬幸。可是你雖然活過來了，卻必定癱瘓，必須用蛇精之血兌上酒喝下去，病方能根除。」安幼輿聽了，對蛇精恨得咬牙切齒，又發愁沒辦法將其捉住。花姑子說：「這也不難。不過多殺生命，會連累我百年不能得道成仙罷了。蛇洞就在華山老崖下，可以在晌午過後堆上茅草去燒，再在洞外準備強弓提防著，一定能捉住這妖物。」她說著長嘆一聲，又道：「我不能終生陪伴你，實在令人遺

憾。因為和你在一起，我的道行已經損失了七分，你就原諒我吧。這一
個月來，我經常覺得腹中微動，想必是種下孽根了。無論是男是女，一
年後一定會給你送來。」說完她又流下淚來，告辭而去。

第二天，安幼輿醒來時，果然發現下半身像死了一樣，用手撓撓，
毫無知覺，就把花姑子的話告訴家人們。家人們便找到了華山老崖下的
蛇洞口，按照花姑子說的辦法往洞裡點了一把火。不久，果然有條大白
蛇冒著濃煙鑽出來，大家一齊放箭，把它射死了。火熄滅以後，人們進
洞一看，大小數百條蛇都被燒焦了。家人們把死蛇運回家，以蛇血和酒
讓安幼輿喝下去。一連服了三天，他的兩腿便漸漸能夠轉動，半年後就
能下床走路了。

有一次，安幼輿獨自行走在山谷之中，遇見了章婆婆。她將一個襁
褓中的嬰兒交給他，說：「我女兒向你問好。」安幼輿剛想打聽花姑子
的消息，老婆婆卻已消失了。安幼輿將襁褓掀開一角，只見是個男孩。
他將孩子抱回家撫養，終生沒再娶妻。

## 【原文】

安幼輿，陝之拔貢生，為人揮霍好義，喜放生。見獵者獲禽，輒不
惜重直，買釋之。

會舅家喪葬，往助執紼。暮歸，路經華岳，迷竄山谷中，心大恐。
一矢之外，忽見燈火，趨投之。數武中，欻見一叟，傴僂曳杖，斜徑疾
行。安停足，方欲致問，叟先詰誰何。安以迷途告，且言燈火處必是山
村，將以投止。叟曰：「此非安樂鄉。幸老夫來，可從去，茅廬可以下
榻。」安大悅，從行里許，睹小村。叟扣荊扉，一嫗出，啟關曰：「郎子
來耶？」叟曰：「諾。」

既入，則舍宇湫隘。叟挑燈促坐，便命隨事具食。又謂嫗曰：「此
非他，是吾恩主。婆子不能行步，可喚花姑子來釃酒。」俄女郎以饌具
入，立叟側，秋波斜盼。安視之，芳容韶齒，殆類天仙。叟顧令煨酒。
房西隅有煤爐，女即入房撥火。安問：「此公何人？」答云：「老夫章
姓。七十年止有此女。田家少婢僕，以君非他人，遂敢出妻見子，幸勿
哂也。」安問：「婿何家裡？」答言：「尚未。」安贊其惠麗，稱不容口。
叟方謙挹，忽聞女郎驚號。叟奔入，則酒沸火騰。叟乃救止，呵曰：「老

大婢，濡猛不知耶！」回首，見爐旁有蔥心插紫姑未竟，又呵曰：「發蓬蓬許，才如嬰兒！」持向安曰：「貪此生涯，致酒騰沸。蒙君子獎譽，豈不羞死！」安審諦之，眉目袍服，製甚精工。贊曰：「雖近兒戲，亦見慧心。」

斟酌移時，女頻來行酒，嫣然含笑，殊不羞澀。安注目情動。忽聞嫗呼，叟便去。安覷無人，謂女曰：「睹仙容，使我魂失。欲通媒妁，恐其不遂，如何？」女抱壺向火，默若不聞；屢問不對。生漸入室。女起，屬色曰：「狂郎入闥，將何為！」生長跽哀之。女奪門欲去。安暴起要遮，狎接膚。女顫聲疾呼，叟匆遽入問。安釋手而出，殊切愧懼。女從容向父曰：「酒復湧沸，非郎君來，壺子融化矣。」安聞女言，心始安妥，益德之。魂魄顛倒，喪所懷來。於是偽醉離席，女亦遂去。叟設裀褥，闔扉乃出。安不寐，未曙，呼別。

至家，即浼交好者造盧求聘，終日而返，竟莫得其居里。安遂命僕馬，尋途自往。至則絕壁巉岩，竟無村落；訪諸近裡，此姓絕少。失望而歸，並忘食寢。由此得昏瞀之疾；強啜湯粥，則唾欲吐；譫亂中，輒呼花姑子。家人不解，但終夜環伺之，氣勢陀危。

一夜，守者困怠並寐，生朦瞳中，覺有人搖而扰之。略開眸，則花姑子立床下，不覺神氣清醒。熟視女郎，潸潸涕墮。女傾頭笑曰：「痴兒何至此耶？」乃登榻，坐安股上，以兩手為按太陽穴。安覺腦麝奇香，穿鼻沁骨。按數刻，忽覺汗滿天庭，漸達肢體。小語曰：「室中多人，我不便住。三日當復相望。」又於繡祛中出數蒸餅置床頭，悄然遂去。安至中夜，汗已思食，捫餅啖之。不知所包何料，甘美非常，遂盡三枚。又以衣覆余餅，憒曨睡，辰分始醒，如釋重負。三日，餅盡，精神倍爽。乃遣散家人。又慮女來不得其門而入，潛出齋庭，悉脫局鍵。

未幾，女果至，笑曰：「痴郎子！不謝巫耶？」安喜極，抱與綢繆，恩愛甚至。已而曰：「妾冒險蒙垢，所以故，來報重恩耳。實不能永諧琴瑟，幸早別圖。」安默默良久，乃問曰：「素昧生平，何處與卿家有舊？實所不憶。」女不言，但云：「君自思之。」生固求永好。女曰：「屢屢夜奔，固不可；常諧伉儷，亦不能。」安聞言，悒悒而悲。女曰：「必欲相諧，明宵請臨妾家。」安乃收悲以欣，問曰：「道路遼遠，卿纖纖之步，何遂能來？」曰：「妾固未歸。東頭聾媼我姨行，為君故，淹

留至今，家中恐所疑怪。」安與同衾，但覺氣息肌膚，無處不香。問曰：「熏何薌澤，致侵肌骨？」女曰：「妾生來便爾，非由熏飾。」安益奇之。女早起言別，安慮迷途，女約相候於路。

安抵暮馳去，女果伺待，偕至舊所。叟媼歡逆。酒餚無佳品，雜具藜藿。既而請客安寢，女子殊不瞻顧，頗涉疑念。更既深，女始至，曰：「父母絮絮不寢，致勞久待。」浹洽終夜，謂安曰：「此宵之會，乃百年之別。」安驚問之，答曰：「父以小村孤寂，故將遠徙。與君好合，盡此夜耳。」安不忍釋，俯仰悲愴。依戀之間，夜色漸曙。叟忽然闖入，罵曰：「婢子玷我清門，使人愧怍欲死！」女失色，草草奔去。叟亦出，且行且詈。安驚屢愕怯，無以自容，潛奔而歸。

數日徘徊，心景殆不可過。因思夜往，逾牆以觀其便。叟固言有恩，即令事洩，當無大譴。遂乘夜竄往，蹀躞山中，迷悶不知所往。大懼。方覓歸途，見谷中隱有舍宇；喜詣之，則閈閎高壯，似是世家，重門尚未扃也。安向門者詢章氏之居。有青衣人出，問：「昏夜何人詢章氏？」安曰：「是吾親好，偶迷居向。」青衣曰：「男子無問章也。此是渠妗家，花姑即今在此，容傳白之。」入未幾，即出邀安。才登廊舍，花姑趨出迎，謂青衣曰：「安郎奔波中夜，想已困殆，可伺床寢。」少間，攜手入幃。安問：「妗家何別無人？」女曰：「妗他出，留妾代守。幸與郎遇，豈非夙緣？」然偎傍之際，覺甚羶腥，心疑有異，女抱安頸，遽以舌舐鼻孔，徹腦如刺。安駭絕，急欲逃脫，而身若巨綆之縛，少時，悶然不覺矣。

安不歸，家中逐者窮人跡，或言暮遇於山徑者。家人入山，則見裸死危崖下。驚怪莫察其由，舁歸。

眾方聚哭，一女郎來吊，自門外嗷咷而入。撫屍捵鼻，涕洟其中，呼曰：「天乎，天乎！何愚冥至此！」痛哭聲嘶，移時乃已。告家人曰：「停以七日，勿殮也。」眾不知何人，方將啟問；女傲不為禮，含涕徑出，留之不顧。尾其後，轉眸已渺。群疑為神，謹遵所教。夜又來，哭如昨。至七夜，安忽蘇，反側以呻。家人盡駭。女子入，相向嗚咽。安舉手，揮眾令去。女出青草一束，燂湯升許，即床頭進之，頃刻能言。嘆曰：「再殺之惟卿，再生之亦惟卿矣！」因述所遇。女曰：「此蛇精冒妾也。前迷道時，所見燈光，即是物也。」安曰：「卿何能起死人而肉白

骨也？勿乃仙乎？」曰：「久欲言之，恐致驚怪。君五年前，曾於華山道上買獵獐而放之否？」曰：「然，其有之。」曰：「是即妾父也。前言大德，蓋以此故。君前日已生西村王主政家。妾與父訟諸閻摩王，閻摩王弗善也。父願壞道代郎死，哀之七日，始得當。今之邂逅，幸耳。然君雖生，必且痿痺不仁；得蛇血合酒飲之，病乃可除。」生唧恨切齒，而慮其無術可以擒之。女曰：「不難。但多殘生命，累我百年不得飛昇。其穴在老崖中，可於晡時聚茅焚之，外以強弩戒備，妖物可得。」言已，別曰：「妾不能終事，實所哀慘。然為君故，業行已損其七，幸憫宥也。月來覺腹中微動，恐是孽根。男與女，歲後當相寄耳。」流涕而去。

　　安經宿，覺腰下盡死，爬搔無所痛癢。乃以女言告家人。家人往，如其言，爇火穴中，有巨白蛇沖焰而出。數弩齊發，射殺之。火熄入洞，蛇大小數百頭，皆焦臭。家人歸，以蛇血進。安服三日，兩股漸能轉側，半年始起。

　　後獨行谷中，遇老嫗以繃席抱嬰兒授之，曰：「吾女致意郎君。」方欲問訊，瞥不復見。啟襁視之，男也。抱歸，竟不復娶。

# 伍秋月

　　高郵人王鼎，字仙湖，為人慷慨，身強體壯，交遊很廣。他十八歲了，還沒成親未婚妻就死了。他每次出去遊歷，常常是一年多不回來。他的哥哥王鼐，是江北的名士，很關心愛護弟弟，勸他不要老是外出遊蕩，要為他娶個媳婦。王鼎不願聽從，又乘船去鎮江拜訪朋友。不巧朋友外出了，王鼎便租了一間旅店的閣樓住下。樓外江水澄波，能夠望到金山，令王鼎心曠神怡。第二天，朋友來請他搬到家裡去住，王鼎推辭不去。

　　他在樓上一住就是半個多月。一天夜裡，王鼎夢見一名姑娘，十四五歲的年紀，容貌秀麗端莊，上床跟他親熱，夢醒後發現自己夢遺了。王鼎雖然覺得奇怪，但總以為是偶然的。可到了夜晚，他又做了個同樣的夢。一連三四夜之後，王鼎發慌了，睡覺時不敢熄燈，身子雖然躺在

床上，神志卻清醒警覺。他剛閉上眼睛，夢中的姑娘又來了。正要親熱，王鼎猛然驚醒，突然睜眼一看，懷中有一個美如天仙的少女。少女見王鼎醒了，一臉羞愧害怕的樣子。王鼎知道她不是人類，但還是很喜歡，也顧不上攀談詢問，狂熱地要與她交合。姑娘像是受不了，說：「你這般野蠻狂暴，難怪人家不敢和你說！」王鼎這才清醒了些，開始詢問她。姑娘說：「我姓伍，名叫秋月。先父是名儒，精通易理，對我很愛憐。但說我不長壽，所以不讓我嫁人。十五歲時我果然死了，父親便把我埋在閣東，墳墓和地一樣平，也沒有標誌；只在棺材側面立了片石碑，寫著：『女秋月，葬無冢，三十年，嫁王鼎。』現在已經三十年了，正好你來了，我很高興，急於想主動見你，但心裡害羞膽怯，所以借做夢和你相會。」王鼎聽了很高興，又要接著親熱。姑娘說：「我現在只有少許陽氣，要想復生，實在禁不起這般風雨。以後好合的日子無限，何必非今晚不可？」於是起身走了。第二天，秋月又來了，跟王鼎對坐著暢談，開心得就像故友重逢。滅燭上床後，跟活人毫無區別。只是她起身後，王鼎就遺精淋漓，沾染床褥。

　　一天晚上，明月皎潔，王鼎和秋月在院中散步。他問秋月：「陰間裡也有城市嗎？」秋月答道：「與人世一樣的。陰間的城府不在這裡，離這裡有三四里路，但那裡以黑夜為白天。」王鼎問：「活人能夠看到嗎？」秋月說：「也能看到。」王鼎便請求帶他去看看。秋月答應了。二人乘著月光走去，秋月飄飄忽忽像風一般，王鼎需要極力追趕才能跟上。很快到了一個地方，秋月說：「離這裡不遠了。」王鼎極力張望卻什麼也看不到。秋月便用唾沫塗在他的兩眼上。王鼎睜開眼，覺得目力倍增，看夜間不亞於白天。他立即看到雲霧之中矗立著一座城池。路上行人來來往往，像趕集一樣。一會兒，見兩個差役捆著三四個人經過，最後一人非常像王鼎的哥哥。王鼎走近一看，果然是哥哥王鼐，便驚駭地問：「哥哥怎麼來這裡了？」王鼐見到弟弟，淚流滿面，說：「我也不知是為什麼事，被強行拘拿了來。」王鼎憤怒地說：「我哥哥是秉持禮儀的君子，怎麼能像犯人一樣捆著他？」他請求兩個差役釋放了哥哥。差役不答應，斜睨著他，態度傲慢。王鼎怒不可遏，要和他們爭執，哥哥勸阻他道：「這是官命，應當守法。只是我身邊沒錢了，他們苦苦索賄。你回去後，幫我籌些錢來。」王鼎拉著哥哥的胳膊，失聲痛

哭。差役生氣了，猛地一拽王鼐脖子上的繩索，將他拉倒在地。王鼎見此情景，火冒三丈，再也克制不住，抽出佩刀，一刀把那差役的腦袋砍了下來。另一個差役剛要喊叫，王鼎又一刀將他也了結了。秋月大驚道：「你殺了衙門的差役，罪不可赦！再不走就大禍臨頭了！你們趕快找艘船往北去，到家後不要摘喪幡，關緊大門不要出入，七天後可保無事。」王鼎便攙著哥哥，連夜租了條船，火速北渡。王鼎回家後見有很多弔唁的客人，才知道哥哥果然死了。他關上門上了鎖才入內，回頭看看哥哥，已經不見了。他走進屋子，死去的哥哥已經甦醒過來，正在喊：「餓死我了，快點給我碗麵條！」當時王鼐已死了兩天了，一家人都非常驚駭。王鼎講了事情的來龍去脈。七天後打開門，去掉喪幡，人們才知道王鼐又活過來了。親戚朋友都來詢問，王鼎隨便找了個藉口應付過去。

王鼎想念秋月，心煩意亂，於是又南下。他來到原來的那間閣樓，點上蠟燭等了很久，秋月也沒來。正當他朦朧欲睡時，一個婦人走進來，對他說道：「秋月小娘子托我轉告您：上次殺了公差後，因兇犯逃脫，把小娘子捉了去。她現押在獄中，受獄卒虐待。小娘子天天盼著您，請您設法救她。」王鼎悲憤不已，跟著婦人去了。

他們來到一座城市，從西門進入，婦人指著一個大門說：「小娘子暫押在這裡。」王鼎進去一看，屋裡狹小雜亂，囚禁著很多犯人，但裡面並沒有秋月。他又進了一扇小門，只見一間小屋子裡有燈光。王鼎湊近窗戶往裡一看，秋月正坐在床上，用袖子掩著臉哭泣。邊上有兩個獄卒，正摸摸她的臉，又摸摸她的小腳，調戲著她。秋月哭得更傷心了，一個獄卒一把摟著她的脖子，說：「你已經是犯人了，還要守貞潔嗎？」王鼎怒髮衝冠，顧不得說話，持刀衝進去，一人一刀，如斬亂麻，將兩個獄卒殺了。他將秋月救了出來，幸虧沒人發覺，便一路匆忙趕回旅舍。到了旅舍，王鼎蘧然醒了過來。他正在奇怪剛才做的夢太凶，忽然發現秋月含著淚站在一邊。王鼎驚訝地起身拉她坐下，對她說起剛才做的夢。秋月說：「這是真的，不是夢！」王鼎吃驚地問：「這該怎麼辦？」秋月嘆道：「這也是命中注定的。我本來要等到月底，才能復生。但現在已經如此了，怎能再等？你趕快去挖開墳墓，將我帶回家，每天連聲呼喚我的名字，三天後我就可以活過來。只是時日不滿，

我會骨軟腳弱，以後不能為您操勞家務了。」她說完便急匆匆地要走，又返向叮囑道：「我差點忘了，陰間追究起來可怎麼辦呢？我活著的時候，父親傳我兩道符，說三十年後，夫婦二人可以佩帶上。」於是她要來筆，飛快地寫了兩道符，說：「一道你自己佩，另一道貼在我的背上。」王鼎送她出去，記住她消失的地方，往地下挖了一尺多，便看見了棺材，已經朽爛了。一旁有塊小石碑，碑文果然和秋月說的一樣。打開棺材，只見秋月面色如生。王鼎把她抱進屋中，衣裳隨風化成了灰煙。貼好符，又用被縟將她緊緊地包起來，背到江邊，叫來一條船，聲稱是妹妹得了急病，要送回婆家。正巧刮的是南風，順風順水，天剛明時已到家了。

王鼎把秋月安置好，這才告訴兄嫂。一家人驚得面面相覷，但不敢當面說王鼎中了邪。王鼎打開被子，一聲聲呼叫秋月，夜裡就擁抱著屍體睡覺。秋月的身體漸漸溫暖起來，三天後竟然甦醒了；七天後便能走路。她換了衣服拜見嫂嫂，婀娜曼妙的樣子，就像是仙女下凡。只是十步之外，她就需要人扶著才能走，不然就會隨風搖曳，要摔倒。不過看到的人以為她有此疾病，反倒增添了幾分嬌媚。秋月常勸王鼎：「你的罪孽太深了，應該積德唸經來懺悔。否則，恐怕壽命不長。」王鼎原本不信佛，但聽從秋月所言，從此皈依佛門，後來確實無災無難。

## 【原文】

秦郵王鼎，字仙湖。為人慷慨有力，廣交遊。年十八，未娶，妻殞。每遠遊，恆經歲不返。兄鼐，江北名士，友於甚篤。勸弟勿遊，將為擇偶。生不聽，命舟抵鎮江訪友。友他出，因稅居於逆旅閣上。江水澄波，金山在目，心甚快之。次日，友人來，請生移居，辭不去。

居半月餘，夜夢女郎，年可十四五，容華端妙，上床與合，既寤而遺。頗怪之，亦以為偶然。入夜，又夢之。如是三四夜。心大異，不敢息燭，身雖偃臥，惕然自警。才交睫，夢女復來；方狎，忽自驚寤；急開目，則少女如仙，儼然猶在抱也。見生醒，頓自愧怯。生雖知非人，意亦甚得；無暇問訊，直與馳驟。女若不堪，曰：「狂暴如此，無怪人不敢明告也。」生始詰之，答云：「妾伍氏秋月。先父名儒，邃於易數。常珍愛妾，但言不永壽，故不許字人。後十五歲果夭歿，即攢瘞閣東，

伍
秋
月

一
七
七

令與地平，亦無冢志，惟立片石於棺側，曰：『女秋月，葬無冢，三十年，嫁王鼎。』今已三十年，君適至。心喜，亟欲自薦；寸心羞怯，故假之夢寐耳。」王亦喜，復求訖事。曰：「妾少須陽氣，欲求復生，實不禁此風雨。後日好合無限，何必今宵。」遂起而去。次日，復至，坐對笑謔，歡若生平。滅燭登床，無異生人；但女既起，則遺洩流離，沾染茵褥。

　　一夕，明月瑩澈，小步庭中。問女：「冥中亦有城郭否？」答曰：「等耳。冥間城府，不在此處，去此可三四里。但以夜為晝。」問：「生人能見之否？」答云：「亦可。」生請往觀，女諾之。乘月去，女飄忽若風，王極力追隨。欻至一處，女言：「不遠矣。」生瞻望殊無所見。女以唾塗其兩眥，啟之，明倍於常，視夜色不殊白晝。頓見雉堞在杳靄中；路上行人，如趨墟市。俄二皂繫三四人過，末一人怪類其兄。趨近視之，果兄。駭問：「兄那得來？」兄見生，潸然零涕，言：「自不知何事，強被拘囚。」王怒曰：「我兄秉禮君子，何至縲紲如此！」便請二皂，幸且寬釋。皂不肯，殊大傲睨。生恚，欲與爭，兄止之曰：「此是官命，亦合奉法。但余乏用度，索賄良苦。弟歸，宜措置。」生把兄臂，哭失聲。皂怒，猛掣項索，兄頓顛躓。生見之，忿火填胸，不能制止，即解佩刀，立決皂首。一皂喊嘶，生又決之。女大驚曰：「殺官使，罪不宥！遲則禍及！請即覓舟北發，歸家勿摘提幡，杜門絕出入，七日保無慮也。」王乃挽兄夜買小舟，火急北渡。歸見弔客在門，知兄果死。閉門下鑰。始入，視兄已渺；入室，則亡者已蘇，便呼：「餓死矣！可急備湯餅。」時死已二日，家人盡駭，生乃備言其故。七日啟關，去喪幡，人始知其復甦。親友集問，但偽對之。

　　轉思秋月，想念頗煩。遂復南下，至舊閣，秉燭久待，女竟不至。朦朧欲寢，見一婦人來，曰：「秋月小娘子致意郎君：前以公役被殺，兇犯逃亡，捉得娘子去，見在監押，押役遇之虐。日日盼郎君，當謀作經紀。」王悲憤，便從婦去。至一城都，入西郭，指一門曰：「小娘子暫寄此間。」王入，見房舍頗繁，寄頓囚犯甚多，並無秋月。又進一小扉，斗室中有燈火。王近窗以窺，則秋月坐榻上，掩袖嗚泣。二役在側，撮頤捉履，引以嘲戲，女啼益急。一役挽頸曰：「既為罪犯，尚守貞耶？」王怒，不暇語，持刀直入，一役一刀，摧斬如麻，篡取女郎而

出。幸無覺者。才至旅舍，驀然即醒。方怪幻夢之凶，見秋月含涕而立。生驚起曳坐，告之以夢。女曰：「真也，非夢也。」生驚曰：「且為奈何！」女嘆曰：「此有定數。妾待月盡，始是生期。今已如此，急何能待！當速發瘞處，載妾同歸，日頻喚妾名，三日可活。但未滿時日，骨軟足弱，不能為君任井臼耳。」言已，草草欲出。又返身曰：「妾幾忘之，冥追若何？生時，父傳我符書，言三十年後，可佩夫婦。」乃索筆疾書兩符，曰：「一君自佩，一粘妾背。」

送之出，志其沒處，掘尺許，即見棺木，亦已敗腐。側有小碑，果如女言。發棺視之，女顏色如生。抱入房中，衣裳隨風盡化。粘符已，以被縟嚴裹，負至江濱；呼攏泊舟，偽言妹急病，將送歸其家。幸南風大競，甫曉已達裡門。抱女安置，始告兄嫂。一家驚顧，亦莫敢直言其惑。生啟衾，長呼秋月，夜輒擁屍而寢。日漸溫暖，三日竟蘇，七日能步；更衣拜嫂，盈盈然神仙不殊。但十步之外，須人而行；不則隨風搖曳，屢欲傾側。見者以為身有此病，轉更增媚。每勸生曰：「君罪孽太深，宜積德誦經以懺之。不然，壽恐不永也。」生素不佞佛，至此皈依甚虔。後亦無恙。

# 蓮花公主

膠州有個名叫竇旭的人，大白天睡覺時，看到一個穿褐色衣服的人站在他床前，心神不定地看著他，好像想說什麼。竇旭覺得奇怪，問他有什麼事。那人說：「我家相公想請你去一趟。」竇旭問：「你家相公是什麼人啊？」他答道：「就在附近，你去了就知道的。」竇旭便不再問，跟著他出了門。轉過牆角，他被帶到一個地方，只見高樓大廈林立，一路走過去，萬戶千門，和人世完全不同。

路上不時遇到往來的宦官宮女，都會問褐衣人：「竇郎請到了嗎？」褐衣人說請到了。一會兒，一個官員出來，十分恭敬地迎接竇旭。竇旭隨他登上殿堂，說：「平常沒有往來，所以沒來拜見，今日承蒙熱情接待，讓我很是不安。」那位官員說：「因為你出身清流，世代厚德，我家皇上傾心仰慕，很想和你面談。」竇旭更加驚奇，問道：

「皇上是誰?」官員回答:「過一會兒你就會知道。」

　　沒多久,又有兩位女官出來,手持兩面旗子,為寶旭引路。進了兩道門,看見大殿上坐著一位君王。皇上見寶旭進來,親自下台階迎接。兩人按賓主施禮,然後在筵席前落座。只見桌上美酒佳餚,十分豐盛。

　　寶旭抬頭望去,殿上的一幅匾額上寫著「桂府」二字。寶旭緊張起來,不知所措,連話都說不出來了。

　　皇帝說:「你我既然是鄰居,緣分原是很深,應當開懷暢飲,不必拘束疑惑。」寶旭連連答應。

　　酒過數巡,堂下奏起悅耳的音樂,輕柔幽雅。過了一會兒,皇帝環顧四周,說:「我出一副對子,上聯是『才人登桂府』,煩請你們哪位對個下聯。」作陪的大臣們還在思考,寶旭已經答道:「君子愛蓮花。」

　　皇帝聽了大喜,說:「太奇怪了!公主的小名就是蓮花,怎麼這樣巧呢?難道先天的緣分?趕快傳話給公主,一定要出來拜見君子。」

　　不多會兒,一陣香氣襲來,伴著環珮叮咚之聲,公主飄然而至。只見她十六七歲,卻是絕代佳麗。皇帝命公主向寶旭施禮,說:「這就是小女蓮花。」公主行完禮就離去了,寶旭則像是被勾去了魂一般,呆呆地坐著,心中愛慕不已。連皇帝舉起酒杯勸酒,他都沒有聽到。

　　皇帝稍稍察覺了他的心思,嘆道:「我的女兒和你很般配,可惜不是同類,怎麼辦呢?」寶旭像痴呆了一樣,又沒有聽到皇帝的話。鄰座的大臣踩了踩他的腳,說:「陛下向你敬酒你沒看見,陛下對你說的話也沒聽見嗎?」寶旭這才醒悟,仍若有所失,自覺很是慚愧,站起身來,說:「承蒙您熱情接待,不覺喝醉了,失禮的地方,希望您能夠原諒。天色已晚,大王一定很繁忙,我這就告辭了。」

　　皇帝也站起來,說道:「能夠與你相見,我太高興了,怎麼就著急要走呢?你既然不能留下,我也不勉強了,但你還想來時,我一定再邀請。」於是,他讓一名宦官送寶旭出去。半道上,宦官對寶旭說:「剛才陛下說你和公主般配,是想招你為婿,你為何一言不發呢?」寶旭當時根本沒聽清,後悔得直跺腳,不覺已經回到家。

　　這時,寶旭忽然醒來,發現太陽已經快落山了。他默默地坐著回想夢中的情形,歷歷在目。晚飯後,他吹滅蠟燭,希望重尋舊夢,但找不

到路徑，只有悔恨感嘆。

　　一天晚上，他與一位朋友同睡，忽然看見先前那位宦官又來了，說是皇帝邀請他再去做客。寶旭高興極了，跟著他就走。見到了皇帝，他伏在地上叩拜，皇帝馬上把他拉起來，請他坐下，說：「自上次分別之後我深知你眷戀著小女。現在我想把小女嫁給你，你不會太嫌棄吧？」寶旭心花怒放，馬上拜謝。皇帝也很開心，傳令學士大臣陪同宴飲。酒喝得正酣，宮女上前報告：「公主梳妝完畢。」不一會兒，幾十名宮女便簇擁著公主出來。公主用紅色錦緞蓋著頭，邁著輕盈的小步而來，與寶旭交拜成親。

　　送入洞房後，寶旭對公主說：「能夠娶到你，真的讓我開心至極，只怕今天的情景又是一場夢。」公主掩著口笑道：「明明我和你在一起，怎麼會是做夢呢？」

　　第二天清晨，寶旭一起來就幫著公主梳妝，還用帶子量公主的腰，用手指量公主的腳。公主笑著問他：「你瘋了嗎？」寶旭說：「我總是被夢捉弄，所以要仔細記下來，即使真的是做夢，也可以讓我留著回味無窮。」

　　兩人正說笑時，一個宮女慌忙跑來，說：「不好了，妖怪闖入宮門，陛下在偏殿裡躲避，大禍就要降臨了。」

　　寶旭趕緊去見皇帝。皇帝拉起他的手，流著淚說：「承蒙你不棄，本想永遠相好，哪裡料到禍從天降，國家將要覆滅，還有什麼辦法呢？」寶旭吃驚地問怎麼回事，皇帝從桌上拿起一份奏章遞給寶旭，上面寫著：「含香殿大學士黑翼奏：因為出現了極為凶惡的妖怪，祈請早日遷都，以保存國脈。據黃門侍郎報告，從五月初六開始，一條長達千丈的巨蟒，盤踞宮外，已吞食內外臣民一萬三千八百多人，巨蟒所過之處，宮殿全成為廢墟。我奮勇前去偵察，確實是條妖蟒，頭像山峰，目如江海，抬起頭來就能把宮殿樓閣一起吞下，伸伸腰則樓閣垣牆全部倒塌。真是千古未見的凶神，萬代未遇的災禍！國家社稷，危在旦夕！懇請皇上早日率領宮中眷屬，迅速遷往樂土。」

　　寶旭看完之後，也嚇得臉色煞白。這時，又有宦官跑來報告：「妖物來了。」宮裡宮外，到處都是哭喊聲，慘絕人寰。皇帝手足無措，淚流滿面地對寶旭說：「小女就託付給先生了。」一句話提醒了寶旭，他

趕緊氣喘吁吁地跑回去，只見公主正和宮女抱頭痛哭。見寶旭進來，她拉著他的衣服，說：「你怎樣安置我呢？」寶旭非常難過，握著公主的手，說道：「我貧窮卑賤，很慚愧沒有華麗的房屋，只有幾間草房，我們暫且去那裡躲一下行嗎？」公主含著淚說：「危急的時候，不能挑三揀四，請快帶我去！」

寶旭攙扶著公主就走，很快回到家中。公主說：「這裡很安全啊，比我原先住的地方強多了。但我跟隨你來了，我的父母怎麼辦呢？請你再修建一座房子，讓父母將所有臣民都遷過來。」寶旭一聽為難了，公主見他不肯答應，急得號啕大哭，說：「不能急人之急，要你這個丈夫幹什麼用？」寶旭安慰勸解一番，公主仍伏在床上不停地痛哭。

寶旭正急得沒有辦法，忽然驚醒，才知道又是一個夢。他聽到耳邊還有嚶嚶的啼哭聲，再仔細一聽，不是人發出來的，而是兩三隻蜜蜂，正在他枕頭邊飛鳴。寶旭大叫怪事，驚醒了同床的朋友。朋友問他出了什麼事，寶旭便把自己做的夢告訴了他。朋友也感到驚奇，兩人一同坐起來看那蜜蜂。只見蜜蜂圍著他戀戀不捨地盤旋，怎麼趕也不離開。朋友勸他為蜜蜂建巢。寶旭答應了，不料動工不久，便有成群結隊的蜜蜂飛過來。寶旭循著它們的蹤跡找過去，發現是從鄰居老頭的舊菜園中飛出的。

菜園裡有一個蜂窩，三十多年了，繁殖的蜜蜂不計其數。有人把寶旭的事告訴老頭，老頭去一看，蜂窩裡靜悄悄的，拆開才發現，有一條長約一丈的蛇盤踞其中，老頭把蛇捉住殺了。這應該就是那條「巨蟒」了。蜜蜂遷到寶旭家後，繁殖更旺盛，再沒出現什麼異常的現象。

## 【原文】

膠州寶旭，字曉暉。方晝寢，見一褐衣人立榻前，逡巡惶顧，似欲有言。生問之，答云：「相公奉屈。」「相公何人？」曰：「近在鄰境。」從之而出。轉過牆屋，導致一處，疊閣重樓，萬椽相接，曲折而行，覺萬戶千門，迥非人世。又見宮人女官，往來甚夥，都向褐衣人問曰：「寶郎來乎？」褐衣人諾。俄，一貴官出，迎見生甚恭。既登堂，生啟問曰：「素既不敘，遂疏參謁。過蒙愛接，頗注疑念。」貴官曰：「寡君以先生清族世德，傾風結慕，深願思晤焉。」生益駭，問：「王何人？」答

云:「少間自悉。」

　　無何,二女官至,以雙旄導生行。入重門,見殿上一王者,見生入,降階而迎,執賓主禮。禮已,踐席,列筵豐盛。仰視殿上一匾曰「桂府」。生跼蹐不能致辭。王曰:「忝近芳鄰,緣即至深。便當暢懷,勿致疑畏。」生唯唯。酒數行,笙歌作於下,鉦鼓不鳴,音聲幽細。稍間,王忽左右顧曰:「朕一言,煩卿等屬對:『才人登桂府。』」四座方思,生即應云:「君子愛蓮花。」王大悅曰:「奇哉!蓮花乃公主小字,何適合如此?寧非夙分?傳語公主,不可不出一睹君子。」移時,珮環聲近,蘭麝香濃,則公主至矣。年十六七,妙好無雙。王命向生展拜,曰:「此即蓮花小女也。」拜已而去。生睹之,神情搖動,木坐凝思。王舉觴勸飲,目竟罔睹。王似微察其意,乃曰:「息女宜相匹敵,但自慚不類,如何?」生悵然若痴,即又不聞。近坐者躡之曰:「王揖君未見,王言君未聞耶?」生茫乎若失,自慚,離席曰:「臣蒙優渥,不覺過醉,儀節失次,幸能垂宥。然日旰君勤,即告出也。」王起曰:「既見君子,實愜心好,何倉卒而便言離也?卿既不住,亦無敢於強,若煩縈念,更當再邀。」遂命內官導之出。途中,內官語生曰:「適王謂可匹敵,似欲附為婚姻,何默不一言?」生頓足而悔,步步追恨,遂已至家。

　　忽然醒寤,則返照已殘。冥坐觀想,歷歷在目。晚齋滅燭,冀舊夢可以復尋,而邯鄲路渺,悔嘆而已。一夕,與友人共榻,忽見前內官來,傳王命相召。生喜,從去。見王伏謁。王曳起,延止隔坐,曰:「別後知勞思眷。謬以小女子奉裳衣,想不過嫌也。」生即拜謝。王命學士大臣,陪侍宴飲。酒闌,宮人前白:「公主妝竟。」俄見數十宮人,擁公主出。以紅錦覆首,凌波微步,挽上氍毹,與生交拜成禮。已而送歸館舍,洞房溫清,窮極芳膩。生曰:「有卿在目,真使人樂而忘死。但恐今日之遭,乃是夢耳。」公主掩口曰:「明明妾與君,那得是夢?」詰旦方起,戲為公主勻鉛黃;已而以帶圍腰,布指度足。公主笑問曰:「君癲耶?」曰:「臣屢為夢誤,故細志之。倘是夢時,亦足動懸想耳。」

　　調笑未已,一宮女馳入曰:「妖入宮門,王避偏殿,凶禍不遠矣!」生大驚,趨見王。王執手泣曰:「君子不棄,方圖永好。詎期孽降自天,國祚將覆,且復奈何!」生驚問何說。王以案上一章,授生啟讀。章云:「含香殿大學士臣黑翼,為非常妖異,祈早遷都,以存國脈事:據

黃門報稱：自五月初六日，來一千丈巨蟒，盤踞宮外，吞食內外臣民一萬三千八百餘口；所過宮殿盡成丘墟，等因。臣奮勇前窺，確見妖蟒：頭如山岳，目等江海；昂首則殿閣齊吞，伸腰則樓垣盡覆。真千古未見之凶，萬代不遭之禍！社稷宗廟，危在旦夕！乞皇上早率宮眷，速遷樂土。」云云。

生覽畢，面如灰土。即有宮人奔奏：「妖物至矣！」闔殿哀呼，慘無天日。王倉遽不知所為，但泣顧曰：「小女已累先生。」生坌息而返。公主方與左右抱首哀鳴，見生入，牽衿曰：「郎焉置妾？」生愴惻欲絕，乃捉腕思曰：「小生貧賤，慚無金屋。有茅廬三數間，姑同竄匿可乎？」公主含涕曰：「急何能擇，乞攜速往。」生乃挽扶而出。未幾，至家。公主曰：「此大安宅，勝故國多矣。然妾從君來，父母何依？請別築一舍，當舉國相從。」生難之。公主號咷曰：「不能急人之急，安用郎也！」生略慰解，即已入室。公主伏床悲啼，不可勸止。焦思無術，頓然而醒，始知夢也。而耳畔啼聲，嚶嚶未絕。審聽之，殊非人聲，乃蜂子二三頭，飛鳴枕上。大叫怪事。

友人詰之，乃以夢告，友人亦詫為異。共起視蜂，依依裳袂間，拂之不去。友人勸為營巢，生如所請，督工構造。方豎兩堵，而群蜂自牆外來，絡繹如蠅，頂尖未合，飛集盈斗。跡所由來，則鄰翁之舊圃也。圃中蜂一房，三十餘年矣，生息頗繁。或以生事告翁，翁覘之，蜂戶寂然。發其壁，則蛇據其中，長丈許，捉而殺之。乃知巨蟒即此物也。蜂入生家，滋息更盛，亦無他異。

# 罵　鴨

城西白家莊有個人，偷了鄰居家的鴨子，殺了燒熟就吃了。到了晚上，他覺得自己的皮膚很癢。天亮後一看，發現滿身都長了鴨毛，而且一碰就痛。他嚇壞了，又沒有辦法可以醫治，整日提心吊膽。

晚上睡覺時他做了個夢，夢中有一個人對他說：「你的病是上天對你的懲罰。必須要受那個丟鴨人的罵，鴨毛才會脫落。」可是，那位鄰居的老頭向來氣量很大，丟失了任何東西，也從來不在語言和臉色上表

現出來。

　　那人硬著頭皮去對老頭說：「鴨子是某人偷的。他最怕挨罵了，罵了他就可以警告，將來就不會再偷了。」

　　老頭笑著說：「誰有那麼多閒工夫來罵惡人啊？」始終沒有罵。

　　偷鴨的人更加窘迫了，沒有辦法，只好把實情告訴給鄰居老頭。老頭這才開始責罵起來。這一罵之後，偷鴨人滿身的鴨毛果然都掉了。

## 【原文】

　　邑西白家莊居民某，盜鄰鴨烹之。至夜，覺膚癢。天明視之，茸生鴨毛，觸之則痛。大懼，無術可醫。夜夢一人告之曰：「汝病乃天罰。須得失者罵，毛乃可落。」而鄰翁素雅量，生平失物未嘗征於聲色。民詭告翁曰：「鴨乃某甲所盜。彼甚畏罵焉，罵之亦可警將來。」翁笑曰：「誰有閒氣罵惡人。」卒不罵。某益窘，因實告鄰翁。翁乃罵，其病良已。

# 小　謝

　　渭南姜部郎的宅子裡有很多鬼魅，經常出來作祟，姜部郎一家因此搬走了，留下僕人看門。但看門的僕人接連死了幾個，因此這座宅子便廢棄了。

　　當地村裡有個書生叫陶望三，風流倜儻，放蕩不羈，喜歡在妓院喝酒作樂，但每次喝完酒就走了。朋友故意讓妓女晚上去他家裡，陶生笑著收留，但終夜不沾染。曾有一次，陶生在姜部郎家留宿，有個丫鬟夜裡來找他，他堅決拒絕，始終不亂，姜部郎因此很看重他。陶生家裡貧窮，又死了妻子，只有幾間茅草房，三伏天悶熱受不了，便向姜部郎請求，要借住他家的廢宅子。部郎因為那是座凶宅，沒有同意。陶生便寫了一篇《續無鬼論》，獻給部郎，還說：「鬼能將我怎麼樣？」部郎見他執意懇求，就答應了。

　　陶生在廢宅子裡打掃了廳堂，傍晚時把書放下，回去取別的東西，不料回來卻發現書不見了。陶生覺得奇怪，就仰面躺在床上，屏住呼吸

看有什麼古怪事。就一頓飯的工夫，他聽到有腳步聲傳來。陶生斜眼一瞅，見兩個女子從屋裡出來，把丟失的書送還到桌子上。一個約二十歲，另一個約十七八歲，都很貌美。兩個女子悄悄走到床前，相視而笑。陶生一動不動。那年長的女子伸出一隻腳，輕輕踢了下陶生的肚子，年輕的那個搗著嘴偷偷笑起來。陶生覺得心神搖盪，像要控制不住自己，急忙收回雜念，始終不理她們。年長的女子再靠近些，用左手撥動他的鬍鬚，右手輕輕地拍他的臉，發出輕微的響聲。年輕的女子笑得更厲害了。陶生猛然起身，大喝道：「鬼東西竟敢這樣無禮！」兩女子大吃一驚，飄然而去。

陶生擔心夜裡再受她們的騷擾，想搬回去，又怕人說他言而無信，便起來點上燈讀書。這時暗處不時有鬼影晃動，陶生全然不睬。快到半夜時，陶生亮著蠟燭睡下了。他剛閉上眼，就覺得有誰在用很細的東西捅自己的鼻孔，非常癢。他大聲打了個噴嚏，聽見暗處隱隱有笑聲。陶生也不說話，假裝睡著了繼續等待著。又過了一會兒，見有個女孩子拿著根細紙捻成的細繩，悄悄地摸了過來。陶生突然起身，大聲呵斥，少女飄然而去。他重新睡下後，又有少女來捅耳朵。就這樣折騰了一夜，直到雞叫後，才寂靜無聲了。陶生這才睡了一覺。白天始終沒有奇異的動靜。

太陽落山後，鬼影又出現了。陶生便在夜裡做起飯來，打算一夜不睡。那個年長的女子慢慢靠近，彎著胳膊趴在案几上，看陶生讀書，還故意將書合上了。陶生生氣地去抓她，女子又飄開了。過不了多久，她又會回來合書。陶生只好用手按著書讀。那個年輕的少女偷偷地走到他身後，突然用兩手搗住了他的眼睛，不等陶生捉住她就跑開，遠遠地站著嘲笑他。陶生指著她罵道：「小鬼頭！讓我捉住便將你殺了！」女子卻一點也不害怕。陶生便又戲弄道：「本人對男女房中術一竅不通，你們來纏我沒用！」兩女子只是笑笑，返身走到灶邊，一個劈柴，一個淘米，替陶生做起飯來。陶生看著她們誇獎道：「你們兩人這樣做，不是比跳來跳去胡鬧強多了嗎？」一會兒，粥煮熟了，兩人又爭著拿勺子、筷子和碗放到桌子上。陶生說：「感謝你們這樣伺候我，不知道該怎麼報答。」女子笑著說：「粥裡摻了砒霜、鴆毒的，你不害怕嗎？」陶生說：「我和你們向來無怨無仇，你們怎麼會給我下毒呢！」他將粥都喝

了，兩女子又給盛上，跑來跑去爭著侍奉他。這讓陶生十分開心，也習以為常了。漸漸熟悉後，他們還坐下來交談。陶生問她們姓名。年長的女子說：「我叫秋容，姓喬，她是阮家的小謝。」陶生又追問她們的出身來歷。小謝笑著說：「傻瓜！都不敢獻出一次身子，誰要你問門第？想要準備嫁娶嗎？」陶生嚴肅地說道：「面對美人，怎麼會不動情？但陰間的鬼氣，人沾染了必定會死。你們不喜歡和我住一起，儘管走就是了；喜歡住一起，就要安耽一些。如果你們不愛我，我何必玷污兩位美人；如果愛我，你們又何必弄死一個狂生呢？」兩女子互相看了一眼，像都被打動了。從此後，她們不大耍弄陶生了，但有時還是會把手伸到陶生懷裡，或者扯下他的褲子，陶生也不會特別責怪。

一天，陶生抄書抄了一半時出去了，回來後見小謝趴在桌子上，正拿著筆幫他抄寫。看見陶生進來，小謝扔下筆，斜瞅著他笑起來。陶生走近一看，雖然字寫得歪歪扭扭，但行列倒還整齊，便誇獎道：「你還是個風雅的人呢！如果喜歡寫字，我可以教你。」說完，把她抱在懷裡，把著手腕教她寫字。這時秋容從外面進來，見此情景，臉色一下子變了，像是心生嫉妒。小謝笑著說：「小的時候曾跟隨父親學寫字，但已經很久不寫了，現在回想起來真的像在做夢。」秋容一言不發。陶生明白她的意思，假裝沒有察覺，也抱著她，給她一支筆，說：「我看看你會寫字嗎？」秋容就這樣寫了幾個字，陶生站起來說：「秋娘的書法真的不賴！」秋容這才高興起來。陶生折好兩張紙，寫上字，讓她們臨摹，自己則在另一盞燈下讀書，心中為兩個人都有了事做，再不會來搗亂了而暗自竊喜。臨摹完，兩女子都站到了陶生的桌前，讓他評閱。秋容從沒讀過書，寫的字根本無法辨認。評判完之後，她也知道不如小謝，臉上現出慚愧的神情。陶生勉勵了她一番，秋容的臉色才開始好轉起來。

兩女子從此將陶生當作老師對待，陶生坐下就替他撓背，躺下就給他按摩大腿，不僅再不敢戲弄他，還爭著討好他。過了一個月，小謝的字竟然已經寫得端正清秀，陶生不時會誇上一句。一旁的秋容聽到後很是慚愧，臉色很難看，淚水滾落下來。陶生百般安慰勸解，才作罷。陶生教秋容讀書，秋容非常聰明，教過一遍，就不用再問第二遍。她還與陶生爭著讀書，常常徹夜不眠。

小謝將她的弟弟三郎也帶來了，拜陶生為師。三郎大約十五六歲，長得很英俊，拿了一支金如意作為送給老師的見面禮。陶生讓他和秋容一同學，從此滿屋咿咿呀呀的唸書聲。陶生就在這裡開設了鬼塾。姜部郎聽說此事，很是高興，按時供給陶生薪水。

　　過了幾個月，秋容和三郎就都能作詩了，還經常互相唱和。小謝暗地裡囑咐陶生不要教秋容，陶生答應了；秋容暗地裡囑咐他不要教小謝，陶生也答應了。有一天，陶生要去參加考試，兩女子流著淚相送。三郎說：「先生可假託生病不去的。不然，此行恐怕會有不吉利的事。」陶生覺得託病不考太丟臉了，還是去了。

　　原來，陶生常以詩詞諷刺時事，得罪了本縣的權貴。這些人想陷害陶生，於是暗中賄賂學使，誣告陶生行為不檢，結果將他關進了大牢。陶生的銀子花光了，只得向同牢的囚犯乞討，他覺得自己活不成了。

　　忽然有一天，一人飄飄忽忽地走了進來。陶生仔細一看，原來是秋容。她給陶生送了酒菜，面對著陶生悲傷地哽咽道：「三郎之前擔心你會遇到不測，現在果然應驗了。三郎和我一塊來的，他已去官府申訴了。」說完這幾句話，秋容就走了，神不知鬼不覺的，別人都沒看到。

　　第二天，巡撫大人出門，三郎攔路喊冤，巡撫便命帶他走。秋容再次入獄把這消息告訴了陶生，然後返回去探聽。可她去了三天都沒回來，陶生又愁又餓，度日如年。忽然小謝來了，一副傷心欲絕的樣子，說：「秋容回去時，經過城隍祠，被西廊裡的黑判官搶了去，逼她作小妾。秋容不屈服，現在也被囚禁起來了。我跑了一百多里路，十分疲乏。到北郊時，被荊棘刺破了腳心，痛徹骨髓，恐怕不能再來見你了。」說著，她伸出腳來讓陶生看，只見鮮血淋漓，濕透了鞋襪。小謝給了陶生三兩銀子，然後一瘸一拐地走了。

　　巡撫提審三郎，得知他和陶生非親非故，卻來替陶生喊冤告狀，要杖打他。不料三郎被按倒在地，便突然消失了。巡撫十分驚異，再仔細看了三郎的狀子，情詞悲惻，於是再次提審陶生。喝問道：「三郎究竟是什麼人？」陶生假裝不知。巡撫醒悟他是被冤枉的，就將他放了。

　　陶生回來後，晚上沒有一個人影。到了深夜時，小謝才來。她悽慘地說：「三郎在巡撫衙門被官衙的守護神押到了地府，閻王見他很講義氣，就讓他投生到富貴人家去了。秋容被囚禁了這麼久，我寫了訴狀投

到城隍府，又被壓下，遞不上去，不知道該怎麼辦。」陶生氣憤地說：「黑老鬼竟敢這樣！明天我去推倒他的塑像，踏為碎泥，將他的罪過一樁樁列出來責問城隍：他手下的官吏如此橫暴，難道他在醉夢中嗎！」兩人面對面坐著，都悲憤不已。轉眼間四更將盡，秋容忽然飄然來了。陶生和小謝驚喜萬分，急忙詢問。秋容流著淚說道：「為了你，我真是受盡了千辛萬苦，那個黑判官天天拿刀杖逼我！但今晚他忽然放我回來，說：『我沒別的意思，原是出於喜愛你。既然你不願意，我也不曾玷污你。煩請你告訴陶秋曹，不要責怪我。』」陶生聽了這些，稍稍開心了些。他想跟她們二人同床，說：「今天我願意為了你們去死！」兩女子淒傷地說：「一向受您開導，現在我們已經明白了些道理，怎麼忍心因為愛你而害死你呢？」執意不肯。三人只是親熱地抱在一起，感情如同夫妻。兩個女子患難與共，互相嫉妒的念頭早已消散了。

　　有一次，一個道士在路上遇到陶生，打量了一番後對他說道：「你身上有鬼氣。」陶生覺得這道士不簡單，就將自己的經歷詳細告訴了他。那道士聽了之後說道：「這兩個鬼都很好，你不能辜負了她們。」說完畫了兩道符，交給陶生，說：「回去給那兩個鬼，然後就看她們的造化了。若聽到門外有哭女兒的，吞下符立即出屋，先到的可以復活。」陶生道謝後接過符，回去給了兩個女子。過了一個多月，果然聽見門外有哭女兒的。兩女子爭相奔出。小謝匆忙之中忘了吞符。秋容見有輛喪車經過，徑直跑過去，進入棺材不見了。小謝進不去，痛哭著返了回來。

　　陶生出去一看，原來是富戶郝家為女兒出殯。眾人都見一個女子進入棺材不見了，正在驚疑，忽聽棺內有聲音，放下棺來打開一看，裡面的女子已經甦醒。於是，眾人把棺材暫時停在陶生的書房外面，並圍護著。郝老爺過來詢問女兒，女子卻回答說：「我不是你的女兒。」然後把實情講了一遍。郝老爺不太相信，想帶她回家。女子不肯，徑直奔入陶生的書房，躺在床上不起來。於是郝老爺便認了陶生為女婿。郝老爺走了之後，陶生靠近女子仔細端詳。只見面貌雖然不一樣，容顏卻不亞於秋容。陶生大喜望，與她興高采烈地敘起往事。

　　這時，有嗚嗚的鬼哭聲傳來，原來是小謝在暗處哭泣。陶生覺得她非常可憐，便端著燈過去安慰她。小謝已經哭得衣衫都濕透了，悲痛不

已，直到天明才走了。

　　天亮後，郝老爺派丫鬟、婆子送來嫁妝，真的和陶生成為翁婿。婚禮後，晚上陶生和秋容進入洞房，小謝又哭起來。這樣前後有六七夜，陶生夫婦也十分悲傷，竟然不能同房。陶生很犯愁，苦於沒有對策。秋容對他說：「你上回遇到的那個道士，真的是活神仙。你再去求他，或許他會出於同情而相救。」陶生認為在理，找到那道士住的地方，跪在地上哀求。道士卻一口回絕。陶生跪著一直不肯起來，哀求不已。道士笑著說：「書呆子真能纏人！也是與你確實有緣，我盡我的法術幫你吧！」道士跟著陶生回到家中，要了一間靜室，關上門坐在裡面，告誡陶生什麼都不要詢問。過了十幾天，道士不吃也不喝。陶生偷偷地往屋裡張望，那道士就像睡著了一般。

　　一天早晨，陶生剛起床，有個少女掀開門簾進來。她長得明眸皓齒，光豔照人，笑著說道：「奔波了一整夜，真是累死我了！被你糾纏不休，跑到百里之外，才找到一個好軀殼，道人載著一起來了，等看見那人，便交給她。」

　　到黃昏，小謝來了，女子突然迎上去抱住了她，頓時兩者合為一體，倒在地上僵死過去。道士從房中出來，拱拱手就管自己走了。陶生再三拜送，回來時見女子已經甦醒，便將她扶到床上。女子精神漸漸恢復，但握著腳說腳趾大腿痠疼，數日後才能起床。

　　後來，陶生通過科考做了官。有個叫蔡子經的和他同榜。因為有事，蔡子經來拜訪陶生，在陶府住了幾天。那天小謝從鄰居家回來，蔡子經看見她，急忙湊過去仔細打量。小謝側身躲避，心裡暗怒他太輕薄。蔡子經對陶生說：「有件事實在太不可思議了，我能告訴你嗎？」陶生問他怎麼回事，蔡子經開口說道：「三年前，我的小妹去世，但兩夜之後屍體忽然不見了，讓人百思不得其解。剛才見到尊夫人，怎麼這樣像我的小妹呢？」陶生笑著說：「我的妻子很醜，怎敢和你妹妹相比？但我們既然是同榜，交情又好，不妨讓她見見你。」於是讓蔡子經隨他進入內室，讓小謝穿上原來的葬服出來。蔡子經見了大驚道：「果然是我的妹妹！」說著便哭了起來。陶生對他詳細講了事情經過。蔡子經高興地說：「妹子沒死，我要儘快回家，告慰父母。」於是匆匆地走了。過了幾天，蔡家老小一齊趕來了。再後來，就像郝家一樣，蔡家也

與陶生成為姻親。

## 【原文】

　　渭南姜部郎第，多鬼魅，常惑人。因徙去。留蒼頭門之而死，數易皆死，遂廢之。

　　裡有陶生望三者，夙倜儻，好狎妓，酒闌輒去之。友人故使妓奔就之，亦笑內不拒，而實終夜無所沾染。嘗宿部郎家，有婢夜奔，生堅拒不亂，部郎以是契重之。家綦貧，又有「鼓盆之戚」，茅屋數椽，溽暑不堪其熱；因請部郎，假廢第。部郎以其凶故，卻之。生因作《續無鬼論》獻部郎，且曰：「鬼何能為！」部郎以其請之堅，諾之。

　　生往除廳事。薄暮，置書其中；返取他物，則書已亡。怪之。仰臥榻上，靜息以伺其變。食頃，聞步履聲，睨之，見二女自房中出，所亡書，送還案上。一約二十，一可十七八，並皆姝麗。逡巡立榻下，相視而笑。生寂不動。長者翹一足踹生腹，少者掩口匿笑。生覺心搖搖若不自持，即急肅然端念，卒不顧。女近以左手捋髭，右手輕批頤頰，作小響。少者益笑。生驟起，叱曰：「鬼物敢爾！」二女駭奔而散。

　　生恐夜為所苦，欲移歸，又恥其言不掩，乃挑燈讀。暗中鬼影憧憧，略不顧瞻。夜將半，燭而寢。始交睫，覺人以細物穿鼻，奇癢，大嚏。但聞暗處隱隱作笑聲。生不語，假寐以俟之。俄見少女以紙條捻細股，鶴行鷺伏而至，生暴起呵之，飄竄而去。既寢，又穿其耳。終夜不堪其擾。雞既鳴，乃寂無聲，生始酣眠，終日無所睹聞。

　　日既下，恍惚出現。生遂夜炊，將以達旦。長者漸曲肱幾上，觀生讀。既而掩生卷。生怒捉之，即已飄散；少間，又掩之。生以手按卷讀。少者潛於腦後，交兩手掩生目，瞥然去，遠立以哂。生指罵曰：「小鬼頭！捉得便都殺卻！」女子即又不懼。因戲之曰：「房中縱送，我都不解，纏我無益。」二女微笑，轉身向灶，析薪溲米，為生執爨。生顧而獎曰：「兩卿此為，不勝憨跳耶？」俄頃，粥熟，爭以匕、箸、陶碗置幾上。生曰：「感卿服役，何以報德？」女笑云：「飯中溲合砒、酖矣。」生曰：「與卿夙無嫌怨，何至以此相加。」啜已，復盛，爭為奔走。生樂之，習以為常。

　　日漸稔，接坐傾語，審其姓名。長者云：「妾秋容，喬氏；彼阮家

一
九
一

小謝也。」又研問所由來，小謝笑曰：「痴郎！尚不敢一呈身，誰要汝問門第，作嫁娶耶？」生正容曰：「相對麗質，寧獨無情？但陰冥之氣，中人必死。不樂與居者，行可耳；樂與居者，安可耳。如不見愛，何必玷兩佳人？如果見愛，何必死一狂生？」二女相顧動容，自此不甚虐弄之。然時而探手於懷，捋褲於地，亦置不為怪。

　　一日，錄書未卒業而出，返則小謝伏案頭，操管代錄。見生，擲筆睨笑。近視之，雖劣不成書，而行列疏整。生贊曰：「卿雅人也！苟樂此，僕教卿為之。」乃擁諸懷，把腕而教之畫。秋容自外入，色乍變，意似妒。小謝笑曰：「童時嘗從父學書，久不作，遂如夢寐。」秋容不語。生喻其意，偽為不覺者，遂抱而授以筆，曰：「我視卿能此否？」作數字而起，曰：「秋娘大好筆力！」秋容乃喜。生於是折兩紙為範，俾共臨摹；生另一燈讀。竊喜其各有所事，不相侵擾。仿畢，祗立幾前，聽生月旦。秋容素不解讀，塗鴉不可辨認，花判已，自顧不如小謝，有慚色。生獎慰之，顏始霽。二女由此師事生，坐為抓背，臥為按股，不惟不敢侮，爭媚之。逾月，小謝書居然端好，生偶贊之。秋容大慚，粉黛淫淫，淚痕如線。生百端慰解之，乃已。因教之讀，穎悟非常，指示一過，無再問者。與生競讀，常至終夜。小謝又引其弟三郎來，拜生門下。年十五六，姿容秀美，以金如意一鉤為贄。生令與秋容執一經，滿堂咿唔，生於此設鬼帳焉。部郎聞之喜，以時給其薪水。積數月，秋容與三郎皆能詩，時相酬唱。小謝陰囑勿教秋容，生諾之；秋容陰囑勿教小謝，生亦諾之。

　　一日，生將赴試，二女涕淚持別。三郎曰：「此行可以託疾免；不然，恐履不吉。」生以告疾為辱，遂行。先是，生好以詩詞譏切時事，獲罪於邑貴介，日思中傷之。陰賂學使，誣以行簡，淹禁獄中。資斧絕，乞食於囚人，自分已無生理。忽一人飄忽而入，則秋容也。以饌具饋生，相向悲咽，曰：「三郎慮君不吉，今果不謬。三郎與妾同來，赴院申理矣。」數語而出，人不之睹。越日，部院出，三郎遮道聲屈，收之。秋容入獄報生，返身往偵之，三日不返。生愁餓無聊，度一日如年。忽小謝至，愴恍欲絕，言：「秋容歸，經由城隍祠，被西廊黑判強攝去，逼充御媵。秋容不屈，今亦幽因。妾馳百里，奔波頗殆；至北郭，被老棘刺吾足心，痛徹骨髓，恐不能再至矣。」因示之足，血殷凌

波焉。出金三兩，跛踦而沒。部院勘三郎，素非瓜葛，無端代控，將杖之，撲地遂滅。異之。覽其狀，情詞悲惻。提生面鞫，問：「三郎何人？」生偽為不知。部院悟其冤，釋之。既歸，竟夕無一人。更闌，小謝始至，慘然曰：「三郎在部院，被廟神押赴冥司；冥王以三郎義，令托生富貴家。秋容久錮，妾以狀投城隍，又被按閣，不得入，且復奈何？」生忿然曰：「黑老魅何敢如此！明日僕其像，踐踏為泥，數城隍而責之；案下吏暴橫如此，渠在醉夢中耶！」悲憤相對，不覺四漏將殘。秋容飄然忽至。兩人驚喜，急問。秋容泣下曰：「今為郎萬苦矣！判日以刀杖相逼，今夕忽放妾歸，曰：『我無他，原亦愛故；既不願，固亦不曾污玷。煩告陶秋曹，勿見譴責。』」生聞少歡，欲與同寢，曰：「今日願為卿死。」二女感然曰：「向受開導，頗知義理，何忍以愛君者殺君乎？」執不可；然俯頸傾頭，情均伉儷。二女以遭難故，妒念全消。會一道士途遇生，顧謂「身有鬼氣」。生以其言異，具告之。道士曰：「此鬼大好，不擬負他。」因書二符付生，曰：「歸授兩鬼，任其福命：如聞門外有哭女者，吞符急出，先到者可活。」生拜受，歸囑二女。後月餘，果聞有哭女者。二女爭奔而去。小謝忙急，忘吞其符。見有喪輿過，秋容直出，入棺而沒；小謝不得入，痛哭而返。生出視，則富室郝氏殯其女。共見一女子入棺而去，方共驚疑；俄聞棺中有聲，息肩髮驗，女已頓蘇。因暫寄生齋外，羅守之。忽開目問陶生。郝氏研詰之，答云：「我非汝女也。」遂以情告。郝未深信，欲舁歸。女不從，逕入生齋，僵臥不起。郝乃識婿而去。

　　生就視之，面龐雖異，而光豔不減秋容，喜愜過望，殷敘平生。忽聞嗚嗚鬼泣，則小謝哭於暗陬。心甚憐之，即移燈往，寬譬哀情，而衿袖淋浪，痛不可解。近曉始去。天明，郝以婢媼齎送香奩，居然翁婿矣。暮入帷房，則小謝又哭。如此六七夜。夫婦俱為慘動，不能成合巹之禮。生憂思無策，秋容曰：「道士，仙人也。再往求，倘得憐救。」生然之。跡道士所在，叩伏自陳。道士力言「無術」。生哀不已。道士笑曰：「痴生好纏人。合與有緣，請竭吾術。」乃從生來，索靜室，掩扉坐，戒勿相問。凡十餘日，不飲不食。潛窺之，瞑若睡。一日晨興，有少女搴簾入，明眸皓齒，光豔照人。微笑曰：「跋履終夜，憊極矣！被汝糾纏不了，奔馳百里外，始得一好廬舍，道人載與俱來矣。待見其

人，便相交付耳。」斂昏，小謝至，女遽起迎抱之，翕然合為一體，仆地而僵。道士自室中出，拱手徑去。拜而送之。及返，則女已蘇。扶置床上，氣體漸舒，但把足呻言趾股痠痛，數日始能起。

後生應試得通籍。有蔡子經者與同譜，以事過生，留數日。小謝自鄰舍歸，蔡望見之，疾趨相躡；小謝側身斂避，心竊怒其輕薄。蔡告生曰：「一事深駭物聽，可相告否？」詰之，答曰：「三年前，少妹夭殞，經兩夜而失其屍，至今疑念。適見夫人。何相似之深也？」生笑曰：「山荊陋劣，何足以方君妹？然既系同譜，義即至切，何妨一獻妻孥。」乃入內，使小謝衣殉裝出。蔡大驚曰：「真吾妹也！」因而泣下。生乃具述其本末。蔡喜曰：「妹子未死，吾將速歸，用慰嚴慈。」遂去。過數日，舉家皆至。後往來如郝焉。

# 梅　女

太行有個名叫封雲亭的年輕人，青年喪偶，十分寂寞。有一回去郡城，大白天躺在客房中休息，無意中看到白牆上隱隱約約像是畫了個女子。他以為是自己胡思亂想所致，沒太當回事，但再一看，還真是越看越像。他起身走上前仔細觀察，這回看得更清楚了，是一個少女，滿臉愁容，吐出一條長舌頭，脖子上套了條繩索，正要從牆上走下來呢。

封雲亭知道是遇到吊死鬼了，不過他膽子很大，不怎麼害怕，上前問道：「小娘子如果有什麼冤屈就告訴我，我一定儘力幫助你。」牆上的影子飄了下來，說：「你我萍水相逢，我本不該麻煩您，只是魂魄已在陰曹地府，舌頭伸著縮不回去，繩索套著解不下來。如果您肯救我，就請將這屋樑燒了，我會銘記您的大恩大德。」封雲亭剛答應，那影子就消失了。

封雲亭找來了店主人，詢問這座宅子的來歷。店主人告訴他，十年前這是梅家的宅院，有一天晚上闖入了盜賊，被梅家逮住了，送進了衙門。不料衙門中的官吏收了盜賊的財物，竟然誣陷梅家的女兒與盜賊私通。梅姑娘有口難辯，上吊自殺了。不多久，梅家的老爺太太也經受不了悲痛的打擊，相繼去世，宅院也就到了店主人手裡。從那之後這裡就

改作旅舍，經常會出現一些怪異之事，沒辦法消除。封雲亭就將女鬼所託之事告訴了店主人。店主人覺得毀梁損失太大，很是為難，封雲亭表示自己可以承擔這筆費用。

房屋重修後，封雲亭又住進了原先那間屋子，天黑後梅姑娘來了，臉上的愁容一掃而光，喜氣洋洋地向封雲亭道謝，顯得嫵媚動人。封雲亭馬上就喜歡上她了，上前要與她親熱。梅姑娘羞澀地說：「我是陰間的鬼，身上的陰氣會對你不利的。如果私下與你相好，那生前所受的誣陷就再也無法洗脫了。如果你真的喜歡我，今後會有機會的，但不是現在。」封雲亭問要到什麼時候，梅姑娘笑而不答。封雲亭又說一起喝酒，梅姑娘還是不同意。封雲亭說：「我們兩人呆呆地坐著，大眼瞪小眼的，有什麼意思啊？」梅姑娘就提議一起玩交線的遊戲。封雲亭同意了，兩人促膝而坐，翹指繃線。變了一陣子，封雲亭便不知道該怎麼玩下去了。梅姑娘一邊解說一邊示意，變化無窮。他們一直玩到深夜，封雲亭想睡了，梅姑娘說：「你快睡吧，我是不需要睡覺的。我會按摩，可以將你送入夢鄉。」

封雲亭答應了，梅姑娘便為他按摩。她的手法格外輕柔，讓封雲亭美美地享受了一把。梅姑娘從頭頂往下按摩，到腰間時封雲亭已經昏昏欲睡，到大腿部時就酣然入睡了。

封雲亭一覺醒來，已經是第二天中午了。他渾身舒坦，大聲喊姑娘，卻沒人應答。一直到夜裡，梅姑娘才出現。封雲亭問：「你住在哪裡啊，怎麼我喊了許久你也不答應？」梅姑娘說：「鬼是沒有住所的，就在地下。」封雲亭又問：「地下哪裡有什麼空地方可以住啊？」梅姑娘說：「土是擋不住鬼的，就像水擋不住魚一樣。」封雲亭握住梅姑娘的手說：「要是能讓你活過來，哪怕傾家蕩產我也在所不惜。」梅姑娘笑著說：「只要你有心，不必傾家蕩產也能做到。」他們一直玩到深夜，封雲亭又想與梅姑娘親熱。梅姑娘還是拒絕了，說：「你別為難我了！有個浙江來的妓女，名叫愛卿，很風流的，就住在隔壁，如果你喜歡，我明天把她帶來。」

第二天晚上，梅姑娘果然將愛卿帶來了。三人一起玩了會兒遊戲，梅姑娘就先告辭了。封雲亭與愛卿也玩得很開心。封雲亭打聽她的身世，她含糊其辭，只是說：「你要是真的喜歡我，只要輕輕敲幾下牆

壁，叫聲『壺盧子』，我就會過來。如果我不過來，那就是有客人，脫不了身。」天快亮時，愛卿走進牆中，消失了。

次日傍晚，梅姑娘一人進來，封雲亭問愛卿怎麼沒來，梅姑娘說她被高公子叫去喝酒了。那天梅姑娘好像有心事，幾次欲言又止，不論封雲亭怎麼詢問，她只是嘆氣，沒有說出來。從那之後，梅姑娘和愛卿經常會來，他們一起玩樂，笑聲通宵達旦，左鄰右舍全都知道。

當地有個典史，新婚一個月的妻子不幸病故。他很懷念妻子，聽說封雲亭與女鬼有交情，想知道怎麼與陰間的鬼魂重建情緣，便登門拜訪。封雲亭經不住他的再三懇求，答應將鬼妓招來。他輕輕敲了敲牆壁，叫了聲「壺盧子」，愛卿便穿牆而出。她猛一抬頭看到坐著的典史，大驚失色，轉身就要走。封雲亭忙將她攔住，典史上前一看，氣得臉都歪了，抓起桌上一隻大碗就砸過去。愛卿突然就消失了。

封雲亭不知道發生了什麼事，剛想要問，牆中又闖出一個老婆婆，衝著典史破口大罵：「你這貪婪卑鄙的傢伙，壞了我的搖錢樹，快賠我三十貫！」邊罵邊舉起枴杖打過去，正中典史的腦袋。典史抱著頭喊道：「剛才那個是我的老婆！年紀輕輕就死了，我正為她傷心欲絕，不料她做鬼也風流，做出這等醜事！我教訓她與你這個老太婆有什麼關係？」

老婆婆更生氣了，說：「你本來是個浙江的地痞無賴，花錢買了個官職便人模狗樣了。你貪贓枉法，只認錢不認人，人神共憤，死期已經到了，是你死去的爹媽向閻王求情，將你的媳婦送入妓院才抵了你的債的！」她一邊說一邊追著打，典史無處可逃，只得抱著頭乾嚎。封雲亭正不知道如何是好，只見梅姑娘從牆中出來了。她臉色煞白，吐出長舌頭，神情非常恐怖。她衝到典史跟前，拔出一支長簪，刺向他的耳朵。封雲亭大吃一驚，忙將梅姑娘勸住，說：「即使他有罪，也不能讓他死在我的寓所啊！」梅姑娘便勸住老婆婆，說：「讓他多活幾個時辰，別讓封郎受牽連。」典史抱頭鼠竄，當天晚上就頭痛欲裂，一命嗚呼。

第二天晚上，梅姑娘笑著進來了，說：「終於出了這口惡氣，真是痛快！」封雲亭不知道梅姑娘與典史有什麼深仇大恨。梅姑娘說：「他就是那個收受賄賂，誣陷於我，害得我含冤而死的狗官。他在此地當了十八年典史，我蒙受了十六年的冤屈。我原本就想請你為我報仇雪恨

的，一直不知道怎麼開口，這傢伙竟自己送上門來了。」封雲亭這才恍然大悟。

梅姑娘又說：「你說願意傾家蕩產來贖我，這話還算數嗎？」封雲亭說：「當然算數。」梅姑娘說：「那我告訴你，我死後已經投生在延安府展舉人家，只因為大仇未報，所以魂魄一直滯留此間。你可以用綢緞做一隻袋子，裝上我的靈魂，去展家求婚，他們一定會答應的。」封雲亭擔心門不當戶不對，會被拒絕。梅姑娘說：「你只管放心大膽地去，但要記住，路上不能叫我姓名，進了洞房喝交杯酒時，用袋子套在新娘子的頭上，大聲喊『別忘了，別忘了』就萬事大吉了。」於是，封雲亭找來了綢緞袋子，剛一打開，梅姑娘就跳了進去。

封雲亭帶上綢袋風塵僕僕地趕到延安府，一打聽果然有個展舉人，生了個漂亮的女兒，但痴呆呆的，而且還老是把舌頭吐出來，就像大熱天的狗一樣。正因為如此，十六歲了還不見有人上門提親，父母都挺著急的。封雲亭來到展府求婚，讓展老爺夫婦喜出望外，當即就答應了。婚禮上展家姑娘還是一副痴呆相，一點禮節都不懂，只有封雲亭毫不在意。進入洞房後，封雲亭取出綢袋套在她的頭上，連聲喊「別忘了，別忘了」，展家姑娘盯著封雲亭看了半天，好像想起了什麼。封雲亭笑著說：「你難道不記得我了？」說完還舉起綢袋在她眼前晃悠。展家姑娘終於醒悟過來，神態也變得與梅姑娘一樣了。

第二天一大早，封雲亭去向岳父大人請安。展老爺愧疚地說：「小女有些痴呆，既然你不嫌棄，我也很感激了。府中聰明伶俐的丫鬟不少，你要是看中了哪個，盡可以收入房中。」封雲亭說：「展姑娘又漂亮又聰明，怎麼說她痴呆呢？」展舉人不敢相信，不知道女婿這麼說是什麼意思。這時展姑娘也來給父母請安了，言行舉止都很得體，像是換了個人一樣。展老爺都不敢相信自己的眼睛了，忙不迭地問究竟怎麼回事，展姑娘只是羞澀地笑著，不好意思說，還是封雲亭將事情的經過大致說了一遍。展老爺非常高興，比以前更疼愛這個女兒了。從此讓兒子大成與封雲亭一塊兒讀書學習，一切供應都很豐盛。

過了一年多，先是大成逐漸對封雲亭流露出瞧不起的神色，郎舅之間不再和睦；接著奴僕們也看人下菜碟，開始在主人面前講封雲亭的壞話。展老爺聽多了流言蜚語，對封雲亭的禮數也不那麼講究了。梅姑娘

覺察到這些，就勸封雲亭說：「丈人家終究不是長久住處。那些長住丈人家的，全是些廢物。趁現在還沒有大裂痕，咱還是早點回家吧。」封雲亭也深以為然，於是向岳父告辭。展老爺想留下閨女，梅姑娘不願意。這一來，父親和兄長都生氣了，索性不給車馬。梅姑娘便拿出自己的首飾變賣了，雇了一套車馬回家。後來展老爺還寫信讓女兒回娘家看看，梅姑娘堅持不去。直到封雲亭中舉，兩家才通好往來。

## 【原文】

　　封雲亭，太行人。偶至郡，晝臥寓屋。時年少喪偶，岑寂之下，頗有所思。凝視間，見牆上有女子影，依稀如畫。念必意想所致。而久之不動，亦不滅。異之，起視轉真；再近之，儼然少女，容靨舌伸，索環秀領。驚顧未已，冉冉欲下。知為縊鬼，然以白晝壯膽，不大畏怯。語曰：「娘子如有奇冤，小生可以極力。」影居然下，曰：「萍水之人，何敢遽以重務浼君子。但泉下槁骸，舌不得縮，索不得除，求斷屋檁而焚之，恩同山岳矣。」諾之，遂滅。呼主人來，問所見狀。主人言：「此十年前梅氏故宅，夜有小偷入室，為梅所執，送詣典史。典史受盜錢五百，誣其女與通，將拘審驗。女聞自經。後梅夫妻相繼卒，宅歸於余。客往往見怪異，而無術可以靖之。」封以鬼言告主人。計毀舍易檁，費不貲，故難之。封乃協力助作。

　　既就而復居之。梅女夜至，展謝已，喜氣充溢，姿態嫣然。封愛悅之，欲與為歡。瞞然而慚曰：「陰慘之氣，非但不為君利；若此之為，則生前之垢，西江不可濯矣。會合有時，今日尚未。」問：「何時？」但笑不言。封問：「飲乎？」答曰：「不飲。」封曰：「對佳人，悶眼相看，亦復何味？」女曰：「妾生平戲技，惟諳打馬。但兩人寥落，夜深又苦無局。今長夜莫遣，聊與君為交線之戲。」封從之，促膝戟指，翻變良久，封迷亂不知所從；女輒口道而頤指之，愈出愈幻，不窮於術。封笑曰：「此閨房之絕技。」女曰：「此妾自悟，但有雙線，即可成文，人自不之察耳。」更闌頗怠，強使就寢，曰：「我陰人不寐，請自休。妾少解按摩之術，願盡技能，以侑清夢。」封從其請。女疊掌為之輕按，自頂及踵皆遍；手所經，骨若醉。既而握指細擺，如以團絮相觸狀，體暢舒不可言。擺至腰，口目皆憒；至股，則沉沉睡去矣。

及醒,日已向巳,覺骨節輕和,殊於往日。心益愛慕,繞屋而呼之,並無響應。日夕,女始至。封曰:「卿居何所,使我呼欲遍?」曰:「鬼無常所,要在地下。」問:「地下有隙可容身乎?」曰:「鬼不見地,猶魚不見水也。」封握腕曰:「使卿而活,當破產購致之。」女笑曰:「無須破產。」戲至半夜,封苦逼之。女曰:「君勿纏我。有浙娼愛卿者,新寓北鄰,頗極風致。明夕,招與俱來,聊以自代,若何?」封允之。次夕,果與一少婦同至,年近三十已來,眉目流轉,隱含蕩意。三人狎坐,打馬為戲。局終,女起曰:「嘉會方殷,我且去。」封欲挽之,飄然已逝。兩人登榻,於飛甚樂。詰其家世,則含糊不以盡道,但曰:「郎如愛妾,當以指彈北壁,微呼曰『壺盧子』,即至。三呼不應,可知不暇,勿更招也。」天曉,入北壁隙中而去。次日,女來。封問愛卿,女曰:「被高公子招去侑酒,以故不得來。」因而剪燭共話。女每欲有所言,吻已啟而輒止;固詰之,終不肯言,欷噓而已。封強與作戲,四漏始去。自此二女頻來,笑聲常徹宵旦,因而城社悉聞。

典史某,亦浙之世族,嫡室以私僕被黜。繼娶顧氏,深相愛好;期月夭殂,心甚悼之。聞封有靈鬼,欲以問冥世之緣,遂跨馬造封。封初不肯承,某力求不已。封設筵與坐,諾為之招鬼妓。日既曛,叩壁而呼,三聲未已,愛卿即入。舉頭見客,色變欲走。封以身橫阻之。某審視,大怒,投以巨碗,溘然而滅。封大驚,不解其故,方將致詰。俄暗室中一老嫗出,大罵曰:「貪鄙賊!壞我家錢樹子!三十貫索要償也!」以杖擊某,中顱。某抱首而哀曰:「此顧氏,我妻也!少年而殞,方切哀痛;不圖為鬼不貞。於姥乎何與?」嫗怒曰:「汝本浙江一無賴賊,買得條烏角帶,鼻骨倒豎矣!汝居官有何黑白?袖有三百錢,便而翁也!神怒人怨,死期已迫。汝父母代哀冥司,願以愛媳入青樓,代汝償貪債,不知耶?」言已,又擊。某宛轉哀鳴。方驚詫無從救解,旋見梅女自房中出,張目吐舌,顏色變異,近以長簪刺其耳。封驚極,以身幛客。女憤不已。封勸曰:「某即有罪,倘死於寓所,則咎在小生。請少存投鼠之忌。」女乃曳嫗曰:「暫假餘息,為我顧封郎也。」某張皇鼠竄而去。至署,患腦痛,中夜遂斃。

次夜,女出笑曰:「痛快!惡氣出矣!」問:「何仇怨?」女曰:「曩已言之:受賄誣奸,啣恨已久。每欲浼君,一為昭雪。自愧無纖毫之

德，故將言而輒止。適聞紛挐，竊以伺聽，不意其仇人也。」封訝曰：「此即誣卿者耶？」曰：「彼典史於此，十有八年。妾冤歿十六寒暑矣。」問：「嫗為誰？」曰：「老娼也。」又問愛卿，曰：「臥病耳。」因顋然曰：「妾昔謂會合有期，今真不遠矣。君嘗願破家相贖，猶記否？」封曰：「今日猶此心也。」女曰：「實告君：妾歿日，已投生延安展孝廉家。徒以大怨未伸，故遷延於是。請以新帛作鬼囊，俾妾得附君以往，就展氏求婚，計必允諧。」封慮勢分懸殊，恐將不遂。女曰：「但去無憂。」封從其言。女囑曰：「途中慎勿相喚；待合巹之夕，以囊掛新人首，急呼曰：『勿忘勿忘！』」封諾之。才啟囊，女跳身已入。

攜至延安，訪之，果有展孝廉，生一女，貌極端好；但病痴，又常以舌出唇外，類犬喘日。年十六歲，無問名者。父母憂唸成痗。封到門投刺，具通族閥。既退，托媒。展喜，贅封於家。女痴絕，不知為禮，使兩婢扶曳歸室。群婢既去，女解衿露乳，對封憨笑。封覆囊呼之，女停眸審顧，似有疑思。封笑曰：「卿不識小生耶？」舉之囊而示之。女乃悟，急掩衿，喜共燕笑。詰旦，封入謁岳。展慰之曰：「痴女無知，既承青眷，君倘有意，家中慧婢不乏，僕不靳相贈。」封力辨其不痴。展疑之。無何，女至，舉止皆佳，因大驚異。女但掩口微笑。展細詰之，女進退而慚於言；封為略述梗概。展大喜，愛悅逾於平時。使子大成與婿同學，供給豐備。

年餘，大成漸厭薄之，因而郎舅不相能；廝僕亦刻疵其短。展惑於浸潤，禮稍懈。女覺之，謂封曰：「岳家不可久居；凡久居者，盡闒茸也。及今未大決裂，宜速歸。」封然之，告展。展欲留女，女不可。父兄盡怒，不給輿馬，女自出妝資賃馬歸。後展招令歸寧，女固辭不往。後封舉孝廉，始通慶好。

# 阿　繡

早年，海州的劉子固到蓋州舅舅家玩，在那裡的一家雜貨小店中，看到一位很漂亮的姑娘，心裡很是喜歡。他假裝要買扇子，進店找她說話。女孩子見生意來了，朝裡面喊道：「爸，有人要買扇子！」她父親

從裡面出來，讓劉子固挺掃興的，故意使勁還價，結果生意沒做成。

　　劉子固出店後並沒走遠，躲在一旁偷看著，正好見到女孩的父親出門了。劉子固又大搖大擺地回來，讓女孩把扇子再拿出來。女孩眼珠骨溜一轉，想追出門去找父親，劉子固忙制止她說：「不必了，你開個價吧，我不會還價的。」女孩見他這麼說，故意將價格說得貴些，劉子固果然沒嫌貴，挺乾脆地把錢付了。

　　第二天，劉子固又來買東西，女孩照樣開出高價，劉子固仍舊眼睛也不眨就付了錢。他出門走不多遠，聽到姑娘追出來喊道：「回來！我是和你鬧著玩的，那東西要不了這麼多錢。」女孩子氣喘吁吁地趕上來，還了他一半的錢。劉子固站在那裡直發愣，更覺得她誠實、善良，是個不可多得的好姑娘。

　　從此，劉子固買這買那跑得更勤了。他得知女孩姓姚，大家都叫她阿繡。就這樣兩人越來越熟，成了好朋友。劉子固買了東西，阿繡總要用紙包好，再用舌頭舔一下黏上。劉子固藏在懷裡帶回去，小心翼翼，生怕抹去了紙上的舌痕。就這樣一轉眼過了半個月。

　　他的僕人見他每天都往小店跑，覺得好奇怪，仔細觀察一番，終於發現其中的奧秘。這位盡職的僕人知道這可不是鬧著玩的，立即告訴了劉子固的舅舅。舅舅也生怕他鬧出些什麼事來，不好向姐姐交代，執意把他送回海州家中。劉子固雖然一百個不願意，但也沒辦法。回到自己家後，他把買來的小玩意藏在一個箱子裡，一有空就拿出來看看，想像著阿繡的音容笑貌。

　　到了第二年，劉子固又來蓋州。他將行李剛放下，就跑去找阿繡，不料店門關著。他垂頭喪氣地回家，以為姚家的人是偶然外出未歸。第二天又跑去看，結果店門還是關著。劉子固向鄰居打聽，才知道姚家是外地人，因在這裡做生意沒賺到什麼錢，回老家去了，也不知道是否還會回來。劉子固好失落，吃不香睡不著，在舅舅家沒住幾天，就回海州去了。

　　兒子大了，劉母忙著給他找對象，但劉子固總是一口回絕。那個僕人把劉子固在舅舅家的事告訴了劉母。劉母得知兒子背著她自己找對象，十分生氣，不許他再去蓋州。

　　從那之後，劉子固茶飯不思，人也瘦了好多。劉母沒辦法了，想想

還是隨他去算了，於是讓他舅舅託人到姚家提親。劉子固知道這事，一下子變得神清氣爽，也跟著去了蓋州。沒料到剛進舅舅家，就一盆冷水劈頭蓋腦澆下來，舅舅說：「這事不大好辦，姚姑娘已經在老家許配給別人了。」劉子固像是掉進了冰窖中，整個心都涼了。

回家後，他常抱著那箱子哭，有時又痴想，不知道這世界上是否還有跟阿繡長得一樣的人？

有一回來了個媒婆，說復州有個黃姑娘，長得比仙女還漂亮，一定讓劉子固去相親。劉子固到了復州，剛入北門，見到一間屋裡有個姑娘，越看越覺得像阿繡。劉子固一陣興奮，在隔壁租了間房住下。向旁人打聽後知道，那戶人家姓李。真是難以置信，世界上竟有長得如此相像的人！一連等了好幾天，那姑娘終於開門出來了。她看到劉子固，忙退了回去，還指指後面，做了個手勢。劉子固沒懂這個手勢是什麼意思，就繞到屋後去看。只見是個荒蕪的院子，院牆才齊肩高。

劉子固終於明白過來，就守候在樹旁。等到天黑，聽到院內有人問：「你來了嗎？」劉子固迎上去一看，果真是阿繡！他實在太激動了，不禁熱淚盈眶。阿繡探過身來，用手絹為他擦去淚水，輕聲安慰。劉子固問：「我真是想盡辦法了，以為真是與你沒緣分，沒想到老天有眼，我們還有今天。你怎麼會在這兒？」阿繡說：「我是來表叔家的。」阿繡讓他先回去，說自己一會兒就找過來。劉子固回到屋裡，阿繡很快就跟進來了。她沒有刻意化妝，穿的還是當年那件衣服。劉子固問：「你不是已經許配人家了嗎，怎麼沒嫁過去？」阿繡：「這是騙你的。我父親擔心離家太遠，不願我嫁給你，故意讓你舅舅這麼說，好讓你死心。」原來如此！

有情人終於團聚，真是太美好了，劉子固再也顧不得其他。

他在復州一住就是一個月，忘了回家。一天夜裡，他的僕人起來餵馬，發現主人房裡亮著燈，湊近一看，竟是阿繡！他大吃一驚，天亮後就去找人打聽，然後來問劉子固：「少爺，昨晚是誰到你房裡來了？」劉子固裝糊塗，說沒人來。僕人說：「這地方太荒涼，是鬼魅狐怪出沒的地方，你可要小心。那姚姑娘怎麼會來這兒？」劉子固見瞞不過了，不好意思地說：「她表叔住在隔壁，有問題嗎？」僕人說：「我早就打聽過了，隔壁根本沒有這樣一個人，你是遇見鬼了！你再想想，你認識

姚姑娘是好幾年前的事了，可她還是當年那身打扮，可能嗎？這人臉色那麼白，笑起來沒有酒窩，遠不如姚姑娘漂亮。」

聽這麼一說，劉子固發現確實有些不對勁，也害怕起來，問：「那該怎麼辦？」僕人說：「你去把她騙來，我們把她殺掉算了。」

到了晚上，那姑娘又來了，對劉子固說：「我知道你懷疑我了。其實我沒有其他企圖，只是與你有這麼一段緣分。」正說著，僕人握著刀氣勢洶洶地闖進來。姑娘臉不改色，喝道：「把刀扔了，快擺上酒菜，我要與你主人告別。」僕人的刀「哐噹」一聲掉在地上，像是被人強行奪下似的。

酒席擺好了，劉子固戰戰兢兢地坐下，姑娘還像往日一樣說說笑笑。她對劉子固說：「我是狐仙，知道你害了相思病，想幫你一把，你怎麼反而要殺我？我雖然不是阿繡，但自認為不比她差，難道你不這麼看？」劉子固嚇得毛髮都豎起來了，一句話也說不出口。夜已經很深了，姑娘喝了口酒，站起來說：「我這就走了，等你成親那天，再把我與新娘作番比較吧。」

劉子固聽信狐仙的話，趕到蓋州，責問舅舅為什麼騙他。他不願住在舅舅家，在靠近姚家小店的地方租了間房住下，自己託人上姚家求婚。阿繡的母親說：「小叔替阿繡在老家找了門親，阿繡跟她父親相親去了。這事成不成還不知道呢。」劉子固急壞了，但也沒辦法，只能等著。

正在這時候，發生了戰亂。劉子固再也待不下去了，自己跑去找阿繡，結果半路上落在當兵的手裡。當兵的見抓了個白面書生，看管得不嚴，劉子固偷了匹馬跑了出來。他一路奔馳，遇到一個頭髮蓬亂的姑娘衝他大喊，「馬上的人，不是劉郎嗎？」停下一看，正是阿繡。劉子固以為又是狐仙扮的，問道：「你是真阿繡嗎？」阿繡被他問得摸不著頭腦，劉子固把自己的經歷說了一遍。阿繡說：「我是真的。父親帶我從老家回來，被當兵的抓了去。是一個姑娘救了我，她抓住我的手腕就走，旁邊的人像看不到我們似的。她跑起來像飛一樣，我的鞋子都掉了好幾次。跑出好遠後她才放手，說是不會有危險了，可以慢慢走，心愛的人就在前方等著我。沒想到真的遇到你了。」劉子固知道肯定是狐仙在幫她，心中充滿感激。

阿繡跟著劉子固回家。劉母看到阿繡，喜歡得嘴都合不攏。過了幾

天，姚家夫婦也趕到了，雙方大人都很滿意，挑了個好日子，高高興興地把喜事辦了。

結婚後，劉子固取出他珍藏的箱子，把他當時買的那些小玩意拿給阿繡看。他打開一隻粉盒，發現裡面裝著的是泥，覺得好奇怪。阿繡搗著嘴笑道：「啊喲，不好，多年前做的壞事，今天露餡了。」原來那時阿繡看他買東西從來不查看，故意裝了些泥與他開玩笑。劉子固裝作張牙舞爪嚇唬她說：「好哇，原來你這麼壞！」正當兩人嬉笑打鬧時，有人掀簾進來，說：「你們這麼開心，難道也不知道謝謝大媒人嗎？」劉子固回頭一看，奇了，又來了個阿繡！劉子固把母親她們都叫了來，大家左看右看，誰也分不出哪個是真，哪個是假。

終究還是劉子固熟悉些，看了好半天，認出了狐仙，忙向她行禮致謝。狐仙見被識破了，要過鏡子一照，紅著臉逃走了。

一天晚上，劉子固喝得醉醺醺回來，剛把燈點上，阿繡就跟著進來了。阿繡問：「你看我和狐仙姐姐誰更漂亮？」劉子固說：「那還是你漂亮。不過只看外表，還真分不出來。」這時有人敲門，阿繡說：「你也是只看表面。」劉子固摸不著頭腦，走過去把門打開，卻見阿繡從外面進來。劉子固這才知道剛才與他說話的是狐仙。回頭一看已沒影了，半空中還留有「咭咭」的笑聲。小倆口朝空中祈禱，請狐仙姐姐現身。狐仙說：「我不願見阿繡。阿繡前世是我妹妹，不幸早逝。當初我與她一同隨母親到瑤池見王母娘娘。我倆都羨慕娘娘的風采，就刻意模仿。妹妹比我聰明，一個月就學得惟妙惟肖，我學了三個月才學會。今世我以為比她強多了，不料還是不行。我是被你們真心相愛所感動，所以會常來看看的。」說完就沒聲音了。

從此，每隔三五天狐仙就會來一次。劉家有什麼疑難問題解決不了，她總能幫上忙。當阿繡回娘家時，她還會住上幾天，幫著管家。家裡丟了什麼東西，狐仙會穿著華麗，端端正正地坐在椅子上，把大家召集起來，嚴肅地說：「誰拿的東西，今晚送到某某處，不然頭會像裂開一樣痛，那就後悔莫及了。」第二天去看，東西果然送回來了。

一連三年，狐仙都是劉家的重要一員。此後，她才消失了。不過阿繡已經向她學了不少管家的法子，家裡少了東西，也會照著狐仙姐姐的樣子提出警告，下人都以為狐仙還在呢！

## 【原文】

　　海州劉子固，十五歲時，至蓋省其舅。見雜貨肆中一女子，姣麗無雙，心愛好之。潛至其肆，託言買扇。女子便呼父。父出，劉意沮，故折閱之而退。遙睹其父他往，又詣之。女將覓父，劉止之曰：「無須，但言其價，我不斬直耳。」女如言，故昂之。劉不忍爭，脫貫竟去。明日復往，又如之。行數武，女追呼曰：「返來！適偽言耳，價奢過當。」因以半價返之。劉益感其誠，蹈隙輒往，由是日熟。女問：「郎居何所？」以實對。轉詰之，自言：「姚氏。」臨行，所市物，女以紙代裹完好，已而以舌舐粘之。劉懷歸不敢復動，恐亂其舌痕也。積半月，為僕所窺，陰與舅力要之歸。意惓惓不自得。以所市香帕脂粉等類，密置一篋，無人時，輒闔戶自撿一過，觸類凝想。

　　次年，復至蓋，裝甫解，即趨女所；至則肆宇闃焉，失望而返。猶意偶出未返，早又詣之，闃如故。問諸鄰，始知姚原廣寧人，以貿易無重息，故暫歸去，又不審何時可復來。神志乖喪。居數日，怏怏而歸。

　　母為議婚，屢梗之，母怪且怒。僕私以舅事告母，母益防閒之，蓋之途由是絕。劉忽忽遂減眠食。母憂思無計，念不如從其志。於是刻日辦裝，使如蓋，轉寄語舅，媒合之。舅即承命詣姚。逾時而返，謂劉曰：「事不諧矣！阿繡已字廣寧人。」劉低頭喪氣，心灰絕望。既歸，捧篋啜泣，而徘徊顧念，冀天下有似之者。

　　適媒來，豔稱復州黃氏女。劉恐不確，命駕至復。入西門，見北向一家，兩扉半開，內一女郎，怪似阿繡；再屬目之，且行且盼而入，真是無訛。劉大動，因僦其東鄰居，細詰知為李氏。反覆疑念：天下寧有此酷肖者耶？居數日，莫可夤緣，惟目眈眈候其門，以冀女或復出。一日，日方西，女果出。忽見劉，即返身走，以手指其後；又復掌及額，而入。劉喜極，但不能解。凝思移時，信步詣舍後，見荒園寥廓，西有短垣，略可及肩。豁然頓悟，遂蹲伏露草中。久之，有人自牆上露其首，小語曰：「來乎？」劉諾而起，細視，真阿繡也。因大慟，涕墮如綆。女隔堵探身，以巾拭其淚，深慰之。劉曰：「百計不遂，自謂今生已矣，何期復有今夕？顧卿何以至此？」曰：「李氏，妾表叔也。」劉請逾垣。女曰：「君先歸，遣從人他宿，妾當自至。」劉如言，坐伺之。少間，女悄然入，妝飾不甚炫麗，袍褲猶昔。劉挽坐，備道艱苦，因問：

「卿已字,何未醮也?」女曰:「言妾受聘者,妄也。家君以道裡賒遠,不願附公子婚,此或托舅氏詭詞,以絕君望耳。」既就枕席,宛轉萬態,款接之歡,不可言喻。四更遽起,過牆而去。劉自是不復措意黃氏矣。旅居忘返,經月不歸。

一夜,僕起飼馬,見室中燈猶明;窺之,見阿繡,大駭,顧不敢詰主人。旦起,訪市肆,始返而詰劉曰:「夜與還往者,何人也?」劉初諱之,僕曰:「此第岑寂,狐鬼之藪,公子宜自愛。彼姚家女郎,何為而至此?」劉始靦然曰:「西鄰是其表叔,有何疑沮?」僕言:「我已訪之審:東鄰止一孤媼,西家一子尚幼,別無密戚。所遇當是鬼魅!不然,焉有數年之衣,尚未易者?且其面色過白,兩頰少瘦,笑處無微渦,不如阿繡美。」劉反覆思,乃大懼曰:「然且奈何?」僕謀伺其來,操兵入共擊之。至暮,女至,謂劉曰:「知君見疑,然妾亦無他,不過了夙分耳。」言未已,僕排闥入。女呵之曰:「可棄兵!速具酒來,當與若主別。」僕便自投,若或奪焉。劉益恐,強設酒饌。女談笑如常,舉手向劉曰:「悉君心事,方將圖效綿薄,何竟伏戎?妾雖非阿繡,頗自謂不亞,君視之猶昔否耶?」劉毛髮俱豎,噤不語。女聽漏三下,把盞一呷,起立曰:「我且去,待花燭後,再與新婦較優劣也。」轉身遂杳。

劉信狐言,竟如蓋,怨舅之誑己也。不捨其家,寓近姚氏,托媒自通,啖以重賂。姚妻乃言:「小郎為覓婿廣寧,若翁以是故去,就否未可知。須旋日方可計校。」劉聞之,徬徨無以自主,惟堅守以伺其歸。逾十餘日,忽聞兵警,猶疑訛傳;久之,信益急,乃趣裝行。中途遇亂,主僕相失,為偵者所掠。以劉文弱,疏其防,盜馬亡去。

至海州界,見一女子,蓬鬢垢耳,出履蹉跌,不可堪。劉馳過之,女遽呼曰:「馬上人非劉郎乎?」劉停鞭審顧,則阿繡也。心仍訝其為狐,曰:「汝真阿繡耶?」女問:「何為出此言?」劉述所遇。女曰:「妾真阿繡也。父攜妾自廣寧歸,遇兵被俘,授馬屢墮。忽一女子,握腕趣遁,荒竄軍中,亦無詰者。女子健步若飛隼,苦不能從,百步而屢屢褪焉。久之,聞號嘶漸遠,乃釋手曰:『別矣!前皆坦途,可緩行,愛汝者將至,宜與同歸。』」劉知其狐,感之。因述其留蓋之故。女言其叔為擇婿於方氏,未委禽而亂適作。劉始知舅言非妄。攜女馬上,疊騎歸。

入門則老母無恙，大喜。繫馬入，俱道所以。母亦喜，為女盥濯，竟妝，容光煥發。母撫掌曰：「無怪痴兒魂夢不置也！」遂設裀褥，使從己宿。又遣人赴蓋，寓書於姚。不數日，姚夫婦俱至，卜吉成禮乃去。

劉出藏奩，封識儼然。有粉一函，啟之，化為赤土。劉異之。女掩口曰：「數年之盜，今始發覺矣。爾日見郎任妾包裹，更不及審真偽，故以此相戲耳。」方嬉笑間，一人搴簾入曰：「快意如此，當謝蹇修否？」劉視之，又一阿繡也，急呼母。母及家人悉集，無有能辨識者。劉回眸亦迷，注目移時，始揖而謝之。女子索鏡自照，赧然趨出，尋之已杳。夫婦感其義，為位於室而祀之。

一夕，劉醉歸，室暗無人，方自挑燈，而阿繡至。劉挽問：「何之？」笑曰：「醉臭熏人，使人不耐！如此盤詰，誰作桑中逃耶？」劉笑捧其頰，女曰：「郎視妾與狐姊孰勝？」劉曰：「卿過之。然皮相者不辨也。」已而合扉相狎。俄有叩門者，女起笑曰：「君亦皮相者也。」劉不解，趨啟門，則阿繡入，大愕。始悟適與語者，狐也。暗中又聞笑聲。夫妻望空而禱，祈求現像。狐曰：「我不願見阿繡。」問：「何不另化一貌？」曰：「我不能。」問：「何故不能？」曰：「阿繡，吾妹也，前世不幸夭殂。生時，與余從母至天宮，見西王母，心竊愛慕，歸則刻意效之。妹較我慧，一月神似；我學三月而後成，然終不及妹。今已隔世，自謂過之，不意猶昔耳。我感汝兩人誠，故時復一至，今去矣。」遂不復言。

自此三五日輒一來，一切疑難悉決之。值阿繡歸寧，來常數日住，家人皆懼避之。每有亡失，則華妝端坐，插玳瑁簪長數寸，朝家人而莊語之：「所竊物，夜當送至某所；不然，頭痛大作，悔無及！」天明，果於某所獲之。三年後，絕不復來。偶失金帛，阿繡效其妝，嚇家人，亦屢效焉。

# 小　翠

王太常是江浙一帶的人。他童年時，有一次白天正躺在床上，突然

天色昏暗，雷聲大作，有一隻比貓大些的動物跑來，躲在他身下，趕也趕不走。沒過多久，天又放晴，那東西一眨眼就跑了。他看清楚不是貓，嚇得直喊「哥哥」。哥哥從隔壁過來，得知這事後，高興地說：「你要交好運了，那是狐狸跑來避雷劫。」後來他果然一帆風順，年紀輕輕就考中進士，很快又從縣令升為御史。

王老爺有個叫元豐的兒子，傻得無可救藥。都快到成家的年齡了，還連什麼是男什麼是女都不知道。這樣的呆子又怎麼討得到老婆？為了這事，王家夫婦沒少操心。有一天，一個婦人帶著個年輕姑娘找上門來，說是願意與王家結親。那姑娘姓虞，名叫小翠，笑盈盈的，長得可漂亮呢。王家夫婦喜出望外，忙問要多少聘金。婦人說：「這孩子跟著我連肚子都填不飽，要是能做你們王家的媳婦，吃的是山珍海味，穿的是綾羅綢緞，還有什麼不滿足的？難道我還要像賣菜一樣斤斤計較嗎？」王夫人看她這樣通情達理，更是喜歡。婦人對姑娘說：「這就是你的公婆，以後可要盡心伺候。我很忙，馬上就要走，三天後還會來看你的。」王老爺讓人用馬車相送，婦人說：「我住得很近，不必麻煩了。」看著媽媽出門離去，小翠也不顯得留戀，管自己玩著繡花的圖案。幾天過去了，那婦人沒再回來。問小翠家住在哪裡，她也說不出個所以然。王家也管不了那麼多了，收拾好新房，準備給兒子辦喜事。

左鄰右舍知道王家撿了個貧家女做媳婦，紛紛譏笑。但在婚禮那天，看到新娘竟這般光彩照人，都驚呆了，再也沒人非議，反而是羨慕不已。小翠特別乖巧，會察言觀色，很討公婆歡心。王家夫婦對她也格外喜歡，只是擔心她會嫌元豐傻。一段時間下來，小翠像是根本沒有嫌棄元豐的意思。她特能逗人玩，自己用布縫了個球，在園裡踢得可歡呢。小翠穿了雙小皮靴，一腳把球踢出幾十步遠，然後哄著元豐樂呵呵地撿回來，把元豐和丫鬟們都指揮得團團轉。

有一天，王老爺路過園中，球突然飛來，正好打在他臉上。小翠和丫鬟見闖禍了，都嚇得躲起來，只有元豐傻乎乎地追過來，結果被父親狠狠訓斥了一番。

事後王夫人把小翠叫去，說：「元豐不懂事，你要管著他些，可不能由著性子胡來。」小翠低著頭像是聽進去了，可一出門，又找元豐瘋玩去。有一次，她說是要演戲，用胭脂粉把元豐塗了個大花臉。王夫人

看到兒子人不像人鬼不像鬼的樣子，火冒三丈，毫不客氣地罵了小翠一頓。小翠低著頭玩弄著自己的衣帶，雖然不說話，但也不顯得害怕。王夫人拿她沒辦法，讓家丁把元豐按住，打了一頓板子。元豐痛得哇哇大哭，小翠臉都嚇白了，跪下來連聲求饒。夫人這才氣消了，帶著人走了。

　　小翠把丈夫扶回房間，幫他擦去淚水，撣掉灰塵，心痛地撫摸著傷痕，輕聲細語地安慰他，終於讓元豐破涕為笑。小翠關上門，從此他們只在屋裡玩。小翠有時讓元豐扮作西楚霸王，自己扮作虞姬，翩翩起舞，演《霸王別姬》。要不就來一段《昭君出塞》，元豐是匈奴王，小翠則是抱著琵琶的王昭君，整天歡聲笑語不斷。因為自家兒子這般痴傻，王老爺也就不忍心多責備兒媳婦，睜一隻眼閉一隻眼算了。

　　離王家不遠處住著一個姓王的給諫，向來與王老爺不和。當時正逢朝廷三年一次考察官員，王給諫嫉妒王老爺，對他心懷不滿，便在暗中陰謀中傷。王老爺雖然知道這些，但也沒有辦法。

　　一天晚上，王老爺與夫人早早睡了。小翠戴上官帽，穿上官袍，嘴邊還貼了濃濃的白鬍子，扮作當朝宰相的模樣，帶著兩個扮作侍衛的丫鬟，騎上馬出門去了。她們來到王給諫的門口，小翠用鞭子抽打扮成侍衛的丫鬟，嘴裡還狠狠地責罵道：「我要去拜訪王御史，你怎麼把我帶到王給諫家來了？」於是轉身奔回家去。

　　到了自家門口，看門的也以為真是宰相登門，慌忙稟報老爺。王老爺急忙迎出來，這才發現是兒媳婦搞的鬼。王老爺火大了，對夫人說：「人家正在找我的把柄，這倒好，自己送上門去了。我怕是要大難臨頭了。」夫人氣得直哆嗦，追到兒媳婦房裡，怪她闖了大禍。小翠微笑著任她罵，沒還一句嘴。兒子已經這樣了，討了個媳婦又是瘋瘋癲癲的。打她又不忍心，休了她兒子就沒老婆了，王老爺夫婦真是愁壞了。

　　宰相大人很有權勢，小翠扮得又很像，王給諫信以為真。他得知宰相進了王御史府後過半夜都沒出來，就懷疑他們有不利於自己的事情。第二天早朝時，王給諫問王老爺：「宰相大人昨晚來府上了嗎？」王老爺支支吾吾不敢明說，王給諫更斷定他心裡有鬼。王給諫懼怕宰相大人權高勢重，不敢再為難王老爺了。王老爺鬆了口氣，暗中吩咐夫人告訴小翠，以後別再出去闖禍，這事就算過去了。小翠笑笑答應了。

　　過了一年，宰相被免職了。王給諫找了個機會，跑到王老爺家中找碴。王老爺得知王給諫登門，慌忙出來迎接，但不知怎麼搞的，官袍不見了。他那邊翻箱倒櫃地找，王給諫則以為是故意怠慢他，更加忿忿不平。正在氣頭上時，只見元豐穿著龍袍，戴著皇冠，被小翠推著出來了。王給諫先是大吃一驚，繼而滿心歡喜，哄著元豐把龍袍、皇冠換下來，拿上就走了。王老爺追出來，早就沒影了。回頭問清了事情的經過，嚇得臉色慘白，哭著喊道：「我家怎麼會攤上這麼個害人精，這回可要滅九族了。」

　　王老爺和王夫人一起拿著棒子追到小翠住的地方。小翠已經知道了，躲進屋中把門頂上，任憑怎麼罵也不開門。王老爺氣急敗壞，取來一把斧頭要劈門，小翠說：「公公，你別著急，千刀萬剮由我一人擔著。你現在拿著斧頭，別人會當你是殺人滅口的。」王老爺一聽也對，只好住手。

　　王給諫以王御史意圖謀反篡位的罪名向朝廷告發。皇帝大驚，取來物證一看，所謂的皇冠是用高粱稈做的，所謂龍袍乾脆就是一塊黃色的包袱布。元豐也被帶到朝廷，皇帝一看他痴痴呆呆的樣子就樂了，問：「想當皇帝的就是他嗎？」引得哄堂大笑。

　　王給諫害人不成反害己，以誣告罪被打入大牢。王給諫的家人不服，又告王御史家有妖人。一番調查下來，王家就一對傻乎乎的兒子和瘋癲癲的兒媳婦，一天到晚演戲玩，並沒有害人的事情。於是案子就這麼結了，王給諫被判充軍雲南。

　　經過這些事情，王老爺覺得小翠不是一般的人，聯想到她母親一去不返，這裡肯定有文章，就讓夫人去探聽一下。但不管怎麼問，小翠總是笑而不答。有一次逼急了，小翠神祕兮兮地說：「我是玉皇大帝的女兒，母親大人不知道嗎？」

　　過了些時候，王老爺又陞官了。其他事情樣樣稱心如意，遺憾的就是五十多歲了，還沒能抱上孫子。小翠嫁過來三年，一直與元豐分床睡。王夫人讓人把兒子的床搬走，叫他與小翠睡一起。過了幾天元豐跑去向母親告狀：「床借去了也不知道還，讓我與小翠擠著睡。她睡覺時把腿壓在我身上，我氣都喘不過來。」邊上的丫鬟聽了，都搗著嘴偷偷地笑。

有一回小翠洗澡，元豐看到鬧著要一起洗。小翠笑著讓他等一會，重新準備了熱水。小翠把他扶進浴盆，元豐覺得水太燙，又悶又熱，嚷著要出來。小翠非但不聽，還抱來被子把他矇住。元豐掙扎了幾下就沒氣了。小翠一點也不驚慌，笑盈盈地把他拖到床上，擦乾身子，再蓋上被子。王夫人聽說兒子死了，哭天喊地地闖進來，罵道：「可惡的小妖精，為什麼要害我兒子性命？」小翠說：「這麼傻乎乎的兒子，還不如沒有的好。」王夫人聽她這麼一說，恨得眼睛裡直冒血，一頭撞過去，要與小翠拼命。正在這時，一個丫鬟喊道：「公子醒過來了！」小翠與王夫人一齊趕過去，只見元豐滿身大汗，喘著粗氣，慢慢睜開眼來。元豐看著大家，像是不太認識似的，說：「我回想以前的事，就像做了場大夢。」王夫人聽他說話，一點都不傻了，不由得驚喜萬分，帶著他去見父親。王老爺也不敢相信，問他幾個問題，回答得都很有條理。

一年後，王老爺被被王給諫一黨的人抓住把柄告了一狀，官職也丟了，在家中悶悶不樂。早先時候，廣西巡撫送給王老爺一隻玉瓶，非常名貴，王老爺想拿去賄賂朝中當權者，爭取官復原職。小翠也很喜歡這只玉瓶，拿著玩時不小心失手打碎了。王老爺夫婦原本就為罷官惱火，得知打碎了玉瓶，更是生氣，將小翠一頓臭罵。小翠氣得臉都歪了，回來對元豐說：「我為保全你家所做的何止是一隻玉瓶，為什麼不能稍微給我留點面子？實話對你說，我是狐仙。當年我母親遭受雷霆劫難，得到你父親的保護，而我與你又有五年的緣分，所以我是來報恩和了結緣分的。這些年來受的打罵不計其數，就因為五年的期限未到，才留下來的，今天實在是忍不下去了。」說完頭也不回地跑了。元豐追出去，小翠早就無影無蹤。元豐就像丟了魂似的，哭得死去活來，人也越來越憔悴。

王老爺也知道自己做得過分了，又擔心兒子遭受這樣的打擊，重新變傻，說是要給他另討個老婆。元豐說什麼也不答應，請畫師畫了張小翠的像，天天對著祈禱，希望她能回來。

兩年後的一天晚上，元豐騎著馬從外地回來，路過自家一處空置著的別墅，聽到裡面有嬉笑聲。元豐覺得奇怪，讓僕人拉住韁繩，自己站上馬背朝裡張望。只見朦朧的月光下，兩個女孩相互追逐著嬉鬧。穿綠衣服的女孩說：「死丫頭真調皮，該趕出門去！」紅衣女孩說：「你到

我家來，反而要趕走主人，有這道理嗎？」綠衣女孩說：「真不知道害羞，嫁給人家又被趕了出來，還好意思說這是你家！」紅衣女孩毫不示弱，說：「那也比你一直當老姑娘強！」

元豐聽那說話聲，與小翠一模一樣，便使勁地喊。兩個女孩嚇得一愣，綠衣女孩推了把紅衣女孩，說：「我不跟你爭了，你老公來了。」紅衣女孩走近來，不是小翠還會是誰？元豐高興得都快發瘋了，連忙爬上牆頭。小翠扶他下來，心疼地說：「兩年不見，你瘦得只剩一把骨頭了。」元豐聽她這麼一說，委屈的淚水嘩嘩直流。小翠說：「我也知道你想我，但我沒臉再進你家的門。今天我與大姐在這兒玩，讓你撞到了，可見命中注定的事情是逃不過的。」元豐請小翠跟他回家，小翠說什麼也不答應；元豐又請她在別墅住下，小翠想了好久，勉強同意了。

元豐讓僕人回去告訴母親。王太太得知小翠找到了，坐上轎子匆匆趕來。用鑰匙打開別墅大門，小翠迎上前去跪拜行禮。王太太抓住她的手，滿臉羞愧，再三請求原諒，說：「千錯萬錯都是我的錯，你要是能把以前的不愉快忘記，就跟我回去吧！」

小翠搖搖頭，在這點上態度十分堅決。王太太無法勉強，想到這地方很久沒人住了，非常荒蕪，要多派些人來伺候。小翠說：「其他人我都不願意見，就原先跟我的那兩個丫鬟很貼心，就讓她倆來吧。另外再有個看門的老僕，就可以了。」王太太一切照辦，對外就說元豐留在這裡養病。

小翠告訴元豐他倆只有五年緣分，勸他另外再娶一門親，元豐半句都不願聽。一年後，小翠的相貌變化很大。元豐取出原先那張畫像，簡直認不出是同一個人。小翠說：「我已經老了，你還看它幹什麼？」元豐說：「你才二十來歲，怎麼老得這麼快？」小翠笑而不答，一把奪過畫像，扔進火裡燒了。元豐來不及搶出來，直喊「可惜」。小翠對元豐說：「我沒出嫁時父親就告訴我，這輩子我不會有孩子。現在你父母年紀大了，都急於要抱孫子，你不能老讓他們這麼等著。」元豐被迫無奈，同意家裡為他與鍾翰林家的千金訂了婚。

婚期漸漸臨近了，小翠還為新娘子親手縫製了婚服。成婚那天，元豐掀開了新娘的頭蓋，吃驚得差點喊出聲來：新娘竟然長得和小翠一模一樣。還不光是相貌，就連說話的腔調，走路的姿勢，都像是與小翠一

個模子裡刻出來的。

元豐像是明白了什麼，匆忙趕往別墅，小翠已不知去向了。丫鬟遞上小翠留下的一塊手絹，元豐小心翼翼地打開，只見包著的是一塊玉塊，小翠這是向他告別，再也不會回來了！

元豐終於懂得了小翠的良苦用心。她肯定早就知道元豐將來會娶鍾姑娘，所以故意變成鍾姑娘的模樣與他相處，好讓元豐以後不必再倍嚐相思之苦。

## 【原文】

王太常，越人。總角時，晝臥榻上。忽陰晦，巨霆暴作。一物大於貓，來伏身下，展轉不離。移時晴霽，物即徑出。視之，非貓，始怖，隔房呼兄。兄聞，喜曰：「弟必大貴，此狐來避雷霆劫也。」後果少年登進士，以縣令入為侍御。

生一子，名元豐，絕痴，十六歲不能知牝牡，因而鄉黨無與為婚者。王憂之。適有婦人率少女登門，自請為婦。視其女，嫣然展笑，真仙品也。喜問姓名。自言：「虞氏。女小翠，年二八矣。」與議聘金。曰：「是從我糠覈不得飽，一旦置身廣廈，役婢僕，厭膏粱，彼意適，我願慰矣，豈賣菜也而索直乎！」夫人大悅，優厚之。婦即命女拜王及夫人，囑曰：「此爾翁姑，奉侍宜謹。我大忙，且去，三數日當復來。」王命僕馬送之，婦言：「里巷不遠，無煩多事。」遂出門去。

小翠殊不悲戀，便即奩中翻取花樣。夫人亦愛樂之。數日，婦不至。以居里問女，女亦憨然不能言其道路。遂治別院，使夫婦成禮。諸戚聞拾得貧家兒作新婦，共笑姍之；見女皆驚，群議始息。女又甚慧，能窺翁姑喜怒。王公夫婦，寵惜過於常情，然惕惕焉，惟恐其憎子痴；而女殊歡笑，不為嫌。第善謔，剌布作圓，蹋踘為笑。著小皮靴，蹴去數十步，詒公子奔拾之。公子及婢恆流汗相屬。一日，王偶過，圓然來，直中面目。女與婢俱斂跡去，公子猶踴躍奔逐之。王怒，投之以石，始伏而啼。王以告夫人，夫人往責女。女俯首微笑，以手刓床。既退，憨跳如故，以脂粉塗公子，作花面如鬼。夫人見之，怒甚，呼女詬罵。女倚幾弄帶，不懼，亦不言。夫人無奈之，因杖其子。元豐大號，女始色變，屈膝乞宥。夫人怒頓解，釋杖去。女笑拉公子入室，代撲衣

上塵，拭眼淚，摩挲杖痕，餌以棗栗。公子乃收涕以欣。女闔庭戶，復裝公子作霸王，作沙漠人；已乃豔服，束細腰，婆娑作帳下舞；或髻插雉尾，撥琵琶，丁丁纍纍然，喧笑一室，日以為常。王公以子痴，不忍過責婦；即微聞焉，亦若置之。

同巷有王給諫者，相隔十餘戶，然素不相能。時值三年大計吏，忌公握河南道篆，思中傷之。公知其謀，憂慮無所為計。一夕，早寢，女冠帶，飾冢宰狀，剪素絲作濃髭，又以青衣飾兩婢為虞候，竊跨廄馬而出，戲云：「將謁王先生。」馳至給諫之門，即又鞭撾從人，大言曰：「我謁侍御王，寧謁給諫王耶！」回轡而歸。比至家門，門者誤以為真，奔白王公。公急起承迎，方知為子婦之戲。怒甚，謂夫人曰：「人方蹈我之瑕，反以閨閣之醜，登門而告之。餘禍不遠矣！」夫人怒，奔女室，詬讓之。女惟憨笑，並不一置詞。撻之，不忍；出之，則無家：夫妻懊怨，終夜不寢。時冢宰某公赫甚，其儀采服從，與女偽裝無少殊別，王給諫亦誤為真。屢偵公門，中夜而客未出，疑冢宰與公有陰謀。次日早朝，見而問曰：「夜相公至君家耶？」公疑其相譏，慚顏唯唯，不甚響答。給諫愈疑，謀遂寢，由此益交歡公。公探知其情，竊喜，而陰囑夫人，勸女改行；女笑應之。

逾歲，首相免，適有以私函致公者，誤投給諫。給諫大喜，先托善公者往假萬金，公拒之。給諫自詣公所。公覓巾袍，並不可得。給諫伺候久，怒公慢，憤將行。忽見公子袞衣旒冕，有女子自門內推之以出。大駭，已而笑撫之，脫其服冕而去。公急出，則客去遠。聞其故，驚顏如土，大哭曰：「此禍水也！指日赤吾族矣！」與夫人操杖往。女已知之，闔扉任其詬厲。公怒，斧其門。女在內含笑而告之曰：「翁無煩怒。有新婦在，刀鋸斧鉞，婦自受之，必不令貽害雙親。翁若此，是欲殺婦以滅口耶？」公乃止。

給諫歸，果抗疏揭王不軌，袞冕作據。上驚驗之，其旒冕乃粱心所制，袍則敗布黃袱也。上怒其誣。又召元豐至，見其憨狀可掬，笑曰：「此可以作天子耶？」乃下之法司。給諫又訟公家有妖人，法司嚴詰臧獲，並言無他，惟顛婦痴兒，日事戲笑；鄰里亦無異詞。案乃定，以給諫充雲南軍。

王由是奇女。又以母久不至，意其非人。使夫人探詰之，女但笑不

言。再復窮問，則掩口曰：「兒玉皇女，母不知耶？」無何，公擢京卿。五十餘，每患無孫。女居三年，夜夜與公子異寢，似未嘗有所私。夫人異榻去，囑公子與婦同寢。過數日，公子告母曰：「借榻去，悍不還！小翠夜夜以足股加腹上，喘氣不得；又慣搯人股裡。」婢嫗無不粲然。夫人呵拍令去。

一日，女浴於室，公子見之，欲與偕；女笑止之，諭使姑待。既出，乃更瀉熱湯於甕，解其袍褲，與婢扶之入。公子覺蒸悶，大呼欲出。女不聽，以衾蒙之。少時，無聲，啟視，已絕。女坦笑不驚，曳置床上，拭體乾潔，加復被焉。夫人聞之，哭而入，罵曰：「狂婢何殺吾兒！」女囅然曰：「如此痴兒，不如勿有。」夫人益恚，以首觸女；婢輩爭曳勸之。方紛嘩間，一婢告曰：「公子呻矣！」輟涕撫之，則氣息休休，而大汗浸淫，沾浹裀褥。食頃，汗已，忽開目四顧，遍視家人，似不相識，曰：「我今回憶往昔，都如夢寐，何也？」夫人以其言語不痴，大異之。攜參其父，屢試之，果不痴。大喜，如獲異寶。至晚，還榻故處，更設衾枕以覘之。公子入室，盡遣婢去。早窺之，則榻虛設。自此痴顛皆不復作，而琴瑟靜好，如形影焉。

年餘，公為給諫之黨奏劾免官，小有羈誤。舊有廣西中丞所贈玉瓶，價累千金，將出以賄當路。女愛而把玩之，失手墮碎，慚而自投。公夫婦方以免官不快，聞之，怒，交口呵罵。女忿而出，謂公子曰：「我在汝家，所保全者不止一瓶，何遂不少存面目？實與君言：我非人也。以母遭雷霆之劫，深受而翁庇翼；又以我兩人有五年夙分，故以我來報曩恩、了夙願耳。身受唾罵，擢髮不足以數，所以不即行者，五年之愛未盈。今何可以暫止乎！」盛氣而出，追之已杳。公爽然自失，而悔無及矣。公子入室，睹其剩粉遺鉤，慟哭欲死；寢食不甘，日就羸悴。公大憂，急為膠續以解之，而公子不樂。惟求良工畫小翠像，日夜澆禱其下，幾二年。

偶以故自他里歸，明月已皎。村外有公家亭園，騎馬牆外過，聞笑語聲，停轡，使廄卒捉鞚；登鞍一望，則二女郎遊戲其中。云月昏蒙，不甚可辨，但聞一翠衣者曰：「婢子當逐出門！」一紅衣者曰：「汝在吾家園亭，反逐阿誰？」翠衣人曰：「婢子不羞！不能作婦，被人驅遣，猶冒認物產也？」紅衣者曰：「索勝老大婢無主顧者！」聽其音，酷類

小翠，疾呼之。翠衣人去曰：「姑不與若爭，汝漢子來矣。」既而紅衣人來，果小翠。喜極。女令登垣，承接而下之，曰：「二年不見，骨瘦一把矣！」公子握手泣下，具道相思。女言：「妾亦知之，但無顏復見家人。今與大姊遊戲，又相邂逅，足知前因不可逃也。」請與同歸，不可；請止園中，許之。公子遣僕奔白夫人。夫人驚起，駕肩輿而往，啟鑰入亭。女即趨下迎拜。夫人捉臂流涕，力白前過，幾不自容，曰：「若不少記榛梗，請偕歸，慰我遲暮。」女峻辭不可。夫人慮野亭荒寂，謀以多人服役。女曰：「我諸人悉不願見，惟前兩婢朝夕相從，不能無眷注耳；外唯一老僕應門，餘都無所復須。」夫人悉如其言。托公子養痾園中，日供食用而已。

女每勸公子別婚，公子不從。後年餘，女眉目音聲漸與曩異，出像質之，迥若兩人。大怪之。女曰：「視妾今日，何如疇昔美？」公子曰：「今日美則美，然較昔則似不如。」女曰：「意妾老矣！」公子曰：「二十餘歲，何得速老！」女笑而焚圖，救之已燼。一日，謂公子曰：「昔在家時，阿翁謂妾抵死不作繭。今親老君孤，妾實不能產育，恐誤君宗嗣。請娶婦於家，且晚侍奉公姑，君往來於兩間，亦無所不便。」公子然之，納幣於鍾太史之家。吉期將近，女為新人製衣履，齎送母所。及新人入門，則言貌舉止，與小翠無毫髮之異。大奇之。往至園亭，則女亦不知所在。問婢，婢出紅巾曰：「娘子暫歸寧，留此貽公子。」展巾，則結玉玦一枚，心知其不返，遂攜婢俱歸。雖頃刻不忘小翠，幸而對新人如覿舊好焉。始悟鍾氏之姻，女預知之，故先化其貌，以慰他日之思云。

# 張鴻漸

　　張鴻漸是永平郡人，年齡才十八歲卻是當地有名的讀書人。當地的趙縣令是個貪婪殘暴的傢伙。他濫用酷刑，把一個姓范的讀書人活活打死，激起民憤。一些讀書人來找張鴻漸商量，要到巡撫衙門告狀，還推舉張鴻漸撰寫訟狀。張鴻漸也義憤填膺，當場答應了下來。張鴻漸的妻子姓方，漂亮而賢惠，還很有見識。聽說這件事後，勸他說：「秀才做

事，只能成功，不能失敗。成功了大家都以為是自己的功勞，要是失敗了，則推得一乾二淨。現在世界上誰的勢力大誰就有理，是非曲折很難說清。咱家沒什麼靠山，萬一出事，誰會幫你呢？」張鴻漸一聽也對，但答應下來的事無法推辭，於是說好只管起草訟狀，別的就不參與了。

狀紙遞上去後如石沉大海。原來趙縣令用重金賄賂上面的大官，把事情擺平了。等風頭過去後，他還捏造了個結黨圖謀不軌的罪名，把那些告狀的秀才統統抓起來，又要追捕起草訟狀的人。

張鴻漸聞訊出逃，在外邊東躲西藏。踏進鳳翔府地界時，錢也花完了，肚子餓得咕咕叫。天黑下來時，他看到前方有個小村落，就趕了過去。張鴻漸走近一戶人家，看到女管家出來關門，便上前求助。那管家說：「要點吃的，找張床，都算不了什麼，但我家裡沒有男人，不方便留陌生人過夜。」張鴻漸忙說：「我不會有過分的要求，只要能在院子裡躲避野獸就滿足了。」管家看著可憐，就讓他進了院子，還找來一張草蓆，說：「你在這裡將就過一夜吧，明天早早離去。我家女主人知道我私自放你進來，會責怪我的。」

張鴻漸謝過了管家，躺在席上休息。不知過了多久，傳來一陣腳步聲。張鴻漸張眼望去，只見那管家手提燈籠，引著個年輕的姑娘朝這邊走來。張鴻漸趕緊躲在一旁，但姑娘看到了地上的草蓆，問管家怎麼回事，管家只得如實說了。姑娘果真十分生氣，說：「家裡的情況你又不是不知道，怎麼能放外人進來？他現在哪去了？」張鴻漸知道瞞不過了，連忙出來道歉。

姑娘看他一身讀書人打扮，又問清了身分，臉色緩和下來，說：「原來是風流儒雅的文士，老奴也不通報一聲，怠慢你了。」於是請他進客堂，安排酒菜盛情招待。張鴻漸悄悄問管家，這戶人家姓什麼。管家說：「姓施，老爺、太太都過世了，留下三位小姐。這位是大小姐，名叫舜華。」

酒足飯飽之後，張鴻漸被領到臥室，床早已準備好了。臨睡前，張鴻漸看到桌上有本《南華經》注，就拿來靠在床上翻看。這時舜華推門進來，張鴻漸慌忙起身整裝，舜華輕輕按住他說「不必」。舜華在床邊坐下，不好意思地說：「我喜歡你是個風流倜儻的才子，想與你比翼齊飛，不知你是否會嫌棄？」張鴻漸一時慌了神，結結巴巴地說：「感謝

姑娘的美意，但我已有妻子了。」舜華笑了起來，說：「你真是個誠實的君子。這也沒什麼關係，只要你不嫌棄，我就跟著你。」

第二天一早，舜華取出些銀子給張鴻漸，說：「你住在這裡也怪悶的，不如每天拿著些錢，四處去遊玩。不過，要等天黑後再回來，因為被別人看到不大好。」張鴻漸就照她說的，每天早出晚歸，一直持續了半年。

有一天，張鴻漸回來早了些，發現根本沒有什麼村莊、房屋。正驚訝的時候，聽到管家問：「你怎麼回來早了？」回頭一看，自己已經在屋裡了。張鴻漸呆住了，舜華走了出來，說：「你懷疑我了吧？實話告訴你，我是狐仙，命中注定與你有一段姻緣。如果你害怕的話，這就可以走。」張鴻漸沒地方能去，對舜華又十分留戀，所以還是留了下來。

當晚，張鴻漸對舜華說：「你既然是狐仙，定能來去自如。我離家三年了，常惦記家中的老婆孩子，你能帶我回去看看嗎？」舜華像是不高興地說：「你真沒良心，我這樣待你，你還想著別人！」張鴻漸說：「話可不能這麼說，俗話說『一日夫妻百日恩』，以後我們要是分別了，我也會這樣想你的。要是我只會喜新厭舊，你會怎麼想？」舜華說：「我是有點小心眼，只希望你忘了別人，記住我。不過回去看看也沒什麼大不了的，轉眼之間我就能送你到家。」說著拉上張鴻漸出門。

外面天已經很黑了，舜華走得飛快，張鴻漸跟也跟不上，差不多是被拖著走的。不多久，舜華說：「到了，你自己進去吧！」張鴻漸仔細一看，果然站在家門口了。

張鴻漸翻過院牆，看到屋裡亮著一盞昏黃的燈。他敲敲門，開門的正是妻子。夫妻重逢，百感交集，鴻漸覺得就像做夢一樣。妻子將他帶到床邊，鴻漸看到兒子睡得正香，不由感嘆道：「我離開的時候兒子剛會走路，現在都長這麼大了。」鴻漸講述了自己這些年的經歷，又問起當年打官司的事。妻子告訴他，那些告狀的秀才，或病死獄中，或流放遠處，沒有一個逃脫。鴻漸聽得連連搖頭，也更佩服妻子有遠見。妻子撒嬌地說：「你有了紅顏知己，早把我忘了。」鴻漸認真地說：「要是真忘了，還回來幹什麼？她對我雖好，終究不是同類，只是我忘不了她對我的恩情。」

妻子突然說：「你把我當什麼人了？」張鴻漸發現聲音不對，仔細

白話聊齋

一看，哪裡是妻子，分明是舜華！再看床上，根本沒什麼兒子，只有個竹枕頭。張鴻漸難堪得說不出話來，舜華說：「你的心思我已經很明白了，我們本該一刀兩斷。難為你沒忘記我，我也就不計較了。」

過了幾天，舜華突然說：「我這樣痴情，實在沒什麼意思，你還會怨我不送你回家的。今天我正好要上京城，順便送你回家吧。」舜華從床上拿了個竹枕頭，讓鴻漸閉上眼睛，一同騎上。張鴻漸覺得自己飛了起來，耳邊風呼呼響著，隨後又降落了。舜華說：「你到了，我們這就分手。」沒等張鴻漸說什麼，舜華已經消失了。

張鴻漸翻過院牆去敲門。開始妻子怎麼也不相信是丈夫回來了，問了好幾聲，終於聽出丈夫的聲音，哭著把門打開。張鴻漸進屋看見床上睡著兒子，跟上回的情形一模一樣，以為又是舜華在捉弄他，笑著問：「你把竹枕頭也帶來啦？」妻子聽不明白，看著丈夫嘻皮笑臉的樣子，傷心地說：「我天天盼你回來，枕頭上沾滿了淚水，你卻滿不在乎的，真不知道是什麼用心？」張鴻漸這才相信真的是妻子，又悲又喜，把前因後果都說了出來。張鴻漸問起那場官司，妻子的回答與那天舜華說的一樣，於是又引起一番感嘆。

同村有個無賴，一直想打方氏的主意。這天正好看到有人翻牆進去，就跟上來偷聽。方氏聽到有動靜，問：「外面是誰？」那無賴說：「你問我，我倒要先問你：誰到你房中來了？」方氏一陣緊張，說：「沒人呀。」無賴說：「我都聽了好一會了，你還想抵賴。我正要來捉姦呢！」方氏沒辦法，只得實話實說。無賴說：「張鴻漸是被通緝的逃犯，回來了也該送官府。」無賴以為抓到了方氏的把柄，步步緊逼。張鴻漸氣得直哆嗦，抓起一把刀，衝出去把那人砍死了。眼下又鬧出殺人大案了，方氏對丈夫說：「事已至此，你趕緊跑吧，這裡我頂著。」張鴻漸說：「大不了一死，怎麼能連累你呢？只盼你把兒子拉扯大，讓他好好讀書，將來有出息，我就死也瞑目了。」

第二天，張鴻漸到衙門自首。趙縣令說這是朝廷督辦的案子，要將他押送京城審理。張鴻漸戴著沉重的鐐銬走著，路上遇到一位騎馬的女子。那女子撩起面紗驚訝地說：「這不是表哥嗎？你這是怎麼啦？」張鴻漸一看，卻是舜華。張鴻漸滿含熱淚，說出了自己的遭遇。舜華說：「就憑你從前對我的態度，我是該扭頭就走的，但我又不忍心看到你現

在的樣子。兩位公差大人也辛苦了，不如到我家休息一下，我給你們準備些銀子，路上好用。」

舜華將他們帶進一所豪華的住宅，公差剛剛坐下，一桌豐盛的酒席就擺上來了，像是老早就準備好的。管家進來說：「小姐說了，家中剛好沒男人，不能陪你們用餐，真是怠慢了！張官人這一路上全靠公差大人照應，請兩位大人多喝幾杯。小姐正在籌措銀子，要過些時候才能送到。」

兩個公差聽說有錢，心裡別提有多高興，開懷暢飲，很快就喝得爛醉。這時舜華走出來，用手指了一下張鴻漸身上的鐐銬，鐐銬就全脫落了。舜華拉著張鴻漸出門，合騎一匹馬，揚鞭狂奔。不知過了多久，舜華對張鴻漸說：「我們就此分手吧。我與妹妹在仙山有個約會，已經因為你而耽擱了。」張鴻漸問：「那我們以後什麼時候能再見面？」舜華一言不發。張鴻漸再次追問，舜華乾脆把他推下馬去，管自己走了。

天亮後張鴻漸找人一問，才知道到了太原。於是在當地住下，招收學生，當起了教書匠。十年過去了，張鴻漸聽說自己的案子已漸漸被人遺忘，就起身返鄉。回到村邊，不敢貿然進去，一直等到天黑才摸到家門口。張鴻漸發現院牆修高了，爬不進去，只得敲門。妻子開門出來，很是歡喜，卻裝出對僕人的口吻說：「少爺在城裡沒錢了，讓你早些回來，怎麼半夜三更才到家？」張鴻漸進屋後問：「你說兒子在城裡，是怎麼回事？」方氏說：「你兒子長大了，進城考試去了。」張鴻漸激動地說：「我在外面東躲西藏，兒子全靠你一人拉扯大，我真不知道該說什麼好。」

張鴻漸在家躲了幾天，總還是提心吊膽的，怕被人發現。一天，門外人聲鼎沸，傳來一陣急促的敲門聲。方氏仔細一聽，好像有人在問：「這戶人家有後門嗎？」方氏以為是來抓丈夫的，緊張得要命，趕緊搬來梯子，讓丈夫翻牆逃命去了。方氏送走丈夫才把門打開，這才知道是兒子考中舉人，來了批報喜的人。她又喜又悔：丈夫嚇跑了，要不然他不知有多高興！

張鴻漸慌不擇路，跑到天亮，才發現方向錯了。原想躲到偏僻的地方去，不料跑往京城方向了。他又飢又困，想把身上的衣服當了，換口飯吃。張鴻漸走到一戶有錢人家的門口，看到一張中舉的喜報，敲敲

白話聊齋

門，出來一位老人家。他看到張鴻漸一副狼狽相，但舉止文雅，不像是騙飯吃的，就讓他進屋。這戶人家姓許，原在朝中做官，現告老還鄉，中舉的是他侄子。張鴻漸謊稱自己原先在京城教書，回家途中碰到強盜，被洗劫一空。許老爺看他很有學問，就留他在家教小兒子讀書。

一個月後，許舉人帶著一同中舉的張舉人回到家中。張鴻漸發現這張舉人與自己的兒子同名同姓，籍貫也一樣，懷疑是自己的兒子，但不敢確定。到了晚上，張舉人取出舉人的名錄，張鴻漸借來一看，張舉人父親一欄上明白無誤地寫著「張鴻漸」三個字。父子倆這才相認，兩人抱頭痛哭。

許老爺叔侄得知張舉人找到了父親，都來慶賀。大家聽了張鴻漸講述自己的經歷，更是非常同情。許老爺當即給主管張鴻漸官司的官員寫信，陳述冤情，又準備了一份厚禮，然後送張家父子還鄉。

歷經磨難，張鴻漸一家終於能團聚了。

## 【原文】

張鴻漸，永平人。年十八，為郡名士。時盧龍令趙某貪暴，人民共苦之。有范生被杖斃，同學忿其冤，將鳴部院，求張為刀筆之詞，約其共事。張許之。妻方氏，美而賢，聞其謀，諫曰：「大凡秀才做事，可以共勝，而不可以共敗：勝則人人貪天功，一敗則紛然瓦解，不能成聚。今勢力世界，曲直難以理定；君又孤，脫有翻覆，急難者誰也！」張服其言，悔之，乃宛謝諸生，但為創詞而去。

質審一過，無所可否。趙以巨金納大僚，諸生坐結黨被收，又追捉刀人。張懼，亡去。至鳳翔界，資斧斷絕。日既暮，踟躕曠野，無所歸宿。欻睹小村，趨之。老嫗方出闔扉，見生，問所欲為。張以實告，嫗曰：「飲食床榻，此都細事；但家無男子，不便留客。」張曰：「僕亦不敢過望，但容寄宿門內，得避虎狼足矣。」嫗乃令入，閉門，授以草薦，囑曰：「我憐客無歸，私容止宿，未明宜早去，恐吾家小娘子聞知，將便怪罪。」

嫗去，張倚壁假寐。忽有籠燈晃耀，見嫗導一女郎出。張急避暗處，微窺之，二十許麗人也。及門，見草薦，詰嫗。嫗實告之，女怒曰：「一門細弱，何得容納匪人！」即問：「其人焉往？」張懼，出伏階

張鴻漸

二二一

下。女審詰邦族，色稍霽，曰：「幸是風雅士，不妨相留。然老奴竟不關白，此等草草，豈所以待君子。」命嫗引客入舍。俄頃，羅列酒漿，品物精潔；既而設錦裀於榻。張甚德之，因私詢其姓氏。嫗曰：「吾家施氏，太翁夫人俱謝世，止遺三女。適所見，長姑舜華也。」嫗去。張視幾上有《南華經》注，因取就枕上，伏榻翻閱。忽舜華推扉入。張釋卷，搜覓冠履。女即榻捺坐曰：「無須，無須！」因近榻坐，腆然曰：「妾以君風流才士，欲以門戶相托，遂犯瓜李之嫌。得不相遐棄否？」張皇然不知所對，但云：「不相誑，小生家中，固有妻耳。」女笑曰：「此亦見君誠篤，顧亦不妨。既不嫌憎，明日當煩媒妁。」言已，欲去。張探身挽之，女亦遂留。未曙即起，以金贈張曰：「君持作臨眺之資；向暮，宜晚來。恐旁人所窺。」張如其言，早出晏歸，半年以為常。

一日，歸頗早，至其處，村舍全無，不勝驚怪。方徘徊間，聞嫗云：「來何早也！」一轉盼間，則院落如故，身固已在室中矣，益異之。舜華自內出，笑曰：「君疑妾耶？實對君言：妾，狐仙也，與君固有夙緣。如必見怪，請即別。」張戀其美，亦安之。夜謂女曰：「卿既仙人，當千里一息耳。小生離家三年，念妻孥不去心，能攜我一歸乎？」女似不悅，曰：「琴瑟之情，妾自分於君為篤；君守此念彼，是相對綢繆者，皆妄也！」張謝曰：「卿何出此言。諺云：『一日夫妻，百日恩義。』後日歸念卿時，亦猶今日之念彼也。設得新忘故，卿何取焉？」女乃笑曰：「妾有褊心：於妾，願君之不忘；於人，願君之忘之也。然欲暫歸，此復何難：君家咫尺耳！」遂把袂出門，見道路昏暗，張逡巡不前。女曳之走，無幾時，曰：「至矣。君歸，妾且去。」

張停足細認，果見家門。逾堁垣入，見室中燈火猶熒，近以兩指彈扉，內問為誰，張具道所來。內秉燭啟關，真方氏也。兩相驚喜，握手入帷。見兒臥床上，慨然曰：「我去時兒才及膝，今身長如許矣！」夫婦依倚，恍如夢寐。張歷述所遭。問及訟獄，始知諸生有瘐死者，有遠徙者，益服妻之遠見。方縱體入懷，曰：「君有佳偶，想不復念孤衾中有零涕人矣！」張曰：「不念，胡以來也？我與彼雖云情好，終非同類；獨其恩義難忘耳。」方曰：「君以我何人也？」張審視，竟非方氏，乃舜華也。以手探兒，一竹夫人耳。大慚無語。女曰：「君心可知矣！分當自此絕矣，猶幸未忘恩義，差足自贖。」

過二三日，忽曰：「妾思痴情戀人，終無意味。君日怨我不相送，今適欲至都，便道可以同去。」乃向床頭取竹夫人共跨之，令閉兩眸，覺離地不遠，風聲颼颼。移時，尋落。女曰：「從此別矣。」方將訂囑，女去已渺。

　　悵立少時，聞村犬鳴吠，蒼茫中見樹木屋廬，皆故里景物，循途而歸。逾垣叩戶，宛若前狀。方氏驚起，不信夫歸；詰證確實，始挑燈嗚咽而出。既相見，涕不可抑。張猶疑舜華之幻弄也；又見床臥一兒，如昨夕，因笑曰：「竹夫人又攜入耶？」方氏不解，變色曰：「妾望君如歲，枕上啼痕固在矣。甫能相見，全無悲戀之情，何以為心矣！」張察其情真，始執臂欷歔，具言其詳。問訟案所結，並如舜華言。方相感慨，聞門外有履聲，問之不應。蓋裡中有惡少甲，久窺方豔，是夜自別村歸，遙見一人逾垣去，謂必赴淫約者，尾之而入。甲故不甚識張，但伏聽之。及方氏亟問，乃曰：「室中何人也？」方諱言：「無之。」甲言：「竊聽已久，敬將以執姦也。」方不得已，以實告，甲曰：「張鴻漸大案未消，即使歸家，亦當縛送官府。」方苦哀之，甲詞益狎逼。張忿火中燒，把刀直出，剁甲中顱。甲踣，猶號；又連剁之，遂死。方曰：「事已至此，罪益加重。君速逃，妾請任其辜。」張曰：「丈夫死則死耳，焉肯辱妻累予以求活耶！卿無顧慮，但令此子勿斷書香，目即瞑矣。」

　　天明，赴縣自首。趙以欽案中人，姑薄懲之。尋由郡解都，械禁頗苦。途中遇女子跨馬過，一老嫗捉鞚，蓋舜華也。張呼嫗欲語，淚隨聲墮。女返轡，手啟障紗，訝曰：「表兄也，何至此？」張略述之。女曰：「依兄平昔，便當掉頭不顧；然予不忍也。寒舍不遠，即邀公役同臨，亦可少助資斧。」從去二三里，見一山村，樓閣高整。女下馬入，令嫗啟舍延客。既而酒炙豐美，似所夙備。又使嫗出曰：「家中適無男子，張官人即向公役多勸數觴，前途倚賴多矣。遣人措辦數十金為官人作費，兼酬兩客，尚未至也。」二役竊喜，縱飲，不復言行。日漸暮，二役徑醉矣。女出，以手指械，械立脫；曳張共跨一馬，駛如龍。少時，促下，曰：「君止此。妾與妹有青海之約，又為君逗留一晌，久勞盼注矣。」張問：「後會何時？」女不答，再問之，推墮馬下而去。

　　既曉，問其地，太原也。遂至郡，賃屋授徒焉。託名宮子遷。居十年，訪知捕亡浸怠，乃復逡巡東向。既近裡門，不敢遽入，俟夜深而後

入。及門，則牆垣高固，不復可越，只得以鞭撾門。久之，妻始出問，張低語之。喜極，納入，作呵叱聲，曰：「都中少用度，即當早歸，何得遣汝半夜來？」入室，各道情事，始知二役逃亡未返。言次，簾外一少婦頻來，張問伊誰，曰：「兒婦耳。」問：「兒安在？」曰：「赴郡大比未歸。」張涕下曰：「流離數年，兒已成立，不謂能繼書香，卿心血殆盡矣！」話未已，子婦已溫酒炊飯，羅列滿幾。張喜慰過望。居數日，隱匿屋榻，惟恐人知。一夜，方臥，忽聞人語騰沸，捶門甚厲。大懼，並起。聞人言曰：「有後門否？」益懼，急以門扇代梯，送張度垣而出；然後詣門問故，乃報新貴者也。方大喜，深悔張遁，不可追挽。

　　張是夜越莽穿榛，急不擇途；及明，困殆已極。初念本欲向西，問之途人，則去京都通衢不遠矣。遂入鄉村，意將質衣而食。見一高門，有報條粘壁上；近視知為許姓，新孝廉也。頃之，一翁自內出，張迎揖而告以情。翁見儀容都雅，知非賺食者，延入相款。因詰所往，張託言：「設帳都門，歸途遇寇。」翁留誨其少子。張略問官閥，乃京堂林下者；孝廉，其猶子也。月餘，孝廉偕一同榜歸，云是永平張姓，十八九少年也。張以鄉譜俱同，暗中疑是其子；然邑中此姓良多，姑默之。至晚解裝，出「齒錄」，急借披讀，真子也。不覺淚下。共驚問之，乃指名曰：「張鴻漸，即我是也。」備言其由。張孝廉抱父大哭。許叔侄慰勸，始收悲以喜。許即以金帛函字，致告憲台，父子乃同歸。

　　方自聞報，日以張在亡為悲；忽白孝廉歸，感傷益痛。少時，父子併入，駭如天降，詢知其故，始共悲喜。甲父見其子貴，禍心不敢復萌。張益厚遇之，又歷述當年情狀，甲父感愧，遂相交好。


# 席方平


　　席方平是東安人。他的父親名叫席廉，性情耿直，與村裡一個姓羊的財主一直不和。後來，姓羊的先死了；過了幾年，席廉也病危了，臨死前，他對席方平說：「羊某賄賂了陰間的小鬼，現在正拷打我呢。」不多會兒，果然見他身上紅腫，連聲慘叫，不久便嚥氣了。

　　席方平非常傷心，自言自語道：「父親老實，嘴又笨，生前受人欺

凌，死後還要被惡鬼折磨。我要到陰間去，替父親申冤。」從此他閉口不言，舉止漫無目的，樣子痴呆，原來魂靈已經離開了他的身軀。

　　席方平來到陰間，不知該往哪裡走，只要遇到了誰，便上前打聽去縣城的道路。當他輾轉來到縣城，卻得知父親已經被關進牢裡，於是又找到牢中，遠遠就望見父親躺在屋簷下，遍體鱗傷。父親睜開眼睛看到兒子，淚流滿面地說：「那些鬼差都收了羊某的賄賂，日夜對我嚴刑拷打，我的兩腿都被打斷了！」

　　席方平聽了義憤填膺，衝著獄中的小鬼破口大罵道：「我父親如果真的有罪，也該依照王法審判，怎麼能聽任你們這些小鬼胡作非為？」

　　出了牢房席方平便拿筆寫了份狀子，一早趕到縣城隍的衙門喊冤告狀。羊某害怕了，裡裡外外花了好多錢打通關係，才敢出面對質。城隍得到羊某的好處，便以查無實據為由，將席方平駁回了。

　　席方平氣得差點兒要吐血，在陰間趕了一百多里路，來到了郡裡，把城隍衙門受賄徇私之事告到了郡司。郡司老爺磨磨蹭蹭，拖了半個月後才升堂審理席方平的案子。哪知這郡司也收了羊某的好處，對席方平百般刁難，而且還將席方平一頓毒打，又將案子批回縣城隍重新審理。席方平回到了縣裡，繼續受到各種刑罰，但他堅強不屈，喊冤不止。城隍擔心他再告上去，就派小鬼將他押送回陽間。小鬼把他送到家門口就走了，席方平不肯進屋，又悄悄跑到了閻王殿，直接向閻王控告郡司和城隍殘酷貪婪的不法行徑。

　　閻王火了，馬上下令將他們拘來對質。郡司和城隍慌了，悄悄派遣親信找席方平說情，答應給一千兩銀子將此事私了。席方平不理睬。過了幾天，旅店的老闆對他說：「你太過分了，官府的人來求和，你卻執意不從。聽說他們都給閻王送了禮，這事恐怕凶多吉少了。」席方平不相信，仍然堅持。沒多久，小鬼將他帶走。閻王坐在殿堂上，怒氣衝衝，見席方平帶到，不容他分辯，命令先打二十板。席方平大聲抗議：「我犯了什麼罪，要受此刑？」閻王聽而不聞。

　　被打之後，席方平悲憤地喊道：「挨板子也是應該的，誰讓我沒錢呢！」閻王更惱火了，下令把他放到火床上。兩個小鬼把席方平揪下堂。東邊台階上有鐵床，床下燒著火，床面已經被燒得通紅。小鬼脫掉席方平的衣服，把他抬到床上，用力按住，反覆揉搓。席方平痛極了，

骨肉被燒得焦黑，苦於不能死去。

　　大約過了一個時辰，席方平又被架起，一瘸一拐地走上堂來。閻王又大聲喝問：「你還敢再告狀嗎？」席方平說：「大冤沒有伸，心還沒死，如果說不告狀，那是欺騙大王。這場官司哪怕到了天邊我也不會放棄的！」閻王又質問：「你到底想控告什麼？」席方平說：「我親身經歷的事，都要說出來。」閻王聽了暴跳如雷，下令將他身體鋸開。於是，兩個小鬼上前，把他拉到大殿。席方平看到面前豎著一根大木頭，大約有八九尺高，有兩塊板子，平放在木頭下面，全都血跡斑斑。小鬼剛要將他捆上去，聽見閻王在殿上一聲大喊，就又把他拖了回來。閻王再問：「你還敢告狀嗎？」席方平咬著牙說：「一定要告！」閻王氣急敗壞地下令立即將其肢解。

　　小鬼用兩塊板子夾住席方平，將其捆在木頭上。鋸子下來時，席方平馬上感到自己的頭被慢慢鋸開，疼痛難忍，但強忍住不吭一聲。有個鬼悄聲說：「真是條硬漢啊！」鋸子不停地往下，接近心口了，又一個小鬼說：「這是個孝子，並沒有犯罪，我們讓鋸子稍稍偏一點，不要鋸到了他的心。」席方平能感覺到鋸子偏過了心臟，繼續往下，仍痛苦不已。不一會兒，身體已經被分成兩半。

　　小鬼把板子解開，兩片身子一齊倒下。小鬼上殿報告，閻王又下令將兩半身子合起來。於是，兩個小鬼立即將鋸開的身子又合起來，拉著要他走。席方平覺得那條鋸縫又要分開，痛得無法忍受，剛邁出腳便癱倒在地。有個小鬼從腰間掏出一條絲帶悄悄遞過來，說：「給你這個，以獎勵你的孝順。」席方平用絲帶捆住了身子，精神恢復了許多，也不痛了。

　　他被押到殿上跪下，閻王又問他還告不告。席方平怕再受酷刑，便說不告了。閻王如釋重負，立即下令送他回陽間。

　　小鬼帶著他出了北門，指點回家的路，便轉身走了。席方平心想，陰間如此黑暗，比陽間有過之而無不及，無奈沒有辦法讓玉皇大帝知道這一切。他早就聽說灌口的二郎神是玉皇大帝的親戚，正直而能明辨是非，向他申訴定會靈驗。席方平暗暗高興兩個小鬼已經走了，便轉身向南走。他加快腳步，兩個小鬼又趕上來了，說：「閻王早就懷疑你不會老老實實地回家，果然如此！」

他又被抓回去見閻王。席方平以為閻王一定會更加惱火，等待他的一定是更殘酷的折磨，不料閻王沒有一點嚴厲的表情，對席方平說：「你的確很有孝心。只是你父親的冤屈，我已為你昭雪了。他現在已經投生在富貴人家，哪裡還用得著你喊冤呢！我這就送你回家，給你一千兩銀子，並讓你長命百歲，這下你滿足了嗎？」說完，便將這些寫在冊子上，蓋上大印，還讓他親自過目。

　　席方平沒料到是這樣一個結果，反覆感謝之後離開了閻王殿。兩個小鬼與他一起出來，走在路上，不停地驅趕他，還罵道：「你這個狡猾的傢伙！反覆無常，讓我們白跑了這麼多冤枉路！你要是再犯罪，一定抓去用大磨子將你碾得粉碎！」席方平瞪著眼呵斥道：「你們想幹什麼？我連刀鋸都能忍受，還有什麼嚇得倒我？我們這就回去見閻王，他既然放我回家，又何必讓你們看著我？」說完便回身走。兩個小鬼害怕了，只好低聲下氣地勸他回來。

　　席方平故意慢慢走，走幾步，便坐在路邊休息一會。兩個小鬼怕觸怒他，只好忍氣吞聲。走了半天，到了一個村莊，有戶人家的門半開著，小鬼便帶他進去休息會。席方平剛坐在門檻上，兩個小鬼趁他沒有防備，將他推進門裡。席方平大吃一驚，發現自己已經變成了剛出生的嬰兒。他氣壞了，不停地哭喊，就是不肯吃奶，結果三天就死了。

　　他的魂魄飄蕩著去了灌口要找二郎神。大約跑了幾十里，忽然看到一輛華蓋車迎面而來，護衛儀仗浩浩蕩蕩。席方平剛想避讓，不料還是衝撞了儀仗隊，被前面騎馬的武士抓住，捆著送到車前。席方平仰頭望去，車中坐了個年輕人，英俊威武，氣度不凡。那年輕人問席方平：「你是什麼人？」席方平正愁滿腔冤屈無處申訴，看到這麼一個大官問起，心想或許能為他做主，便將父親與自己的種種不幸遭遇，原原本本說了一遍。車中的年輕人聽後讓人給他鬆綁，並讓他隨行。

　　不久他們來到了一個地方，只見十幾個官員畢恭畢敬地在路旁迎接拜見。車中的年輕人與其一一打招呼後，指著席方平對一個官員說：「這是下界的人，有滿腹冤屈要找你申訴，你應該馬上給他一個公正的判決。」

　　席方平向隨從打聽，才知道車中的年輕人是玉皇大帝的九王子，所囑咐的人正是二郎神。席方平打量著二郎神，高高的個子，滿臉鬍鬚，

與民間傳說的形象大不相同。九王子走後，席方平跟著二郎神來到一處官署，他的父親和羊某以及衙門的官差都在那裡。一會兒，從囚車中出來幾個犯人，一看居然是閻王、郡司和城隍。

二郎神立即升堂，讓原、被告當堂對質。席方平說的句句屬實，閻王等嚇得戰戰兢兢，像被貓逮住的老鼠。二郎神拿起筆立即判決，一會兒，讓人宣讀判詞：閻王身為王爵，辜負了玉皇大帝的信任，貪婪歹毒，被判用西江之水洗腸，用燒紅的鐵床炮烙。郡司、城隍本是一方父母官，卻貪贓枉法、橫行霸道，被判剝去人皮，換上獸皮，重新投胎為畜生。羊某為富不仁，以為有錢能使鬼推磨，將地府攪得昏天黑地，判處罰沒所有家產，轉給席家，以表彰席方平的孝道。

二郎神還對席方平的父親說：「考慮你的兒子孝順仁義，你性情善良懦弱，再加你三十六年的陽壽。」說完，便派兩個人送他們回家鄉。

席方平便抄下那個判詞，父子在路上一起讀。到家後，席方平先醒來，叫家裡人開棺看父親。他父親僵硬的屍體還是冷冰冰的，等了一整天，才漸漸有了熱氣、活了過來。他們到處尋找抄回的判詞，卻無論如何也找不到。

從此，席方平家裡一天比一天富裕，三年間便買下了成片的良田。羊氏的後代卻衰敗了，房屋田產，全都賣給了席家。席方平的父親活到九十多歲才逝世。

## 【原文】

席方平，東安人。其父名廉，性戇拙。因與裡中富室羊姓有隙，羊先死；數年，廉病垂危，謂人曰：「羊某今賄囑冥使搒我矣。」俄而身赤腫，號呼遂死。席慘怛不食，曰：「我父樸訥，今見凌於強鬼；我將赴地下，代伸冤氣矣。」自此不復言，時坐時立，狀類痴，蓋魂已離舍矣。

席覺初出門，莫知所往，但見路有行人，便問城邑。少旋，入城。其父已收獄中。至獄門，遙見父臥簷下，似甚狼狽。舉目見子，潸然涕流，便謂：「獄吏悉受賕囑，日夜搒掠，脛股摧殘甚矣！」席怒，大罵獄吏：「父如有罪，自有王章，豈汝等死魅所能操耶！」遂出，抽筆為詞。趁城隍早衙，喊冤以投。羊懼，內外賄通，始出質理。城隍以所告無據，頗不直席。席忿氣無所復伸，冥行百餘里，至郡，以官役私狀，

告之郡司。遲之半月，始得質理。郡司撲席，仍批城隍復案。席至邑，備受械梏，慘冤不能自舒。城隍恐其再訟，遣役押送歸家。役至門辭去。

　　席不肯入，遁赴冥府，訴郡邑之酷貪。冥王立拘質對。二官密遣腹心與席關說，許以千金。席不聽。過數日，逆旅主人告曰：「君負氣已甚，官府求和而執不從，今聞於王前各有函進，恐事殆矣。」席以道路之口，猶未深信。俄有皂衣人喚入。升堂，見冥王有怒色，不容置詞，命笞二十。席厲聲問：「小人何罪？」冥王漠若不聞。席受笞，喊曰：「受笞允當，誰教我無錢耶！」冥王益怒，命置火床。兩鬼捽席下，見東墀有鐵床，熾火其下，床面通赤。鬼脫席衣，掬置其上，反覆揉捺之。痛極，骨肉焦黑，苦不得死。約一時許，鬼曰：「可矣。」遂扶起，促使下床著衣，猶幸跛而能行。復至堂上，冥王問：「敢再訟乎？」席曰：「大冤未伸，寸心不死，若言不訟，是欺王也。必訟！」又問：「訟何詞？」席曰：「身所受者，皆言之耳。」冥王又怒，命以鋸解其體。二鬼拉去，見立木，高八九尺許，有木板二，仰置其上，上下凝血模糊。方將就縛，忽堂上大呼「席某」，二鬼即復押回。冥王又問：「尚敢訟否？」答云：「必訟！」冥王命捉去速解。既下，鬼乃以二板夾席，縛木上。鋸方下，覺頂腦漸辟，痛不可禁，顧亦忍而不號。聞鬼曰：「壯哉此漢！」鋸隆隆然尋至胸下。又聞一鬼云：「此人大孝無辜，鋸令稍偏，勿損其心。」遂覺鋸鋒曲折而下，其痛倍苦。俄頃，半身辟矣。板解，兩身俱僕。鬼上堂大聲以報，堂上傳呼，令合身來見。二鬼即推令復合，曳使行。席覺鋸縫一道，痛欲復裂，半步而踣。一鬼於腰間出絲帶一條授之，曰：「贈此以報汝孝。」受而束之，一身頓健，殊無少苦。遂升堂而伏。冥王復問如前；席恐再罹酷毒，便答：「不訟矣。」冥王立命送還陽界。隸率出北門，指示歸途，反身遂去。

　　席念陰曹之昧暗尤甚於陽間，奈無路可達帝聽。世傳灌口二郎為帝勳戚，其神聰明正直，訴之當有靈異。竊喜兩隸已去，遂轉身南向。奔馳間，有二人追至，曰：「王疑汝不歸，今果然矣。」捽回覆見冥王。竊意冥王益怒，禍必更慘；而王殊無厲容，謂席曰：「汝志誠孝。但汝父冤，我已為若雪之矣。今已往生富貴家，何用汝鳴呼為。今送汝歸，予以千金之產、期頤之壽，於願足乎？」乃注籍中，嵌以巨印，使親視

之。席謝而下。鬼與俱出，至途，驅而罵曰：「奸猾賊！頻頻翻覆，使人奔波欲死！再犯，當捉入大磨中，細細研之！」席張目叱曰：「鬼子胡為者！我性耐刀鋸，不耐撻楚耶！請反見王，王如令我自歸，亦復何勞相送。」乃返奔。二鬼懼，溫語勸回。席故蹇緩，行數步，輒憩路側。鬼含怒不敢復言。約半日，至一村，一門半辟，鬼引與共坐；席便據門閾，二鬼乘其不備，推入門中。

　　驚定自視，身已生為嬰兒。憤啼不乳，三日遂殤。魂搖搖不忘灌口，約奔數十里，忽見羽葆來，幡戟橫路。越道避之，因犯鹵簿，為前馬所執，縶送車前。仰見車中一少年，豐儀瑰瑋。問席：「何人？」席冤憤正無所出，且意是必巨官，或當能作威福，因縷訴毒痛。車中人命釋其縛，使隨車行。俄至一處，官府十餘員，迎謁道左，車中人各有問訊。已而指席謂一官曰：「此下方人，正欲往訴，宜即為之剖決。」席詢之從者，始知車中即上帝殿下九王，所囑即二郎也。席視二郎，修軀多髯，不類世間所傳。九王既去，席從二郎至一官廨，則其父與羊姓並衙隸俱在。少頃，檻車中有囚人出，則冥王及郡司、城隍也。當堂對勘，席所言皆不妄。三官顫慄，狀若伏鼠。二郎援筆立判；頃之，傳下判語，令案中人共視之。判云：

　　「勘得冥王者：職膺王爵，身受帝恩。自應貞潔以率臣僚，不當貪墨以速官謗。而乃繁纓棨戟，徒誇品秩之尊；羊狠狼貪，竟玷人臣之節。斧敲斫，斫入木，婦子之皮骨皆空；鯨吞魚，魚食蝦，螻蟻之微生可憫。當掬西江之水，為爾湔腸；即燒東壁之床，請君入甕。城隍、郡司：為小民父母之官，司上帝牛羊之牧。雖則職居下列，而盡瘁者不辭折腰；即或勢逼大僚，而有志者亦應強項。乃上下其鷹鸞之手，既罔念夫民貧；且飛揚其狙獪之奸，更不嫌乎鬼瘦。惟受贓而枉法，真人面而獸心！是宜剔髓伐毛，暫罰冥死；所當脫皮換革，仍令胎生。隸役者：既在鬼曹，便非人類。只宜公門修行，庶還落蓐之身；何得苦海生波，益造彌天之孽？飛揚跋扈，狗臉生六月之霜；隳突叫號，虎威斷九衢之路。肆淫威於冥界，咸知獄吏為尊；助酷虐於昏官，共以屠伯是懼。當於法場之內，剁其四肢；更向湯鑊之中，撈其筋骨。羊某：富而不仁，狡而多詐。金光蓋地，因使閻摩殿上儘是陰霾；銅臭熏天，遂教枉死城中全無日月。余腥猶能役鬼，大力直可通神。宜籍羊氏之家，以賞席生

之孝。即押赴東嶽施行。」又謂席廉:「念汝子孝義,汝性良懦,可再賜陽壽三紀。」因使兩人送之歸里。

　　席乃抄其判詞,途中父子共讀之。既至家,席先蘇;令家人啟棺視父,殭屍猶冰,俟之終日,漸溫而活。及索抄詞,則已無矣。自此,家日益豐。三年間,良沃遍野;而羊氏子孫微矣,樓閣田產,盡為席有。裡人或有買其田者,夜夢神人叱之曰:「此席家物,汝烏得有之!」初未深信;既而種作,則終年升斗無所獲,於是復鬻歸席。席父九十餘歲而卒。

# 黃　英

　　馬子才是順天府人。家中世世代代喜好菊花,到馬子才這一輩就更加痴迷了。只要聽說有好的菊花品種,他一定要買回,即使遠隔千里也阻攔不了他。

　　有一天,有個金陵客人借住在他家,說起他的表親有一兩種菊花,是北方所沒有的。馬子才聽說後動了心,立刻準備行裝,跟著那位客人到了金陵。金陵客人也是個熱心人,想方設法為他尋得了兩株菊芽苗,馬子才像得到寶貝一般,把菊芽包藏起來,立即返程。

　　走在路上,馬子才遇到一個年輕人,騎著一頭驢子,跟在一輛華麗的馬車後面,舉止瀟灑,風度翩翩。漸漸靠近後,馬子才主動和他搭話。他自稱姓陶,談吐也很文雅。他也問馬子才去哪裡,馬子才便將自己此行的目的如實相告。年輕人聽了後說:「菊花品種並沒有好壞之分,關鍵在於怎麼培育。」接著又談論起培植菊花的方法。馬子才聽得津津有味,非常高興,問道:「你們這是去哪裡?」年輕人回答說:「我姐姐在金陵住不慣,想到河北找個地方住。」馬子才聽了高興地說:「我家雖然簡陋,但茅屋還是夠住的。如果你們不嫌棄,就不妨住在我家吧,也省得費心找房子了。」

　　年輕人聽了便到車前告訴姐姐,徵求她的意見。車裡的人掀開簾子答話,原來是一位二十多歲的絕代美人。她望著弟弟說:「房子小沒關係,院子要寬敞些才好。」馬子才忙接過話,說院子夠大的。於是他們

就一同來到馬家。

馬子才有南北兩處屋子，馬家人住在北院，南院屋子狹小，一直空著，陶生一眼就看中了這個地方，與他姐姐在南院住下。他每天到北院為馬子才整治菊花。有的菊花已經枯萎了，他就拔出根來重新栽下去，結果又活了。

陶家比較清貧，陶生每天與馬子才一同吃喝，陶家好像從不生火煮飯。馬子才的妻子呂氏，也很喜歡陶家姐姐，不時送上些糧食。陶家姐姐小名叫黃英，善於交談，常過來陪呂氏說話，和呂氏一同紡麻。

有一天，陶生對馬子才說：「你家裡本來就不富裕，我們每天吃你的喝你的會連累你們的，長此以往也不是辦法。我倒有個主意，我們可以培植一些菊花出售，足可以維持生計。」馬子才向來清高耿直，聽陶生這麼一說，很瞧不起他，說：「我以為你是個風流高雅的人，一定能安於貧困；沒想到竟然說出這樣的話來，將世外桃源混同於斤斤計較的菜市場，實在是玷污了高潔的菊花。」陶生笑著說：「自食其力並不是貪財，以賣花為業不算庸俗。一個人固然不能鑽在錢眼裡，但也不必刻意讓自己貧困。」馬子才一言不發，陶生便起身走了出去。

從此，陶生將那些被馬子才丟棄的殘枝劣種都撿了回來，細心培植。他也不再到馬家吃住了，偶爾相邀才去一次。轉眼就是秋天，是菊花將開的季節，陶家門前人聲喧嘩，像鬧市一般。馬子才覺得奇怪，跑去偷看。只見買花的人，用車裝，用肩挑，絡繹不絕。而那些菊花也都是奇異的品種，連馬子才都沒見過。馬子才既厭惡陶生的貪婪，想與他斷絕來往，又恨他私藏好品種，就敲開他的門，想興師問罪。

陶生迎了出來，一把握住馬子才的手，將他拉了進來。只見半畝荒蕪的庭院，已經改造成了菊壟，一點空地都沒有了。那些剛被挖走菊花之處，也已經插上了新苗。那些將開的花蕾，都是上品，但馬子才仔細一看，卻又都是自己拔起丟掉的。

陶生進屋取來酒，與馬子才在菊壟旁坐下，說：「我貧困不能遵守清規，這些天剛好賺了些錢，今天足夠讓我們一醉方休。」他倆對飲了一會兒，聽到房裡有人叫「三郎」。陶生答應著進去，一會兒與姐姐黃英一起端來了佳餚。黃英轉身回屋了，馬子才一看菜餚色香味俱全，便問道：「你姐姐為什麼不出嫁？」陶生回答道：「時間還沒到呢。」馬

子才奇怪地問：「要等什麼時候？」陶生說：「四十三個月之後。」馬子才更是丈二和尚摸不著頭腦了，又問：「此話怎講？」陶生詭異地笑笑，不說話。

這一次馬子才喝得十分儘興，第二天他又過來了，只見新插的菊花枝已有一尺高了。馬子才感到非常奇怪，苦苦追問陶生有什麼秘方。陶生說：「這不是用幾句話可以說清楚的，況且你又不靠種花謀生，對你沒什麼用的。」

又過了幾天，上門來求購菊花的人少了，陶生就用蒲蓆包著菊花，捆紮好裝了幾大車，出門去了。到了第二年春天，他滿載著南方的奇異花卉回來了，在城裡開了個花店，十天工夫就把花賣完了。他又回家培植菊花。說來也奇怪，去年向他買過花的人雖然留下花根，但都變壞了，只好又向他購買。他因此一天天富起來。頭一年建新房，第二年蓋大樓。他完全隨自己的心意興建，根本沒與馬子才商量。

過去的花壟已經蓋了樓，他重新在院外買了一片田，並築起圍牆，裡面都種上菊花。到了秋天，他用車滿載菊花離去，但第二年春天卻沒有回來。此時，馬子才的妻子病故，馬子才看上了黃英，託人去探個口風。黃英微微一笑，沒有拒絕，只是說要等弟弟回來商議。

可是一年過去了，陶生仍然沒有回來。這期間，黃英督促僕人種菊花，與弟弟在家時不相上下。陶家賺了錢後，又與人合夥，在村外置辦了二十頃良田，宅第也改建得更為壯觀了。

有一天，一個人忽然從東粵過來，捎來一封陶生的信。馬子才拆開一看，卻是讓黃英嫁給他。再看寄信的日子，正好是馬子才妻子去世那天。馬子才回想那次在菊園對飲的情景，到現在正好四十三個月，更是覺得不可思議。他把信拿給黃英看，並說要送聘禮。黃英推辭不接受彩禮。

馬家舊居簡陋，黃英想讓馬子才住到陶家的新樓來，馬子才不答應。黃英不再勉強，嫁過來後，她把院子打通了，每天去南邊的房子，督促她的僕人幹活。馬子才認為靠妻子的家產過日子是很丟臉的，經常叫黃英把家產分清楚。黃英嘴上答應，但家裡有什麼需要的，她總是從南邊房中去取，不到半年，馬家所有的東西幾乎都是從陶家搬來的了。

馬子才發現後，讓人把這些東西都送回去，並再三叮囑僕人，不要

再去陶家取東西了，但不到十天，所有這些東西又都回來了。一連幾次之後，馬子才也不勝其煩了。黃英笑他說：「你這樣不是太勞神費心了嗎？」馬子才覺得不好意思，從此不再過問此事，一切聽任黃英安排。於是，黃英開始大興土木，馬子才也阻止不了，幾個月後，南北兩邊房屋連成一體，再也分不開了。

黃英聽從馬子才的意見，不再親手培植菊花，日子卻過得比富貴人家還強。馬子才總覺得不安，說：「我三十年清貧的德操，因為你而丟失了。靠著妻子過日子，哪裡還有一點男子漢的氣概。人們都希望富裕，我卻希望貧窮。」黃英說：「我並不是貪婪鄙陋，但如果不能稍稍富足一點，那就會讓千年之後的人都以為陶淵明是貧賤骨頭，一百代都不能發家。所以姑且為我們陶家解解嘲罷了。貧困的人要想富裕很難，富裕的人要想貧窮卻很容易。家裡的錢任你去揮霍，我不吝惜。」

馬子才說：「花別人的錢，也是很丟臉的。」黃英不高興了，說：「你不願意富裕，我也不能貧窮，那就沒辦法了，只好和你分開住。清廉的自去清廉，污濁的自去污濁。」於是，她在園中為他修建一座茅屋，並選擇漂亮的婢女去侍奉他。馬子才開始還覺得很滿意，但幾天過後，又非常想念黃英，叫她過來她又不肯，只好自己乖乖地回去了。

有一次，馬子才有事到金陵，正趕上菊花盛開的季節。早上路過花店，他見店中擺列的菊花，形狀品相都非常好，心裡一動，覺得很像陶生培植的。正在這時，店主出來了，果然是陶生。兩人非常高興，相互傾訴久別之情，陶生便留他住下。

馬子才請陶生與他一同回去。陶生說：「金陵是我的故鄉。我將要在這裡成家。我賺了些錢，麻煩你帶給我姐姐，我年底會去看你們的。」馬子才不聽，堅持要他回去，並說：「現在家裡已經很富足了，賺的錢花不完，你不用再做生意了。」

陶生拗不過他，只好讓僕人代他議價，將店裡的花都降價出售。幾天後花賣完了，馬子才又催他趕快打點行裝，租船北上。

回家時，黃英已經把房屋整理好，鋪上了床墊被縟，好像早就知道弟弟會回來一樣。陶生回來以後，放下行裝，督促工匠，大建亭園。每天他只與馬子才下棋喝酒，不出去結交別的朋友。

陶生喝酒向來豪爽，從沒見他喝醉過。馬子才有個姓曾的朋友，也

是海量。有一天，他上門來拜訪，馬子才讓他和陶生比酒量。兩人開懷暢飲，越聊越投機，大有相見恨晚之感。他們從早上喝到第二天天快亮，每人都喝了一百來壺。曾生已經爛醉如泥了，坐在椅子上酣睡；陶生起身回去睡覺，出門後跌跌撞撞，踩在了菊壟上，栽倒在地，衣服丟在旁邊，身子變成了菊花，有一人那樣高，還開了十幾朵像拳頭那麼大的花。馬子才非常吃驚，連忙跑去告訴了黃英。黃英急忙趕來，拔起菊花，放在地上，責怪道：「你怎麼醉成這樣！」她將衣服蓋在菊花上，拉起馬子才一同離開，告誡他不要觀看。

天亮後，馬子才回去一看，陶生正睡在菊壟旁，他這才知道陶生姐弟倆是菊花精！但馬子才並不為怪，反而更敬重他們了。

陶生自從那次現形之後，更沒顧忌了，經常邀請曾生一同飲酒，與他成為莫逆之交。

百花生日那天，曾生又來訪，陶生讓人抬來一壇用上好藥材浸成的白酒，要與曾生一起喝完。一罎酒快喝光時，兩人都沒什麼事。馬子才為讓他們盡興，又偷偷地倒進去一些酒，兩人又喝完了。這時，曾生已經醉得不能動了，幾個僕人把他背回去。陶生睡在地上，又變成了菊花。馬子才已經見怪不怪，就像黃英曾經做過的那樣，拔起了菊花，守在旁邊靜靜地觀察。過了很久，菊葉漸漸枯萎，馬子才這才害怕起來，急忙告訴了黃英。黃英一聽，嚇得大叫：「你害死我弟弟啦！」她跑去一看，菊花的根莖都已乾枯。黃英十分悲痛，掐斷它的桿子，把它埋在花盆裡，端進閨房中，每天給它澆水。

馬子才非常悔恨，也怨恨曾生。過了幾天，他聽說曾生也醉死了。

在黃英的精心照料下，那盆花漸漸萌芽，九月開了花，矮矮的花莖，粉白的花朵，散發著濃郁的酒香，馬子才夫婦稱它為「醉陶」。他們用酒澆灌它，使它越長越茂盛。

## 【原文】

馬子才，順天人。世好菊，至才尤甚，聞有佳種，必購之，千里不憚。一日，有金陵客寓其家，自言其中表親有一二種，為北方所無。馬欣動，即刻治裝，從客至金陵。客多方為之營求，得兩芽，裹藏如寶。

歸至中途，遇一少年，跨蹇從油碧車，丰姿灑落。漸近與語，少年

自言：「陶姓。」談言騷雅。因問馬所自來，實告之。少年曰：「種無不佳，培溉在人。」因與論藝菊之法。馬大悅，問：「將何往？」答云：「姊厭金陵，欲卜居於河朔耳。」馬欣然曰：「僕雖固貧，茅廬可以寄榻。不嫌荒陋，無煩他適。」陶趨車前，向姊咨稟。車中人推簾語，乃二十許絕世美人也。顧弟言：「屋不厭卑，而院宜得廣。」馬代諾之，遂與俱歸。第南有荒圃，僅小室三四椽，陶喜，居之。日過北院，為馬治菊。菊已枯，拔根再植之，無不活。然家清貧，陶日與馬共飲食，而察其家似不舉火。馬妻呂，亦愛陶姊，不時以升斗饋恤之。陶姊小字黃英，雅善談，輒過呂所，與共紉績。陶一日謂馬曰：「君家固不豐，僕日以口腹累知交，胡可為常。為今計，賣菊亦足謀生。」馬素介，聞陶言，甚鄙之，曰：「僕以君風流雅士，當能安貧；今作是論，則以東籬為市井，有辱黃花矣。」陶笑曰：「自食其力不為貪，販花為業不為俗。人固不可苟求富，然亦不必務求貧也。」馬不語，陶起而出。自是，馬所棄殘枝劣種，陶悉掇拾而去。由此不復就馬寢食，招之始一至。

未幾，菊將開，聞其門囂喧如市。怪之，過而窺焉，見市人買花者，車載肩負，道相屬也。其花皆異種，目所未睹。心厭其貪，欲與絕；而又恨其私秘佳才，遂款其扉，將就誚讓。陶出，握手曳入。見荒庭半畝皆菊畦，數椽之外無曠土。去者，則折別枝插補之；其蓓蕾在畦者，罔不佳妙；而細認之，盡皆向所拔棄也。陶入室，出酒饌，設席畦側，曰：「僕貧不能守清戒，連朝幸得微資，頗足供醉。」少間，房中呼「三郎」，陶諾而去。俄獻佳餚，烹飪良精。因問：「貴姊胡以不字？」答云：「時未至。」問：「何時？」曰：「四十三月。」又詰：「何說？」但笑不言。盡歡始散。過宿，又詣之，新插者已盈尺矣。大奇之，苦求其術，陶曰：「此固非可言傳；且君不以謀生，焉用此？」又數日，門庭略寂，陶乃以蒲蓆包菊，捆載數車而去。逾歲，春將半，始載南中異卉而歸，於都中設花肆，十日盡售，復歸藝菊。問之去年買花者，留其根，次年盡變而劣，乃復購於陶。

陶由此日富。一年增舍，二年起夏屋。興作從心，更不謀諸主人。漸而舊日花畦，盡為廊舍。更於牆外買田一區，築墉四周，悉種菊。至秋，載花去，春盡不歸。而馬妻病卒。意屬黃英，微使人風示之。黃英微笑，意似允許，惟專候陶歸而已。

年餘，陶竟不至。黃英課僕種菊，一如陶。得金益合商賈，村外治膏田二十頃，甲第益壯。忽有客自東粵來，寄陶生函信，發之，則囑姊歸馬。考其寄書之日，即妻死之日；回憶園中之飲，適四十三月也。大奇之。以書示英，請問「致聘何所」。英辭不受彩。又以故居陋，欲使就南第居，若贅焉。馬不可，擇日行親迎禮。

黃英既適馬，於間壁開扉通南第，日過課其僕。馬恥以妻富，恆囑黃英作南北籍，以防淆亂。而家所需，黃英輒取諸南第。不半歲，家中觸類皆陶家物。馬立遣人一一齎還之，戒勿復取。未浹旬，又雜之。凡數更，馬不勝煩。黃英笑曰：「陳仲子毋乃勞乎？」馬慚，不復稽，一切聽諸黃英。鳩工庀料，土木大作，馬不能禁。經數月，樓舍連互，兩第竟合為一，不分疆界矣。然遵馬教，閉門不復業菊，而享用過於世家。馬不自安，曰：「僕三十年清德，為卿所累。今視息人間，徒依裙帶而食，真無一毫丈夫氣矣。人皆祝富，我但祝窮耳！」黃英曰：「妾非貪鄙；但不少致豐盈，遂令千載下人，謂淵明貧賤骨，百世不能發跡，故聊為我家彭澤解嘲耳。然貧者願富，為難；富者求貧，固亦甚易。床頭金任君揮去之，妾不靳也。」馬曰：「捐他人之金，抑亦良醜。」英曰：「君不願富，妾亦不能貧也。無已，析君居：清者自清，濁者自濁，何害？」乃於園中築茅茨，擇美婢往侍馬。馬安之。然過數日，苦念黃英。招之，不肯至；不得已，反就之。隔宿輒至，以為常。黃英笑曰：「東食西宿，廉者當不如是。」馬亦自笑，無以對，遂復合居如初。

會馬以事客金陵，適逢菊秋。早過花肆，見肆中盆列甚繁，款朵佳勝，心動，疑類陶製。少間，主人出，果陶也。喜極，具道契闊，遂止宿焉。要之歸，陶曰：「金陵，吾故土，將婚於是。積有薄資，煩寄吾姊。我歲杪當暫去。」馬不聽，請之益苦。且曰：「家幸充盈，但可坐享，無須復賈。」坐肆中，使僕代論價，廉其直，數日盡售。逼促囊裝，賃舟遂北。入門，則姊已除舍，床榻裀褥皆設，若預知弟也歸者。陶自歸，解裝課役，大修亭園，惟日與馬共棋酒，更不復結一客。為之擇婚，辭不願。姊遣二婢侍其寢處，居三四年，生一女。

陶飲素豪，從不見其沉醉。有友人曾生，量亦無對。適過馬，馬使與陶相較飲。二人縱飲甚歡，相得恨晚。自辰以迄四漏，計各盡百壺。曾爛醉如泥，沉睡座間。陶起歸寢，出門踐菊畦，玉山傾倒，委衣於

側，即地化為菊，高如人；花十餘朵，皆大如拳。馬駭絕，告黃英。英急往，拔置地上，曰：「胡醉至此！」覆以衣，要馬俱去，戒勿視。既明而往，則陶臥畦邊。馬乃悟姊弟皆菊精也，益敬愛之。而陶自露跡，飲益放，恆自折柬招曾，因與莫逆。值花朝，曾乃造訪，以兩僕舁藥浸白酒一罈，約與共盡。壇將竭，二人猶未甚醉。馬潛以一甆續入之，二人又盡之。曾醉已憊，諸僕負之以去。陶臥地，又化為菊。馬見慣不驚，如法拔之，守其旁以觀其變。久之，葉益憔悴。大懼，始告黃英。英聞駭曰：「殺吾弟矣！」奔視之，根株已枯。痛絕，掐其梗，埋盆中，攜入閨中，日灌溉之。馬悔恨欲絕，甚怨曾。越數日，聞曾已醉死矣。盆中花漸萌，九月既開，短乾粉朵，嗅之有酒香，名之「醉陶」，澆以酒則茂。後女長成，嫁於世家。黃英終老，亦無他異。

# 書　痴

　　彭城的郎玉柱出身於官宦人家，祖先曾做過太守，為官清廉，獲得的俸祿不置辦家產，全買了書，堆了滿滿一屋子。而這個郎玉柱，對書就更痴迷了。當時郎家已經敗落，他將其他值錢的東西都賣光了，唯獨祖上傳下來的藏書是一本都捨不得賣。父親在世時，曾經書寫《勸學篇》貼在座位右邊，郎玉柱每天都要朗誦，並用白紗遮蓋住，擔心字跡磨滅。郎玉柱讀書不是為了陞官發財，而是確信書中真有黃金、粟米。他每日從早到晚讀書，不管嚴寒酷暑，從不間斷。到了二十多歲，他也不想娶媳婦，真的希望書卷中有美人自己走出。看見親友來了，他也不懂人情世故，簡單寒暄幾句話後，又管自己高聲讀書，弄得客人悻悻離去。每次學官前來考查，預試他總能得第一，但正試卻總是名落孫山。

　　有一天，郎玉柱正在讀書，忽然大風把書刮走了。郎玉柱急忙追出去，不小心踩進了泥坑中。那坑裡有腐爛的草，挖開之後，竟然是古人窖藏的粟，但早已腐爛了。雖然這些糧食不能吃，但郎玉柱卻更加相信「書中自有千鍾粟」的說法，讀書更用功了。又一天，郎玉柱踏著梯子爬上高高的閣樓，在雜亂的書卷中翻出一個直徑一尺的金車，非常高興，以為驗證了「書中自有黃金屋」。他將這東西拿給別人看，別人告

訴他那是鍍金的，並不是真正的金子。郎玉柱暗自埋怨古人騙了自己。

沒過多久，有個和他父親同榜的人來彭城當道台。此人信佛，有人就勸郎玉柱把金車獻給他當佛龕。道台得到了這件禮物非常高興，送給郎玉柱三百兩銀子，外加兩匹好馬。郎玉柱開心極了，以為金屋、車馬都得到驗證，因此更加刻苦地讀書。

這時他已經三十歲了。有人勸他該討老婆了。他卻振振有詞地說：「古人云『書中自有顏如玉』，我還用得著擔心討不到漂亮老婆嗎？」他又苦讀了兩三年，也沒見到有哪個美女從書中走出來；人們都嘲笑他。當時民間流傳，天上的織女偷偷逃到人間來了，就笑他道：「織女是跑來找你的吧？」郎玉柱也聽出人們是在尋他開心，一聲不吭。

一天晚上，郎玉柱正讀著《漢書》的第八卷，快到一半時卻見書中夾著一個布剪的美人。郎玉柱非常吃驚，自言自語道：「書中自有顏如玉，難道指的就是這個？」他悵然若失。再仔細看這布美人，發現非常逼真，那眉毛、眼睛都栩栩如生，與真人沒有絲毫區別。他又翻過來看，背面隱約有「織女」二字。郎玉柱覺得更神奇了，他把它放在書上，每天反覆觀賞，有時甚至會忘了吃飯、睡覺。

有一天，郎玉柱正看得入神，那美人忽然彎起身，坐在書上朝著他微笑。郎玉柱大吃一驚，連忙跪拜不止。轉眼之間，那美人已經有一尺多高了。郎玉柱更加驚恐，繼續叩拜。這時，美人從桌上走下來，亭亭玉立，分明是位絕代美女。郎玉柱戰戰兢兢地問道：「請問仙女是何方神聖？」美人笑著說：「我姓顏名如玉，你應該認識我很久了，承蒙你如此厚愛，倘若不來一趟，恐怕今後再沒人相信『書中自有顏如玉』了。」郎玉柱喜出望外，從此和美女朝夕相處，親密異常。

此後郎玉柱每天讀書，一定會要顏如玉坐在他旁邊。顏如玉勸他不要讀了，他不聽。顏如玉說：「你之所以沒有取得功名，就是因為死讀書的緣故。請看看金榜上，像你這樣苦讀的有幾個？你要是再不聽勸，我就要走了。」郎玉柱害怕她真的會離開，只得將書放下，但沒過多久，又忘了她的告誡，管自己專心讀書了。也不知過了多久，郎玉柱回頭一看，顏如玉已經不見了。他屋裡屋外找了個遍，也沒有她的影子。郎玉柱失魂落魄，默默向上天禱告，突然想起自己是從《漢書》中遇見她的，會不會又回到那裡去了？他忙取出《漢書》翻閱，果然又在原先

的地方找到了她。郎玉柱連聲呼喚，她就是不理，直到他跪下苦苦哀求，她才從書中走出來，說：「你要是再不聽勸，我一定和你永遠斷絕關係！」

顏如玉讓他找來圍棋等，天天和他遊戲。但郎玉柱對這些全然沒有興趣，只要顏如玉離開片刻，他就會偷偷拿書來讀。因為擔心被發現，他還暗中將《漢書》第八卷拿出來，夾雜在其他地方來迷惑她。一天，他正讀得入神，竟沒有發覺顏如玉走了過來，當看到她時，急忙把書掩蓋起來，但已經晚了，顏如玉又消失了。

郎玉柱將所有的書都翻了一遍，也沒能找到。最後，還是在《漢書》第八卷中找到了她。於是，他再跪下哀求，發誓不再讀書。

顏如玉走了下來，和他下棋，說：「如果三天後你棋藝還沒有長進，我還是要走的。」到了第三天，郎玉柱和顏如玉對弈，其中有一局棋郎玉柱贏了顏如玉兩個子。顏如玉很高興，又給他一把琴，限他五天之內學會一支曲子。郎玉柱全神貫注，用心練琴，沒有時間顧及別的事。五天后，他隨手彈來都符合節拍，不由興趣大增。顏如玉於是每天和他喝酒下棋，他過得非常快樂，把讀書之事丟之腦後了。

顏如玉又鼓勵他多出去走走，結交朋友。從此郎玉柱像是換了個人，以風流倜儻為人稱道。這時，顏如玉對他說：「現在你可以去參加科試了。」

一天晚上，郎玉柱對顏如玉說：「人家男女在一起都會生孩子，你與我同居的時間也不短了，為什麼不生孩子呢？」顏如玉告訴他男女之間的事，並教會了他。郎玉柱這才知道人生還有這等快事，逢人就說。顏如玉責備他說：「這是男女間私下裡的事，怎麼能告訴別人？」郎玉柱振振有詞地說：「偷雞摸狗的事才不能對別人說，我們是正大光明的天倫之樂，有什麼見不得人的？」過了八九個月，顏如玉果真生下個男孩。

有一天，顏如玉對郎玉柱說：「我跟了你兩年，還為你生了兒子，可以就此分別了。不然的話，時間一長，恐怕會給你招來禍患，到那時後悔就來不及了。」

郎玉柱聽說顏如玉要離去，急得手足無措，跪在地上苦苦哀求道：「你現在離開我，難道連襁褓中的孩子也狠心丟下嗎？」顏如玉也很傷

心，想了很久才說：「你一定要我留下，那就把書架上的書全部撤掉。」

郎玉柱說：「你是從書中來的，書也是我的性命，你怎麼能說出這種話！」顏如玉也不勉強，嘆了口氣，說：「我也知道你會捨不得，這也是命中注定的，但我不得不先告訴你。」

先前，郎氏親族中的人知道郎玉柱沒有成家，卻收留了一個來歷不明的美女，也有人見過顏如玉，都大吃一驚，因此都來問他。郎玉柱不會說假話，只是默不做聲，大家就更加懷疑了。

這件事傳到了縣令耳中。此人姓史，是福建人，年紀輕輕就中了進士，聽說這事兒，也想看一看顏如玉究竟有多美，於是下令拘捕郎玉柱和顏如玉。顏如玉聽到消息就隱身消失了。縣令氣壞了，將郎玉柱關進大牢，嚴刑拷打，一定要他說出顏如玉的去向。郎玉柱寧死也不說。縣令沒辦法了，又將郎家的丫鬟抓來拷打。丫鬟說了顏如玉好像是從書中走出來的，縣令更認定顏如玉是妖怪，親自來到郎家。他見郎家滿屋的書，根本翻不過來，於是放火燒書。霎時熊熊大火燃起，庭院中濃煙滾滾，遮天掩日。

因為查無實證，郎玉柱後來被釋放。這一年秋試，他考中舉人，第二年考中進士。他對史縣令恨入骨髓，為顏如玉設了一個靈位，早晚祈禱說：「你如果有靈，一定要保佑我去福建做官。」後來他果然以御史的身分到福建巡視。在那裡住了三個月，查出了史縣令的種種罪行，使其被罷官抄家。後來郎玉柱辭了官，回到故里，過著逍遙的日子。

## 【原文】

彭城郎玉柱，其先世官至太守，居官廉，得俸不治生產，積書盈屋。至玉柱，尤痴：家苦貧，無物不鬻，惟父藏書，一卷不忍置。父在時，曾書《勸學篇》，粘其座右，郎日諷誦；又幛以素紗，惟恐磨滅。非為干祿，實信書中真有金粟。晝夜研讀，無間寒暑。年二十餘，不求婚配，冀卷中麗人自至。見賓親不知溫涼，三數語後，則誦聲大作，客逡巡自去。每文宗臨試，輒首拔之，而苦不得售。

一日方讀，忽大風飄捲去。急逐之，踏地陷足；探之，穴有腐草；掘之，乃古人窖粟，朽敗已成糞土。雖不可食，而益信「千鍾」之說不

妄，讀益力。一日，梯登高架，於亂卷中得金輦徑尺，大喜，以為「金屋」之驗。出以示人，則鍍金而非真金。心竊怨古人之誑己也。居無何，有父同年，觀察是道，性好佛。或勸郎獻輦為佛龕。觀察大悅，贈金三百、馬二匹。郎喜，以為金屋、車馬皆有驗，因益刻苦。然行年已三十矣，或勸其娶，曰：「『書中自有顏如玉』，我何憂無美妻乎？」又讀二三年，迄無效，人咸揶揄之。時民間訛言：天上織女私逃。或戲郎：「天孫竊奔，蓋為君也。」郎知其戲，置不辯。

一夕，讀《漢書》至八卷，卷將半，見紗剪美人夾藏其中。駭曰：「書中顏如玉，其以此應之耶？」心悵然自失。而細視美人，眉目如生；背隱隱有細字云：「織女。」大異之。日置卷上，反覆瞻玩，至忘食寢。一日，方注目間，美人忽折腰起，坐卷上微笑。郎驚絕，伏拜案下。既起，已盈尺矣。益駭，又叩之。下几亭亭，宛然絕代之姝。拜問：「何神？」美人笑曰：「妾顏氏，字如玉，君固相知已久。日垂青盼，脫不一至，恐千載下無復有篤信古人者。」郎喜，遂與寢處。然枕席間親愛倍至，而不知為人。

每讀，必使女坐其側。女戒勿讀，不聽。女曰：「君所以不能騰達者，徒以讀耳。試觀春秋榜上，讀如君者幾人？若不聽，妾行去矣。」郎暫從之。少頃，忘其教，吟誦復起。逾刻，索女，不知所在。神志喪失，祝而禱之，殊無影跡。忽憶女所隱處，取《漢書》細檢之，直至舊處，果得之。呼之不動，伏以哀祝。女乃下曰：「君再不聽，當相永絕！」因使治棋枰、樗蒲之具，日與遨戲。而郎意殊不屬。覷女不在，則竊卷瀏覽。恐為女覺，陰取《漢書》第八卷，雜混他所以迷之。一日，讀酣，女至，竟不之覺；忽睹之，急掩卷，而女已亡矣。大懼，冥搜諸卷，渺不可得；既，仍於《漢書》八卷中得之，頁數不爽。因再拜祝，矢不復讀。

女乃下，與之弈，曰：「三日不工，當復去。」至三日，忽一局贏女二子。女乃喜，授以絃索，限五日工一曲。郎手縈目注，無暇他及；久之，隨指應節，不覺鼓舞。女乃日與飲博，郎遂樂而忘讀。女又縱之出門，使結客，由此倜儻之名暴著。女曰：「子可以出而試矣。」

郎一夜謂女曰：「凡人男女同居則生子；今與卿居久，何不然也？」女笑曰：「君日讀書，妾固謂無益。今即夫婦一章，尚未了悟，枕席二

字有工夫。」郎驚問：「何工？」女笑不言。少間，潛迎就之。郎樂極曰：「我不意夫婦之樂，有不可言傳者。」於是逢人輒道，無有不掩口者。女知而責之，郎曰：「鑽穴逾隙者，始不可以告人；天倫之樂，人所皆有，何諱焉。」過八九月，女果舉一男，買媼撫字之。

一日，謂郎曰：「妾從君二年，業生子，可以別矣。久恐為君禍，悔之已晚。」郎聞言，泣下，伏不起，曰：「卿不念呱呱者耶？」女亦淒然，良久曰：「必欲妾留，當舉架上書盡散之。」郎曰：「此卿故鄉，乃僕性命，何出此言！」女不之強，曰：「妾亦知其有數，不得不預告耳。」先是，親族或窺見女，無不駭絕，而又未聞其締姻何家，共詰之。郎不能作偽語，但默不言。人益疑，郵傳幾遍，聞於邑宰史公。史，閩人，少年進士。聞聲傾動，竊欲一睹麗容，因而拘郎及女。女聞知，遁匿無跡。宰怒，收郎，斥革衣衿，桎梏備加，務得女所自往。郎垂死，無一言。械其婢，略得道其彷彿。宰以為妖，命駕親臨其家。見書卷盈屋，多不勝搜，乃焚之；庭中煙結不散，瞑若陰霾。

郎既釋，遠求父門入書，得從辨復。是年秋捷，次年舉進士。而唧恨切於骨髓，為顏如玉之位，朝夕而祝曰：「卿如有靈，當佑我官於閩。」後果以直指巡閩。居三月，訪史惡款，籍其家。時有中表為司理，逼納愛妾，託言買婢寄署中。案既結，郎即日自劾，取妾而歸。

# 張　誠

河南有個姓張的人，祖籍在山東。明朝末年山東大亂，他的妻子被清兵搶走了。於是張某遷往河南，並在那裡安了家，重新娶了妻子，生下一個兒子，取名張訥。不久，妻子死了，張某再娶了一個妻子，也生了個兒子，取名張誠。繼室牛氏性情凶悍，常嫉恨張訥，把他當奴僕一樣使喚，給他吃極為粗劣的食物，並讓他上山砍柴，責令他每天必須砍夠一擔。如果砍不夠，就鞭打辱罵，讓張訥幾乎無法忍受。可牛氏對她親生的兒子張誠十分疼愛，將好吃的都偷偷藏起來給他吃，還讓他去學堂讀書。

張誠漸漸長大懂事了。他忠厚溫順，孝敬父母，也不忍心哥哥那樣

勞累，就私底下勸阻母親，但牛氏不聽。有一天，張訥又進山砍柴，但柴還沒砍好，忽然遇到狂風暴雨，只好躲避在岩石下。等到雨停時，天也已經黑了，他肚子很餓，只好背著砍了的柴回家。牛氏看到他砍的柴這麼少，就衝他大發雷霆，不給他飯吃。張訥飢餓難忍，只得呆呆地躺在床上。這時張誠從學堂回來了，看到哥哥沮喪的樣子，就問：「你病了嗎？」張訥說：「我是餓的。」張誠問他怎麼回事，張訥把實情說了。張誠很難過地出去了，過了一會兒懷裡揣著餅回來，將餅遞給哥哥吃。哥哥問他餅是哪來的。他說：「我從家中偷了些麵粉，請鄰居大娘幫著做的。你只管吃，不要說出去就好了。」張訥吃了餅，囑咐弟弟說：「以後不要這樣了！事情洩漏了會連累你的。況且一天吃一頓飯雖然很餓，也不會餓死。」張誠說：「哥哥本來身體就弱，怎麼能打那麼多柴呢！」

第二天吃過飯後，張誠偷偷上山，來到哥哥砍柴的地方。哥哥見到他，驚奇地問：「你來幹什麼？」張誠答道：「我幫哥哥砍柴。」張訥又問：「是誰讓你來的？」他說：「是我自己來的。」哥哥說：「別說你不會砍柴，就是會砍也不行。」催促他快回去。張誠不聽，管自己徒手幫著扯起柴禾來，還說：「明天我要帶上斧頭來。」哥哥忙上前制止，卻見他的手指已經出血，鞋也磨破了。他心痛地說：「你快回去，不然我就用斧頭割頸自殺！」張誠見哥哥這麼堅決，只得回去。哥哥送了他一半路，才重新回去砍柴。

張訥砍完柴回家，特意到弟弟上學的學堂，囑咐先生說：「我弟弟年紀小，一定要嚴加看管，不要讓他到處走，山裡虎狼會傷人。」先生說：「今天上午不知他去什麼地方了，我已經責打了他。」張訥回到家中，對張誠說：「你不聽我的話，挨了先生打吧？」張誠笑著說：「沒有的事。」第二天，張誠懷裡藏了一把斧頭，又悄悄上山了。哥哥見了，驚駭地說：「我再三告訴你不要來，你怎麼又來了？」張誠也不搭腔，埋頭就砍起柴來，不一會兒就累得滿頭是汗。約摸砍夠了一捆，他也不向哥哥告辭，自己走了。回到學堂，先生又要責打他，張誠就把實情說了出來。先生讚歎他是個品德高尚的好孩子，也就不阻攔他了。而哥哥屢次勸阻，他始終不聽。

有一天，一些人在山中砍柴，突然躥出來一隻老虎。眾人都嚇得伏

在地上不敢動，結果老虎徑直將張誠叼走了。老虎叼著人走得慢，被張
訥追上了。張訥揮動斧頭使勁砍去，正中虎胯。老虎疼得狂奔起來，張
訥再也追不上了，痛哭著返回來。眾人都安慰他，他則哭得更悲痛了，
說：「我弟弟不同於別人家的弟弟，況且他是為了幫我砍柴而死的，我
怎麼能獨自活著呢！」他說著就用斧頭朝自己的脖頸砍去。眾人急忙上
前制止，斧頭已經砍入肉中一寸多，一時間血如泉湧，他便昏死過去。
眾人害怕極了，撕了衣衫給張訥裹住傷口，一起扶他回家。

　　後母牛氏傷心欲絕，指著張訥痛罵：「你害死了我兒子，想在脖子
上淺淺割一下來搪塞嗎？」張訥低聲說道：「母親大人不要煩惱！弟弟
死了，我決不會活著！」眾人把他放到床上，但他傷口疼得睡不著，沒
日沒夜靠著牆壁坐著哭泣。父親害怕他也死了，時常到床前餵他點飯，
牛氏見了總是大罵一頓，張訥便不再吃東西，三天後就死了。

　　村裡有一個「走無常」的巫師，張訥的魂魄在路上遇見他，對他訴
說了自己的悲慘經歷，並詢問弟弟在什麼地方。巫師說沒看見，但可以
幫他找找，於是轉身帶上張訥走了。他們來到一個都市，看見一個穿黑
衣衫的人從城中出來。巫師截住他，幫張訥打聽張誠的下落。黑衣人從
口袋中拿出文牒查看，那上面有一百多名男女的姓名，但沒有姓張的。
巫師懷疑記在別的文牒上，黑衣人說：「這條路屬我管，怎麼會有差
錯？」張訥不信，執意要巫師陪他進城尋找。那城中新鬼舊鬼來來往
往，也有巫師的老相識，但問問他們，但沒有人知道張誠的下落。這
時，忽然眾鬼一齊叫：「菩薩來了！」張訥抬頭看去，見雲中有一個巨
人，渾身上下散放著光芒，頓時將世界照得通明。巫師向張訥賀喜道：
「大郎真有福氣！菩薩幾十年才到陰司一次，給眾冤鬼拔苦救難，你今
天正好就碰上了！」於是，他拉張訥一起跪倒。眾鬼紛紛嚷嚷，合掌齊
誦慈悲救苦的禱詞，歡騰之聲震天動地。菩薩用楊柳枝遍灑甘露，水珠
細如塵霧。不一會兒，雲霞、光明都不見了，菩薩也不知哪裡去了。張
訥覺得脖子上沾有甘露，斧頭砍的傷口不再疼痛了。

　　巫師領著他回家，一直到能看見村裡的門時，才告辭走了。這時張
訥已經死了兩天，突然又甦醒過來，把自己見到和遇到的事講了一遍，
說張誠並沒有死。後母認為這是他編造的謊話，因而又辱罵他。張訥滿
腹委屈，卻無法申辯。他摸了摸脖子上的傷，已經全好了，便掙扎著起

來，叩拜父親說：「我就算上天入地也要把弟弟找回來。如果找不到弟弟，我這輩子也不會回來了，您就當我也死了。」張父將他領到一個沒人的地方，相對哭泣了一陣，也沒敢再留他。

張訥離家之後，在各個路口打聽弟弟的下落。盤纏很快用光了，只得一路乞討著尋找。一年之後，他來到了金陵。有一天，衣衫襤褸的張訥佝僂著身子，正在路上走著，突然看見十幾個騎馬的人經過。他趕緊到一旁躲避。這其中有一個長官模樣的，四十來歲年紀，其他都是健壯的兵卒，一律騎著高大的駿馬，前呼後擁。後面還跟著一名少年，騎一匹小馬，不住地看張訥。張訥以為他是富貴人家的公子，不敢抬頭看。那少年勒住馬，忽然跳下馬來，大叫：「這不是我哥哥嗎！」張訥抬頭仔細一看，竟然是弟弟張誠！他握著弟弟的手放聲大哭。張誠也哭著問：「哥哥怎麼淪落到這個地步？」張訥把事情的經過告訴了他，張誠更傷心了。騎馬的人都下來問了緣故，並告知了長官。長官命騰出一匹馬給張訥騎，一同前往他的家。張訥這才有機會詳細詢問張誠的遭遇。

原來，老虎叼走了張誠，不知什麼時候把他扔在了路旁。張誠在路旁躺了一個晚上，正好張別駕從京都來，路過這裡。他見張誠相貌文雅，愛憐地撫摸他。張誠漸漸甦醒過來，說了自己家的位置，可那已經是很遙遠了。張別駕將他帶回自己家中，又用藥給他敷傷口，過了幾天傷便痊癒了。張別駕沒有兒子，就認他為兒子。剛才張誠正是跟隨張別駕去遊玩回來。張誠把自己經歷的事情全部告訴了哥哥，剛說完，張別駕就進來了。張訥忙對他連連拜謝。張誠進裡屋，捧出絲綢的衣服，讓哥哥換上，又置辦了酒菜，敘談離散後的經過。張別駕問：「你們家族在河南有多少人？」張訥說：「沒有別的人。我父親以前是山東人，後來流落到河南的。」張別駕說：「我也是山東人。你家鄉歸哪裡管轄？」張訥答道：「曾聽父親說起過，屬東昌府管轄。」張別駕驚喜地說：「那我們是同鄉！他為什麼流落到河南的？」張訥說：「明末清兵入境，將我父親的前妻搶走了。父親遭遇戰禍，家產被掃蕩一空。他先前曾在西邊做生意，往來熟悉了，於是就留下來定居了。」張別駕驚奇地問：「你父親叫什麼名字？」張訥告知了他。張別駕驚得目瞪口呆，低頭沉思了片刻，急步走進內室。不一會兒，太夫人出來了，張訥兄弟二人一同叩拜。禮畢，太夫人問張訥說：「你是張炳之的兒子嗎？」張

訥說：「正是。」太夫人哭著對張別駕說：「這是你弟弟啊！」張訥兄弟丈二和尚摸不著頭腦。太夫人又對兄弟二人說：「我跟了你們父親三年，結果流落到北邊去，跟了黑都統半年，那時候生了你的這個哥哥。又過了半年，都統死了。你哥哥補官在旗下，做了別駕。如今他已解任，因常常思念家鄉，就脫離了旗籍，恢復了原來的宗族。他多次派人到山東打聽你父親的下落，卻沒有一點消息，沒想到你父親已經搬到西邊了！」她又對別駕說：「你把弟弟當兒子，真是罪過！」張別駕說：「以前我也曾問過張誠，張誠沒有說過是山東人。想必是他年幼不記得了。」於是按年齡排次序：別駕四十一歲，為兄長；張誠十六歲，最小；張訥二十二歲，為老二。別駕得了兩個弟弟，非常歡喜，同他們住在一間屋裡，盡述離散的端由，商量著回歸故里的事情。太夫人怕不被容納。張別駕說：「能在一起過就在一起，不能在一起就分開過。天下哪有沒父親的人呢？」於是就賣了房子，置辦行裝，定好日子起程。

　　回到家鄉，張訥和張誠先到家中給父親報信。父親自從張訥走後，妻子牛氏也死了，剩下他一人孤苦伶仃。這天他忽然見張訥回來，神情恍恍惚惚，不敢相信自己的眼睛；又看到張誠來了，高興得說不出話來，只是流淚。兄弟倆又告訴他說別駕母子來了。這回他徹底傻了，也不知道是喜還是悲，只是呆呆地站著。不多會兒，別駕進來，拜見父親大人。太夫人抱住丈夫，號啕大哭。看見婢女僕人屋裡屋外都站滿了，張父仍不知如何是好。張誠不見母親，一問才知已經過世，又哭得昏了過去，足有一頓飯的工夫才甦醒過來。

　　之後張別駕拿出錢來建了房屋，又請來先生教兩個弟弟讀書。從此槽中馬群歡騰，室內人聲喧鬧，張家儼然成了大戶人家。

## 【原文】

　　豫人張氏者，其先齊人。明末齊大亂，妻為北兵掠去。張常客豫，遂家焉。娶於豫，生子訥。無何，妻卒，又娶繼室，生子誠。繼室牛氏悍，每嫉訥，奴畜之，啖以惡草具。使樵，日責柴一肩，無則撻楚詬詛，不可堪。隱畜甘脆餌誠，使從塾師讀。

　　誠漸長，性孝友，不忍兄劬；陰勸母，母弗聽。一日，訥入山樵，未終，值大風雨，避身岩下，雨止而日已暮。腹中大餒，遂負薪歸。母

驗之少，怒不與食；飢火燒心，入室僵臥。誠自塾中來，見兄嗒然，問：「病乎？」曰：「餓耳。」問其故，以情告。誠愀然便去，移時，懷餅來餌兄。兄問其所自來，曰：「余竊麵請鄰婦為之，但食勿言也。」訥食之。囑弟曰：「後勿復然，事洩累弟。且日一啖，飢當不死。」誠曰：「兄故弱，烏能多樵！」次日，食後，竊赴山，至兄樵處。兄見之，驚問：「將何作？」答曰：「將助樵採。」問：「誰之遣？」曰：「我自來耳。」兄曰：「無論弟不能樵，縱或能之，且猶不可。」於是速之歸。誠不聽，以手足斷柴助兄。且云：「明日當以斧來。」兄近止之。見其指已破，履已穿，悲曰：「汝不速歸，我即以斧自剄死！」誠乃歸。兄送之半途，方復。回樵既歸，詣塾，囑其師曰：「吾弟年幼，宜閉之。山中虎狼多。」師曰：「午前不知何往，業夏楚之。」歸謂誠曰：「不聽吾言，遭笞責矣！」誠笑曰：「無之。」明日，懷斧又去。兄駭曰：「我固謂子勿來，何復爾？」誠不應，刈薪且急，汗交頤不少休。約足一束，不辭而返。師又責之，乃實告之。師嘆其賢，遂不之禁。兄屢止之，終不聽。

　　一日，與數人樵山中，欻有虎至，眾懼而伏。虎竟銜誠去。虎負人行緩，為訥追及。訥力斧之，中胯。虎痛狂奔，莫可尋逐，痛哭而返。眾慰解之，哭益悲。曰：「吾弟，非猶夫人之弟；況為我死，我何生焉！」遂以斧自刎其項。眾急救之，入肉者已寸許，血溢如湧，眩瞀殞絕。眾駭，裂之衣而約之，群扶以歸。母哭罵曰：「汝殺吾兒，欲劃頸以塞責耶！」訥呻云：「母勿煩惱，弟死，我定不生！」置榻上，創痛不能眠，惟晝夜依壁坐哭。父恐其亦死，時就榻少哺之，牛輒訴責。訥遂不食，三日而斃。村中有巫走無常者，訥途遇之，縷訴曩苦。因詢弟所，巫言不聞。遂反身導訥去。至一都會，見一皂衫人，自城中出，巫要遮代問之。皂衫人於佩囊中檢牒審顧，男婦百餘，並無犯而張者。巫疑在他牒。皂衫人曰：「此路屬我，何得差逮。」訥不信，強巫入內城。城中新鬼、故鬼往來憧憧，亦有故識，就問，迄無知者。忽共嘩言：「菩薩至！」仰見雲中，有偉人，毫光徹上下，頓覺世界通明。巫賀曰：「大郎有福哉！菩薩幾十年一入冥司，拔諸苦惱，今適值之。」便捽訥跪。眾鬼囚紛紛籍籍，合掌齊誦慈悲救苦之聲，哄騰震地。菩薩以楊柳枝遍灑甘露，其細如塵。俄而霧收光斂，遂失所在。訥覺頸上沾露，斧處不復作痛。巫乃導與俱歸，望見里門，始別而去。訥死二日，豁然竟蘇，

悉述所遇，謂誠不死。母以為撰造之誣，反詬罵之。訥負屈無以自伸，而摸創痕良瘥。自力起，拜父曰：「行將穿雲入海往尋弟，如不可見，終此身勿望返也。願父猶以兒為死。」翁引空處與泣，無敢留之。

訥乃去。每於沖衢訪弟耗，途中資斧斷絕，丐而行。踰年，達金陵，懸鶉百結，傴僂道上。偶見十餘騎過，走避道側。內一人如官長，年四十已來，健卒駿馬，騰踔前後。內一少年乘小駟，屢視訥。訥以其貴公子，未敢仰視。少年停鞭少駐，忽下馬，呼曰：「非吾兄耶！」訥舉首審視，誠也。握手大慟，失聲。誠亦哭曰：「兄何漂落以致於此？」訥言其情，誠益悲。騎者並下問故，以白官長。官命脫騎載訥，連轡歸諸其家，始詳詰之。初，虎銜誠去，不知何時置路側，臥途中經宿，適張別駕自都中來，過之，見其貌文，憐而撫之，漸蘇。言其裡居，則相去已遠，因載與俱歸。又藥敷傷處，數日始痊。別駕無長君，子之。蓋適從游矚也。誠具為兄告。言次，別駕入，訥拜謝不已。誠入內，捧帛衣出，進兄，乃置酒燕敘。別駕問：「貴族在豫，幾何丁壯？」訥曰：「無有。父少齊人，流寓於豫。」別駕曰：「僕亦齊人。貴裡何屬？」答曰：「曾聞父言，屬東昌轄。」驚曰：「我同鄉也！何故遷豫？」訥曰：「明季清兵入境，掠前母去。父遭兵燹，蕩無家室。先嘗賈於西道，往來頗稔，故止焉。」又驚問：「君家尊何名？」訥告之。別駕瞪而視，俯首若疑，疾趨入內。無何，太夫人出。共羅拜，已，問訥曰：「汝是張炳之之子耶？」曰：「然。」太夫人大哭，謂別駕曰：「此汝弟也。」訥兄弟莫能解。太夫人曰：「我適汝父三年，流離北去，身屬黑固山半年，生汝兄。又半年，固山死，汝兄補秩旗下遷此官。今解任矣。每刻刻念鄉井，遂出籍，復故譜。屢遣人至齊，殊無所覓耗，何知汝父西徙哉！」乃謂別駕曰：「汝以弟為子，折福死矣！」別駕曰：「曩問誠，誠未嘗言齊人，想幼稚不憶耳。」乃以齒序：別駕四十有一，為長；誠十六，最少；訥二十二，則伯而仲矣，別駕得兩弟，甚歡，與同臥處，盡悉離散端由，將作歸計。太夫人恐不見容。別駕曰：「能容則共之，否則析之。天下豈有無父之人？」

於是鬻宅辦裝，刻日西發。既抵里，訥及誠先馳報父。父自訥去，妻亦尋卒；塊然一老鰥，形影自吊。忽見訥入，暴喜，恍恍以驚；又睹誠，喜極，不復作言，潸潸以涕。又告以別駕母子至，翁輟泣愕然，不

能喜，亦不能悲，蚩蚩以立。未幾，別駕入，拜已；太夫人把翁相向哭。既見婢媼廝卒，內外盈塞，坐立不知所為。誠不見母，問之，方知已死，號嘶氣絕，食頃始蘇。別駕出資，建樓閣，延師教兩弟；馬騰於槽，人喧於室，居然大家矣。

# 成　仙

　　文登縣有一個姓周的書生，與一個姓成的書生從小就是同學，而且是知心朋友。成生家中貧窮，一年到頭要靠周生接濟。周生比成生年長，所以成生管周生的妻子叫嫂嫂。逢年過節兩家人都會相互拜訪，就像一家人一樣。

　　周生的妻子生孩子，產後得急病死了，周生又娶了個後妻王氏。因為新嫂嫂比成生的年紀小，所以成生沒要求周生讓自己見她。

　　有一天，王氏的弟弟來看望姐姐，周生在內室裡設宴招待。成生恰巧前來拜訪，僕人通報後，周生坐在宴席上命人快請他進來。成生覺得不方便，沒有進，告辭要走。周生便將酒席移到外間，將成生追了回來。賓主剛剛坐下，就有人來稟告，一個莊園裡的僕人被縣太爺狠狠打了一頓。原來，黃吏部家有個放牛的，放牛時踩了周家的田，兩家僕人發生爭吵對罵。黃家放牛的回去告訴了主人，周家僕人就被捉去送到官府，結果挨了重打。周生瞭解了情況，怒不可遏，罵道：「黃某這個放豬奴，怎敢這樣！他的先輩是我家祖上的奴才，剛發跡就目中無人了！」周生確實太生氣了，起身就要去黃家論理。成生極力按住他說：「強盜的世界，本來就沒有什麼道理好講！況且今日的官府，一半是不拿兵器的強盜呢！」周生不肯聽從，成生再三勸說，甚至流下了眼淚，周生這才勉強忍下。但是，周生的怒氣終究沒能消除，當夜翻來覆去沒能闔眼。第二天他對家人說：「黃家欺侮我們，是我們的仇家，這先不說；縣令是朝廷的命官，並不是有勢力人家的官，就是互有爭端，也應傳兩家對質，何至於像哈巴狗一樣跟著叫？我也去告他家的僕人，看縣令怎麼處置他們！」家人也慫恿他，於是他下了決心，寫好狀子送進縣衙。縣太爺草草掃了一眼，就將狀紙撕了扔在地下。周生氣極了，脫口

說了幾句責怪的話，結果冒犯了縣令。縣令惱羞成怒，將周生打入大牢。

這天早上，成生總覺得不大放心，又去找周生，這才知道周生去縣衙告狀了。他急忙追去想勸止，但周生已經被關進監獄了。他急得直跺腳，卻無計可施。

當時，官府正好抓了三個海盜。縣令與黃吏部用錢買通了海盜，讓他們誣陷周生是同黨。於是根據假證詞，革去了周生的功名，對他嚴刑拷打。成生入獄探視，兩人對視著流淚，之後又悄悄商量著進京告狀。周生說：「我關在監牢裡，就像鳥關進籠子。家裡雖有一個弟弟，也只能給我送點飯來，誰能替我上告呢？」成生自告奮勇，說：「這是我應盡的責任。朋友有難而不能急救，還算什麼朋友？」說罷就走。周生的弟弟打算給他準備些路費，但他已經上路了。

成生到了京城，卻不知道去哪裡上告。正在此時，聽人傳說皇帝要出城打獵。成生就事先暗藏在木市中。等到皇帝的大隊人馬經過時，成生突然跳出來，趴在地上大聲喊冤。皇帝問明了原因，准了他的狀，將他的狀子批到部院，令其覆審上奏。

此時，距周生入獄已十多個月了，周生屈打成招，已經定了死罪。部院官員接到皇上御批，非常驚懼，打算親自覆審。黃吏部得知此事也很害怕，密謀要殺了周生。他先是買通看監的獄卒，不給周生飯吃。周生的弟弟來送飯，也不讓他們見面。此時成生又到部院喊冤，部院才提審。這時周生已餓得站不起來了。主審官見此情景大怒，喝令將虐待周生的獄卒打死。黃吏部更是心驚肉跳，拿出幾千兩銀子託人為他說情。部院官員這才打了個馬虎眼，免了黃吏部的罪。縣令因為枉法，被判流放。

周生被放回來，對成生感激不盡。經過了這場官司，成生對世態炎涼看透了，約周生一起找個世外桃源隱居。周生因為家有年輕的妻子，不忍離去，笑成生過於書生氣。成生沒再說什麼，隱居的決心已經下定了。

那次分手後，成生一連幾天沒來找周生。周生派人到成生家去打聽，而成家人還認為他在周家呢。這時大家才知道成生失蹤了。周生心裡明白，急忙派人到處找，所有遠近的寺觀、溝谷都找遍了，但就是不見成生的蹤影。周生只好經常送錢送糧給成生的兒子，幫助成家過日

子。

　　轉眼八九年過去了，成生忽然自己回來了。只見他頭戴黃冠，身穿大氅，一副仙風道骨的樣子。周生十分高興，一把拉住成生的胳膊，問：「你到哪裡去了？讓我找得好苦！」成生笑著說：「孤雲野鶴，居無定所，幸好身體還健康。」周生趕快命家人擺酒席招待，說了幾句客套話後，就催著成生換下道服來。成生只笑卻不說話。周生說：「你真傻！為什麼不要老婆孩子，把他們像舊鞋一樣扔掉呢？」成生笑著說道：「不對，是別人將拋棄我，我又能拋棄誰呢？」周生再問成生住哪裡，成生說在嶗山上清宮。

　　當晚二人抵足而睡。酣睡中，周生夢見成生光著身子壓在自己胸上，壓得他喘不過氣來。他吃驚地問他為什麼要這樣，成生也不回答。忽然他就醒了，喊成生卻不答應，坐起來發現他不知哪裡去了。定神一看，才發現自己睡在了成生睡的地方。他驚駭地自言自語：「昨晚沒有喝醉，怎麼會糊塗到這個地步？」他叫家人拿燈來照，家人只看到成生坐在那裡，周生卻不見了。周生本來鬍子很多，此時他用手一捋，稀稀拉拉沒有幾根了。拿鏡子一照，周生大驚失色地說：「成生在這裡，我哪裡去了呢？」這時他才恍然大悟：原來這是成生用幻術招他去隱居。他想進臥室去找妻子，他弟弟以為他是成生，不讓他進去。他自己無法說明白，只好退回去。

　　周生只好叫僕人備馬，前去尋找成生。數日之後，他們來到了嶗山。周生騎馬走得快，僕人在後面沒能跟上來，只好坐在樹下休息等待。這裡往來道士很多，其中有一個道士看了他一眼，周生就順勢問他知不知道成生。道士笑著說：「聽說過這個名字，好像是在上清宮。」說罷就走了。周生目送那道士離去，見他走出一箭地之外，又與另一人說話，也不過說了幾句就走了。那人走了過來，一看竟是同學。那人見了周生以為是成生，吃驚地說：「幾年不見了，聽別人說你已在名山學道，為什麼還遊戲在人間呢？」周生知道他把自己當作成生了，就將自己的奇異經歷說了一遍。那人驚訝地說：「我剛才還遇見他，以為是你呢！才走了不多時，或許還沒有走遠。」周生大為吃驚，說：「太奇怪了！難道我連自己的面目都認不出來了嗎？」

　　這時僕人趕上來了，他們又匆匆往前趕，但根本不見成生的影子。

前面的路一望無際，不知道是該繼續前行還是回去。轉念一想，自己已經無家可歸，回去是不可能的了，只能向前走追上成生。但道路越發難行，馬也不能再騎了。周生就把馬交給僕人，叫他轉回去，自己沿著崎嶇的山道一步步走去。

這樣走了一程，遠遠望見一個小道童坐在那裡，周生便上前問路，並說明自己來這裡的原因。道童自稱是成生的弟子，於是幫周生拿著行李，領他一塊兒走。他們風餐露宿，一路長途跋涉。

走了三天之後，來到一個地方，但並不是人們說的上清宮。當時是十月份，可道路旁鮮花盛開，一點不像是初冬。道童進去稟報，成生很快就迎出來，周生這才認出自己的面貌。兩人手拉手進了大殿，接著就擺上酒席，飲酒暢談。這時有珍奇的小鳥飛來飛去，一點也不怕人，叫的聲音像音樂一樣好聽，甚至會停到桌上叫幾聲。周生覺得非常驚奇，然而他仍然留戀塵世，無意在這裡待下去。地上有兩個蒲團，飲完酒後成生拉過來與周生並坐在上面。約二更以後，萬籟俱寂，周生忽然打了一個盹，覺得自己與成生換了個位置，心裡很奇怪。自己隨手摸了一下下頜，鬍子已和從前一樣了。

天亮了，周生歸家心切，成生再三挽留。又住了三天後，成生對周生說：「請你稍閉一下眼，我送你回家。」周生剛一闔眼，就聽見成生叫著說：「行裝都已齊備。」於是周生起來跟著就走。這回走的不是來時的舊道，沒過多久便能望到家鄉了。成生在路旁坐下，讓周生自己回家。周生堅持讓成生和他一塊兒回家，成生執意不肯。周生只好一個人走到家門口。他見大門關著，敲門又沒人應答。他剛想翻牆而入，就覺自己的身子像樹葉一樣飄進了院子。又躍過了幾道牆，他直接來到了臥房外，只見臥室內燈光昏暗，妻子還沒有睡覺。他聽到屋裡咕咕噥噥好像有人說話，悄悄舔開窗紙往裡一看，只見妻子正與一個僕人用一個杯子喝酒，樣子非常輕佻。周生大怒，想破門而入將他們抓住，又擔心自己一人難以對付他們兩人，就悄悄出門回去請成生來幫忙。

成生滿口答應，立即跟周生一起到了臥室外。周生拿石頭砸門，屋內二人嚇慌了神，砸得越急門關得越緊。成生用劍撥門，將門打開了。周生闖進去捉人，那個僕人衝出門向外跑。成生在門外一劍砍去，砍下了他的一條臂膀。周生捉住妻子拷問，才知道她剛娶進門時就與僕人私

通了。周生拿過成生的劍，割下妻子的頭，挑出她的腸子掛在院裡的樹上，然後跟著成生原路返回。

這時周生忽然一覺醒來，原來身子還在床上。他驚異地說：「這夢稀奇古怪，真讓人害怕！」成生笑著說：「是夢，兄卻以為是真；是真，兄卻以為是夢。」周生不明白是什麼意思，成生就拿出劍來給他看，只見劍上的血跡仍在。周生嚇得要死，暗自以為成生已會使幻術了。成生知道周生的心思，催他整理行裝，這就送他回家去。

二人輾轉走到周家門前，成生對周生說：「那天夜裡我倚著劍等你，不是在這裡嗎？我厭惡看見污濁，還是在這裡等你。如果過了午後你還不回來，我就自己回去了。」

周生進了家門，裡面冷冷清清的，好像沒人居住。又到了弟弟家裡，弟弟見了他，淚流滿面，對他說：「哥哥你走後，有賊夜裡來殺了嫂嫂，還把腸子掛在樹上，真是可怕。至今官府還沒有破案。」周生這才如夢方醒，把一切事情告訴了弟弟，並囑咐他不要再追究了。他弟弟驚得呆若木雞。周生問起自己的孩子，弟弟立刻讓奶媽抱來。周生看了之後說：「這孩子是咱家的後代，請你好好照看，兄要辭別塵世了。」說完，他起身就走。弟弟哭著追出來挽留，周生一路笑著走去，連頭也沒回。

到了郊外，見到了成生，二人一起上了路，這時才遠遠地回過頭對弟弟說：「能忍就是最大的樂事。」他弟弟追著想再說幾句話，成生一舉袖子，就無影無蹤了。弟弟呆立多時，哭著回了家。

周生的弟弟忠厚老實，但沒什麼本事，不會治理家業。過了幾年，家裡越發窮了。周生的孩子漸漸長大，沒有錢請老師教學，他就親自教侄子讀書。

有一天清早，他到書房裡，看到桌子上放著一封信，封口粘得很緊，信封上寫著「二弟啟」。他仔細一看，是他哥哥的筆跡。拆開信封，裡面沒有別的，只有一個爪甲，有二指來長，心裡覺得很奇怪。他把爪甲放在硯台上，出來問僕人這信是哪裡送來的。僕人們都不知道。回到屋裡再看，硯台閃閃發光，已變成了黃金。他更加驚奇，又把爪甲放在銅鐵上試試，結果都變成了黃金。從此，周家大富起來。他拿出千金給成生的孩子。後來相傳兩家都有點石成金的法術。

## 【原文】

文登周生,與成生少共筆硯,遂訂為杵臼交。而成貧,故終歲常依周。以齒,則周為長,呼周妻以嫂。節序登堂,如一家焉。周妻生子,產後暴卒,繼聘王氏,成以少故,未嘗請見之。一日,王氏弟來省姊,宴於內寢。成適至。家人通白,周坐命邀之。成不入,辭去。周移席外舍,追之而還。

甫坐,即有人白別業之僕為邑宰重笞者。先是,黃吏部家牧傭,牛蹊周田,以是相訴。牧傭奔告主,捉僕送官,遂被笞責。周因詰得其故,大怒曰:「黃家牧豬奴,何敢爾!其先世為大父服役;促得志,乃無人耶!」氣填吭臆,忿而起,欲往尋黃。成捽而止之,曰:「強梁世界,原無皂白。況今日官宰,半強寇不操矛弧者耶?」周不聽。成諫止再三,至泣下,周乃止。怒終不釋,轉側達旦。謂家人曰:「黃家欺我,我仇也,姑置之。邑令為朝廷官,非勢家官,縱有互爭,亦須兩造,何至如狗之隨嗾者?我亦呈治其傭,視彼將何處分。」家人悉慫恿之,計遂決。具狀赴宰,宰裂而擲之。周怒,語侵宰。宰慚恚,因逮系之。

辰後,成往訪周,始知入城訟理。急奔勸止,則已在囹圄矣。頓足無所為計。時獲海寇三名,宰與黃賂囑之,使捏周同黨。據詞申黜頂衣,搒掠酷慘。成入獄,相顧淒酸。謀叩闕。周曰:「身繫重犴,如鳥在籠;雖有弱弟,止足供囚飯耳。」成銳身自任,曰:「是予責也。難而不急,烏用友也!」乃行。周弟賕之,則去已久矣。至都,無門入控。相傳駕將出獵,成預隱木市中;俄駕過,伏舞哀號,遂得準。驛送而下,著部院審奏。時閱十月餘,周已誣服論辟。院接御批,大駭,復提躬讞。黃亦駭,謀殺周。因賂監者,絕其飲食;弟來餽問,苦禁拒之。成又為赴院聲屈,始蒙提問,業已飢餓不起。院台怒,杖斃監者。黃大怖,納數千金,囑為營脫,以是得矇矓題免。宰以枉法擬流。

周放歸,益肝膽成。成自經訟繫,世情盡灰,招周偕隱。周溺少婦,輒迂笑之。成雖不言,而意甚決。別後,數日不至。周使探諸其家,家人方疑其在周所。兩無所見,始疑。周心知其異,遣人蹤跡之,寺觀壑谷,物色殆遍。時以金帛恤其子。

又八九年,成忽自至,黃巾氅服,岸然道貌。周喜,把臂曰:「君何往?使我尋欲遍。」笑曰:「孤雲野鶴,棲無定所。別後幸復頑健。」

周命置酒，略道間闊，欲為變易道裝。成笑不語。周曰：「愚哉！何棄妻孥猶敝屣也？」成笑曰：「不然。人將棄予，其何人之能棄。」問所棲止，答在勞山之上清宮。既而抵足寢，夢成裸伏胸上，氣不得息。訝問何為，殊不答。忽驚而寤，呼成，不應；坐而索之，杳然不知所往。定移時，始覺在成榻，駭曰：「昨不醉，何顛倒至此耶？」乃呼家人。家人火之，儼然成也。周固多髭，以手自捫，則疏無幾莖。取鏡自照，訝曰：「成生在此，我何往？」已而大悟，知成以幻術招隱。意欲歸內，弟以其貌異，禁不聽前。周亦無以自明，即命僕馬往尋成。

數日，入勞山。馬行疾，僕不能及。休止樹下，見羽客往來甚眾。內一道人目周，周因以成問。道士笑曰：「耳其名矣，似在上清。」言已，徑去。周目送之，見一矢之外，又與一人語，亦不數言而去。與言者漸至，乃同社生。見周，愕曰：「數年不晤，人以君學道名山，與尚遊戲人間耶？」周述其異。生驚曰：「我適遇之，而以為君也。去無幾時，或亦不遠。」周大異，曰：「怪哉！何自己面目，覿面而不之識？」僕尋至，急馳之，竟無蹤兆。一望寥闊，進退難以自主。自念無家可歸，遂決意窮追。而怪險不復可騎，遂以馬付僕歸，迤邐自往。遙見一童獨坐，趨近問程，且告以故。童自言為成弟子，代荷衣糧，導與俱行。星飯露宿，遠行殊遠。三日始至，又非世之所謂上清。時十月中，山花滿路，不類初冬。童入報客，成即遽出，始認己形。執手而入，置酒宴語。見異彩之禽，馴人不驚，聲如笙簧，時來鳴於座上，心甚異之。然塵俗念切，無意留連。地下有蒲團二，曳與並坐。至二更後，萬慮俱寂，忽似瞥然一瞬，身覺與成易位。疑之，自捫頷下，則於思者如故矣。既曙，浩然思返。成固留之。越三日，乃曰：「迄少寐息，早送君行。」甫交睫，聞成呼曰：「行裝已具矣。」遂起從之。所行殊非舊途。覺無幾時，裡居已在望中。成坐候路側，俾自歸。周強之不得，因踽踽至家門。叩不能應，思欲越牆，覺身飄似葉，一躍已過。凡逾數重垣，始抵臥室，燈燭熒然，內人未寢，喁喁與人語。舐窗以窺，則妻與一廝僕同杯飲，狀甚狎褻。於是怒火如焚，計將掩執，又恐孤力難勝。遂潛身脫扃而出，奔告成，且乞為助。成慨然從之，直抵內寢。周舉石撾門，內張皇甚，撾愈急，內閉益堅。成撥以劍，劃然頓辟。周奔入，僕沖戶而走。成在門外，以劍擊之，斷其肩臂。周執妻拷訊，乃知被收時

即與僕私。周借劍決其首，冒腸庭樹間。乃從成出，尋途而返。

蕎然忽醒，則身在臥榻，驚而言曰：「怪夢參差，使人駭懼！」成笑曰：「夢者兄以為真，真者乃以為夢。」周愕而問之。成出劍示之，濺血猶存。周驚怛欲絕，竊疑成張為幻。成知其意，乃促裝送之歸。荏苒至裡門，乃曰：「疇昔之夜，倚劍而相待者，非此處耶！吾厭見惡濁，請還待君於此。如過晡不來，予自去。」周至家，門戶蕭索，似無居人。還入弟家。弟見兄，雙淚邊墮，曰：「兄去後，盜夜殺嫂，刳腸去，酷慘可悼。於今官捕未獲。」周如夢醒，因以情告，戒勿究。弟錯愕良久。周問其子，乃命老媼抱至。周曰：「此襁褓物，宗緒所關，弟善視之。兄欲辭人世矣。」遂起，徑出。弟涕泗追挽。笑行不顧。至野外，見成，與俱行。遙回顧，曰：「忍事最樂。」弟欲有言，成闊袖一舉，即不可見。悵立移時，痛哭而返。周弟樸拙，不善治家人生產。居數年，家益貧；周子漸長，不能延師，因自教讀。一日，早至齋，見案頭有函書，緘封甚固，簽題「仲氏啟」。審之，為兄跡；開視，則虛無所有，只見爪甲一枚，長二指許。心怪之。以甲置硯上，出問家人所自來，並無知者。回視，則硯石燦燦，化為黃金。大驚。以試銅鐵，皆然。由此大富。以千金賜成氏子，因相傳兩家有點金術云。

# 阿　寶

廣東西邊有個叫孫子楚的人，是個名士。他生來有六個手指，性格憨厚，拙於言辭。別人騙他，他都信以為真。有時遇到坐席上有歌妓在，他遠遠看見轉身便走。有的人知道他有這種性格，故意把他騙來，讓妓女挑逗逼迫他，他就羞得連脖子都通紅，豆粒大的汗珠直往下滴。大家一起笑話他，形容他呆痴的樣子，到處傳說恥笑他的話，並給他起了一個外號叫「孫痴」。

本縣有個大商人某翁，家境富裕可與王侯相比，他的親戚都是有錢有勢的人家。他有個女兒叫阿寶，長得非常漂亮。她父母正忙著為她挑選佳婿，許多名門貴族的子弟爭著來求親，但商人都沒看中。正巧孫子楚的妻子死了，有人捉弄他，勸他到大富商家提親。孫子楚也沒掂量下

自己，竟然還真托媒人上門提親去了。商人雖然知道孫子楚是名士，但嫌他太窮而沒答應。媒人要離開的時候，正好遇上阿寶。阿寶問她是給誰來提親，媒人告訴她是孫子楚。阿寶覺得好玩，便說道：「他如果能把那個多餘的指頭砍了，我就嫁給他。」媒婆回來後把這話告訴了孫子楚。孫自言自語：「這不難。」媒婆走了之後，他握著斧頭把第六個指頭剁去了。當即血流如注，痛得他幾乎要死過去。過了幾天，他剛能起床，便來到媒婆家，把剁去了一根手指的手給她看。媒婆大吃一驚，忙去富商家告訴了阿寶。阿寶也很吃驚，但又開了個玩笑，說是孫子楚要將那個傻勁去掉才行。孫子楚聽後大聲辯解，說自己並不痴呆，卻沒有機會當面向阿寶表白。轉念一想，他覺得阿寶也未必美如天仙，憑什麼把自己的身價抬那麼高？因此求親的念頭也就涼了下來。

正好清明節到了，按風俗這一天是女子到郊外踏青的日子。一些輕薄少年也會結伴同行，對女子評頭論足，肆意調笑。有幾個詩文之友將孫子楚拉了出來，一同郊遊，有一個還故意戲弄說：「你不想看看你那夢中情人嗎？」孫子楚知道大家在尋他開心，但想到當初阿寶捉弄過自己，也想看看她究竟是個怎樣的人，所以欣然隨大家而去。他們一行遠遠地見一個女子在樹下歇息，被一群惡少團團圍住。朋友們說：「那一定是阿寶了。」他們一同跑過去，一看果然是阿寶。仔細打量，她果然如花似玉，十分漂亮。這時候，圍觀的人越來越多，阿寶急忙起身走了。眾人都看得神魂顛倒，評頭論足，簡直要發狂了，唯有孫子楚默默無語。大家散去之後，回頭一看，孫子楚仍然呆呆地站在那兒，喊他也不答應。大家一起回來拉他，說：「你的魂被阿寶勾去了嗎？」孫子楚還是不說話。因為他平時就寡言少語，大家也沒有特別在意。有人推著他，有人拉著他，就這樣回去了。

孫子楚回到家後，一頭倒在床上，整天昏睡不起，像醉了一樣，喊也喊不醒。家裡人以為他丟了魂，就到野外給他叫魂，但也不見效。用勁將他拍醒，問他怎麼回事，他才含糊朧地說：「我在阿寶家。」家人摸不著頭腦，繼續追問，他又默默無語了。家裡人很害怕，不知道怎麼回事。

原來那天，孫子楚見阿寶走了，心裡非常難捨，覺得自己的身子也跟她走了，漸漸與她靠得很近，並沒有人呵斥他。於是，他跟阿寶回了

家，坐著躺著都和阿寶在一起，夜裡便與阿寶交歡，十分親密融洽。後來他覺得肚子特別餓，想回家一趟，卻不認得回家的路。

阿寶也每天夢到與人交合。她問他是誰，那人都是說：「我是孫子楚。」阿寶覺得很奇怪，但也不能告訴別人。

孫子楚就這樣一連躺了三天，眼看就要斷氣了。家裡人焦慮害怕，就託人到阿寶家懇求給孫子楚招魂。那位老爺笑著說：「你我兩家平時素無往來，他怎麼會把魂丟在我家呢？」孫家哀求不已，那位老爺才答應了。巫婆拿著孫子楚的舊衣服、草蓆子來到阿寶家。阿寶知道後很害怕，不讓巫婆到別處去，直接將她帶到自己房中，讓她招呼一番之後，才讓她離去了。

巫婆回到孫家門口，屋內床上的孫子楚已經呻吟起來。他很快醒來，能清楚地說出阿寶室內擺設用具的名字和顏色，一點不錯。阿寶聽說此事後更害怕了，但心裡也感到了孫子楚的情義之深。

孫子楚能起床後，不論坐著還是站著，總是恍恍惚惚，像是丟了什麼。他常打聽阿寶的消息，盼望能再見到她。浴佛節那天，聽說阿寶將要到水月寺進香，孫子楚一早就在路旁等候，望得頭暈眼花。到中午時，阿寶過來了，從車裡望到孫子楚，用纖手撩起簾子，目不轉睛地盯著他。孫子楚更是情不自禁，一路跟在後面。阿寶忽然讓丫鬟來問他的姓名。孫子楚忙不迭地說了，此後更加魂魄搖盪，直到車遠去之後，他才回家。

孫子楚回家後，舊病復發，不吃不喝，昏睡中經常喊著阿寶的名字，直恨自己的靈魂不能再像上次那樣到阿寶的家裡去。他家中養有一隻鸚鵡，這時突然死了，小孩子拿著在床邊玩。孫子楚見了，心想我如果能變成鸚鵡，展翅就可飛到阿寶的房裡了。就在他這樣想的時候，身子果然已變成了一隻鸚鵡，翩然飛了出去，一直飛到了阿寶的房中。

阿寶高興地將它捉住，用繩子綁住了鸚鵡的翅膀，用麻子餵牠。鸚鵡突然開口說道：「姐姐不要綁我，我是孫子楚啊！」阿寶吃了一驚，連忙解開繩子，鸚鵡也不飛走。阿寶對著鸚鵡禱告說：「你的深情已銘刻在我心中。但如今你我人禽不同類，良姻怎麼能復圓呢？」鸚鵡說道：「能在你的身邊，我的心願已經滿足了。」

從那之後，這只鸚鵡別人餵牠，它都不進食，只有阿寶餵牠，它才

肯吃。阿寶坐下，鸚鵡就蹲在她的膝上；阿寶躺下，鸚鵡就依偎在她身邊。這樣一連三天，阿寶覺得太可憐了，悄悄派人去探望孫子楚，見孫子楚僵臥在床上已斷氣三天了，只是心口還有一絲熱氣。阿寶聽說後又對著鸚鵡祈禱說：「你要是能重新變成人，我寧死也要嫁給你。」鸚鵡說：「你騙我的吧？」阿寶立刻發起誓來。鸚鵡斜著眼睛，好像在思索什麼。一會兒，阿寶裹腳，把鞋脫到床下，鸚鵡突然衝過去，用嘴叼起鞋來飛走了。阿寶急忙呼叫它，鸚鵡已經飛遠了。阿寶派個老媽媽前去探望，孫子楚果然已經醒過來了。

孫家人見一隻鸚鵡叼著繡鞋飛來，剛落地便死了，正覺得奇怪。孫子楚卻醒來了，立馬尋找鞋子，大家都不知道是怎麼回事。正好阿寶家的老媽媽趕到，進房看到孫子楚，問他鞋在哪裡。孫子楚說：「這鞋是阿寶發誓的信物，請你代我轉告她，我孫子楚不會忘記她金子般的諾言。」老媽媽回來把話照樣說了一遍，阿寶更是覺得奇怪，便讓丫鬟把這些事故意洩露給自己的母親。母親忙過來詳細詢問一番，便說：「孫子楚這個人還是有才學的，名聲也不錯，卻像司馬相如當年那樣貧寒。選了幾年的女婿，如果最後選的是他，恐怕會被有身分地位的人笑話。」阿寶因為鞋的緣故，決心不嫁其他人，父母只好聽了她的。有人跑去告訴孫子楚這個消息，孫子楚非常高興，病立刻全好了。

阿寶的父母想把孫子楚招贅過來。阿寶說：「女婿不應該長住在岳父家裡。何況他家貧窮，長住在此會讓人家瞧不起。女兒既然已經答應嫁給他，那麼即使住茅屋、吃粗飯也絕不會有怨言。」於是，孫子楚興高采烈地前去迎娶了新娘，辦了喜事，兩人相見就如隔世的夫妻又團圓了一樣。

阿寶帶來了不少嫁妝，孫子楚家增加了財物家產，生活有了好轉。但孫子楚只是沉迷在書裡，不知道治家理財。好在阿寶是個善於居家過日子的人，家中大小事務都不需要孫子楚操心。這樣過了三年，孫家更加發達了。

可是，孫子楚突然得了熱病，不治身亡。阿寶哭得死去活來，終日淚水漣漣，不吃不喝，覺也不睡。誰勸也不聽，一天夜裡竟然上吊了。幸好被丫鬟發現，一番搶救後才甦醒過來，可她仍然不吃東西。三天后，家人召集親友，準備給孫子楚下葬。這時，突然聽到棺材裡傳出呻

吟之聲，打開一看，孫子楚居然復活了。他對眾人說：「我去見了閻王，閻王說我這個人生平樸實誠懇，命令我當了部曹。這時忽然有人報告：『孫部曹的妻子將要到了。』閻王查了生死簿，說：『她還不到死的時候。』又有人說：『她已經三天不吃飯了。』閻王回身對我說：『你妻子的節義行為讓我感動了，姑且再讓你去陽世復生吧。』於是就派馬伕牽著馬把我送了回來。」此後，孫子楚的身體便漸漸康復了。

　　這年適逢鄉試，進考場之前，一群少年戲弄孫子楚，一起擬了七個偏怪的試題，把孫子楚騙到僻靜之處，說：「這是有人通過關係得到的試題，因咱們有交情所以偷偷地告訴你。」孫子楚信以為真，起早摸黑地絞盡腦汁，終於準備好了七篇八股文。大家都暗暗地笑他。

　　當時主考官考慮到用過去的題目容易被人作弊，有意地一反常規。試題發下來，居然與孫子楚準備的七題一模一樣，結果孫子楚輕鬆中了鄉試頭名。第二年他又中了進士，進了翰林院。皇上聽說了孫子楚這些怪事，把他召來詢問，孫子楚全都如實地奏明了。皇上非常高興，大加讚賞，後來還召見了阿寶，賞賜了很多東西。

## 【原文】

　　粵西孫子楚，名士也。生有枝指。性迂訥，人誑之，輒信為真。或值座有歌妓，則必遙望卻走。或知其然，誘之來，使妓狎逼之，則顏徹頸，汗珠珠下滴。因共為笑，遂貌其呆狀，相郵傳作醜語，而名之「孫痴」。

　　邑大賈某翁，與王侯埒富，姻戚皆貴冑。有女阿寶，絕色也。日擇良匹，大家兒爭委禽妝，皆不當翁意。生時失儷，有戲之者，勸其通媒。生殊不自揣，果從其教。翁素耳其名而貧之。媒媼將出，適遇寶。問之，以告。女戲曰：「渠去其枝指，余當歸之。」媼告生。生曰：「不難。」媒去，生以斧自斷其指，大痛徹心，血益傾注，濱死。過數日，始能起，往見媒而示之。媼驚，奔告女。女亦奇之，戲請再去其痴。生聞而嘩辨，自謂不痴；然無由見而自剖。轉念阿寶未必美如天人，何遂高自位置如此？由是曩念頓冷。

　　會值清明，俗於是日婦女出遊，輕薄少年亦結隊隨行，恣其月旦。有同社數人強邀生去。或嘲之曰：「莫欲一觀可人否？」生亦知其戲己；

然以受女揶揄故，亦思一見其人，欣然隨眾物色之。遙見有女子憩樹下，惡少年環如牆堵。眾曰：「此必阿寶也。」趨之，果寶也。審諦之，娟麗無雙。少傾，人益稠。女起，遽去。眾情顛倒，品頭題足，紛紛若狂。生獨默然。及眾他適，回視，生猶痴立故所，呼之不應。群曳之曰：「魂隨阿寶去耶？」亦不答。眾以其素訥，故不為怪，或推之，或挽之以歸。至家，直上床臥，終日不起，冥如醉，喚之不醒。家人疑其失魂，招於曠野，莫能效。強拍問之，則朦朧應云：「我在阿寶家。」及細詰之，又默不語。家人惶惑莫解。初，生見女去，意不忍舍，覺身已從之行，漸傍其衿帶間，人無呵者。遂從女歸，坐臥依之，夜輒與狎，甚相得。然覺腹中奇餒，思欲一返家門，而迷不知路。女每夢與人交，問其名，曰：「我孫子楚也。」心異之，而不可以告人。生臥三日，氣咻咻若將漸滅。家人大恐，託人婉告翁，欲一招魂其家。翁笑曰：「平昔不相往還，何由遺魂吾家？」家人固哀之，翁始允。巫執故服、草薦以往。女詰得其故，駭極，不聽他往，直導入室，任招呼而去。巫歸至門，生榻上已呻。既醒，女室之香奩什具，何色何名，歷言不爽。女聞之，益駭，陰感其情之深。

生既離床寢，坐立凝思，忽忽若忘。每伺察阿寶，希幸一再遘之。浴佛節，聞將降香水月寺，遂早旦往候道左，目眩睛勞。日涉午，女始至，自車中窺見生，以摻手搴簾，凝睇不轉。生益動，尾從之。女忽命青衣來詰姓字。生殷勤自展，魂益搖。車去，始歸。歸復病，冥然絕食。夢中輒呼寶名。每自恨魂不復靈。家舊養一鸚鵡，忽斃，小兒持弄於床。生自念：倘得身為鸚鵡，振翼可達女室。心方注想，身已翩然鸚鵡，遂飛而去，直達寶所。女喜而撲之，鎖其肘，飼以麻子。大呼曰：「姐姐勿鎖！我孫子楚也！」女大駭，解其縛，亦不去。女祝曰：「深情已篆中心。今已人禽異類，姻好何可復圓？」鳥云：「得近芳澤，於願已足。」他人飼之，不食；女自飼之，則食。女坐，則集其膝；臥，則依其床。如是三日，女甚憐之。陰使人生，生則僵臥，氣絕已三日，但心頭未冰耳。女又祝曰：「君能復為人，當誓死相從。」鳥云：「誑我！」女乃自矢。鳥側目若有所思。少間，女束雙彎，解履床下，鸚鵡驟下，銜履飛去。女急呼之，飛已遠矣。

女使嫗往探，則生已寤。家人見鸚鵡銜繡履來，墮地死，方共異

之。生既蘇，即索履，眾莫知故。適嫗至，入視生，問履所在。生曰：「是阿寶信誓物。藉口相覆：小生不忘金諾也。」嫗反命。女益奇之，故使婢洩其情於母。母審之確，乃曰：「此子才名亦不惡，但有相如之貧。擇數年得婿若此，恐將為顯者笑。」女以履故，矢不他。翁嫗從之。馳報生。生喜，疾頓瘳。翁議贅諸家。女曰：「婿不可久處岳家。況郎又貧，久益為人賤。兒既諾之，處蓬茅而甘藜藿，不怨也。」生乃親迎成禮，相逢如隔世歡。

自是生家得奩妝小阜，頗增物產。而生痴於書，不知理家人生業；女善居積，亦不以他事累生。居三年，家益富。生忽病消渴，卒。女哭之慟，淚眼不晴，至絕眠食。勸之不納，乘夜自經。婢覺之，急救而醒，終亦不食。三日，集親黨，將以殮生。聞棺中呻以息，啟之，已復活。自言：「見冥王，以生平樸誠，命作部曹。忽有人白：『孫部曹之妻將至。』王稽鬼錄，言：『此未應便死。』又白：「不食三日矣。」王顧謂：『感汝妻節義，姑賜再生。』因使馭卒控馬送余還。」由此體漸平。

值歲大比，入闈之前，諸少年玩弄之，共擬隱僻之題七，引生僻處與語，言：「此某家關節，敬秘相授。」生信之，晝夜揣摩，製成七藝，眾隱笑之。時典試者慮熟題有蹈襲弊，力反常徑。題紙下，七藝皆符。生以是掄魁。明年，舉進士，授詞林。上聞其異，召問之，生具啟奏，上大嘉悅。後召見阿寶，賞賚有加焉。

# 李伯言

書生李伯言，是沂水人。他為人剛正不阿，很有膽氣。有一天，他忽然得了重病，家人要給他吃藥，李伯言拒絕道：「我的病不是藥能治好的！陰間裡因閻王一職空缺，要讓我暫時去代理呢。我死之後不要埋葬，等著我復生。」這天，他果然死了。

李伯言死後，他的陰魂被一隊騎馬的侍從領著，進入一座宮殿。有人向他獻上王服，差役書吏蕭穆地站在兩邊。李伯言見桌子上堆了厚厚一疊卷宗，便立即開始審案。第一件案子，被告是江南某人，經查此人一生共姦淫良家婦女八十二人。李伯言下令將他提來審問，證據確鑿。

按陰間法律，應受炮烙之刑。大堂下豎著一根銅柱子，八九尺高，一抱粗。柱子中間是空的，裡面燒著炭，裡外燒得通紅。一群鬼卒們用鐵蒺藜抽打著那人，逼他往銅柱上爬。那人手抱腳盤，順著柱子往上爬。剛爬到頂，銅柱內煙氣飛騰，轟的一聲，像放個爆竹，那人從頂上一下子摔下來，蜷曲著趴在地下。過了一會兒，他才甦醒過來。鬼卒又打他，逼他再爬，爬到頂又摔下來。如此三次，那人漸漸被燒成了一團黑煙，慢慢散去，再也聚不成人形了。

另一件案子，被告竟然是李伯言的同鄉王某，被其家的奴婢之父狀告強奪他女兒。這王某與李伯言是姻親，當初有一個人要賣奴婢，王某知道那奴婢來路不明，但貪圖價格便宜，還是買下了。不久，王某暴病而死。隔了一天，王某的朋友周生忽然在路上遇到他，知道是鬼，嚇得連忙跑回自己的書齋，不料王某也跟著進來了。周生害怕地連連禱告，問他想要幹什麼。王某說：「想麻煩你去陰間替我作證！」周生驚恐地問：「什麼事？」王某說：「我家那個奴婢，確實是我出錢從別人手裡買的，可她的父親卻誣告我是強奪的。這件事你是親眼所見的，請幫我說明一下，再沒有別的事了。」周生嚇得死活不肯去。王某上前說：「這事恐怕由不得你！」不久，周生果然死了，一同去閻王殿受審。

李伯言一見被告是親家王某，心裡產生了袒護的念頭。這個念頭剛一出現，突然看到大殿上冒出火苗，火焰熊熊直衝屋樑。李伯言大驚失色，急忙站了起來。一旁的小吏急忙對他說：「陰間和人世不同，容不下一點私念。您趕快打消別的念頭，火就會自己熄滅！」李伯言連忙收回私念，那火果然一下子就滅了，便接著審案。王某與奴婢的父親爭執不休，李伯言便審問周生，周生如實說了。李伯言判王某明知故犯，應受笞刑。打完之後，派人送他們返回陽世。周生與王某果然都在三天後醒了過來。

李伯言審完案子，坐著車回去。半路上遇到一群缺頭斷足的鬼，足有好幾百個，跪在地上哭泣。李伯言停下車子詢問緣故，原來這都是些死在異鄉的鬼，想回故土，又怕沿途關隘阻擋，所以乞求閻王給個路條。李伯言說：「我只代理三天職務，現在已經卸任了，怎麼幫得到你們呢？」眾鬼說：「南村的胡生，將要建道場，您替我們囑託他，這事就能辦到。」李伯言答應了。到家之後，隨從們都回去了，李伯言就醒

了過來。

　　那個胡生，字水心，與李伯言關係很好。他聽說李伯言又活了過來，前來探望。李伯言突然問他：「你什麼時候建道場？」胡生不明白李伯言怎麼會知道些事，驚訝地說：「遭遇兵荒馬亂，妻子兒女僥倖得以保全。過去我跟妻子談起過這個心願﹑但並沒跟任何人說。你怎麼知道了？」李伯言將眾鬼的請求詳細說了一遍。胡生嘆息說：「沒想到臥室裡的一句話，竟傳到陰司裡去，真是可怕啊！」他慎重地應下此事後就告別離去。第二天，李伯言去王某家。王某還疲憊地躺著，看見李伯言來了，蕭然起敬，再三感謝他庇護了自己。李伯言說：「陰司裡不能徇情。你的傷好些了嗎？」王某說：「不礙事，只是挨打的地方化了膿。」又過了二十多天，王某總算康復了，屁股上的爛肉都掉了下來，只留下一片像是棍傷的疤痕。

## 【原文】

　　李生伯言，沂水人。抗直有肝膽。忽暴病，家人進藥，卻之曰：「吾病非藥餌可療。陰司閻羅缺，欲吾暫攝其篆耳。死，勿埋我，宜待之。」是日果死。

　　騶從導去，入一宮殿，進冕服，隸胥祗候甚肅。案上簿書叢杳。一宗，江南某，稽生平所私良家女八十二人。鞫之，佐證不誣。按冥律，宜炮烙。堂下有銅柱，高八九尺，圍可一抱；空其中而熾炭焉，表裡通赤。群鬼以鐵蒺藜撻驅使登，手移足盤而上。甫至頂，則煙氣飛騰，崩然一響如爆竹，人乃墮；團伏移時，始復甦。又撻之，爆墮如前。三墮，則匝地如煙而散，不復能成形矣。

　　又一起，為同邑王某，被婢父訟盜占生女。王即生姻家。先是，一人賣婢。王知其所來非道，而利其直廉，遂購之。至是，王暴卒。越日，其友周生遇於途，知為鬼，奔避齋中。王亦從入。周懼而祝，問所欲為。王曰：「煩作見證於冥司耳。」驚問：「何事？」曰：「余婢實價購之，今被誣控。此事，君親見之，惟借季路一言，無他說也。」周固拒之。王出曰：「恐不由君耳。」未幾，周果死，同赴閻羅質審。李見王，隱存左袒意。忽見殿上火生，焰燒梁棟。李大駭，側足立。吏急進曰：「陰曹不與人世等，一念之私不可容。急消他念，則火自熄。」李斂

神寂慮，火頓滅。已而鞫狀，王與婢父反覆相苦。問周，周以實對。王以故犯論笞。笞訖，遣人俱送回生。周與王皆三日而蘇。

李視事畢，輿馬而返。中途見闕頭斷足者數百輩，伏地哀鳴。停車研詰，則異鄉之鬼，思踐故土，恐關隘阻隔，乞求路引。李曰：「余攝任三日，已解任矣，何能為力？」眾曰：「南村胡生，將建道場，代囑可致。」李諾之。至家，驂從都去，李乃蘇。

胡生字水心，與李善，聞李再生，便詣探省。李遽問：「清醮何時？」胡訝曰：「兵燹之後，妻孥瓦全，向與室人作此願心，未向一人道也。何知之？」李具以告。胡嘆曰：「閨房一語，遂播幽冥，可懼哉！」乃敬諾而去。次日，如王所，王猶憊臥。見李，肅然起敬，申謝佑庇。李曰：「法律不能寬假。今幸無恙乎？」王云：「已無他症，但笞瘡膿潰耳。」又二十餘日始痊。臀肉腐落，瘢痕如杖者。

# 連　瑣

楊於畏，搬到了泗水沿岸居住。他的書房臨近曠野，牆外有很多古墓。每到夜晚，墓地裡的白楊樹被風颳得嘩嘩響，聲音如同波濤洶湧。一天深夜，楊於畏在燈下讀書，正感到寂靜冷清，忽然聽到牆外有人吟詩：「玄夜淒風卻倒吹，流螢惹草復沾幃。」反覆吟誦了好幾遍，聲音悲哀悽楚。仔細一聽，柔弱婉轉像是個女子，楊於畏覺得很奇怪。

第二天一早，他去牆外查看，沒有發現人跡，只有一條紫色的帶子遺棄在荊棘叢中。楊於畏將其撿了回來，順手放在窗櫺上。當夜二更天時，又傳來吟詩聲，和昨夜一樣。楊於畏悄悄地搬了個凳子到牆邊，站上去往外一望，吟詩聲頓時沒有了。楊於畏醒悟是女鬼，但心裡卻很傾慕。第三天夜裡，他早早地藏在牆頭上等著。一更天快過去的時候，只見一個年輕的女子從荒草叢中姍姍而來。她手扶小樹，低著頭悲傷地念起那兩句詩。楊於畏輕輕咳嗽了一聲，女子急忙隱入荒草中，不見蹤影。楊於畏繼續在牆下等著，等那女子又出來吟完詩，他隔牆續道：「幽情苦緒何人見，翠袖單寒月上時。」許久，牆外依然寂靜無聲。

楊於畏沮喪地回到書房中，剛坐下，忽然看到一個美麗的女子從外

面走進來。她向他施禮，說：「您原來是位風雅之士，我卻因為顧忌害怕而屢次躲開了。」楊於畏喜出望外，拉著她坐下。那女子十分瘦弱，寒氣逼人，似乎連衣服的重量也承擔不起。楊於畏問道：「你是哪裡人？怎麼長久滯留在這地方？」女子回答說：「我是隴西人，隨父親流落到這裡，居住下來。我十七歲時得暴病死去，到現在已經二十多年了。陰間十分荒涼，孤單寂寞。那兩句詩是我自己作的，以寄託幽恨之情。但想了很久，也沒想出下句，承蒙您代續上了，我九泉之下也感到十分高興！」楊於畏想和她親熱，女子皺著眉頭說：「陰間的鬼魂，不比活人，如果與人交歡，會折人陽壽的。我不忍禍害君子。」楊於畏只好作罷，卻又用手摸女子的胸，見仍是處女的樣子。又要看看她裙下的一雙腳。女子低頭笑道：「你這狂生也太會纏人了！」楊於畏摸著女子的腳，見月白色的錦襪上繫著一縷綵線，再看另一隻腳上卻繫著一條紫帶子，便問：「怎麼不都用帶子繫住？」女子回答說：「昨夜因害怕你，躲避時紫帶不知丟到了什麼地方。」楊於畏說：「我替你換上。」說著便去窗檯上取來那條紫帶，遞給女子。女子吃了一驚，問他是哪來的。楊於畏如實說了。女子解下綵線，仍用帶子繫住。收拾完，女子翻閱起桌上的書，忽見元稹作的《連昌宮詞》，感慨地說：「我活著時最愛讀這些詩。現在看到，真如在夢中。」楊於畏和她談論起詩文，覺得她聰慧博學，令人喜愛。楊於畏和她在窗下剪著燈花夜讀，如同得到了一個知心朋友。

　　從那之後，只要一聽到楊於畏低聲吟詩，女子就會來到。她常常囑咐楊於畏：「咱們交往的事你一定要保密，不能洩露。我自幼膽小，恐怕有壞人來欺負我。」楊於畏滿口答應了。兩人如魚得水，十分親密。雖然未曾同寢，但雙方的感情卻勝過了夫妻。女子常在燈下替楊於畏抄寫，她的字端正柔媚。她自己選了一百首宮詞，抄錄下吟誦。她還讓楊於畏準備好棋具，買來琵琶。每夜教楊於畏下棋，或者自己彈琵琶，奏起《蕉窗零雨》的曲子，讓人心酸。楊於畏不忍心聽完，女子便又奏起《曉苑鶯聲》的曲調，楊於畏頓覺心曠神怡。兩人燈下玩樂，不知不覺天就亮了。見到窗上有了亮色，女子則慌慌張張地離去。

　　有一天，薛生前來拜訪，遇上楊於畏大白天在睡覺。薛生見屋子裡有琵琶、棋具，知道這些東西都不是楊於畏擅長的。翻閱他的書時，又

發現了一些抄錄的宮詞，字跡端正秀麗，心中越發懷疑。楊於畏醒來後，薛生問道：「這些玩意兒是從哪來的？」楊於畏回答說：「我自己想學學。」又問那些詩卷是哪來的，楊於畏假稱是從朋友處借的。薛生反覆賞玩，見詩卷最後一行小字寫的是「某月日連瑣書」，便笑著說：「這分明是女子的小名，你怎麼如此欺騙我？」楊於畏窘迫不安，不知怎麼回答好。薛生一再追問，楊於畏就是閉口不答。薛生便捲起詩卷，以拿走相要挾。楊於畏沒有辦法，只得如實說了。薛生要求見見這個女子，楊於畏將女子的囑咐告訴了他。不料薛生更加仰慕；迫不得已，楊於畏只好答應了。到了夜晚，女子來了。楊於畏轉述了薛生要見她的意思。女子生氣地說：「我是怎麼囑咐你的？你竟喋喋不休地跟人說了！」楊於畏再三說明當時的情況。女子說：「我和你緣分盡了！」楊於畏百般安慰解釋，她終究還是高興不起來，起身告別說：「我暫時躲避一下。」

第二天，薛生來了，楊於畏告訴他女子不願相見。薛生懷疑他是在推託，當晚又帶了兩個同學趕來，賴著不走，故意擾亂楊於畏，吵了一個通宵。楊於畏氣得直翻白眼，卻也無可奈何。一連數個晚上，都沒見到那女子的影子，眾人都想回去了，不願意再折騰下去。這時，外面傳來了吟詩聲，大家靜靜一聽，只覺那聲音傷心淒惋。薛生正凝神傾聽時，有一個姓王的武生，搬起塊大石頭投了過去，大喝道：「擺架子不肯出來見客人，以為什麼好詩，嗚嗚咽咽的，讓人煩悶！」吟詩聲頓時消失了。大家都埋怨王生，楊於畏更是十分惱怒，臉色鐵青，說話也難聽了。第二天，這些人都走了。楊於畏獨宿空房，心中盼望著女子再來，卻一直不見她的身影。

又過了兩天，女子忽然又來了，哭著說道：「你招了那些惡客，差點嚇死我！」楊於畏連連道歉。女子匆匆地走了出去，說：「我早說過和你緣分盡了，從此永別！」楊於畏正要挽留，女子卻已經消失了。此後一個多月，女子再也沒來。楊於畏天天思念她，人瘦得皮包骨頭，卻無法挽回了。

有一天晚上，楊於畏正一個人喝著酒，女子忽然掀簾進來了。楊於畏高興極了，說：「你終於肯原諒我了？」女子流著淚，默默不語。楊於畏忙問怎麼了，女子欲言又止，說：「當初我賭氣走了，現在有急事

又回來求你，實在讓人羞愧！」楊於畏再三詢問，女子這才說道：「不知哪裡來的骯髒鬼役，逼我當他的小妾。我自想是清白人家出身，怎能屈身於鄙賤的鬼差呢？可我是個弱小的女子，又怎能和他抗拒？如果您認為我們曾有深厚的感情，如同夫妻一般，不會聽任不管吧？」楊於畏怒不可遏，想要打死那個鬼差。但顧慮人鬼兩個世界，擔心使不上力。女子說：「我有辦法。明晚你早點睡覺，我在你夢中請你去。」於是兩人言歸於好，一直聊到天亮。女子臨去又囑咐楊於畏白天不要睡覺，等到夜晚相會。楊於畏答應了。

第二天午後，楊於畏喝了點酒，帶著酒意上床，蒙衣躺下。恍惚中見女子來了，遞給他一把佩刀，拉著他的手走去。他們來到一個院子，關上門正在說話，就聽有人用石頭砸門。女子驚慌地說道：「仇人來了！」楊於畏打開門，猛然衝了出去，只見一個紅帽青衣、滿臉刺蝟般鬍鬚的鬼役。楊於畏憤怒地斥責他，鬼役也橫眉怒目，凶悍地謾罵。楊於畏更加氣憤，持刀衝了過去。鬼役撿起石塊，雨點般地砸過來。楊於畏的手腕被一塊石頭擊中，握不住刀。危急之時，遠遠望見一個腰裡掛著弓箭正在打獵的人。楊於畏仔細一看，卻是王生，急忙大聲呼救。王生聽到喊聲，急忙跑過，彎弓搭箭，一箭射中了鬼役的大腿；再一箭，結果了其性命。楊於畏十分高興，上前道謝。王生詢問緣故，楊於畏都說了。王生上次得罪了女子，這回可以贖罪了，很是開心，於是和楊於畏一起進了女子的住室。女子害怕得渾身發抖，又羞怯不安，遠遠地站著一句話不說。王生見桌子上放著把小刀，有一尺多長，用金玉裝飾。他把刀從鞘中抽出來一看，冷光四射，能照見人影。王生讚歎不絕，愛不釋手。他跟楊於畏交談數句，見那女子還是羞愧害怕，顯得十分可憐，便走出屋子，告辭走了。楊於畏獨自返回，翻過牆時跌倒在地，於是從夢中驚醒，正好聽到村裡的雄雞在啼鳴。楊於畏覺得手腕很疼，天亮後看了看，手腕上皮肉都是腫的。

中午時，王生過來了，說昨晚做了個奇怪的夢。楊於畏問道：「夢到射箭了嗎？」王生奇怪他怎麼會知道。楊於畏伸出手來，講了自己的經歷。王生回憶著夢中見到的那個女子，只恨不是真正見面。他覺得自己幫了她，又懇請楊於畏讓他與女子見上一面。到了晚上，女子前來向楊於畏道謝。楊於畏把功勞都歸於王生，講了王生很想見上一面。女子

說：「他幫助了我，我不敢忘記。但他是個赳赳武夫，真的令我害怕！」過了會兒，她又說：「他喜歡我的佩刀。那把刀是我父親出使粵中時花一百兩銀子買來的。我很喜歡，就要了過來，纏上金絲，並鑲上了明珠。父親可憐我早年喪命，將這把刀給我陪葬。現在我願意割愛，把刀贈給他，見了刀就像見了我本人一樣。」第二天，楊於畏把這番意思轉達給王生，王生大喜。到晚上，女子果然帶著刀來了，對楊於畏說：「告訴他一定要珍重，這把刀不是中華出產的！」從此，楊於畏和女子來往如初。

過了幾個月，女子忽然在燈下對著楊於畏邊笑邊看，像是要說什麼，可臉色一紅，又不說了，如此好多次。楊於畏抱著她詢問，女子說：「長久承蒙你眷愛，我接受了活人的氣息，天天食人間煙火，白骨竟有了生意。現在只須一點人的精血，我就可以復活了。」楊於畏笑著說：「是你一直不肯，哪是我吝惜呢？」女子說：「我們結合後，你定會大病二十多天，但吃藥就可以痊癒。」於是兩人縱情親熱。過後，女子穿上衣服起來，說：「我還需要一點生血，你能忍著成全我嗎？」楊於畏當即取過利刃，刺破了手臂，女子仰臥在床上，讓血滴進肚臍中。事後她起身道：「我不再來了。你要記住，一百天後看我的墳前有青鳥在樹梢上鳴叫，你就趕快挖墳。」楊於畏答應。女子臨出門又囑咐說：「千萬記住，不要忘了。早了晚了都不行！」說完便走了。

十多天後，楊於畏果然得了場大病，肚子脹得要死。請來醫生診斷，服了幾帖藥，拉出許多爛泥一樣的濁物。又過了十多天，他的病才好了。計算著到了一百天，楊於畏讓家人拿著工具在女子的墳前等著。太陽西下時，果然見兩隻青鳥在樹枝上鳴叫。楊於畏高興地說：「可以動手了！」於是斬去荊棘，挖開墳墓，只見棺木雖然早已腐爛，但女子的面貌仍像活的一樣。楊於畏用手一摸，女子身上有溫氣，便蓋上衣服，把她背回家中，放到溫暖的地方。女子口裡有了一絲氣息，楊於畏又餵了些湯粥，到半夜女子便醒來了。從此，那女子就和楊於畏生活在一起，她常對楊於畏說：「死了二十多年，就像做了一場夢！」

【原文】

　　楊於畏，移居泗水之濱。齋臨曠野，牆外多古墓。夜聞白楊蕭蕭，

聲如濤湧。夜闌秉燭，方復淒斷。忽牆外有人吟曰：「玄夜淒風卻倒吹，流螢惹草復沾幃。」反覆吟誦，其聲哀楚。聽之，細婉似女子。疑之。明日，視牆外，並無人跡。惟有紫帶一條，遺荊棘中；拾歸，置諸窗上。向夜二更許，又吟如昨。楊移机登望，吟頓輟。悟其為鬼，然心向慕之。

次夜，伏伺牆頭。一更向盡，有女子姍姍自草中出，手扶小樹，低首哀吟。楊微嗽，女忽入荒草而沒。楊由是伺諸牆下，聽其吟畢，乃隔壁而續之曰：「幽情苦緒何人見？翠袖單寒月上時。」久之，寂然。楊乃入室。方坐，忽見麗者自外來，斂衽曰：「君子固風雅士，妾乃多所畏避。」楊喜，拉坐。瘦怯凝寒，若不勝衣。問：「何居里，久寄此間？」答曰：「妾隴西人，隨父流寓。十七暴疾殂謝，今二十餘年矣。九泉荒野，孤寂如鶩。所吟，乃妾自作，以寄幽恨者。思久不屬；蒙君代續，歡生泉壤。」楊欲與歡，蹙然曰：「夜台朽骨，不比生人，如有幽歡，促人壽數。妾不忍禍君子也。」楊乃止。戲以手探胸，則雞頭之肉，依然處子。又欲視其裙下雙鉤。女俯首笑曰：「狂生太羅唆矣！」楊把玩之，則見月色錦襪，約綵線一縷。更視其一，則紫帶系之。問：「何不俱帶？」曰：「昨宵畏君而避，不知遺落何所。」楊曰：「為卿易之。」遂即窗上取以授女。女驚問何來，因以實告。女乃去線束帶。既翻案上書，忽見《連昌宮詞》，慨然曰：「妾生時最愛讀此。今視之，殆如夢寐！」與談詩文，慧黠可愛。剪燭西窗，如得良友。自此每夜但聞微吟，少頃即至。輒囑曰：「君秘勿宣。妾少膽怯，恐有惡客見侵。」楊諾之。兩人歡同魚水，雖不至亂，而閨閣之中，誠有甚於畫眉者。女每於燈下為楊寫書，字態端媚。又自選宮詞百首，錄誦之。使楊治棋枰，購琵琶。每夜教楊手談，不則挑弄絃索。作《蕉窗零雨》之曲，酸人胸臆；楊不忍卒聽，則為《曉苑鶯聲》之調，頓覺心懷暢適。挑燈作劇，樂輒忘曉。視窗上有曙色，則張皇遁去。

一日，薛生造訪，值楊晝寢。視其室，琵琶、棋局俱在，知非所善。又翻書得宮詞，見字跡端好，益疑之。楊醒，薛問：「戲具何來？」答：「欲學之。」又問詩卷，托以假諸友人。薛反復檢玩，見最後一頁細字一行云：「某月日連瑣書。」笑曰：「此是女郎小字，何相欺之甚？」楊大窘，不能置詞。薛詰之益苦，楊不以告。薛卷挾之，楊益窘，遂告

之。薛求一見，楊因述所囑。薛仰慕殷切；楊不得已，諾之。夜分，女至，為致意焉。女怒曰：「所言伊何？乃已喋喋向人！」楊以實情自白，女曰：「與君緣盡矣！」楊百詞慰解，終不歡，起而別去，曰：「妾暫避之。」明日，薛來，楊代致其不可。薛疑支托，暮與窗友二人來，淹留不去，故撓之；恆終夜嘩，大為楊生白眼，而無如何。眾見數夜杳然，浸有去志，喧囂漸息。忽聞吟聲，共聽之，淒婉欲絕。薛方傾耳神注，內一武生王某，掇巨石投之，大呼曰：「作態不見客，那得好句？嗚嗚惻惻，使人悶損！」吟頓止。眾甚怨之。楊恚憤見於詞色。次日始共引去。楊獨宿空齋，冀女復來，而殊無影跡。逾二日，女忽至，泣曰：「君致惡賓，幾嚇煞妾！」楊謝過不遑，女遽出，曰：「妾固謂緣分盡也，從此別矣。」挽之已渺。由是月餘，更不復至。楊思之，形銷骨立，莫可追挽。

一夕，方獨酌，忽女子搴幃入。楊喜極，曰：「卿見宥耶？」女涕垂膺，默不一言。亟問之，欲言復忍，曰：「負氣去，又急而求人，難免愧恧。」楊再三研詰，乃曰：「不知何處來一齷齪隸，逼充媵妾。顧念清白裔，豈屈身輿台之鬼？然一線弱質，烏能抗拒？君如齒妾在琴瑟之數，必不聽自為生活。」楊大怒，憤將致死；但慮人鬼殊途，不能為力。女曰：「夜來早眠，妾邀君夢中耳。」於是復共傾談，坐以達曙。

女臨去，囑勿晝眠，留待夜約。楊諾之。因於午後薄飲，乘醺登榻，蒙衣偃臥。忽見女來，授以佩刀，引手去。至一院宇，方闔門語，聞有人 石撾門。女驚曰：「仇人至矣！」楊啟戶驟出，見一人赤帽青衣，蝟毛繞喙。怒咄之。隸橫目相仇，言詞凶謾。楊大怒，奔之。隸捉石以投，驟如急雨，中楊腕，不能握刃。方危急所，遙見一人腰矢野射。審視之，王生也。大號乞救。王生張弓急至，射之中股；再射之，殪。楊喜感謝。王問故，具告之。王自喜前罪可贖，遂與共入女室。女戰惕羞縮，遙立不作一語。案上有小刀，長僅尺餘，而裝以金玉；出諸匣，光芒鑑影。王嘆贊不釋手。與楊略話，見女慚懼可憐，乃出，分手去。楊亦自歸，越牆而僕，於是驚寤，聽村雞已亂鳴矣。覺腕中痛甚；曉而視之，則皮肉赤腫。亭午，王生來，便言夜夢之奇。楊曰：「夢射否？」王怪其先知。楊出手示之，且告以故。王憶夢中顏色，恨不真見；自幸有功於女，復請先容。夜間，女來稱謝。楊歸功王生，遂達誠懇。女

曰：「將伯之助，義不敢忘，然彼赳赳，妾實畏之。」既而曰：「彼愛妾
佩刀，刀實妾父出使粵中，百金購之。妾愛而有之，纏以金絲，辮以明
珠。大人憐妾夭亡，用以殉葬。今願割愛相贈，見刀如見妾也。」次日
楊致此意。王大悅。至夜，女果攜刀來，曰：「囑伊珍重，此非中華物
也。」由是往來如初。

　　積數月，忽於燈下笑而向楊，似有所語，面紅而止者三。生抱問
之，答曰：「久蒙眷愛，妾受生人氣，日食煙火，白骨頓有生意。但須
生人精血，可以復活。」楊笑曰：「卿自不肯，豈我故惜之？」女云：「交
接後，君必有二十餘日大病，然藥之可愈。」遂與為歡。既而著衣起，
又曰：「尚須生血一點，能拼痛以相愛乎？」楊取利刃刺臂出血；女臥
榻上，便滴臍中。乃起曰：「妾不來矣。君記取百日之期，視妾墳前有
青鳥鳴於樹頭，即速發冢。」楊謹受教。出門又囑曰：「慎記勿忘，遲速
皆不可！」乃去。

　　越十餘日，楊果病，腹脹欲死。醫師投藥，下惡物如泥，浹辰而
愈。計至百日，使家人荷鍤以待。日既夕，果見青鳥雙鳴。楊喜曰：「可
矣！」乃斬荊發壙。見棺木已朽，而女貌如生。摩之微溫。蒙衣舁歸，
置暖處，氣咻咻然，細於屬絲。漸進湯，半夜而蘇。每謂楊曰：「二十
餘年如一夢耳。」

# 連　城

　　喬年，字大年，晉寧縣人，是個讀書人。他早年就很有才氣，但二
十多歲了，依舊窮困潦倒不得志。喬生為人正直講義氣，他有個姓顧的
好朋友，不幸去世了，喬生就經常接濟他的妻子兒女。晉寧縣令因為喬
生的文章寫得好，對他很器重。後來，縣令死在任上，家人滯留晉寧，
無法送回故鄉。喬生變賣了自己的家產，買了棺柩，往返兩千多里，把
縣令的遺體連同他的家人一起送回了家鄉。因為這件事，當時的文人們
更加尊重喬生，但喬生卻因此而更加貧窮了。

　　有一個姓史的舉人，膝下有個女兒叫連城。連城精於刺繡，又知書
達理，史舉人對她十分寵愛。有一次，史舉人拿出一幅女兒繡的《倦繡

圖》，讓年輕書生就圖題詩，意思是要借此選個有才學的好女婿。喬生
作了一首詩：「慵鬟高髻綠婆娑，早向蘭窗繡碧荷。刺到鴛鴦魂欲斷，
暗停針線羼雙蛾。」又題了一首詩，專讚這幅圖繡得精妙：「繡線挑來
似寫生，幅中花鳥自天成。當年織錦非長技，幸把回文感聖明。」連城
見到這兩首詩，非常喜歡，便對父親誇獎喬生的才華。但史舉人嫌喬生
太貧窮，不願找這麼個女婿。此後，連城逢人就誇喬生，又派了個老媽
子，假借父親的名義贈給喬生一些銀兩，作為他讀書的費用。喬生感嘆
道：「連城真是我的知己啊！」從此對她一往情深，朝思暮想。

　　不久，連城跟一個鹽商的兒子王化成訂了親，喬生聞訊後絕望了。
但他仍然夢魂縈繞，無時無刻不想著連城。沒過多久，連城得了重病，
臥床不起。有個從西域來的和尚，自稱能治好她的病，但說需要一錢男
子胸口的肉，搗碎了配藥。史舉人派人將此事告訴了未來女婿王化成。
王化成笑著說：「傻老頭！想叫我剜心頭肉嗎？」當即便把派去的人又
打發回去了。

　　史舉人救女心切，便放出話去，說：「誰願從自己胸口割下肉救我
女兒，我便把女兒嫁給他！」喬生聽說此事，立即趕到史家，自己掏出
刀子便從胸口割下一片肉，交給了和尚。當時喬生的衣服被鮮血染紅
了，和尚忙給他敷上刀傷藥才止住了血。

　　和尚用喬生的肉和了三個藥丸，讓連城分三天服下，連城的病果然
好了。史舉人要履行自己的諾言，把連城嫁給喬生，就事先派人去告知
了王化成。不料王化成聞訊大怒，要打官司狀告史家悔婚。史舉人害怕
了，只好擺下宴席，將喬生請來，將一千兩銀子放在桌子上，說：「我
們史家辜負了您的大恩大德，只能用這些銀子作補償了！」史舉人對喬
生講了毀約的緣由。喬生聽了非常生氣，說：「我之所以不吝惜心頭
肉，不過是為了報答自己的知己，難道我是賣肉的嗎？」說完，他拂袖
而去。

　　連城得知後，也非常內疚，托老媽子去勸慰他，並交代老媽子說：
「以他的才華，不會長久潦倒的，何愁天下沒有美女？我近來做的夢都
不吉利，三年內必死，讓他不必跟別人爭我這個泉下之鬼了！」喬生聽
了這番話，告訴老媽子說：「古人說：『士為知己者死。』我傾心於她
不是因為她長得漂亮。如此看來，恐怕連城也未必真的瞭解我。如果真

的瞭解我，就是做不成夫妻又有何妨呢？」老媽子忙替連城表白了她的一片真情。喬生說：「果然這樣，我們相逢時，她若為我笑一笑，我就死而無憾了！」老媽子回去後沒幾天，喬生偶然出去，正好遇上連城從叔家回來。喬生看著她，連城也看見了他。只見她秋波送情，微微地啟齒一笑。喬生大喜，說：「連城真是我的知心人！」

過了不久，鹽商王家來到史家商議婚期。連城的老毛病又犯了，拖了幾個月便一命嗚呼。喬生前去弔唁，痛哭不已，竟然哭死了。史家人把他抬回家中。

喬生知道自己已經死了，並不感到難過。一個人出了村，希望還能見到連城。他遠遠望見有條南北向的大路，路上的行人像螞蟻一樣熙熙攘攘。他也走了過去，混雜在人群裡。一會兒，他走入一個衙門，正碰上他過去的好朋友顧生。顧生看見他，驚訝地問：「你怎麼來了？」說著，就拉著喬生的手，要送他回去。喬生長長地嘆息了一聲，說：「我的心事還沒了呢！」顧生便說：「我在這裡掌管典籍，很受上司信任。如果有用得著我的地方，我一定儘力！」喬生便向他打聽連城的下落。顧生領著他走了很多地方，最後看到連城和一個穿白衣服的女孩眼淚婆娑地坐在一條走廊的一角。連城看見喬生，急忙起身，流露出驚喜的神情，急切地問他怎麼來這裡了。喬生說：「你死了，我怎敢獨自偷生？」連城聽了，哭著說：「我對你忘恩負義，你非但沒有唾棄我，還來陪我，這是為什麼？我這輩子不能和你結為夫妻，來生一定嫁給你！」喬生回頭對顧生說：「你有事儘管去忙吧，我覺得死了很快樂，不想再活了。只是要麻煩你幫我查一下，看看連城會托生到什麼地方，我要和她一起去！」顧生答應了，回頭走了。

一旁的白衣女孩問連城喬生是什麼人。連城便向她講述了往事。白衣女孩聽了之後情不自禁，顯得十分悲傷。連城告訴喬生說：「這姑娘與我同姓，小名叫賓娘，是長沙史太守的女兒。我們一路同來，處得很親密。」喬生打量了一番賓娘，見她哀傷淒惋的樣子十分惹人憐愛，正要再問些什麼，顧生又返回來了。他高興地對喬生說：「我已經為你辦妥了，就讓小娘子跟你一起還魂復生，怎麼樣？」兩人聽了，滿心歡喜，正要拜別顧生，一旁的賓娘大哭道：「姐姐走了，那我去哪裡啊？千萬請您可憐可憐，哪怕讓我給您當僕人我也願意！」連城也很難過，

但她沒有辦法，就讓喬生出主意。喬生只有請顧生幫忙。但顧生也很為難，一口回絕了。喬生再三懇求，顧生只好說：「我再去爭取一下吧！」他去了一頓飯的工夫，回來時連連擺手說：「我說不行吧？這下子我真的無能為力了！」賓娘聽到這裡，哭得更傷心了，挽著連城的胳膊，只怕她突然消失了。他們幾個相對無語，束手無策。再看看賓娘那愁苦淒傷的神態，真讓人十分心酸。這時候，顧生突然說道：「你們帶上賓娘一起走吧。要是責怪下來，我豁出去了一人來承擔！」賓娘這才轉悲為喜，跟著喬生一塊出去。

喬生擔心她一人去長沙路太遠，又沒有伴。賓娘說：「我要跟你們走，不回長沙了！」喬生說：「你太傻了！不回去，見不著你的屍身，你怎麼能還陽呢？只要以後我們到了湖南，你不躲著我們，我們就很榮幸了！」這時正好有兩個老婆婆拿著勾牒要去長沙勾人，喬生便把賓娘託付給她們，然後灑淚而別。

路途中，連城走得很累，走一里多路就得坐下來歇一歇。一共歇了十多次，總算能夠望見村子的大門。連城對喬生說：「還陽後恐怕我們的事還會有周折。請你先還陽，然後去我家索要我的遺體，讓我在你家重生，我父親應當不會再反悔了！」喬生認為很對，兩人便先去喬生家。進門時連城戰戰兢兢連腳步都邁不開了，喬生站著等她。連城說：「我走到這裡，禁不住渾身發抖，六神無主，只擔心我們的心願實現不了！我們還得再好好商量一下，不然還陽之後又會身不由己了！」兩人相互攙扶著進入一間廂房中，默默無言待了很久。連城忽然笑著問：「你討厭我嗎？」喬生驚訝地詢問這是什麼意思。連城害羞地說：「我擔心還陽之後我們的事再有波折，那時就太辜負你了！所以我想先以鬼身報答你！」喬生大喜，兩人極盡歡愛。

因為不敢急忙還陽，兩人徘徊不定，在廂房中一直待了三天。後來，連城說：「俗話說：『醜媳婦終得見公婆。』老是在這裡憂愁擔心終究不是長久之計！」連城催促喬生快去還陽。喬生一走到靈堂，猛然甦醒過來。家人都十分驚異，給他喝了些湯水。

喬生醒來後便派人去請史舉人來，請求得到連城的屍身，說自己能讓她復活。史舉人大喜，聽從了他的話，讓喬家人將女兒的屍體抬走，自己也一路跟隨而去。連城剛抬進喬生家，大家上前一看，她果然已經

活了。連城睜開眼就對父親說：「女兒已把自己許給喬郎了，再沒回去的道理。父親如不同意，我只有再死！」史舉人自然不會不同意，回家後便派奴婢去喬家供女兒使喚。

王化成聽說連城死而復生，並嫁給了喬生，立即寫了狀子告到官府。官府受了王家的賄賂，將連城又判給了王化成。喬生氣得要死，真不想活了，但又想不出辦法。而連城到了王家後，也氣得不吃不喝，只求快死。有一天她看屋裡沒人，便把帶子懸到房樑上吊了上去，幸虧被人發現給救了下來。隔了一天，她病得更重，眼看就要死了。王化成害怕她死在自己家裡，就把她送回了娘家。史舉人又把她抬到喬生家。王化成聽說後，也沒有辦法，這事才算過去。

連城回到喬家病就好了。她常常思念賓娘，想派人前去探望，只因為路太遠，很難前去。一天，家人忽然進來稟報說：「門外來了好些車馬。」喬生夫婦忙迎出屋門去看，只見賓娘已在院子裡了。三人相見，悲喜交集。原來是史太守親自把女兒送來了。喬生將史太守請進屋裡，史太守說：「我女兒多虧你才能復生。她立誓不嫁別人，現在我也只能遵從她的意願了！」喬生忙叩頭拜謝。史舉人聞訊也趕來了，還跟史太守敘上了同宗。

## 【原文】

喬生名年，字大年，晉寧人。少負才名。年二十餘，猶淹蹇，為人有肝膽。與顧生善；顧卒，時恤其妻子。邑宰以文相契重；宰終於任，家口淹滯不能歸，生破產扶柩，往返二千餘里。以故士林益重之，而家由此益替。史孝廉有女，字連城，工刺繡，知書。父嬌保之。出所刺「倦繡圖」，征少年題詠，意在擇婿。生獻詩云：「慵鬟高髻綠婆娑，早向蘭窗繡碧荷。刺到鴛鴦魂欲斷，暗停針線蹙雙蛾。」又贊挑繡之工云：「繡線挑來似寫生，幅中花鳥自天成。當年織錦非長技，幸把回文感聖明。」女得詩喜，對父稱賞。父貧之。女逢人輒稱道；又遣媼矯父命，贈金以助燈火。生嘆曰：「連城我知己也！」傾懷結想，如飢思啖。

無何，女許字於鹺賈之子王化成，生始絕望；然夢魂中猶佩戴之也。未幾，女病瘵，沉痼不起。有西域頭陀，自謂能療，但須男子膺肉一錢，搗合藥屑。史使人詣王家告婿。婿笑曰：「痴老翁，欲我剜心頭

肉也?」使返。史乃言於人曰:「有能割肉者妻之。」生聞而往,自出白刃,剖膺授僧。血濡袍　,僧敷藥始止。和藥三丸,三日服盡,疾若失。史將踐其言,先告王。王怒,欲訟官。史乃設筵招生,以千金列幾上,曰:「重負大德,請以相報。」因具白背盟之由。生怫然曰:「僕所以不愛膺肉者,聊以報知己耳,豈貨肉哉!」拂袖而歸。女聞之,意良不忍,托嫗慰諭之,且云:「以彼才華,當不久落。天下何患無佳人?我夢不祥,三年必死,不必與人爭此泉下物也。」生告嫗曰:「『士為知己者死』,不以色也。誠恐連城未必真知我,但得真知我,不諧何害?」嫗代女郎矢誠自剖。生曰:「果爾,相逢時當為我一笑,死無憾矣!」嫗既去。逾數日,生偶出,遇女自叔氏歸,睨之。女秋波轉顧,啟齒嫣然。生大喜曰:「連城真知我者!」

　　會王氏來議吉期,女前症又作,數月尋卒。生往臨吊,一慟而絕。史昇送其家。生自知已死,亦無所戚。出村去,猶冀一見連城。遙望南北一道,行人連續如蟻,因亦渾身雜跡其中。俄頃,入一廨署,值顧生,驚問:「君何得來此?」即把手將送令歸。生太息,言:「心事殊未了。」顧曰:「僕在此典牘,頗得委任。倘可效力,不惜也。」生問連城,顧即導生旋轉多所,見連城與一白衣女郎,淚睫慘黛,藉坐廊隅。見生至,驟起似喜,略問所來。生曰:「卿死,僕何敢生?」連城泣曰:「如此負義人,尚不吐棄之,身殉何為?然已不能許君今生,願矢來世耳。」生告顧曰:「有事君自去,僕樂死不願生矣。但煩稽連城托生何裡,行與俱去耳。」顧諾而去。白衣女郎問生何人,連城為縷述之。女郎聞之,若不勝悲。連城告生曰:「此妾同姓,小字賓娘,長沙史太守女。一路同來,遂相憐愛。」生視之,意態憐人。方欲研問,而顧生已返,向生賀曰:「我為君平章已確,即教小娘子從君返魂,好否?」兩人各喜。方將拜別,賓娘大哭曰:「姊去,我安歸?乞垂憐救,妾為姊捧帨耳。」連城悽然,無所為計,轉謀生。生又哀顧,顧難之,峻辭以為不可,生固強之。乃曰:「試妄為之。」去食頃而返,搖手曰:「何如!誠萬分不能為力矣!」賓娘聞之,宛轉嬌啼,惟依連城肘下,恐其即去。慘怛無術,相對默默;而睹其愁顏感容,使人肺腑酸柔。顧生憤然曰:「請攜賓娘去,脫有愆尤,小生拼身受之!」賓娘乃喜,從生出。生憂其道遠無侶。賓娘曰:「妾從君去,不願歸也。」生曰:「卿大痴矣。不

白話聊齋

歸，何得活也？他日至湖南，勿復走避，為幸多矣。」適有兩嫗攝牒赴
長沙，生囑之，賓娘泣別而去。

途中，連城行蹇緩，裡餘輒一息；凡十餘息，始見裡門。連城曰：
「重生後，懼有反覆。請索妾骸骨來，妾以君家生，當無悔也。」生然
之，偕歸生家。女惕惕若不能步，生佇待之。女曰：「妾至此，四肢搖
搖，似無所主。志恐不遂，尚宜審謀；不然，生後何能自由？」相將入
側廂中。默定少時，連城笑曰：「君憎妾耶？」生驚問其故。赧然曰：
「恐事不諧，重負君矣。請先以鬼報也。」生喜，極盡歡戀。因徘徊不敢
遽生，寄廂中者三日。連城曰：「諺有之：『醜婦終須見姑嫜。』感感於
此，終非久計。」乃促生入，才至靈寢，豁然頓蘇。家人驚異，進以湯
水。生乃使人邀史來，請得連城之屍，自言能活之。史喜，從其言。方
舁入室，視之已醒。告父曰：「兒已委身喬郎矣，更無歸理。如有變動，
但仍一死！」史歸，遣婢往役給奉。王聞之，具詞申理。官受略，判歸
王。生憤懣欲死，亦無之奈何。連城至王家，忿不飲食，惟乞速死。室
無人，則帶懸樑上。越日，益憊，殆將奄逝。王懼，送歸史。史復舁歸
生。王知之，亦無如何，遂安焉。連城起，每念賓娘，欲遣信往偵之，
以道遠而艱於往。一日，家人進曰：「門前有車馬。」夫婦出視，則賓娘
已至庭中矣。相見悲喜。太守親詣送女，生延入。太守曰：「小女賴君
復生，誓不他適，今從其志。」生叩謝如禮。孝廉亦至，敘宗好焉。

# 青　梅

南京有個姓程的書生，性情磊落，不受禮俗約束。有一天，他從外
面回來，脫衣服時覺得衣帶末端特別沉，像是掛了個什麼東西，但仔細
看了看，卻是什麼都沒有。他正轉身之際，有個女子從衣服後面出來，
撥弄著秀髮，正衝著他微笑，那模樣真是漂亮極了。程生懷疑她是個
鬼。女子說：「我不是鬼，是狐。」程生說：「倘若能得到你這樣的美
人，就是鬼也不可怕，更何況是狐呢！」於是和她親熱起來。

過了兩年，狐女生了個女兒，取小名叫青梅。她常對程生說：「你
不要再娶妻子了，我會給你生個兒子的。」程生聽信了狐女的話，果然

沒再娶妻。但是，親戚朋友都諷刺譏笑他。程生動搖了，於是改變主意，另聘了湖東的王氏為妻。狐女得知此事，非常惱怒，抱起女兒餵完奶，扔給程生，說：「這是你家的賠錢貨，你是想養著還是殺了她，全由你做主，我可不想再為別人做奶媽！」說完她揚長而去。

青梅慢慢長大了，她非常聰明，也很漂亮，跟她媽媽很相像。後來，程生得病死了，王氏改嫁他人，青梅只好寄養在堂叔家裡。她的這個堂叔品行惡劣，行為放縱，竟然想把青梅賣了換錢。幸好有個正在家候選官職的王進士，聽說青梅很聰明，便出大價錢把她買來，讓她給自己的女兒阿喜當侍女。當時阿喜十四歲，容貌美麗絕頂。她見了青梅非常高興，就和她住在一起。而青梅也善於侍奉人，會察言觀色，體會主人心意，因此王家人都很喜歡她。

當地有個姓張的書生，字介受。他家境貧窮，沒有什麼財產，租住在王進士的房子裡。張生非常孝順，遵守禮儀，品行端正，又勤奮好學。青梅偶然有事到張家，看見張生獨自坐在石頭上吃米糠粥；她進屋和張母說話時，卻見桌子上擺著美味的豬蹄。當時張生的父親正臥病在床，張生進屋抱著父親小便，結果便濺到了張生的衣服上。張父覺察到後非常自責，而張生立即將其髒處掩蓋上，悄悄出屋自己洗淨，唯恐讓父親知道。青梅看了大為驚奇，回來後就對阿喜講述在張家見到的情形，並說：「咱家的房客，不是一般的人。您若不想得好夫君便罷，若想得好夫君，張生就是理想的人選。」阿喜也有點動心，但擔心父親會嫌張生貧賤。青梅說：「不對！這事還在於您自己。如果您認為合適，我可以偷偷地告訴張生，讓他家請媒人來提親。到時候夫人一定會召您去商議，只要您明確答應了，事情就好辦了。」阿喜還是猶豫，生怕跟了張生窮一輩子讓人恥笑。青梅說：「我自以為能為天下士人看相，張生會有出人頭地的一天，決不會錯。」

第二天，青梅把與小姐商議之事告訴了張生的母親。張母大驚，以為她說的話不現實、不吉利。青梅說：「我家小姐聽說公子人品好，讚美他有道德有才能，我是因為摸透了她的心意才來說的。您請媒人去提親，我和小姐兩人從中幫助，估計王家能夠應允。退一步來說，即使被王家拒絕了，對公子來說也沒有什麼損失。」張母說：「那好吧。」於是，張家便託賣花的侯氏前去做媒。

王夫人聽說張家來求親，覺得太可笑了，忍不住笑出聲來，並把這事告訴了丈夫。王進士聽了也大笑起來，便把女兒叫到面前，說明了侯氏的來意。不等阿喜開口，青梅搶先誇讚張生賢能，並聲稱他日後必定富貴。夫人又問女兒：「這可是你的百年大事。假如你願意吃糠咽菜，我們就替你應下這門親事。」阿喜低頭沉思了好一會，羞澀地對著牆壁回答說：「貧賤富貴都是命中注定的。倘若命厚，就是貧也貧不了幾天，而日後的富貴則是天長地久；假如命薄，即便是那些出身富貴人家的子弟，不是許多最後也是窮得連立錐之地也沒有嗎？這事全憑父母作主。」最初，王進士夫婦叫女兒來商量，是想拿這事來博一笑；現在聽到女兒這番話，心裡很不高興。王進士追問道：「你真想嫁到張家嗎？」女兒不吭聲；王進士再問，她仍然不吭聲。王進士火大了，怒斥道：「你這個沒出息的賤骨頭！是想提著討飯籃當叫花子的媳婦嗎？臉都讓你丟盡了！」女兒被罵得臉紅耳赤，連氣都喘不過來，含著眼淚退去。媒人見這架式，也悄悄溜之大吉。

青梅見小姐的事行不通了，決定自己去爭取。幾天之後，她趁著夜色前往張生的家裡。當時張生正在燈下讀書，見她來，非常震驚，問她想幹什麼。她因羞澀而說話吞吞吐吐，張生更加生疑，很嚴肅地讓她趕快離去。青梅哭著說：「我是好人家的女兒，並不是來私奔的；只是因為你賢德，所以我才自願以身相托。」張生說：「你說是愛我，說我賢德。但趁著天黑之際暗中往來，一般知道一點潔身自愛的人都不會做，那所謂賢德的人能去做嗎？起初通過不正當的方式最終能有好的結果之類的事情，君子都說不可，更何況是不會有結果的事！這讓你我以後怎麼做人？」青梅問：「如果我們以後能有好結果的話，你願意要我嗎？」張生打量著她，感嘆道：「能得到你這樣的人對我來說是三生有幸，我還會有什麼其他要求呢？只是眼下有三件難事，因此不敢輕易答應。」青梅問：「什麼事？」張生回答：「你是婢女，不能自己作主，這是其一；即使你能自己作主，我父母要是不樂意，也不能，這是其二；就算我父母同意，而你的身價必定很高，我家貧窮拿不出多少錢，這是其三。所以，你還是趕緊走吧，免得瓜田李下，人言可畏！」青梅只好回去，臨走又囑咐道：「你若是有意，希望能夠和我一起想辦法。」張生答應了。

青梅回來之後，阿喜追問她去哪裡了。青梅跪了下來，承認自己去了張家。阿喜非常生氣，怒斥其私自與男人幽會苟合，要用家法責打。青梅哭著說自己沒幹見不得人的事，將實情和盤托出。阿喜感嘆道：「不私自苟合，這符合禮；一定要先稟告父母，這符合孝；不輕易許諾，這符合信。有這三德，老天必定會保佑他的，張生不用再擔憂自己貧困了。」她回頭問青梅：「那你打算怎麼辦呢？」青梅回答說：「我是要嫁給他的。」阿喜笑著說：「傻丫頭，你自己作得了主嗎？」青梅說：「如果不能嫁給他，我寧願去死！」阿喜深受感動，說：「我一定幫你實現你的願望。」青梅叩頭感謝。

又過了好幾天，青梅對阿喜說：「之前你對我說的話是隨口說說的玩笑話，還是真的發慈悲願意幫助我？若當真的話，我還有些難言的隱情，要求你幫助。」阿喜問是什麼事。青梅回答道：「張生拿不出訂婚的聘禮，我又沒有能力替自己贖身，如果非要原來的身價的話，同意把我嫁給他實際上也只是一句空話。」阿喜考慮了一下後說道：「這不是我所能辦到的事。我說要幫你把你嫁給他，恐怕是誇海口了。說不要你的贖身之錢，我父母也是不會答應的，我自然無法允諾。」青梅聽到這裡，難過地流下眼淚，只是求阿喜能同情她幫助她。阿喜沉思了好一陣，說：「實在沒有辦法，我自己也積攢了一些錢，全都給你吧。」青梅感激不盡，再次拜謝阿喜，事後就趕緊偷偷地告訴了張生。張母知道了非常高興，多處求借，也湊了一些錢，收藏起來等著聽好消息。

正巧這時王進士被任命為山西曲沃縣令，阿喜趁機對母親說：「青梅年齡也不小了，咱們又要隨父親上任，不如送她走了吧？」母親本來就以為青梅太伶俐，怕她會帶壞了阿喜，曾多次想把她嫁出去，只怕女兒不樂意。現在聽女兒這麼說，心裡非常高興。過了兩天，有個傭人的妻子來說了張家想娶青梅的意思。王進士笑著說：「這戶人家也只配找個丫鬟作媳婦，前次他們想高攀小姐，實在是太荒唐了！不過要把她賣給富貴人家做妾的話，價錢還能比過去高一倍。」阿喜急忙進屋，說：「青梅侍奉我這麼長時間，若是把她賣給人家做妾，我太不忍心了。」於是，王進士傳話給張家，仍然按原來的身價付錢，還了賣身契，把青梅嫁給了張生。

青梅嫁到張家後，孝敬公婆，盡心儘力，比張生還要周到。她手腳

勤快，整天忙忙碌碌，糠秕當飯也不覺得苦，因此全家人都特別喜歡她。青梅以刺繡為業，她繡出的東西賣得很快，商販們等候在張家門前搶購，唯恐得不到。用刺繡換來的錢多少可以應付窮日子。她勸張生不要光顧料理家事而耽誤了讀書，她自己將家裡的事務全都承擔下來。不久，因為原來的主人就要上任了，青梅便去與阿喜道別。阿喜見到她，流著淚說：「你是找到自己的好歸宿了，我實在不如你呢。」青梅說：「我知道這一切是誰賜予的，從來不敢相忘。不過你說自己還不如我，恐怕要折我的陽壽了。」兩人邊說邊哭，依依惜別。

王進士在山西任上，僅半年時間，夫人就不幸去世了，靈柩停在寺廟中。又過了兩年，他這個縣令因為行賄罪被罷免，罰交贖罪的銀兩數以萬計，家道因此敗落，不能自給，隨從們都四下逃散。這時，又遇上瘟疫流行，王進士感染疾病也死了，僅有一個年老的女傭人跟隨著阿喜。沒過多久，女傭人又死去，只剩下阿喜自己孤苦伶仃，日子越發難過。有個鄰居老太太勸阿喜出嫁。阿喜說：「誰能為我埋葬父母，我就嫁給誰。」老太太很同情她，送給她一斗米就走了。半月後老太太回來對她說：「我費了九牛二虎之力，這事還真難辦。窮的人家無力為你葬雙親，富的人家又嫌你家道敗落，真讓人頭疼！不過我還有一個主意，只是怕你不同意。」阿喜問：「什麼主意？」老太太回答道：「當地有個李郎，想納個妾，若是讓他見到你的容貌，即使讓他多花錢來厚葬你的父母，他必定在所不惜。」阿喜聽了哭出聲來：「我這官宦人家的女兒，怎麼能給人去做妾啊！」老太太沒再說什麼，悄悄走了。

阿喜從此每天只吃一頓飯，勉強維持著等待有人出錢買她。這樣過了半年，日子越來越艱辛。有一天，老太太又來了。阿喜哭著對她說：「窮困潦倒至這般地步，經常想一死了之；之所以還能苟活著，僅僅是因為雙親的靈柩還沒能安葬。我自己貧寒死了填溝壑也不要緊，但誰來收我父母的屍骨呢？因此想了想還是按照你說的主意辦吧。」

老太太很快就將李郎領來了。他一見到阿喜，樂不可支，立即出錢替阿喜將父母安葬了。等一切處理完畢，李郎就用車把阿喜拉回家，去見他的大老婆。

李郎的大老婆既強悍又善妒，所以李郎起初不敢說阿喜是妾，只是假說買了個侍女。當她見了阿喜，立即發現不對，於是暴跳如雷，拿起

木棍把她打了出去，不讓她進門。阿喜披頭散髮，痛哭流涕，進退兩難。這時有個老尼姑經過此地，見狀動了惻隱之心，便邀她一同居住。阿喜轉悲為喜，就跟老尼姑走了。

到了庵堂中，阿喜請求老尼幫她削髮為尼。老尼不同意，說：「我看你並不是長久潦倒困頓之人。庵中的粗碗糙米，暫時可以聊以為生，你先寄居在這裡，等時機到了，你自然會有好去處。」這樣住了不長時間，一些市井無賴見阿喜長得漂亮，經常來敲門並說髒話調戲她。老尼無法制止他們，逼得阿喜又是哭叫又是尋死。為此，老尼前去請求吏部的某官專門貼了嚴厲禁止的告示，這些惡少們才稍稍有些收斂。後來，又有人乘黑夜在庵牆上挖洞要鑽進來，幸被尼姑們發現驚呼，才將其趕走。老尼再次告到吏部某官那裡，官府捉住了首惡，送入衙門拷打，事情才漸漸平息。又過了一年多，有位貴公子經過庵中，被阿喜的美貌驚呆了，硬求老尼替他通殷勤，又以重禮厚賂老尼。但老尼婉言對他說：「她是官宦人家的後人，不會甘心給人家作侍妾的。公子暫且回去，容我幾天時間，一有消息就去給您報信。」貴公子走後，阿喜又想服毒藥求死，結果夜裡夢見父親，很痛心地對她說：「以前我沒有依從你的心願，才使你落到今天這樣的地步，現在後悔已經晚了！但你千萬不要急於尋死，你的夙願還是可以實現的。」阿喜醒來後感到非常奇怪。天亮了，阿喜梳洗過後，老尼見了驚訝地說：「看你的臉色，濁氣已經全消了，一切艱難和不順心的事都不用再愁了。你的福氣就要來了，到時候不要忘了老身啊。」話音未落，就聽到了敲門聲。阿喜驚慌失色，知道必定是貴公子的家奴。老尼開門一看果真是他。家奴急問事情的結果，老尼好話應承，請求再寬限三日。家奴轉達主子的話，事若不成，讓老尼親自向公子回話。老尼畢恭畢敬滿口答應，說了許多感謝的話，終於將家奴打發走了。阿喜大為傷心，又想自盡，老尼急忙勸止。阿喜擔心貴公子過三天再來催，無法推辭。老尼說：「有我在，要砍要殺我來承當。」

第二天下午，傾盆大雨從天而降。這時忽然聽到有幾個人在用力敲門，並大聲喊叫。阿喜以為又生變故，嚇得手足無措。老尼冒著大雨將門打開，只見門前停放著一抬轎子，幾名丫鬟從轎裡扶出一位美人來，隨從簇擁著，聲勢顯赫，轎子非常華麗。老尼驚問他們有何事，來人答

道：「這是司理大人的家眷，想在此暫時避避風雨。」老尼忙將美人引入大殿，移過坐榻恭敬地請她坐下。家人和女傭們全都跑向禪房，各人尋找休息的地方。女傭進屋見到了阿喜，見她很美，連忙跑去告訴了夫人。不多時，雨停了，夫人起身要去禪房看看。老尼領她進屋。夫人見到阿喜驚呆了，目不轉睛地盯著她，阿喜也望著她看了好久。原來這位夫人不是別人，正是青梅！兩人相認，抱頭痛哭，隨後談起了分別後的經歷。原來張生的父親病故後，張生服喪期參加科舉考試，中了舉人，隨後又考中狀元，被授予司理之職。他先同母親一起赴任，隨後這才來搬家眷。阿喜嘆息道：「今日之情景，你我二人可以說是有天壤之別呀！」青梅笑著說：「幸虧你雖然經受磨難，卻還未嫁夫君，是老天爺要讓我們兩人今日團聚呢。假如不是遇到這場大雨，怎麼會有今天的相逢呢？這其中全有鬼神相助，並非是人力能辦到的。」她讓人拿來華麗的服飾，催促阿喜趕緊換裝。阿喜低頭猶豫不決，老尼在一旁極力誇讚並勸說她。阿喜擔心自己去了張府同居名不正言不順。青梅說：「咱倆的名位以前早有定分，婢子我哪敢忘了您的大恩大德！試想那張郎豈是忘恩負義的人？」說完執意讓阿喜換上裝，辭別老尼而去。

到了司理官邸，張氏母子見了都很歡喜。阿喜拜見老夫人，說：「我今天真沒有臉面來見母親大人。」張母笑著安慰她，隨後商量選個吉日舉行婚禮。阿喜對青梅說：「在尼庵中只要有一線生路，我就不願意跟隨夫人到這裡來。如今你若念及往日的情誼，給我一間房子，只要容得下一個能坐的蒲團我就很滿足了。」青梅笑笑沒有答話。到了舉行婚禮那天，青梅把華麗的新嫁衣抱了過來，阿喜左右為難，不知如何是好。這時聽見鼓樂聲響了起來，她也身不由己了。青梅帶領丫鬟女傭硬給她換上嫁衣，簇擁著走出來。只見張郎身穿朝服在拜，於是阿喜也不覺盈盈而拜。青梅把她拉入洞房，說：「空著這個位子等待你已經很久了。」說完又回頭對張郎說：「今夜是您報恩的機會，可要好自為之。」青梅說完回頭要走，被阿喜拉住了衣襟。青梅笑著說：「不要留我，這事可不能代替。」掰開阿喜的指頭脫身而去。

從此，青梅小心謹慎地侍奉阿喜，仍將她當作主人。阿喜始終慚愧，心中不安。於是張母便要她兩人都對稱夫人。但青梅仍以原來的名分對阿喜行婢妾禮，從不懈怠。過了三年，張生由司理職選調進京，經

過尼庵，送上五百兩銀子酬謝老尼。老尼不收。再三強留，於是收下二百兩，用來修建了大士祠，立起了王夫人碑。後來張生在朝中一直做到侍郎。程夫人青梅生了兩個兒子一個女兒，王夫人阿喜生了四個兒子一個女兒。張侍郎又上書皇帝陳述了事情的始末，青梅和阿喜都被封為夫人。

## 【原文】

　　白下程生，性磊落，不為畛畦。一日，自外歸，緩其束帶，覺帶端沉沉，若有物墮。視之，無所見。宛轉間，有女子從衣後出，掠髮微笑，麗絕。程疑其鬼，女曰：「妾非鬼，狐也。」程曰：「倘得佳人，鬼且不懼，而況於狐！」遂與狎。二年，生一女，小字青梅。每謂程：「勿娶，我且為君生男。」程信之，遂不娶。戚友共誚姍之。程志奪，聘湖東王氏。狐聞之，大怒，就女乳之，委於程曰：「此汝家賠錢貨，生之殺之，俱由爾。我何故代人作乳媼乎！」出門徑去。

　　青梅長而慧，貌韶秀，酷肖其母。既而程病卒，王再醮去。青梅寄食於堂叔。叔蕩無行，欲鬻以自肥。適有王進士者，方候銓於家，聞其慧，購以重金，使從女阿喜服役。喜年十四，容華絕代。見梅欣悅，與同寢處。梅亦善候伺，能以目聽，以眉語，由是一家具憐愛之。

　　邑有張生，字介受。家寠貧，無恆產，稅居王第。性純孝，制行不苟，又篤於學。青梅偶至其家，見生據石啖糠粥；入室與生母絮語，見案上具豚蹄焉。時翁臥病，生入，抱父而私。便液污衣，翁覺之而自恨；生掩其跡，急出自濯，恐翁知。梅以此大異之。歸述所見，謂女曰：「吾家客，非常人也。娘子不欲得良匹則已；欲得良匹，張生其人也。」女恐父厭其貧。梅曰：「不然，是在娘子。如以為可，妾潛告，使求伐焉。夫人必召商之，但應之曰『諾』也，則諧矣。」女恐終貧為天下笑。梅曰：「妾自謂能相天下士，必無謬誤。」明日，往告張媼。媼大驚，謂其言不祥。梅曰：「小姐聞公子而賢之也，妾故窺其意以為言。冰人往，我兩人袒焉，計合允遂。縱其否也，於公子何辱乎？」媼曰：「諾。」乃托侯氏賣花者往。夫人聞之而笑，以告王。王亦大笑。喚女至，述侯氏意。女未及答，青梅亟贊其賢，決其必貴。夫人又問曰：「此汝百年事。如能啜糠核也，即為汝允之。」女俯首久之，顧壁而答曰：

「貧富命也。倘命之厚,則貧無幾時;而不貧者無窮期矣。或命之薄,彼錦繡王孫,其無立錐者豈少哉?是在父母。」初,王之商女也,將以博笑;及聞女言,心不樂,曰:「汝欲適張氏耶?」女不答;再問,再不答。怒曰:「賤骨,了不長進!欲攜筐作乞人婦,寧不羞死!」女漲紅氣結,含涕引去。媒亦遂奔。

　　青梅見事不諧,欲自謀。過數日,夜詣生。生方讀,驚問所來;詞涉吞吐。生正色卻之。梅泣曰:「妾良家子,非淫奔者;徒以君賢,故願自托。」生曰:「卿愛我,謂我賢也。昏夜之行,自好者不為,而謂賢者為之乎?夫始亂之而終成之,君子猶曰不可;況不能成,彼此何以自處?」梅曰:「萬一能成,肯賜援拾否?」生曰:「得人如卿,又何求?但有不可如何者三,故不敢輕諾耳。」曰:「若何?」曰:「卿不能自主,則不可如何;即能自主,我父母不樂,則不可如何;即樂之,而卿之身直必重,我貧不能措,則尤不可如何。卿速退,瓜李之嫌可畏也!」梅臨去,又囑曰:「倘君有意,乞共圖之。」生諾。

　　梅歸,女詰所往,遂跪而自投。女怒其淫奔,將施撲責。梅泣白無他,因而實告。女嘆曰:「不苟合,禮也;必告父母,孝也;不輕然諾,信也。有此三德,天必祐之,其無患貧也已。」既而曰:「子將若何?」曰:「嫁之。」女笑曰:「痴婢能自主耶?」曰:「不濟,則以死繼之。」女曰:「我必如所願。」梅稽首而拜之。又數日,謂女曰:「曩而言之戲乎,抑果欲慈悲耶?果爾,尚有微情,並祈垂憐焉。」女問之,答曰:「張生不能致聘,婢又無力可以自贖,必取盈焉,嫁我猶不嫁也。」女沉吟曰:「是非我之能為力矣。我曰嫁汝,且恐不得當,而曰必無取直焉,是大人所必不允,亦余所不敢言也。」青梅聞之,泣數行下,但求憐拯。女思良久,曰:「無已,我私蓄數金,當傾囊相助。」梅拜謝,因潛告張。張母大喜,多方乞貸,共得金如千數,藏待好音。會王授曲沃宰,喜乘間告母曰:「青梅年已長,今將涖任,不如遣之。」夫人固以青梅太黠,恐導女不義,每欲嫁之,而恐女不樂也,聞女言甚喜。逾兩日,有傭保婦白張氏意,王笑曰:「是只合偶婢子,前此何妄也!然騰膝高門,價當倍於曩昔。」女急進曰:「青梅侍我久,賣為妾,良不忍。」王乃傳語張氏,仍以原金署券,以青梅媵於生。

　　入門,孝翁姑,曲折承順,尤過於生;而操作更勤,齏糠秕不為

苦。由是家中無不愛重青梅。梅又以刺繡作業，售且速，賈人候門以購，惟恐弗得。得資稍可御窮。且勸勿以內顧誤讀，經紀皆自任之。因主人之任，往別阿喜。喜見之，泣曰：「子得所矣，我固不如。」梅曰：「是何人之賜，而敢忘之？然以為不如婢子，恐促婢子壽。」遂泣相別。

王如晉，半載，夫人卒，停柩寺中。又二年，王坐行賕免，罰贖萬計，漸貧不能自給，從者逃散。是時，疫大作，王染疾亦卒。唯一嫗從女。未幾，嫗亦卒。女伶仃益苦。有鄰嫗勸之嫁，女曰：「能為我葬雙親者，從之。」嫗憐之，贈以斗米而去。半月復來，曰：「我為娘子極力，事難合也：貧者不能為葬，富者又嫌子為陵夷嗣。奈何！尚有一策，但恐不能從也。」女曰：「若何？」曰：「此間有李郎，欲覓側室，倘見姿容，即遣厚葬，必當不惜。」女大哭曰：「我搢紳裔而為人妾耶！」嫗無言，遂去。日僅一餐，延息待價。居半年，益不可支。一日，嫗至，女泣告曰：「困頓如此，每欲自盡；猶戀戀而苟活者，徒以有兩柩在。己將轉溝壑，誰收親骨者？故思不如依汝言也。」嫗即導李來，微窺女，大悅。即出金營葬，雙槨具舉。已，乃載女去，入參冢室。冢室故悍妒，李初未敢言妾，但託買婢。及見女，暴怒，杖逐而出，不聽入門。

女披髮零涕，進退無所。有老尼過，邀與同居，喜從之。至庵中，拜求祝發，尼不可，曰：「我視娘子，非久臥風塵者。庵中陶器脫粟，粗可自支，姑寄此以待之。時至，子自去。」居無何，市中無賴窺女美，輒打門游語為戲，尼不能制止。女號泣欲自盡。尼往求吏部某公揭示嚴禁，惡少始稍斂跡。後有夜穴寺壁者，尼驚呼始去。因復告吏部，捉得首惡者，送郡笞責，始漸安。又年餘，有貴公子過，見女驚絕，強尼通殷勤，又以厚賂啗尼。尼婉語之曰：「渠簪纓胄，不甘媵御。公子且歸，遲遲當有以報命。」既去，女欲乳藥求死。夜夢父來，疾道曰：「我不從汝志，致汝至此，悔之已晚。但緩須臾勿死，夙願尚可復酬。」女異之。天明，盥已，尼望之而驚曰：「睹子面，濁氣盡消，橫逆不足憂也。福且至，勿忘老身矣。」語未已，聞扣戶聲。女失色，意必貴家奴。尼啟扉，果然。驟問所謀，尼甘語承迎，但請緩以三日。奴述主言，事若無成，俾尼自覆命。尼唯唯敬應，謝令去。女大悲，又欲自盡。尼止之。女慮三日復來，無詞可應。尼曰：「有老身在，斬殺自當

之。」

　　次日，方晡，暴雨翻盆，忽聞數人摑戶大嘩。女意變作，驚怯不知所為。尼冒雨啟關，見有肩輿停駐；女奴數輩，捧一麗人出；僕從煊赫，冠蓋甚都。驚問之，云：「是司理內眷，暫避風雨。」導入殿中，移榻肅坐。家人婦群奔禪房，各尋休憩。入室見女，豔之，走告夫人。無何，雨息，夫人起，請窺禪室。尼引入，睹女豔絕，凝眸不瞬。女亦顧盼良久。夫人非他，蓋青梅也。各失聲哭，因道行蹤。蓋張翁病故，生起復後，連捷授司理。生先奉母之任，後移諸眷口。女嘆曰：「今日相看，何啻霄壤！」梅笑曰：「幸娘子挫折無偶，天正欲我兩人完聚耳。倘非阻雨，何以有此邂逅？此中具有鬼神，非人力也。」乃取珠冠錦衣，催女易妝。女俯首徘徊，尼從中贊勸。女慮同居其名不順，梅曰：「昔日自有定分，婢子敢忘大德！試思張郎，豈負義者？」強妝之。別尼而去。抵任，母子皆喜。女拜曰：「今無顏見母。」母笑慰之。因謀涓吉合巹，女曰：「庵中但有一絲生路，亦不肯從夫人至此。倘念舊好，得受一廬，可容蒲團足矣。」梅笑而不言。及期，抱豔妝來，女左右不知所可。俄聞樂鼓大作，女亦無以自主。梅率婢媼強衣之，挽扶而出。見生朝服而拜，遂不覺盈盈而亦拜也。梅曳入洞房，曰：「虛此位以待君久矣。」又顧生曰：「今夜得報恩，可好為之。」返身欲去。女捉其裾，梅笑曰：「勿留我，此不能相代也。」解指脫去。

　　青梅事女謹，莫敢當夕。而女終漸沮不自安。於是母命相呼以夫人。然梅終執婢妾禮，罔敢懈。三年，張行取入都，過尼庵，以五百金為尼壽。尼不受。強之，乃受二百金，起大士祠，建王夫人碑。後張仕至侍郎。程夫人舉二子一女，王夫人四子一女。張上書陳情，俱封夫人。

# 田七郎

　　武承休是遼陽縣人。他喜歡結交朋友，而且結交的都是些知名人物。有一天夜裡，他夢見一個人對他說：「你雖然朋友遍天下，但都是泛泛之交。唯有一人可以和你共患難，你怎麼反而不去結識呢？」武承

休忙問：「你說的是誰呀？」那人說：「除了田七郎還能有誰？」武承休醒來覺得這事很蹊蹺，第二天早晨見到他的那些朋友，就向他們打聽誰是田七郎。朋友中有人認得田七郎是東村一個打獵的。武承休便尋訪到田家，用馬鞭敲了敲大門。不多時，有個人出來，只見是二十多歲年紀，生得虎目蜂腰，戴著一頂滿是油污的便帽，穿著黑色的犢鼻褲，上面有很多補丁。他拱手至額頭，問客人從哪裡來。武承休說出自己的姓名，藉口路上身體不適，希望借間房子休息一下。他打聽誰是田七郎。七郎回答說：「我就是。」於是將武承休請進院子。

武承休見院內有幾間破屋，用木杈支撐著傾斜的牆壁。走進一間小屋，只見裡面掛滿了虎皮、狼皮，但沒有板凳椅子可坐。七郎隨手拿來虎皮鋪在地上代替坐椅。武承休和他攀談起來，聽他的言語很樸實，非常喜歡他。武承休要送給他一些銀子，讓他改善生活。起先七郎執意不接受，但武承休硬要給他。七郎只好接過銀子去告訴母親。不一會兒他又拿回來退還給了武承休，堅決不收。武承休強讓了好多次，他還是不收。這時，老態龍鍾的田母趕過來了，口氣嚴厲地說：「老身只有這一個兒子，不想讓他侍奉貴客！」武承休很羞慚地退了出來。

回家途中，武承休思去想來，不明白其中的意思。恰好隨從的僕人在屋後聽到了田母說的話，於是告訴了他。原來，起初七郎拿著銀子去告知母親時，田母說：「我剛才看見這位公子，滿臉晦氣，日後必定要遭奇禍。豈不聞：『受人知遇的要分人憂，受人恩惠的要急人難。』富人報答人用財，貧人報答人用義。無故得到別人厚贈，不吉利，恐怕是要讓你以死相報啊。」武承休聽到這些話，深深讚歎田母的賢能，也更加傾慕田七郎了。

第二天，武承休設宴邀請田七郎，七郎推辭不來。武承休便到七郎家，坐在屋裡要酒喝。七郎親自為他斟酒，端上鹿肉乾，禮數週全。過了一天，武承休又邀請赴宴以答謝，七郎這才來了。兩人開懷暢飲，親密融洽，非常儘興。武承休又贈送他銀子，七郎仍然不收。武承休藉口要購買他的虎皮，七郎這才收下了。七郎回家看了看所存的虎皮，計算了一下，抵不上武承休的銀子數，就想再打些獵物後給他送去。可是他進山三天，一無所獲。這時恰巧妻子生病了，需要看護熬藥，不能繼續打獵。過了十天，妻子不治而亡。為了辦理喪事，拿回來的銀子不知不

白話聊齋

二九〇

覺都花光了。武承休也親自前來弔唁送殯，送上的禮很豐厚。喪事處理完了，七郎又帶上弓箭進了山林，更想獵到虎以報答武承休，然而還是一無所獲。武承休知道此事，勸他不用急，並懇切地希望七郎能來看望他。而七郎始終認為還欠著武承休的債，感到遺憾，不肯前去。於是，武承休藉口先向他索要家存的虎皮，催七郎快點來。七郎查看家裡所存的虎皮，發現已被蠹蟲蛀壞，上面的毛也都脫落了，心情愈加懊喪。武承休知道了，騎馬來到七郎家裡，極力安慰勸解他。又看了看壞了的皮革，說：「這樣更好。我所想要的皮，本來就不用毛。」於是捲起虎皮就走，並邀請他一同前去。七郎不同意，武承休只得自己回家。

七郎覺得這樣終究不足以報答武承休，便帶上乾糧再次進山。過了幾夜終於獵獲了一隻虎，把它完整地送給了武承休。武承休大喜，擺下了酒宴，請七郎留住三天。七郎執意要走，武承休便鎖上了院子的大門，讓他無法出去。同席的賓客們見七郎衣著質樸簡陋，暗地裡都說武公子不該結交這樣的窮朋友。而武承休卻對田七郎格外殷勤，比對其他的賓客都周到。他拿來新衣服讓七郎換上，七郎不接受，武承休便乘七郎睡覺時偷偷地把衣服換了，七郎沒辦法，只好穿上新衣。七郎回家以後，他的兒子遵照祖母的吩咐給武家送回了新衣，並索要父親的破衣服。武承休笑著說：「回去告訴你祖母，舊衣已拆作鞋襯了。」從此以後，七郎每天都把獵獲的兔、鹿贈送給武承休，但武承休請他時，卻再也不去了。有一天武承休來到七郎家，不巧七郎外出打獵還沒回來。田母出來了，倚著門對他說：「請你不要再來招引我的兒子了，太不懷好意！」武承休恭恭敬敬地向田母行了個禮，很羞愧地走了。

半年之後的一天，家人忽然告訴武承休說：「田七郎因為與人爭奪一隻獵豹，毆死人命，被抓進官府去了。」他聽了大驚，騎上馬急忙前去探視，這時七郎已被戴上鐐銬收押在獄中了。七郎見到他也不多語，只是說：「從此以後要麻煩您多照顧我的老母了。」武承休滿口答應，很傷心地出來，急忙拿出很多銀子奉送給縣令，又拿一百兩銀子贈送給死者的家屬。過了一個多月，事情平息了，七郎才被釋放回家。田母感慨地對七郎說：「你的生命是武公子給的了，再不是我所能吝惜得了的。但願公子能一生平平安安，不遇上災難，就是我兒的福氣。」七郎要去感謝武承休，田母說：「去就去吧，見了武公子不要感謝他。要知

道小恩可謝，而大恩不可謝。」七郎到了武家，武承休對他溫言安慰，而七郎只是恭順地答應著。武家人都怪七郎粗疏不懂禮貌，而武承休卻喜歡他的樸實，更加厚待他。從這以後，七郎常常在武家一住好幾天。贈送他東西他就接受，不再推辭，也不說報答。

有一天，武承休過生日，賓客僕從非常多，夜間房舍裡全住滿了人。武承休同七郎睡在一間小屋子裡，三個僕人就在床下鋪稻草躺臥。二更天將盡的時候，僕人們都已睡著了，他們兩人還在聊個不停。七郎的佩刀原先掛在牆壁上，這時忽然間自己跳出刀鞘好幾寸，發出錚錚的響聲，光亮閃爍如電。武承休驚坐起，七郎也起身，問道：「床下躺的都是些什麼人？」武承休回答說：「都是些僕人。」七郎說：「其中必定有歹徒。」武承休問他是什麼緣故。七郎說：「這刀是從外國買回來的，殺人不見血痕，至今已有三代人佩帶過它。用它砍了上千個腦袋，仍像新磨過的一樣。只要碰見歹徒，它就鳴叫著跳出刀鞘，此時就離殺人不遠了。公子應當親近君子，疏遠小人，也許能夠避免災禍。」武承休隨口就答應了。七郎卻始終放心不下，在床上翻來覆去不能入睡。武承休對他說：「人的禍福是命中注定的，何必這樣擔憂？」七郎說：「我自己倒是什麼都不怕，但我有老母在堂。」武承休說：「有這麼嚴重嗎？」七郎說：「不出事就好。」那床下睡著的三個人：一個叫林兒，是個一直受寵的僕人，很得武承休的歡心；一個是童僕，才十二三歲，是武承休平日常使喚的；一個叫李應，最不順從，經常因為小事與公子瞪著眼爭執，武承休常生他的氣。當夜武承休心裡揣摩，懷疑這「歹徒」必定是李應。到了第二天早晨，他把李應叫到跟前，好言好語把他辭退了。

武承休的長子武紳，娶了王氏為妻。有一天，武承休外出，留下林兒在家看門。當時武承休的住處菊花正好開得很鮮豔，新媳婦認為公公出了門，他的院子裡一定不會有人，便自己過去採摘菊花。這時，林兒突然從屋裡出來，勾引調戲她。王氏想逃避，被林兒強行挾進了屋裡。她大聲喊叫著抗拒，臉色大變，聲音嘶啞。武紳聽到後趕進來，林兒這才撒手逃去。武承休回來聽說此事，怒不可遏要找林兒算賬，但發現他已經逃走了。過了兩三天，才知道他投奔到某御史家裡去了。

這位御史在京城任職，家裡的事務都託付他弟弟打理。武承休因為

與他有鄰里情誼，就送書信去索還林兒，而他居然置之不理。武承休非常憤恨，便告到了縣令那裡。但捕人的公文雖然下了，衙役們卻不去執行，縣令也不過問。武承休正在憤怒之際，恰好七郎來了。武承休說：「你那天說的話應驗了。」於是把事情的經過告訴了他。七郎聽了之後臉色慘變，始終沒說話，逕直走了。

武承休派出幹練的僕人找尋林兒的行蹤。一天夜裡，林兒回家的時候，被武承休派出的僕人抓獲，並帶到了主人面前。武承休拷打了他，他竟出言不遜辱罵主人。武承休的叔叔武恆，是位很厚道的長者，恐怕侄子發洩憤怒會招致禍患，就勸他將林兒送到官府，用官法懲治。武承休聽從叔叔的吩咐，把林兒綁赴公堂。但這時御史家的名帖信函也送到了縣衙，結果縣令釋放了林兒，交給御史弟弟的管家帶走了。這樣一來，林兒更加放肆，竟然在人群中揚言，捏造說武家的兒媳和他私通。武承休拿他沒有辦法，氣得七竅生煙，便騎馬奔到御史家門前，指天劃地地叫罵。最後還是被鄰里勸回了家。

過了一夜，忽然有家人來報告說：「林兒被人剁成了肉塊，扔在野外。」武承休聽了又驚又喜，怒氣總算稍稍消去一些。不一會兒，又有消息傳來，聽說御史家告了他和叔叔殺人，於是便和叔叔同赴公堂對質。縣令不容他倆辯解，便要對武恆動刑。武承休高聲說道：「說我們殺人純是誣陷！至於說辱罵官宦世家，我確實幹過，但與叔叔無關。」縣令對他說的話置之不理。武承休怒目圓睜想衝上前去，眾差役圍上去揪住了他。拿棍杖行刑的差役都是官宦人家的走狗，武恆又年老體邁，還沒打到一半，就已氣絕。縣令見武恆已死，也不再追究。武承休一邊號哭一邊怒罵，縣令好像沒聽見。於是武承休把叔叔抬回了家。他悲憤欲絕，卻一點辦法也沒有。他想和七郎商議一下，而七郎卻一直不來弔唁慰問。他心中暗自想：自己對待七郎不薄，遭遇不測後他怎麼如同不相識的路人呢？他懷疑殺林兒的人必定是田七郎。但轉念一想，果真是這樣的話，他為什麼事先不來和自己商量？於是他派人到田家探尋，卻發現田家鎖門閉戶，不見人影，連鄰居都不知道他們去哪裡了。

有一天，御史的弟弟正在縣衙內宅，又在與縣令通融說情。當時正是早晨縣衙進柴草和用水的時候，有個打柴的人突然來到跟前，放下柴擔抽出一把快刀，直奔他倆而來。御史的弟弟驚慌失措，伸出手去擋

刀，結果被砍斷了手腕，接著又一刀過來，被砍掉了腦袋。縣令大驚失色，抱頭鼠竄。打柴人還在那裡四顧尋找，差役吏員已經急忙關上縣衙的大門，拿起木棍大聲疾呼著圍了上來。打柴人見狀，揮刀自刎而死。役吏們紛紛湊過來辨認，其中有人認出此人就是田七郎。縣令稍稍鎮定下來，出來復驗現場，只見田七郎僵臥在血泊之中，手裡仍然握著那把快刀。縣令剛準備湊近些仔細察看一下，那具殭屍竟然忽的一下躍起，砍下了他的頭，才又倒在地上。隨後縣衙的官吏派人去抓田七郎的母親和兒子，但祖孫二人早已逃走好幾天了。

　　武承休聽說七郎死了，急忙趕去痛哭，表達哀傷之情。仇人們都說是他指使田七郎殺人。武承休變賣家產賄賂當權的人，才得以倖免。

　　田七郎的屍體被扔在荒野中過了三十多天，有許多飛禽和狗環圍守護著他。後來武承休把七郎的屍體取走，並且厚葬了他。

　　田七郎的兒子當時流落到登州一帶，改姓了佟。後來從軍，因為立功升到同知將軍。他回到遼陽時，武承休已經八十多歲了，這才領著他找到父親的墳墓。

## 【原文】

　　武承休，遼陽人。喜交遊，所與皆知名士。夜夢一人告之曰：「子交遊遍海內，皆濫交耳。唯一人可共患難，何反不識？」問：「何人？」曰：「田七郎非與？」醒而異之。詰朝，見所與遊，輒問七郎。客或識為東村業獵者。武敬謁諸家，以馬挏撾門。未幾，一人出，年二十餘，目蜂腰，著膩帢，衣皂犢鼻，多白補綴，拱手於額而問所自。武展姓字，且托途中不快，借廬憩息。問七郎，答曰：「我即是也。」遂延客入。見破屋數椽，木岐支壁。入一小室，虎皮狼蛻，懸布楹間，更無杌榻可坐。七郎就地設皋比焉。武與語，言詞樸質，大悅之。遽貽金作生計，七郎不受。固予之，七郎受以白母。俄頃，將還，固辭不受。武強之再四。母龍鍾而至，厲色曰：「老身止此兒，不欲令事貴客！」武慚而退。歸途展轉，不解其意。適從人於室後聞母言，因以告武。先是：七郎持金白母，母曰：「我適睹公子，有晦紋，必罹奇禍。聞之：『受人知者分人憂，受人恩者急人難』。富人報人以財，貧人報人以義。無故而得重賂，不祥。恐將取死報於子矣。」武聞之，深嘆母賢；然益傾慕

七郎。翌日，設筵招之。辭不至。武登其堂，坐而索飲。七郎自行酒，陳鹿脯，殊盡情禮。越日，武邀酬之，乃至。款洽甚歡。贈以金，即不受。武托購虎皮，乃受之。歸視所蓄，計不足償，思再獵而後獻之。入山三日，無所獵獲。無向，會妻病，守視湯藥，不遑操業。浹旬，妻奄忽以死。為營齋葬，所受金稍稍耗去。武親臨唁送，禮儀優渥。既葬，負弩山林，益思所以報武，而迄無所得。武探得其故，輒勸勿亟。切望七郎姑一臨存；而七郎終以負債為憾，不肯至。武因先索舊藏，以速其來。七郎檢視故革，則蠹蝕殃敗，毛盡脫，懊喪益甚。武知之，馳行其庭，極意慰解之。又視敗革，曰：「此亦復佳。僕所欲得，原不以毛。」遂軸韇出，兼邀同往。七郎不可，乃自歸。七郎念終不足以報武，裹糧入山，凡數夜，得一虎，全而饋之。武喜，治具，請三日留。七郎辭之堅。武鍵庭戶，使不得出。賓客見七郎樸陋，竊謂公子妄交。而武周旋七郎，殊異諸客。為易新服，卻不受；承其寐而潛易之，不得已而受之。既去，其子奉媼命，返新衣，索其敝褚。武笑曰：「歸語老姥，故衣已拆作履襯矣。」自是，七郎日以兔鹿相貽，召之即不復至。武一日詣七郎，值出獵未返。媼出，跨閾而語曰：「再勿引致吾兒，大不懷好意！」武敬禮之，慚而退。

　　半年許，家人忽白：「七郎為爭獵豹，毆死人命，捉將官裡去。」武大驚，馳視之，已械收在獄。見武無言，但云：「此後煩恤老母。」武慘然出，急以重金賂邑宰；又以百金賂仇主。月餘無事，釋七郎歸。母慨然曰：「子髮膚受之武公子耳，非老身所得而愛惜者矣。但祝公子百年無災患，即兒福。」七郎欲詣謝武，母曰：「往則往耳，見公子勿謝也。小恩可謝，大恩不可謝。」七郎見武。武溫言慰藉，七郎唯唯。家人咸怪其疏；武喜其誠篤，益厚遇之。由是，恆數日留公子家。饋遺輒受，不復辭，亦不言報。

　　會武初度，賓從繁多，夜舍屢滿。武偕七郎臥斗室中，三僕即床下臥藉芻 。二更向盡，諸僕皆睡去，兩人猶刺刺語。七郎佩刀掛壁間，忽自騰出匣數寸，錚錚作響，光閃爍如電。武驚起。七郎亦起，問：「床下臥者何人？」武答：「皆廝僕。」七郎曰：「此中必有惡人。」武問故，七郎曰：「此刀購諸異國，殺人未嘗濡縷。迄今佩三世矣。決首至千計，尚如新發於硎。見惡人則鳴躍，當去殺人不遠矣。公子宜親君子，遠小

人，或萬一可免。」武頷之。七郎終不樂，輾轉床蓆。武曰：「災祥數耳，何憂之深？」七郎曰：「我諸無恐怖，徒以有老母在。」武曰：「何遽至此？」七郎曰：「無則更佳。」

蓋床下三人：一為林兒，是老彌子，能得主人歡；一童僕，年十二三，武所常役者；一李應，最拗拙，每因細事與公子裂眼爭，武恆怒之。當夜默念，疑必此人。詰旦，喚至，善言絕令去。

武長子紳，娶王氏。一日，武出，留林兒居守。齋中菊花方燦。新婦意翁出，齋庭當寂，自詣摘菊。林兒突出勾戲。婦欲遁，林兒強挾入室。婦啼拒，色變聲嘶。紳奔入，林兒始釋手逃去。武歸，聞之，怒覓林兒，竟已不知所之。過二三日，始知其投身某御史家。某官都中，家務皆委決於弟。武以同袍義，致書索林兒，某弟竟置不發。武益恚，質詞邑宰。勾牒雖出，而隸不捕，官亦不問。武方憤怒，適七郎至。武曰：「君言驗矣。」因與告訴。七郎顏色慘變，終無一語，即徑去。武囑幹僕邏察林兒。林兒夜歸，為邏者所獲，執見武。武掠楚之，林兒語侵武。武叔恆，故長者，恐侄暴怒致禍，勸不如治以官法。武從之，縶赴公庭。而御史家刺書郵至；宰釋林兒，付紀綱以去。林兒意益肆，倡言叢眾中，誣主人婦與私。武無奈之，忿塞欲死。馳登御史門，俯仰叫罵，裡舍慰勸令歸。

逾夜，忽有家人白：「林兒被人臠割，拋屍曠野間。」武驚喜，意氣稍得伸。俄聞御史家訟其叔侄，遂偕叔赴質。宰不容辨，欲笞恆。武抗聲曰：「殺人莫須有！至辱詈搢紳，則生實為之，無與叔事。」宰置不聞。武裂眥欲上，群役禁捽之。操杖隸皆紳家走狗，恆又老耄，簽數未半，奄然已死。宰見武叔垂斃，亦不復究。武號且罵，宰亦若弗聞也者。遂舁叔歸，哀憤無所為計。因思欲得七郎謀，而七郎更不一弔問。竊自念：待七郎不薄，何遽如行路人？亦疑殺林兒必七郎。轉念：果爾，胡得不謀？於是遣人探索其家，至則扃寂然，鄰人並不知耗。

一日，某弟方在內廨，與宰關說。值晨進薪水，忽一樵人至前，釋擔，抽利刃，直奔之。某惶急，以手格刃，刃落斷腕；又一刀，始決其首。宰大驚，竄去。樵人猶張皇四顧。諸役吏急闔署門，操杖疾呼。樵人乃自剄死。紛紛集認，識者知為田七郎也。宰驚定，始出驗，見七郎僵臥血泊中，手猶握刃。方停蓋審視，屍忽崛然躍起，竟決宰首，已而

復踣。衙官捕其母、子，則亡去已數日矣。武聞七郎死，馳哭盡哀。咸謂其主使七郎，武破產賣緣當路，始得免。七郎屍棄原野三十餘日，禽犬環守之。武取而厚葬。其子流寓於登，變姓為佟，起行伍，以功至同知將軍。歸遼，武已八十餘，乃指示其父墓焉。

# 公孫九娘

　　于七起義失敗後，受這樁案件牽連而被殺的人以棲霞、萊陽兩縣為最多。一天會俘獲幾百人，都殺死在演武場上。那真是鮮血滿地，屍骨縱橫。有的官員發慈悲，給被殺者捐出一筆錢買棺材。於是，省城棺材鋪裡的棺材都被購買一空。那些被殺者大多被埋葬在城南郊。

　　康熙十三年，有個萊陽的書生來到濟南。他的親友中，有兩三個人也在這裡被殺。他買了些紙錢祭品，來到城南郊纍纍荒墳之中，祭奠那些死者的魂靈。晚間，就在荒墳旁的一座寺院中，租了一間房子住下。第二天，萊陽書生因有事進城去了，天很晚還沒回來。這時忽然有一位少年來訪，見萊陽書生不在屋裡，便摘下帽子，仰躺在床上，連鞋子也沒有脫。萊陽生的僕人問他是誰，那少年閉著眼也不回答。萊陽生回到寺院時，天色已經很晚，朦朦朧朧的，什麼也看不清楚。他親自到床邊去問，那少年仍然直瞪著兩眼說：「我在等你的主人，你在一邊絮絮叨叨追問什麼？難道怕我是盜賊不成！」萊陽生笑著說：「主人已經在此啦。」少年聽了，急忙起身，戴上帽子整整衣服，向萊陽生作揖禮拜，坐下與萊陽生殷勤地寒暄。聽他的口音，好似曾經相識，萊陽生急喊僕人拿來燈火，一看原來是同鄉好友朱生。可他也因于七一案被殺了呀！萊陽生大吃一驚，不禁向後倒退，轉身欲走。朱生向前拉住他，說：「我與你有文字之交，你怎麼能這樣薄情？我雖然做了鬼，但朋友的情分，還是念念不忘的。如今對你有所冒犯，望你不要認為我是鬼就猜疑。」萊陽生重新坐下，問他有什麼話要說。朱生說：「你的外甥女孤身獨居，還沒有結婚。我很想找個夫人，幾次託人去求婚，她總以無長者做主而推辭了。希望你能幫我通融通融，成就了這段姻緣。」

　　原來，萊陽生確實有一個外甥女，年幼時就失去了母親，寄養在萊

陽生家。十五歲那年她才回到自己父親身邊，後來被官兵捕到濟南。她聽到父親慘死的消息，驚嚇哀痛而死了。

萊陽生聽了朱生這番話，說：「她有自己的父親做主，你來求我幹什麼？」朱生說：「她父親的靈柩已被侄兒遷走了，不在這裡。」萊陽生又問：「那她之前都依靠誰呢？」朱生說：「與鄰居的一位老太太住在一起。」萊陽生暗自想到：活人怎能給鬼做媒？朱生說：「如果您能答應，還得請您走一趟。」說完站起來，拉住萊陽生的手。萊陽生極力推辭，問：「你要讓我到哪裡去？」朱生說：「你儘管跟我走就是。」萊陽生只好勉強跟他走了。

向北大約走了一里多路，見到有一個很大的村莊，足有幾百戶人家。他們走到一座宅院前，朱生停下叩門。有位老太太很快走出來，打開了兩扇門，問朱生有什麼事。朱生說：「請您告訴姑娘，她舅舅來了。」老太太進去不一會兒，又返身出來，邀萊陽生入內。她回頭對朱生說：「兩間茅屋太狹窄，有煩公子在門外稍候片刻。」萊陽生跟隨老太太進去，見半畝荒院中，有兩間小屋。外甥女哭著迎出門來，萊陽生也不禁熱淚盈眶。

走進屋裡，燈光微弱。只見外甥女容光秀麗，如同生前一般。她眼淚汪汪地望著舅舅，詢問舅母與姑姑等家人的近況。萊陽生告訴說：「大家都好，只是你舅母已去世了。」外甥女聽了又哭起來，說：「孩兒從小受舅舅和舅母的撫養，恩情未能報答一點，沒想到自己先死了葬身於溝裡，真讓人憤恨。去年，大伯家的哥哥把父親遷走，卻把我遺棄在這裡，毫不掛念。我一人在這幾百里外的異鄉，孤苦伶仃，像深秋的燕子。舅舅不以我孤苦之魂可棄，又賜我金錢和錦帛，孩兒都收到了。」萊陽生把朱生求婚的事告訴她，外甥女只是低頭不語。老太太在一旁說：「朱公子以前曾托楊老太太來過三五次，我也認為這是一門好親事，可是姑娘總是不肯答應。今天有舅舅做主，應該可以圓滿了。」

說話間，有位十七八歲的姑娘推門進來，後邊跟著一個丫鬟。姑娘一眼瞥見萊陽生，轉身要走，外甥女拉住她的衣裾說：「不必這樣。這是我的舅舅，不是外人。」萊陽生作揖行禮，姑娘也整裝還禮。外甥女介紹說：「她叫九娘，姓公孫，棲霞縣人。她的爹爹也是世家子弟，後來家道敗落，眼下也貧困潦倒了。如今她孤單寂寞，事事不稱心。我倆

很要好，經常往來。」說話間，萊陽生悄悄瞟了一眼九娘，只見她笑時兩眉像秋天新月一勾；羞怯時臉頰像泛起紅暈的朝霞，真的好像天上的仙人。萊陽生說：「真不愧是大家閨秀！小戶人家的姑娘，哪有這般的儀表風度？」外甥女說：「她還是個女學士呢，詩詞造詣都很高，昨天還指教我呢。」九娘微笑道：「小丫頭，無緣無故敗壞別人的名聲，叫阿舅聽了笑話。」外甥女又笑著說：「舅母去世了，舅舅還未續娶，這個小娘子，你能滿意嗎？」九娘笑著跑出去，說：「這丫頭犯瘋了，不理你了！」雖然說的是玩笑話，但萊陽生心裡對九娘頗有好感。外甥女好像也覺察到了，便說：「九娘的才貌天下無雙，舅舅若不以她是地下之鬼為忌諱，我就與她母親說說。」萊陽生心中確實高興，但仍疑慮人鬼難以婚配。外甥女解釋說：「這倒不妨，九娘與舅舅是有緣分的。」萊陽生告辭時，她說：「五天後，月明人靜時，就派人去接你。」

　　萊陽生出門後，卻不見朱生。他舉目西望，下弦的月亮掛在天邊，在昏暗的月光下，還能辨清來時的道路。只見一座向南的宅子，朱生正坐在台階上等候，見萊陽生過來，就起身迎上來，說：「等了你好久了。這就是我的家，請裡邊稍坐。」他拉著萊陽生的手，把他請到屋裡，殷勤地向他表示謝意，並取出一隻金盃、一百粒進貢的珍珠，說：「我沒有其他值錢的東西，就以這些作為我的聘禮吧！」隨後又說：「家裡雖然有些薄酒，但這是陰間的東西，不足以款待嘉賓，實在抱歉！」萊陽生客氣了幾句，便起身告辭。朱生送他到半路，兩人才分手。萊陽生回到住所，寺院中的和尚、僕人都來問他怎麼回事。萊陽生隱瞞真情，說：「哪是什麼遇到鬼啊，一派胡言！我是到朋友家喝酒去了。」

　　五天後，朱生果然又來了。他穿戴整齊，手裡搖著扇子，顯得滿意而高興。他一走進院子，老遠就向萊陽生行禮。片刻，朱生笑著說：「您的婚事已經談妥了，吉期就定在今晚。這就勞您大駕了。」萊陽生說：「因為沒聽到回信，所以聘禮還沒送去，怎麼能匆匆舉行婚禮呢？」朱生說：「我已代您送過了。」萊陽生很是感激，就跟他走了。

　　兩人徑直來到朱生住處，外甥女穿著華麗的衣服，含笑迎出門來。萊陽生問：「你們什麼時候成親的？」朱生回答說：「已經三天了。」萊陽生取出朱生所贈送的珍珠，給外甥女作為嫁妝，外甥女再三推辭後

才收下。外甥女對萊陽生說：「孩兒把舅舅的意思轉告了公孫老夫人，她很高興。但她又說自己已經老了，家中再沒有其他兒女，所以不願將九娘遠嫁，希望今晚讓你到她家入贅。她家別無男子，朱郎陪同你去。」於是，朱生領著萊陽生去。快到村的盡頭，見有一戶人家大門開著，他們就直接進去了，來到堂上。不多會兒，有人喊道：「老夫人到！」只見兩個丫鬟攙扶著一位老太太拾階而上。萊陽生急忙上前欲行大禮，公孫夫人說：「我已老態龍鍾，不便還禮，這套禮節就免了吧！」她指派著僕人，擺下豐盛的宴席。朱生又叫僕人專給萊陽生另備些酒菜。宴席上所陳列的菜餚，無異於人世間。只是主人自斟自飲，從不勸讓客人。一會兒，宴席散了，朱生告辭回去。一小丫鬟為萊陽生引路。進入洞房，只見紅燭高照，九娘身著華麗服裝，凝神在等待著。兩人相逢，情誼深長，極盡人世間親暱之情。

當初，九娘母子被俘，原準備押送到京城。行至濟南時，其母不堪忍受種種虐待，竟先死了。九娘悲憤難忍，也自殺身亡。九娘與萊陽生在枕席上談起往事，哭得無法入睡，便吟成兩首絕句：「昔日羅裳化作塵，空將業果恨前身。十年露冷楓林月，此夜初逢畫閣春。」「白楊風雨繞孤墳，誰想陽台更作雲？忽啟鏤金箱裡看，血腥猶染舊羅裙。」天快亮時，九娘催促萊陽生說：「你該離開了，注意不要驚動僕人。」自從那之後，萊陽生天未黑就來，天剛放亮就走，兩人恩愛情深。

一天夜裡，萊陽生問九娘：「這個村莊叫什麼名字？」九娘說：「叫萊霞里。因這裡多是剛埋葬的萊陽、棲霞兩縣的新鬼，就起了這個名字。」萊陽生聽後，十分感嘆。九娘傷心地說：「我這千里之外的一縷幽魂，飄零於蓬蒿無底的深淵，母子二人孤苦伶仃，說起來叫人傷心。望你能念夫妻之恩，收拾我的屍骨，遷葬回你祖上的墳地，使我百年之後也有個依託，那我就死而無憾了。」萊陽生滿口答應。九娘又說：「人與鬼不是一條路，你不能長久地待在這裡。」她取出一雙羅襪贈給萊陽生，揮淚催促他離開。

萊陽生依依不捨地走了出來，內心滿是悲傷，失魂落魄一般，不忍歸去。走過朱生門前，就上前敲門。朱生赤腳出來迎接，外甥女也起來了，頭髮蓬鬆，吃驚地問是怎麼回事。萊陽生惆悵一會兒，把九娘的話說了一遍。外甥女聽完後說：「就是舅母不這樣說，我也日夜在思慮這

件事。這裡並非人世間，久居的確是不妥的。」於是，大家相對哭了一番，最後萊陽生含淚而別。

回到寓所，萊陽生翻來覆去，直到天亮也沒能入睡。他要去尋找九娘的墳墓，但走時忘記問墓的標記，等到天黑後再去時，只見荒墳纍纍，竟迷失了去萊霞里的路。他只得哀嘆返回，打開九娘所贈的羅襪，羅襪見風便粉碎了，像燒過的紙灰一樣。於是，萊陽生就整裝東歸。

半年過後，萊陽生心中仍然不能忘卻這件事。他又來到濟南，希望能再次遇到九娘。當他到了南郊時，天色已晚。他把馬車停放在寺院的樹下，就急忙趕往墳場。只見荒墳成千上萬，連成一片，荊棘荒草迷目，閃閃的鬼火與陰森可怖的狐鳴，讓人膽顫心驚。萊陽生滿心驚恐地回到了寓所，心灰意冷。他騎上馬返回，走了一里多路，遠遠見一個女子獨自在參差的墳墓間行走。從體態神情上看，很像是九娘。萊陽生揮鞭趕上去，一看果然是九娘。萊陽生跳下馬想與她說話，她卻走開了，好像從來就不相識。萊陽生再趕上去，那女子面有怒色，舉袖遮住自己的臉。萊陽生連呼：「九娘！九娘！」那女子竟如輕煙，飄飄然消失了。

## 【原文】

于七一案，連坐被誅者，棲霞、萊陽兩縣最多。一日，俘數百人，盡戮於演武場中。碧血滿地，白骨撐天。上官慈悲，捐給棺木，濟城工肆，材木一空。以故伏刑東鬼，多葬南郊。

甲寅間，有萊陽生至稷下，有親友二三人亦在誅數，因市楮帛，酹奠榛墟。就稅舍於下院之僧。明日，入城營幹，日暮未歸。忽一少年，造室來訪。見生不在，脫帽登床，著履仰臥。僕人問其誰何，合眸不對。既而生歸，則暮色朦朧，不甚可辨；自詣床下問之。瞪目曰：「我候汝主人，絮絮逼問，我豈暴客耶！」生笑曰：「主人在此。」少年急起著冠，揖而坐，極道寒暄。聽其音，似曾相識。急呼燈至，則同邑朱生，亦死于七之難者。大駭，卻走。朱曳之云：「僕與君文字之交，何寡於情？我雖鬼，故人之念，耿耿不去心。今有所瀆，願無以異物遂猜薄之。」生乃坐，請所命。曰：「今甥女寡居無偶，僕欲得主中饋。屢通媒妁，輒以無尊長命為辭。幸無惜齒牙餘惠。」先是，生有甥女，早失

恃,遺生鞠養,十五始歸其家。俘至濟南,聞父被刑,驚慟而絕。生曰:「渠自有父,何我之求?」朱曰:「其父為猶子啟櫬去,今不在此。」問:「女甥向依阿誰?」曰:「與鄰媼同居。」生慮生人不能作鬼媒。朱曰:「如蒙金諾,還屈玉趾。」遂起握生手。生固辭,問:「何之?」曰:「第行。」勉從與去。

北行里許,有大村落,約數十百家。至一宅第,朱叩扉,即有媼出。豁開兩扉,問朱:「何為?」曰:「煩達娘子,阿舅至。」媼旋反,須臾,復出,邀生入。顧朱曰:「兩椽茅舍子,大隘,勞公子門外少坐候。」生從之入。見半畝荒庭,列小室二。甥女迎門啜泣,生亦泣。室中燈火熒然。女貌秀潔如生時。凝眸含涕,遍問妗姑。生曰:「俱各無恙,但荊人物故矣。」女又嗚咽曰:「兒少受舅妗撫育,尚無寸報,不圖先葬溝瀆,殊為恨恨。舊年,伯伯家大哥遷父去,置兒不一念;數百里外,伶仃如秋燕。舅不以沉魂可棄,又蒙賜金帛,兒已得之矣。」生乃以朱言告,女俯首無語。媼曰:「公子曩托楊姥三五返,老身謂是大好;小娘子不肯自草草,得舅為政,方此意慊得。」言次,一十七八女郎,從一青衣,遽掩入;瞥見生,轉身欲遁。女牽其裾曰:「勿須爾!是阿舅,非他人。」生揖之。女郎亦斂衽。甥曰:「九娘,棲霞公孫氏。阿爹故家子,今亦『窮波斯』,落落不稱意。且晚與兒還往。」生睨之,笑彎秋月,羞暈朝霞,實天人也。曰:「可知是大家,蝸廬人那如此娟好!」甥笑曰:「且是女學士,詩詞俱大高。昨兒稍得指教。」九娘微哂曰:「小婢無端敗壞人,教阿舅齒冷也。」甥又笑曰:「舅斷弦未續,若個小娘子,頗能快意否?」九娘笑奔出,曰:「婢子顛瘋作也!」遂去。言雖近戲,而生殊愛好之。甥似微察,乃曰:「九娘才貌無雙,舅倘不以糞壤致猜,兒當請諸其母。」生大悅,然慮人鬼難匹。女曰:「無傷,彼與舅有夙分。」生乃出。女送之,曰:「五日後,月明人靜,當遣人往相迓。」生至戶外,不見朱。翹首西望。月銜半規,昏黃中猶認舊徑。見南面一第,朱坐門石上,起逆曰:「相待已久,寒舍即勞垂顧。」遂攜手入,殷殷展謝。出金爵一、晉珠百枚,曰:「他無長物,聊代禽儀。」既而曰:「家有濁醪,但幽室之物,不足款嘉賓,奈何!」生謝而退。朱送至中途,始別。

生歸,僕集問,生隱之曰:「言鬼者,妄也。適友人飲耳。」後

五日，果見朱來，整履搖筆，意甚欣適。才至戶庭，望塵即拜。少間，笑曰：「君嘉禮既成，慶在旦夕，便煩枉步。」生曰：「以無回音，尚未致聘，何遽成禮？」朱曰：「僕已代致之矣。」生深感荷，從與俱去。直達臥所，則甥女華妝迎笑。生問：「何時于歸？」女曰：「三日矣。」朱乃出所贈珠，為甥助妝。女三辭乃受，謂生曰：「兒以舅意白公孫老夫人，夫人作大歡喜。但言老耄，無他骨肉，不欲九娘遠嫁，期今夜舅往贅諸其家。伊家無男子，便可同郎往也。」朱乃導去。村將盡，一第門開，二人登其堂。俄白：「老夫人至。」有二青衣扶嫗升階。生欲展拜，夫人云：「老朽龍鍾，不能為禮，當即脫邊幅。」乃指畫青衣，置酒高會。朱乃喚家人，另出肴俎，列置生前；亦別設一壺，為客行觴。筵中進饌，無異人世。然主人自舉，殊不勸進。

　　既而席罷，朱歸。青衣導生去。入室，則九娘華燭凝待。邂逅含情，極盡歡暱。初，九娘母子，原解赴都。至郡，母不堪困苦死，九娘亦自剄。枕上追述往事，哽咽不成眠。乃口占兩絕云：「昔日羅裳化作塵，空將業果恨前身。十年露冷楓林月，此夜初逢畫閣春。」「白楊風雨繞孤墳，誰想陽臺更作雲？忽啟鏤金箱裡看，血腥猶染舊羅裙。」天將明，即促曰：「君宜且去，勿驚廝僕。」自此晝來宵往，纏惑殊甚。

　　一夕，問九娘：「此村何名？」曰：「萊霞里。里中多兩處新鬼，因以為名。」生聞之歔欷。女悲曰：「千里柔魂，蓬游無底；母子零孤，言之愴惻。幸念一夕恩義，收妾骨歸葬墓側，使百年得所依棲，死且不朽。」生諾之。女曰：「人鬼路殊，君亦不宜久滯。」乃以羅襪贈生，揮淚促別。生淒然出，忉怛若喪。心悵悵不忍歸，因過拍朱氏之門。朱白足出逆；甥亦起，雲鬟蓬鬆，驚來省問。生怊悵移時，始述九娘語。女曰：「妗氏不言，兒亦夙夜圖之。此非人世，久居誠非所宜。」於是相對汍瀾，生亦含涕而別。叩寓歸寢，輾轉申旦。欲覓九娘之墓，則忘問志表。及夜復往，則千墳纍纍，竟迷村路，嘆恨而返。展視羅襪，著風寸斷，腐如灰燼，遂治裝東旋。

　　半載不能自釋，復如稷門，冀有所遇。及抵南郊，日勢已晚，息駕庭樹，趨詣叢葬所。但見墳兆萬接，迷目榛荒；鬼火狐鳴，駴人心目。驚悼歸舍，失意遨遊，返轡遂東。行里許，遙見女郎獨行丘墓間，神情意致，怪似九娘。揮鞭就視，果九娘。下與語，女徑走，若不相識；再

逼近之，色作怒，舉袖自障。頓呼「九娘」，則溷然滅矣。

# 狐　夢

　　我的朋友畢怡庵，豪放不羈，卓爾不群。他長得很肥胖，鬍子也很多，在文人學士中很知名。他曾因有事到叔叔畢際有刺史的別墅裡去，在樓上休息。人們傳說這樓中過去有很多狐仙。畢友每次讀《青鳳傳》時，心裡總嚮往不已，恨不得自己也能遇上一次，於是便在樓上苦思冥想起來。隨後他回到自己家裡，天色已逐漸黑了。當時正是暑天，很悶熱，他便對著門躺下來睡了。睡夢中覺得有人搖晃他。醒來一看，卻是一位婦人，年紀應該是四十多歲，但是風韻猶存。畢友很驚奇地起身，問她是誰。婦人笑著說：「我是狐仙。承蒙您一直掛念，感激不盡。」畢怡庵聽後非常高興，便用輕佻的言語和她開玩笑。那婦人笑著說：「我的年齡已經大了，即使別人不討厭，我自己也難為情了。但我有個女兒，剛剛成年，可以讓她來侍奉您。明天晚上，您不要留別人在屋裡，到時候她就會來。」說完就離去了。

　　到了夜裡，畢怡庵點上香坐著等候，那婦人果然帶領她女兒來了。只見那狐女身材窈窕，舉止嫻雅，可謂天下無雙。婦人對女兒說：「畢郎和你注定有緣分，今夜你就留在這裡。明晨早點回去，一定不要貪睡。」畢怡庵與狐女攜手進入帳中，這一夜極盡恩愛。過後，狐女戲言道：「肥胖郎君實在太重，讓人不堪承受！」天還沒亮她就走了。

　　到了晚上，她又自己來了，對畢怡庵說道：「姊妹們要為我祝賀新郎，明天就委屈您和我走一趟吧。」畢怡庵問：「要去什麼地方？」狐女說：「是大姐請客，離這裡不遠。」到了約定的時間，畢怡庵一直等候著。但等了很久，也沒見狐女來接他。他漸漸感到疲倦了，剛趴到桌上歇會兒，狐女匆匆進來，說：「讓您久等了。」於是兩人手拉手一同出門。他們很快到了一個地方，見有個大院落。他們徑直進了中堂，看到裡面燈火輝煌，像群星閃爍。不久，大姐出來迎客，只見她年紀約二十歲，雖只是淡妝卻美麗無比。她行禮祝賀後，正要請大家入席，丫鬟進來說：「二娘子到了。」只見一女子從門外進來，約十八九歲的年

紀。她笑著對狐女說：「妹子已破瓜了，新郎讓你稱心如意吧？」狐女用扇子打她的背，並衝著她翻白眼。二姐說：「記得小時候和妹妹打鬧著玩，妹妹最怕別人戳她的肋骨，遠遠地呵手指，她都笑得不能忍受，還生氣地說我以後應當嫁給矮人國的小王子；我反擊說，你這丫頭日後該嫁給一個長滿絡腮鬍子的，刺破你的小嘴。今天一看，果真如此啊。」大姐笑著說：「難怪三妹要生氣詛咒，新郎在旁邊，你竟然也敢如此胡鬧。」

隨後，大家都並肩坐下，說笑著舉杯吃開了，都非常高興。這時，忽然有個抱著一隻貓的女孩子進來。她年約十一二歲，稚氣未退，卻艷媚已極。大姐對她說：「四妹也要來見姐夫嗎？這裡沒有你坐的地方。」大姐將她抱起，讓她坐在自己的膝蓋上，拿些菜餚水果給她吃。不一會兒，又把她塞到二姐的懷中，說：「這丫頭壓得我脛骨痠痛！」二姐也抱怨道：「這丫頭才這般大，身子卻像有百斤重，我這麼瘦弱的怎麼受得了？既然想見姐夫，姐夫又這麼高大魁梧，胖膝蓋耐坐。」於是，把她放到畢怡庵的懷裡。少女入懷香軟，輕得像無人一樣。畢怡庵抱著她用同一隻杯子飲酒。大姐說：「小丫頭不要喝多了，酒醉失態，恐怕會讓姐夫笑話的。」四妹笑盈盈的，用手撫弄著貓，貓突然喵的一聲叫。大姐說：「還不快扔掉，抱著招惹一身的跳蚤蝨子！」二姐卻說：「我們何不以貓為酒令，拿筷子傳遞，貓叫時筷子在誰手裡誰喝酒。」大家都拍手叫好，按著她說的方法玩開了。說來也奇怪，筷子一到畢怡庵手裡貓就會叫。畢怡庵本來酒量就大，一連喝了好幾大杯。後來才知道，是四妹故意弄貓讓它叫的，因而大家哄堂大笑。二姐說：「小妹快回去睡覺吧！要是壓壞了郎君，三姐肯定要怨你的。」於是四妹抱著貓走了。

大姐見畢怡庵海量，就從頭上摘下簪子盛了酒勸他喝。那簪子看上去僅能容一升，然而喝起來卻覺得有好幾斗。等喝乾了一看，原來是一張荷葉。二姐也要敬酒，畢怡庵推辭不勝酒力。二姐拿出一個胭脂盒，只比彈丸稍大一點，斟上酒說：「既然你不勝酒力了，就意思一下吧。」畢怡庵看了看，這點酒一口就可以喝盡，可是連續喝了百餘口，也沒能喝完。狐女在旁邊用小蓮花杯換下了胭脂盒，說：「不要再被奸人戲弄了。」那胭脂盒放到了桌上，畢怡庵再看，卻是一隻巨大的飯

缺。二姐說：「關你什麼事呢！才當了你三天的郎君，就這麼恩愛啊？」畢怡庵又拿起蓮花酒杯一飲而盡，手裡的酒杯變得很軟，仔細一看，哪是什麼酒杯，分明是一隻刺繡精美的繡花鞋。二姐一把奪過鞋，罵道：「你這狡猾的丫頭！什麼時候偷了人家的鞋子去，怪不得我的腳冷冰冰的！」她起身進屋換鞋。

　　狐女約畢怡庵離席告別。把他送出村後，讓他自己回家。畢怡庵忽然睡醒，竟然是個夢。但此時口鼻裡醺醺然，酒味仍很濃，讓他覺得很驚奇。到了晚上，狐女又來了，說：「昨晚沒讓你醉死吧？」畢怡庵說：「剛才還以為是做夢呢，現在才知道確有其事。」狐女說：「姊妹們怕你胡來，所以假託夢境，其實不是夢。」

　　狐女經常和畢怡庵下棋，畢怡庵總是輸。狐女笑著說：「您終日愛下棋，我以為必定是高手，現在看來，只不過平平罷了。」畢怡庵求她指點。狐女說：「下棋的技藝，在於人的自悟，我怎麼能幫您呢？以後我們每天多下幾盤，或許會有長進。」過了幾個月，畢怡庵覺得稍有進步。狐女試了試，笑著說：「還不行，還不行。」但畢怡庵外出與曾經在一起下過棋的人對弈，大家都覺得他棋藝大有長進，都感到很奇怪。畢怡庵為人坦白耿直，心裡藏不住事兒，就將自己的經歷稍稍透露了一些。狐女馬上就知道了，責備他說：「怪不得我們狐仙都不願意與狂生來往。多次叮囑你要嚴守祕密，你卻還是這樣！」她很生氣，說完就要走。畢怡庵急忙道歉謝罪，狐女這才稍微解怒，但從此以後，來的次數逐漸少了。

　　過了一年多，有天晚上狐女來了，面對畢怡庵呆呆地坐著。畢怡庵邀她下棋，她不下；請她睡覺了，她也不肯上床。她發了很久的呆，說：「您看我和青鳳比怎樣？」畢怡庵說：「恐怕你比她更好。」狐女嘆息道：「我自愧不如她。但聊齋先生和您是很好的文友，請麻煩他給我寫篇傳奇，未必千年以後沒有像您這樣愛念我的人。」畢怡庵說：「我早就有這個念頭了，只是因為過去一直遵照你原先的叮囑，所以祕不告人。」狐女說：「我原來是這樣要求您的，可今天已經到了將要分別的時候了，沒有什麼可避諱的了。」畢怡庵吃驚地問：「你到哪裡去呢？」狐女答道：「我和四妹被西王母徵去當花鳥使，不再回來了。過去有個同輩姐姐，因為和您家的叔兄在一起，臨別時已經生下了兩個女

孩，所以至今還沒嫁出去。我和您幸虧沒有這樣的拖累。」畢怡庵求她留一贈言。狐女說：「盛氣平，過自寡。」說完便起身，拉著畢怡庵的手，說：「您送我走吧。」兩人走了一里多路，灑淚分手。狐女說：「咱們彼此心裡有對方，未必沒有再見面的時候。」說完便離去了。

康熙二十一年臘月十九日，畢怡庵和我一起睡在綽然堂，詳細敘述了他這段奇異的經歷。我說：「有這樣的狐仙，那我聊齋的筆墨也因而有光彩了。」於是就記下了這個故事。

## 【原文】

余友畢怡庵，倜儻不群，豪縱自喜。貌豐肥，多髭。士林知名。嘗以故至叔刺史公之別業，休憩樓上。傳言樓中故多狐。畢每讀《青鳳傳》，心輒嚮往，恨不一遇。因於樓上，攝想凝思。既而歸齋，日已浸暮。

時暑月燠熱，當戶而寢。睡中有人搖之。醒而卻視，則一婦人，年逾不惑，而風雅猶存。畢驚起，問其誰何。笑曰：「我狐也。蒙君注念，心竊感納。」畢聞而喜，投以嘲謔。婦笑曰：「妾齒加長矣，縱人不見惡，先自慚沮。有小女及笄，可侍巾櫛。明宵，無寓人於室，當即來。」言已而去。至夜，焚香坐伺。婦果攜女至。態度嫻婉，曠世無匹。婦謂女曰：「畢郎與有夙緣，即須留止。明旦早歸，勿貪睡也。」畢乃攜手入幃，款曲備至。事已，笑曰：「肥郎痴重，使人不堪。」未明即去。

既夕自來，曰：「姊妹輩將為我賀新郎，明日即屈同去。」問：「何所？」曰：「大姊作筵主，去此不遠也。」畢果候之。良久不至，身漸倦惰。才伏案頭，女忽入曰：「勞君久伺矣。」乃握手而行。奄至一處，有大院落。直上中堂，則見燈燭熒熒，燦若星點。俄而主人至，年近二旬，淡妝絕美。斂衽稱賀已，將踐席，婢入曰：「二娘子至。」見一女子入，年可十八九，笑向女曰：「妹子已破瓜矣。新郎頗如意否？」女以扇擊背，白眼視之。二娘曰：「記兒時與妹相撲為戲，妹畏人數脅骨，遙呵手指，即笑不可耐。便怒我，謂我當嫁僬僥國小王子。我謂婢子他日嫁多髭郎，刺破小吻，今果然矣。」大娘笑曰：「無怪三娘子怒詛也！新郎在側，直爾憨跳！」頃之，合尊促坐，宴笑甚歡。

忽一少女，抱一貓至，年可十二三，雛髮未燥，而豔媚入骨。大娘

曰：「四妹妹亦要見姊丈耶？此無坐處。」因提抱膝頭，取肴果餌之。移時，轉置二娘懷中，曰：「壓我脛股痠痛！」二姊曰：「婢子許大，身如百鈞重，我脆弱不堪。既欲見姊丈，姊丈故壯偉，肥膝耐坐。」乃捉置畢懷。入懷香軟，輕若無人。畢抱與同杯飲。大娘曰：「小婢勿過飲，醉失儀容，恐姊丈所笑。」少女孜孜展笑，以手弄貓，貓戛然鳴。大娘曰：「尚不拋卻，抱走蚤蝨矣！」二娘曰：「請以狸奴為令，執箸交傳，鳴處則飲。」眾如其教。至畢輒鳴。畢故豪飲，連舉數觥。乃知小女子故捉令鳴也，因大喧笑。二娘曰：「小妹子歸休！壓煞郎君，恐三姊怨人。」小女郎乃抱貓去。

大姊見畢善飲，乃摘髻子貯酒以勸。視髻僅容升許；然飲之，覺有數斗之多。比乾，視之，則荷蓋也。二娘亦欲相酬，畢辭不勝灑。二娘出一口脂合子，大於彈丸，酌曰：「既不勝酒，聊以示意。」畢視之，一吸可盡；接吸百口，更無乾時。女在旁以小蓮杯易合子去，曰：「勿為奸人所弄。」置合案上，則一巨鉢。二娘曰：「何預汝事！三日郎君，便如許親愛耶！」畢持杯向口立盡。把之膩軟；審之，非杯，乃羅襪一鉤，襯飾工絕。二娘奪罵曰：「猾婢！何時盜人履子去，怪道足冰冷也！」遂起，入室易舄。

女約畢離席告別。女送出村，使畢自歸。瞥然醒寤，竟是夢景，而鼻口醺醺，酒氣猶濃，異之。至暮，女來，曰：「昨宵未醉死耶？」畢言：「方疑是夢。」女曰：「姊妹怖君狂噪，故托之夢，實非夢也。」女每與畢弈，畢輒負。女笑曰：「君日嗜此，我謂必大高著。今視之，只平平耳。」畢求指誨。女曰：「弈之為術，在人自悟，我何能益君？朝夕漸染，或當有異。」居數月，畢覺稍進。女試之，笑曰：「尚未，尚未。」畢出，與所嘗共弈者游，則人覺其異，咸奇之。

畢為人坦直，胸無宿物，微洩之。女已知，責曰：「無惑乎同道者不交狂生也！屢囑慎密，何尚爾爾？」怫然欲去。畢謝過不遑，女乃稍解；然由此來浸疏矣。積年餘，一夕來，兀坐相向。與之弈，不弈；與之寢，不寢。悵然良久，曰：「君視我孰如青鳳？」曰：「殆過之。」曰：「我自慚弗如。然聊齋與君文字交，請煩作小傳，未必千載下無愛憶如君者。」畢曰：「夙有此志；曩遵舊囑，故秘之。」女曰：「向為是囑，今已將別，復何諱？」問：「何往？」曰：「妾與四妹妹為西王母征作花

鳥使，不復得來。曩有姊行，與君家叔兄，臨別已產二女，今尚未醮；妾與君幸無所累。」畢求贈言。曰：「盛氣平，過自寡。」遂起，捉手曰：「君送我行。」至裡許，灑涕分手，曰：「役此有志，未必無會期也。」乃去。

康熙二十一年臘月十九日，畢子與余抵足綽然堂，細述其異。余曰：「有狐若此，則聊齋之筆墨有光榮矣。」遂志之。

# 西 湖 主

書生陳弼教，字明允，河北人。他家裡很貧窮，跟著副將軍賈綰當文書。有一次，陳生和賈綰乘的船停在洞庭湖，正巧一條豬婆龍（楊子鱷）浮出水面，賈綰一箭射去，正中其背。有條小魚銜著豬婆龍的尾巴不離去，也一起被捉住了。豬婆龍被拴在船楷上，奄奄一息，嘴巴還一張一合，似乎在懇求援救。陳生很可憐它，便請求賈綰將其放了，還用隨身帶的金創藥塗在它的箭傷上。豬婆龍被放入水中，浮游了一會，就消失了。

過了一年多，陳生返回北方老家，再次經過洞庭湖，不幸遭遇大風，船被打翻了。陳生幸好抓住了一個竹箱子，在水中漂泊了一夜，最後被樹枝掛住。他剛爬上岸，就看到水上漂來一具屍體，仔細一看，卻是他的小僕人。陳生用力將其拉上來，但他早已死了。陳生傷心悲哀，面對著屍體坐下歇息。舉目望去，前方山巒起伏，一片蒼翠，青青的細柳在風中搖曳，不見一個行人，無處問路。他從早晨一直坐到太陽老高，悵然若失，不知道該去哪裡。這時，小僕人的四肢突然微微動了動，陳生很是高興，馬上給他按摩。不一會兒，小僕人吐了許多的水，終於醒了過來。

兩個人把濕衣服都脫了，放在石頭上晾曬，快到中午時才乾了，始能穿上。但這時他倆都飢腸轆轆，餓得受不了了，於是翻山急走，盼望能找到個村莊。他們剛走到半山腰，忽然聽到響箭聲。正在驚疑地細聽，只見兩個女子騎著駿馬飛馳而來。她們都用紅巾包著額頭，髮髻上插著雉尾，穿著小袖紫衣，腰扎綠錦帶。一個手持彈弓，另一個胳膊上

套著架鷹的皮套。陳生和他的小僕越過山嶺，又見到幾十個人騎著馬在樹叢裡打獵。全都是漂亮的女子，一樣的打扮。陳生不敢再往前走。這時有個男子匆匆跑過來，像是個馬伕，陳生便向他打聽。馬伕說：「這是西湖主在首山打獵。」陳生講了自己的來歷，並告訴他自己和小僕都餓壞了。馬伕解開包裹，拿出乾糧給他，囑咐說：「你們還是躲遠點，要是衝撞了西湖主，是要被處死的！」陳生害怕了，急忙下山。

　　他們一路走去，忽見一片茂密的樹林中隱約露出殿閣，像是廟宇。走近一看，粉白的圍牆環繞著，牆外是一道溪水。紅漆大門半開著，有座石橋通向大門。陳生湊上去往裡張望，只見樓台水樹高聳入雲，比得上皇家花園，又好像是貴族人家的別墅。陳生猶豫著走了進去，古藤擋路，花香撲鼻。走過幾折曲欄，又是一個院子。幾十株高大的垂楊，枝條輕拂著紅色的屋簷。山鳥的叫聲，引來花瓣紛飛；微風徐徐吹過深苑，榆錢飄落下來。陳生賞心悅目，彷彿進入了仙境。他穿過一個小亭，有一架鞦韆，高入雲間。鞦韆索靜靜地垂著，杳無人跡。陳生懷疑已接近閨閣，惶恐地不敢再往前走。不一會兒，聽見從大門外傳來馬蹄聲，似乎有女子的笑語，陳生和小僕連忙躲到花叢裡。不久，笑聲漸漸走近，聽一個女子說道：「今天打獵的運氣不好，打到的獵物太少了。」另一個女子說：「要不是公主射下那幾隻飛雁，幾乎白忙一場了。」又過一會兒，幾個紅衣女子簇擁著一個姑娘到亭上坐下。那姑娘穿著短袖戎裝，大約有十四五歲。她頭髮猶如一團雲霧，纖細的腰肢像經不起風吹，即使是玉蕊瓊花也不能比喻她的美貌。其他的女子有的捧茶，有的薰香，華麗的衣服光燦燦的猶如堆錦。過了會兒，姑娘起身，走下石階。一個女子說：「公主鞍馬勞累，還能盪鞦韆嗎？」公主笑著答應。女子們有的架著肩膀，有的攙胳膊，有的提裙子，有的拿鞋，把公主扶上了鞦韆。公主伸開雪白的手臂，腳下用力，像輕輕的飛燕一樣直入雲霄。盪完鞦韆，女子們扶公主下來，都說：「公主真是個仙女啊！」一路嬉笑著離去。

　　陳生偷偷看了很久，非常興奮。等到笑語聲消失後，他從花叢裡出來，到鞦韆下徘徊凝思。他看見離笆下有條紅巾，知道是剛才那些女子丟的，高興地拾起來塞進袖子裡。隨後陳生登上那個小亭，見案上擺著文具，便在紅巾上題了首詩：「雅戲何人擬半仙？分明瓊女散金蓮。廣

寒隊裡應相妒，莫信凌波上九天。」寫完之後，他一邊吟詠著一邊走下亭子。陳生順原路往回走，卻見一重重的門都上了鎖。他徬徨無計，只得返回，重新遍遊園內的樓台亭閣。

這時有一個女子悄悄走來，看到陳生吃驚地問：「你怎麼來到這裡的？」陳生連忙作了一揖，說：「我是迷路的人，還請指點救助！」女子問：「你拾到一條紅巾了嗎？」陳生說：「確實撿到一條，但已被我弄髒，不知道該怎麼辦。」他拿出那條紅巾，女子見了大吃一驚，說：「你要死無葬身之地了！這是公主常用的東西，被你塗成這樣，怎麼得了！」陳生嚇得臉色煞白，哀求女子幫他求情免罪。女子說：「你偷看宮廷內的情形，原本已經罪不可赦；念你是個文雅書生，還想私下幫你一把。現在你自己作了孽，我有什麼辦法呢？」說完拿著紅巾，慌慌張張地走了。陳生嚇得膽顫心驚，只恨沒有翅膀飛走，只能伸著脖子等死了。過了很久，那女子又來了，悄聲祝賀道：「你還有救！公主看了三四遍紅巾，並沒有生氣發怒，或許會放你走。你耐心等在這裡，千萬不要爬樹跳牆，如果被發現了就不可饒恕了！」

這時天色已晚，是吉是凶還說不定，加上飢餓難忍，陳生心中憂愁得要死。不長時間，那個女子提著燈籠來了，另有一個丫鬟提著飯盒酒壺，讓陳生吃飯。陳生急切地打聽消息，女子說：「剛才我找了個機會跟公主說：『花園裡那個秀才，能饒恕就放了他吧；否則的話，他就快餓死了。』公主沉思了一會兒，說：『深更半夜的，讓他到哪裡去呢？』於是讓我來給你送飯。這不是壞兆頭。」陳生徘徊了一整夜，惶恐不安。第二天太陽都很高了，女子又來送飯。陳生再次哀求她替自己講情。女子說：「公主不說殺，也不說放，我們這些下人怎敢絮叨多嘴呢？」等到太陽西斜時，陳生正望眼欲穿，那女子忽然氣喘吁吁地跑了來，說：「壞了！不知哪個多嘴的把這事洩露給了王妃。王妃展開紅巾一看，扔在地上，大罵狂妄。你馬上就要大禍臨頭了！」陳生嚇得面如死灰，跪在地上連聲求救。

這時人聲喧嘩，女子忙搖著手躲開了。幾個手拿繩索的人氣勢洶洶地闖過來。其中一個丫鬟打量著陳生，突然說道：「我以為是誰呢，這不是陳郎嗎？」她制止了拿著繩索的人，說：「先不要動手，等我去稟告王妃。」她返身急忙而去，過了會兒又回來了，說：「王妃有請陳

郎。」陳生戰戰兢兢地跟著她，繞過幾十重門戶，來到一座宮殿，門上掛著碧色的簾子，白銀簾鉤。有個美女掀開門簾高呼道：「陳郎到。」陳生見裡面坐了個非常漂亮的婦人，穿著閃亮的錦袍，急忙跪地叩頭。說：「我是遠方來的孤臣，請求饒命！」王妃忙起身，親自上前將他拉起，說：「如果不是你，我不會有今天。丫鬟們無知，冒犯了貴客，罪不可恕！」她傳令擺下豐盛的酒席，讓陳生用雕花的酒杯喝酒。陳生茫然不解，不知是什麼緣故。王妃說：「救命之恩，常恨無以為報。我的小女兒承蒙你題巾相愛，當是天定緣分，今晚就讓她侍奉你。」陳生依然摸不著頭腦，神情恍恍惚惚，沒個著落。

天色剛暗下來，一個丫鬟進來稟報：「公主已梳妝完畢。」於是，領著陳生去新房。忽然間笙管齊鳴，台階上鋪著花氈，門前堂上、籬笆牆角，到處都掛著燈籠。幾十個妖艷的女子，扶著公主和陳生交拜。蘭麝的香氣，充溢庭殿。隨後，陳生和公主相互攙扶著進入床帳，十分恩愛。事後陳生對公主說：「漂泊之人，平素沒來拜見，玷污了您的芳巾，免於被殺已經很幸運了，反而賜婚姻之好，太讓人意外了。」公主說：「我的母親是洞庭湖君的妃子，是揚子江王的女兒。去年她回娘家，偶然在湖上游過，卻被流箭射中。承蒙你相救，又賜刀傷藥，我們全家都感激不盡，一直記在心中。你不要因為我是異類而疑慮，我從龍王處得到了長生秘訣，願和你共享。」陳生才醒悟是遇到神人了，便問：「那個丫鬟怎麼認得我呢？」公主說：「那天在湖中船上，你可曾記得有條小魚銜著龍尾？就是這個丫鬟。」陳生又問：「早先既然你不殺我，為什麼遲遲不放我走？」公主笑著說：「我非常喜愛你的才華，但又不能自己做主。痛苦猶豫了一夜，別人哪裡知道啊？」陳生嘆息道：「你真是我的知音啊！那個給我送飯的又是誰呢？」公主回答說：「她叫阿念，是我最貼心的丫鬟。」陳生又問：「那我該怎麼報答她呢？」公主笑著說：「她侍候你的日子還長著呢，慢慢再報答她也不遲。」陳生又問：「大王在哪裡？」公主說：「跟著關公去討伐蚩尤還沒回來。」

過了幾天，陳生擔心家裡得不到他的消息，會十分掛念，便寫了封報平安的信，派自己的小僕送去。家裡的人早先聽說陳生在洞庭湖翻了船，都以為他死了，妻子已經為他戴了一年多的孝。小僕回來，大家才

知道他沒死，但音訊隔絕，終究還是擔心陳生難以返回。又過了半年，陳生忽然回來了。他服飾華麗，馬匹也很漂亮，口袋裡裝滿了金銀珠寶。從此陳生家發達了，富貴榮華，那些有錢人家都比不上他。在後來的七八年裡，他有了五個兒子。天天高朋滿座宴請賓客，房屋、飲食都極盡奢侈豪華。有人問起陳生的傳奇經歷，他都會詳細敘述，一點也不隱瞞。

　　有個陳生早年很要好的朋友梁子俊，在南方做官十幾年，回家時路過洞庭湖，見一條畫舫，雕欄紅窗，笙歌悠揚，緩緩地隨波逐流。這時有個美人推開窗子往外眺望。梁子俊往船上張望，只見一個未戴帽子的年輕男子盤腿坐著，旁邊有個十五六歲的美麗女子正給他按摩。梁子俊猜想必定是這一帶的達官顯貴，但隨從卻很少。再仔細打量一下，卻原來是陳明允。梁子俊不覺倚著船欄大聲叫他。陳生聽到喊聲，讓船停下，走出船艙，邀請梁子俊過船來。梁子俊見艙內剩菜滿桌，酒霧仍濃。陳生馬上讓人將殘席撤去，只一會兒便有三五個美麗丫鬟捧上酒來，泡上好茶，山珍海味紛紛擺了上來，都是梁子俊沒見過的。梁子俊驚訝地問：「十年不見，你怎麼會富貴到如此程度？」陳生笑著說：「你小看窮書生，難道就不能時來運轉嗎？」梁子俊問：「剛才和你一起喝酒的是誰？」陳生說：「是我的妻子呀。」梁子俊更感驚異了，再問：「你帶著家眷要去哪裡呢？」陳生回答說：「往西方去。」梁子俊還要再問，陳生已經命奏樂勸酒。話音未落，只聽樂聲如旱雷般響起，一片嘈雜，再也聽不見說笑聲了。梁子俊見這麼多美女圍著，乘著幾分醉意大聲問：「明允公，能讓我真的銷魂一把嗎？」陳生笑著說：「你是醉了！但足夠買個美妾的錢，倒是可以贈給老朋友。」於是命丫鬟送上明珠一顆，說：「憑這個不難買個美女，可見我並不吝惜。」說完，便與梁子俊告別道：「有件急迫的小事，不能與老朋友久聚了。」把梁子俊送過船後，陳生的船便解開纜繩，逕自走了。

　　梁子俊回來後，到陳生家裡探望，見陳生正在和客人喝酒，心中越發驚疑。便問：「昨天你還在洞庭湖，怎麼這麼快就回來了？」陳生說：「沒有的事！」梁子俊說起當時的情景，滿座人都驚駭不已。陳生笑著說：「一定是你弄錯了！我難道會有分身術嗎？」大家都覺得很奇怪，但終究不知道是怎麼回事。

陳生一直活到八十一歲才去世。下葬時，人們覺得棺材實在太輕了，感到很奇怪，打開一看，才發現是一具空棺。

## 【原文】

陳生弼教，字明允，燕人也。家貧，從副將軍賈綰作記室。泊舟洞庭，適豬婆龍浮水面，賈射之中背。有魚銜龍尾不去，並獲之。鎖置枷間，奄存氣息；而龍吻張翕，似求援拯。生惻然心動，請於賈而釋之。攜有金創藥，戲敷患處，縱之水中，浮沉逾刻而沒。

後年餘，生北歸，復經洞庭，大風覆舟。幸扳一竹簏，漂泊終夜，木而止。援岸方升，有浮屍繼至，則其童僕。力引出之，已就斃矣。慘怛無聊，坐對憩息。但見小山聳翠，細柳搖青，行人絕少，無可問途。自遲明以至辰後，悵悵靡之。忽童僕肢體微動，喜而捫之。無何，嘔水數斗，醒然頓蘇。相與曝衣石上，近午始燥可著。而枵腸轆轆，飢不可堪。於是越山疾行，冀有村落。才至半山，聞鳴鏑聲。方疑聽所，有二女郎乘駿馬來，騁如撒菽。各以紅綃抹額，髻插雉尾；著小袖紫衣，腰束綠錦；一挾彈，一臂青鞲。度過嶺頭，則數十騎獵於榛莽，並皆姝麗，裝束若一。生不敢前。有男子步馳，似是馭卒，因就問之。答曰：「此西湖主獵首山也。」生述所來，且告之餒。馭卒解裹糧授之，囑云：「宜即遠避，犯駕當死！」生懼，疾趨下山。

茂林中隱有殿閣，謂是蘭若。近臨之，粉垣圍杳，溪水橫流；朱門半啟，石橋通焉。攀扉一望，則台榭環雲，擬於上苑，又疑是貴家園亭。逡巡而入，橫藤礙路，香花撲人。過數折曲欄，又是別一院宇，垂楊數十株，高拂朱簷。山鳥一鳴，則花片齊飛；深苑微風，則榆錢自落。怡目快心，殆非人世。穿過小亭，有鞦韆一架，上與雲齊；而罥索沉沉，杳無人跡。因疑地近閨閣，悁怯未敢深入。

俄聞馬騰於門，似有女子笑語。生與童潛伏叢花中。未幾，笑聲漸近，聞一女子曰：「今日獵興不佳，獲禽絕少。」又一女曰：「非是公主射得雁落，幾空勞僕馬也。」無何，紅妝數輩，擁一女郎至亭上坐。禿袖戎裝，年可十四五。鬟多斂霧，腰細驚風，玉蕊瓊英，未足方喻。諸女子獻茗薰香，燦如堆錦。移時，女起，歷階而下。一女曰：「公主鞍馬勞頓，尚能鞦韆否？」公主笑諾。遂有駕肩者，捉臂者，褰裙者，持

履者，挽扶而上。公主舒皓腕，躡利屣，輕如飛燕，蹴入雲霄。已而扶下，群曰：「公主真仙人也！」嘻笑而去。

生睨良久，神志飛揚。迨人聲既寂，出詣鞦韆下，徘徊凝想。見籬下有紅巾，知為群美所遺，喜納袖中。登其亭，見案上設有文具，遂題巾曰：「雅戲何人擬半仙？分明瓊女散金蓮。廣寒隊裡恐相妒，莫信凌波上九天。」題已，吟誦而出。復尋故徑，則重門扃錮矣。

踟躕罔計，反而樓閣亭台，涉歷幾盡。一女掩入，驚問：「何得來此？」生揖之曰：「失路之人，幸能垂救。」女問：「拾得紅巾否？」生曰：「有之。然已玷染，如何？」因出之。女大驚曰：「汝死無所矣！此公主所常御，塗鴉若此，何能為地？」生失色，哀求脫免。女曰：「竊窺宮儀，罪已不赦。念汝儒冠蘊藉，欲以私意相全；今孽乃自作，將何為計！」遂皇皇持巾去。生心悸肌栗，恨無翅翎，惟延頸俟死。迂久，女復來，潛賀曰：「子有生望矣！公主看巾三四遍，囅然無怒容，或當放君去。宜姑耐守，勿得攀樹鑽垣，發覺不宥矣。」日已投暮，凶祥不能自必；而餓焰中燒，憂煎欲死。無何，女子挑燈至。一婢提壺榼，出酒食餉生。生急問消息，女云：「適我乘間言：『園中秀才，可恕則放之；不然，餓且死。』公主沉思云：『深夜教渠何之？』遂命饋君食。此非噩耗也。」生徊徨終夜，危不自安。辰刻向盡，女子又餉之。生哀求緩頰，女曰：「公主不言殺，亦不言放，我輩下人，何敢屑屑瀆告？」

既而斜日西轉，眺望方殷，女子坌息急奔而入，曰：「殆矣！多言者洩其事於王妃；妃展巾抵地，大罵狂傖，禍不遠矣！」生大驚，面如灰土，長跽請教。忽聞人語紛拏，女搖手避去。數人持索，洶洶入戶。內一婢熟視曰：「將謂何人，陳郎耶？」遂止持索者，曰：「且勿且勿，待白王妃來。」返身急去。少間來，曰：「王妃請陳郎入。」生戰惕從之。經數十門戶，至一宮殿，碧箔銀鉤。即有美姬揭簾，唱：「陳郎至。」上一麗者，袍服炫冶。生伏地稽首曰：「萬里孤臣，幸恕生命。」妃急起拽之，曰：「我非君子，無以有今日。婢輩無知，致迕佳客，罪何可贖！」即設華筵，酌以鏤杯。生茫然不解其故。妃曰：「再造之恩，恨無所報。息女蒙題巾之愛，當是天緣，今夕即遣奉侍。」生意出非望，神惝恍而無著。

日方暮，一婢前曰：「公主已嚴妝訖。」遂引生就帳。忽而笙管敖

曹，階上悉踐花嵌；門堂藩溷，處處皆籠燭。數十妖姬，扶公主交拜。麝蘭之氣，充溢殿庭。既而相將入幃，兩相傾愛。生曰：「羈旅之臣，生平不省拜侍。點污芳巾，得免斧鑕，幸矣；反賜姻好，實非所望。」公主曰：「妾母，湖君妃子，乃揚江王女。舊歲歸寧，偶遊湖上，為流矢所中。蒙君脫免，又賜刀圭之藥，一門戴佩，常不去心。郎勿以非類見疑。妾從龍君得長生訣，願與郎共之。」生乃悟為神人，因問：「婢子何以相識？」曰：「爾日洞庭舟上，曾有小魚銜尾，即此婢也。」又問：「既不見誅，何遲遲不賜縱脫？」笑曰：「實憐君才，但不得自主。顛倒終夜，他人不及知也。」生嘆曰：「卿我鮑叔也。饋食者誰？」曰：「阿念，亦妾腹心。」生曰：「何以報德？」笑曰：「侍君有日，徐圖塞責未晚耳。」問：「大王何在？」曰：「從關聖征蚩尤未歸。」

　　居數日，生慮家中無耗，懸念縈切，乃先以平安書遣僕歸。家中聞洞庭舟覆，妻子繐絰已年餘矣。僕歸，始知不死；而音問梗塞，終恐漂泊難返。又半載，生忽至，裘馬甚都，囊中寶玉充盈。由此富有巨萬，聲色豪奢，世家所不能及。七八年間，生子五人。日日宴集賓客，宮室飲饌之奉，窮極豐盛。或問所遇，言之無少諱。

　　有童稚之交梁子俊者，宦遊南服十餘年。歸過洞庭，見一畫舫，雕檻朱窗，笙歌幽細，緩蕩煙波。時有美人推窗憑眺。梁目注舫中，見一少年丈夫，科頭疊股其上；旁有二八姝麗，挼莎交摩。念必楚襄貴官，而騶從殊少。凝眸審諦，則陳明允也。不覺憑欄酬叫。生聞呼罷棹，出臨 首，邀梁過舟。見殘餚滿案，酒霧猶濃。生立命撤去。頃之，美婢三五，進酒烹茗，山海珍錯，目所未睹。梁驚曰：「十年不見，何富貴一至於此！」笑曰：「君小覷窮措大不能發跡耶？」問：「適共飲何人？」曰：「山荊耳。」梁又異之。問：「攜家何往？」答：「將西渡。」梁欲再詰，生遽命歌以侑酒。一言甫畢，早雷聒耳，肉竹嘈雜，不復可聞言笑。梁見佳麗滿前，乘醉大言曰：「明允公，能令我真個銷魂否？」生笑云：「足下醉矣！然有一美妾之資，可贈故人。」遂命侍兒進明珠一顆，曰：「綠珠不難購，明我非吝惜。」乃趣別曰：「小事忙迫，不及與故人久聚。」送梁歸舟，開纜徑去。

　　梁歸，探諸其家，則生方與客飲，益疑。因問：「昨在洞庭，何歸之速？」答曰：「無之。」梁乃追述所見，一座盡駭。生笑曰：「君誤矣，

僕豈有分身術耶？」眾異之，而究莫解其故。後八十一歲而終。迨殯，
訝其棺輕；開視，則空棺耳。

# 綠衣女

　　書生于璟，字小宋，是益都人。他寄住於醴泉寺讀書。有天夜裡，
于璟正在誦讀，忽然聽窗外一個女子稱讚道：「於相公讀書很勤奮
啊！」于璟心想，這深山之中哪來的女子？正在疑惑間，說話的那個女
子已經推門進來了，對于璟說道：「你真的是很用功啊！」于璟驚訝地
站起身來，卻見這女子穿著綠衣長裙，長得十分漂亮。于璟知道她不是
人類，再三追問她的家在哪裡。女子說：「你看我就知道不是能吃人
的，何必再尋根究底呢？」于璟心中很喜歡她，便和她一塊睡了。女子
脫去衣服，腰細得不滿一把。天快亮時，女子輕盈地走了。從此之後，
天天晚上都會來。

　　有天晚上，兩人在一起飲酒。于璟從女子談吐間發現她很懂音律，
便說：「你的聲音柔美，如果能一展歌喉，定能讓人銷魂。」女子笑著
說：「我不敢唱，正是怕銷了你的魂。」于璟執意請她唱。女子說：
「我不是吝惜，是怕被別人聽到。既然你一定要聽，我只好獻醜。但我
只能輕聲唱，你大致明白意會就行了。」於是她用腳尖輕輕點著拍子，
唱道：「樹上烏臼鳥，嫌奴中夜散。不怨繡鞋濕，只恐郎無伴。」她的
聲音細如蠅鳴，需要十分專心才能聽到；但仔細品味，只覺宛轉高昂，
悅耳搖心。唱完之後，女子打開門看看外面，說：「提防隔牆有耳。」
她還是不放心，又出去繞屋子轉了一圈，這才回屋。于璟說：「你怎麼
這樣擔心害怕？」女子笑著答道：「俗話說『偷生的小鬼常怕人』，指
的就是我啊。」隨後他們就睡下了，但女子忽然顯得悶悶不樂，說：
「平生的緣分，難道就要盡了嗎？」于璟急忙問怎麼回事。女子說：
「我突然驚悸，只怕是禍將臨頭了。」于璟安慰她說：「心動眼跳，本
是平常的事，何至於說這種話呢？」女子稍稍釋懷，二人重又親熱起
來。

　　天快亮時，女子就穿好衣服下床。她剛要開門，卻又猶豫著返回

來，說：「不知什麼緣故，我心裡總是怕，請你送我出門吧。」于璟便起床，把她送出門外。女子說：「你站在這裡看著我，我跳過牆去，你再回去。」于璟說：「好吧。」他看著女子轉過房廊，一下子便不見了，正想再回去睡覺，只聽傳來女子急切的呼救聲。于璟跑過去，四下裡卻看不到一個人影，而那聲音好像是從房簷間發出來的。他抬頭仔細一看，只見一隻彈丸大的蜘蛛，正捕捉到一個東西，那聲嘶力竭的哀叫聲正是那小東西發出來的。于璟趕緊挑破蛛網，除去纏在那小東西身上的網絲，發現原來是一隻綠蜂，已經奄奄一息了。于璟將綠蜂拿回房中，放到案頭上。過了會兒，綠蜂慢慢甦醒過來，開始爬動。它慢慢爬上硯台，將自己的身子沾滿了墨汁，再爬到桌上，走著畫了一個「謝」字，隨後頻頻舒展雙翅，穿過窗子飛走了。從此，那女子沒有再來。

## 【原文】

　　于生，名璟，字小宋，益都人。讀書醴泉寺。夜方披誦，忽一女子在窗外贊曰：「于相公勤讀哉！」因念：深山何處得女子？方疑思間，女子已推扉笑入，曰：「勤讀哉！」于驚起，視之，綠衣長裙，婉妙無比。於知非人，固詰里居。女曰：「君視妾當非能咋噬者，何勞窮問？」於心好之，遂與寢處。羅襦既解，腰細殆不盈掬。更籌方盡，翩然遂出。由此，無夕不至。

　　一夕共酌，談吐間妙解音律。于曰：「卿聲嬌細，倘度一曲，必能消魂。」女笑曰：「不敢度曲，恐消君魂耳。」于固請之。曰：「妾非吝惜，恐他人所聞。君必欲之，請便獻醜；但只微聲示意可耳。」遂以蓮鉤輕點足床，歌云：「樹上烏臼鳥，賺奴中夜散。不怨繡鞋濕，只恐郎無伴。」聲細如蠅，裁可辨認。而靜聽之，宛轉滑烈，動耳搖心。

　　歌已，啟門窺曰：「防窗外有人。」繞屋周視，乃入。生曰：「卿何疑懼之深？」笑曰：「諺云：『偷生鬼子常畏人。』妾之謂矣。」既而就寢，惕然不喜，曰：「生平之分，殆止此乎？」于急問之，女曰：「妾心動，妾祿盡矣。」于慰之曰：「心動眼，蓋是常也，何遽此云？」女稍懌，復相綢繆。更漏既歇，披衣下榻。方將啟關，徘徊復返，曰：「不知何故，心怯。乞送我出門。」于果起，送諸門外。女曰：「君佇望我；我逾垣去，君方歸。」于曰：「諾。」

視女轉過房廊，寂不復見。方欲歸寢，聞女號救甚急。于奔往，四顧無跡，聲在簷間。舉首細視，則一蛛大如彈，搏捉一物，哀鳴聲嘶。于破網挑下，去其縛纏，則一綠蜂，奄然將斃矣。捉歸室中，置案頭，停蘇移時，始能行步。徐登硯池，自以身投墨汁，出伏幾上，走作「謝」字。頻展雙翼，已乃穿窗而去。自此遂絕。

# 顏　氏

順天有個書生，家中很窮。有一年遇上饑荒，他跟隨父親到了洛陽。他生性遲鈍，十七歲了還寫不出一篇完整的文章；但他卻生得儀表堂堂，相貌英俊，很會開些文雅的玩笑，而且很會寫信，見到他的人並不知道他肚子裡其實沒有多少學問。不久，父母相繼去世，只剩下他孤身一人，在洛陽一帶教私塾度日。

當時村子裡顏家有個孤女，是名士的後代，從小就很聰明。父親生前曾教她讀過書，她只要學過一遍就能記住。十幾歲時，她學父親的樣子吟誦詩文。父親說：「我家有個女學士，可惜不是男的。」父親對她特別鍾愛，希望為她選擇一個做大官的好女婿。父親死後，母親仍然堅持這個選婿目標。但三年也沒能物色到合適的對象，母親卻也去世了。有人勸顏氏找個有才學的文人。顏氏也認可了，只是也沒能如願。

有一次，鄰居女子翻牆過來，同她攀談，拿著用信紙包著的繡線。顏氏打開那張紙一看，原來是那個順天書生代人寫的書信，寄給鄰居女子的丈夫的。顏氏反覆看了幾遍，似乎有幾分好感。鄰婦看出了她的心思，悄悄對她說：「這個年輕人風度翩翩，十分英俊，和你一樣也失去了父母，年齡也相仿。你如果有意，我可以讓我家男人幫你們撮合。」姑娘脈脈含情，羞澀不語。鄰婦回去之後，把這意思告訴了他男人。他男人原本就與那書生關係不錯，便將這事和他說了。書生聽了喜出望外，就拿出母親傳給他的金鴉指環，托鄰婦的男人轉交給顏氏作為聘禮。事情進展非常順利，幾天後他倆就舉行了婚禮。婚後夫妻二人如魚得水，十分歡樂。但當顏氏看到書生的文章，卻十分失望，玩笑道：「你的這些文章真不像是你寫出來的。若是這個樣子，不知道什麼時候

才能考得功名。」於是她從早到晚催促書生攻讀，像老師一樣嚴厲。黃昏之時，她總是自己先剔亮燈坐在桌前吟誦，為丈夫作表率，直到三更才罷休。

這樣過了一年多，書生對科舉應試的八股文章已很精通。可他再次投考，仍然名落孫山。他備受打擊，茶不思飯不進，灰心喪氣，嘆氣哭泣。顏氏責備他說：「你真不像個男人！如果讓我改了髮髻換上男人服飾，獲得功名就如同彎腰拾取草芥一樣容易！」書生正懊喪之中，聽了妻子的話，瞪著眼睛氣呼呼地說：「你是躲在閨房中的人，沒到過考場，就以為功名富貴像你在廚房提水煮粥一樣容易。如果真讓你換上男人的服飾進考場，恐怕也會和我一樣。」顏氏笑著說：「你不要生氣。到了下回考試的時候，請讓我換了你的服飾代你應考。倘若也像你一樣鍛羽而歸，我自然不敢再藐視天下的讀書人了。」書生也笑著說：「你不知黃柏的苦，真應該讓你去嘗一下。只怕你換裝後露出破綻，讓鄉鄰笑話。」顏氏說：「我不是在開玩笑。你說過自己的老家在順天，那就讓我換上男裝跟著你回去，假裝是你弟弟，在嬰兒時就出去了，誰能辨出真假？」書生同意了。顏氏進了內屋，換上男人的衣服出來，問：「你看我這樣可以冒充男人嗎？」書生仔細一看，眼前儼然是一個揚揚得意的俊美少年。書生高興極了，向左鄰右舍告別，交情不錯的還贈送一點小禮物，然後買了一頭瘦驢，載著妻子回了老家。

書生的堂兄還在，見來了兩個英俊的堂弟，很是喜歡，早晚都來照顧他們。又見他們起早貪黑刻苦讀書，對他們更加敬重，雇了一個小僕人供他們使喚。天黑之後，書生和顏氏就將小僕人打發回去。鄉里有弔喪、喜慶之事，都由書生出面應酬，顏氏則專心在家中讀書。住了半年，很少有人見到過顏氏。有時客人登門求見，總是哥哥代為辭謝。有人讀了顏氏的文章，驚嘆不已。有時會有人強行闖入請求相見，顏氏作個揖便迴避了。客人見其英華的相貌，都很仰慕，由此顏氏的名聲就更大了。一些富貴人家爭相招其做女婿，堂兄來商議，顏氏只是一笑；如果再強求，她就說：「我立志取得高官厚祿，不考中決不結婚。」

到了考試的時候，他倆一起去投考。結果書生又落榜了，而顏氏則以科試第一名的身分參加鄉試，考中順天府鄉試第四名。第二年又考中進士，被任命為桐城縣令。她上任後治理有方，不久又陞遷為河南道掌

印御史，富貴如同王侯。但她很快就託病請求退職，被賜卸任返鄉。她的家中常常賓客盈門，但顏氏始終辭謝不見。從一個讀書人到達官顯貴，卻沒有婚娶，這讓人們都覺得不可思議。回鄉後，顏氏逐漸購買了幾名婢女，有人懷疑這裡面有私情；堂嫂曾留心觀察，確實沒有不正當的行為。

沒過多久，明朝滅亡，天下大亂。顏氏這才告訴堂嫂說：「實話告訴你，我是你堂弟的妻子。因為丈夫不爭氣，不能支撐這個家，我才負氣女扮男裝求得功名。我這樣生怕事情傳出去，會讓皇帝召去責問，讓天下人恥笑。」堂嫂不相信，顏氏便脫下靴子，讓她看自己的腳。堂嫂驚得目瞪口呆。再看靴子裡，塞滿了碎棉絮。

此後，顏氏讓丈夫承襲了自己的官銜，她則閉門在深閨中做女人。因為她一生沒有懷孕，便要出錢讓丈夫買妾，並對丈夫取笑道：「凡是身居顯貴的人，都要買姬妾侍女供自己享用。我為官十年，卻還是一個人。你交的是什麼好運，竟然能坐享佳婦麗人。」書生說：「你也可以購置一批男寵，請夫人自己辦吧。」夫妻倆相互調笑取樂。這時書生的父母，也因此多次受到朝廷的封賜。一些富貴紳士來拜訪，對書生施以侍御的禮節。但書生羞於承襲妻子掙來的功名，只以一般儒生自安，終身沒有坐過官轎。

## 【原文】

順天某生，家貧，值歲飢，從父之洛。性鈍，年十七，裁能成幅。而豐儀秀美，能雅謔，善尺牘。見者不知其中之無有也。無何，父母繼歿，孑然一身，授童蒙於洛汭。

時村中顏氏有孤女，名士裔也，少慧。父在時，嘗教之讀，一過輒記不忘。十數歲，學父吟詠，父曰：「吾家有女學士，惜不弁耳。」鍾愛之，期擇貴婿。父卒，母執此志，三年不遂，而母又卒。或勸適佳士，女然之而未就也。適鄰婦逾垣來，就與攀談。以字紙裹繡線，女啟視，則某手翰，寄鄰生者。反覆之而好焉。鄰婦窺其意，私語曰：「此翩翩一美少年，孤與卿等，年相若也。倘能垂意，妾囑渠儂脷合之。」女脈脈不語。婦歸，以意授夫。鄰生故與生善，告之，大悅。有母遺金鴉環，托委致焉。刻日成禮，魚水甚歡。

及睹生文，笑曰：「文與卿似是兩人，如此，何日可成？」朝夕勸生研讀，嚴如師友。斂昏，先挑燭據案自哦，為丈夫率，聽漏三下，乃已。如是年餘，生制藝頗通，而再試再黜，身名蹇落，饔飧不給，撫情寂漠，嗷嗷悲泣。女呵之曰：「君非丈夫，負此弁耳！使我易髻而冠，青紫直芥視之！」生方懊喪，聞妻言，眈眈盯而怒曰：「閨中人，身不到場屋，便以功名富貴似汝廚下汲水炊白粥；若冠加於頂，恐亦猶人耳！」女笑曰：「君勿怒。俟試期，妾請易裝相代。倘落拓如君，當不敢復藐天下士矣。」生亦笑曰：「卿自不知蘖苦，真宜使請嘗試之。但恐綻露，為鄉鄰笑耳。」女曰：「妾非戲語。君嘗言燕有故廬，請男裝從君歸，偽為弟。君以襁褓出，誰得辨其非？」生從之。女入房，巾服而出，曰：「視妾可作男兒否？」生視之，儼然一顧影少年也。生喜，遍辭裡社。交好者薄有饋遺，買一羸蹇，御妻而歸。

　　生叔兄尚在，見兩弟如冠玉，甚喜，晨夕恤顧之。又見宵旰攻苦，倍益愛敬。雇一剪髮雛奴，為供給使。暮後，輒遣去之。鄉中吊慶，兄自出周旋，弟惟下帷讀。居半年，罕有睹其面者。客或請見，兄輒代辭。讀其文，瞯然駭異。或排闥而迫之，一揖便亡去。客睹丰采，又共傾慕。由此名大噪，世家爭願贄焉。叔兄商之，惟靦然笑。再強之，則言：「矢志青雲，不及第，不婚也。」

　　會學使案臨，兩人並出。兄又落；弟以冠軍應試，中順天第四；明年成進士；授桐城令，有吏治；尋遷河南道掌印御史，富埒王侯。因託疾乞骸骨，賜歸田裡。賓客填門，迄謝不納。

　　又自諸生以及顯貴，並不言娶，人無不怪之者。歸後，漸置婢。或疑其私，嫂察之，殊無苟且。無何，明鼎革，天下大亂。乃告嫂曰：「實相告：我小郎婦也。以男子閫茸，不能自立，負氣自為之。深恐播揚，致天子召問，貽笑海內耳。」嫂不信。脫靴而示之足，始愕；視靴中，則絮滿焉。於是使生承其銜，仍閉門而雌伏矣。而生平不孕，遂出資購妾。謂生曰：「凡人置身通顯，則買姬媵以自奉；我宦跡十年猶一身耳。君何福澤，坐享佳麗？」生曰：「面首三十人，請卿自置耳。」相傳為笑。是時生父母，屢受覃恩矣。搢紳拜往，尊生以侍御禮。生羞襲閨銜，惟以諸生自安，終身未嘗輿蓋云。

# 考弊司

　　聞人生是河南人。有一次，他生病在床上躺了一整天，見一個秀才走進來，跪在床前拜見，非常謙恭有禮。隨後秀才請他出去走走，一路上秀才拉著他的胳膊，邊走邊喋喋不休。一直走了幾里路，也不見他有告別的意思。聞人生停了下來，拱拱手要告辭。秀才說：「請您再走幾步，我有一事相求！」聞人生問他什麼事。秀才說：「我們這些人都歸考弊司管轄。考弊司的司主名叫虛肚鬼王，凡是初次拜見他的人按例都要從大腿上割下一塊肉獻給他。我想求您去給講講情，饒了我們！」聞人生驚訝地問：「犯了什麼罪要受這樣刑罰？」秀才回答說：「不一定犯罪，這是考弊司的老規矩。只有給鬼王送上重禮才能倖免。但我這樣的人太窮了，送不起禮！」聞人生說：「但我和那鬼王素不相識，怎麼能幫到你呢？」秀才說：「您的前世與鬼王的祖父是同輩，他應該會聽您的。」

　　二人說著，已經走進一座城市，來到一個衙門前。官衙的建築不是很寬敞，但有一間廳堂特別高大。堂下東西兩邊立著兩塊石碑，上面刻著斗大的字，塗成綠色。一塊刻著「孝悌忠信」，另一塊刻著「禮義廉恥」。二人登上石階，又見大堂上方懸掛著一塊匾，上書大字「考弊司」。大堂的柱子上掛著一副板雕綠字的對聯，寫的是：「曰校、曰序、曰庠，兩字德行陰教化；上士、中士、下士，一堂禮樂鬼門生。」兩人正看著，有一個官吏從裡邊走了出來。只見他頭髮捲曲，腰背弓著，像有幾百歲年紀的樣子，而且鼻孔朝天，嘴唇外翻，露出一嘴牙齒。後面跟著一個師爺，人的身子卻長了一顆老虎腦袋。還有十幾個人在兩邊排列伺候，大半是面目猙獰，像是山中的精怪。秀才悄聲對聞人生說：「那就是鬼王。」聞人生早嚇得魂飛魄散，返身想走。鬼王已經看到他了，忙從台階上走下來，朝他恭敬地行禮，將他請入大堂。鬼王與他請安問好一番寒暄，聞人生嚇得只會點頭說「是。」鬼王又問道：「你因何事大駕光臨？」聞人生便把秀才求自己的事說了。鬼王聽了勃然變色，說：「這是按照舊例行事，即使我親爹來講情，我也不敢聽從！」說完，他面如冰霜，像是什麼話也聽不進去。聞人生不敢再說別

的，急急忙忙地站起身告辭。鬼王也起身走在側面，恭敬地把他送到大門外才回去。

聞人生出門後並沒有離去，又返身偷偷回來，躲在一旁看那鬼王到底要做些什麼。他來到大堂下，只見那秀才和另外幾個人已被繩索反綁起來，一個凶神惡煞的人拿著一把大刀過來，先脫下秀才的褲子，然後從大腿上一刀割下一片三指寬的肉來。秀才疼得大聲號叫，把嗓子都喊破了。聞人生年輕氣盛，見此情景怒不可遏，大喊道：「如此凶殘，成何世界！」鬼王吃了一驚，從座上站起來，下令暫停割肉，自己上前迎接聞人生。聞人生已經怒氣衝天地走了出去，一邊走一邊告訴路人，聲稱要去上帝那裡控告。有人譏笑他說：「你真愚蠢啊！藍天茫茫，到哪裡去找上帝申訴冤屈？這些鬼跟閻王倒比較接近，去閻王那裡上告，或許還管點用！」

路人給他指了個去處，聞人生便一路趕去，果然來到了閻王殿。只見那裡陰森森的，閻王正在大殿上坐著。聞人生跪在台階下，大聲喊冤。閻王叫他上來詢問清楚，隨即派鬼卒拿著繩索提著錘子去捉鬼王。不久，鬼王和秀才一起被拿來了。審問下來證明聞人生說的都是實情，閻王大怒，斥罵鬼王說：「我可憐你生前一生苦讀，所以暫時委給你這個重任，等待機會讓你投生到富貴人家去。你卻如此膽大妄為！我要剔除你身上的『善筋』，再給你增加『惡骨』，罰你生生世世永遠不得陞官發財！」一個鬼卒便上前，一錘子將鬼王打翻在地，折了一顆大牙。鬼卒又用刀割破鬼王的指尖，抽出一條又白又亮、像絲線一樣的筋來，鬼王痛得殺豬般大聲號叫。直到把他手上、腳上的筋都抽完了，兩個鬼卒才將他押走。

聞人生給閻王磕了頭，便退出了閻王殿。秀才在後面跟上來，對聞人生感激不盡。他挽著聞人生的胳膊，送他走過街市。聞人生看見有戶人家門口掛著紅門簾，簾後有個女子，露出了半張臉，模樣非常漂亮。聞人生問：「這是誰家？」秀才回答說：「這是妓院。」他們繼續往前走，但聞人生對那女子留戀不捨，便執意不讓秀才再送。秀才說：「您是為了我的事來的，卻讓您一人孤孤單單地回去，我怎麼過意得去呢？」但聞人生堅決告辭，秀才也只好離去了。

聞人生見秀才走遠，急忙回身走進那家妓院。那女子立即迎出來，

滿臉喜色。進入室內，女子請聞人生坐下，互相說了姓名。女子自稱姓柳，小名秋華。這時一個老婆子出來，為他們準備下酒菜。喝完酒，二人上床，極盡歡愛，甚至山盟海誓，訂下了婚約。天亮後，老婆子進來了，說：「沒錢買柴買米了，只得破費郎君幾個錢了，真是不好意思！」聞人生頓時想起口袋裡空空的，沒帶錢，惶恐慚愧得說不出話來。僵持了很久，他才說：「我一文錢都沒帶。但我可以立下字據，回去後立即償還。」老婆子的臉色一下子變了，說：「你聽說過有妓女外出討債的嗎？」柳秋華也皺緊眉頭，一句話不說。聞人生只好脫下外衣，暫時抵押著。老婆子接過衣服，譏笑道：「這東西還不夠償還酒錢的！」她絮絮叨叨的，很是不滿，與那女子一起進了內室。聞人生非常羞愧，等在那裡，盼望著女子出來和他道別，再重申訂下的婚約。但左等右等，一點動靜都沒有。他悄悄進去察看，只見那老婆子和柳秋華自肩部以上都變成了牛頭，眼中閃著寒光面對面站著。聞人生嚇得魂飛魄散，急忙返身逃了出來。他想回家，可是岔路極多，不知道該往哪裡走。詢問街市上的人，沒有人知道他住的村子。聞人生在街上徘徊了兩天兩夜，辛酸悲傷，加上飢腸轆轆，真是進退兩難。

這時，那個秀才從這裡經過。看見聞人生，他驚訝地問：「你怎麼還沒回去，落得這副狼狽相？」聞人生面紅耳赤，不好意思回答。秀才說：「我知道了，你是被花夜叉給迷住了吧？」說完，秀才便怒氣衝衝趕往那家妓院，一邊自言自語道：「這秋華母女怎麼這樣不給人留面子？」過了一會兒，秀才把衣服抱來了，交還給聞人生，說：「那淫婢太無禮，我已經叱罵過她了！」秀才把聞人生送到家後，才告辭離去。這時，聞人生已突然死了三天，甦醒過來後說起自己在陰間的經歷，還記得清清楚楚。

## 【原文】

聞人生，河南人。抱病經日，見一秀才入，伏謁床下，謙抑盡禮。已而請生少步，把臂長語，刺刺且行，數里外猶不言別。生佇足，拱手致辭。秀才云：「更煩移趾，僕有一事相求。」生問之，答云：「吾輩悉屬考弊司轄。司主名虛肚鬼王。初見之，例應割髀肉，浼君一緩頰耳。」生驚問：「何罪而至於此？」曰：「不必有罪，此是舊例。苦豐於賄者，

可贖也。然而我貧。」生曰：「我素不稔鬼王，何能效力？」曰：「君前世是伊大父行，宜可聽從。」

言次，已入城郭。至一府署，廨宇不甚弘敞，唯一堂高廣；堂下兩碣東西立，綠書大於栲栳，一云「孝弟忠信」，一云「禮義廉恥」。躡階而進，見堂上一匾，大書「考弊司」。楹間，板雕翠字一聯云：「曰校、曰序、曰庠，兩字德行陰教化；上士、中士、下士，一堂禮樂鬼門生。」遊覽未已，官已出，鬅髮鮐背，若數百年人；而鼻孔撩天，唇外傾，不承其齒。從一主簿吏，虎首人身。又十餘人列侍，半獰惡若山精。秀才曰：「此鬼王也。」生駭極，欲卻退。鬼王已睹，降階揖生上，便問興居。生但諾。又問：「何事見臨？」生以秀才意具白之。鬼王色變曰：「此有成例，即父命所不敢承！」氣象森凜，似不可入一詞。生不敢言，驟起告別。鬼王側行送之，至門外始返。

生不歸，潛入以觀其變。至堂下，則秀才已與同輩數人，交臂歷指，儼然在徽纆中。一獰人持刀來，裸其股，割片肉，可駢三指許。秀才大嗥欲嘷。生少年負義，憤不自持，大呼曰：「慘慘如此，成何世界！」鬼王驚起，暫命止割，蹺履逆生。生忿然已出，遍告市人，將控上帝。或笑曰：「迂哉！藍尉蒼蒼，何處覓上帝而訴之冤也？此輩惟與閻羅近，呼之或可應耳。」乃示之途。

趨而往，果見殿陛威赫，閻羅方坐；伏階號屈。王召訊已，立命諸鬼縮紲提錘而去。少頃，鬼王及秀才並至。審其情確，大怒曰：「憐爾夙世攻苦，暫委此任，候生貴家；今乃敢爾！其去若善筋，增若惡骨，罰令生生世世不得發跡也！」鬼乃椎之，仆地，顛落一齒，以刀割指端，抽筋出，亮白如絲。鬼王呼痛，聲類斬豕。手足並抽訖，有二鬼押去。

生稽首而出，秀才從其後，感荷殷殷，挽送過市。見一戶垂朱簾，簾內一女子露半面，容妝絕美。生問：「誰家？」秀才曰：「此曲巷也。」既過，生低徊不能捨，遂堅止秀才。秀才曰：「君為僕來，而今踽踽以去，心何忍。」生固辭，乃去。生望秀才去遠，急趨入簾內。女接見，喜形於色。入室促坐，相道姓名。女曰：「柳氏，小字秋華。」一嫗出，為具肴酒。酒闌，入帷，歡愛殊濃，切切訂婚嫁。既曙，嫗入曰：「薪水告竭，要耗郎君金資，奈何！」生頓念腰囊空虛，愧惶無聲。久之，

曰：「我實不曾攜得一文，官署券保，歸即奉酬。」嫗變色曰：「曾聞夜度娘索逋欠耶？」秋華顰蹙，不作一語。生暫解衣為質。嫗持笑曰：「此尚不能償酒直耳。」呹呹不滿志，與女俱入。生慚。移時，猶冀女出展別，再訂前約；久久無音，潛入窺之，見嫗與秋華，自肩以上化為牛鬼，目睒睒相對立。大懼，趨出。欲歸，則百道岐出，莫知所從。問之市人，並無知其村名者。徘徊廛肆之間，歷兩昏曉，淒意涵酸，響腸鳴餓，進退不能自決。忽秀才過，望見之，驚曰：「何尚未歸，而簡褻若此？」生靦顏莫對。秀才曰：「有之矣！得毋為花夜叉所迷耶？」遂盛氣而往，曰：「秋華母子，何遽不少施面目耶！」去少時，即以衣來付生，曰：「淫婢無禮，已叱罵之矣。」送生至家，乃別而去。生暴絕，三日而蘇，言之歷歷。

# 向　杲

　　向杲（音稿），字初旦，是太原人。他與庶母所生的哥哥向晟感情最為深厚。向晟結交了一位妓女，名叫波斯。向晟與她有割臂為誓永結同心的婚約。但波斯的鴇母要價太高，兩人始終沒有如願。後來正好鴇母也想從良，願意先把波斯嫁出去。有一個姓莊的公子，向來喜歡波斯，就向鴇母請求買下波斯做妾。波斯對鴇母說：「母親和我願脫離這地獄而登入天堂，但如果把我賣給別人做妾，與當妓女又有什麼區別？如果肯依從我的心願，只有向晟才合我意。」鴇母答應了，並把她的意思轉告向晟。當時向晟的妻子已經死了，沒有再娶。他得知後非常高興，把家中所有的錢財都拿了出來，將波斯娶了回家。莊公子聞訊大怒，痛恨向晟奪走了他喜歡的女人。有一次他在路上正巧碰到向晟，便一頓大罵。向晟不服，與其起了爭執，莊公子就讓隨從毒打向晟，直到將其打得奄奄一息，才揚長而去。向杲得到消息，急忙趕過去，但哥哥已經死了。

　　向杲不勝哀痛悲憤，寫好了狀子去郡城告狀。但莊公子在官府中都行了賄，使他有理得不到伸張。向杲心中憤怒鬱結，沒有地方可以說理，就準備在路上刺殺莊公子。他每天揣著鋒利的刀，伏在山間路旁的

草叢裡守候，但一直沒有機會。時間長了，這件事逐漸洩露出去。莊公子知道了他的計劃，每次出門都戒備森嚴。莊公子聽說汾州有個叫焦桐的人，武藝高強，擅長射箭，便花高價將他聘來，作為自己的護衛。向杲更沒有辦法實施他的計劃了，但他不甘心，仍然每天在路邊守候。有一天，他剛藏好身，忽然大雨傾盆，他渾身上下都濕透了，凍得直打顫，吃盡了苦頭。不一會兒，又狂風四起，冰雹劈頭蓋臉落下來，向杲被打得失去了知覺。山嶺上以前有座山神廟，他掙扎著往那裡跑去。進了廟後，他看見一個他認識的道士。這個道士曾經在村裡討飯，向杲經常給他些吃的，因此道士也認識向杲。道士見向杲的衣服都濕透了，就給他一件布袍，說：「你將就一下把這件布袍換上吧。」向杲換上佈袍，仍然非常寒冷，像狗一樣蹲著。自己看著身上，忽然長出了毛，轉眼間就變成了一隻老虎，而道士已經不知所蹤。向杲心中既吃驚又憤恨，可轉念一想，這樣能找到仇人而吃他的肉，也是不錯的辦法。他下山走過自己原先的藏身之處，看見自己的屍體趴在草叢中，這才明白自己的前身已經死了。他擔心自己的身子會被烏鴉或者老鷹吃，就不時巡迴守護。

過了一天，莊公子正好從這裡經過。老虎猛然躥出來，把莊公子從馬上撲落下來，然後咬下他的腦袋，吞了下去。焦桐聞訊調轉馬頭，向老虎射了一箭，射中老虎的肚子，老虎倒下後就死了。

向杲躺在荊棘叢中，好像大夢初醒。又過了一個晚上，他才能行動走路，於是跌跌撞撞地走回家裡。家裡人因為他一連幾晚上不回來，正在擔心害怕，見他回來了，都很高興，紛紛過來慰問。向杲只是躺著，呆呆的也不說話。沒過多久，家人得到莊公子被老虎咬死的消息，興高采烈地來到床前告訴他。向杲這才自言自語道：「老虎就是我。」隨後他講述了自己的奇異經歷。這事因此流傳出去。莊公子的兒子因父親死得太慘而悲痛不已，聽說這些之後則更加憤怒，就去官府告發向杲。但官府認為這件事很荒誕，沒有證據，便置之不理。

## 【原文】

向杲，字初旦，太原人。與庶兄晟，友於最敦。晟狎一妓，名波斯，有割臂之盟；以其母取直奢，所約不遂。適其母欲從良，願先遣波

斯。有莊公子者，素善波斯，請贖為妾。波斯謂母曰：「既願同離水火，
是欲出地獄而登天堂也。若妾媵之，相去幾何矣！肯從奴志，向生其
可。」母諾之，以意達晟。時晟喪偶未婚，喜，竭資聘波斯以歸。莊
聞，怒奪所好，途中偶逢，大加詬罵；晟不服。遂嗾從人折棰笞之，垂
斃，乃去。呆聞奔視，則兄已死。不勝哀憤，具造赴郡。莊廣行賄賂，
使其理不得伸。

呆隱忿中結，莫可控拆，惟思要路刺殺莊。日懷利刃，伏於山徑之
莽。久之，機漸洩。莊知其謀，出則戒備甚嚴；聞汾州有焦桐者，勇而
善射，以多金聘為衛。呆無計可施，然猶日伺之。一日，方伏，雨暴
作，上下沾濡，寒戰頗苦。既而烈風四塞，冰雹繼至，身忽然痛癢不能
復覺。嶺上舊有山神祠，強起奔赴。既入廟，則所識道士在內焉。先
是，道士嘗行乞村中，呆輒飯之，道士以故識呆。見呆衣服濡濕，乃以
布袍授之，曰：「姑易此。」呆易衣，忍凍蹲若犬，自視，則毛革頓生，
身化為虎。道士已失所在。心中驚恨，轉念：得仇人而食其肉，計亦良
得。下山伏舊處，見己屍臥叢莽中，始悟前身已死；猶恐葬於烏鳶，時
時邏守之。越日，莊適經此，虎暴出，於馬上撲莊落，其首，咽之。焦
桐返馬而射，中虎腹，蹶然遂斃。

呆在錯楚中，恍若夢醒；又經宵，始能行步，厭厭以歸。家人以其
連夕不返，方共駭疑，見之，喜相慰問。呆但臥，蹇澀不能語。少間，
聞莊信，爭即床頭慶告之。呆乃自言：「虎即我也。」遂述其異，由此傳
播。莊子痛父之死甚慘，聞而惡之，因訟呆。官以其事誕而無據，置不
理焉。

## 二　商

莒縣有戶姓商的人家，兄弟倆只隔一道牆而居，哥哥很富，弟弟很
窮。康熙年間，有一回遇到災荒，弟弟家窮得揭不開鍋。有一天，已經
過了中午，弟弟家還沒生火做飯，肚子早餓癟了，但愁得直打轉，卻沒
有一點辦法。妻子叫他去求哥哥，二商說：「沒用！哥哥要是可憐咱們
的話，早就出手相助了。」妻子執意要他去，二商只好讓兒子過去碰碰

運氣。不多一會兒，兒子果然兩手空空回來了。二商說：「怎麼樣？我說的不錯吧？」妻子將兒子拉過來，詳細詢問大伯都說了些什麼。兒子說：「大伯猶豫地看看大伯母，大伯母對我說：『兄弟已經分家，各家吃各家的飯，誰也顧不上誰。』」二商夫婦無話可說了，只好把僅有的罈罈罐罐破舊家具賣掉，換點秕糠來餬口。

村裡有幾個遊手好閒的無賴，知道大商家裡很富裕，半夜裡翻過牆頭，鑽了進去。大商夫婦聽到動靜，從睡夢中驚醒，敲起臉盆大聲喊叫。但鄰居們都因為大商家太吝嗇刻薄，誰也不願援救。大商家沒有辦法，只得大聲呼喊二商。

二商聽到嫂子的呼救聲，想要前去救助。妻子一把將他拉住，大聲對嫂子說：「兄弟已經分家，誰有禍誰受，誰也顧不了誰！」不一會兒，強盜砸開屋門，抓住大商兩口子，用燒紅的烙鐵烙他們，慘叫聲一浪高過一浪。二商對妻子說：「他們雖然不講情義，可哪有看到哥哥被害死而不去救的！」說完他領上兒子，大聲喊叫著翻過牆頭。二商父子武藝高強，大家都是知道的。強盜更擔心他們會招來眾鄰援助，於是一哄而散。二商看到哥嫂的兩腿都被烙焦了，忙把他們扶到床上，又把大商家的奴僕召集起來照料二人，安排妥當之後才回家去。

大商夫婦雖然受了酷刑，錢財卻一點也沒丟。大商對妻子說：「今天能夠保全家產，全靠弟弟解救，咱們應該分些錢財給他。」妻子卻說：「你的弟弟要是真的這麼好，你也不會受這份罪呢！」大商聽了便不再吭聲了。

二商家已經斷炊了，總以為哥哥會送點東西來作為報答。可是過了很久，也沒有聽到一點動靜。二商的妻子等不及了，讓兒子拿著口袋去大伯家借糧，結果只借了一斗糧回來。二商的妻子嫌少，生氣地要讓兒子送回去，被二商勸住了。

又過了兩個月，二商家窮得實在熬不住了。二商說：「如今咱們實在沒有辦法在這裡待下去了，不如把房子賣給哥哥。哥哥如果怕我們離開他，或許會不接受我們的房產，想辦法接濟我們呢。就算他真的要咱們的房子，那也可以賣得十來兩銀子，這樣就能支撐下去了！」妻子覺得也只能這樣了，就讓兒子拿了房契去找大商。大商把這事告訴妻子，說：「就算弟弟不仁義，畢竟是同胞手足。如果他們真的走了，我們也

就孤苦伶仃了。不如將房契退還他們，另外接濟他們些糧食。」妻子一口拒絕道：「不行！他這是以離開來要挾我們。如果信了他，就正好中了他的圈套。世上沒有兄弟的人難道都得死了嗎？我們把院牆加高，足可以自保了。你不如收下他的房契，儘管讓他走好了，我們可以擴大宅院。」二人商量妥當，就叫二商在房契上籤字畫押，付給房錢。二商只好搬到鄰村去了。

村裡那幾個無賴聽說二商走了，又來搶劫。他們抓住大商，鞭抽棍打，用盡毒刑。大商扛不住了，只好把所有的金銀財物都拿來贖命。強盜臨走的時候，打開大商家的米倉，招呼村裡的窮人隨便拿。結果，米倉轉眼之間就空了。第二天，二商才聽說這事。他急忙趕來看望，可大商已經神志昏迷，不能說話了。他勉強睜開眼睛，看見弟弟，只能用手抓撓床蓆，不一會兒就死了。二商氣憤地去縣衙告狀。可強盜頭子早已逃走了，沒能捉到；那些搶糧食的都是村裡的窮人，官府對他們也沒什麼辦法。大商這一死，撇下的小兒子才五歲。從此大商家敗落了，他常常自己到叔叔家，一住就是好幾天，不肯回去。要送他回去，他就哭個不停。二商的妻子常給他臉色看，二商就說：「孩子的父母不仁義，但孩子有什麼錯呢？」他就到街上買了幾個蒸餅，然後送孩子回去。過了幾天，他又背著妻子偷偷地拿了一斗米給嫂子送去，讓她撫養兒子。就這樣常常接濟他們。又過了幾年，大商媳婦賣掉了自家的舊宅，換得一些錢，母子的生活都有保障了，二商才不再接濟他們。

後來，又遇到災荒年，路旁餓死的人隨處可見。二商家吃飯的人多了，不能再去照顧別人。那年侄子只有十五歲，身體弱小不能幹重活，二商就讓他挎個籃子跟著哥哥們去賣燒餅。一天晚上，二商夢見哥哥來找他，神情悽慘地說：「我被老婆的話所迷惑，丟了兄弟情分。弟弟不計較從前的怨仇，更使我羞愧得無地自容。你那間賣掉的舊房子，如今空著，你就搬去住吧。我在屋後亂草下面的地窖裡藏著一些錢，你把它拿出來，就能過上溫飽日子。我那兒子就讓他跟著你吧。至於那個長舌婦人，我真是恨她！你就別管她了。」

二商醒來後，覺得很奇怪，就用高價租回房子。住進去以後，他果然在房後挖出了五百兩銀子。從此，二商不再做小買賣，讓兒子和侄子在街市上開了一家店鋪。侄兒非常聰明，賬目從來沒有差錯，而且忠厚

誠懇，就是出入很少一點錢，也一定告訴哥哥。二商非常喜愛他。有一天，侄兒哭著為母親要點糧食，二商的妻子想不給她。二商看在侄兒的一片孝心上，按月給嫂子一些糧食。過了幾年，二商家越來越富裕了。不久，大商媳婦生病死了；二商也老了，就和侄兒分了家，把家產的一半分給了侄子。

## 【原文】

莒人商姓者，兄富而弟貧，鄰垣而居。康熙間，歲大凶，弟朝夕不自給。一日，日晌午，尚未舉火，枵腹蹀躞，無以為計。妻令往告兄。商曰：「無益。脫兄憐我貧也，當早有以處此矣。」妻固強之，商便使其子往。少頃，空手而返。商曰：「何如哉！」妻詳問阿伯云何，子曰：「伯躊躇目視伯母，伯母告我曰：『兄弟析居，有飯各食，誰復能相顧也。』」夫妻無言，暫以殘盎敗榻，少易糠秕而生。

裡中三四惡少，窺大商饒足，夜逾垣入。夫妻驚窹，鳴盎器而號。鄰人共嫉之，無援者。不得已，疾呼二商，商聞嫂鳴，欲趨救。妻止之，大聲對嫂曰：「兄弟析居，有禍各受，誰復能相顧也！」俄，盜破扉，執大商及婦，炮烙之，呼聲慘慘。二商曰：「彼固無情，焉有坐視兄死而不救者！」率子越垣，大聲疾呼。二商父子故武勇，人所畏懼，又恐驚致他援，盜乃去。視兄嫂，兩股焦灼。扶榻上，招集婢僕，乃歸。大商雖被創，而金帛無所亡失，謂妻曰：「今所遺留，悉出弟賜，宜分給之。」妻曰：「汝有好兄弟，不受此苦矣！」商乃不言。

二商家絕食，謂兄必有一報；久之，寂不聞。婦不能待，使子捉囊往從貸，得斗粟而返。婦怒其少，欲反之；二商止之。逾兩月，貧餒愈不可支。二商曰：「今無術可以謀生，不如鬻宅於兄。兄恐我他去，或不受券而恤焉，未可知；縱或不然，得十餘金，亦可存活。」妻以為然，遣子操券詣大商。大商告之婦，且曰：「弟即不仁，我手足也。彼去則我孤立，不如反其券而周之。」妻曰：「不然。彼言去，挾我也；果爾，則適墮其謀。世間無兄弟者，便都死卻耶？我高葺牆垣，亦足自固。不如受其券，從所適，亦可以廣吾宅。」計定，令二商押署券尾，付直而去。二商於是徙居鄰村。

鄉中不逞之徒，聞二商去，又攻之。復執大商，搒楚並兼，梏毒慘

至，所有金資，悉以贖命。盜臨去，開廩呼村中貧者，恣所取，頃刻都盡。次日，二商始聞，及奔視，則兄已昏憒不能語。開目見弟，但以手抓床蓐而已。少頃遂死。二商忿訴邑宰。盜首逃竄，莫可緝獲。盜粟者百餘人，皆裡中貧民，州守亦莫如何。

大商遺幼子，才五歲，家既貧，往往自投叔所，數日不歸；送之歸，則啼不止。二商婦頗不加青眼。二商曰：「渠父母不義，其子何罪？」因市蒸餅數枚，自送之。過數日，又避妻子，陰負斗粟於嫂，使養兒。如此以為常。又數年，大商賣其舊宅，母得直，足自給，二商乃不復至。

後歲大飢，道殣相望。二商食指益繁，不能他顧。侄年十五，荏弱不能操業，使攜籃從兄貨胡餅。一夜，夢兄至，顏色慘慼曰：「余惑於婦言，遂失手足之義。弟不念前嫌，增我汗羞。所賣故宅，今尚空閒，宜僦居之。屋後蓬顆下，藏有窖金，發之，可以小阜。使醜兒相從；長舌婦，余甚恨之，勿顧也。」既醒，異之。以重直啗第主，始得就，果發得五百金。從此，棄賤業，使兄弟設肆廛間。侄頗慧，記算無訛；又誠愨，凡出入，一錙銖必告。二商益愛之。一日，泣為母請粟，商妻欲勿與；二商念其孝，按月廩給之。數年，家益富。大商婦病死，二商亦老，乃析侄，家資割半與之。

# 青　娥

霍桓，字匡九，山西人。他的父親做過縣尉，但很早就死了。霍桓是家中最小的孩子，聰慧過人，十一歲時就被視為神童中了秀才。但因為母親對他過分寶貝，從不讓他邁出家門，所以到了十三歲時還分不清叔伯甥舅。同村有個姓武的評事，熱衷於道教，有一回進山訪道，再也沒有回來。武評事有個女兒，名叫青娥，十四歲了，長得如花似玉。她小時候偷看過父親的書，非常羨慕何仙姑。父親進山修道後，她便立志不嫁，母親也拿她沒有辦法。

有一天，霍桓在家門口看見青娥。儘管他還是個什麼都不懂的孩子，但愛慕之心油然而生，只是表達不出來。他回屋告訴了母親，讓母

親托媒人去提親。母親知道青娥立志不嫁，覺得此事辦不了。霍桓因此整日悶悶不樂。母親心疼兒子，就托與武家熟悉的人前去提親，果然被拒絕了。

霍桓的腦海中一天到晚都被此事纏繞，卻束手無策。這天門口來了一個道士，手中握著一把一尺來長的小鐵鏟。霍桓借過來看了看，說：「這東西有什麼用？」道士答道：「這是挖掘藥材的工具。別看它小，堅硬的石頭也能鏟。」霍桓不太相信。道士就用鏟砍削牆上的石頭，那石頭應聲而落，就像砍豆腐一樣。霍桓非常驚訝，拿在手中玩著，愛不釋手。道士說：「公子喜歡，我就把它贈送給你吧！」霍桓高興極了，拿錢酬謝他。道士不收錢，管自己走了。

霍桓把小鏟拿回去，在磚石上試了幾次，毫不費力就把磚石砍碎了。他頓時想到，如果用它在牆上挖個洞，不就可以見到武家的小美女了？他並不知道這麼做是違法的。等到夜深人靜時，霍桓翻牆出去，直接來到武家的院子外，挖穿了兩道牆，才到了正院。他看到小廂房裡還亮著燈光，就趴在窗口偷偷往裡看，只見青娥正在卸妝脫衣。沒過多久，燈熄滅了，四周寂靜無聲。霍桓穿牆而入，這時青娥已經睡熟了。他輕輕脫下鞋子，悄悄地爬到床上。因為害怕把青娥驚醒了，自己會遭到痛罵並被趕走，所以他偷偷地躺在青娥的被子旁邊，略略聞到她的香氣，便心滿意足了。因為挖牆忙了半夜，他已經非常疲倦了，合上眼沒多久，就睡著了。青娥一覺醒來，覺察到身邊有呼吸聲，睜眼一看，見有亮光從剛被鑿開的牆洞中射進來。她大驚失色，急忙起來，悄悄將婢女搖醒，一起輕輕地拉開門栓出去，敲窗喚醒了管家的老媽子，一同點起火籠操起棍棒回到臥房，只見一個未成年的書生，正在小姐的床上酣睡。仔細一看，認出是霍桓，便將他推醒。霍桓急忙起身，眨巴著一雙明亮的眼睛，似乎並沒有害怕，只是有點不好意思，說不出一句話來。

眾人都說他是賊，嚇唬他，責罵他，他這才哭著分辯道：「我不是賊！我實在太愛小姐了，想看看她的美麗容貌。」眾人又覺得一連鑿穿幾道厚牆，肯定不是一個孩子能辦到的。霍桓便拿出小鏟子，說了它的神奇功能。大夥兒試了一下，果真如此，既驚訝又害怕，認為是神仙給他的。眾人都說要去告訴夫人。青娥低頭沉思，好像不願意。婢女們知道了青娥的意思，說：「這個人的名聲門第，倒也不玷污小姐。不如放

他回去，讓他們趕快托媒人來提親。等到天明時，就對夫人說昨夜遭了強盜，牆被挖開了，可以嗎？」青娥依然沒有說話，但婢女們知道她已經默許了，就讓霍桓快走。霍桓想要回小鑱子，婢女們笑著說：「傻小子！還忘不了凶器啊！」霍桓看到青娥枕邊有一支鳳釵，就偷偷裝進袖中，可是被婢女看見了。婢女急忙告訴了青娥，青娥不說話，也沒有生氣的表情。一個老媽子拍著霍桓的脖子，說：「別看他傻乎乎的樣子，心眼兒倒是機靈極了！」就拉著他走了，仍然讓他從牆洞裡鑽了出去。

回家後，霍桓不敢如實告訴母親，只是讓母親再托媒人到青娥家去提親。母親不忍心拒絕他，便到處托媒人，急著為兒子另覓良緣。青娥知道之後，又擔心又慌張，私下讓心腹給霍母透露了風聲。霍母知道後非常高興，立即托媒人去武家說親。

恰巧有個小婢女將那天晚上的事洩漏了出去，武夫人知道後覺得十分恥辱，非常氣憤。媒人的到來，更觸發了她的怒氣。她用手杖戳地，大發其火，責罵霍桓和他母親。媒人嚇得抱頭鼠竄，回去後把詳情告訴了霍母。霍桓的母親也很生氣，說：「不成器的小子居然做出這樣的事情，我還一直被蒙在鼓裡。為什麼要對我這般無禮？當他們睡在一起時，為什麼不將這對淫蕩的東西一併殺了！」從此霍母見了武家的親屬，便大肆宣揚這事。青娥聽說後，羞愧得無地自容。武夫人也很後悔，卻又無法不讓霍母這樣說。最後還是青娥暗自讓人去婉轉地告訴霍母，發誓自己非霍桓不嫁。青娥說得那樣悲切，霍母也深受感動，於是不再說那件事了。但是兩家的親事也不再提了。

當時陝西的歐公在這個縣當縣令。他見霍桓的文章寫得好，對他非常器重。歐公時常把霍桓召進縣衙，毫不吝嗇地表達自己的寵愛。有一天，歐公問霍桓：「你結婚了嗎？」霍桓回答說：「還沒呢。」歐公詢問其原因。霍桓說：「從前我和原來的武評事的女兒有過婚約。後因兩家有些誤會，就終止了。」歐公問道：「那你還想娶她嗎？」霍桓不好意思了，沒有說話。歐公明白他的心意，笑言：「我一定成全你這件好事。」歐公立即委託縣尉、教諭，去給武家送聘禮。武夫人很是歡喜，婚事就這樣定了。到了第二年，霍桓便將媳婦娶進了門。青娥一進霍家，就把小鑱子扔在地上，說：「這賊寇用的東西，快拿回去吧！」霍桓笑著說：「你可不能將媒人給忘了。」說著便將其珍重地佩戴好，再

也不離身。

　　青娥溫良嫺靜，不多言。她一天三次拜見婆婆，其餘時間大多關門閉戶待在內室，不太留心家務事。但是當婆婆因紅白之事外出時，她便事事過問，將家裡料理得井井有條。兩年後，她生了個兒子，取名孟仙。青娥把孩子交給奶媽照料，自己好像不太關心似的。又過了四五年，青娥忽然對霍桓說：「我們恩愛的姻緣已經有八年，如今就要長久分離了。有什麼辦法呢！」霍桓大感意外，追問她怎麼回事。青娥默默無語，什麼都不說。她盛裝打扮好之後拜別了婆婆，然後轉身回到屋裡。霍桓與母親急著追到房中詢問，她已經躺在床上斷氣了。母子二人悲痛不已，用上好的棺材將她安葬了。

　　霍母已經年老體衰，常常抱著孫子思念兒媳，傷心欲絕，結果從此得病，臥床不起。她不想吃飯，卻想喝魚湯。但方圓百里買不到魚，得去遠處買。當時家中的小廝和馬匹都被差遣出去了，霍桓十分孝順，急不可待，便帶上錢自己去買魚了。他晝夜不停地趕路，返回時走到山中，太陽已經下山了。霍桓兩腳都磨破了，一瘸一拐走得很艱難。這時後面一個老漢趕上來，問道：「你的腳起泡了？」霍桓連連答應。老漢扶他在路旁坐下，敲石取火，用紙包著藥末，熏霍桓的雙足。熏完之後，他讓霍桓走幾步試試。霍桓發現非但腳不疼了，而且步履輕鬆。他非常感激，向老漢道謝。老漢問道：「什麼事讓你這麼著急？」霍桓告訴他是母親生病了，還說了母親生病的原因。老漢問：「那你為什麼不另娶一個媳婦呢？」霍桓答道：「沒找到合適的。」老漢指著遠處的一個山村，說：「那裡有一個很好的姑娘。你如果能跟我去，我可以替你說媒。」霍桓以母親有病，急等著魚吃，實在沒有空閒為由謝絕。老漢便拱手為禮，約他改天再去，進村只要問王老漢就行了，然後就走了。霍桓回到家中，馬上熬好魚湯給母親端去。母親稍稍喝了一些，幾天後病慢慢就好了。霍桓這才叫僕人備馬，前往山村去找王老漢。

　　霍桓來到和老漢相遇的地方，但是找不到那個村子。他來回徘徊了多時，太陽漸漸落山了。山巒起伏，又望不了遠方。他與僕人分別爬到高處去眺望，但山道崎嶇狹窄，甚至不能二人並排而行。他艱難地攀爬到山頂，四周已被暮色籠罩。四處眺望，卻看不見一個村子。他只得往山下走，卻又找不到回去的路了。霍桓心中像是著了火一般急躁，在荒

山野嶺間瞎蹭，在昏暗中失足，從絕壁上掉了下去。幸虧數尺之下是一條窄窄的平台，霍桓掉在了這上面。那平台剛剛只能容下他的身子，往下是黑不見底的深淵。他害怕極了，一動也不敢動。好在崖邊上長滿了小樹，像欄杆一樣護著他。他慢慢移動了一下身子，看見腳旁有個小洞口，心中暗暗高興，就背貼著石崖，慢慢蠕進洞中。他這才稍稍鬆了口氣，希望等到天亮時能叫人來搭救。過不了多久，他看到山洞深處有星星大的亮點。霍桓慢慢走去，走了約三四里路，忽然看見有房屋。雖不見燈火，卻像白天一樣亮。一個漂亮的女子從屋裡出來，霍桓仔細一看，竟然是青娥！青娥看到了霍桓，驚奇地問：「你是怎麼來的？」霍桓顧不上說話，抓著她的手就哭了起來。青娥勸住他，問起婆婆和兒子。霍桓把家裡悽慘失落的情景都說了一遍，青娥聽了也傷心落淚。霍桓問：「你死了已經有一年多了，這是不是陰間啊？」青娥說：「這不是陰間，這裡是仙府。我並沒有死，當初埋的不過是一根竹杖。你今天來這裡，也算是有仙緣。」

青娥領他去拜見父親。霍桓隨她前去，只見一個長著長鬍子的長者，坐在堂上。霍桓上前拜見，青娥說：「霍郎來了！」長者顯得有幾分吃驚，站起來握著霍桓的手，簡單地寒暄幾句，說：「女婿來了，真是太好了！你應當留在這裡。」霍桓說母親還盼著他回去，不能在此久留。長者說：「我也知道。但遲三四天回去，不會有什麼關係吧？」說著就讓人擺上了酒席，又讓婢女在西堂上放了床，鋪了錦繡被褥。

霍桓吃完飯，約青娥同床睡覺。青娥拒絕道：「這是什麼地方，怎麼可以狎褻！」霍桓拉住她的胳膊不肯放。窗外傳來婢女的嗤笑聲，青娥更加羞愧了。二人正相持不下，青娥的父親進來了，斥責道：「俗骨居然玷污我的洞府！你給我馬上走！」霍桓一向高傲，如今被羞得無地自容。他滿臉通紅，說：「兒女之情，人所不免！你作為長輩怎麼能監視我們？讓我走並不難，但你女兒必須跟我去！」青娥的父親理屈詞窮，只得答應讓女兒跟他走。他打開後門，將霍桓騙了出去，父女倆把門關死後就走了。

霍桓被關在門外，回頭一看只見懸崖峭壁，連個落腳的地方都沒有。他形單影隻，不知道該如何是好。他抬頭望見斜月高懸，星斗稀疏，惆悵了很久，由悲傷變為怨恨，對著石壁大聲喊叫，但始終沒人應

答。霍桓氣極了，從腰間拿出小鏟，奮力挖鑿石壁，邊挖邊罵，轉眼間便挖進了三四尺。他隱隱聽到裡面有人在說：「孽障啊！」霍桓更來勁了，挖得更急。忽然洞底有兩扇門打開了，青娥被推了出來，她父親說：「你走吧！你走吧！」石壁又復合了。

青娥對霍桓埋怨道：「你既然要我做你的媳婦，怎麼能這樣對待丈人呢？不知道是哪來的老道士，給了你這件凶器，把人纏得要死！」霍桓得到青娥，已經心滿意足，就不再回嘴，只是擔心道路艱險，難以回家。青娥折了兩根樹枝，兩人各自跨上一根，樹枝隨即化作馬匹。一路風馳電掣，不一會兒就來到家，這時霍桓已經失蹤七天了。

當時霍桓與僕人失散，僕人找不到他，只得回家告訴了霍母。霍母派人搜遍山谷，沒有半點蹤影。她正憂慮恐慌之際，聽說兒子回來了，便歡天喜地地迎出來。她抬頭見到兒媳，又嚇得魂都快沒了。霍桓連忙將事情的經過簡單述說了一番，霍母更加喜歡了。青娥因為自己形跡離奇，擔心會嚇到了左鄰右舍，便請求母親搬家。霍母聽從了她的意見。霍家在別的郡也有房產，於是就選了吉日搬遷過去，人們都不知道。

霍桓與青娥一起生活了十八年，又生了一個女兒，嫁給了本縣一個姓李的。後來霍母壽終正寢，青娥對霍桓說：「我家的茅草地裡，曾經有一隻野雞在那兒生了八隻蛋，可以將母親葬在那裡。你們父子倆一同扶棺材前去安葬母親。兒子已經成家立業，可以留在那裡服喪守護墳墓，不用再回來。」霍桓聽從了她的話，埋葬母親後自己返回來。過了一個多月，孟仙來探望父母，可是父母已經無影無蹤了。詢問看家的老僕人，卻說：「去給老夫人送葬還沒回來。」孟仙心中明白了，只有感嘆而已。

孟仙才華出眾，名聲很大，但在考場上卻總是失利，到了四十歲還沒有考中。後來他以拔貢的身分到京城參加考試，在考場上結識了一個十七八歲的少年。此人神采俊逸，孟仙很喜歡他。孟仙看他的卷子，上面寫著順天廩生霍仲仙，不由吃驚地瞪大了眼睛。他把自己的姓名告訴那少年，仲仙也覺得驚奇，就問孟仙的籍貫。孟仙把自己的一切都告訴了他。仲仙高興地說：「小弟赴京前，父親特意囑咐過，在考場中若遇到山西一個姓霍的，便是我們的同族，要與他好好相處，如今果然遇到你了。為什麼我們的名字這樣相像啊！」孟仙又問了仲仙的高祖、曾祖

及父母的姓名，驚訝地說：「這是我的父母啊！」仲仙懷疑年齡對不上，孟仙說：「我們的父母都是仙道中人，怎麼能以相貌看他們的年齡呢？」於是把過去發生的事情都告訴他，仲仙才相信。

考完之後，二人顧不上休息，立即讓僕人駕車趕回家去。剛進家門，家中僕人就迎出來說：昨天夜裡，老太爺和老夫人突然不見了。兄弟倆大為吃驚。仲仙進屋去問媳婦，媳婦說：「昨天晚上還在一塊飲酒，母親說：『你們小夫妻年少不懂事，明天大哥來了，我就沒什麼好操心的了。』今天早晨我進屋一看，已經寂靜無人了。」兄弟倆聽了，傷心得跺腳痛哭。仲仙還想追出去尋找，孟仙認為沒用，才沒去。

這次仲仙中了舉人。因為祖墳在山西，就跟隨哥哥一塊回老家去了。他還希望父母仍在人世，走到哪裡都要打聽，但始終沒有音訊。

## 【原文】

霍桓，字匡九，晉人也。父官縣尉，早卒。遺生最幼，聰慧絕人。十一歲，以神童入泮。而母過於愛惜，禁不令出庭戶，年十三尚不能辨叔伯甥舅焉。

同裡有武評事者，好道，入山不返。有女青娥，年十四，美異常倫。幼時竊讀父書，慕何仙姑之為人。父既隱，立志不嫁。母無奈之。一日，生於門外瞥見之。童子雖無知，只覺愛之極而不能言；直告母，使委禽焉。母知其不可，故難之。生鬱鬱不自得。母恐拂兒意，遂托往來者致意武，果不諧。

生行思坐籌，無以為計。會有一道士在門，手握小鑱，長裁尺許。生借閱一過，問：「將何用？」答云：「此藥之具；物雖微，堅石可入。」生未深信。道士即以斫牆上石，應手落如腐。生大異之，把玩不釋於手。道士笑曰：「公子愛之，即以奉贈。」生大喜，酬之以錢，不受而去。持歸，歷試磚石，略無隔閡。頓念穴牆則美人可見，而不知其非法也。

更定，逾垣而出，直至武第；凡穴兩重垣，始達中庭。見小廂中尚有燈火，伏窺之，則青娥卸晚裝矣。少頃，燭滅，寂無聲。穿墉入，女已熟眠。輕解雙履，悄然登榻。又恐女郎驚覺，必遭呵逐，遂潛伏繡褶之側，略聞香息，心願竊慰。而半夜經營，疲殆頗甚，少一合眸，不覺

睡去。女醒，聞鼻氣咻咻；開目，見穴隙亮入。大駭，暗搖婢醒，拔關輕出，敲窗喚家人婦，共爇火操杖以往。則見一總角書生，酣眠繡榻；細審，識為霍生。推之始覺，遽起，目灼灼如流星，似亦不大畏懼，但靦然不作一語。眾指為賊，恐呵之。始出涕曰：「我非賊，實以愛娘子故，願以近芳澤耳。」眾又疑穴數重垣，非童子所能者。生出鑱以言異，共試之，駭絕，訝為神授。將共告諸夫人。女俯首沉思，意似不以為可。眾窺知女意，因曰：「此子聲名門第，殊不辱玷。不如縱之使去，俾復求媒焉。詰旦，假盜以告夫人，如何也？」女不答。眾乃促生行。生索鑱。共笑曰：「兒童！猶不忘凶器耶？」生覷枕邊，有鳳釵一股，陰納袖中。已為婢子所窺，急白之。女不言亦不怒。一嫗拍頸曰：「莫道他，若意念乖絕也。」乃曳之，仍自竇中出。

　　既歸，不敢實告母，但囑母復媒致之。母不忍顯拒，惟遍托媒氏，急為別覓良姻。青娥知之，中情皇急，陰使腹心者風示嫗。嫗悅，托媒往。會小婢漏洩前事，武夫人辱之，不勝恚憤。媒至，益觸其怒，以杖畫地，罵生並及其母。媒懼竄歸，具述其狀。生母亦怒曰：「不肖兒所為，我都懵懵。何遂以無禮相加！當交股時，何不將蕩兒淫女一併殺卻？」由是見其親屬，輒便披訴。女聞，愧欲死，武夫人大悔，而不能禁之使勿言也。女陰使人婉致生母，且矢之以不他，其詞悲切。母感之，乃不復言；而論親之媒，亦遂輟矣。

　　會秦中歐公宰是邑，見生文，深器之，時召入內署，極意優寵。一日，問生：「婚乎？」答言：「尚未。」細詰之，對曰：「夙與故武評事女小有盟約，後以微嫌，遂致中寢。」問：「猶願之否？」生靦然不言。公笑曰：「我當為子成之。」即委縣尉、教諭，納幣於武。夫人喜，婚乃定，逾歲，娶歸。女入門，乃以鑱擲地曰：「此寇盜物，可將去！」生笑曰：「勿忘媒妁。」珍佩之，恆不去身。

　　女為人溫良寡默，一日三朝其母；餘惟閉門寂坐，不甚留心家務。母或以吊慶他往，則事事經紀，罔不井井。年餘，生一子孟仙，一切委之乳保，似亦不甚顧惜。又四五年，忽謂生曰：「歡愛之緣，於茲八載。今離長會短，可將奈何！」生驚問之，即已默默，盛妝拜母，返身入室。追而詰之，則仰眠榻上而氣絕矣。母子痛悼，購良材而葬之。

　　母已衰邁，每每抱子思母，如摧肺肝，由是遘病，遂懨懨不起。逆害

飲食，但思魚羹，而近地則無，百里外始可購致。時廝騎皆被差遣；生性純孝，急不可待，懷貲獨往，晝夜無停趾。返至山中，日已沉冥，兩足跋踦，步不能咫。後一叟至，問曰：「足得毋泡乎？」生唯唯。叟便曳坐路隅，敲石取火，以紙裹藥末，熏生兩足訖。試使行，不惟痛止，兼益矯健。感極申謝，叟問：「何事汲汲？」答以母病，因歷道所由。叟問：「何不另娶？」答云：「未得佳者。」叟遙指山村曰：「此處有一佳人，倘能從我去，僕當為君作伐。」生辭以母病待魚，姑不遑暇。叟乃拱手，約以異日入村，但問老王，乃別而去。生歸，烹魚獻母。母略進，數日尋瘳。乃命僕馬往尋叟。

　　至舊處，迷村所在。周章逾時，夕暾漸墜；山谷甚雜，又不可以極望。乃與僕分上山頭，以瞻里落；而山徑崎嶇，苦不可復騎，跋履而上，昧色籠煙矣。蹀躞四望，更無村落。方將下山，而歸路已迷。心中燥火如燒。荒竄間，冥墮絕壁，幸數尺下有一線荒台，墜臥其上，闊僅容身，下視黑不見底。懼極，不敢少動。又幸崖邊皆生小樹，約體如欄。移時，見足傍有小洞口；心竊喜，以背著石，蟛行而入。意稍穩，冀天明可以呼救。少頃，深處有光如星點。漸近之，約三四里許，忽睹廊舍，並無燭，而光明若晝。一麗人自房中出，視之，則青娥也。見生，驚曰：「郎何能來？」生不暇陳，抱袪嗚惻。女勸止之。問母及兒，生悉述苦況，女亦慘然。生曰：「卿死年餘，此得無冥間耶？」女曰：「非也，此乃仙府。曩實非死，所瘞，一竹杖耳。郎今來，仙緣有分也。」因導令朝父，則一修髯丈夫，坐堂上。生趨拜。女曰：「霍郎來。」翁驚起，握手略道平素。曰：「婿來大好，分當留此。」生辭以母望，不能久留。翁曰：「我亦知之。但遲三數日，即亦何傷。」乃餌以肴酒，即令婢設榻於西堂，施錦裀焉。生既退，約女同榻寢。女卻之曰：「此何處，可容狎褻？」生捉臂不捨。窗外婢子笑聲嗤然，女益慚。方爭拒間，翁入，叱曰：「俗骨污吾洞府！宜即去！」生素負氣，愧不能忍，作色曰：「兒女之情，人所不免，長者何當窺伺？我無難即去，但令女須便將隨。」翁無辭，招女隨之，啟後戶送之；賺生離門，父子闔扉去。回首峭壁巉岩，無少隙縫，隻影煢煢，罔所歸適。視天上斜月高揭，星斗已稀。悵悵良久，悲已而恨，面壁叫號，迄無應者。憤極，腰中出鑱，鑿石攻進，且攻且罵。瞬息洞入三四尺許。隱隱聞人語曰：「孽

障哉！」生奮力鑿益急。忽洞底谽開二扉，推娥出曰：「可去，可去！」壁即復合。女怨曰：「既愛我為婦，豈有待丈人如此者？是何處老道士，授汝凶器，將人纏混欲死？」生得女，意願已慰，不復置辯；但憂路險難歸。女折兩枝，各跨其一，即化為馬，行且駛，俄頃至家。時失生已七日矣。

初，生之與僕相失也，覓之不得，歸而告母。母遣人窮搜山谷，並無蹤緒。正憂惶所，聞子自歸，歡喜承迎。舉首見婦，幾駭絕。生略述之，母益欣慰。女以形跡詭異，慮駭物聽，求即播遷。母從之。異郡有別業，刻期徙往，人莫之知。

偕居十八年，生一女，適同邑李氏。後，母壽終。女謂生曰：「吾家茅田中，有雉抱八卵，其地可葬。汝父子扶櫬歸窆。兒已成立，宜即留守廬墓，無庸復來。」生從其言，葬後自返。月餘，孟仙往省之，而父母俱杳。問之老奴，則云：「赴葬未還。」心知其異，浩嘆而已。

孟仙文名甚噪，而困於場屋，四旬不售。後以拔貢入北闈，遇同號生，年可十七八，神采俊逸，愛之。視其卷，注順天廩生霍仲仙。瞪目大駭，因自道姓名。仲仙亦異之，便問鄉貫。孟悉告之。仲仙喜曰：「弟赴都時，父囑文場中如逢山右霍姓者，吾族也，宜與款接，今果然矣。顧何以名字相同如此？」孟仙因詰高、曾，並嚴、慈姓諱，已而驚曰：「是我父母也！」仲仙疑年齒之不類。孟仙曰：「我父母皆仙人，何可以貌信其年歲乎？」因述往跡，仲仙始信。

場後不暇休息，命駕同歸。才到門，家人迎告，是夜失太翁及夫人所在。兩人大驚。仲仙入而詢諸婦，婦言：「昨夕尚共杯酒，母謂：『汝夫婦少不更事。明日大哥來，吾無慮矣。』早旦入室，則闃無人矣。」兄弟聞之，頓足悲哀。仲仙猶欲追覓，孟仙以為無益，乃止。是科，仲仙領鄉薦。以晉中祖墓所在，從兄而歸。猶冀父母尚在人間，隨在探訪，而終無蹤跡矣。

# 鏡　聽

　　益都的鄭氏兄弟，都是能寫文章的讀書人。大鄭早就出了名，父母

對他十分喜愛，因此對大兒媳也好；二鄭科場失意，父母不太喜歡他，也因此厭惡二兒媳，甚至覺得有她這樣的兒媳是件恥辱的事。這樣一冷一暖，也讓兄弟二人心裡有了隔閡。

有一天，二鄭媳婦對丈夫說：「同樣都是男子漢，你為啥就不能為老婆爭口氣？」從此拒絕和丈夫同宿。二鄭受到刺激，從此發憤努力，刻苦攻讀，終於也有了些名氣。父母對他的態度稍好了點，但終究不如對哥哥好。

二鄭媳婦一心盼著丈夫能出人頭地。這一年正好要考舉人，在除夕晚上她持鏡向灶王爺禱告，然後抱鏡出門去聽別人第一句話會說些什麼，以此占卜丈夫考場上的吉凶。她出了門，見到有兩人才起來，互相推搡著鬧著玩，說：「你也涼涼去！」二鄭媳婦回到家裡，不明白這句話是凶是吉，就將這事暫且放下了。

鄉試考完以後，兄弟二人都回家了。當時天還很熱，兩個媳婦在廚房裡為在田裡幹活的人做飯，熱得她倆很難受。忽然有騎馬的人登門來報喜訊，說大鄭考中了舉人。鄭母趕緊跑進廚房喊大兒媳：「老大考中了，你可涼涼去。」二鄭媳婦又傷心又氣憤，流著淚繼續做飯。不一會兒，又有人來報喜說二鄭也考中了舉人。二鄭媳婦聽到後，將擀麵杖用力一扔，起身說道：「我也涼涼去！」這句話是她心中激動衝口而出的，但事後回想起來，才知道正應驗了鏡聽占卜的結果。

## 【原文】

益都鄭氏兄弟，皆文學士。大鄭早知名，父母嘗過愛之，又因子並及其婦；二鄭落拓，不甚為父母所歡，遂惡次婦，至不齒禮。冷暖相形，頗存芥蒂。次婦每謂二鄭：「等男子耳，何遂不能為妻子爭氣？」遂擯弗與同宿。於是二鄭感憤，勤心銳思，亦遂知名。父母稍稍優顧之，然終殺於兄。

次婦望夫慕切，是歲大比，竊於除夜以鏡聽卜。有二人初起，相推為戲，云：「汝也涼涼去！」婦歸，凶吉不可解，亦置之。闈後，兄弟皆歸。時暑氣猶盛，兩婦在廚下炊飯餉耕者，其熱正苦。忽有報騎登門，報大鄭捷，母入廚喚大婦曰：「大男中式矣！汝可涼涼去。」次婦忿惻，泣且炊。俄又有報二鄭捷者，次婦力擲餅杖而起，曰：「儂也涼涼

去！」此時中情所激，不覺出之於口；既而思之，始知鏡聽之言驗也。

# 夢　狼

　　白翁是直隸人。他的大兒子白甲在江南做官，因為路途遙遠，三年了也沒有消息。正巧有位姓丁的遠房親戚前來拜訪，因為好久不見了，白翁設宴招待他。這位姓丁的平日常到陰間地府中當差。談話間，白翁問他陰間的事，丁某說得神乎其神。白翁聽了也不當真，只是微微一笑罷了。

　　別後數日，白翁剛躺下，只見丁某又來了。丁某邀請白翁一起去遊歷，白翁就跟著他去了。他們進了一座城門，走了一程後，丁某指著一個大門說：「這裡便是你外甥的官署。」當時，白翁姐姐的兒子在山西當縣令。他驚訝地問：「他怎麼會在這裡呢？」丁某說：「你若是不信，可以進去看個明白。」白翁進了大門，果然看到外甥，頭戴貂尾蟬飾的官帽，身穿繡有獬豸圖案的官服端坐在堂上，門戟與旌旗排列於兩旁，卻沒有人給他通報。丁某將他拉了出來，又說：「你家公子的衙署離這裡不遠，也想去看看嗎？」白翁答應了。他們走了不多一會兒，來到一座衙門前，丁某說：「你進去吧。」白翁朝裡面張望了一下，有一隻很大的狼擋在路上，他很害怕，不敢進去。丁某又說：「進去，沒事的！」白翁鼓起勇氣又進了一道門，只見大堂上下，或坐或躺，都是狼。再看堂屋前的高台上，白骨堆積如山。他更害怕了。丁某以自己的身體護著白翁，一齊走進去。這時，白翁的兒子白甲正好從裡面出來，見到父親與丁某到來，很是高興。他把他倆請到堂上稍坐，喚侍者準備酒席。忽然，一隻大狼叼著一個死人跑進來，白翁嚇得渾身顫慄，起身問道：「這是幹什麼的？」白甲說：「暫且讓它充當廚師，做幾個菜。」白翁急忙制止。他心裡惶恐不安，想告辭回去，卻被狼群擋住了去路。正當他進退兩難之際，忽然見群狼亂鬨哄地嗥叫著四散逃避，有的竄到床底，有的趴在桌下。白翁非常詫異，不知道是什麼原因。不一會兒，兩個身穿金甲的壯士瞪大眼睛闖進來，拿出黑色的繩索把白甲捆起來。白甲撲倒在地，變成一隻老虎，露出鋒利的牙齒。一名壯士拔出

利劍，想要砍下老虎的腦袋，另一名壯士說：「暫且別砍，這是明年四月間的事，不如先敲掉它的牙齒。」於是，壯士取出大鐵錘敲打老虎的牙齒，敲下的牙齒一顆顆掉在地上。老虎痛得大聲吼叫，那聲音震得山搖地動。白翁嚇壞了，突然驚醒，才知道這是一個夢。

白翁覺得這個夢太奇怪了，馬上派人去請丁某，丁某卻推辭不來。白翁便把自己的這個夢記下來，讓二兒子送給白甲，並在信中用極其沉痛悲切的言語勸誡白甲。二兒子見到白甲，發現哥哥的門牙果真都掉了，驚駭地問其原因。白甲說是因為喝醉酒，從馬上掉下來磕掉了。仔細詢問了時間，正是白翁做夢的那一天。弟弟更加驚駭，就把父親寫的信交給哥哥。白甲讀完信，臉色變得蒼白。他遲疑了一會兒，說：「這是虛幻的夢，純屬巧合，不值得大驚小怪的。」當時，白甲正在賄賂當權的長官，想得到優先推薦提拔的機會，因此並沒有把這個奇異的夢放在心上。弟弟在白甲的官府中住了幾天，見皂役滿堂，來行賄通關節的人到深夜還不斷。弟弟流著淚勸諫白甲不要這樣幹了。白甲說：「弟弟你一直居住在鄉下土牆茅屋中，自然不暸解官場的奧秘。官吏提升或貶職的大權握在上司的手裡，而不在老百姓手裡。上司喜歡你，你就是好官；你愛護百姓，有什麼法子能讓上司喜歡呢？」弟弟知道無法規勸哥哥，就回家去了。他將白甲的所作所為告訴了父親。白翁聽後，悲痛地大哭了一場。但也沒有別的法子，只有將家中的財產捐出來賙濟窮人，天天向神靈祈禱，求老天對逆子的報應，不要牽累到他的妻子兒女。

第二年，有人傳說白甲被推舉到吏部做官，前來祝賀的人擠滿了門庭。白翁只是長吁短嘆，躺在床上推說有病，不願意見客人。不久，又傳來消息，白甲在回家的路上遇到了強盜，與僕從都已喪生。白翁起來了，對人說：「鬼神的懲罰，只針對他自己，保佑了我全家，恩德不能說不厚。」就燒香紙感謝神靈。有人來安慰白翁，說那些只是道聽途說，不可相信。白翁卻深信不疑，並定好日子為白甲營造墳墓。

而白甲真的並沒有死。原來四月間，白甲離任調往京城，剛離開縣境，就遇到了強盜。白甲把攜帶的全部財產都獻出來，只求饒他一條性命。眾強盜說：「我們來這裡，是為全縣百姓申冤洩憤的，難道會貪圖你這點財產！」於是就砍下了白甲的腦袋。他們又問白甲的隨從：「哪個叫司大成？」司大成是白甲的心腹，助紂為虐，專幫他幹壞事。眾人

指認了那個叫司大成的，強盜們也把他處死了。還有四個貪婪的衙役，是為白甲搜刮百姓錢財的得力助手，因此白甲也將帶他們去京城。強盜們也把他們都找出來殺了。隨後他們把白甲搜刮來的不義之財都帶上，騎馬急馳而去。

白甲的魂伏在道旁，並沒有消散。這時有一位官員從這裡經過，見此情景問道：「被殺的那個人是誰？」走在前邊開路的人說：「是某縣的白知縣。」官員說：「他是白翁的兒子，不應該讓白翁這麼大年紀見到這樣凶慘的景象，應當把死者的頭接上。」有一個隨從立即把白甲的頭安了上去，並說：「這種邪惡之人，頭不該正的，讓他用肩托著下巴就行了。」

他們走後不久，白甲就甦醒過來。妻子來收他的屍體，發現他還有一點氣息，就用車把他載走了，先是給他灌點湯水，慢慢地他也能嚥下去了。可是他們住在旅店中，窮得連回去的路費都沒有。半年多之後，白翁才得知兒子的確實消息，就派二兒子去把他接回來。白甲雖說是活過來了，但頭是顛倒的，兩隻眼睛能看到自己的脊背，人們都不拿他當人看待。而白翁姐姐的孩子當官聲望很好，這一年被提拔進京做御史。這些都和白翁當初夢中所見完全相符。

## 【原文】

白翁，直隸人。長子甲，筮仕南服，三年無耗。適有瓜葛丁姓造謁，翁以其久不至，款之。丁素走無常。談次，翁輒問以冥事，丁對語涉幻；翁不深信，但微哂之。

別後數日，翁方臥，見丁又來，邀與同遊。從之去，入一城闕。移時，丁指一門曰：「此間君家甥也。」時翁有姊子為晉令，訝曰：「烏在此？」丁曰：「倘不信，入便知之。」翁入，果見甥，蟬冠豸繡坐堂上，戟幢行列，無人可通。丁曳之出，曰：「公子衙署，去此不遠，亦願見之否？」翁諾。少間，至一第，丁曰：「入之。」窺其門，見一巨狼當道，大懼，不敢進。丁又曰：「入之。」又入一門，見堂上、堂下，坐者、臥者，皆狼也。又視墀中，白骨如山，益懼。丁乃以身翼翁而進。公子甲，方自內出，見父及丁良喜。少坐，喚侍者治肴蔌。忽一巨狼，銜死人入。翁戰惕而起，曰：「此胡為者？」甲曰：「聊充庖廚。」翁急

止之。心怔忡不寧，辭欲出，而群狼阻道。進退方無所主，忽見諸狼紛
然嗥避，或竄床下，或伏幾底。錯愕不解其故。俄有兩金甲猛士努目
入，出黑索索甲。甲撲地化為虎，牙齒巉巉。一人出利劍，欲梟其首。
一人曰：「且勿，且勿，此明年四月間事，不如姑敲齒去。」乃出巨錘錘
齒，齒零落墮地。虎大吼，聲震山岳。翁大懼，忽醒，乃知其夢。心異
之，遣人招丁，丁辭不至。

　　翁志其夢，使次子詣甲，函戒哀切。既至，見兄門齒盡脫；駭而問
之，醉中墜馬所折，考其時，則父夢之日也。益駭。出父書。甲讀之變
色，為間曰：「此幻夢之適符耳，何足怪。」時方賂當路者，得首薦，故
不以妖夢為意。弟居數日，見其蠹役滿堂，納賄關說者，中夜不絕，流
涕諫止之。甲曰：「弟日居衡茅，故不知仕途之關竅耳。黜陟之權，在
上台不在百姓。上台喜，便是好官；愛百姓，何術能令上台喜也？」弟
知不可勸止，遂歸，告父。翁聞之大哭。無可如何，惟捐家濟貧，日禱
於神，但求逆子之報，不累妻孥。

　　次年，報甲以薦舉作吏部，賀者盈門；翁惟欷歔，伏枕託疾不出。
未幾，聞子歸途遇寇，主僕殞命。翁乃起，謂人曰：「鬼神之怒，止及
其身，祐我家者不可謂不厚也。」因焚香而報謝之。慰藉翁者，咸以為
道路訛傳，惟翁則深信不疑，刻日為之營兆。

　　而甲固未死。先是，四月間，甲解任，甫離境，即遭寇，甲傾裝以
獻之。諸寇曰：「我等來，為一邑之民洩冤憤耳，寧專為此哉！」遂決
其首。又問家人：「有司大成者，誰是？」司故甲之腹心，助紂為虐者。
家人共指之。賊亦殺之。更有蠹役四人，甲聚斂臣也，將攜入都。並搜
決訖，始分資入囊，駑馳而去。

　　甲魂伏道旁，見一宰官過，問：「殺者何人？」前驅者報曰：「某
縣白知縣也。」宰官曰：「此白某之子，不宜使老後見此凶慘，宜續其
頭。」即有一人掇頭置腔上，曰：「邪人不宜使正，以肩承領可也。」遂
去。移時復甦。妻子往收其屍，見有餘息，載之以行；從容灌之，亦受
飲。但寄旅邸，貧不能歸。半年許，翁始得確耗，遣次子致之而歸。甲
雖復生，而目能自顧其背，不復齒人數矣。翁姊子有政聲，是年行取為
御史，悉符所夢。

# 宦　娘

　　溫如春是陝西的一個世家子弟。他從小就酷愛彈琴，即使出門在外住在旅店裡，也一時一刻都離不開琴。

　　有一回，他要去山西，途中經過一座古寺，便將馬繫在門外，自己入內稍事休息。他進了廟門，看見一個穿著布袍的道士，盤腿坐在走廊裡。道士的竹杖靠在牆上，花布袋子裡裝著架古琴。溫如春一看就觸動了自己的喜好，便問道士：「你也會彈琴嗎？」道士答道：「我彈得不好，但願意向行家裡手學習。」說著，他將琴從布袋子裡取出來，遞給溫如春。溫如春接過琴仔細打量，發現琴的紋理精妙，試著勾撥一下琴絃，發出的聲音非常清脆悠揚。溫如春很高興，為道士彈了一支曲子。道士微微一笑，似乎並不滿意。溫如春就把自己拿手的本領都用上彈了一番。道士笑著說：「不錯，不錯！但要做貧道的師父還不夠格啊！」溫如春以為他自誇，便請他來彈。道士接過琴放在膝上，才撥動了幾下，就覺得和風慢慢吹來；又繼續彈著，百鳥雲集，庭院裡的樹上都落滿了。溫如春非常驚訝，就拜道士為師。道士將剛才的曲子又重新彈了幾遍。溫如春細細地聽，用心地記，才稍微領會了曲子的節奏。道士讓他試著彈，又指點了一番，然後說：「你學了這些，在人間已經沒人可以與你媲美了！」從此，溫如春精心鑽研，終於成了身懷絕技的高手。

　　後來，溫如春要回故鄉。離家還有幾十里時，天已經黑了，突然又下起暴雨。他一時找不到住處，看到路旁有個村莊，就趕快跑過去。進村也顧不得挑選，看到有一戶人家的大門開著，便急匆匆闖了進去。進入屋中，靜悄悄地沒見一個人影。一會兒，出來一個十七八歲的姑娘，貌若天仙。姑娘抬頭見有陌生人，吃驚地急忙退回去了。溫如春還沒有娶親，一下子就對這個姑娘產生了愛慕之情。這時，一位老太太出來，詢問他是幹什麼的。溫如春說出了自己的姓名，並且要求借宿。老太太說：「借宿是可以的，只是沒有床鋪，如不覺得委屈自己，可以用草搭個地鋪。」很快，老太太點了蠟燭過來，把草鋪到地上，顯得很熱情。溫如春問她姓什麼，她回答：「姓趙。」又問剛才那位姑娘是什麼人。老太太說：「她叫宦娘，是我的侄女。」溫如春說：「我不自量，欲攀

附高門，可以嗎？」老太太皺起眉頭，說：「這件事卻是不敢答應你。」溫如春追問是什麼原因，老太太只是含糊其辭。溫如春感到失望，只好不再提了。老太太走了之後，他看到鋪的草潮濕腐爛，沒法睡上去，就端坐在那裡彈琴，以此打發漫漫長夜。雨停之後，溫如春不等天明就起身回家了。

當時有個退休在家的部郎葛公，很喜歡有文才的人。有一次溫如春前去拜訪，他讓溫如春彈奏幾曲。溫如春彈琴時，隱約覺得簾子後面有個女子在偷聽。這時，忽然一陣風吹開了簾子，現出了一個十六七歲的姑娘，十分漂亮。原來葛公有個女兒，乳名叫良工，善於詞賦，是遠近聞名的美人。溫如春動了愛慕之心，回到家中跟母親說了，母親便請了媒人前去提親。葛公嫌溫家家境破落，沒有答應。但良工自從聽了溫如春的彈奏之後，心裡暗暗傾慕，時常盼望再次聆聽那美妙的琴聲。而溫如春因為求親遭拒，心情沮喪，再也不登葛家的大門了。

有一天，良工在花園裡散步，拾到了一張舊信箋，上面寫著一首題為《惜餘春》的詞：「因恨成痴，轉思作想，日日為情顛倒。海棠帶醉，楊柳傷春，同是一般懷抱。甚得新愁舊愁，剗盡還生，便如青草。自別離，只在奈何天裡，度將昏曉。今日個憔損春山，望穿秋水，道棄已拼棄了！芳衾妒夢，玉漏驚魂，要睡何能睡好？漫說長宵似年，儂視一年，比更猶少：過三更已是三年，更有何人不老！」良工吟誦了三四遍，心裡非常喜歡，便把詩箋帶回屋裡，拿出精美的信箋，認真地抄了一遍，並放在書案上。但是，過後信箋再也找不到了，良工以為是被風吹走了，也沒太在意。正巧，葛公從良工閨房門口經過，撿到了這張錦箋。他以為是良工作的詞，厭惡其詞句輕佻，就將它燒了，又不好明講出來，打算儘快將良工嫁出去。這時，臨縣劉布政的公子正好派人前來提親，葛公認為很合適，但還想親眼看看這位公子。於是劉公子前來葛家拜訪，只見他衣著華美，英俊瀟灑。葛公非常滿意，對公子熱情款待。但在公子告別之後，在他的座位下卻發現了一隻繡花女鞋。葛公頓時憎惡劉公子的輕薄行徑，把媒人叫來說了這件事。雖然劉公子一再替自己辯解，葛公就是不聽，拒絕了劉公子的求親。

原先，葛公種有一種綠色的菊花，他自家珍藏著秘不外傳。良工也把這種綠菊養在自己的閨房裡。這時，溫如春的院子裡有一兩棵菊花也

變成了綠色，朋友們聽到這個消息，就上門來觀賞；溫如春也將這種綠菊當成寶貝。一天早晨，溫如春去看菊花，在花畦邊撿到寫有《惜餘春》的信箋，反覆吟誦，卻不知道從哪裡來的。因為其中的「春」字是自己的名字，更覺得奇怪，便在案上寫下詳細評點，評語寫得十分輕薄放蕩。

葛公聽說溫如春的菊花變成了綠色，很是好奇，便親自前往溫如春的書房探訪。他看到桌上的詩箋，拿起來便讀。溫如春覺得自己的評點有些不雅，馬上奪過來揉成了一團。葛公只看到一兩句，卻已經能夠認出正是在良工房門外拾到的那篇《惜餘春》詞，心中疑竇叢生，甚至連溫如春的綠菊，也懷疑是女兒偷偷送給溫如春的。葛公回家後把這些事告訴了夫人，讓她好好問一下良工。良工蒙受不白之冤，十分委屈，哭著要尋死。而且這事沒有見證，也就無法證實。夫人擔心這樣的事傳出去影響名聲，想想不如乾脆把女兒嫁給溫生算了。葛公也同意這個做法，就讓人將此意轉告溫如春。溫如春喜出望外。這天，溫如春將親朋好友都邀來，舉辦了觀賞綠菊的宴會，焚香彈琴，直到深夜才結束。他回房睡下後，書僮聽到書房裡的琴響起來。書僮開始還以為是別的僕人彈著玩的，可仔細看琴旁並沒人，這才向主人報告。

溫如春親自趕來，在書房確實聽到琴不彈自響。那琴聲生硬而不流暢，好像是想學自己的彈法卻又沒有學到家。溫如春突然點起蠟燭闖進去，屋裡空無一人。溫如春便將琴帶回自己的臥室，那一夜琴再沒有發出聲響。溫如春認為是狐仙彈奏的，是想拜自己為師學習彈琴。於是，他每晚彈奏一曲，然後將琴擺放原處任其彈撥，這樣來教她，自己躲在一旁偷聽。一直到了第六七個晚上，那琴彈奏出來的曲調，已經可以欣賞了。

溫如春成親之後，和良工談起過去的那篇《惜餘春》，才知道他們的姻緣還是那首詞促成的。良工聽到琴能自鳴的奇事，也去聽了一次。她對丈夫說：「這不是狐仙彈奏的，曲調淒切痛楚，是鬼發出的聲音。」溫如春不大相信，良工說她家有面古鏡，可照出鬼怪的原形。於是第二天派人去將鏡取了來。等到琴自己響起來時，溫如春握著鏡子突然進了書房，用燈火一照，果然有個女子。只見她慌慌張張地躲在房角，卻再也無法隱身了。溫如春走近一看，原來是從前避雨時遇見的那

位趙宧娘。溫如春大為驚奇，就追問她。宧娘含著眼淚說：「我替你們牽線當紅娘，不能說我對你們不好吧，為什麼還這樣苦苦逼迫？」溫如春表示可以收起鏡子，但勸宧娘不要再躲避，宧娘答應了。溫如春就把古鏡裝進鏡袋。宧娘遠坐一旁，說：「我是太守的女兒，已經死了一百年。我從小就喜歡琴和箏，箏懂得一些了，只是琴沒有得名師指點，因此在九泉之下也感到遺憾！那回雨天你借宿我家，我聽了你彈琴，十分嚮往。你向我家求親，我只恨自己是死去的人，不能和你結成伴侶，所以暗地裡設法幫助你們二人結成美好姻緣，來報答你對我的眷戀之情。劉公子丟失的紅繡鞋，還有那首《惜餘春》，都是我做的事。我對師尊的報答不能說不盡心了。」溫如春夫婦聽了她這番話，都行禮表示感謝。

宧娘又對溫如春說：「你教我彈的琴，我大半能夠領會了，可是還沒有學到其中的神韻和精髓，請你再為我彈一次吧！」溫如春答應了，一邊彈著，一邊還講解指法。宧娘特別高興，說：「我已經都能領會了！」說著她起身要告辭。良工原來喜歡彈箏，聽說宧娘擅長彈箏，就想聽她彈一曲。宧娘也不推辭，當即演奏起來。宧娘彈的聲調和曲譜美妙極了，都不是人間所能聽到的。良工邊聽邊打著拍子讚歎，之後請求宧娘一定要教她。宧娘執筆寫下十八章曲譜，然後起身告辭。溫如春夫婦再三懇切地挽留她。宧娘悲切地說：「你們夫妻這般恩愛幸福，知己知音，我這個苦命人哪有這樣的福氣！如果有緣，我們下輩子再相見。」說完她將一卷畫像給了溫如春，說：「這是我的肖像。如果你不忘媒人，可以掛在臥室裡，高興的時候，點上一炷香，對著我的像演奏一曲，那就如同我親自領受了！」說罷，宧娘走出房門，消失在夜色之中。

## 【原文】

溫如春，秦之世家也。少癖嗜琴，雖逆旅未嘗暫舍。客晉，經由古寺，繫馬門外，暫憩止。入，則有布衲道人，趺坐廊間，筇杖倚壁，花布囊琴。溫觸所好，因問：「亦善此也？」道人云：「顧不能工，願就善者學之耳。」遂脫囊授溫。溫視之，紋理佳妙，略一勾撥，清越異常。喜為撫一短曲。道人微笑，似未許可。溫乃竭盡所長，道人哂曰：「亦

佳，亦佳！但未足為貧道師也。」溫以其言誇，轉請之。道人接置膝上，才撥動，覺和風自來；又頃之，百鳥群集，庭樹為滿。溫驚極，拜請受業。道人三復之。溫側耳傾心，稍稍會其節奏。道人試使彈，點正疏節，曰：「此塵世間已無對矣。」由是，溫精心刻畫，遂稱絕技。

後歸程，離家數十里，日已暮，暴雨，莫可投止。路旁有小村，趨之。不遑審擇，見一門，匆匆遽入。登其堂，闃無人。俄一女郎出，年十七八，貌類神仙。舉首見客，驚而走入。溫時未偶，系情殊深。俄一老嫗出問客。溫道姓名，兼求寄宿。嫗言：「宿當不妨，但少床榻；不嫌屈體，便可藉藁。」少旋，以燭來，展草鋪地，意良殷。問其姓氏，答云：「趙姓。」又問：「女郎何人？」曰：「此宦娘，老身之猶子也。」溫曰：「不揣寒陋，欲求援系，如何？」嫗顰蹙曰：「此即不敢應命。」溫詰其故，但云難言，悵然遂罷。嫗既去，溫視藉草腐濕，不堪臥處，因危坐鼓琴，以消永夜。雨既歇，冒夜遂歸。

邑有林下部郎葛公，喜文士。溫偶詣之，受命彈琴。簾內隱約有眷客窺聽，忽風動簾開，見一及笄人，麗絕一世。蓋公有一女，小字良工，善詞賦，有豔名。溫心動，歸與母言，媒通之；而葛以溫勢式微，不許。然女自聞琴以後，心竊傾慕，每冀再聆雅奏；而溫以姻事不諧，志乖意沮，絕跡於葛氏之門矣。一日，女於園中，拾得舊箋一折，上書《惜餘春》詞云：「因恨成痴，轉思作想，日日為情顛倒。海棠帶醉，楊柳傷春，同是一般懷抱。甚得新愁舊愁，剗盡還生，便如青草。自別離，只在奈何天裡，度將昏曉。今日個懨損春山，望穿秋水，道棄已拚棄了！芳衾妒夢，玉漏驚魂，要睡何能睡好？漫說長宵似年，儂視一年，比更猶少：過三更已是三年，更有何人不老！」女吟詠數四，心悅好之。懷歸，出錦箋，莊書一通，置案間；逾時索之，不可得，竊意為風飄去。適葛經閨門過，拾之；謂良工作，惡其詞蕩，火之而未忍言，欲急醮之。臨邑劉方伯之公子，適來問名，心善之，而猶欲一睹其人。公子盛服而至，儀容秀美。葛大悅，款筵優渥。既而告別，座下遺女烏一鉤。心頓惡其儇薄，因呼媒而告以故。公子亟辯其誣；葛弗聽，卒絕之。

先是，葛有綠菊種，吝不傳，良工以植閨中。溫庭菊忽有一二株化為綠，同人聞之，輒造廬觀賞；溫亦寶之。凌晨趨視，於畦畔得箋寫

《惜餘春》詞，反覆披讀，不知其所自至。以「春」為己名，益惑之，即案頭細加丹黃，評語褻嫚。適葛聞溫菊變綠，訝之，躬詣其齋，見詞便取展讀。溫以其評褻，奪而捼莎之。葛僅讀一兩句，蓋即閨門所拾者也。大疑，並綠菊之種，亦猜為良工所贈。歸告夫人，使逼詰良工。良工涕欲死，而事無驗見，莫有取實。夫人恐其跡益彰，計不如以女歸溫。葛然之，遙致溫。溫喜極。是日，招客為綠菊之宴，焚香彈琴，良夜方罷。既歸寢，齋童聞琴自作聲，初以為僚僕之戲也；既知其非人，始白溫。溫自詣之，果不妄。其聲梗澀，似將效己而未能者。爇火暴入，杳無所見。溫攜琴去，則終夜寂然。因意為狐，固知其願拜門牆也者，遂每夕為奏一曲，而設弦任操若師，夜夜潛伏聽之。至六七夜，居然成曲，雅足聽聞。

　　溫既親迎，各述曩詞，始知締好之由，而終不知所由來。良工聞琴鳴之異，往聽之，曰：「此非狐也，調悽楚，有鬼聲。」溫未深信。良工因言其家有古鏡，可鑒魑魅。翌日，遣人取至，伺琴聲既作，握鏡遽入；火之，果有女子在，倉皇室隅，莫能復隱。細審之，趙氏之宦娘也。大駭，窮詰之。泫然曰：「代作蹇修，不為無德，何相逼之甚也？」溫請去鏡，約勿避；諾之。乃囊鏡。女遙坐曰：「妾太守之女，死百年矣。少喜琴箏，箏已頗能諳之，獨此技未能嫡傳，重泉猶以為憾。惠顧時，得聆雅奏，傾心嚮往；又恨以異物不能奉裳衣，陰為君脧合佳偶，以報眷顧之情。劉公子之女烏，《惜餘春》之俚詞，皆妾為之也。酬師者不可謂不勞矣。」夫妻咸拜謝之。宦娘曰：「君之業，妾思過半矣；但未盡其神理，請為妾再鼓之。」溫如其請，又曲陳其法。宦娘大悅，曰：「妾已盡得之矣！」乃起辭欲去。良工故善箏，聞其所長，願一披聆。宦娘不辭，其調其譜，並非塵世所能。良工擊節，轉請受業。女命筆為繪譜十八章，又起告別。夫妻挽之良苦，宦娘淒然曰：「君琴瑟之好，自相知音；薄命人烏有此福。如有緣，再世可相聚耳。」因以一卷授溫曰：「此妾小像。如不忘媒妁，當懸之臥室，快意時，焚香一炷，對鼓一曲，則妾身受之矣。」出門遂沒。

# 崔　猛

　　崔猛，字勿猛，是建昌府大戶人家的子弟。他性格暴躁，童年在私塾中時，同學們稍有觸犯他，他就揮拳毆打。先生屢次勸誡，他依舊不改。他的名和字都是先生起的，也是勸他不要太剛猛的意思。

　　到了十六七歲時，崔猛更是強悍無比，而且還能手持長桿，飛身躍上高大房屋的頂上。他喜好打抱不平，因此當地的人都很佩服他，找他申訴的人常常擠滿了庭院。崔猛鋤強扶弱，不怕結仇。那些作惡之人若是與他作對，他就會用石頭棍子狠狠地教訓他們，總是把他們揍得缺胳膊斷腿。因此當他發怒時，沒有人敢勸阻的。但是他對母親十分孝順，只要母親大人到了，不管有多大的怒氣都會煙消雲散。母親對他十分嚴厲，他當時唯唯聽命，但一出門就忘得乾乾淨淨。

　　崔家的隔壁有個凶悍的惡媳婦，天天虐待她的婆婆。婆婆餓得快沒命了，她兒子偷著給母親一點飯吃，那媳婦知道了，定會百般辱罵，吵得四鄰不安。有一次崔猛忍無可忍，翻牆過去，將那惡婆娘的耳朵、鼻子、嘴唇、舌頭全割了下來。那人當場就死了。崔母聽說後，大吃一驚，急忙叫來那惡婆娘的丈夫，極力安慰，並把自家的一個年輕婢女許配給他為妻，才將此事了結。為此，崔母氣得痛哭流涕，不吃不喝。崔猛害怕極了，跪在地上請母親處罰，還說自己已經知錯，非常後悔。母親只是哭泣，也不答理他。崔猛的妻子周氏見此情景，也跪在丈夫身邊向母親求情。崔母這才用枴杖痛打了兒子一頓，又用針在他胳膊上刺了個十字花紋，塗上紅顏色，以免磨滅，讓他牢記。崔猛都接受了，母親才開始進食。

　　崔母喜歡佈施化緣的和尚、道士，常讓他們盡量吃飽。有一次，一個道士來到家門口。崔猛正好走過，道士打量著他說：「你滿臉都是凶橫之氣，恐怕難保善終。你們是積德行善的人家，不應當這樣的。」崔猛剛領受了母親的訓誡，聽了道士的話，肅然起敬，說：「我也知道這樣不好，但一見不平之事，我就克制不住自己。我儘力去改正，不知能否避免災禍？」道士笑著說：「先別問能不能避免災禍，請先問問自己能改不能改。只要你肯痛改前非，即使只有萬分之一的希望，我也會告

訴你一個解脫厄運的法術！」崔猛平生最不相信道士的法術，因此聽了道士的話，只笑不答。道士說：「我本來就知道你不相信。但我所說的法術，不是巫師搞的那一套。你若是照著去做了，固然是積德的事；假設沒有效驗，對你也沒什麼損失。」崔猛覺得有些道理，便向道士請教。道士說道：「正在門外有個年輕人，你應當跟他結為好朋友。即使你將來犯下死罪，他也能救你！」他把崔猛叫到門外，將那個年輕人指給他看。原來，那是趙某的兒子，名叫僧哥。趙某，本是南昌人，因為遭了災荒，領著兒子流落到了建昌。崔猛從此後與僧哥結交，並請趙某全家住在自己家裡，待遇十分優厚。僧哥這年十二歲，拜見了崔猛的母親後，和崔猛結成了兄弟。一年多後，趙某領著兒子返回老家，從此斷了音訊。

　　自從鄰家媳婦死後，崔母對兒子的管束更嚴了。有來家裡找崔猛訴說冤屈的，一律被她攆出去。有一天，崔母的弟弟去世了，崔猛跟著母親去弔喪。路上遇到幾個人，用繩子捆著個男人，對他又打又罵，催他快行。圍觀的人擠滿了道路，崔母的轎子過不去。崔猛上前詢問。有認得他的人，競相向他訴說原委。原來，有個惡霸家的兒子，橫行鄉里。他看到李申的妻子生得漂亮，便想占為己有。因為沒有藉口，他便讓家僕引誘李申去賭博，借給他高利貸，立下字據讓他拿妻子作抵押。李申將錢輸完，又繼續借給他。一個晚上，李申輸了好幾千錢。半年後，連本帶息，李申欠下的債已經有三萬多了。李申還不上，那惡少便派爪牙將他妻子強行搶了去。李申去惡霸門前哭訴，惹得那惡少大怒。他將李申綁在樹上，百般毒打，逼他立下「無悔狀」。崔猛聽到這裡，怒氣衝天，策馬沖上前去，又要動武了。他母親看在眼裡，急忙拉開轎簾喝道：「咄，又要犯老毛病了嗎？」崔猛只得停下。

　　弔喪回家之後，崔猛不說話也不吃飯，只是呆呆地坐著，像是在跟誰慪氣。他妻子上前詢問，他也不答話。到了夜晚，他穿著衣服躺在床上，翻來覆去，一直到天明。第二天夜裡，又是如此。後來他忽然起身下床，開了門走出去，一會兒又回來躺下，像這樣折騰了三四次。他妻子也不敢問他，只是屏住呼吸，聽著他的動靜。最後，他出去很長時間後才回來，關上門上床就睡熟了。

　　這天夜裡，那惡少被人殺死在床上，開膛破肚，腸子都流了出來。

李申的老婆也赤身裸體，死在床下。官府懷疑是李申幹的，將他捕去，嚴刑拷打，皮開肉綻，腳腕骨都打得露出來了，但李申始終沒有承認。這案子拖了一年多，最後李申忍受不了酷刑折磨，屈打成招，結果按律被判死刑。這時，崔母去世了。埋葬了母親後，崔猛對妻子說：「殺死那惡少的人是我！以前因為老母在，我不敢招認。現在大事已經了結，我怎能因自己的罪責牽連他人呢？我要去官府領死！」妻子聽了這番話，驚慌地拉住他的衣服。崔猛斷絕襟袖，逕自去了官府自首。官府聽他的自述，驚得目瞪口呆，立即將他戴上刑具，押入大牢，同時釋放李申。但李申卻不走，堅決聲稱人是自己殺的。官府也沒法判斷，便將兩個人都關在牢中。李申的親屬們都覺得李申太傻。他說：「崔公子做的事，正是我想做卻做不到的。他替我做到了，我怎忍心看著他去死呢？就當他沒來自首好了！」他一口咬定是自己殺了人，與崔猛爭著償命。時間長了，衙門裡的人知道了事情的真相，強行將李申趕了出去，由崔猛抵罪，很快就將處斬。

　　恤刑官趙部郎正好來建昌巡視。他在查閱死囚卷宗時，看到崔猛的名字，便讓隨從都出去，然後把崔猛叫上來。崔猛進來，仰頭往大堂上一看，才知道趙部郎竟然就是僧哥！崔猛悲喜交集，照實說了事情的經過。趙部郎考慮了很久，仍讓崔猛回獄中，囑咐獄卒好好照顧他。不久，崔猛因有自首情節，依律減罪，充軍雲南。李申自願跟隨前去，好隨時伺候他。不到一年，崔猛就收到赦令回家，當然這些都是趙部郎從中大力周旋的結果。

　　從雲南迴來後，李申仍跟隨崔猛，為他料理家業。崔猛給他工錢他也不要，倒是對飛簷走壁、拳腳刀棒之類的武術很感興趣。崔猛待他也很好，替他買了媳婦，並送給他田產。經過這次變故後，崔猛痛改前非。他經常撫摸著臂上的十字花紋，想起母親生前的訓誡，痛哭流涕。因此，鄉鄰再有不平之事，李申總是自己以崔猛的名義為他們排解，從不告訴崔猛。

　　有一個王監生，有錢有勢，遠近那些無賴不義之徒，都聚集在他門下。當地那些殷實富裕的人家，大多被其勒索敲詐過。若有誰敢招惹他們，他們就勾結強盜，將其殺死在野外。王監生的兒子也非常荒淫殘暴。王監生有個守寡的嬸母，父子兩個都和她通姦。王監生的妻子仇

氏，因為多次勸阻丈夫，王監生便用繩子將她勒死了。仇氏的兄弟們告到官府，王監生用錢財買通了官吏，反說他們是誣告。仇氏兄弟們無處申冤，便到崔猛家來哭訴。李申將他們打發走了。

數日之後，崔猛家裡來了客人。正巧僕人不在，崔猛便讓李申幫著泡茶。李申默默地走了出去，對人說道：「我與崔猛是朋友，當初不遠萬里，跟著他充軍雲南，交情不可謂不深。可他不但從沒給過我工錢，還拿我當僕人使喚，讓我怎麼能嚥下這口氣！」李申氣呼呼地走了。有人馬上將此事告訴崔猛。崔猛對李申突然變心很驚訝，但也沒有察覺背後還有什麼原因。

李申忽然打起了官司，告崔猛三年沒給他工錢。崔猛十分吃驚，親自去衙門公堂上與他對質。李申怨氣衝天，與崔猛糾纏不休。官府認為李申是在無理取鬧，斥責一番後將他趕了出去。

又過了幾天，一天深夜，李申忽然闖進王監生家，將王監生父子連同王監生的嬸嬸一併殺死。他還在牆上貼了張紙條，寫上自己的名字。等到官府追捕他的時候，他早已逃得無影無蹤。王家懷疑李申是受崔猛指使的，官府卻不相信。崔猛此時才恍然大悟，當時李申要和自己打官司，原來是擔心殺人後會連累自己。縣衙向附近的州縣發出關文，緊急追捕李申。不久，正趕上闖王李自成打進北京，這件案子也就被擱置在一旁了。

明朝滅亡後，李申攜帶家眷返回故里，與崔猛和好如初，仍然住在一起。當時天下動盪，賊寇蜂擁而起。王監生有個侄子叫王得仁，將叔父生前招募的那些無賴聚集起來，占山為盜，燒殺搶掠，無惡不作。一天夜晚，這幫盜賊傾巢而出，以報仇為名，攻打崔家。當時崔猛正好有事外出，強盜攻破崔家大門後李申才發覺。他急忙翻牆而出，趴在暗處。強盜搜不到崔、李二人，便把崔猛的妻子擄了去，又將所有的財物都搜掠一空。李申回去後，見家裡只剩下一個僕人。他又氣又急，找來一根長繩，砍成幾十段，把短的交給僕人，長的自己揣到懷裡。他吩咐僕人，摸到強盜巢穴的背後，登上半山腰，用火點著繩子頭，散掛在山上的荊棘叢中，然後立即返回。僕人答應後去了。李申曾窺見強盜們腰裡都紮著根紅帶子，帽子上繫著紅絹，於是也換上類似的裝束。家裡有匹老母馬，剛生了小馬駒，強盜們沒要，丟棄在門外。李申便把馬駒拴

在門口，自己騎上母馬，悄悄地徑直朝強盜們的老巢趕去。

　　強盜們占據了一個大村子，李申將馬拴在村外，自己翻牆而入，摸進村裡。他見強盜亂鬨鬨的到處都是，手裡還都拿著刀槍。李申悄悄地問了個強盜，得知崔猛的妻子正在王得仁處。不一會兒，有人傳達命令，讓大家都休息，強盜們高聲答應。這時，忽然有人大喊東山上有火。強盜們一齊往那邊望去，果然見有火光。起初是一二點，隨即便多得像天上的繁星。李申乘機大叫東山上有敵情。王得仁大驚，急忙披掛整齊，率眾前去。李申乘機溜到後面，返身進入王得仁的住處。門口有兩個強盜守著，李申騙他們說：「王將軍忘了帶佩刀，讓我來取。」兩個強盜聽了，爭著去找，李申就從他們背後砍去；一個當即中刀倒在地上，另一個回頭來看，也被李申一刀砍死。他背上崔妻翻牆而出，一口氣跑到村外。李申解下那匹母馬，把韁繩遞給崔妻，說：「娘子不識得路，只管讓馬放開跑吧！」母馬戀駒，一路奔跑回家，李申在後面跟著。跑出隘口，李申把懷中的長繩頭掏出來，用火點著，到處掛遍了，才回家來。

　　第二天，崔猛回來了。他聽說了這件事，認為是自己的奇恥大辱，暴跳如雷，想要單槍匹馬踏平賊窩。李申將其勸住，召集村裡的人一齊來商量對策。村裡的百姓都害怕強盜，不敢站出來。李申再三勸導，總算召集了二十來個敢與強盜作戰的人。但是，又苦於沒有兵器。這時，從王得仁的親屬家裡抓到了他派來的兩個奸細。崔猛想將他們殺了，李申認為不可。他們叫那二十來個人手持木棒排列成行，將那兩個奸細拖來，當眾割去耳朵，然後將他們放了。眾人都埋怨道：「咱們就這麼幾個人，原本就擔心讓強盜知道了底細，現在反而把實情洩露給了他們。假如他們傾巢而來，整個村子就保不住了！」李申說：「我正想讓他們來呢！」

　　李申先把窩藏強盜奸細的人都殺了，又派人四處去借弓箭、火銃，還到縣裡借了兩尊土炮。傍晚，李申率壯士來到隘口，先把土炮安放在隘口要道，派兩個人拿著火捻子埋伏著，囑咐他們看見強盜來了，就點火放炮。然後又帶人在山口的東邊，砍下一些樹木堆在山崖上。佈置完畢後，李申和崔猛各率十餘人，分別埋伏在隘口兩旁。一更將盡之時，遠處傳來馬的嘶鳴聲。悄悄觀察發現，強盜果然蜂擁而來，只見人馬絡

繹不絕。等強盜們都鑽進了山谷，李申下令將砍下的樹木全部推下去，阻斷了強盜的退路。接著，火炮轟鳴，喊殺聲震動山谷。強盜急忙往後退，自相踐踏，一片混亂。強盜退至谷東口，樹木堵塞出不去，強盜們都擠在了一起。這時山谷兩邊火銃、飛箭齊發，勢如暴風驟雨。那些強盜斷頭折足、橫七豎八地躺在谷底。最後只剩下二十來人，跪在地上哀求饒命，都被捆綁起來，押送回去。崔猛、李申率隊乘勝直搗強盜的老巢，留守的強盜們都聞風而逃，強盜的輜重全部被繳獲。

　　大獲全勝之後，崔猛十分高興，詢問李申在救自己妻子時怎麼會想到火繩之計的。李申說：「在東山放火繩，是把強盜們都吸引到東邊去，防止他們往西追趕。火繩很短，很快就燒完了，是怕強盜們發現山上沒人後馬上回頭。後來又在隘口放火繩，是因為那地方特別狹窄，一人當關，萬人莫開。強盜即使追上來，看見火光必然害怕，不敢貿然前行。這都是一時沒有辦法而想出的冒險的下策。」對那些俘虜的強盜審訊之中，果然證實他們追進隘口，望見火光，就嚇得撤退了。李申把俘獲的二十多個強盜全部割鼻斷足後放走了。從此，李申威名大振。遠近避亂逃難的人紛紛前來投奔他。於是，他訓練了一支三百多人的民兵團。各處的強盜再也不敢來侵犯了，確保了一方平安。

## 【原文】

　　崔猛，字勿猛，建昌世家子，性剛毅。幼在塾中，諸童稍有所犯，輒奮拳毆擊，師屢戒不悛。名、字，皆先生所賜也。至十六七，強武絕倫，又能持長竿躍登夏屋。喜雪不平，以是鄉人共服之，求訴稟白者盈階滿室。崔抑強扶弱，不避怨嫌，稍逆之，石杖交加，肢體為殘。每盛怒，無敢勸者。惟事母孝，母至則解。母譴責備至，崔唯唯聽命，出門輒忘。比鄰有悍婦，日虐其姑。姑餓瀕死，子竊啖之；婦知，詬厲萬端，聲聞四院。崔怒，逾垣而過，鼻耳唇舌盡割之，立斃。母聞之大駭，呼鄰子極意溫恤，配以少婢，事乃寢。母憤泣不食。崔懼，跪請受杖，且告以悔，母泣不顧。崔妻周，亦與並跪。母乃杖子，而又針刺其臂，作十字紋，朱涂之，俾勿滅。崔並受之，母乃食。

　　母喜飯僧道，往往饜飽之。適一道士在門，崔過之。道士目之曰：「郎君多凶橫之氣，恐難保其令終。積善之家，不宜有此。」崔新受母

戒，聞之，起敬曰：「某亦自知，但一見不平，苦不自禁。力改之，或可免否？」道士笑曰：「姑勿問可免不可免，請先自問能改不能改。但當痛自抑；如有萬分之一，我告君以解死之術。」崔生平不信魘禳，笑而不言。道士曰：「我固知君不信。但我所言，不類巫覡，行之亦盛德；即或不效，亦無妨礙。」崔請教，乃曰：「適門外一後生，宜厚結之，即犯死罪，彼亦能活之也。」呼崔出，指示其人。蓋趙氏兒，名僧哥。趙，南昌人，以歲祲飢，僑寓建昌。崔由是深相結，請趙館於其家，供給優厚。僧哥年十二，登堂拜母，約為昆弟。逾歲東作，趙攜家去，音問遂絕。

崔母自鄰婦死，戒子益切，有赴訴者，輒擯斥之。一日，崔母弟卒，從母往吊。途遇數人縶一男子，呵罵促步，加以捶撲。觀者塞途，輿不得進。崔問之，識崔者競相擁告。先是，有巨紳子某甲者，豪橫一鄉，窺李申妻有色，欲奪之，道無由。因命家人誘與博賭，貸以資而重其息，要使署妻於券，資盡復給。終夜，負債數千；積半年，計子母三十餘千。申不能償，強以多人篡取其妻。申哭諸其門。某怒，拉繫樹上，榜笞刺剟，逼立「無悔狀」。崔聞之，氣湧如山，鞭馬前向，意將用武。母搴簾而呼曰：「嘻！又欲爾耶！」崔乃止。既吊而歸，不語亦不食，兀坐直視，若有所嗔。妻詰之，不答。至夜，和衣臥榻上，輾轉達旦。次夜復然。忽啟戶出，輒又還臥。如此三四，妻不敢詰，惟悒息以聽之。既而遲久乃返，掩扉熟寢矣。

是夜，有人殺某甲於床上，剖腹流腸；申妻亦裸屍床下。官疑申，捕治之。橫被殘梏，踝骨皆見，卒無詞。積年餘，不堪刑，誣服，論辟。會崔母死，既殯，告妻曰：「殺甲者，實我也，徒以有老母在，故不敢洩。今大事已了，奈何以一身之罪殃他人？我將赴有司死耳！」妻驚挽之，絕裾而去，自首於庭。官愕然，械送獄，釋申。申不可，堅以自承。官不能決，兩收之。戚屬皆誚讓申，申曰：「公子所為，是我欲為而不能者也。彼代我為之，而忍坐視其死乎？今日即謂公子未出也可。」執不異詞，固與崔爭。久之，衙門皆知其故，強出之，以崔抵罪，瀕就決矣。會恤刑官趙部郎，案臨閱囚，至崔名，屏人而喚之。崔入，仰視堂上，僧哥也。悲喜實訴。趙徘徊良久，仍令下獄，囑獄卒善視之。尋以自首減等，充雲南軍，申為服役而去。未期年，援赦而歸，

皆趙力也。

既歸，申終從不去，代為紀理生業。予之資，不受。緣橦技擊之術，頗以關懷。崔厚遇之，買婦授田焉。崔由此力改前行，每撫臂上刺痕，泫然流涕。以故鄉鄰有事，申輒矯命排解，不相稟白。

有王監生者，家豪富，四方無賴不仁之輩，出入其門。邑中殷實者，多被劫掠；或迕之，輒遣盜殺諸途。子亦淫暴。王有寡媳，父子俱烝之。妻仇氏，屢沮王，王縊殺之。仇兄弟質諸官，王賕囑，以告者坐誣。兄弟冤憤莫伸，詣崔求訴。申絕之使去。過數日，客至，適無僕，使申淪茗。申默然出，告人曰：「我與崔猛朋友耳，從徙萬里，不可謂不至矣；曾無廩給，而役同廝養，所不甘也！」遂忿而去。或以告崔。崔訝其改節，而亦未之奇也。申忽訟於官，謂崔三年不給傭值。崔大異之，親與對狀，申忿相爭。官不直之，責逐而去。又數日，申忽夜入王家，將其父子媳婦並殺之，粘紙於壁，自書姓名；及追捕之，則亡命無跡。王家疑崔主使，官不信。崔始悟前此之訟，蓋恐殺人之累己也。關行附近州邑，追捕甚急。會闖賊犯順，其事遂寢。及明鼎革，申攜家歸，仍與崔善如初。

時土寇嘯聚，王有從子得仁，集叔所招無賴，據山為盜，焚掠村疃。一夜，傾巢而至，以報仇為名。崔適他出。申破扉始覺，越牆伏暗中。賊搜崔、李不得，擄崔妻，括財物而去。申歸，止有一僕，忿極，乃斷繩數十段，以短者付僕，長者自懷之。囑僕越賊巢，登半山，以火爇繩，散掛荊棘，即反勿顧。僕應而去。申窺賊皆腰束紅帶，帽繫紅絹，遂效其裝。有老牝馬初生駒，賊棄諸門外。申乃縛駒跨馬，銜枚而出，直至賊穴。賊據一大村，申繫馬村外，逾垣入。見賊眾紛紜，操戈未釋。申竊問諸賊，知崔妻在王某所。俄聞傳令，俾各休息，轟然嗷應。忽一人報東山有火，眾賊共望之。初猶一二點，既而多類星宿。申坌息急呼東山有警。王大驚，束裝率眾而出。申乘間漏出其右，返身入內。見兩賊守帳，之曰：「王將軍遺佩刀。」兩賊競覓。申自後斫之，一賊踣；其一回顧，申又斬之。竟負崔妻越垣而出。解馬授轡，曰：「娘子不知途，縱馬可也。」馬戀駒奔駛，申從之。出一隘口，申灼火於繩，遍懸之，乃歸。

次日，崔還，以為大辱，形神跳躁，欲單騎往平賊。申諫止之。集

村人共謀，眾怆怯莫敢應。解諭再四，得敢往二十餘人，又苦無兵。適於得仁族姓家獲奸細二，崔欲殺之，申不可；命二十人各持白梃，具列於前，乃割其耳而縱之。眾怨曰：「此等兵旅，方懼賊知，而反示之。脫其傾隊而來，闔村不保矣！」申曰：「吾正欲其來也。」執匿盜者誅之。遣人四出，各假弓矢火銃，又詣邑借巨炮二。日暮，率壯士至隘口，置炮當其衝，使二人匿火而伏，囑見賊乃發。又至谷東口，伐樹置崖上。已而與崔各率十餘人，分岸伏之。一更向盡，遙聞馬嘶，賊果大至，絡繹不絕。俟盡入谷，乃推墮樹木，斷其歸路。俄而炮發，喧騰號叫之聲，震動山谷。賊驟退，自相踐踏；至東口，不得出，集無隙地。兩岸銃矢夾攻，勢如風雨，斷頭折足者，枕藉溝中。遺二十餘人，長跪乞命。乃遣人縶送以歸。乘勝直抵其巢。守巢者聞風奔竄，搜其輜重而還。崔大喜，問其設火之謀。曰：「設火於東，恐其西追也；短，欲其速盡，恐偵知其無人也；既而設於谷口，口甚隘，一夫可以斷之。彼即追來，見火必懼，皆一時犯險之下策也。」取賊鞫之，果追入谷，見火驚退。二十餘賊，盡劓刖而放之。由此威聲大震，遠近避亂者從之如市，得土團三百餘人。各處強寇無敢犯，一方賴之以安。

# 于去惡

北平府的陶聖俞，是當地有名的讀書人。順治年間，他去赴鄉試，住在省城郊外一家旅店裡。這一天他偶然出來散步，見一個人背著書箱在路上徘徊，像找不到地方住的樣子。陶生上前與他攀談，那人放下書箱與他聊了起來。言談之中，陶生發現此人很有名士風度，非常喜歡，就請那人與自己同住一個旅店。那人也很高興，便帶上行李進入旅店，與陶生住在一起。那人自稱是順天府人，姓于，字去惡。因為陶生年紀稍長一點，於是就稱他為兄。

于去惡不喜歡出去遊玩，而喜歡安靜，經常一人獨坐在屋裡，但桌子上並沒有書籍。沒事的時候陶生不與他說話，他也不做聲，就一個人默默地躺著。陶生覺得這人很奇怪，便查看他隨身攜帶的書箱，裡面除了筆墨紙硯，沒有什麼東西。陶生感到很奇怪，因此就問他。于去惡笑

著說：「我們讀書人，哪能臨渴掘井？」

　　有一天，于去惡向陶生借了本書，自己關上門抄寫。他抄的速度非常快，一天時間就抄五十多頁，隨後也不見他裝訂成冊。陶生納悶，就偷偷察看，發現他每抄一頁就燒一頁，然後把燒成的灰一口吃了。陶生更加覺得奇怪了，於是再去詢問。于去惡回答道：「我這是以吃代讀罷了。」於是他就背誦起所抄的書，一口氣背了好幾篇，並且一字不差。陶生非常佩服，希望于去惡能傳授他這一絕招，卻被于去惡拒絕了。陶生以為他太吝嗇，不夠義氣，就用言語諷刺挖苦他。于去惡說：「老兄你真是太不諒解我了。有些事不對你說，我的心也無法自白；貿然對你說了，又怕你受到驚嚇。我也不知道該怎麼辦？」陶生一再請求說：「你儘管說吧，不妨事。」迫不得已，于去惡說道：「實不相瞞，我不是人，而是鬼。現在陰曹中根據考試的結果任命官吏。七月十四日奉命考核考官；十五日應考的士子入場；月底張榜揭曉。」陶生又問：「為什麼要考核考官？」于去惡說：「天帝為了慎重起見，對無論什麼樣的官吏都要進行考試。凡文采好的便錄用為考試官，文理不通的就不得錄用。因為陰曹中也有各種各樣的神，就像人間有太守、縣令一樣。已經得志的人，便不再讀典籍，他們只是以此為敲門磚博取功名罷了。一旦敲開門，當上官，就全丟了；如果再掌管文書十幾年，就能當上文學士了，胸中哪還能留下幾個字！人間之所以無才的人能當上官，而有才的人卻當不上官，就是因為少這一場考試啊。」陶生覺得他說得很有道理，從此對他格外敬畏。

　　有一天，于去惡從外面回來，愁容滿面，嘆了口氣說：「我活著的時候就貧賤，原本以為死後可以免於貧賤了，不料倒楣先生又跟我到陰間了。」陶生問他是怎麼回事，于去惡說：「文昌星奉命去都羅國封王，考官的考試他暫不辦了。幾十年的遊神、耗鬼，都夾雜在考試官裡，我們還有什麼希望呢？」陶生問：「那都是些什麼樣的人？」于去惡說：「就是說出來，你也不認識。只說一二人你可能知道的吧。譬如說瞎眼的樂正官師曠、愛財的司庫官和嶠這樣的。我自己想：命運是靠不住的，文才也是靠不住的，再無其他辦法，還不如就此罷了。」他快快不樂，說完便整理行裝要走。陶生安慰他並一再挽留，于去惡才留了下來。

　　到了七月十五的晚上，于去惡忽然對陶生說：「我要去參加考試了，請你黎明時到東郊去燒炷香，連叫三聲『去惡』，我就會來相見。」說完他就出門走了。陶生準備了酒菜，等他回來。天濛濛亮時，陶生按于去惡說的，叫了三聲「去惡」。不一會兒，于去惡果然來了，還領來了一名少年。陶生問這少年是誰。于去惡說：「這位是方子晉，我的好朋友，剛才在考場碰到。他久聞你的大名，很想認識一下，交個朋友。」於是他們三人一起前往住處。點上燈後，正式行禮相見。這位少年風度翩翩，態度非常謙遜。陶生很喜歡他，便問道：「子晉今日一定考得很滿意吧？」于去惡說：「說來可笑，場上出了七道題，子晉已作了一半了，一下看到主考官的姓名，包起東西就退出考場，真是個奇人！」陶生一邊用爐子溫酒，一邊問道：「考場出的什麼題？于兄定能名列前茅吧？」于去惡說：「以四書命題的八股文一篇，以五經命題的八股文一篇，這個什麼人都能寫；策問中有這樣幾句：『自古以來，邪氣固然很多。到了今天，奸邪之情，醜惡之態，多得不計其數；不用說十八層地獄不能都用上，就是都用上也容不下這些罪人，到底有什麼辦法呢？有的說再增加一二層地獄，然而這樣太違背了天帝的好生之心。到底是增加地獄還是不增加？或是還有別的辦法能堵住犯罪的根源，你們可以提出建議，不要隱諱。』小弟對上述策問，答得雖不夠好，卻是非常痛快。還有擬表題：『擬天魔殄滅，賜群臣龍馬天衣有差。』再就還有『瑤台應制詩』、『西池桃花賦』這三種。我自認為考場上沒人能比我答得好。」說罷鼓起掌來。方生笑著說：「此時這般開心，由著你自我感覺良好；過幾天後不痛哭，那才算真正的男子漢。」

　　天明後，方生要告辭回去。陶生留他住下，方生不同意，陶生就要求他晚上再來。但此後一連三天，方生都沒有來。陶生請于去惡去找方生。于去惡說：「不必去找，子晉是很誠實的，一定是有什麼事，不然絕對不會故意不來。」

　　太陽快落時，方生果然來了。他拿出一卷稿子給陶生，說：「三天沒有來，我失約了。我抄了舊詩百餘首，請你欣賞。」陶生接了過來，很是高興，馬上讀起來，讀一句讚一聲，讀了一二首，就珍藏在自己的書箱裡。當晚，他們暢談到深夜，方生便留下與陶生一起睡。自此以後，方生沒有一晚上不來，而陶生也是一晚上見不到方生就不開心。

一天晚上，方生忽然慌慌張張進屋，對陶生說：「陰間的地榜已揭曉，于兄落第了！」于去惡正睡著，聽到這話立刻驚起了，淚流滿臉，非常難過。陶、方二人極力勸他，安慰他，他才慢慢止住了淚水。然而三人都很難過，相對無語。過了一會，方生說：「聽說大巡環張桓侯要來巡視，我想這可能是不得志的人編造出來的；如果真有此事，這次考試可能還會有變數。」于去惡聽說，臉上出現喜色。陶生問他為什麼高興，于去惡說：「桓侯張翼德，三十年巡視一次陰曹，三十五年巡視一次陽間。兩世間的不平之事，都等他老人家來解決。」於是，他起身拉著方生一起走了。

隔了兩夜，于、方二人回來了。方生喜滋滋地對陶生說：「你不祝賀一下於兄嗎？桓侯前天晚上果真來了，扯碎了地榜，榜上的名字只留下三分之一。他逐個看了落選的考卷，見到于兄的考卷很是讚賞，便推薦於兄任交南巡海使，很快就有車馬來接于兄上任。」陶生聽了自然十分高興，馬上擺上酒席慶賀。酒過數巡，于去惡問陶生：「你家有多餘的房子嗎？」陶生問：「你有什麼用？」于去惡說：「子晉孤單一人沒有家，他又不忍心老麻煩你，所以我想借你的房子讓他有個安身之處。」陶生非常高興，說：「這太好了。就是沒有多餘的房子，咱們同床共寢又有何妨？但是家裡有父親在，必須先和他說一聲。」于去惡說：「早就聽說你父親仁慈寬厚，可以信賴。但你馬上就要應考了，子晉如不待在這裡，就先回去怎麼樣？」陶生請他們一起住在旅店裡，等自己考完試，大家一塊回家。

第二天傍晚時，一大隊車馬來到門口，說是來接于去惡去赴任的。于去惡起身與陶、方二人握手話別。他對陶生說：「我們要分別了。我有一句話想要對你說，但又擔心會挫了你的進取之心。」陶生問：「有什麼話？」于去惡說：「陶兄命運不好，生不逢時，這一回科考中的可能性只有十分之一；下一科，桓侯巡視人間，公道開始彰顯，但成功的可能性也只有十分之三；再一科考試，才可望成功。」陶生聽了後，覺得既然這回沒有什麼希望，就想乾脆不考了。于去惡說：「這不行，這是天數，就是明知考不上，也必須經歷的。」隨後他又對方生說：「你不要再久留於此。今天是個合適的日子，我可以讓車子送你去陶家，我自己騎馬上任。」方生欣然同意，拜別而去。陶生心中還是困惑，不知

怎麼是好，只是哭著送他二人離去。遙望車、馬分道遠去，轉眼就消失了，這才後悔子晉北上去了他家，竟沒有向他交代一句，可現在已經來不及了。

陶生三場考下來，確實不能滿意，於是風塵僕僕地趕回家去。他進門就問方子晉是不是來了，可家裡人沒有一個知道方子晉的。他便向他父親詳細說了在外面碰到的情況。父親高興地說：「若是這樣的話，那客人早就來了。」原來在陶生未到家之前，陶公大白天睡覺做了個夢，夢見一輛馬車停在門前，一個風度翩翩的年輕人從車子裡出來，到堂上來拜見。陶公問他從哪裡來，年輕人回答說：「大哥答應借我一間屋住，因為他還要考試，不能陪我過來，就讓我自己先來了。」說完，又要求進內房拜見母親。陶公正要推辭，家中老傭人出來通報：「夫人生了個小公子。」這時陶公突然醒來，覺得很納悶。現在聽陶生這樣一說，正好與夢相契合。才知道小兒子就是方子晉投胎托生。陶氏父子都非常喜歡這孩子，給他起名叫小晉。

小晉初生之時，經常半夜裡啼哭，母親非常苦惱。陶生說：「如果他真的是子晉，我見了他，他就不哭了。」但按照當時的風俗，剛生下來的孩子不能見生人。所以沒讓陶生相見。後來，母親見孩子哭個不停，不得已才叫陶生進屋看看。陶生見到孩子，對他說：「子晉不要哭，我回來了。」小晉哭得正起勁，聽到陶生說話，馬上就止住了，不眨眼地盯著陶生，像是在辨認。陶生用手摸了一下他的頭頂，就出去了。自此之後，小晉不再半夜啼哭了。數個月後，陶生都不敢去見他了。因為一見他，小晉就弓著腰讓陶生抱。如果不滿足他，就會哭個沒完沒了。其實陶生也是越來越喜歡他了。

小晉長到四歲就離開母親，經常跟陶生一塊睡。陶生有事外出，他就裝作睡著了，一直等陶生回來。陶生經常在床上教他讀《詩經》，他咿咿呀呀地誦讀著，一晚上能背四十行。陶生拿原來方子晉的詩教他，他更是非常樂意讀，而且一讀就能記住。再試其他的詩文，就沒這麼容易記住了。小晉八九歲時，眉清目秀，跟方子晉的模樣十分相像。

後來，陶生兩次參加考試，都沒有考中。順治十四年（1657），考場作弊事件被揭發，考官大多數被誅殺或貶職，考試舞弊事件才得到遏止，原來是張桓侯下界巡視的結果。陶生下一科中了副榜，接著成為貢

生。而陶生此時對仕途已經失去興趣，便隱居鄉間，一心一意教小弟弟讀書。他經常對人們說：「我有現在這樣的快樂，高官厚祿也不換！」

## 【原文】

北平陶聖俞，名下士。順治間，赴鄉試，寓居郊郭。偶出戶，見一人負笈儴，似卜居未就者。略詰之，遂釋負於道，相與傾語，言論有名士風。陶大悅之，請與同居。客喜，攜囊入，遂同樓止。客自言：「順天人，姓于，字去惡。」以陶差長，兄之。

于性不喜游矚，常獨坐一室，而案頭無書卷。陶不與談，則默臥而已。陶疑之，搜其囊篋，則筆硯之外，更無長物。怪而問之，笑曰：「吾輩讀書，豈臨渴始掘井耶？」一日，就陶借書去，閉戶抄甚疾，終日五十餘紙，亦不見其摺疊成卷。竊窺之，則每一稿脫，則燒灰吞之。愈益怪焉。詰其故，曰：「我以此代讀耳。」便誦所抄書，頃刻數篇，一字無訛。陶悅，欲傳其術，于以為不可。陶疑其吝，詞涉誚讓，于曰：「兄誠不諒我之深矣。欲不言，則此心無以自剖；驟言之，又恐驚為異怪。奈何？」陶固謂：「不妨。」于曰：「我非人，實鬼耳。今冥中以科目授官，七月十四日奉詔考簾官；十五日士子入闈；月盡，榜放矣。」陶問：「考簾官為何？」曰：「此上帝慎重之意，無論烏吏鱉官，皆考之。能文者以內簾用，不通者不得與焉。蓋陰之有諸神，猶陽之有守、令也。得志諸公，目不睹墳、典，不過少年持敲門磚，獵取功名，門既開，則棄去；再司簿書十數年，即文學士，胸中尚有字耶！陽世所以陋劣幸進，而英雄失志者，惟少此一考耳。」陶深然之，由是益加敬畏。一日，自外來，有憂色，嘆曰：「僕生而貧賤，自謂死後可免；不謂迍邅先生，相從地下。」陶請其故，曰：「文昌奉命都羅國封王，簾官之考遂罷。數十年遊神耗鬼，雜入衡文，吾輩寧有望耶？」陶問：「此輩皆誰何人？」曰：「即言之，君亦不識。略舉一二人，大概可知：樂正師曠、司庫和嶠是也。僕自念命不可憑，文不可恃，不如休耳。」言已快快，遂將治任。陶挽而慰之，乃止。

至中元之夕，謂陶曰：「我將入闈。煩於昧爽時，持香炷於東野，三呼『去惡』，我便至。」乃出門去。陶沽酒烹鮮以待之。東方既白，敬如所囑。無何，於偕一少年來。問其姓字，于曰：「此方子晉，是我良

友，適于場中相邂逅。聞兄盛名，深欲拜識。」同至寓，秉燭為禮。少年亭亭似玉，意度謙婉。陶甚愛之，便問：「子晉佳作，當大快意。」于曰：「言之可笑！闈中七則，作過半矣；細審主司姓名，裹具徑出。奇人也！」陶扇爐進酒，因問：「闈中何題？去惡魁解否？」于曰：「書藝、經論各一，夫人而能之。策問：『自古邪僻固多，而世風至今日，姦情醜態，愈不可名，不惟十八獄所不得盡，抑非十八獄所能容。是果何術而可？或謂宜量加一二獄，然殊失上帝好生之心。其宜增與、否與，或別有道以清其源，爾多士其悉言勿隱。』弟策雖不佳，頗為痛快。表：『擬天魔殄滅，賜群臣龍馬天衣有差。』次則『瑤台應制詩』、『西池桃花賦』。此三種，自謂場中無兩矣！」言已鼓掌。方笑曰：「此時快心，放兄獨步矣；數辰後，不痛哭始為男子也。」天明，方欲辭去。陶留與同寓，方不可，但期暮至。三日，竟不復來。陶使于往尋之。于曰：「無須。子晉拳拳，非無意者。」日既西，方果來。出一卷授陶，曰：「三日失約。敬錄舊藝百餘作，求一品題。」陶捧讀大喜，一句一讚，略盡一二首，遂藏諸笥。談至更深，方遂留，與于共榻寢。自此為常。方無夕不至，陶亦無方不歡也。

　　一夕，倉皇而入，向陶曰：「地榜已揭，于五兄落第矣！」于方臥，聞言驚起，泫然流涕。二人極意慰藉，涕始止。然相對默默，殊不可堪。方曰：「適聞大巡環張桓侯將至，恐失志者之造言也；不然，文場尚有翻覆。」于聞之，色喜。陶詢其故，曰：「桓侯翼德，三十年一巡陰曹，三十五年一巡陽世，兩間之不平，待此老而一消也。」乃起，拉方俱去。兩夜始返，方喜謂陶曰：「君不賀五兄耶？桓侯前夕至，裂碎地榜，榜上名字，止存三之一。遍閱遺卷，得五兄甚喜，薦作交南巡海使，旦晚輿馬可到。」陶大喜，置酒稱賀。酒數行，于問陶曰：「君家有閒舍否？」問：「將何為？」曰：「子晉孤無鄉土，又不忍恝然於兄。弟意欲假館相依。」陶喜曰：「如此，為幸多矣。即無多屋宇，同榻何礙。但有嚴君，須先關白。」于曰：「審知尊大人慈厚可依。兄場闈有日，子晉如不能待，先歸何如？」陶留伴逆旅，以待同歸。

　　次日，方暮，有車馬至門，接于蒞任。于起，握手曰：「從此別矣。一言欲告，又恐阻銳進之志。」問：「何言？」曰：「君命淹蹇，生非其時。此科之分十之一；後科桓侯臨世，公道初彰，十之三；三科始

可望也。」陶聞，欲中止。于曰：「不然，此皆天數。即明知不可，而注定之艱苦，亦要歷盡耳。」又顧方曰：「勿淹滯，今朝年、月、日、時皆良，即以輿蓋送君歸。僕馳馬自去。」方欣然拜別。陶中心迷亂，不知所囑，但揮涕送之。見輿馬分途，頃刻都散。始悔子晉北旋，未致一字，而已無及矣。

三場畢，不甚滿志，奔波而歸。入門問子晉，家中並無知者。因為父述之。父喜曰：「若然，則客至久矣。」先是陶翁晝臥，夢輿蓋止於其門，一美少年自車中出，登堂展拜。訝問所來，答云：「大哥許假一舍，以入闈不得偕來。我先至矣。」言已，請入拜母。翁方謙卻，適家媼入曰：「夫人產公子矣。」恍然而醒，大奇之。是日陶言，適與夢符，乃知兒即子晉後身也。父子各喜，名之小晉。兒初生，善夜啼，母苦之。陶曰：「倘是子晉，我見之，啼當止。」俗忌客忤，故不令陶見。母患啼不可耐，乃呼陶入。陶鳴之曰：「子晉勿爾！我來矣！」兒啼正急，聞聲輟止，停睇不瞬，如審顧狀。陶摩頂而去。自是竟不復啼。數月後，陶不敢見之，一見，則折腰索抱；走去，則啼不可止。陶亦狃愛之。四歲離母，輒就兄眠；兄他出，則假寐以俟其歸。兄於枕上教「毛詩」，誦聲呢喃，夜盡四十餘行。以子晉遺文授之，欣然樂讀，過口成誦；試之他文，不能也。八九歲，眉目朗徹，宛然一子晉矣。

陶兩入闈，皆不第。丁酉，文場事發，簾官多遭誅遣，貢舉之途一肅，乃張巡環力也。陶下科中副車，尋貢。遂灰志前途，隱居教弟。常語人曰：「吾有此樂，翰苑不易也。」

# 王子安

王子安是東昌府的名士，卻屢次科考不中。有一次考完試之後，他眼巴巴地盼著考中的消息。臨近發榜之際，他暢飲一番，結果酩酊大醉，回家後就睡在臥室裡。這時，忽然聽到有人喊道：「報馬來了！」王子安跌跌撞撞地爬起來，說：「給賞錢十千！」家裡人因為他醉了，哄著安慰他說：「你安心地睡好了，賞錢已經給了。」王子安又躺了回去。不一會兒，又有個人進來說：「你考中進士了！」王子安自言自語

道：「還沒去京城赴考，怎麼中了進士？」來人說：「你忘了嗎？三場都已考完了！」王子安喜出望外，跳起來大喊道：「給賞錢十千！」家人又哄著安慰他說：「你安心地睡好了，賞錢已經給了。」又過了一會兒，一個人急急忙忙跑進來說：「你已經點了翰林，跟班在這裡伺候！」王子安睜目一看，果然有兩個人衣冠整潔，在床下拜見。王子安大叫用好酒好菜招待。家人繼續哄騙他，心裡都暗暗發笑，這回他醉得實在太厲害了。

　　過了很久，王子安想自己既然做了大官，就得在鄉親父老面前好好炫耀一番，於是大叫跟班。可他一連叫了幾十聲，也沒人答應。家人笑著對他說：「你先好好躺著，我們去找他們。」又過了很久，跟班果然來了。王子安捶床跺腳，大聲罵道：「你們這些蠢奴才，都跑到哪裡去了？」跟班發怒道：「你這個沒用的無賴！剛才不過是跟你玩玩罷了，你倒真的罵起來！」王子安大怒，突然起身打過來，將跟班的帽子都打落在地，而他自己也跌倒了。這時他的妻子走進來，將他扶了起來，說：「你怎麼醉到這種地步！」王子安說：「那些跟班實在太可惡，我必須懲罰他們，你怎麼說是我醉了？」妻子大笑著說：「家裡只有我這個老婆子，白天為你做飯，晚上替你暖腳。哪裡來的什麼跟班，會伺候你這把窮骨頭！」一旁的孩子們聽了都哄堂大笑。這時王子安的醉意也慢慢消退了，這才如大夢方醒。他終於明白了剛才的一切都是虛幻的。但他還記得自己將跟班的帽子打掉了，於是去尋找，結果在門後旁找到了一頂像茶盅那樣大小的纓帽。大家都很驚疑，王子安自我解嘲道：「過去有人被鬼揶揄，我現在則是被狐狸戲弄了！」

## 【原文】

　　王子安，東昌名士，困於場屋。入闈後，期望甚切。近放榜時，痛飲大醉，歸臥內室。忽有人白：「報馬來。」王踉蹌起曰：「賞錢十千！」家人因其醉，誑而安之曰：「但請睡，已賞矣。」王乃眠。俄又有入者曰：「汝中進士矣！」王自言：「尚未赴都，何得及第？」其人曰：「汝忘之耶？三場畢矣。」王大喜，起而呼曰：「賞錢十千！」家人又誑之如前。又移時，一人急入曰：「汝殿試翰林，長班在此。」果見二人拜床下，衣冠修潔。王呼賜酒食，家人又誑之，暗笑其醉而已。久之，王自

念不可不出耀鄉里，大呼長班；凡數十呼，無應者。家人笑曰：「暫臥候，尋他去。」又久之，長班果復來。王捶床頓足，大罵：「鈍奴焉往！」長班怒曰：「措大無賴！向與爾戲耳，而真罵耶？」王怒，驟起撲之，落其帽。王亦傾跌。妻入，扶之曰：「何醉至此！」王曰：「長班可惡，我故懲之，何醉也？」妻笑曰：「家中只有一嫗，晝為汝炊，夜為汝溫足耳。何處長班，伺汝窮骨？」子女粲然皆笑。王醉亦稍解，忽如夢醒，始知前此之妄。然猶記長班帽落，尋至門後，得一縷帽如盞大，共異之。自笑曰：「昔人為鬼揶揄，吾今為狐奚落矣。」

# 折　獄

淄川縣的西崖莊，有一個姓賈的被人殺死在路上。隔了一夜，他的妻子也上吊死了。賈某的弟弟跑到縣衙去告狀。當時，浙江人費禕祉在淄川做縣令。他親自去驗屍，看到死者布包袱裡包著五錢多銀子，還繫在腰中，知道不是圖財害命。將左鄰右舍傳來審問了一遍，沒有發現什麼線索，也沒有責打他們，就把他們都放了回去。只是命鄉約、地保仔細偵察，十天向他匯報一次。

半年之後，這件事慢慢平息下來。賈某的弟弟埋怨費縣令心慈手軟，多次上公堂吵鬧。費縣令生氣地說：「你既然不能指認誰是兇手，難道要讓我用酷刑拷打良民嗎？」呵斥一番後就把他轟出去了。賈某的弟弟無處伸訴冤情，悲憤地把哥哥嫂子埋葬了。

有一天，因為賦役之事，縣裡逮來幾個人。其中有一個叫周成的害怕責打，便對縣令說錢糧已經籌辦足了。他邊說邊從腰間取出銀袱，交給費縣令驗視。費縣令查看之後，便問道：「你家住在哪裡？」周成答道：「在某村。」又問：「離西崖村幾里路？」回答說：「五六里。」再問：「去年被殺的賈某是你什麼人？」周成驚恐地說：「我不認識那個人。」費縣令勃然大怒道：「你殺了他，還說不認識？」周成竭力辯解，費縣令一概不聽，喝令嚴刑拷打，周成果然認罪了。

原來，賈某的妻子王氏，要去走親戚，因為沒有像樣的首飾，覺得很羞愧，鬧著叫丈夫去向鄰居家借。丈夫不肯去，王氏就自己去借了。

她對這件首飾非常寶貝，回來的路上特意從頭上卸下來，小心包起來，塞進袖筒中。但回到家中，伸手一摸，首飾卻不見了。王氏不敢告訴丈夫，又沒有辦法償還鄰居，懊惱得要死。那天，首飾恰好被周成拾得，他知道是賈某的妻子丟的，便趁賈某外出之際，半夜翻牆來到賈家，想以首飾要挾，和賈妻苟合。當時正是大熱天，王氏睡在院子裡，周成悄悄過去準備姦淫。王氏醒覺，大聲喊叫。周成急忙制止，將包袱自己留下，把首飾給了她。王氏迫不得已，事後對周成說：「你以後不要再來了，我家男人很凶的，如果讓他知道了，我你都不得好死！」周成氣憤地說：「我給你的東西夠到妓院嫖好幾宿呢！難道就這樣把我打發了嗎？」王氏只得婉言安撫道：「我並不是不願與你相交。我那男人經常生病，不如慢慢等他病死吧。」周成記住這話，於是就把賈某殺了，夜裡又來找王氏，說：「你男人已經被人殺了，你就按自己說的今天跟著我吧！」王氏聽了大哭起來。周成害怕驚動鄰居，連忙逃走了。天亮之後，人們發現王氏也死了。費縣令查明實情，將周成抵罪。

大家都佩服費縣令斷案神明，但不知道他是如何查明案情的。費縣令說：「其實案情並不難辨，只是要隨時隨地留意罷了。當初驗屍的時候，我見包銀子的包袱繡著萬字文，周成的包袱也一樣，顯然是出自一人之手。審問下來，他又說不認識賈某，而且支吾其詞，神態異常，所以知道他就是真正的兇手了。」

淄川縣有個叫胡成的，與馮安是老鄉，但兩家世代不和睦。胡家父子很強悍，馮安常低三下四迎合他，胡家卻始終不信任他。

有一天，他們一塊喝酒，略有醉意時，兩人說了些心裡話。胡成吹噓道：「我從來不擔心自己會貧窮，只要我願意，百把兩銀子的財產不難弄到手！」馮安知道胡成家並不富裕，他這是酒後在說胡話，就故意譏笑他。胡成一本正經地說：「實話告訴你吧，我昨天遇到一個大商人，車上裝著很多財物，我把他殺了，屍首扔進了南山的枯井裡。」馮安又嘲笑他吹牛。當時，胡成有個妹夫叫鄭倫，托胡成幫忙購置田產，將好幾百兩銀子寄存在了胡成家。胡成將這些銀子都拿了出來，在馮安面前炫耀。於是馮安就相信了。

散席以後，馮安偷偷寫了一紙訴狀，投到了縣衙。費縣令立即拘捕

了胡成，升堂審問。胡成說了實情。費縣令又傳訊了鄭倫和產主，結果都是這樣。於是，一干人一塊去察看南山枯井。一個衙役用繩子吊著下去，竟發現井中果然有一具無頭屍體。胡成嚇得六神無主，但又無法辯白，只能大喊冤苦。費縣令非常憤怒，令人掌嘴數十下，說：「證據確鑿，還叫什麼冤屈！」於是用死刑犯的刑具將他鎖了起來，卻不讓弄出屍體來，只是告知各村，讓死者的家屬呈報狀子來認屍。

　　過了一天，有個婦人持狀紙來到縣衙，聲稱自己是死者的妻子，說：「我的丈夫叫何甲，帶著數百兩銀子出門做生意，被胡成殺死了。」費縣令說：「枯井中確實有具屍體，但未必就是你的丈夫。」那婦人一口咬定是她丈夫。費縣令就下令把屍體弄出井來，眾人一看，果然是那婦人的丈夫。婦人不敢靠近，只是站在遠處痛哭。費縣令說：「真正的兇手已經抓住了，但屍體不完整。你暫且回去，等找到死者的頭顱，便公開判決，讓胡成償命。」

　　接著，費縣令下令將胡成從獄中押出來，呵斥道：「限你明天將頭顱交出來，不然就打斷你的腿！」衙役押他出去了，但找了一天還是空手而歸。追問他，他只是號哭。費縣令讓衙役把刑具扔在他面前，擺出要用刑的樣子，卻又不動刑，說：「想必是你那天夜裡扛著屍體慌忙急迫，不知將頭掉到什麼地方了。為什麼不仔細找找呢？」胡成哀求縣令寬限數日，讓他繼續尋找。縣令又問那婦人：「你有幾個子女？」婦人回答：「沒有子女。」縣令又問：「何甲有什麼親屬？」婦人道：「只有一個堂叔。」縣令感慨地說：「年紀輕輕就死了丈夫，又沒有子女，以後這孤苦伶仃的日子怎麼過啊！」婦人又哭起來，給縣令磕頭請求憐憫。縣令說：「案子已經基本定下來了，只要找到全屍，此案就完結了。結案後，你趕快改嫁吧。你是一個年輕少婦，以後不要再拋頭露面出入公堂了。」婦人感動得涕淚交流，叩頭下了公堂。縣令又傳令鄉里，讓大家替官府尋找人頭。

　　過了一夜，同村的王五聲稱已經找到死者的頭顱了。縣令審問查驗清楚，就賞給他一千錢。又把何甲的堂叔傳到縣衙，說：「大案已經查清，但是人命案情重大，不到一年不能正式結案。你侄兒既然沒有子女，一個年輕的寡婦也難以獨自生活，就讓她早點改嫁吧。以後也沒有別的事了，只是上司來覆核時，你必須出面應聲。」何甲的堂叔不肯，

費縣令從堂上扔下兩根動刑的簽子；何甲的堂叔還想申辯，又扔下一簽。何甲的堂叔害怕了，只得答應了退下。那婦人聽到這個消息，來縣衙謝恩。費縣令極力安慰她，又傳令：「有誰願娶這個婦人，有就當堂報告。」婦人下堂後，就有一個人來投婚狀，原來就是那個找到人頭的王五。縣令立即再傳喚婦人上堂，說：「真正的殺人兇手，你知道是誰嗎？」婦人回答道：「胡成。」縣令說：「不是。你與王五才是真正的兇犯！」二人大驚失色，極力辯白，叫喊冤枉。縣令說：「其實我早已知道其中詳情！之所以一直到現在才點明，只是怕萬一屈枉了好人！我問你：屍體還在枯井之中，你怎麼就能確信那就是你丈夫？這是因為你早就知道你丈夫死在井裡了！況且何甲死的時候還穿得破破爛爛，數百兩銀子是從什麼地方弄來的？」回頭又對王五說：「人頭在哪裡，你怎麼知道得那樣清楚？你之所以這樣急迫地將人頭交出來，只是打算早點娶到這婦人罷了！」兩人嚇得面如黃土，一句話也說不出來。費縣令用刑拷問，二人果然從實招了。原來王五與婦人私通已經很久了，兩人合謀殺了她的丈夫。恰巧碰上胡成開玩笑說殺了人，二人才想嫁禍於胡成。於是費縣令將胡成釋放了。馮安則以誣告罪被打了一頓，判三年勞役。直到案子結束，費縣令沒有對任何一個人亂動刑罰。

## 【原文】

　　邑之西崖莊，有賈某被人殺於途。隔夜，其妻亦自經死。賈弟鳴於官，時浙江費公禕祉令淄，親詣驗之。見布袷裹銀五錢餘，尚在腰中，知非為財也者。拘兩村鄰保，審質一過，殊少端緒，並未搒掠，釋散歸農。但命約地細察，十日一關白而已。逾半年，事漸懈。賈弟怨公仁柔，上堂屢聒。公怒曰：「汝既不能指名，欲我以桎梏加良民耶？」呵逐而出。賈弟無所伸訴，憤葬兄嫂。

　　一日，以逋賦故，逮數人至。內一人周成，懼責，上言錢糧措辦已足，即於腰中出銀袷，裸公驗視。公驗已，便問：「汝家何裡？」答云：「某村。」又問：「去西崖幾里？」答云：「五六里。」問：「去年被殺賈某，系汝何人？」答曰：「不識其人。」公勃然曰：「汝殺之，尚云不識耶？」周力辯，不聽；嚴梏之，果伏其罪。

　　先是，賈妻王氏將詣姻家，慚無釵飾，聒夫使假於鄰。夫不肯；妻

自假之,頗甚珍重。歸途,卸而裹諸袱,內袖中;既至家,探之已亡。不敢告夫,又無力償鄰,懊惱欲死。是日,周適拾之,知為賈妻所遺;窺賈他出,半夜逾垣,將執以求合。時溽暑,王氏臥庭中,周潛就淫之。王氏覺,大號。周急止之,留袱納釵。事已,婦囑曰:「後勿來,吾家男子惡,犯恐俱死!」周怒曰:「我挾勾欄數宿之資,寧一度可償耶?」婦慰之曰:「我非不願相交,渠常善病,不如從容以待其死。」周乃去,於是殺賈,夜詣婦曰:「今某已被人殺,請如所約。」婦聞大哭,周懼而逃,天明則婦死矣。

　　公廉得情,以周抵罪。共服其神,而不知所以能察之故。公曰:「事無難辨,要在隨處留心耳。初驗屍時,見銀袱刺萬字文,周袱亦然,是出一手也。及詰之,又云無舊,詞貌詭變,是以確知其真兇也。」

　　邑人胡成,與馮安同里,世有隙。胡父子強,馮屈意交歡,胡終猜之。一日,共飲薄醉,頗傾肝膽。胡大言:「勿憂貧,百金之產不難置也。」馮以其家不豐,故噱之。胡正色曰:「實相告:昨途遇大商,載厚裝來,我顛越於南山眢井中矣。」馮又笑之。時胡有妹夫鄭倫,托為說合田產,寄數百金於胡家,遂盡出以炫馮。馮信之。既散,陰以狀報邑。公拘胡對勘,胡言其實,問鄭及產主皆不訛。乃共驗諸眢井。一役縋下,則果有無首之屍在焉。胡大駭,莫可置辯,但稱冤苦。公怒,擊喙數十,曰:「確有證據,尚叫屈耶!」以死囚具禁制之。屍戒勿出,惟曉示諸村,使屍主投狀。

　　逾日,有婦人抱狀,自言為亡者妻,言:「夫何甲,揭數百金作貿易,被胡殺死。」公曰:「井有死人,恐未必即是汝夫。」婦執言甚堅。公乃命出屍於井,視之,果不妄。婦不敢近,卻立而號。公曰:「真犯已得,但骸軀未全。汝暫歸,待得死者首,即招報令其抵償。」遂自獄中喚胡出,呵曰:「明日不將頭至,當械折股!」押去終日而返,詰之,但有號泣。乃以梏具置前作刑勢,卻又不刑,曰:「想汝當夜扛屍忙迫,不知墜落何處,奈何不細尋之?」胡哀免,祈容急覓。公乃問婦:「子女幾何?」答曰:「無。」問:「甲有何戚屬?」「但有堂叔一人。」慨然曰:「少年喪夫,伶仃如此,其何以為生矣!」婦乃哭,叩求憐憫。

公曰：「殺人之罪已定，但得全屍，此案即結；結案後，速醮可也。汝少婦，勿復出入公門。」婦感泣，叩頭而下。公即出票示里人，代覓其首。

經宿，即有同村王五，報稱已獲。問驗既明，賞以千錢。喚甲叔至，曰：「大案已成，然人命重大，非積歲不能成結。俥既無出，少婦亦難存活，早令適人。此後亦無他務，但有上台檢駁，止須汝應聲耳。」甲叔不肯，飛兩簽下；再辯，又一簽下。甲叔懼，應之而出。婦聞，詣公謝恩。公極意慰諭之。又諭：「有買婦者，當堂關白。」既下，即有投婚狀者，蓋即報人頭之王五也。公喚婦上，曰：「殺人之真犯，汝知之乎？」答曰：「胡成。」公曰：「非也。汝與王五乃真犯耳。」二人大駭，力辯冤枉。公曰：「我久知其情，所以遲遲而發者，恐有萬一之屈耳。屍未出井，何以確信為汝夫？蓋先知其死矣。且甲死猶衣敗絮，數百金何所自來？」又謂王五曰：「頭之所在，汝何知之熟也！所以如此其急者，意在速合耳。」兩人驚顏如土，不能強置一詞。並械之，果吐其實。蓋王五與婦私已久，謀殺其夫，而適值胡成之戲也。

乃釋胡。馮以誣告，重笞，徒三年。事既結，並未妄刑一人。

# 神　女

有一個姓米的書生，是福建人，傳說這個故事的人也已經不記得他的名字和籍貫了。

有一回，米生偶然去郡城，喝醉了酒經過一處集市，聽到一處高大的門牆內傳出雷鳴般的簫鼓樂聲。他有點好奇，便向當地人詢問，得到的回答是這戶人家正在開慶壽宴會。但是門口卻很冷清，沒有什麼賓客。米生再仔細聽聽，裡面敲鑼打鼓確實很熱鬧。他已經有了幾分醉意，十分嚮往，也不問這是什麼人家，就在街頭買了份賀壽禮物，上前投了自稱晚生的名帖。

邊上有個人見他衣著寒酸，便問道：「你是這家老爺的什麼親戚？」米生說：「不是啊。」那人又說：「這戶人家是暫時借住在這裡的，不知道是當什麼高官的，十分富貴顯赫。你既然與其非親非故，前

去慶賀圖個什麼呢？」米生聽這一說，心中有些後悔，但名帖已經投進去了，也沒有辦法。

　　沒過多久，兩個年輕人出來迎接客人。他們都穿著鮮豔華麗的衣服，風度翩翩，恭敬地將米生請進家。米生來到大堂，見一位老爺面南坐著，東西兩邊擺列著幾桌酒席，有客人六七個，都像是富貴人家。他們見到米生，都站起來行禮，老爺也扶著枴杖站了起來。米生站了好一會兒，想和老爺寒暄幾句，但老爺卻不離開座位。那兩位年輕人客氣地解釋道：「家父年老力衰，難以行禮，我們弟兄二人代家父感謝您大駕光臨！」米生也謙遜地謝過。於是又在老爺邊上加了一席。不一會兒，堂下有女子開始奏樂。酒席座位後設有琉璃屏風，以遮擋內眷。這時，擊鼓吹笙，樂聲大作，客人沒法再交談。宴席快結束的時候，那兩位公子站起來，每人拿一個足能盛三斗酒的酒杯勸客。米生一看，面有難色，但見其他客人都喝了，也只得跟著接受了。看看周圍，主人、客人都一飲而盡。米生迫不得已，勉強喝乾。公子又要給他斟上，米生實在不勝酒力，站起來告辭。公子拉住他的衣服不讓走。這時米生已經大醉，頹然倒地。昏醉中他感到有人在用冷水往他臉上噴，迷迷糊糊醒了過來。他站起身一看，客人都已經散了，只有公子扶著胳膊送他，於是告辭回家。後來，他曾再次路過那家門口，但那一家人已遷走了。

　　從郡城回來後，有次米生偶然到街市上去，從酒鋪中走出一個人來，招呼他一起喝酒。米生看看那人，並不認識，但想一塊喝個酒又無妨，姑且進去了。進去一看，同村的鮑莊已先坐在那裡了。米生詢問那人的姓名，得知他姓諸，是在集市上磨銅鏡的。米生不禁奇怪地問：「你怎麼認識我的呢？」諸某反問道：「前幾天做壽的那人，你認識嗎？」米生只得老實答道：「不認識。」諸某解釋道：「我經常出入他家，最熟悉了。那老爺姓傅，但不知是哪裡人，也不知道他做什麼官。先生你去祝壽時，我正好也在那裡，所以認識你。」三人一邊聊一邊喝酒，直到傍晚時才散去。

　　當晚，鮑莊死在了路上。鮑莊的父親不認識諸某，便指認米生是殺他兒子的兇手；經查驗鮑莊身上有重傷，米生便以謀殺罪被官府判了死刑，經歷了嚴刑拷打。只是因為一直沒有抓獲姓諸的，官府無法證實米生確實殺人，便將他下在獄中。過了一年多，巡按巡視地方，訪察得知

米生冤枉，才將他從獄中放了出來。

回到家中，此時米生的家產已蕩然無存，功名也被革除了。米生覺得自己被冤枉，希望能辨明無罪恢復功名。於是他收拾好行裝趕往郡城。天快黑的時候，米生已經筋疲力盡，只得坐在路邊歇腳。這時遠遠望見一輛小車駛來，後面還跟著兩個丫鬟。車子駛過去後，忽聽車中人叫停車，還與丫鬟說了些什麼。隨後一名丫鬟走過來問米生：「您是不是姓米啊？」米生吃驚地站起來，回答「是的」。丫鬟又問：「您怎麼會窮困潦倒到這種程度？」米生告訴她緣故。丫鬟再問：「您這是要去哪裡？」米生也如實相告。丫鬟聽後回去向車中人說了幾句話，又返回來，將米生請到車子前。只見車中伸出一雙纖纖小手，撩起車帷簾。米生偷偷地斜了一眼，卻見裡面坐著一個絕色美女。美女對米生說：「您不幸遭受這麼大的冤屈，實在令人嘆息！現在的學使衙門不是空著手就能隨意進出的，但路上我也沒什麼東西可以送給你，」說著她從髮髻上摘下一朵珠花，遞給米生，「這東西能賣百金，請您收藏好了。」米生感激涕零，連忙下拜，剛要問美女的家族門第，車子飛快地過去，轉眼間就跑遠了。米生終究不知道她是什麼人。他拿著珠花苦思冥想，那上面綴有明珠，顯然不是一般的東西，於是珍藏好，然後繼續往前趕路。到了郡城，他投上訴狀，但衙門內上上下下勒索財物。米生拿出珠花反覆觀看，終究不忍心變賣，只得又回去了。他已經沒有家了，從此只能依附哥嫂生活。幸好哥哥是個善良的人，替他經營料理生計，雖然貧困，但還能讀書。

到了第二年，米生又去郡城重新考童子試，半道上卻誤入深山之中。當時正值清明節，出來郊遊的人很多。有幾個女孩子騎著馬走過來，其中一個正是去年車子裡的那個絕色美女。美女看見了米生，停馬問他要去哪裡。米生將自己的事情詳細說了。美女吃驚地問：「你的功名還沒恢復嗎？」米生神色黯然，從衣服中拿出那朵珠花，說：「我實在不捨得將它變賣了，所以現在仍是童生。」美女臉上浮現紅暈，隨即囑咐米生坐在路邊等候，自己騎馬慢慢走了。過了很久，一個丫鬟馳馬奔來，將一個包裹遞給米生，說：「娘子吩咐：現在學使門內就像那做買賣的市場，公開賄賂。特贈二百兩白銀，作為你求取功名的資本。」米生推辭道：「娘子給我的恩惠太多了，我自以為考個秀才對我不算難

事。這麼多的錢我不敢接受。只求告知娘子的姓名，我繪成一幅肖像，能燒香供奉，便知足了。」丫鬟不聽他說，將包裹扔了過來就管自己走了。米生從此有錢了，但終不屑為了功名去行賄巴結權貴，最後終於以第一名的成績考進縣學。他將美女贈送的白銀給了哥哥。他哥哥擅長理財，用三年時間，使他完全恢復了原來的家業。

正好當時的閩中巡撫是米生先祖的門人，對米生兄弟格外照顧，使他二人成為富貴人家。但米生一向耿直清廉，雖是大官的通家世好，卻從沒有為了功名去拜見過巡撫大人。

有一天，有位客人身穿華麗的服裝騎著駿馬來到米生門求見。家人都不認識他，米生親自出來一看，原來是傅公子。賓主相互行禮後米生將其請入，二人各訴離情。米生吩咐備下酒餚款待。客人嘴上以太忙推辭，但並不說要走。酒菜擺上後，傅公子聲稱有事要與米生單獨談談。米生將他領進內室，傅公子便拜倒在地。米生驚問：「究竟是什麼事？」傅公子悲傷地說：「家父正遭受大禍，想求助於撫台大人，這事除了大哥沒人能幫我。」米生推辭道：「他雖然與我是世代交情，但用私事麻煩別人，是我平生最不屑的！」傅公子伏在地上哭著哀求，米生拉下臉來，說：「我和公子只是一場酒的交情，怎麼能強迫我喪失名節呢？」傅公子又慚愧又生氣，起身走了。

過了一天，米生獨自坐在家中，有一個丫鬟進來。米生一看，卻是深山中代美女贈他白銀的那位。米生剛驚訝地站起身來。丫鬟責備道：「您難道忘了那朵珠花嗎？」米生連忙說：「豈敢豈敢，不敢相忘！」丫鬟又說：「昨天來的傅公子，就是娘子的親哥哥。」米生聽了，心中暗喜，卻說：「這讓我難以相信。如果娘子親自來說句話，赴湯蹈火我也不會推辭；否則，不敢奉命。」丫鬟聽了便出門，馳馬而去。天將亮時，丫鬟又返回，敲門而入，對米生說：「娘子來了！」話音未落，美女已神色黯然地進入屋內。她面壁哭泣，一句話也不說。米生立即下拜道：「如果不是娘子，就沒有我的今天。您有什麼吩咐儘管說，我一定照辦！」美女哭著說：「受人求的人常看不起人，求人辦事的人常敬畏人。我半夜三更這般奔波，平生從沒受過這般苦，只因為求人畏人的緣故啊，還有什麼話說呢？」米生安慰道：「我之所以沒有立即答應，是擔心會錯過這個機會再也見不到您了。讓您深夜遭受奔波之苦，確實是

我的罪過啊！」說著他拉住美女的袖子，暗中趁機捏了一把。美女頓時勃然大怒，罵道：「你真不是個有教養的人！非但不唸過去給你的恩惠，還想乘人之危！我真是看錯人了！我真是看錯人了！」她氣呼呼地出門，登上車就要離去。米生連忙追出去賠禮道歉，跪在地上擋住去路，丫鬟也在一邊替他求情。美女的怒氣稍稍消去一些，在車上對米生說：「實話告訴你，我不是凡人，而是神女。家父是南嶽都理司，因為得罪了地官，被告到了玉帝那裡，沒有本地巡撫大人的官印，沒法解救。如果你還記得當初我對你的情誼，就用一張黃紙，為我求取印信！」說完，車子便走了。

　　米生回去後，驚慌不已。於是藉口驅除鬼祟，向巡撫借官印用。巡撫覺得驅邪之類是蠱惑人的巫術，拒絕了。米生只得用重金賄賂巡撫的心腹，心腹答應幫忙，卻一直找不到合適的機會。米生從官府回來，丫鬟已經等在家門口了。米生將事情詳細告訴了她，丫鬟默默地走了，像是埋怨米生沒有盡力。米生追上去送她，說：「你回去告訴娘子，如果這事辦不成，我寧願丟掉自己這條性命！」

　　米生回到家中，當晚輾轉反側，絞盡腦汁。碰巧，巡撫有個寵幸的美妾要買珠寶，米生便將那朵珠花送給了她。美妾非常喜歡，就偷出印來讓米生用了。米生將蓋了印的黃紙藏在懷裡，急匆匆地趕回家中，丫鬟正好也來了。米生得意地笑道：「萬幸沒辜負使命。但多年來我貧賤得要討飯時都沒捨得賣的東西，現在還是為了它的主人而放棄了。」他將自己用珠花換印信的事說了，特意交代道：「扔掉黃金我都不可惜。但請你一定要轉告娘子，珠花可是要補償給我的！」

　　數日之後，傅公子登門表示謝意，送上黃金百兩。米生臉色一變，說：「我之所以這麼做，是因為令妹曾無私地幫助過我。不然的話，即使用萬兩黃金，也不足以交換一個人的名譽和氣節！」傅公子再三請求他收下黃金，惹得米生更加生氣。傅公子只好慚愧地走了，臨別時還說：「這事不能就這樣算了。」第二天，丫鬟奉神女之命，給米生送來明珠三百顆，說：「這些可以補償你的珠花了吧？」米生說：「我珍惜的是娘子那朵珠花，而不是這些昂貴的明珠。假如當時贈給我的是價值萬金的寶物，我變賣了就能當富翁了。我為什麼要把珠花珍藏起來而甘於貧賤呢？娘子是神仙，我不敢有別的奢望，所幸能報答娘子給我恩惠

的萬分之一，我死而無憾了。」丫鬟把明珠放到案上，米生向著明珠拜了拜，又退還給了丫鬟。幾天後，傅公子又來到。米生讓人準備酒餚款待，傅公子讓同來的僕人下廚房，自己做菜。二人對面坐下，開懷暢飲，像一家人那樣其樂融融。客人曾給米生送過一種米酒，傅公子嘗了嘗，覺得味道很好，便連喝了上百杯，臉色微微變紅。他對米生說：「你是一個耿直正派的書生，我們兄弟沒能及早瞭解您，還不如我家小妹有眼光呢！家父感激您的大恩大德，無法報答，想將小妹許配給您，又擔心您因人神隔絕而不願意。」米生驚喜萬分，不知說什麼好。傅公子告辭時說：「明天是七月初九，新月和鉤辰星同時出現，織女星有少女下嫁，正是良辰吉期，可準備好新房。」第二天晚上，果然將神女送了來。婚禮如儀，一切和常人一樣。

三天後，神女給米生的哥嫂及家裡的奴僕、丫鬟都送了禮物。她非常賢惠，侍奉嫂嫂像對待婆婆一般。只是神女幾年不生育，她勸米生另娶妾，但米生不肯。正好米生的哥哥在江淮一帶經商，替米生買了個妾回來。這個小妾姓顧，小名博士。她相貌清秀婉麗，米生夫婦都很喜歡。有一天神女發現小妾頭上插著朵珠花，很像是當年送給米生的那朵，摘下來仔細一看，果然不錯。她驚異地追問這珠花的來歷。博士答道：「從前有個巡撫的愛妾死了，她的奴婢將這支珠花偷出來賣，先父覺得價格便宜，便買了下來。我見了非常喜愛。先父沒有兒子，只有我一個女兒，我想要的東西沒有得不到的。後來父親去世，家道衰落，我被寄養在一個姓顧的老太太家裡。顧老太是我姨媽輩。她見了珠花，多次想賣掉，我尋死覓活堅決不同意，才將其保存到現在。」米生夫婦感嘆道：「十年前的東西，仍舊能物還原主，真是天意啊！」神女拿出另一支珠花，說：「這東西很久沒配對了！」把兩支珠花都給了博士，並親自替她插到髮髻上。

博士退下後，向人詳細打聽神女的家世。家裡的人都有所避諱，不告訴她。博士暗對米生說：「我看娘子不是凡人。她的眼眉間有著一股仙氣。昨天給我戴珠花時，我從近處看了，發覺她那種美出自肌裡，不像普通人只是外表上五官勻稱之類。」米生笑笑，沒說什麼。博士又說：「你不要說出來，我再試試她。如果她真是神仙，凡人有什麼要求，在沒人的地方燒香求她，她就會知道的。」神女繡的襪子十分精

美，博士很喜歡，但不敢說。於是就在閨房中燒香禱告。神女早晨起來，忽然打開衣櫃，拿出一雙繡襪，讓丫鬟送給博士。米生看見，不禁失笑。神女問他笑什麼，米生便將博士的那些事說了。神女也笑開了，罵道：「好狡猾的丫頭！」因為博士聰明伶俐，神女對她格外喜歡。而博士侍奉神女也更加恭敬，天還沒亮便沐浴薰香，收拾整齊，前去拜見神女。

後來博士生下一對雙胞胎兒子，神女和博士分別撫育一個。米生活到八十歲時，神女還年輕得像少女一樣。後來米生臥病不起，神女找來木匠做棺材，要求做得比普通棺材大一倍。米生死後，神女也不哭。家人外出，回來發現神女也躺在棺中死了，於是合葬了他們。當地至今還流傳著「大材冢」的說法。

## 【原文】

米生者，閩人，傳者忘其名字、郡邑。偶入郡，醉過市廛，聞高門中簫鼓如雷。問之居人，云是開壽筵者，然門庭亦殊清寂。聽之，笙歌繁響，醉中雅愛樂之，並不問其何家，即街頭市祝儀，投晚生刺焉。或見其衣冠樸陋，便問：「君系此翁何親？」答言：「無之。」或言：「此流寓者，僑居於此，不審何官，甚貴倨也。既非親屬，將何求？」生聞而悔之，而刺已入矣。

無何，兩少年出逆客，華裳炫目，丰采都雅，揖生入。見一叟南向坐，東西列數筵，客六七人，皆似貴冑；見生至，盡起為禮，叟亦杖而起。生久立，待與周旋，而叟殊不離席。兩少年致詞曰：「家君衰邁，起拜良艱，予兄弟代謝高賢之見枉也。」生遜謝而罷。遂增一筵於上，與叟接席。未幾，女樂作於下。座後設琉璃屏，以幛內眷。鼓吹大作，座客不復可以傾談。筵將終，兩少年起，各以巨杯勸客，杯可容三斗；生有難色，然見客受，亦受。頃刻四顧，主客盡釂，生不得已，亦強盡之。少年復斟。生覺憊甚，起而告退。少年強挽其裾。生大醉遢地，但覺有人以冷水灑面，恍然若寤。起視，賓客盡散，唯一少年捉臂送之，遂別而歸。後再過其門，則已遷去矣。

自郡歸，偶適市，一人自肆中出，招之飲。視之，不識；姑從之入，則座上先有裡人鮑莊在焉。問其人，乃諸姓，市中磨鏡者也。問：

「何相識?」曰:「前日上壽者,君識之否?」生言:「不識。」諸言:「予出入其門最稔。翁,傅姓,不知其何省、何官。先生上壽時,我方在墀下,故識之也。」日暮,飲散。鮑莊夜死於途。鮑父不識諸,執名訟生。檢得鮑莊體有重傷,生以謀殺論死,備歷械梏;以諸未獲,罪無申證,頌繫之。年餘,直指巡方,廉知其冤,出之。

家中田產蕩盡,而衣巾革褫,冀其可以辨復,於是攜囊入郡。日將暮,步履頗殆,休於路側。遙見小車來,二青衣夾隨之。既過,忽命停輿。車中不知何言。俄一青衣問生:「君非米姓乎?」生驚起,諾之。問:「何貧窶若此?」生告以故。又問:「安之?」又告之。青衣去,向車中語。俄復返,請生至車前。車中以纖手搴簾,微睇之,絕代佳人也。謂生曰:「君不幸,得無妄之禍,聞之太息。今日學使署中,非白手可以出入者,途中無可解贈……」乃於髻上摘珠花一朵,授生曰:「此物可鬻百金,請緘藏之。」生下拜,欲問官閥,車行甚疾,其去已遠,不解何人。執花懸想,上綴明珠,非凡物也;珍藏而行。至郡,投狀,上下勒索甚苦;出花展示,不忍置去,遂歸。歸而無家,依於兄嫂。幸兄賢,為之經紀,貧不廢讀。

過歲,赴郡應童子試,誤入深山。會清明節,遊人甚眾。有數女騎來,內一女郎,即曩年車中人也。見生停驂,問其所往。生具以對。女驚曰:「君衣頂尚未復耶?」生慘然,於衣下出珠花,曰:「不忍棄此,故猶童子也。」女郎暈紅上頰。既,囑坐待路隅,款段而去。久之,一婢馳馬來,以裹物授生,曰:「娘子言:如今學使之門如市。贈白金二百,為進取之資。」生辭曰:「娘子惠我多矣!自兮掇芹非難,重金所不敢受。但告以姓名,繪一小像,焚香供之,足矣。」婢不顧,委地下而去。生由此用度頗充,然終不屑夤緣。後入邑庠第一。以金授兄。兄善居積,三年,舊業盡復。

適閩中巡撫為生祖門人,優恤甚厚,兄弟稱巨家矣。然生素清鯁,雖屬大僚通家,而未嘗有所幹謁。一日,有客裘馬至門,都無識者。出視,則傅公子也。揖而入,各道間闊。治具相款。客辭以冗,然亦不竟言去。已而,看酒既陳,公子起而請間,相將入內,拜伏於地。生驚問:「何事?」愴然曰:「家君適罹大禍,欲有求於撫台,非兄不可。」生辭曰:「渠雖世誼,而以私干人,生平所不為也。」公子伏地哀泣。生

厲色曰：「小生與公子，一飲之知交耳，何遂以喪節強人！」公子大慚，起而別去。越日，方獨坐，有青衣人入。視之，即山中贈金者。生方驚起，青衣曰：「君忘珠花否？」生曰：「唯唯，不敢忘。」曰：「昨公子，即娘子胞兄也。」生聞之，竊喜，偽曰：「此難相信。若得娘子親見一言，則油鼎可蹈耳；不然，不敢奉命。」青衣出，馳馬而去。更盡，復返，扣扉入曰：「娘子來矣。」言未幾，女郎慘然入，向壁而哭，不出一語。生拜曰：「小生非卿，無以有今日。但有驅策，敢不惟命！」女曰：「受人求者常驕人，求人者常畏人。中夜奔波，生平何解此苦，只以畏人故耳，亦復何言！」生慰之曰：「小生所以不遽諾者，恐過此一見為難耳。使卿夙夜蒙露，吾知罪矣！」因挽其袪，隱抑搔之。女怒曰：「子誠鄙人也！不念疇昔之義，而欲乘人之厄。予過矣！予過矣！」忿然而出，登車欲去。生追出謝過，長跪而要遮之。青衣亦為緩頰。女意稍解，就車中謂生曰：「實告君：妾非人，乃神女也。家君為南嶽都理司，偶失禮於地官，將達帝聽；非本地都人官印信，不可解也。君如不忘舊義，以黃紙一幅，為妾求之。」言已，車發遂去。

生歸，悚懼不已。乃假驅祟，言於巡撫。巡撫謂其事近巫蠱，不許。生以厚金賂其心腹，諾之，而未得其便也。既歸，青衣候門，生具告之，默然遂去，意似怨其不忠。生追送之曰：「歸告娘子：如事不諧，我以身命殉之！」既歸，終夜輾轉，不知計之所出。適院署有寵姬購珠，生乃以珠花獻之。姬大悅，竊印為之嵌之。懷歸，青衣適至。笑曰：「幸不辱命，然數年來貧賤乞食所不忍鬻者，今還為主人棄之矣！」因告以情，且曰：「黃金拋置，我都不惜。寄語娘子，珠花需要償也。」逾數日，傅公子登堂申謝，納黃金百兩。生作色曰：「所以然者，為令妹之惠我無私耳；不然，即萬金豈足以易名節哉！」再強之，聲色益厲。公子慚而去，曰：「此事殊未了！」翌日，青衣奉女郎命，進明珠百顆，曰：「此足以償珠花耶？」生曰：「重花者，非貴珠也。設當日贈我萬鎰之寶，直須賣作富家翁耳，什襲而甘貧賤，何為乎？娘子神人，小生何敢他望！幸得報洪恩於萬一，死無憾矣！」青衣置珠案間，生朝拜而後卻之。

越數日，公子又至。生命治肴酒。公子使從人入廚下，自行烹調。相對縱飲，歡若一家。有客饋苦糯，公子飲而美之。引盡百盞，面頰微

。乃謂生曰：「君貞介士，愚兄弟不能早知君，有愧裙釵多矣。家君感大德，無以相報，欲以妹子附為婚姻，恐以幽明見嫌也。」生喜懼非常，不知所對。公子辭而出，曰：「明夜七月初九，新月鉤辰，天孫有少女下嫁，吉期也，可備青廬。」次夕，果送女郎至。一切無異常人。三日後，女自兄嫂以及僕婢，皆有餽賞。又最賢，事嫂如姑。數年不育，勸納副室，生不肯。

　　適兄賈於江淮，為買少姬而歸。姬，顧姓，小字博士，貌亦清婉。夫婦皆喜。見鬢上插珠花，酷似當年故物；摘視，果然。異而詰之。答云：「昔有巡撫愛妾死，其婢盜出鬻於市，先人廉其值，買而歸。妾愛之。先人無子，生妾一人，故所求無不得。後父死家落，妾寄養於顧媼之家。顧，妾姨行，見珠，屢欲售去，妾投井覓死，故至今猶存也。」夫婦嘆曰：「十年之物，復歸故主，豈非數哉。」女另出珠花一朵，曰：「此物久無偶矣！」因並賜之，親為簪於鬢上。姬退，問女郎家世甚悉，家人皆諱言之。陰語生曰：「妾視娘子，非人間人也；其眉目間有神氣。昨簪花時，得以近視，其美麗出於肌裡，非若凡人以黑白位置中見長耳。」生笑之。姬曰：「君勿言，妾將試之。如其神，但有所需，無人處焚香以求，彼當自知。」女郎繡襪精工，博士愛之，而未敢言，乃即閨中焚香祝之。女早起，忽檢篋中，出襪，遣婢贈博士。生見之而笑。女問故，以實告。女曰：「黠哉婢乎！」因其慧，益憐愛之。然博士益恭，昧爽時，必薰沐以朝。

　　後博士一舉兩男，兩人分字之。生年八十，女貌猶如處子。生抱病，女鳩匠為材，令寬大倍於尋常。既死，女不哭；男女他適，則女已入材中死矣。因並葬之。至今傳為「大材冢」云。

# 胭　脂

　　東昌府有個姓卞的，以給牛看病為業。他有個女兒，名叫胭脂。從小長得聰明可愛，父親對她疼愛有加，一心想把她嫁到有錢的讀書人家去。而當地大戶人家都瞧不起他家寒賤，都不願意同他家結親。因此，胭脂雖已經長大待嫁了，卻仍然沒有找到婆家。

卞家對門住著一家姓龔的，妻子王氏為人輕浮，很喜歡開玩笑。她平日常到胭脂閨房中閒談，是胭脂的好友。有一天，胭脂送王氏到門口，見到一位年輕人從門前走過。那人一身白色衣帽，風度翩翩，相貌出眾。胭脂對他有點動心，一雙水靈靈的眼睛盯著他上下打量。那男子像是有所察覺，含羞地低下頭快步走了過去。男子已經走出很遠了，胭脂還呆呆地張望著。王氏看出了胭脂的心思，開玩笑地說：「以姑娘你的才貌，如能配上那位年輕人，這輩子就沒有什麼遺憾了。」被她這麼一說，胭脂滿臉通紅，含情脈脈，一言不發。王氏又問：「你認識這位青年嗎？」胭脂回答說：「不認識。」王氏說：「他就是南邊巷子裡的鄂秀才，名叫秋隼，是已故的舉人的兒子。我以前與他就住在一條巷子裡，所以認識。要說天底下的男子，沒有比他更體貼溫情的。他穿了一身素白的衣服，是因為妻子剛死去不久，正在服喪呢。姑娘若是對他有意的話，我可以替你給他傳個信，讓他托媒人前來提親。」胭脂仍然沒有吭聲，王氏笑著走了。

幾天過去了，卻一點音訊也沒有。胭脂懷疑王氏沒有抽空去告訴鄂秋隼，又懷疑他是大戶人家出身，不肯降低身分與她結親。她心中糾結，苦苦思念，漸漸地不吃不喝，病倒在床上。王氏正好來看望她，見她病成這樣，追問她的病因。胭脂回答說：「我自己不知道怎麼回事。自從那天分手後，就覺精神恍惚，心中悶悶不樂。現在這樣氣息奄奄，只怕是命在朝夕了。」王氏小聲說道：「我家的男人出去做生意還沒回來，一時沒人去告訴鄂秋隼。你現在病成這樣，是否就是為的這個？」胭脂臉羞得通紅，好久不說話。王氏戲笑地說：「果真是因為這件事。你已經病成這樣了，還有什麼可顧忌的？不如先叫他夜晚來與你相會，他還會不同意嗎？」胭脂嘆了口氣道：「事已至此，也不能再顧面子了。只要他不嫌我出身貧寒，就趕快讓他找媒人來，我的病自然就會好了。至於私下幽會，則是萬萬不可的。」王氏點點頭，就走了。

王氏早年就與一個叫宿介的鄰居私通，即使出嫁以後，宿介只要打聽到她的丈夫外出，就會來找她幽會。這天夜裡，宿介正好來到王氏家中，王氏就把胭脂的事情當作笑話說給他聽，並開玩笑地讓他給鄂生傳個話。宿介很早就知道胭脂十分漂亮，對她垂涎三尺，聽說後心中暗自高興，慶幸自己有機可乘。他本想讓王氏幫他一把，因為擔心王氏吃

醋，就只說些漫無邊際的話，卻已經把胭脂家的情況打聽得一清二楚。

第二天夜裡，宿介越牆進了胭脂家的院子，徑直來到胭脂的住房，用指頭叩她的窗戶。屋裡的胭脂問道：「是誰呀？」宿介回答說：「是我，鄂秋隼。」胭脂說：「我之所以思念你，是想與你結百年之好，不是為一晚上的快樂。你如果真的愛我，就應當快請媒人來提親。假如只是想私會，恕我不能答應。」宿介假裝答應了，卻苦苦哀求握一下胭脂纖細的手錶示誠意。胭脂不忍心過於拒絕，勉強著起身把門打開。門剛一打開，宿介就衝了進來，抱著胭脂就要求歡。胭脂無力支撐，倒在地上，氣都喘不過來了。宿介急忙上前拉起她。胭脂說：「哪來的惡棍少年，你必定不是鄂公子！鄂公子溫存體貼，知道我為他病成這樣，一定相當體恤，哪裡會這樣粗暴！假若你再這樣，我就大聲叫喊，讓你也名譽掃地，這對我們兩個都沒有好處！」宿介害怕假裝鄂秋隼之事敗露，不敢繼續強求，但請求她說定再會的日期。胭脂說成親的那一天再見。宿介覺得太遙遠了，讓她再定個日期。胭脂實在忍受不了他的糾纏，便約定等她病好之後再說。宿介又向她索取一件東西作為信物，胭脂執意不肯。宿介竟然抓住胭脂的腳，強行將她穿著的繡鞋脫下，拿了就走。胭脂衝他喊道：「我已經準備把身子給你了，還有什麼可吝惜的呢？我只是擔心你辜負了我，『畫虎不成反類犬』，被眾人恥笑。現在我的繡花鞋已經到了你的手，料想你也不會還給我。若是你背信棄義，我只有一死了之了。」

宿介出了胭脂的家，又到王氏家中投宿去了。宿介躺下後，心裡仍然掛唸著那隻鞋，暗暗地摸摸衣袖，發現竟然不見了。急忙起來點燈，披上衣服尋找。王氏問他怎麼回事，他也不答應。宿介懷疑鞋是被王氏藏起來了，王氏故意戲笑讓他更加深信不疑。他覺得不能再隱瞞了，就將實情說了出來。於是兩人提上燈，屋裡屋外都找遍了，但什麼都沒找到，只好垂頭喪氣地回去睡了。宿介暗自慶幸是在深夜裡，沒有什麼行人，應該是掉在路上了。但第二天一早繼續尋找，仍然沒找到。

在此之前，同巷有個遊手好閒的二流子叫毛大，曾經勾引過王氏，但遭到拒絕。他知道宿介和王氏有私情，就想用捉姦的方式來要挾她。那天夜裡，毛大經過王氏的院子，推了推門，沒有關上，便偷偷地摸了進去。他剛走到窗戶外面，就踩到一件軟軟的像綿絮的東西，撿起來一

看，原來是用一條汗巾包著的一隻繡鞋。毛大趴在窗戶上細聽，正好聽到宿介在詳細講述事情的經過。他高興極了，立馬悄悄溜出了王氏的院子。

　　過了幾夜，毛大翻牆爬進了胭脂家的院子。由於不熟悉門戶，結果誤走到卞老漢的屋前。卞老漢隔窗看到一個男人的影子，細看他的行跡，立刻知道是為他女兒而來的。頓時，他怒火中燒，操起一把砍刀便衝了出去。毛大見了大驚失色，轉身就跑。他剛要爬上牆頭，卞老漢已經追上來了。毛大走投無路，只得轉身來奪老漢的刀。這時卞母也大聲呼喊著趕過來了。毛大眼看無法逃脫，竟然一刀砍死了老漢，奪路而逃。這時胭脂的病已經稍有好轉，聽到喧嘩聲也急忙趕了來。母女倆點上燈查看，老漢腦袋已被劈開，說不出話來，不一會兒就斷了氣。牆腳下有一隻繡鞋，卞母一看，竟然是胭脂的。在母親的追問下，胭脂哭著把那晚上的事情告訴了母親，為了不連累王氏，只說鄂生自己來的。

　　天亮之後，卞氏母女去縣衙告狀。縣令立即下令逮捕了鄂生。鄂生為人謹慎，又不善說話，當時十九歲，平日裡見到客人就像小孩子那樣靦腆。突然遇到逮捕，他嚇得不知所措。上了公堂，他也不能言語，只是渾身顫抖不停。於是，縣令更加相信他就是兇手了，對他重刑拷打。鄂生忍受不了皮肉之苦，屈打成招。繼而押送郡府，同樣受盡了刑罰。鄂生一肚子冤屈，無處訴說。每次都想與胭脂對質，但一見面胭脂就破口大罵，他張口結舌，無法辯解。於是，他被定為死罪。此後經過不同官吏的多次覆審，所得到的結論都是相同的。

　　後來，案子交給濟南府覆審，太守是吳南岱。他見到鄂生，覺得不像殺人兇手，就暗中派人細細盤問，讓鄂生把心裡話都說了出來。吳太守因此更加相信鄂生是冤枉的，仔細準備了多日，才正式開庭審理。他先問胭脂：「你們訂約後有人知道嗎？」胭脂回答：「沒有。」又問：「你遇到鄂生時有人在場嗎？」胭脂回答：「沒有。」於是，吳太守傳鄂生上堂，並對他好言安慰了一番。鄂生敘述起事情的經過：「那天我曾從她家門前走過，只看到以前的鄰居王氏和一個姑娘走出來，我就快步走開了，連一句話都沒說了。」吳太守立即質問胭脂：「剛才你說沒有別人在場，為什麼又冒出一個女鄰居？」說著就要動刑。胭脂害怕了，說：「當時確實有王氏在場，但她和這件事毫無牽連。」吳太守暫停審

問，下令拘留王氏。王氏被隔離關押數日，不讓她和胭脂通氣，然後開庭審訊。吳太守問王氏：「誰是殺人兇手？」王氏回答：「我不知道。」吳太守騙她說：「胭脂已經招供，殺人的事你完全瞭解，你還敢繼續隱瞞嗎？」王氏大喊道：「冤枉啊！那淫蕩的婊子自己想找男人，我雖說要給她牽線做媒人，但純粹是開玩笑。她自己勾引姦夫到家裡，我怎麼知道呢？」吳太守一件件仔細追問，王氏講出了兩次去胭脂家說的那些事情。

吳太守再傳胭脂上堂，怒斥道：「你說她不知情，現在為什麼她自己供認要替你做媒人的事？」胭脂流淚說：「我自己沒出息，害得父親慘死。官司又不知道哪年才能了結，再連累別人，實在於心不忍。」吳太守又問王氏：「你們戲言之後，你曾跟誰說過此事？」王氏供稱：「沒有。」吳太守發怒道：「夫妻同床而眠，該是無話不說，怎麼會什麼都沒說？」王氏連忙申辯道：「丈夫外出多時，沒有回來。」太守說：「即使是這樣，凡捉弄別人的人，都以取笑別人的愚蠢來炫耀自己的聰明，你說沒對一個人講過，騙得了誰？」於是下令動刑，讓左右夾她的十個指頭。王氏疼痛難忍，只得如實招供：「我曾對宿介說過。」於是下令吳太守釋放了鄂秋隼，捉拿宿介。

宿介被押到公堂，一口咬定「不知道」。太守說：「偷女人的一定不是好東西！」下令嚴刑拷打。宿介扛不住了，被迫招供道：「我冒充鄂生欺騙胭脂確有其事，但丟了鞋子後就再也沒敢去了，殺人的事實在不知道。」太守發怒道：「爬牆偷人者，什麼壞事幹不出來！」又下令加重刑罰。宿介實在受不住了，就屈招是自己殺人。供詞上報以後，無不稱讚吳太守斷案如神。這樣，鐵案如山，宿介只等著秋後砍頭了。

但是，宿介雖說放蕩不羈，品行不端，畢竟是山東有名的才子。他聽說山東學使施愚山最有賢德才能，而且愛惜人才，就寫了一張狀子申訴冤情遞了上去，言詞十分悽慘悲傷。施學使調閱宿介的供詞，仔細分析，反覆思考，突然拍著桌子說：「這書生冤枉了。」於是他請示上司，要求將案件交由他來重新審理。

施學使問宿介：「你的鞋丟在什麼地方？」宿介回答說：「我記不清楚。只記得去王氏家敲門時，鞋還在袖中。」施學使轉而問王氏：「除了宿介外，你還有幾個姦夫？」王氏供稱：「沒有別人了。」施學

使大聲喝道：「淫亂的人，怎麼可能只與一人私通？」王氏解釋說：「我與宿介早年就好上的，所以後來也沒能割斷。後來並非沒有勾引我的，但都被我拒絕了。」施學使讓她說出姓名來證實。王氏說：「同街的毛大，屢次勾引，都遭到我的拒絕。」施學使說：「你怎麼忽然變得這樣貞節了？分明是謊言！」喝令左右用刑，王氏慌忙磕頭，額頭上血肉模糊，極力申辯確實沒有了。施學使下令停止用刑，又問王氏：「你丈夫遠出在外，難道沒有誰藉故到你家來的嗎？」王氏回答說：「有的。某甲、某乙，都以借錢或送東西為名，來過我家一二次。」某甲、某乙，都是這一帶出了名的無賴，都曾打過王氏的主意，只是沒有得逞。施學使一一記下他們的姓名，並將他們拘捕。

所有的人都帶來了，就把他們押到城隍廟裡，讓他們跪在神案前，施學使對他們說：「我夢見一個神仙告訴我，殺人兇手就在你們四五個人中間。你們現在面對神靈，不能講假話。如能坦白交代，還可從寬處理；說假話的，那就嚴懲不饒。」那些人都齊聲說沒有殺人。施學使讓人把刑具搬來擺在地上，準備用刑。剛把他們的頭髮束起來，脫光了衣服，他們就齊聲大喊冤枉。施學使下令暫緩受刑，對他們說：「你們既然不肯自己招供，就讓鬼神指明誰是兇手。」施學使讓人用氈褥把大殿的窗子全部遮住，不留一點空隙；又讓他們光著脊背，把他們趕進黑暗之中。先是端來一盆水，讓他們把手洗乾淨，然後用繩子把他們拴在牆壁下，並警告說：「你們面對牆壁，不許亂動。是殺人兇手的，神靈一定會在他背上寫字。」一會兒，把他們叫出來，施學使挨個看了一遍，最後指著毛大說：「這才是真正的殺人兇手！」原來，施學使先讓人用白灰塗了牆壁，又用煙煤水讓他們洗手，殺人兇手怕神靈在他背上寫字，因此暗中將背緊貼牆壁，使脊背沾上了白灰；走出暗殿時又用手去護著背，因此脊背上沾上了黑煙色。其實施學使原本就最懷疑毛大，這樣就更確實了。再對毛大動用重刑，他就全部如實交代了。

最後，施學使判道：「宿介：戰國時盆成括恃才自傲而遭受殺身之禍，宿介重蹈覆轍，還得了個像登徒子那樣好色的名聲。他早年與王氏兩小無猜，在她成家之後二人竟然還像夫妻一樣生活；又因王氏洩露了胭脂的心事，他得隴望蜀，占有了王氏還不滿足，又打胭脂的主意。他學將仲子翻牆越院，就像飛鳥輕輕落地；冒充鄂生來到閨房，竟然騙得

胭脂開門；動手動腳，竟然不要一點臉皮；攀花折柳，傷風敗俗，讀書人卻沒有一點品行。幸虧聽到胭脂病中的微弱呻吟，還能顧惜；能夠可憐姑娘憔悴的病體，還沒有過分放肆顛狂。從羅網裡放出美麗的小鳥，還有點文人的味道。但脫去人家的繡鞋作為信物，豈不是無賴透頂！像蝴蝶飛過牆頭，被人隔窗聽到了私房話；如同蓮花落瓣，繡鞋落地後就無蹤影。假中之假因此而生，冤枉了鄂生又冤枉了宿介自己有誰相信？天降大禍，酷刑之下差點喪命；自作自受，幾乎要身首分離。翻牆越穴，本來就玷污了讀書人的名聲；而替人受罪，實在難消胸中的冤氣。因此暫緩鞭打，以此抵消他先前受的折磨。姑且降為青衣，留一條自新之路。

「像毛大這樣的人，原本就習詐狡猾，遊手好閒，是實足的市井無賴。他勾引鄰家女人遭拒絕，還淫心不死；等著宿介進了王氏家中，鬼主意頓時產生。推開王氏家的門，高興地隨著宿介的足跡進入院內，本想捉姦，卻意外得到胭脂的消息。妄想騙取美麗的姑娘，哪裡想到魂魄都被鬼神勾去；本想進胭脂閨房，卻誤闖到卞老漢門處，致使情火熄滅，慾海起風波。卞老漢橫刀在前，無所顧忌；毛大走投無路，轉而奪刀殺人。本來想冒充他人騙姦胭脂，誰知卻奪刀丟鞋，自己逃脫卻使宿介遭殃。風流場上生出這樣一個惡鬼，溫柔鄉哪能有這樣的害人精？因此必須立即砍掉他的腦袋，以大快人心。

「胭脂：還未定親，已到成年，以嫦娥般的美貌，自然會配上容貌如玉的郎君。本來就是霓裳舞隊裡天仙中的一員，又何必擔心金屋藏嬌？然而她卻有感到《關雎》的成雙成對，而思念好的郎君；結果卻是春夢一場。感嘆年華易逝，對鄂生一見傾心，相思成病。只因一線情思纏繞，招來群魔亂舞。為了貪戀姑娘的美貌，宿介、毛大都恐怕得不到胭脂，好像惡鳥紛飛，來冒充鄂秋隼。結果繡鞋脫去，差點難保住少女的清白之名，棍棒打來，幾乎使鄂生喪了命。相思之情很苦，但相思入骨就會成為禍端；結果使父親喪命於刀下，可愛的人竟成了禍水。能清正自守，幸好還能保持白玉無瑕；在獄中苦爭，終於使案件真相大白。應該表揚她曾拒絕宿介入門，還是純潔的有情之人；成全她對鄂生的一片愛慕之情，這也是風流雅事。便讓你們的縣令，做你的媒人。」

這個案子一結，遠近都流傳開了，引出一片讚歎。

自從吳太守審訊之後，胭脂才知道自己冤枉了鄂生。在公堂下相遇時，她滿面羞愧，熱淚盈眶，像有許多痛悔、愛戀的話而無法說出口。鄂生為她的愛戀之情所感動，也深深地愛上了她。只是考慮到她出身貧賤，而且天天出入公堂，為千人指萬人看，怕娶她被人恥笑。他日夜思來想去，仍拿不定主意。判詞宣佈後，才定下心來。後來果真是縣令為他送了聘禮，並派吹鼓樂隊將胭脂送到了鄂家。

## 【原文】

東昌卜氏，業牛醫者，有女小字胭脂，才姿惠麗。父寶愛之，欲占鳳於清門，而世族鄙其寒賤，不屑締盟，以故及笄未字。對戶龔姓之妻王氏，佻脫善謔，女閨中談友也。一日，送至門，見一少年過，白服裙帽，丰采甚都。女意似動，秋波縈轉之。少年俯其首，趨而去。去既遠，女猶凝眺。王窺其意，戲之曰：「以娘子才貌，得配若人，庶可無恨。」女暈紅上頰，脈脈不作一語。王問：「識得此郎否？」答云：「不識。」王曰：「此南巷鄂秀才秋隼，故孝廉之子。妾向與同裡，故識之。世間男子，無其溫婉。今衣素，以妻服未闋也。娘子如有意，當寄語使委冰焉。」女無言，王笑而去。

數日無耗，心疑王氏未暇即往，又疑宦裔不肯俯拾。悒悒徘徊，縈念頗苦；漸廢飲食，寢疾惙頓。王氏適來省視，研詰病因。答言：「自亦不知。但爾日別後，即覺忽忽不快，延命假息，朝暮人也。」王小語曰：「我家男子，負販未歸，尚無人致聲鄂郎。芳體違和，非為此否？」女顏良久。王戲之曰：「果為此者，病已至是，尚何顧忌？先令夜來一聚，彼豈不肯可？」女嘆息曰：「事至此，已不能羞。但渠不嫌寒賤，即遣媒來，病當愈；若私約，則斷斷不可！」王頷之，遂去。

王幼時與鄰生宿介通，既嫁，宿偵夫他出，輒尋舊好。是夜，宿適來，因述女言為笑，戲囑致意鄂生。宿久知女美，聞之竊喜，幸其有機之可乘也。將與婦謀，又恐其妒，乃假無心之詞，問女家閨闥甚悉。次夜，逾垣入，直達女所，以指叩窗。內問：「誰何？」答以「鄂生」。女曰：「妾所以念君者，為百年，不為一夕。郎果愛妾，但宜速倩冰人；若言私合，不敢從命。」宿姑諾之，苦求一握纖腕為信。女不忍過拒，力疾啟扉。宿遽入，即抱求歡。女無力撐拒，仆地上，氣息不續。宿急

曳之。女曰：「何來惡少，必非鄂郎；果是鄂郎，其人溫馴，知妾病由，當相憐恤，何遂狂暴如此！若復爾爾，便當鳴呼，品行虧損，兩無所益！」宿恐假跡敗露，不敢復強，但請後會。女以親迎為期。宿以為遠，又請之。女厭糾纏，約待病癒。宿求信物，女不許。宿捉足解繡履而出。女呼之返，曰：「身已許君，復何吝惜？但恐『畫虎成狗』，致貽污謗。今褻物已入君手，料不可反。君如負心，但有一死！」宿既出，又投宿王所。既臥，心不忘履，陰揣衣袂，竟已烏有。急起篝燈，振衣冥索。詰之，不應。疑婦藏匿，婦故笑以疑之。宿不能隱，實以情告。言已，遍燭門外，竟不可得。懊恨歸寢，猶意深夜無人，遺落當猶在途也。早起尋之，亦復杳然。

先是，巷中有毛大者，遊手無籍。嘗挑王氏不得，知宿與洽，思掩執以脅之。是夜，過其門，推之，未，潛入。方至窗外，踏一物，軟若絮帛；拾視，則巾裹女舄。伏聽之，聞宿自述甚悉，喜極，抽身而出。逾數夕，越牆入女家，門戶不悉，誤詣翁舍。翁窺窗，見男子，察其音跡，知為女來者。心忿怒，操刀直出。毛大駭，反走。方欲攀垣，而卞追已近，急無所逃，反身奪刀。媼起大呼，毛不得脫，因而殺之。女稍痊，聞喧始起。共燭之，翁腦裂不能言，俄頃已絕。於牆下得繡履，媼視之，胭脂物也。逼女，女哭而實告之；但不忍貽累王氏，言鄂生之自至而已。天明，訟於邑。

邑宰拘鄂。鄂為人謹訥，年十九歲，見客羞澀如童子。被執，駭絕。上堂不知置詞，惟有顫慄。宰益信其情真，橫加梏械。生不堪痛楚，以是誣服。既解郡，敲撲如邑。生冤氣填塞，每欲與女面相質；及相遇，女輒詬詈，遂結舌不能自伸，由是論死。往來復訊，經數官，無異詞。

後委濟南府復案。時吳公南岱守濟南，一見鄂生，疑其不類殺人者，陰使人從容私問之，俾盡得其詞。公以是益知鄂生冤。籌思數日，始鞫之。先問胭脂：「訂約後，有知者否？」答：「無之。」「遇鄂生時，別有人否？」亦答：「無之。」乃喚生上，溫語慰之。生自言：「曾過其門，但見舊鄰婦王氏與一少女出，某即趨避，過此並無一言。」吳公叱女曰：「適言側無他人，何以有鄰婦也？」欲刑之。女懼曰：「雖有王氏，與彼實無關涉。」公罷質，命拘王氏。數日已至，又禁不與女通，

立刻出審，便問王：「殺人者誰？」王曰：「不知。」公詐之曰：「胭脂供言，殺卞某汝悉知之，胡得隱匿？」婦呼曰：「冤哉！淫婢自思男子，我雖有媒合之言，特戲之耳。彼自引姦夫入院，我何知焉！」公細詰之，始述其前後相戲之詞。公呼女上，怒曰：「汝言彼不知情，今何以自供撮合哉？」女流涕曰：「自己不肖，致父慘死，訟結不知何年，又累他人，誠不忍耳。」公問王氏：「既戲後，曾語何人？」王供：「無之。」公怒曰：「夫妻在床，應無不言者，何得云無？」王供：「丈夫久客未歸。」公曰：「雖然，凡戲人者，皆笑人之愚，以炫己之慧，更不向一人言，將誰欺？」命桎十指。婦不得已，實供：「曾與宿言。」公於是釋鄂拘宿。宿至，自供：「不知。」公曰：「宿妓者，必無良士！」嚴械之。宿自供曰：「賺女是真。自失履後，未敢復往，殺人實不知情。」公怒曰：「逾牆者何所不至！」又械之。宿不任凌藉，遂以自承。招成報上，無不稱吳公之神。鐵案如山，宿遂延頸以待秋決矣。然宿雖放縱無行，故東國名士。聞學使施公愚山賢能稱最，又有憐才恤士之德，因以一詞控其冤枉，語言愴惻。公乃討其招供，反覆凝思之，拍案曰：「此生冤也！」遂請於院、司，移案再鞫。問宿生：「鞋遺何所？」供言：「忘之。但叩婦門時，猶在袖中。」轉詰王氏：「宿介之外，姦夫有幾？」供言：「無有。」公曰：「淫亂之人，豈得專私一個？」供言：「身與宿介，稚齒交合，故未能謝絕；後非無見挑者，身實未敢相從。」因使指其人以實之。供云：「同里毛大，屢挑而屢拒之矣。」公曰：「何忽貞白如此？」命搒之。婦頓首出血，力辯無有，乃釋之。又詰：「汝夫遠出，寧無有託故而來者？」曰：「有之。某甲、某乙，皆以借貸餽贈，曾一二次入小人家。」

蓋甲、乙皆巷中遊蕩子，有心於婦而未發者也。公悉籍其名，並拘之。既集，公赴城隍廟，使盡伏案前。便謂：「曩夢神人相告，殺人者不出汝等四五人中。今對神明，不得有妄言。如肯自首，尚可原宥；虛者，廉得無赦！」同聲言無殺人之事。公以三木置地，將並加之。括發裸身，齊鳴冤苦。公命釋之。謂曰：「既不自招，當使鬼神指之。」使人以氈褥悉障殿窗，令無少隙；袒諸囚背，驅入暗中，始授盆水，一一命自盥訖；系諸壁下，戒令：「面壁勿動。殺人者，當有神書其背」。少間，喚出驗視，指毛曰：「此真殺人賊也！」蓋公先使人以灰塗壁，又

以煙煤濯其手：殺人者恐神來書，故匿背於壁而有灰色；臨出，以手護背，而有煙色也。公固疑是毛，至此益信。施以毒刑，盡吐其實。判曰：

「宿介：蹈盆成括殺身之道，成登徒子好色之名。只緣兩小無猜，遂野鶩如家雞之戀；為因一言有漏，致得隴興望蜀之心。將仲子而逾園牆，便如鳥墮；冒劉郎而至洞口，竟賺門開。感帨驚尨，鼠有皮胡若此？攀花折樹，士無行其謂何！幸而聽病燕之嬌啼，猶為玉惜；憐弱柳之憔悴，未似鶯狂。而釋幺鳳於羅中，尚有文人之意；乃劫香盟於襪底，寧非無賴之尤！蝴蝶過牆，隔窗有耳；蓮花卸瓣，墮地無蹤。假中之假以生，冤外之冤誰信？天降禍起，酷械至於垂亡；自作孽盈，斷頭幾於不續。彼逾牆鑽隙，固有玷夫儒冠；而僵李代桃，誠難消其冤氣。是宜稍寬笞撲，折其已受之慘；姑降青衣，開其自新之路。

「若毛大者：刁猾無籍，市井兇徒。被鄰女之投梭，淫心不死；伺狂童之入巷，賊智忽生。開戶迎風，喜得履張生之跡；求漿置酒，妄思偷韓掾之香。何意魄奪自天，魂攝於鬼。浪乘槎木，直入廣寒之宮；逕泛漁舟，錯認桃源之路。遂使情火息焰，慾海生波。刀橫直前，投鼠無他顧之意；寇窮安往，急兔起反噬之心。越壁入人家，止期張有冠而李借；奪兵遺繡履，遂教魚脫網而鴻罹。風流道乃生此惡魔，溫柔鄉何有此鬼蜮哉！即斷首領，以快人心。

「胭脂：身猶未字，歲已及笄。以月殿之仙人，自應有郎似玉；原霓裳之舊隊，何愁貯屋無金？而乃感關睢而唸好逑，竟繞春婆之夢；怨摽梅而思吉士，遂離倩女之魂。為因一線纏縈，致使群魔交至。爭婦女之顏色，恐失『胭脂』；惹鷙鳥之紛飛，並托『秋隼』。蓮鉤摘去，難保一瓣之香；鐵限敲來，幾破連城之玉。嵌紅豆於骰子，相思骨竟作厲階；喪喬木於斧斤，可憎才真成禍水！葳蕤自守，幸白璧之無瑕；繄苦爭，喜錦衾之可覆。嘉其入門之拒，猶潔白之情人；遂其擲果之心，亦風流之雅事。仰彼邑令，作爾冰人。」案既結，遐邇傳頌焉。

自吳公鞫後，女始知鄂生冤。堂下相遇，靦然含涕，似有痛惜之詞，而未可言也。生感其眷戀之情，愛慕殊切；而又念其出身微賤，且日登公堂，為千人所窺指，恐娶之為人姍笑，日夜縈迴，無以自主。判牒既下，意始安帖。邑宰為之委禽，送鼓吹焉。

# 葛　巾

　　常大用是洛陽人，特別喜歡牡丹。他聽說曹州牡丹甲齊魯，很想去看一看。恰好有別的事，讓他如願以償到了曹州，常大用借住在一戶官宦人家的庭園裡。當時是二月天，牡丹還沒開放。他整天在園中徘徊，注視著那幼芽，希望它早日開花，甚至作了一百首詠懷牡丹的絕句。不久，牡丹漸漸含苞待放，但他的盤纏卻快要用完了。他就將一些春衣當了，換來些錢維持生活，依然整日在牡丹園中流連忘返。

　　有一天凌晨，常大用來到牡丹園中，看到有一位姑娘和一位老婆婆已經在那裡了。他以為是富貴人家的家眷，就趕緊回去了。到黃昏之際，他再去的時候又看到她們，就從容地躲在一旁。他遠遠地張望著，只見那姑娘穿著十分豔麗的宮裝，美得令人目眩。常大用迷惑不解，轉念一想：一定是遇到仙人了，人間哪有這麼美麗的女子！他急忙找過去，剛轉過假山，正好遇到那位老婆婆擋著去路，而那女孩子則坐在石頭上。他們相互看了一眼，都顯得有些吃驚。老婆婆用身子擋住姑娘，斥責常大用道：「大膽狂生，你想幹什麼？」常大用跪倒在地，說：「娘子必定是神仙！」老婆婆繼續斥道：「一派胡言，真該捆了送進衙門讓縣令懲辦！」聽她這一說，常大用害怕了。姑娘微笑著對老婆婆說：「咱們走吧！」說完就轉過假山走了。

　　常大用獨自往回走，腳沉得都邁不開步了。他暗想，那姑娘回去後一定會告訴父親兄長，必定會有人趕來辱罵他。他仰面躺在床上，後悔自己魯莽冒失。好在姑娘當時並沒有生氣的表情，也許她沒把這當回事。他一會兒後悔，一會兒害怕，折騰了一個晚上，結果病倒了。第二天太陽老高了，並沒有誰來興師問罪，常大用的心情才慢慢平靜下來。他回想起姑娘的音容笑貌，恐懼害怕已經消失了，剩下的全是思念。就這樣一連三天，他憔悴得快沒命了。

　　那天深夜，僕人早已睡熟了，那個老婆婆突然走了進來。她手中捧著個杯子，說：「我家葛巾娘子親手調和了『毒藥』，讓你趕快喝了。」常大用聽了非常害怕，想了一下說道：「我與娘子從來沒有什麼怨仇，她為什麼要讓我死呢？不過，既然是娘子親手調和的藥，與其這

樣相思得病，不如服毒死了好！」於是接過杯子，一口就喝了下去。老婆婆笑了笑，接過杯子走了。常大用覺得藥味又涼又香，並不像是毒藥。過了會兒，又覺得胸中寬鬆舒暢，頭腦清爽，酣然入睡。當他一覺醒來時，已是紅日滿窗。常大用試著起來，發現病全好了，於是更加相信她們是神仙了。只可惜自己沒有機會接近她們，只能在沒人的時候到她站過、坐過的地方，虔誠地跪拜，默默地禱告。

　　有一天，他正在園中散步，在樹林深處，忽然迎面遇到那位姑娘。幸好旁邊沒有別人，常大用高興極了，立即跪地拜見。姑娘急忙上前拉他，常大用只覺得姑娘身上一股異香襲來，就手握著姑娘雪白的手腕站起來。他感到姑娘的皮膚特別柔軟細膩，令人骨節欲酥。他正想說話，老婆婆忽然來了。姑娘忙讓常大用藏到石頭後面，並指著南邊悄聲說道：「晚上你用梯子翻過牆去，見四面紅窗的屋子，就是我住的地方。」說完就匆匆走了。

　　常大用悵然若失，失魂落魄一般，不知道姑娘去了何處。到了夜裡，他搬了梯子登上南邊的牆頭，看見牆裡邊已經有個梯子放在那兒。常大用高興地踩著梯子下去，果然看見有間四面紅窗的房子。聽到屋裡有下棋的聲音，不敢往前走了。在外面站了很長時間，只好翻牆回去。過了一會兒，他重新折回來，落子的聲音仍然響個不停。常大用悄悄湊近窗戶朝裡張望，只見姑娘正和一個穿素色衣服的美女在下棋。老婆婆也坐在那兒，另有一個丫鬟在旁邊侍候。他只好再退回去。如此往返了三次，已經是三更天了。常大用伏在梯子上，聽到老婆婆出來說：「這梯子是誰放在這裡的？」讓丫鬟出來與她一起把梯子搬走了。常大用爬上牆頭，想下去卻沒有梯子了，只好悶悶不樂地回去。

　　第二天夜裡常大用再去，梯子又放在那兒了。這回幸虧寂靜無人，常大用進去，看見姑娘獨自坐著，好像有什麼心事。看見常大用進來，姑娘吃驚地站起來，滿臉羞澀地側身站著。常大用作了個揖，說：「我自以為福分淺薄，恐怕同仙人沒有緣分，想不到會有今天！」說著就上前親熱地擁抱她。姑娘她腰身纖細只有盈盈一握，呼出的氣息像蘭花那般清香。姑娘掙紮著責怪道：「你怎麼這樣性急？」常大用說：「好事多磨，慢了怕鬼都會嫉妒！」話聲未落，遠處傳來說話聲。姑娘急忙說：「是玉版妹子來了，你可暫時藏到床底下！」常大用聽從了。沒多

久，一個女子進來了，笑著說：「敗軍之將，還敢和我再戰一盤嗎？我已經烹好了茶，特來邀你痛痛快快地玩一夜。」女郎藉口睏倦推辭。玉版再三邀請，姑娘坐著就是不動。玉版說：「如此戀戀不捨，是不是屋裡藏了男人？」說著就強行將她拉出了門。常大用從床下爬出來，恨死了這個玉版。他在姑娘的床上尋找了一番，希望得到一件姑娘貼身的東西。可是屋內沒有香奩等物，只有床頭上放著一個水晶如意，上邊繫著條紫巾，晶瑩剔透，十分可愛。常大用將其藏在懷裡，翻牆回到自己的住處。整理一下自己的衣衫，仍能聞到從姑娘身上散發出來的濃郁香味，使他對姑娘的愛慕之心更加強烈了。可又想到剛才躲在床底下的恐懼，擔心被人發覺受到懲罰，想來想去不敢再去了。只有把如意珍藏起來，希望她能來尋找。

隔了一夜，姑娘果然來了，笑著對常大用說：「我向來以為你是個正人君子，想不到你竟是個小偷！」常大用也笑著說：「確實有這麼回事！這種不是君子行為的事情只是偶爾為之，只是太想得到如意了。」說著他就把她抱在懷裡，替她解掉衣裙。姑娘潔白的肌膚剛露出來，溫熱的香氣便散發出來。擁抱之時，覺得她鼻息汗氣，都非常香。常大用說：「我早就認定你是仙女了，現在看來確切無疑。能夠得到你的眷顧，我真是三生有緣！只是擔心你會像仙女杜蘭香下嫁張傳那樣，最終仍是離別之恨！」姑娘笑著說：「你過慮了。我不過是鍾情的少女，偶然為情愛動了心。這件事你一定要嚴守祕密，只怕那些愛搬弄是非的人知道了，會捏造黑白製造事端；那樣你就不能插翅飛走，我也不能乘風而去，造成的後果遠比好聚好散更慘！」常大用覺得她說得很對，但仍然認為她是仙女，再三詢問她的姓氏。姑娘說：「你既然認為我是神仙，仙人何必留下姓名呢？」常大用又問：「那老婆婆是什麼人？」姑娘說：「她是桑姥姥。我小時受她的照顧，所以不像對一般僕人那樣待她。」隨後，姑娘起身想走，說：「我身邊的耳目眾多，在外面不能待太長時間。方便的時候我還會再來的。」臨別之際，她向常生討還如意，說：「那不是我的東西，是玉版留在我那兒的。」常大用問：「玉版是誰？」姑娘說：「她是我的堂妹。」常大用將如意還給了她，她就走了。

姑娘走後，常大用的被子枕頭仍遺留著她的異香。從此姑娘每隔兩

三晚就會來一趟。常大用對她十分痴戀，甚至都不想回家了。但他的錢都花光了，於是就想到賣馬。姑娘知道後，對他說：「你為了我花光了盤纏，又典當了衣服，實在讓我過意不去。現在你又要賣馬，那之後一千多里路你怎麼回去呢？我有點積蓄，可以幫你一點忙。」常大用推辭道：「感謝你對我一片深情，我已經無法報答了，如果再貪心花你的錢，讓我還怎麼做人呢？」女郎執意要給他，說：「就算我暫時借給你吧！」說著就拉起常大用的胳膊，走到一棵桑樹下，指著一塊石頭說：「將它搬開。」常大用按她說的做了。姑娘從頭上拔下一支簪子，往石頭下的土上刺了幾十下，又說：「把土扒開。」常大用也照辦了。扒開浮土後露出一隻甕，姑娘將手伸進甕裡，取出許多銀子，常大用一看白花花的銀子都快有五十兩了。他拉住姑娘的胳膊讓她別再拿了，姑娘不聽，又取出了十幾錠銀子。常大用執意讓她放回去一半，然後才把甕掩埋好。

過了些日子的一天夜裡，姑娘對常大用說：「近幾天有些流言，看來我們不能這樣長久待下去了，所以要早作打算。」常大用一下子亂了分寸，說：「這可怎麼辦？我向來小心謹慎。這次為了你，就像寡婦喪失了操守，已經不能自己做主了。我一切聽你的，即使上刀山下火海也顧不上！」姑娘說只有一塊逃走。她叫常大用先回家，約定日後在洛陽相會。

常大用立即收拾好行裝回到洛陽，本打算回家後準備好再迎接她。沒想到他剛到家門口，姑娘的車子也到了。於是他倆一同進門拜見常生的家人。左鄰右舍見常大用領了個漂亮姑娘回來都很驚奇，紛紛前來祝賀，卻不知道他們是偷著逃出來的。常大用也暗暗擔心，姑娘卻很坦然，對常大用說：「不要說在千里之外原本就找不到，就是知道了，我是世代顯貴人家的女兒，就像當年的司馬相如，卓王孫也拿他沒辦法！」

常大用的弟弟常大器，十七歲了。姑娘看到他後對常大用說：「弟弟天資聰慧，將來比你更有出息。」常大器已定下了完婚的日期，不幸未婚妻忽然死了。姑娘對常大用說：「我妹妹玉版，你也曾偷偷見到過，相貌很不錯，與你弟弟年齡相當，若能結為夫婦，可謂是天造地設的一對。」常大用一聽就笑了，用開玩笑的口氣請她做媒。姑娘說：

「如果真的想娶她，並不很難。」常大用高興地問：「你有什麼主意？」姑娘說：「妹妹與我最要好了，只要用兩匹馬駕一輛輕車，派個老婆子跑一趟就萬事大吉了。」常大用擔心這樣會暴露他們之間的事，不敢聽從她的主意。姑娘卻一再堅持，說：「沒關係的。」於是就準備好馬車，讓桑姥姥去接。

幾天後，桑姥姥來到曹州。快到家門口時，她下了車，讓車伕在路旁等著，自己乘夜色進了院子。過了很久，她陪著一個女孩子出來，上車後就不停地往回趕。她們一路匆匆，夜裡就睡在車裡，天濛濛亮了就繼續趕路。

姑娘計算著她們歸來的日子，事先讓大器身穿盛裝去迎接。大器走出大約五十里路去迎接，果然見到她們來了。大器按照婚俗親自駕車，領著她們回到家中。這邊見到新人來了，頓時鼓樂齊奏，洞房花燭，拜堂成親。由此，兄弟倆都娶上了漂亮的媳婦，家境也一天天富裕起來。

有一天，幾十個騎馬的強盜突然闖到常大用家裡。常大用知道遇到危難，帶著全家登上了樓。強盜進來，把樓團團圍住。常大用在樓上俯身問道：「我們有什麼仇嗎？」強盜回答道：「我們並沒有仇！我們此來有兩件事相求：一是聽說你們兄弟二人的老婆美如天仙，請讓我們見一見；另一件是我們五十八個人，每人向你們討五百兩銀子。」說完，強盜們在樓下堆放了柴草，以放火燒樓相威脅。常大用不得已答應給他們每人五百兩銀子，但強盜仍不滿意，準備點火燒樓，把大家都嚇壞了。姑娘要同玉版下樓，常大用連忙制止，但她們都不聽。二人穿著鮮亮的衣服下樓，站在離地面三級的台階上，對強盜們說：「我姐妹都是仙女，暫時來到塵世間，不會怕任何強盜！我準備給你們萬兩黃金，只怕你們也不敢接受！」強盜們都被鎮住了，一齊跪下磕頭，連聲說：「不敢。」姐妹二人正想回樓上，一個強盜說道：「這是詐術！」姑娘聽到了，返回身站住說：「你想幹什麼？趁早說出來，還不算太晚！」強盜們你看我我看你，沒有一個敢吭聲。姐妹倆從容地上樓去了。強盜們抬頭看不到她們了，這才一哄而散。

兩年後，姐妹倆各生了個兒子，姑娘這才透露自己的身世：「我家姓魏，母親被封為曹國夫人。」常大用懷疑曹州沒有姓魏的官宦世家。而且如果是大戶人家丟失了女兒，怎麼過去這麼久了也不聞不問呢？他

不敢追根問底，但心裡終究十分困惑，於是就找了個藉口再去了曹州。他在曹州察訪，果然官宦世族中根本沒有姓魏的。於是，常大用仍舊借住在上次住過的人家。忽然間他看到牆壁上有首贈曹國夫人的詩，感到很奇怪，就向主人打聽。主人笑了笑，請他去看看曹國夫人。到那兒一看，卻是一棵牡丹，長得和房簷一樣高。常大用問主人花名的由來，主人說這棵牡丹在曹州名列第一，所以同友人戲封為曹國夫人。常大用再問它屬什麼品種，主人說：「葛巾紫。」常大用更加驚訝了，懷疑自己遇到的是花妖。

回到家後，他不敢說出實情，只是提到了那首贈曹國夫人的詩，觀察夫人的表情。夫人聽了立刻皺起眉頭，臉色大變，猛然走出屋子，呼喊玉版快抱了兒子過來。她對常大用說：「三年前，我感激你對我的一片思慕之情，變成了人嫁給你！如今你既然猜疑我，怎麼能夠再在一起生活呢？」她就和玉版舉起孩子遠遠地拋出去，孩子落在地上一下子不見了。常大用看著傻了眼，回頭之時兩個女子也忽然不見了。常大用悔恨不已。

幾天後，孩子落地的地方長出兩棵牡丹，一夜間就長到一尺多高，而且當年就開了花。一棵是紫的，一棵是白的，花朵大得像盤子，比平常的葛巾、玉版花瓣更加繁茂細碎。幾年後，枝繁葉茂，各長成一大片花叢。把花移栽到別的地方，又變成了別的品種，誰也叫不出名字。從此牡丹的繁榮茂盛，洛陽可算是天下無雙了。

## 【原文】

常大用，洛人，癖好牡丹。聞曹州牡丹甲齊魯，心嚮往之。適以他事如曹，因假縉紳之園居焉。而時方二月，牡丹未華，惟徘徊園中，目注勾萌，以望其拆。作懷牡丹詩百絕。未幾，花漸含苞，而資斧將匱；尋典春衣，流連忘返。

一日，凌晨趨花所，則一女郎及老嫗在焉。疑是貴家宅眷，亦遂遄返。暮而往，又見之，從容避去。微窺之，宮妝豔絕。眩迷之中，忽轉一想：此必仙人，世上豈有此女子乎！急返身而搜之，驟過假山，適與嫗遇。女郎方坐石上，相顧失驚。嫗以身幛女，叱曰：「狂生何為？」生長跪曰：「娘子必是仙人！」嫗咄之曰：「如此妄言，自當縶送令尹！」

生大懼,女郎微笑曰:「去之!」過山而去。

　　生返,不能步,意女郎歸告父兄,必有詬辱之來。僵臥空齋,自悔孟浪。竊幸女郎無怒容,或當不復置念。悔懼交集,終夜而病。日已向辰,喜無問罪之師,心漸寧帖。而回憶聲容,轉懼為想。如是三日,憔悴欲死。秉燭夜分,僕已熟眠。嫗忽入,持甌而進曰:「吾家葛巾娘子,手合鴆湯,其速飲!」生聞而駭,既而曰:「僕與娘子,夙無怨嫌,何至賜死?既為娘子手調,與其相思而病,不如仰藥而死!」遂引而盡之。嫗笑,接甌而去。生覺藥氣香冷,似非毒者。俄覺肺膈寬舒,頭顱清爽,醺然睡去。既醒,紅日滿窗。試起,病若失,心益信其為仙。無可夤緣,但於無人時,彷彿其立處、坐處,虔拜而默禱之。

　　一日,行去,忽於深樹內覿面遇女郎,幸無他人,大喜,投地。女郎近曳之,忽聞異香竟體,即以手握玉腕而起。指膚軟膩,使人骨節慾酥。正欲有言,老嫗忽至。女令隱身石後,南指曰:「夜以花梯度牆,四面紅窗者,即妾居也。」匆匆遂去。生悵然,魂魄飛散,莫能知其所往。至夜,移梯登南垣,則垣下已有梯在,喜而下,果有紅窗。室中聞敲棋聲,佇立不敢復前,姑逾垣歸。少間,再過之,子聲猶繁;漸近窺之,則女郎與一素衣美人相對著,老嫗亦在座,一婢侍焉。又返。凡三往復,三漏已催。生伏梯上,聞嫗出雲:「梯也,誰置此?」呼婢共移去之。生登垣,欲下無階,恨悒而返。

　　次夕復往,梯先設矣。幸寂無人,入,則女郎兀坐,若有思者,見生驚起,斜立含羞。生揖曰:「自謂福薄,恐於天人無分,亦有今夕耶!」遂狎抱之。纖腰盈掬,吹氣如蘭,撐拒曰:「何遽爾!」生曰:「好事多磨,遲為鬼妒。」言未及已,遙聞人語。女急曰:「玉版妹子來矣!君可姑伏床下。」生從之。無何,一女子入,笑曰:「敗軍之將,尚可復言戰否?業已烹茗,敢邀為長夜之歡。」女郎辭以困惰,玉版固請之,女郎堅坐不行。玉版曰:「如此戀戀,豈藏有男子在室耶?」強拉之,出門而去。生膝行而出,恨絕,遂搜枕簟,冀一得其遺物。而室內並無香奩,只床頭有水精如意,上結紫巾,芳潔可愛。懷之,越垣歸。自理衿袖,體香猶凝,傾慕益切。然因伏床之恐,遂有懷刑之懼,籌思不敢復往,但珍藏如意,以冀其尋。

　　隔夕,女郎果至,笑曰:「妾向以君為君子也,不知其為寇盜也,」

生曰：「良有之。所以偶不君子者，第望其如意耳。」乃攬體入懷，代解裙結。玉肌乍露，熱香四流，偎抱之間，覺鼻息汗熏，無氣不馥。因曰：「僕固意卿為仙人，今益知不妄。幸蒙垂盼，緣在三生。但恐杜蘭香之下嫁，終成離恨耳。」女笑曰：「君慮亦過。妾不過離魂之倩女，偶為情動耳。此事宜慎秘，恐是非之口，捏造黑白，君不能生翼，妾不能乘風，則禍離更慘於好別矣。」生然之，而終疑為仙，固詰姓氏，女曰：「既以妾為仙，仙人何必以姓名傳。」問：「嫗何人？」曰：「此桑姥。妾少時受其露覆，故不與婢輩同。」遂起，欲去，曰：「妾處耳目多，不可久覊，蹈隙當復來。」臨別，索如意，曰：「此非妾物，乃玉版所遺。」問：「玉版為誰？」曰：「妾叔妹也。」付鉤乃去。

去後，衾枕皆染異香。由此三兩夜輒一至。生惑之，不復思歸。而囊橐既空，欲貨馬。女知之，曰：「君以妾故，瀉囊質衣，情所不忍。又去代步，千餘裡何以歸？妾有私蓄，卿可助裝。」生辭曰：「感卿情好，撫臆誓肌，不足論報；而又貪鄙，以耗卿財，何以為人乎！」女固強之，曰：「姑假君。」遂捉生臂，至一桑樹下，指一石，曰：「轉之！」生從之。又拔頭上簪，刺土數十下，又曰：「爬之。」生又從之。則甕口已見。女探手入，出白鏹近五十兩許。生把臂止之，不聽，又出十餘鋌，生強反其半而後掩之。

一夕，謂生曰：「近日微有浮言，勢不可長，此不可不預謀也。」生驚曰：「且為奈何？小生素迂謹，今為卿故，如寡婦之失守，不復能自主矣。一惟卿命，刀鋸斧鉞，亦所不遑顧耳！」女謀偕亡，命生先歸，約會於洛。生治任旋裡，擬先歸而後逆之；比至，則女郎車適已至門。登堂朝家人，四鄰驚賀，而並不知其竊而逃也。生竊自危；女殊坦然，謂生曰：「無論千里外非邏察所及，即或知之，妾世家女，卓王孫當無如長卿何也。」

生弟大器，年十七，女顧之曰：「是有慧根，前程尤勝於君。」完婚有期，妻忽夭殞。女曰：「妾妹玉版，君固嘗窺見之，貌頗不惡，年亦相若，作夫婦可稱嘉偶。」生聞之笑，戲請作伐。女曰：「必欲致之，即亦非難。」喜問：「何術？」曰：「妹與妾最相善。兩馬駕輕車，費一嫗之往返耳。」生恐前情俱發，不敢從其謀，女固言：「不害。」即命車，遣桑嫗去。數日，至曹。將近裡門，嫗下車，使御者止而候於途，乘夜

入裡。良久，偕女子來，登車遂發。昏暮即宿車中，五更復行。女郎計其時日，使大器盛服而逆之。五十里許，乃相遇，御輪而歸，鼓吹花燭，起拜成禮。由此兄弟皆得美婦，而家又日以富。

一日，有大寇數十騎，突入第。生知有變，舉家登樓。寇入，圍樓。生俯問：「有仇否？」答云：「無仇。但有兩事相求：一則聞兩夫人世間所無，請賜一見；一則五十八人，各乞金五百。」聚薪樓下，為縱火計以脅之。生允其索金之請；寇不滿志，欲焚樓，家人大恐。女欲與玉版下樓，止之不聽。炫妝而下，階未盡者三級，謂寇曰：「我姊妹皆仙媛，暫時一履塵世，何畏寇盜！欲賜汝萬金，恐汝不敢受也。」寇眾一齊仰拜，喏聲「不敢」。姊妹欲退，一寇曰：「此詐也！」女聞之，反身佇立，曰：「意欲何作，便早圖之，尚未晚也。」諸寇相顧，默無一言。姊妹從容上樓而去。寇仰望無跡，哄然始散。

後二年，姊妹各舉一子，始漸自言：「魏姓，母封曹國夫人。」生疑曹無魏姓世家，又且大姓失女，何得一置不問？未敢窮詰，而心竊怪之。遂託故復詣曹，入境諮訪，世族並無魏姓。於是仍假館舊主人，忽見壁上有贈曹國夫人詩，頗涉駭異，因詰主人。主人微笑，即請往觀曹夫人。至，則牡丹一本，高與簷等。問所由名，則以其花為曹第一，故同人戲封之。問其「何種」，曰：「葛巾紫也。」心益駭，遂疑女為花妖。既歸，不敢質言，但述贈夫人詩以覘之。女慘然變色，遽出呼玉版抱兒至，謂生曰：「三年前，感君見思，遂呈身相報；今見猜疑，何可復聚！」因與玉版皆舉兒遙擲之，兒墮地並沒。生方驚顧，則二女俱渺矣。悔恨不已。後數日，墮兒處生牡丹二株，一夜徑尺，當年而花，一紫一白，朵大如盤，較尋常之葛巾、玉版，瓣尤繁碎。數年，茂蔭成叢；移分他所，更變異種，莫能識其名。自此，牡丹之盛，洛下無雙焉。

# 青 蛙 神

長江、漢水一帶，民間信奉青蛙神最虔誠。蛙神祠中的青蛙多得不計其數，其中甚至有像蒸籠那樣大的。如果有誰觸犯了蛙神，家裡就會

出現奇異的徵兆：青蛙在桌子、床上跳來跳去，甚至爬上滑溜溜的牆壁也不掉下來，千奇百怪。一旦出現這些徵兆，就預示著這戶人家會有不吉利的事。人們因此十分恐懼，連忙宰殺牲畜，到蛙神祠裡禱告，只要神一高興，就什麼事都沒有了。

楚地有個叫薛昆生的，自幼聰明，長得也很英俊。他六七歲那年，家裡突然來了個身穿青衣的老太太，自稱是青蛙神的使者，來傳達蛙神的旨意：願意把女兒下嫁給昆生。薛昆生的父親為人樸實厚道，心裡很不樂意，便推說兒子年紀太小而拒絕了。他雖然堅決拒絕了蛙神的提親，卻也沒敢立即給兒子提別的親事。過了幾年，昆生漸漸長大了，薛翁便與姜家訂了親。蛙神告訴姜家說：「薛昆生是我的女婿，你們怎敢染指！」姜家害怕了，連忙退還了薛家的彩禮。薛翁非常擔憂，準備了乾淨的祭品，到蛙神祠中祈禱，自稱實在不敢和神靈結親。他禱告完畢，就見酒菜中浮出許多很大的蛆，在杯盤裡蠢蠢蠕動著。薛翁忙倒掉酒餚，連連向神靈謝罪，然後返回家中。從此他內心更加恐懼，但也只好聽之任之。

有一天，昆生外出時迎面遇到一個神的使者。他向昆生宣讀了神旨，死磨硬纏地邀請他走一趟。昆生迫不得已，只得跟那使者前去。他們進入一扇紅色大門，只見裡面樓閣華美。有位老翁坐在堂上，像是有七八十歲的樣子。昆生拜伏在地，老翁命扶他起來，請他在桌旁坐下。一會兒，奴婢、婆子都跑來看昆生，亂鬨哄地擠滿了廳堂的兩側。老翁對她們說：「進去說一聲，薛郎來了！」幾個奴婢忙奔了去。不多一會，一個老太太領著個少女出來了。那女孩約十六七歲，長得十分漂亮。老翁指著少女對昆生說：「這是我女兒十娘。我覺得她和你可以配成一對佳偶，但你父親當初卻因她不是同類而拒絕了。這是你的百年大事，你父母只能做一半主，主要還是看你自己的意思。」昆生目不轉睛地盯著十娘看，內心十分喜歡，都不知道該說什麼了。老太太看出他的心思，對他說道：「我本來就知道薛郎會喜歡。你暫且先回去，我隨後就把十娘送上。」昆生樂得連聲說「好」。他告辭出來後，急忙跑回家，告訴了父親。薛翁一時間想不出別的辦法，便教兒子找個藉口，趕快回去謝絕了。昆生不願意，父子二人爭了起來。正在這時，送親的車轎已經到家門口了，一大群丫鬟簇擁著十娘走了進來。十娘在堂上拜見

了公婆。薛翁夫婦見過十娘後也十分喜歡。當晚，昆生和十娘便成親，小夫妻恩恩愛愛，感情很好。從此後，十娘的父母也時常會來昆生家。看他們的衣著，只要穿的是紅色衣服，就預示薛家將有喜事；穿白色衣服，就預示著薛家會發財。非常靈驗。因此，薛家日漸興旺起來。

自從與神女結婚後，家裡門口、屋裡、廁所旁到處都是青蛙。薛家裡的人沒一個敢罵或用腳踏的。唯獨昆生年輕任性，高興的時候善待青蛙，生氣時則任意踐踏，毫無顧忌。十娘雖然謙謹溫順，但也容易發怒，對昆生的這種行徑十分不滿，而昆生卻不看在十娘的面子上有所收斂。十娘忍無可忍，責怪了昆生幾句，昆生就生氣了，說：「你仗著你爹娘就能禍害人嗎？大丈夫豈能怕青蛙！」十娘最忌諱「蛙」字了，聽了昆生的話，非常氣憤，說：「自從我進了你家做媳婦，使你們田裡增收，買賣多掙銀子，已經不少了。現在全家老小都吃飽穿暖，過上好日子，你就恩將仇報，像貓頭鷹長翅膀，要啄母親的眼睛嗎？」昆生更是火冒三丈，衝著十娘罵道：「我正厭惡你帶來的那些東西太骯髒，不好意思傳給子孫！我們乾脆趁早一拍兩散！」於是將十娘趕了出去。

昆生的父母得到消息，匆忙趕過來，但十娘已經走了。他們斥罵昆生，讓他快去追回十娘。昆生還在氣頭上，執意不肯。到了晚上，昆生和母親突然病了，悶悶地不想吃東西。薛翁害怕了，到神祠中負荊請罪，言詞懇切。過了三天，母子二人的病好了，十娘也自己回來了。夫妻和好如初。

十娘整天穿得漂漂亮亮地坐著，不喜歡做針線活。昆生的衣服鞋帽，全都推給婆婆做。有一天，昆生的母親也生氣了，說：「兒子娶了媳婦，仍然讓母親操勞！人家都是媳婦伺候婆婆，咱家卻是婆婆伺候媳婦！」這話正好讓十娘聽見了。她氣呼呼地走進來質問婆婆：「媳婦早上伺候您吃飯，晚上伺候您睡覺，還有哪些侍奉婆婆的事沒做到？所欠缺的，是不能省下請僱傭的錢，自己找苦受罷了！」母親啞口無言，既慚愧又傷心，禁不住哭了起來。事後正好昆生來了，見母親臉上有淚痕，一問之後知道了原因，便生氣地責罵十娘。十娘毫不示弱，與他爭執。昆生怒不可遏，說：「娶了妻子不能讓母親高興，這樣的媳婦還不如沒有！大不了得罪了那老青蛙，不過遭橫禍一死罷了！」再次將十娘掃地出門。十娘也氣壞了，出門後頭也不回地走了。

第二天，薛家便遭了火災，燒了好幾間屋子，屋裡的家具全化為灰燼。昆生大怒，跑到神祠斥責道：「你養的女兒不待奉公婆，一點教養都沒有，你還一味護短！神靈都是最公正的，有教人怕老婆的嗎？況且，吵架打罵，都是我一人所為，與我父母毫不相干！要殺要剮衝我一人來好了。要不然，我也燒了你的老窩，以牙還牙！」說完，他搬來柴禾堆到大殿下，就要點火。村裡的人聞訊都趕來了，極力哀求才將其勸住，昆生才怏怏地回了家。

　　父母聽說這事，大驚失色。到了夜晚，蛙神給附近的人們託夢，讓他們幫自己的女婿家把房子建起來。天亮後，眾人拉來木材，找來工匠，一起為昆生造屋。昆生一家怎麼勸阻都推辭不了。就這樣每天有數百人前來幫忙，沒有幾天，薛家的新宅院就建好了，不僅房子是新的，就連屋內的家具擺設也一應俱全。大家剛收拾停當，十娘也回來了。她先到堂上給婆婆賠不是，言辭十分溫順。轉身又朝昆生陪了個笑臉。於是，全家化怨為喜。自打那之後，十娘性情更加和順，連續兩年沒再起爭執。

　　十娘最厭惡蛇。有一次，昆生開玩笑地把一條小蛇裝在一隻木匣裡，讓十娘打開。十娘打開一看，大驚失色，因此斥罵昆生。昆生也轉笑為怒，惡語相加。十娘說：「這次用不著你趕我了！從此後我們一刀兩斷！」說完就管自己走了。薛翁大為恐懼，將昆生打了一頓，自己去神祠裡請罪。幸好這次沒發生什麼災禍，而十娘也再無音訊。

　　過了一年多，昆生想念十娘，非常後悔。他偷偷跑到神祠禱告，懇求她回來，但是沒有回音。不久之後，昆生聽說蛙神已讓十娘改嫁給了袁家，大失所望，便也向別的人家提親。但是接連看了好幾家，昆生覺得沒有一個比得上十娘的，因此更加想念她。他還去袁家察看，發現房子已經粉刷一新，就等著十娘過門。昆生更加悔恨不已，不吃不喝，最後一病不起。他的父母十分憂慮，卻不知如何是好。昆生正在昏迷中，聽到有人輕輕拍著他說：「大丈夫敢作敢當，常常說要和我決裂，怎麼又成這種樣子！」他睜眼一看，竟是十娘！昆生大喜，一躍而起，說：「你怎麼來了？」十娘說：「要按你這個沒有情義的人待我的那樣，我應該聽從父命，改嫁他人。本來很早就接受了袁家的彩禮，但我千思萬想還是不忍心捨下你。婚期原本就定在今晚，父親沒臉跟袁家反悔，我

只好自己拿著彩禮退給了袁家。剛才從家裡來，父親送我時說：『傻丫頭！不聽我的話，今後再受薛家欺凌虐待，死了也別回來了！』」昆生被她一片深情所感動，不禁痛哭流涕。家人知道了都十分高興，趕緊跑了去告訴薛翁。婆婆聽說了，等不及十娘前去拜見，忙著跑到兒子屋裡，拉起十娘的手就哭起來。

從此，昆生變得成熟了，再也不惡作劇，夫妻二人感情因此更加深厚。有一天，十娘對昆生說：「我過去因為你太輕薄，擔心我們未必能白頭到老，所以不敢生下個後代留在人世。現在沒問題了，我馬上要為薛家生兒子了！」不久，十娘的父母穿著紅袍降臨薛家。第二天，十娘臨產，一胎生下兩個兒子。從此蛙神與薛家來往不斷。其他人有時無意間得罪了蛙神，總是先求昆生；再讓婦女梳妝打扮之後進入臥室，朝拜十娘。只要十娘一笑，災禍就化解了。薛家的後裔非常多，人們給起名叫「薛蛙子家」。當然附近的人是不敢這樣叫的，只有遠方的人才這樣稱呼。


## 【原文】

江漢之間，俗事蛙神最虔。祠中蛙，不知幾百千萬，有大如籠者。或犯神怒，家中輒有異兆：蛙遊几榻，甚或攀緣滑壁不得墮，其狀不一，此家當凶。人則大恐，斬牲禳禱之，神喜則已。

楚有薛昆生者，幼惠，美姿容。六七歲時，有青衣媼至其家，自稱神使，坐致神意：願以女下嫁昆生。薛翁性樸拙，雅不欲，辭以兒幼。雖固卻之，而亦未敢議婚他姓。遲數年，昆生漸長，委禽於姜氏。神告姜曰：「薛昆生，吾婿也。何得近禁臠！」姜懼，反其儀。薛翁憂之，潔牲往禱，自言：「不敢與神相匹偶。」祝已，見肴酒中皆有巨蛆浮出，蠢然擾動；傾棄，謝罪而歸。心益懼，亦姑聽之。

一日，昆生在途，有使者迎宣神命，苦邀移趾。不得已，從與俱往。入一朱門，樓閣華好。有叟坐堂上，類七八十歲人。昆生伏謁。叟命曳起之，賜坐案旁。少間，婢媼集視，紛紜滿側。叟顧曰：「入言薛郎至矣。」數婢奔入。移時，一媼率女郎出，年十六七，麗絕無儔。叟指曰：「此小女十娘，自謂與君可稱佳偶；君家尊乃以異類見拒。此自百年事，父母止主其半，是在君耳。」昆生目注十娘，心愛好之，默然

不言。媼曰：「我固知郎意良佳。請先歸，當即送十娘往也。」昆生曰：「諾。」趨歸告翁。翁倉遽無所為計，乃授之詞，使返謝之，昆生不肯行。方誚讓間，輿已在門，青衣成群，而十娘入矣。上堂朝拜，翁姑見之皆喜。即夕合巹，琴瑟甚諧。由此神翁神媼，時降其家。視其衣，赤為喜，白為財，必見。以故，家日興。自婚於神，門堂藩溷皆蛙，人無敢詬蹴之。惟昆生少年任性，喜則忌，怒則踐斃，不甚愛惜。十娘雖謙馴，但善怒，頗不善昆生所為；而昆生不以十娘故斂抑之。十娘語侵昆生。昆生怒曰：「豈以汝家翁媼能禍人耶？丈夫何畏蛙也！」十娘甚諱言「蛙」，聞之恚甚，曰：「自妾入門，為汝家，田增粟、賈益價，亦復不少。今老幼皆已溫飽，遂如鴞鳥生翼，欲啄母睛耶！」昆生益憤曰：「吾正嫌所增污穢，不堪貽子孫。請不如早別。」遂逐十娘。翁媼既聞之，十娘已去。呵昆生，使急往追復之。昆生盛氣不屈。至夜，母子俱病，郁冒不食。翁懼，負荊於祠，詞義殷切。過三日，病尋愈。十娘亦自至，夫妻歡好如初。

十娘日輒凝妝坐，不操女紅，昆生衣履，一委諸母。母一日忿曰：「兒既娶，仍累媼！人家婦事姑，我家姑事婦！」十娘適聞之，負氣登堂曰：「兒婦朝侍食，暮問寢，事姑者，其道如何？所短者，不能奉傭錢，自作苦耳。」母無言，慚沮自哭。昆生入，見母涕痕，詰得故，怒責十娘。十娘執辨不相屈。昆生曰：「娶妻不能承歡，不如勿有！便觸老蛙怒，不過橫災死耳！」復出十娘。十娘亦怒，出門徑去。次日，居舍災，延燒數屋，几案床榻，悉為煨燼。昆生怒，詣祠責數曰：「養女不能奉翁姑，略無庭訓，而曲護其短！神者至公，有教人畏婦者耶？且盎盂相敲，皆臣所為，無所涉於父母。刀鋸斧鉞，即加臣身；如其不然，我亦焚汝居室，聊以相報。」言已，負薪殿下，爇火欲舉。居人集而哀之，始憤而歸。父母聞之，大懼失色。至夜，神示夢於近村，使為婿家營宅。及明，齎材鳩工，共為昆生建造，辭之不止；日數百人相屬於道，不數日，第舍一新，床幕器具悉備焉。修除甫竟，十娘已至，登堂謝過，言詞溫婉。轉身向昆生展笑，舉家變怨為喜。自此，十娘性益和，居二年，無間言。

十娘最惡蛇，昆生戲函小蛇，詒使啟之。十娘變色，詬昆生。昆生亦轉笑生嗔，惡相抵。十娘曰：「今番不待相迫逐，請從此絕。」遂出門

去。薛翁大恐,杖昆生,請罪於神。幸不禍之,亦寂無音。積有年餘,昆生懷念十娘,頗自悔,竊詣神所哀十娘,迄無聲應。未幾,聞神以十娘字袁氏,心中失望,因亦求婚他族;而歷相數家,並無如十娘者,於是益思十娘。往探袁氏,則已堊壁滌庭,候魚軒矣。心愧憤不能自已,廢食成疾。父母憂皇,不知所處。

忽昏憒中有人撫之曰:「大丈夫頻欲斷絕,又作此態!」開目,則十娘也。喜極,躍起曰:「卿何來?」十娘曰:「以輕薄人相待之禮,止宜從父命,另醮而去。固久受袁家采幣,妾千思萬思而不忍也。卜吉已在今夕,父又無顏反璧,妾親攜而置之矣。適出門,父走送曰:『痴婢!不聽吾言,後受薛家凌虐,縱死亦勿歸也!』」昆生感其義,為之流涕。家人皆喜,奔告翁媼。媼聞之,不待往朝,奔入子舍,執手嗚泣。由此昆生亦老成,不作惡謔,於是情好益篤。十娘曰:「妾向以君儇薄,未必遂能相白首,故不敢留孽根於人世。今已靡他,妾將生子。」居無何,神翁神媼著朱袍,降臨其家。次日,十娘臨蓐,一舉兩男。由此往來無間。居民或犯神怒,輒先求昆生;乃使婦女輩盛妝入閨,朝拜十娘,十娘笑則解。薛氏苗裔甚繁,人名之「薛蛙子家」。近人不敢呼,遠人呼之。

# 王　者

湖南巡撫某公,派遣一名州佐押解六十萬兩餉銀進京。途中遇到大雨,耽誤了行程,天黑時找不到住宿的地方。州佐遠遠望見有座古廟,便帶著眾衛役前去投宿。天明後起來,卻發現押解的銀子已蕩然無存。眾人大驚失色,極為奇怪,但似乎沒人應該對此負責。州佐只得返回,稟報了巡撫。巡撫認為他在說謊,要懲辦他。但審訊了眾衛役,也是眾口一辭。巡撫便責令州佐仍回古廟,一定要找出線索。

州佐返回古廟,見廟前有個算命的瞎子,相貌非常奇異,號稱「能知心事」。州佐便上前要他給自己算一卦。瞎子說:「你一定是為了丟失銀子的事。」州佐回答說:「是的。」便將在古廟丟失餉銀因而遭巡撫重責之事說了。瞎子聽了讓他找來一頂二人抬的小轎,說:「只管跟

著我走，到時你就知道了。」州佐按他說的找來一頂轎子，抬著瞎子，自己和衙役們跟著他走。瞎子說：「往東。」眾人便都往東走。瞎子又說：「往北。」大家便又往北走。一連走了五天，進入深山之中，忽然看到一座城市，街上車水馬龍，行人川流不息。進入城中，又走了一會兒，瞎子說：「停下。」他從轎子上下來，用手往南指了指，說：「往前走，見有扇朝西開的大門，你敲門去問一下，便會明白了。」說完，他拱拱手走了。

州佐按照瞎子說的走了過去，果然見有扇大門。他走進門內，一個人迎出來。當時已是清朝，那人卻穿著漢人的服飾。見了州佐，他也不通報自己的姓名。州佐先說了自己來此地的緣由。那人聽了後說：「請你暫且住上幾天，我再帶你去見主事的。」他將州佐領進一間屋子，讓他單獨住下，安排好吃的喝的。州佐住下後閒來沒事，就在院子裡閒逛。他來到屋後，見有個花園，便進去遊覽。花園裡高大的古松遮天蔽日，地上細草茵茵，像是鋪著綠色的氈毯。穿過幾處畫廊亭閣，迎面見到一個高亭。州佐登上石階走入亭中，卻忽然發現牆上掛著幾張人皮，五官齊備，腥氣逼人。州佐不由得毛骨悚然，急忙退出，回到自己的屋裡。他想看來這回自己也要將皮留在這異域他鄉了，斷然沒有生還的希望。又想反正是個死，就聽之任之吧。

第二天，那人來叫他走，說：「今天可以見到主事的了。」州佐連聲答應。那人騎著一匹駿馬，跑得很快，而州佐徒步跟在後面追趕。不一會兒，到了一處轅門，很像是總督衙門。皂隸排列在兩邊，十分威嚴。那人下馬，領著州佐進去。又進了一重門，才看到一位大王。大王頭戴珠冠，身穿王服，朝南坐著。州佐急忙走上前，跪地拜見。大王問：「你就是湖南巡撫手下的押解官嗎？」州佐答應「是」。大王說：「銀子都在這裡。這麼一點點東西，你們巡撫就算慷慨地送給我，也未嘗不可。」州佐哭著說道：「巡撫大人給我的期限已經到了，我回去後交不出銀子，就要被處死。如果大王把銀子留下了，我回去怎麼向巡撫大人交代呢？」大王說：「這個不難。」他交給州佐一個大信封，說，「拿這個回去向巡撫交差，保你無事！」說完，大王派了幾個力士送州佐回去。州佐害怕得連大氣都不敢喘，哪裡還能申辯！他只得接下信封，退了出去。力士送他走的道路，跟來時的完全不同。出山之後，送

他的力士便回去了。

數日後州佐才回到長沙，忙不迭地去向巡撫稟報。巡撫聽了他說的，更加懷疑他是在說謊欺騙自己，怒不可遏，不容他分辯，下令左右要將他捆起來。州佐忙解開包袱，拿出那封信。巡撫拆開信還沒看完，已是臉色如土。他下令放開州佐，說：「銀子是小事，你先出去吧！」巡撫隨後急令屬下，設法補齊原來的銀兩數，押解進京。幾天後，巡撫便病倒了，很快就一命嗚呼。

在此之前，有一晚巡撫跟他的一個愛妾睡在一起，醒來時卻發現愛妾成了光頭，頭髮全沒了。整個官衙的人無不驚駭，但誰也猜不到究竟是怎麼回事。原來州佐帶回來的大信封中，裝的就是巡撫愛妾的頭髮，還附了一封信：「你從當一個小縣令起家，爬到現在這樣高的官位，貪婪地收受賄賂，贓銀不計其數。上次的六十萬兩銀子，我已查收入庫，你應該從自己的私囊中補齊原數。這事與押解官無關，你不得懲辦他。前次特地取來你愛妾的頭髮，只是給你一個小小的警告。如再不遵命令，早晚來取你的人頭！附上你愛妾的頭髮，作為證明！」巡撫死後，家人才將這封信傳出來。

後來，巡撫的屬下派人去尋找那個地方，但只見到崇山峻嶺、懸崖峭壁，根本沒有進山的道路。

## 【原文】

湖南巡撫某公，遣州佐押解餉金六十萬赴京。途中被雨，日暮愆程，無所投宿。遠見古剎，因詣棲止。天明，視所解金，蕩然無存。眾駭怪，莫可取咎。回白撫公，公以為妄，將置之法。及詰眾役，並無異詞。公責令仍反故處，緝察端緒。

至廟前，見一瞽者，形貌奇異，自榜云：「能知心事。」因求卜筮。瞽曰：「是為失金者。」州佐曰：「然。」因訴前苦。瞽者便索肩輿，云：「但從我去，當自知。」遂如其言，官役皆從之。瞽曰：「東。」東之。瞽曰：「北。」北之。凡五日，入深山，忽睹城郭，居人輻輳。入城，走移時，瞽曰：「止。」因下輿，以手南指，曰：「見有高門西向，可款關自問之。」拱手自去。

州佐如其教，果見高門。漸入之。一人出，衣冠漢制，不言姓名。

州佐述所自來。其人云：「請留數日，當與君謁當事者。」遂導去，令獨居一所，給以食飲。暇時閒步，至第後，見一園亭，入涉之。老松翳日，細草如氈。數轉廊榭，又一高亭，歷階而入，見壁上掛人皮數張，五官俱備，腥氣流熏。不覺毛髮森豎，疾退歸舍。自分留鞟異域，已無生望；因念進退一死，亦姑聽之。

　　明日，衣冠者召之去，曰：「今日可見矣。」州佐唯唯。衣冠者乘怒馬甚駛，州佐步馳從之。俄，至一轅門，儼如制府衙署，皂衣人羅列左右，規模凜肅。衣冠者下馬，導入。又一重門，見有王者，珠冠繡紱，南面坐。州佐趨上，伏謁。王者問：「汝湖南解官耶？」州佐諾。王者曰：「銀俱在此。是區區者，汝撫軍即慨然見贈，未為不可。」州佐泣訴：「限期已滿，歸必就刑，稟白何所申證？」王者曰：「此即不難。」遂付以巨函，云：「以此復之，可保無恙。」又遣力士送之。州佐惄息，不敢辨，受函而返。山川道路，悉非來時所經。既出山，送者乃去。

　　數日，抵長沙，敬白撫公。公益妄之，怒不容辨，命左右者飛索以。州佐解嘆出函，公拆視未竟，面如灰土。命釋其縛，但云：「銀亦細事，汝姑出。」於是急檄屬官，設法補解訖。數日，公疾，尋卒。先是，公與愛姬共寢，既醒，而姬髮盡失。闔署驚怪，莫測其由。蓋函中即其髮也。外有書云：「汝自起家守令，位極人臣。賕賂貪婪，不可悉數。前銀六十萬，業已驗收在庫。當自發貪囊，補充舊額。解官無罪，不得加譴責。前取姬髮，略示微警。如復不遵教令，且晚取汝首領。姬髮附還，以作明信。」公卒後，家人始傳其書。後屬員遣人尋其處，則皆重岩絕壑，更無徑路矣。

# 竹　青

　　魚客是湖南人，但現在已沒人知道他具體是哪府哪縣的了。他家境貧困，科舉落榜回來的路上，盤纏用光了，又不好意思去討飯，餓極了，就在吳王廟中歇息，跪在神像前用憤懣之詞禱告。

　　事後他躺在廊下休息，忽然有一個人來帶他去見吳王。那人對著吳王跪下稟報：「黑衣隊還缺一名士兵，可以讓這個人補缺。」吳王說：

「可以。」於是就給了他一身黑衣服。魚客穿上後就變成了一隻烏鴉，拍打著翅膀飛出去。見許多烏鴉聚在一起，它也湊上去跟著一塊飛。它們分別落在各條船的帆和桅杆上，船上的旅客爭著把肉拋向空中，烏鴉們都飛起來在空中接著吃。魚客也學著這樣做，一會兒就吃飽了。它飛到了樹梢上，心滿意足。過了兩三天，吳王覺得它沒有配偶很孤單，就許配它一隻雌烏鴉，叫作「竹青」。它們很是恩愛。魚客每次去接食物吃，總是不夠機警。竹青常勸它不要去，但它不聽。有一天，一隊清兵經過，用彈弓射中了魚客的胸膛。幸虧竹青及時將它銜走了，才沒被捉去。烏鴉們被激怒了，鼓動起雙翅扇起波濤，只見波濤洶湧，將船都掀翻了。竹青找來食物餵魚客，但魚客傷得很重，到了晚上就死了。

這時，魚客忽然驚醒過來，才發現自己做夢了，此刻仍躺在廟廊之下。起初，居住在附近的人看見魚客僵臥，不知他是誰，摸摸他的身體還沒有完全冷卻，就不時過來照看他。這時，人們向魚客詢問了緣故，湊了些錢送他回家。

三年後，魚客又經過這個地方，到廟中祭拜了吳王，擺設了食物，喚烏鴉們下來一齊吃，並說：「如果竹青在的話，請留下來別走。」但烏鴉吃完之後，都飛走了。後來，魚客中舉回來，再次祭拜吳王廟，獻上豬羊等豐盛的祭品。祭拜之後，又請烏鴉們一起來吃，並祈求竹青留下來。

這天晚上，魚客在湖村借宿。他點上蠟燭正坐著，忽然桌子上落下一隻飛鳥。魚客仔細一看，原來是個妙齡女子。這女子微笑著說：「別來無恙吧？」魚客驚訝地問她是誰，女子說：「你不認識竹青了嗎？」魚客高興極了，問她從哪裡來。竹青說：「如今我是漢江神女，很少回故鄉。在這之前，烏鴉使者兩次跟我說起你盛情相邀，所以特地來與你相會。」魚客歡喜異常，二人就像久別重逢的夫妻，情意綿綿。魚客要竹青隨他一同去南方，竹青則想讓魚客和她一起去西邊，最後沒定下來。第二天凌晨，魚客從睡夢中醒來，見竹青已起床了，再睜眼望去，只見堂中巨大的蠟燭照得通明——竟然不是在船上！他吃驚地起身問：「這是什麼地方？」竹青笑著說：「這是漢陽啊。我家就是你家，何必一定要到南方去呢！」天色漸漸亮了，丫鬟婆子們紛紛進來侍候，酒菜也已端進來。就在大床上放一矮桌，夫婦兩人對飲。魚客問：「我的僕

人在哪裡呢？」竹青答道：「在船上。」魚客擔心船主不能久等，竹青說：「不要緊，我會替你將報酬給他的！」於是二人日夜吃喝談笑，魚客也樂不思蜀了。

再說那船主一覺醒來，發現是在漢陽，十分驚訝。僕人發現魚客不見了，四處尋找，沒有一點音訊。船主想去別的地方，但纜繩怎麼也解不開，兩人只好一同守在船上。過了兩個多月，魚客忽然想回家了，就對竹青說：「我長久在這裡，與親戚家人的往來都斷絕了。況且你與我名義上是夫妻，可是你連我家都沒去過，怎麼行呢？」竹青說：「不要說我不能去；就是能去，你家裡有妻子，那我算什麼呢？不如還是住在這裡，作為你的另外一個家！」魚客擔心路途遙遠，不能經常來往。竹青便拿出一件黑衣服來，說：「你原來穿過的舊衣服還在呢。如果想我時，只要穿上這件衣服就能來了。到了這裡，我會幫你把衣服脫下的。」於是，竹青擺下了豐盛的筵席，為魚客餞別。魚客喝得大醉，倒下就睡著了。醒來後發現自己已經在船上，再一看，船還停在洞庭湖原先停泊的地方，船主和僕人也都在。他們相互打量著，都十分震驚，問魚客這些天去哪裡了。魚客也覺得很驚訝，悵然若失。他見枕邊有一個包袱，打開一看，裡面是竹青贈的新衣服和鞋襪，那件黑衣也摺疊在裡面。又有一個精緻的錦囊系在腰間，打開一看，裡面裝滿了金銀。於是他們開船南行，抵達靠岸後，魚客給船主一大筆錢，自己就回家了。

回家幾個月後，魚客苦苦思念在漢水的時光，就偷偷拿出黑衣穿上，兩脅下立刻長出翅膀，迅速飛向空中。兩個時辰光景，他已經到了漢水。他盤旋著往下看，見孤嶼中有一片樓舍，就飛落下來。有個婢女看到他，呼喊道：「官人回來了！」很快，竹青就出來，讓僕人們給魚客脫了黑衣。魚客覺得身上的羽毛立即隨之脫落。竹青握著他的手進了房中，說：「官人來得正好，我馬上就要分娩了。」魚客開玩笑地問道：「是胎生還是卵生？」竹青說：「我如今已經是神了，皮膚和骨頭已經硬了，與過去不同了。」

幾天之後，竹青果然生產了。孩子被厚厚的胎衣包裹著，像一個大卵。破開一看，是個男孩。魚客非常高興，取名叫「漢產」。三天後，漢水的神女們都來祝賀，送來了衣服食物和珍寶作為賀禮。神女們個個都非常漂亮，年齡都在三十以下，都走近床前，用拇指按著小孩的鼻

子，說是「增壽」。神女們離去後，魚客問道：「剛才來的都是誰啊？」竹青說：「她們和我一樣，也都是漢水的神女。走在後面那個穿藕白色衣服的，就是傳說中鄭交甫路過漢皋台下遇見的那個解佩相贈的仙女。」住了幾個月，竹青用船送魚客回家。船上沒有帆和槳，在水面上漂流而去。靠岸後，已經有人牽著馬在路旁等候，魚客順利到家了。從此，兩人不斷來往。

幾年之後，漢產長得更加俊俏了，魚客對他十分疼愛。魚客的妻子和氏因為不能生育而苦惱，常常想見一見漢產。魚客就把事告訴了竹青。竹青準備了行裝，送兒子跟隨父親回去，並約定三個月就回來。和氏見了漢產十分喜愛，超過一般的親生母親。過了十個多月，還捨不得讓他回去。一天，漢產忽然暴病而死。和氏哭得死去活來。魚客只能去漢水將此事告訴竹青。他一進門，就見漢產光著腳躺在床上。他大喜過望，問竹青是怎麼回事。竹青說：「你長時間背約，我想念兒子，所以就把他招來了。」魚客解釋是和氏太喜愛孩子的緣故。竹青想了下說道：「等我再生個孩子，就讓漢產回去好了。」又過了一年多，竹青生了對雙胞胎，一男一女，男孩取名「漢生」，女孩取名「玉珮」。魚客就帶著漢產回了家。然而，魚客一年總要去漢水三四次。後來覺得路遠不方便，就乾脆把家搬到了漢陽。漢產十二歲時，進了郡裡的學堂唸書。竹青覺得人間的女子都不夠漂亮，就把漢產叫走了，給他娶了妻子後，才讓他回來。漢產的妻子名叫「虒娘」，也是神女生的。後來和氏死了，漢生和妹妹都來為她舉哀送葬。安葬之後，漢生就留在這裡。魚客帶著玉珮走了，從此再也沒回來了。

## 【原文】

魚客，湖南人，談者忘其郡邑。家綦貧，下第歸，資斧斷絕。羞於行乞，餓甚，暫憩吳王廟中，因以憤懣之詞拜禱神座。出臥廊下，忽一人引去見吳王，跪白：「黑衣隊尚缺一卒，可使補缺。」王曰：「可。」即授黑衣。既著身，化為烏，振翼而出。見烏友群集，相將俱去，分集帆檣。舟上客旅，爭以肉向上拋擲。群於空中接食之。因亦尤效，須臾果腹。翔棲樹梢，意亦甚得。逾二三日，吳王憐其無偶，配以雌，呼之「竹青」。雅相愛樂。魚每取食，輒馴無機，竹青恆勸諫之，卒不能聽。

一日有滿兵過，彈之中胸。幸竹青銜去之，得不被擒。群鳥怒，鼓翼扇波，波湧起，舟盡覆。竹青仍投餌哺魚。魚傷甚，終日而斃。忽如夢醒，則身臥廟中。先是，居人見魚死，不知誰何；撫之未冷，故不時令人邏察之。至是，訊知其由，斂資送歸。

後三年，復過故所，參謁吳王。設食，喚鳥下集群啖，乃祝曰：「竹青如在，當止。」食已，並飛去。後領薦歸，復謁吳王廟，薦以少牢。已，乃大設以饗鳥友，又祝之。是夜宿於湖村，秉燭方坐，忽幾前如飛鳥飄落，視之，則二十許麗人，囅然曰：「別來無恙乎？」魚驚問之，曰：「君不識竹青耶？」魚喜，詰所來。曰：「妾今為漢江神女，返故鄉時常少。前鳥使兩道君情，故來一相聚也。」魚益欣感，宛如夫妻之久別，不勝歡戀。生將偕與俱南，女欲邀與俱西，兩謀不決。寢初醒，則女已起。開目，見高堂中巨燭熒煌，竟非舟中。驚起，問：「此何所？」女笑曰：「此漢陽也。妾家即君家，何必南！」天漸曉，婢媼紛集，酒炙已進。就廣床上設矮幾，夫婦對酌。魚問：「僕何在？」答：「在舟上。」生慮舟人不能久待，女言：「不妨，妾當助君報之。」於是日夜談宴，樂而忘歸。

舟人夢醒，忽見漢陽，駭絕。僕訪主人，杳無音信。舟人欲他適，而纜結不解，遂共守之。積兩月餘，生忽憶歸，謂女曰：「僕在此，親戚斷絕。且卿與僕，名為琴瑟，而不一認家門，奈何？」女曰：「無論妾不能往；縱往，君家自有婦，將何以處妾乎？不如置妾於此，為君別院可耳。」生恨道遠，不能時至，女出黑衣，曰：「君向所著舊衣尚在。如念妾時，衣此可至；至時，為君解之。」乃大設肴珍，為生祖餞。即醉而寢，醒則身在舟中。視之，洞庭舊泊處也。舟人及僕俱在，相視大駭，詰其所往。生故悵然自驚，枕邊一幞，檢視，則女贈新衣襪履，黑衣亦折置其中。又有繡橐維繫腰際，探之，則金資充牣焉。於是南發，達岸，厚酬舟人而去。

歸家數月，苦憶漢水，因潛出黑衣著之。兩脅生翼，翕然凌空，經兩時許，已達漢水。迴翔下視，見孤嶼中，有樓舍一簇，遂飛墮。有婢子已望見之，呼曰：「官人至矣！」無何，竹青出，命眾手為之緩結，覺羽毛劃然盡脫。握手入舍曰：「郎來恰好，妾且夕臨蓐矣。」生戲問曰：「胎生乎？卵生乎？」女曰：「妾今為神，則皮骨已硬，應與曩異。」

越數日，果產，胎衣厚裹，如巨卵然，破之，男也。生喜，名之「漢產」。三日後，漢水神女皆登堂，以服食珍物相賀。並皆佳妙，無三十以上人。俱入室就榻，以拇指按兒鼻，名曰「增壽」。既去，生問：「適來者皆誰何？」女曰：「此皆妾輩。其末後著藕白者，所謂『漢皋解珮』，即其人也。」居數月，女以舟送之，不用帆楫，飄然自行。抵陸，已有人縶馬道左，遂歸。由此往來不絕。

積數年，漢產益秀美，生珍愛之。妻和氏，苦不育，每思一見漢產。生以情告女。女乃治任，送兒從父歸，約以三月。既歸，和愛之過於己出，過十餘月，不忍令返。一日，暴病而殤，和氏悼痛欲死。生乃詣漢告女。入門，則漢產赤足臥床上，喜以問女。女曰：「君久負約。妾思兒，故招之也。」生因述和氏愛兒之故。女曰：「待妾再育，令漢產歸。」

又年餘，女生男女各一：男名「漢生」，女名「玉珮」。生遂攜漢產歸，然歲恆三四往，不以為便，因移家漢陽。漢產十二歲，入郡庠。女以人間無美質，招去，為之娶婦，始遣歸。婦名「厄娘」，亦神女產也。後和氏卒，漢生及妹皆來擗踴。葬畢，漢生遂留；生攜玉珮去，自此不返。

# 香　玉

嶗山下清宮里長著一棵兩丈高的耐冬樹，樹幹粗壯得需要幾個人才能合抱；旁邊還有一株牡丹，也有一丈多高，花開時璀璨奪目，宛如一團團錦繡。膠州黃生喜歡這環境，借住其中讀書。

有一天，黃生正在書齋中讀書，偶然抬頭遠遠望見花叢中有一個白衣女子的身影若隱若現。黃生好生奇怪，這道觀中哪來的女子呢？他便急忙出去想看個究竟，女子卻已經不見蹤影了。這樣的情形此後又連續出現了幾次，黃生更加好奇，便預先躲藏在樹叢裡，等候那女子的出現。不一會兒，那女子由一個紅衣女子陪伴著走來了。黃生遠遠望過去，兩位女子一紅一白，豔麗雙絕。她們漸漸走近，紅衣女子突然停住腳步並悄悄後退，說道：「這裡有陌生人！」黃生見已經被察覺，便突

然闖了出來。兩位女子見此情形，嚇得扭頭便跑，裙衫長袖飄舞起來，傳來一陣濃郁的香氣。黃生追過短牆，那兩女子已經看不見了。黃生對其非常愛慕，便提筆在樹上寫了一首絕句：「無限相思苦，含情對短窗。恐歸沙吒利，何處覓無雙？」

他一邊想著一邊走進書齋，卻見白衣女子突然隨之而來。黃生喜出望外，急忙起身相迎。女子笑著說：「你剛才氣勢洶洶的架式像個強盜，把人都嚇壞了。沒想到你竟然是個風流儒雅的詩人呢，那就不妨相見。」黃生詢問她的身世，女子說：「我小名香玉，本是妓院中人，被道士幽禁在這山中，並非心甘情願的。」黃生忙問：「那可惡道士叫什麼名字？我一定替您洗雪恥辱。」香玉說：「不必了。他也沒敢逼迫我。我得到這樣的機會，與你這位風流文士長久幽會，倒也不錯呢。」黃生又問：「那位紅衣姑娘是何人？」香玉說：「她叫絳雪，是我的義姐。」二人相談甚歡，情投意合，當夜香玉便留宿在黃生的書齋裡。

第二天醒來，太陽已經照到窗口了。香玉急忙起身，說：「這真是貪戀了，竟忘了天都亮了！」她一邊穿衣一邊興奮地對黃生說：「我也和了一首詩，胡謅的，請勿見笑：『良夜更易盡，朝暾已上窗。願如樑上燕，棲處自成雙。』」

黃生聽了更是歡喜，握住香玉的手說：「姑娘秀外慧中，又漂亮又聰明，真叫人愛死！離了你一天，真如千里之別。你一定要抽空就來，不必等到晚上啊！」香玉答應了。從此二人每夜必會。黃生經常請求香玉邀絳雪一起來，但絳雪總是不來，讓黃生覺得很遺憾。香玉只好安慰他：「絳姐的性格落落寡合，不像我這麼痴情。你得容我慢慢勸她，不能操之過急！」

一天晚上，香玉愁眉苦臉地來了，對黃生說：「你連『隴』都保不住了，還望『蜀』呢。咱們要永別了！」黃生大吃一驚，問道：「怎麼會這樣呢？」香玉用衣袖擦著淚，泣道：「這是天意，很難給你說清的。當初你說『恐歸沙吒利，何處覓無雙』，如今應驗了。『佳人已屬沙吒利，義士今無古押衙』，可以說是為我而吟的了。」黃生一再追問究竟是怎麼回事，香玉就是不肯明言，只是嗚嗚哭個不停。

二人通宵未眠，天剛濛濛亮香玉就走了。黃生感到奇怪，有不祥的預兆。第二天，一個姓藍的即墨縣人到下清宮來遊覽，見到那株白牡

丹，十分喜愛，便把它挖走了。黃生這才恍然大悟，原來香玉是牡丹花妖，他既悵惘又惋惜。

過了數日，黃生聽說那位姓藍的將那株牡丹移植到家中，牡丹就一天天枯萎了。黃生痛恨極了，寫了哭花詩五十首，天天跑到牡丹原來的坑穴邊上痛哭憑弔。有一天，他憑弔完畢返回書齋，回頭遠遠望見紅衣女子絳雪也在牡丹穴邊流淚。黃生慢慢走過去，絳雪也不躲避。黃生拉住她的衣袖，兩人相對流淚。過後黃生請絳雪去書齋小敘，絳雪便跟著來了。絳雪嘆道：「從小很要好的姐妹，竟一朝斷絕。聽到你的哭聲，我更傷心了。你的眼淚流到九泉之下，也許她會為你的誠心感動而復生呢。可是死者精魂開始消散，短時間內怎麼能跟我們一塊兒談笑啊？」黃生也嘆息道：「都怪小生命薄，妨礙了情人，更無福氣消受雙美。早先我多次托香玉轉達我的心意，你為什麼一直不來見我？」絳雪答道：「我的印象中，年輕書生十有八九是薄情之人，不料你卻是至性至情的人。不過你我相交，只在友情而不在淫樂。如果整晚親熱纏綿，那是我不能接受的。」說完就要告辭。黃生趕忙將其攔住，說：「香玉長別已使我廢寢忘食。全靠您陪我一會兒，我才得到一些安慰，您怎麼能如此絕情呢？」絳雪無奈，只好留宿一夜，但此後便多日不再回來。

黃生經常獨自面對窗外淒冷的雨絲，苦苦思念香玉；夜裡輾轉反側，眼淚灑滿了枕席。無法入眠，只能披衣起床，挑亮燈燭，按照前首詩的韻腳又作一首絕句：「山院黃昏雨，垂簾坐小窗。相思人不見，中夜淚雙雙。」

詩成之後，他正在低吟，忽然窗外有人在說：「寫了詩得有人應和啊！」黃生一聽就知道是絳雪，急忙開門迎接。絳雪看了看書案上的詩，順手提筆在後面續了一首：「連袂人何處？孤燈照晚窗。空山人一個，對影自成雙。」

黃生讀了和詩又淚流滿面，也埋怨絳雪來得太少了。絳雪解釋道：「我的性格不像香玉那般熱情，只不過多少緩解一點兒你的寂寞罷了。」黃生想同她親熱，絳雪不同意，說：「我們見面聊聊就很愉快了，何必這樣呢？」從此，每當黃生孤獨難奈時，絳雪便來一次，但來了也只是與黃生飲酒作詩，有時不過夜便走了。黃生不好勉強她，說：「香玉是我的愛妻，絳雪你是我的良友啊。我總想問你是院中哪株牡

丹。希望你早點告訴我，我要把你移植到我老家去，免得像香玉一樣又被惡人搶去，讓我遺恨一輩子。」絳雪說：「花木像人一樣，故土難離，告訴你也沒有用。你跟愛人還不能白頭偕老，何況朋友呢？」黃生不聽，拉著她的胳膊來到院中，每到一株牡丹下，就問：「這是你嗎？」絳雪不吭聲，只是掩口而笑。

臘月將盡，黃生回膠州老家過年。到了次年二月，黃生在一個晚上忽然夢見絳雪來了。她愁容滿面地對他說：「我要遭大難了！你趕快過來，也許還能見上一面，遲了就來不及了！」黃生驚醒後十分詫異，急忙命僕人備馬，星夜趕到嶗山下清宮。入觀一看，只見道士要蓋房屋，地基處有株耐冬樹妨礙動工，工匠們正要砍樹呢。黃生急忙上前阻止。到了夜間，絳雪到書齋來表示謝意。黃生笑著說：「誰讓你從前不肯告訴我實情！就該遭這場災難！現在我算知道你的底細了，如果你再不來，我一定點一把艾草烤你。」絳雪嘆道：「正因為我知道你會這樣，所以之前不敢實言相告。」兩人對坐一會兒，黃生又想起香玉，對絳雪說：「面對良友，更思念嬌妻了。我回家多時，很久沒去憑弔香玉了。你能陪我去哭她一場嗎？」於是二人一同走到牡丹穴邊，痛痛快快地哭了一場。到了一更過後，絳雪先收起了淚，並勸慰黃生，他才止住悲痛。

幾天之後的一個晚上，黃生正在書齋中寂然獨坐，絳雪笑著走了進來，說：「有個喜訊要告訴你，花神為你的至情所感動，要讓香玉再次降生到下清宮中！」黃生喜出望外，急忙問道：「什麼時候？」絳雪說：「我也不清楚，但應該不會太久！」第二天早上，絳雪臨走時黃生將她拉住，說：「我這一回可是為你才回下清宮來的，你可別老讓我一人寂寞孤單啊！」絳雪笑了笑答應了，然後走了。

一連兩天，絳雪都沒再來。黃生跑到耐冬樹下，抱著樹幹，搖動著，撫摸著，頻頻呼喚絳雪的名字。但久久沒有回應。黃生跑回屋裡，抓起一把艾草，在燈下捆紮起來，準備去烤灼耐冬。正在這時，絳雪闖了進來，一把奪過艾草，扔在地上，生氣地說：「你準備惡作劇，要給我烙個瘡痕嗎？那我就跟你絕交！」黃生開心地笑了，上前抱住她。

兩人剛坐下，香玉笑盈盈地進來了。黃生一眼望見，頓時淚流滿面，急忙起身拉住她的手。香玉也將絳雪拉過來，三人相對悲泣了一

陣。隨後他們坐下，述說離別後的種種苦難。黃生覺得奇怪，自己明明
握住香玉之後，手掌中卻空空的，像是什麼都沒有握到，便驚奇地問香
玉。香玉流淚說：「之前我是花中的神，所以有實形；現在我成了花中
的鬼，實體已經消散了。今天我們雖然相會，但你不必以為是真的，只
當作夢中相會吧。」一旁的絳雪說：「妹子來了就太好了，我都快要被
你家男人給纏死了！」說完就先行離去。

香玉繼續和黃生談笑，她的神情還和從前一樣親切可愛，但親近偎
倚時卻像個虛幻的影子。黃生因此悶悶不樂，香玉也深感遺憾。她告訴
黃生：「你用白蘞末摻上硫磺，再兌上水，天天在我原先的穴坑上澆一
杯，明年今日我便可報答你的恩情了。」說罷，她也告辭而去。

第二天，黃生來到牡丹穴邊一看，果然有牡丹嫩芽冒出來了。黃生
便遵照香玉的囑咐，天天澆水、培土，還在四周圍起一圈雕欄護著它。
香玉來時，對黃生十分感激。黃生打算將牡丹移栽到老家去，香玉勸阻
道：「不行！我的體質太弱了，經不起再次折騰。況且，萬物生長，各
有其適合的地方。我本來就不該生長在你老家的，如果硬要移過去，只
會縮短了壽命。只要我們互相憐愛，好日子自然會到來。」黃生又埋怨
絳雪不來。香玉說：「你一定要她來，我有妙法。」說完她領上黃生提
著燈來到耐冬樹下。她撿起一根草，張開手在樹身自下而上量到四尺六
寸，按住這個部位，讓黃生用雙手給樹撓癢。很快，絳雪從樹後繞出來
了，笑罵道：「婢子真是壞透了，剛回來就助紂為虐！」說著三人手挽
手回黃生屋裡。進門後香玉趕忙道歉：「姐姐切莫責怪！只請姐姐暫且
陪伴一下黃郎，一年後就決不敢打擾你了！」從此絳雪也常來陪伴黃
生。

黃生看著牡丹嫩芽一天天長大，日益茁壯，到暮春時已長到二尺多
高了。他回老家時，便給道士一些錢，請他天天澆灌培植。第二年四
月，黃生再次來到下清宮，恰好有一朵白牡丹含苞欲放。黃生在花旁流
連忘返，蓓蕾微微搖動，漸漸舒展開來，轉眼間就開得像圓盤一樣大；
只見一個三四指高的小美人端坐在花蕊中央，轉瞬飄然而下，落地就長
得像人一般高，竟然就是香玉。香玉笑著說：「我忍受著風吹雨淋一直
等待你，你怎麼到現在才來啊？」兩人喜滋滋地攜手回屋，絳雪也聞訊
趕來。她開玩笑地說：「天天代替他人做妻子，現在終於可以退而為友

了。」於是擺下酒宴，三人飲酒敘談，十分開心，直到半夜，絳雪才告辭離去。黃生、香玉同床共枕，恩愛美滿如同當初。

後來，黃生的妻子去世，黃生便長住在下清宮裡，不再回家。這時，牡丹已很高大，枝幹有人的胳膊一樣粗了。黃生常指著牡丹說：「將來我要把靈魂寄留在這裡，就在你的左邊！」香玉、絳雪笑著說：「你可別忘了自己的承諾！」

過了十多年，黃生忽然病得很厲害。他的兒子從老家趕來探望，見到他衰弱的樣子傷心地哭了起來。黃生很坦然，笑著說：「這是我的生期，又不是死期，你哭什麼呢！」他又對道士說道：「將來牡丹花下有一個紅芽冒出來，一枝長五片葉子的，那便是我。」然後他便不再作聲。他兒子用車把他拉回家，剛進家門他便去世了。

第二年，牡丹下果然冒出一枝肥肥的紅芽，果然是五片小葉。道士覺得很神奇，便十分殷勤地澆水護理。三年時間，這株牡丹長到幾尺高，主幹需要用兩隻手才能合圍，但不開花。老道士死後，弟子不知道愛惜，因為它不開花，竟把它砍掉了。不久，白牡丹也枯死，隨後耐冬也死了。

## 【原文】

勞山下清宮，耐冬高二丈，大數圍，牡丹高丈餘，花時璀璨似錦。膠州黃生，舍讀其中。一日，遙自窗中見女郎，素衣掩映花間。心疑觀中焉得此。趨出，已遁去。自此屢見之。遂隱身叢樹中，以伺其至。未幾，女郎又攜一紅裳者來，遙望之，豔麗雙絕。行漸近，紅裳者卻退，曰：「此處有生人！」生乃暴起。二女驚奔，袖裙飄拂，香風洋溢。追過短牆，寂然已杳。愛慕彌切，因題句樹下云：「無限相思苦，含情對短窗。恐歸沙吒利，何處覓無雙？」歸齋冥想。女郎忽入，驚喜承迎。女笑曰：「君洶洶似強寇，令人恐怖；不知君乃騷雅士，無妨相見。」生略叩生平。曰：「妾小字香玉，隸籍平康巷。被道士閉置山中，實非所願。」生問：「道士何名？當為卿一滌此垢。」女曰：「不必，彼亦未敢相逼。借此與風流士長作幽會，亦佳。」問：「紅衣者誰？」曰：「此名絳雪，乃妾義姊。」遂相狎寢。及醒，曙色已紅。女急起，曰：「貪歡忘曉矣。」著衣易履，且曰：「妾酬君作，勿笑：『良夜更易盡，朝曦已上

窗。願如樑上燕，棲處自成雙。』」生握腕曰：「卿秀外惠中，令人愛而忘死。顧一日之去，如千里之別。卿乘間當來，勿待夜也。」女諾之。由此夙夜必偕。每使邀絳雪來，輒不至，生以為恨。女曰：「絳姊性殊落落，不似妾情痴也。當從容勸駕，不必過急。」一夕，女慘然入曰：「君隴不能守，尚望蜀耶？今長別矣。」問：「何之？」以袖拭淚，曰：「此有定數，難為君言。昔日佳作，今成讖語矣。『佳人已屬沙吒利，義士今無古押衙』，可為妾詠。」詰之，不言，但有嗚咽。竟夜不眠，早旦而去。生怪之。

次日，有即墨藍氏，入宮游矚，見白牡丹，悅之，掘移徑去。生始悟香玉乃花妖也，悵惋不已。過數日，聞藍氏移花至家，日就萎悴。恨極，作哭花詩五十首，日日臨穴涕洟。

一日，憑弔方返，遙見紅衣人，揮涕穴側。從容近就，女亦不避。生因把袂，相向汍瀾。已而挽請入室，女亦從之。嘆曰：「童稚姊妹，一朝斷絕！聞君哀傷，彌增妾慟。淚墮九泉，或當感誠再作；然死者神氣已散，倉卒何能與吾兩人共談笑也？」生曰：「小生薄命，妨害情人，當亦無福可消雙美。曩頻煩香玉，道達微忱，胡再不臨？」女曰：「妾以年少書生，什九薄倖；不知君固至情人也。然妾與君交，以情不以淫。若晝夜狎暱，則妾所不能矣。」言已，告別。生曰：「香玉長離，使人寢食俱廢。賴卿少留，慰此懷思，何決絕如此！」女乃止，過宿而去。數日不復至。冷雨幽窗，苦懷香玉，輾轉床頭，淚凝枕席。攬衣更起，挑燈復踵前韻曰：「山院黃昏雨，垂簾坐小窗。相思人不見，中夜淚雙雙。」詩成自吟。忽窗外有人曰：「作者不可無和。」聽之，絳雪也。啟戶內之。女視詩，即續其後曰：「連袂人何處？孤燈照晚窗。空山人一個，對影自成雙。」生讀之淚下，因怨相見之疏。女曰：「妾不能如香玉之熱，但可少慰君寂寞耳。」生欲與狎。曰：「相見之歡，何必在此。」

於是至無聊時，女輒一至。至則宴飲唱酬，有時不寢遂去，生亦聽之。謂之曰：「香玉吾愛妻，絳雪吾良友也。」每欲相問：「卿是院中第幾株？乞早見示，僕將抱植家中，免似香玉被惡人奪去，貽恨百年。」女曰：「故土難移，告君亦無益也。妻尚不能終從，況友乎！」生不聽，捉臂而出，每至牡丹下，輒問：「此是卿否？」女不言，掩口笑之。旋

生以臘歸過歲。至二月間，忽夢絳雪至，愀然曰：「妾有大難！君急往，尚得相見；遲無及矣。」醒而異之，急命僕馬，星馳至山。則道士將建屋，有一耐冬，礙其營造，工師將縱斤矣。生知所夢即此，急止之。入夜，絳雪來謝。生笑曰：「向不實告，宜遭此厄！今已知卿；如卿不至，當以艾炷相灸。」女曰：「妾固知君如此，曩故不敢相告也。」坐移時，生曰：「今對良友，益思豔妻。久不哭香玉，卿能從我哭乎？」二人乃往，臨穴灑涕。更餘，絳雪收淚勸止。

又數夕，生方寂坐，絳雪笑入曰：「報君喜信：花神感君至情，俾香玉復降宮中。」生喜問：「何時？」答曰：「不知，約不遠耳。」天明下榻，生囑曰：「僕為卿來，勿長使人孤寂。」女笑諾。兩夜不至。生往抱樹，搖動撫摩，頻喚，無聲。乃返，對燈團艾，將往灼樹。女遽入，奪艾棄之，曰：「君惡作劇，使人創痏，當與君絕矣！」生笑擁之。坐方定，香玉盈盈而入。生望見，泣下流離，急起把握。香玉以一手握絳雪，相對悲哽。及坐，生把之覺虛，如手自握，驚問之。香玉泫然曰：「昔，妾花之神，故凝；今，妾花之鬼，故散也。今雖相聚，勿以為真，但作夢寐觀可耳。」絳雪曰：「妹來大好！我被汝家男子糾纏死矣。」遂去。

香玉款笑如前。但偎傍之間，彷彿一身就影。生悒悒不樂，香玉亦俯仰自恨。乃曰：「君以白蘞屑，少雜硫黃，日酹妾一杯水，明年此日報君恩。」別去。明日，往觀故處，則牡丹萌生矣。生乃日加培植，又作雕欄以護之。香玉來，感激倍至。生謀移植其家，女不可，曰：「妾弱質，不堪復戕。且物生各有定處，妾來原不擬生君家，違之反促年壽。但相憐愛，合好自有日耳。」生恨絳雪不至。香玉曰：「必欲強之使來，妾能致之。」乃與生挑燈至樹下，取草一莖，布掌作度，以度樹本，自下而上，至四尺六寸，按其處，使生以兩爪齊搔之。俄見絳雪從背後出，笑罵曰：「婢子來，助桀為虐耶！」牽挽併入。香玉曰：「姊勿怪！暫煩陪侍郎君，一年後不相擾矣。」自此遂以為常。

生視花芽，日益肥茂，春盡，盈二尺許。歸後，以金遺道士，囑令朝夕培養之。次年四月至宮，則花一朵，含苞未放；方流連間，花搖搖欲拆；少時已開，花大如盤，儼然有小美人坐蕊中，裁三四指許；轉瞬飄然已下，則香玉也。笑曰：「妾忍風雨以待君，君來何遲也！」遂入

室。絳雪亦至,笑曰:「日日代人作婦,今幸退而為友。」遂相談宴。至中夜,絳雪乃去。二人同寢,款洽一如從前。後生妻卒,遂入山,不復歸。是時,牡丹已大如臂。生每指之曰:「我他日寄魂於此,當生卿之左。」二女笑曰:「君勿忘之。」

後十餘年,忽病。其子至,對之而哀。生笑曰:「此我生期,非死期也,何哀為!」謂道士曰:「他日牡丹下有赤芽怒生,一放五葉者,即我也。」遂不復言。子輿之歸家,即卒。次年,果有肥芽突出,葉如其數。道士以為異,益灌漑之。三年,高數尺,大拱把,但不花。老道士死,其弟子不知愛惜,因其不花,斫去之。白牡丹亦憔悴死;無何,耐冬亦死。

# 石清虛

邢雲飛是順天府人。他喜歡石頭,只要看到好石頭,便會不惜重金買下來。有一次他在河邊捕魚,漁網被什麼東西掛住了。他潛入水中取來一看,卻是一塊一尺見方的石頭,四面紋路玲瓏精巧,就像峰巒綿延秀美。他如獲至寶,高興極了。他將石頭帶回家,用紫檀木雕花做成底座,把石頭擺放在桌子上。每當天陰要下雨的時候,石頭上的洞孔縐紋處便冒出雲氣,遠遠看去好像填滿了潔白的棉花一樣。

有一個有權勢的土豪登門求觀石頭。他看到後也很喜歡,回身就遞給強壯的僕人,然後上馬揚長而去。邢雲飛沒有辦法,只是頓足悲憤。那個僕人拿著石頭跑到了河岸邊,在橋上休息一下,竟失手將石頭掉入河裡。土豪大發其火,揮鞭抽打僕人,並出大價錢僱傭會游泳的人,下河去撈石頭,但什麼辦法都用盡了,還是未能找到。於是土豪張貼了懸賞尋石的告示,然後離開了。從此天天都有很多人來此尋找石頭,卻沒有一人能如願以償。

後來,邢雲飛來到這裡,對著河流悲傷哭泣,突然河水變得清澈了,那寶石原來就在水中。邢雲飛高興極了,立即脫衣下水,將寶石抱了上來,而且紫檀底座都還在呢。

邢雲飛帶著寶石回家,不敢再擺在廳堂裡,便把內室打掃乾淨,將

寶石供上。有一天，有一個長者上門來請求觀賞寶石。邢雲飛聲稱石頭早就丟失了。長者笑著說：「不就擺在你家的廳堂上嗎？」邢雲飛心想反正不在那裡，便請長者進去驗證。當他們走進廳堂時，那寶石赫然擺在條幾上。邢雲飛驚得目瞪口呆。長者上前撫摸著寶石，說：「這是我家的舊物，很早前丟失了，現在真的在你這裡。既然讓我看到了，就請還給我吧！」邢雲飛十分不情願，極力聲稱寶石是自己的。長者笑著說：「你說是你家的東西，能有什麼證明嗎？」邢雲飛答不上來。長者說：「老朽早就知道的。這寶石前後有九十二個孔，大孔中寫有五個字：『清虛天石供。』」邢雲飛仔細一看，孔中果然有小字，比粟米還小，需仔細看才能辨認。又數了數，果然是九十二孔，跟長者說的一樣。邢雲飛無言以對了，但仍然不願意歸還寶石。長者笑著說：「誰家的東西是憑你做主的嗎？」說完便拱手告辭而去。

　　邢雲飛送長者出門，回來後發現寶石已經不見了。他很吃驚，懷疑是被長者拿走了，就急忙追出去。長者緩步而行，並沒有走遠。邢雲飛拉著他的衣袖連聲哀求，讓長者把寶石還給他。長者說：「奇怪了！一尺見方的石頭，我怎麼能手裡握著或衣袖裡藏著呢？」邢雲飛知道長者是有道行的，硬將他拉回家，長跪不起請求得到那塊石頭。長者說：「那寶石到底是你家的還是我家的？」邢雲飛說：「的確是您的，只是希望您老人家能將它送給我。」長者說：「既然這樣，那寶石原本就在你這裡了。」邢雲飛進內室一看，寶石已經在原來的地方了。長者說：「天下的寶貝，應當給愛惜寶貝的人。這塊寶石能夠自己選擇主人，我也很高興。但是它急著現身於世，卻有劫數未消除。我本想將它帶走，三年後再送還給你。你既然想留下它，定會減三年陽壽，如此它才可以與你始終在一起，你願意嗎？」邢雲飛答道：「願意。」長者用兩指捏住一個石孔，石孔竟然像泥一樣軟，手指鬆開時孔就閉上了。長者一連封閉了三個，然後對他說：「現在石頭上孔的數目就是你的陽壽。」長者說完就要告辭。邢雲飛極力挽留，長者執意要走。邢雲飛又問他姓名，他也不說，管自己走了。

　　一年多後，有一回邢雲飛有事外出，夜裡家裡遭賊了。但小偷沒拿別的，只偷走了寶石。邢雲飛回來後，悲傷欲絕。他到處詢問打探，卻音訊全無。又過了幾年，一次他偶然去報國寺，遇到一個賣石頭的，走

近一看，竟然在賣他的那塊寶石。邢雲飛上前聲稱這寶石是他的，賣者自然不答應，雙方起了爭執，背上寶石去衙門見官。官老爺問：「你們都說這石頭是自己的，可有什麼憑證？」賣石的人說出了石頭上孔的數目。邢雲飛問他還有什麼，賣石的人答不上來了。於是邢雲飛又說寶石上的孔中有五個字，還有三道指印。驗證之後這個官司也就分明了。官老爺下令棒打賣石者。賣石者連忙說他是用二十兩銀子從集市上買的，於是免罪釋放了。

邢雲飛帶上寶石回家，將其用綢緞包好，藏在盒子裡。偶爾想要欣賞，都必須先焚香再拿出來。有一個尚書想用百兩銀子來買，邢雲飛聲稱即使一萬兩銀子也不賣。尚書很氣憤，便暗自設計陷害他。邢雲飛被關進了大牢，田產也被典賣。尚書托別人暗示邢雲飛的兒子。邢雲飛的兒子將此事告訴了父親，但邢雲飛表示，寧願以死殉石。邢雲飛的妻子救夫心切，暗自與兒子商量後，把寶石送進了尚書府。

邢雲飛出獄後才知道這件事。他悲痛不已，責罵妻子棒打兒子，幾次自殺，都因為家人發覺而被救下，沒有死成。有天夜晚，邢雲飛夢見一個男人，自稱是石清虛。他對邢雲飛說：「你不必傷心，我只是與你分別一年多。明年八月二十日拂曉，你可以到海岱門，用兩貫錢把我買回。」邢雲飛做得此夢，很高興，牢記約定的日子。而那塊寶石在尚書家，再也沒有下雨前出雲的異景，久了尚書也不把它當寶貝了。第二年，尚書因罪被革職，不久便死了。邢雲飛按照約定來到海岱門，見尚書家的僕人偷了那塊石頭出來賣，於是用兩貫錢買下了。

邢雲飛一直活到了八十九歲。他為自己準備好了棺木，又叮囑兒子在他死後一定要用那寶石陪葬。然後他果然死了，他兒子按照他的遺言，把寶石埋於墓中。半年多後，盜墓賊挖開了邢雲飛的墓，偷走了寶石。邢雲飛的兒子知道了此事，卻不知道該怎麼去追查。過了兩三天，他同僕人走在路上，忽然看見兩個人，跌跌撞撞、汗流浹背地跑著，還對著天空叩首道：「邢先生，別逼我們了！我二人偷走了那塊石頭，不過賣了四兩銀子而已。」

邢雲飛的兒子將這兩人送到官府，一審訊他們便招認了。問他們石頭到哪裡去了，他們說賣給了一個姓宮的。官老爺命人去取來那石頭。他自己也很喜歡，想占為己有，便命人把它收到官庫裡。衙差搬起石

頭，石頭忽然掉到地上，碎成幾十塊。大家都驚呆了。官老爺下令將兩個盜墓賊狠狠打了一頓，然後放了。邢雲飛的兒子撿起碎了的石頭回家，仍安置於父親的墓裡。

## 【原文】

　　邢雲飛，順天人。好石，見佳石，不惜重直。偶漁於河，有物掛網，沉而取之，則石徑尺，四面玲瓏，峰巒疊秀。喜極，如獲異珍。既歸，雕紫檀為座，供諸案頭。每值天欲雨，則孔孔生雲，遙望如塞新絮。

　　有勢豪某，踵門求觀。既見，舉付健僕，策馬徑去。邢無奈，頓足悲憤而已。僕負石至河濱，息肩橋上，忽失手墮諸河。豪怒，鞭僕。即出金雇善泅者，百計冥搜，竟不可見。乃懸金署約而去。由是尋石者日盈於河，迄無獲者。後邢至落石處，臨流於邑。但見河水清澈，則石固在水中。邢大喜，解衣入水，抱之而出；檀座猶存。攜歸，不敢設諸廳所，潔治內室供之。一日，有老叟款門而請。邢託言石失已久。叟笑曰：「客舍非耶？」邢便請入舍以實其無。既入，則石果陳幾上。邢愕不能言。叟撫石曰：「此吾家故物，失去已久，今固在此耶。既見之，請即賜還。」邢窘甚，遂與爭作石主。叟笑曰：「既汝家物，有何驗證？」邢不能答。叟曰：「僕則固識之。前後九十二竅，巨孔中五字云：『清虛天石供。』」邢審視，孔中果有小字，細如粟米，竭目力才可辨認；又數其竅，果如所言。邢無以對，但執不與。叟笑曰：「誰家物，而憑君作主耶！」拱手而出。邢送至門外；既還，已失石所在。大驚，疑叟，急追之，則叟緩步未遠。奔去，牽其袂而哀之。叟曰：「奇哉！徑尺之石，豈可以手握袂藏者耶？」邢知其神，強曳之歸，長跽請之。叟乃曰：「石果君家者耶、僕家者耶？」答曰：「誠屬君家，但求割愛耳。」叟曰：「既然，石固在是。」還入室，則石已在故處。叟曰：「天下之寶，當與愛惜之人。此石能自擇主，僕亦喜之。然彼急於自見，其出也早，則魔劫未除。實將攜去，待三年後始以奉贈。既欲留之，當減三年壽數，乃可與君相終始。君願之乎？」曰：「願。」叟乃以兩指捏一竅，竅軟如泥，隨手而閉。閉三竅，已，曰：「石上竅數，即君壽也。」作別欲去。邢苦留之，辭甚堅；問其姓字，亦不言，遂去。

石清虛

積年餘，邢以故他出，夜有賊入室，諸無所失，惟竊石而去。邢歸，悼喪欲死。訪察購求，全無蹤跡。積有數年，偶入報國寺，見賣石者，則故物也，將便認取。賣者不服，因負石至官。官問：「何所質驗？」賣石者能言竅數。邢問其他，則茫然矣。邢乃言竅中五字及三指痕，理遂得伸。官欲杖責賣石者，賣石者自言以二十金買諸市，遂釋之。

　　邢得石歸，裹以錦，藏櫝中，時出一賞，先焚異香而後出之。有尚書某，購以百金。邢曰：「雖萬金不易也。」尚書怒，陰以他事中傷之。邢被收，典質田產。尚書托他人風示其子。子告邢，邢願以死殉石。妻竊與子謀，獻石尚書家。邢出獄始知，罵妻毆子，屢欲自經，皆以家人覺救，得不死。夜夢一丈夫來，自言：「石清虛。」戒邢勿戚：「特與君年餘別耳。明年八月二十日，昧爽時，可詣海岱門，以兩貫相贖。」邢得夢，喜，謹志其日。而石在尚書家，更無出雲之異，久亦不甚貴重之。明年，尚書以罪削職，尋死。邢如期至海岱門，則其家人竊石出售，因以兩貫市歸。

　　後邢至八十九歲，自治葬具；又囑子必以石殉。既而果卒，子遵遺教，瘞石墓中。半年許，賊發墓，劫石去。子知之，莫可追詰。越二三日，同僕在道，忽見兩人，奔蹤汗流，望空投拜，曰：「邢先生，勿相逼！我二人將石去，不過賣四兩銀耳。」遂縶送到官，一訊即伏。問石，則鬻宮氏。取石至，官愛玩，欲得之，命寄諸庫。吏舉石，石忽墮地，碎為數十餘片。皆失色。官乃重械兩盜論死。邢子拾碎石出，仍瘞墓中。

國家圖書館出版品預行編目資料

白話聊齋／蒲松齡著，周遊譯注，初版 --
新北市：新潮社文化事業有限公司，2021.02
　　　面；　　公分
　　　ISBN 978-986-316-787-7（平裝）

857.27　　　　　　　　　　　　109019788

# 白話聊齋

蒲松齡／著

周遊／譯注

【策　劃】周向潮、林郁
【制　作】天蠍座文創
【出　版】新潮社文化事業有限公司
　　　　　電話：(02) 8666-5711
　　　　　傳真：(02) 8666-5833
　　　　　E-mail：service@xcsbook.com.tw

【總經銷】創智文化有限公司
　　　　　新北市土城區忠承路 89 號 6F（永寧科技園區）
　　　　　電話：(02) 2268-3489
　　　　　傳真：(02) 2269-6560

印前作業　菩薩蠻、東豪印刷事業有限公司

初　　版　2021 年 04 月